쿠오 바디스 Ⅰ

셍키에비치

심형민 역

일신서적출판사

Ⅱ권에 계속

□ 주요 인물

비니키우스 젊은 호민관. 격정적인 성격의 소유자로서 리기아에게 첫눈에
　반한다. 후에 그리스도 교도에게 감화를 받는다.
리기아 리기 족의 왕녀. 그리스도교 신자이며 비니키우스와 서로 사랑한다.
페트로니우스 네로의 정신(廷臣). 비니키우스의 외숙으로서 리기아와의 사
　랑이 이루어지도록 그를 돕는다. 철저한 회의주의자이며 동시에 열렬한 미
　의 숭배자.
에우니케 페트로니우스의 노예. 그를 사모하여 마지막까지 그와 함께 한다.
우르수스 리기아 곁에서 그녀를 지켜주는 리기 족 출신의 충직한 사나이.
키론 그리스 인. 사이비 철학자로서 사라진 리기아의 행방을 찾는 데 나선
　다.
에우르스 인품이 훌륭하여 민중에게 존경받는 인물이다. 친딸처럼 리기아
　를 사랑한다.
폼포니아 그리스도교 신자이며 아우르스의 정숙한 아내.

제 1 장

페트로니우스는 한낮에 눈을 떴으나 언제나와 같이 몹시 나른했다. 전날 네로의 연회에 참석하여 그것이 밤늦게까지 계속되었었다. 얼마 전부터 건강도 나빠지기 시작하고 있다. 매일 아침 눈을 떠도 그냥 졸리는 것 같고 생각도 정리할 수가 없다고 그 자신도 말하고 있었다. 그러나 아침에 목욕탕에 들어가 길들여진 노예에게 정성껏 몸을 주무르게 했더니 차츰 나태한 피의 순환이 촉진되어 머리가 개운해지고 힘이 되살아났으므로, 에라에오테시움(목욕 후 기름을 바르는 방) 즉 목욕탕의 마지막 방에서 나왔을 때는 다시 태어난 것처럼 재치와 기운에 눈이 빛나고 젊음을 되찾았다. 생활력에 넘치고 멋을 부리는 데 있어서도 당해내지 못하는 기세는, 오토(네로의 친구. 58년 아내 포파에아를 네로에게 빼앗기고 루시타니아에 보내졌다. 69년 황제가 되었다.)조차도 필적할 수 없는 정도로서 그야말로 사람들이 말하는 대로『멋쟁이 심판관』이 되어 있었다.

공중 목욕탕에는 좀처럼 가지 않았다. 다만 누군가 로마에서 소문난 재미있는 변론가가 오거나 청년 체육장에서 재미있는 격투가 벌어질 때는 예외였다. 어쨌든 인스라(독립한 저택, 본래는『섬』이란 뜻)에 개인용 욕실을 갖추고, 더욱이 그것을 세벨스의 유명한 동료인 케렐이 확장하고 개축하여, 세상에 유례가 없을 정도의 취미로서 장식했기 때문에, 네로조차도 이것을 황제의 목욕탕보다도 뛰어나다고 인정하고 있었다. 물론 황제의 목욕탕은 좀더 넓고 비교가 안될 만큼 호화로운 설비를 갖추고 있었지만.

전날의 연회에서는 바티니우스의 술주정이 싫어서 네로나 루카누스, 그리고 세네키를 상대로 여자에게도 영혼이 있는가라는 보론에 참가했다가 이 날 아침 늦게 일어나 여느때처럼 목욕을 한 것이다. 마침 거인인 목욕탕지기 두 사람이 페트로니우스를 눈처럼 하얀 이집트의 뷰소스라는 아주 얇은 삼베로 덮은 삼나무 받침대에 올려놓고, 향기로운 올리브 유에 적신 손바닥으로 그 모양새 좋은 몸을 문지르기 시작한 참이었다. 페트로니우스는 눈을 감고 라코니쿰(땀을 식히는 방)의 열과 목욕탕지기의 따뜻한 손 기운이 몸 안에 스며들어 피로를 가시게 해주기를 기다리고 있었다.

그러나 조금 있다가 눈을 뜨고는 날씨에 대해서 물었고, 보석상 이도메네우스가 오늘 가지고 와서 보여 주기로 약속한 보석에 대해서 물었다. ——알바의 산에서 불어오는 미풍 때문에 날씨는 개어 있다는 것과 보석은 아직도 도착하지 않았다는 것을 알게 되자, 페트로니우스는 또다시 눈을 감고 테피다리움(微溫湯)으로 운반하라고 일렀다. 마침 그때 커튼 뒤에서 노멘크라톨(안내하는 사나이)이 나타나 최근에 소아시아에서 돌아온 젊은 마르쿠스 비니키우스가 찾아왔다고 알렸다.

페트로니우스는 자기도 곧 갈 테니까 손님을 테피다리움으로 안내하라고 일렀다. 비니키우스는 페트로니우스의 누님의 아들로서, 그 누님은 벌써 오래 전 티베리우스 황제 때 집정관이 되어 있던 마르쿠스 비니키우스에게 출가했었다. 이 청년은 최근 파르티아 (裏海의 남동쪽에 있는 지방) 군과 싸우고 있는 코르부로(47년 게르마니아에 출정하여 지금의 무즈 강과 라인 강 사이에 운하를 파게 했다. 크라우디우스 황제 때 아시아의 지사로서 아르메니아를 엿보는 파르티아 군에 대비, 네로의 즉위 후 전쟁을 개시했다. 63년에 최대 지배권을 부여받아 파르티아와 강화를 체결, 67년 희랍으로 소환되어 자살했다.) 밑에서 봉직했는데, 전쟁이 끝나자 로마로 돌아온 것이었다. 페트로니우스가 이 청년과 아주 허물없고 사이좋게 지내는 것은, 비니키우스가 체육에 뛰어나고 아름다운 청년인데다가 놀기 좋아하는 생활 속에서도 어느 정도까지 취미를 유지할 줄 아는 것을 높이 사고 있었기 때문이다. 청년은 활달한 걸음걸이로 테피다리움에 들어와서는,

「안녕하십니까. 신들, 특히 아스클레피우스(의사의 신)와 키프로스의 여신(베누스)의 은총이 함께 하시기를 빕니다. 이 두 신의 가호 밑에서는 화가 일어나지 않으니까요.」하고 말했다.

페트로니우스는 몸에 걸친 부드러운 카르밧슘(스페인 산의 엷은 삼베) 천의 주름 사이로 손을 뻗치며 대답했다.

「잘 돌아왔다. 전쟁의 뒤끝이니까 즐거운 휴식을 취하도록 해라. ──그런데 아르메니아에는 무슨 재미있는 이야기가 없나? 아시아에 있는 동안 비튜니아(흑해 남안의 서부지방)까지는 가지 않았던가?」

페트로니우스는 옛날 비튜니아를 통치한 적이 있었는데, 특히 중요한 것은 그가 통치를 강력하게 그리고 정의로써 행했다는 것이었다. 이것은 나약하고 놀기 좋아하는 이 사람의 성격과는 모순되는 것이다. 그가 그 시대를 즐겨 회상하는 것은, 그럴 마음을 먹기만 했다면 대단한 인물이 되었을 것이라는 증거를 그 시대가 제공해 주고 있기 때문이다.

비니키우스는 대답했다.

「한 번은 헤라크레이아까지 갔었지요. 코르부로가 나를 그곳에 보내서 원병을 모집하게 해서 말입니다.」

「아, 헤라크레이아? 거기에는 코르키스(黑河의 동안지방) 태생의 아가씨가 하나 있었지. 그 아가씨를 위해서라면 이곳의 미망인들을 모두 버려도 좋다고 생각했었어. 포파에아(포파에아 사비나. 트리우스 오리우스의 딸. 루푸리우스 크리스피누스에게 출가했고 나중에 오토와 재혼, 58년 네로의 첩이 되었다가 62년 정식으로 결혼했으며, 65년에 죽었다.)까지도 말야. 그러나 벌써 오래 전의 이야기지. 그보다도 파르티아의 국경 이야기를 해주게. 그야말로 보로게소스(파르티아 왕)도, 틸리다테스(파르티아 왕)도, 티그라네스(아르메니아 왕)도 모두 재미없는 놈들이야. 게다가 그 야만인들은 젊은 알라누스의 말대로 지금까지도 집에 있을 때는 네 발로 기어다니다가, 다만 우리들 앞에서는 이쪽 흉내를 내느라고 서서 걷지. 그러나 이즈음 로마에서 그놈들의 이야기가 나오는 것은, 무언가 다른 이야기를 하는 것이 위험하기 때문이야.」

「전쟁은 잘 돼가고 있지 않습니다. 아마 코르부로가 없었다면 틀림없이 패배했을 것입니다.」

「코르부로? 아아, 그 사람은 전쟁의 귀신이지. 진짜 마르스라구. 장군다운 사나이지만, 한 가지 결점은 화를 잘 내고 지나치게 꼼꼼하고 한 마디로 바보지. 나는 그를 좋아하지만 네로는 두려워하고 있어.」

「코르부로는 바보가 아닙니다.」

「그럴는 지도 모르지. 뭐, 그건 아무래도 좋아. 어리석음도 퓨론(회의파의 철학자)의 말에 의하면 현명함보다 나쁜 것은 아니야. 어느 쪽이나 그다지 차이는 없지만 말야.」

비니키우스는 전쟁 얘기를 시작했지만, 페트로니우스가 눈을 감았기 때문에 그 피로하고 약간 수척한 얼굴을 보고는 화제를 바꾸어 건강에 대해서 걱정스러운 듯이 묻기 시작했다.

페트로니우스는 다시 눈을 떴다.

건강——아니, 페트로니우스는 그 자신도 건강하다고는 생각하고 있지 않았다. 물론 아직도 그 젊은 시센나 정도로 나쁘지는 않다. 그 친구는 완전히 의식을 잃고 있어서, 아침에 목욕탕에 데리고 가면 「나는 지금 앉아 있는 건가?」 하고 물을 정도였다.

——페트로니우스는 건강하지는 않다. 그래서 비니키우스는 아스클레피오스와 키프로스 여신의 가호를 빈 것이다. 그러나 아스클레피오스는 누구의 아들인지, 아르시노에의 자식인지 코로니스의 자식인지 어머니가 분명치 않은데다 아버지조차도 분명치 않다. 하기는 지금 세상에 자기의 아버지가 누구인지를 누가 안단 말인가.

여기에서 페트로니우스는 웃는 얼굴을 보이고 나서 이야기를 계속했다.

「사실을 말하면 지금부터 2년 전, 에피다우로스(펠로폰네소스 반도의 동부지방 아루고리스 동안의 도시. 아스클레피오스의 사당이 있었다.)

에 개똥지빠귀 세 다스와 황금의 술잔을 바쳤지. 무엇 때문인지 알아? 그때 나는 나 자신에게 이렇게 말했어. 효험이 있든지 없든지, 어느 쪽이라도 좋다고. 사람들이 신에게 촛불을 올릴 때는 역시 모두들 나하고 같은 생각일 것이라고 생각해. 모두가 말이야. 하긴 포르타 카페나(제정시대의 로마 시 남동부 구역)에서 여행자에게 고용되는 노새의 마부는 다를는 지도 모르지만 말이야. 작년에 방광을 앓을 때는 아스클레피오스에게만이 아니라 아스클레피오스의 자손(의사)에게도 기원을 했지. 그러나 나를 위해서 인쿠바티오(꿈에 신을 불러내어 미래를 예견하고 병의 치유법을 배우는 것)를 해주었어. 그 사람들이 속임수를 쓴다는 것은 알고 있었지만, 어떻든 나는 나 자신에게 말했어. 『뭐, 상관없어.』라고 말이야. 어차피 세계는 기만 위에 서 있고 인생은 방황이야. 마음도 방황이지. 그렇더라도 기분 좋은 방황과 기분나쁜 방황을 구별할 수 있는 판단력은 가지고 있지 않으면 안 돼. 집의 아궁이에 향나무나 호박(琥珀) 가루를 때는 것은, 살아 있는 동안에는 썩는 냄새보다는 향기로운 냄새가 좋기 때문이야. 네가 나를 위해서 기도해 준다는 키프로스의 여신만 하더라도, 그 가호를 내가 인정하는 것은 이 오른쪽 발이 아픈 것을 고쳐 주었으면 하기 때문이야. 어쨌든 친절하신 하나님이지. 너도 역시 조만간 그 하나님의 제단에 하얀 비둘기를 올리게 되리라고 나는 생각해.」

비니키우스는 말했다.

「그렇군요. ──하기는 파르티아 병의 화살에는 맞지 않았지만 아모르(사랑의 신)의 화살에는 맞았습니다. ──전혀 뜻하지 않게 도시의 문에서 불과 몇 마장 되는 곳에서 말입니다.」

페트로니우스는 말했다.

「그런가? 시간이 있으면 얘기해 주게.」

비니키우스는 대답했다.

「실은 의견을 들어 보려고 왔습니다.」

그러나 마침 그때 몇 사람의 이발사가 들어와서 페트로니우스의 머리를 손질하기 시작했고, 비니키우스는 페트로니우스가 탕에 들어가라고 권했으므로 옷을 벗어 던지고 따뜻한 욕조에 몸을 담갔다.

「그래? 잘 됐는지 어떤지는 물을 필요도 없겠지.」 하고 페트로니우스는 말하고 대리석을 다듬어 놓은 듯한 비니키우스의 젊은 육체를 바라보았다. 「리시포스(B.C. 4세기의 시큐온의 조각가)가 너를 보았더라면 젊은 헤라클레스의 상이라도 만들어 파라티움(로마의 서쪽에 있는 언덕)으로 가는 문의 장식으로 삼았을 텐데…….」

청년은 만족스러운 듯이 웃고는 욕조에 몸을 담갔다. 철철 넘치는 탕 속의 번지는 모자이크에는 유노가 유피테르를 잠재우려고 잠의 신에게 부탁하고 있는 장면(호메로스의 『일리아드』 제 14 권 231 이하)이 그려져 있었다. 페트로니우스는 만족한 예술가의 눈으로 그것을 보고 있었다.

그러나 비니키우스가 목욕을 끝내고 이발사에게 몸을 내맡겼을 때, 레크토르(낭송시인)가 파피루스의 두루마리를 넣은 청동의 통을 배 위에 안고 들어왔다.

「어떤 것을 듣고 싶나?」 하고 페트로니우스가 물었다.

비니키우스는 대답했다.

「숙부님의 작품이라면 어느 것이든 기꺼이 듣겠습니다. 그러나 그것이 아니라면 차라리 이야기를 하겠습니다. 요즈음은 거리의 어느 모퉁이에서나 시인들이 사람들을 붙잡으니까요.」

「하긴 그래. 작은 바시리카(바시리카 아에미리아. 포름의 북동쪽 구석에 있던 장방형의 공회당.) 근처에서도, 목욕탕 근처에서도, 또는 도서관이나 책방 근처에서도, 사람이 지나가면 으레 원숭이처럼 손발을 놀리고 있는 시인을 볼 수가 있지. 아그리파(아우구스투스 때의 장군)가 동방에서 돌아왔을 때, 그는 그 무리들을 악령에 사로잡힌 놈들이라고 생각했다더군. 게다가 지금은 황제가 시를 쓰니까 너도 나도 그 흉내를 내는 세상 아닌가. 다만 황제보다도 좋은 시를 써서는 안 되는 것으로 되어 있기 때문에 나는 루카누스(세네카의 조카. 시인.)의 일을 조금은 걱정하고 있어. ——나는 산문을 쓰지만 그다지 마음에 들지 않는 것 같아. 레크토르가 읽을 예정으로 있던 것은 저 불쌍한 파부리키우스 베이엔토(B. C. 62년, 여기에 거론한 시집에서 원로원 의원이나 신관을 비웃었기 때문에 추방되었다가 도미티아누스 황제 때에 귀국이 허용되었다.)의 〈코디키리〉야.」

「왜 불쌍하다고 하시는 거죠?」

「그것은, 추후 조치가 있을 때까지 오데소스(지금의 오데사가 아니라 그보다 남쪽인 흑해 서안의 도시)에 머물고 집에 돌아와서는 안 된다고 되어 있으니까 말이지. 그 사람의 오디세이아는 나중 부분(귀국 후의 이야기)이 진짜 오디세우스보다는 편안해질 거야. 마누라가 페네로페(오디세우스의 정숙한 아내)는 아니니까 말야. 어쨌든 바보짓을 한 것은 틀림없어. 여기에서는 시 이외의 것은 일체 거론하지 않겠어. 그러나 그 책은 어지간히 서투르고 따분한 것이어서 작자가 추방될 때까지는 누구도 저렇게 열심히 읽으려고는 하지 않았어. 그런데 지금은 어디엘 가더라도 『스캔들이다, 스캔들이다.』라고 말하고 있고, 베이엔토도 어느 정도까지는 창작을 했을는지 모르지만, 로마를 알고 있는 이곳 『원로』나 이곳의 여자를 알고 있는 내가 볼 때는, 저래가지고는 실제의 모습도 흐려졌다고밖에는 볼 수가 없어. 지금은 너도 나도 그 책에서 몇 번씩이나 자기의 문제를 찾아 내고는 걱정을 하기도 하고, 알고 있는 사람의 일을 발견하고는 기뻐하기도 하지. 아빌누스의 책방에서는 백 명도 넘는 필생이 그 책을 베끼고 있다더군. 성공할 게 틀림없어.」

「숙부님 이야기는 안 나옵니까?」

「왜, 나오지. 다만 작자는 잘못 알고 있어. 거기에 씌어 있는 것보다도 더 나쁜 일을 했지만 그렇게 시시하지는 않거든. 그러나 나는 벌써 오래 전에 품위라든가 비천이라든가 하는 느낌을 잃어버리고 말았고, 또 실제로 그런 차별 같은 것은 없는 것 같은 느낌이 들어. 하긴 세네카나 무소니우스(가이우스 무소니우스 루푸스, 이 무렵에 살았던 스토아 파의 철학자. 음모에 가담하여 두 번이나 추방되었다.)나 트라세아(푸브리우스 크로디우스 트라세아 파에투스. 집정관이 되기도 했던 스토아 파의 철학자.)는 그것을 알고 있는 척하고 있지. 나에게는 모두가 같은데 말야. 정말이지 생각나는 대로를 말하는 거야. 그러나 내가 가지고 있는 강점은 무엇이 추악한지 무엇이 아름다운지를 알고 있다는 것이지. 예를 들면 저 붉은 수염(네로의 별명)은 시인이고 마부이며 가수이자 무용수이고 배우이지만 이 사실을 모르고 있어」

「파부리키우스는 불쌍하군요. 좋은 사람이었는데.」

「자만심 때문에 몸을 망쳤지. 모두들 그자는 수상쩍다고 생각하고 있었어. 아무도 분명히는 몰랐지만 그 사람은 말을 조심할 줄을 몰라서 어디엘 가더라도 『비밀이다, 비밀이다.』라고 지껄이고 있었지. 그런데 루피누스의 이야기를 들었나 ? 」

「아아뇨.」

「그럼 프리기다리움(몸을 식히는 방)에 가서 이야기하자구.」

두 사람은 프리기다리움으로 갔다. 중앙에 분수가 있어서 그 물이 엷은 장미빛으로 물들어 있고 제비꽃 향기를 풍기고 있었다. 그 벽의 움푹 패인 곳에 있는 비단천을 간 좌석에 앉아 두 사람은 땀을 식혔다. 잠시 침묵이 계속되었다. 비니키우스는 생각에 잠겨 목양신(牧羊神)의 동상을 바라보고 있었다. 그것은 팔에 안은 숲의 요정(妖精) 위에 몸을 숙이고 그 입에 키스를 하려고 하고 있는 것이었다. 그는 이윽고 이렇게 말했다.

「이건 참 멋이 있군요. 어떻습니까, 인생은 바로 이런 겁니다.」

「어떤 의미에서는 그렇다고 할 수 있겠지. 그러나 너는 거기에다 전쟁까지도 좋아하지. 나는 전쟁을 싫어하지만 말야. 천막 속에 있으면 손톱이 까실까실해지고 장미빛이 없어지거든. 하기는 각자 좋아하는 일이 있게 마련이지. 붉은 수염은 노래를 좋아하고, 그것도 특별히 자기의 노래를 좋아하고, 스카우르스(마메르쿠스 아유밀리우스 스카우르스. 이 이름있는 집안의 마지막 사람으로서 우수한 변호사. 집정관도 지냈지만 국사범으로 몰려 자살했다.) 할아버지는 코린토스의 항아리가 좋아서 밤에도 안고 자다가 잠이 안 오면 키스를 하곤 했지. 그래서 항아리의 가장자리가 닳아 빠졌다는군. 어때, 너는 시를 안

쓰냐？」

「네. 육각운(六脚韻)의 시 한 줄도 끝까지 지어 본 일이 없습니다.」

「그럼 거문고를 치거나 노래를 하지도 않고？」

「네.」

「마차의 조종은？」

「안티오키아에서 한가할 때에 했습니다만, 잘은 못합니다.」

「그럼 너에 대해서는 안심이 되는군. 경마장에서는 어느 쪽이냐？」

「청 쪽입니다.」(처음에는 赤과 白, 그리고 靑과 綠의 4조가 있었으나, 나중에는 靑과 綠의 2조가 남았다.)

「듣고 보니 정말 안심이군. 특히 너에게는 큰 땅이 있고 더욱이 파라스(황제 크라우디우스의 어머니 안토니아의 해방 노예로서, 부호가 되었으나 후에 네로에게 살해되었다.)의 세네카만큼 부자는 아니야. 알겠나？ 지금 이곳에서는 시를 쓰거나 거문고로 노래를 부르거나 낭송을 하거나 원형 경기장에서 마차를 모는 것도 좋기는 하지만, 시도 쓰지 않고 거문고도 타지 않고 노래도 부르지 않고 마차를 몰지 않는 쪽이 낫지. 첫째 위험이 없으니까. 하기는 가장 좋은 것은 붉은 수염이 할 때에 제법 그럴 듯하게 감탄하는 일이지. 너는 미남자이니까 포파에아가 너한테 반하지 말라는 법도 없거든. 아니, 그 여자도 그쪽은 적당히 경험을 했어. 사랑은 전의 두 남편(루푸리우스 크리스피누스와 마르쿠스 사르비우스 오토)에게서 맛보았으니까 세 번째(네로)에 와서는 다른 도락을 시작하고 있지. 알고 있나？ 그 바보 같은 오토의 얘기를 말이야. 지금도 그 여자를 미친 듯이 사랑하고 있어. ──저 스페인의 바위산을 미친 듯이 헤매면서 한숨을 짓곤 하는데, 벌써 오래 전부터 지금까지의 습관을 버리고 자기의 몸을 돌보지 않기 때문에, 이즈음은 하루에 세 시간쯤 머리칼을 만지게 하면 그것으로 족하다는 이야기야. 오토가 그렇게까지 될 줄은 아무도 생각을 못했었지.」

비니키우스는 대답했다.

「알 만해요. 그러나 나 같으면 다른 방법을 취할 텐데요.」

「어떤?」

「그곳 산지(山地)에서 충성스러운 병사를 몇 군단 모집하지요. 강한 군대입니다, 이베리아 놈들은.」

「이것 봐, 그런 일을 네가 할 수만 있다면 좋겠다고 말하고 싶지만 말이다, 왠지 알아? 이봐, 모두들 그런 일을 하지만 어떤 경우에도 남에게는 말을 하지 않는 법이야. 그야 내가 그놈의 입장에 있다면 포파에아든 붉은 수염이든 마음껏 비웃어 주고 이베리아에서도 군단을 만들어 주겠지. 단, 남자가 아니라 여자의 군단을 말이야. 에피그란마(짧은 풍자시)는 쓰더라도 저 불쌍한 루피누스처럼 남들에게는 들려 주지를 않을 걸세.」

「그 사람 이야기를 해주시지 않겠습니까?」

「운크토리움(기름을 바르는 방)에 가서 이야기하자구.」

그러나 운크토리움에서는 비니키우스의 관심은 딴 데로 향했다. 거기에서 목욕하는 사람들에게 봉사하는, 그야말로 아름다운 여자 노예들에게로 말이다. 그 중의 두 사람은 검둥이로서 흑단(黑檀) 나무로 만든 훌륭한 조각과 비슷했는데, 두 사람의 몸을 고급 아라비아 향유로 맛사지하기 시작했고, 빗질이 능숙한 프리기아의 여자들은 뱀처럼 낭창낭창한 손에 잘 닦여진 강철로 만든 거울과 빗을 들었다. 마치 여신상 같은 코스 태생의, 두 명의 희랍인 소녀는 베스티푸리카(의상을 손질하는 여자)로서 주인들의 도포에 주름을 잡을 때를 기다리고 있었다.

마르쿠스 비니키우스는 말했다.

「이건 정말 훌륭한 것들을 모아 놓으셨군요.」

페트로니우스는 대답했다.

「나는 수효보다는 질을 선택하거든. 로마에 있는 내 파밀리아(한 집안에 있는 노예의 총칭)는 모두 4백 명이 채 안 되지만, 벼락부자가 아닌 한 자기만의 용무에 이 이상의 노예가 필요하다고는 생각지 않아.」

비니키우스는 콧구멍을 벌름거리면서 말했다.

「이보다 아름다운 육체는 붉은 수염도 갖추지 못했겠는데요.」

그 말을 듣고 페트로니우스는 기분이 좋아져서 말했다.

「너는 내 친척이니까 하는 얘기인데, 나는 바수스만큼 인색하지도 않고 아우루스 푸라우티우스만큼 꽁생원도 아니야.」

비니키우스는 후자의 이름을 듣자, 잠시 코스 태생의 소녀 이야기도 잊어버리고 갑자기 고개를 쳐들고 물었다.

「어째서 아우루스 푸라우티우스를 그렇게 말씀하십니까? 저는 그 집 옆에서 팔을 삐었기 때문에 그 사람 집에서 며칠 동안 묵은 일이 있습니다. 마침 그 일이 있었을 때 푸라우티우스가 말을 타고 지나가다가 내가 몹시 괴로워하고 있는 것을 보고는 자기 집으로 데려가 주었는데, 그 사람의 노예인 메리온이라는 의사가 깨끗이 고쳐 주었습니다. 실은 그 일에 대해 말씀드리려고 했었습니다.」

「무엇 때문이지? 설마 폼포니아에게 반했다는 것은 아닐 테지? 만일 그렇다면 네가 불쌍해. 그 사람은 젊지도 않고 게다가 정숙한 여자니까 말야. 그보다 더 난처한 문제는 생각할 수 없을 정도이지.」

「폼포니아에게가 아닙니다.」 하고 비니키우스는 말했다.

「그럼 누구에게지?」

「그게 누구인지를 알면 저도 좋겠습니다만, 이름이 뭔지 정확히는 잘 모릅니다, 리기아든가 카리나든가. 어쨌든 그 집에서는 리기아라고 부르고 있었습니다. 리기 족(지금의 오데르 강 상류의 민족) 출신이기 때문이지요. 그러나 만족(蠻族)의 이름으로 카리나라고도 부르고 있었습니다. 이상한 집이더군요, 푸라우티우스의 집은. 식구가 굉장히 많아요. 그런데도 수비아쿰의 숲속처럼 조용하답니다. 10여 일 동안 거기에 있으면서도 거기에 그렇게 거룩한 사람들이 살고 있는 줄은 몰랐습니다. 그런데 어느 날 새벽, 마당의 연못에서 목욕을 하고 있는 그녀를 얼핏 본 것입니다. 아프로디아가 태어난 거품에 맹세코, 서광(曙光)이 그녀의 전신을 뚫고 지나갔습니다. 해가 뜨면 아침 노을이 사라지듯이, 그 여자도 빛 속에 사라지고 말

것이라고 생각했을 정도입니다. 그로부터 두 번밖에 그녀를 보지 못했지만, 그때부터 나에게는 마음의 안정이라는 것이 없어지고 다른 희망도 느끼지 않게 되었습니다. 거리에 있는 모든 것을 보려고도 생각지 않고, 여자도 돈도 브론즈도 호박도 진주도 포도주도 연회도 싫어지고, 오직 리기아의 일만을 생각하고 있습니다. 사실을 말씀드리면 나는 그 여자를 동경하고 있습니다. 집의 테피다리움 모자이크에 새겨져 있는 꿈의 신이 파시테아(미의 여신의 세 시녀 중의 하나)를 사랑하고 있듯이, 낮이나 밤이나 저는 그 여자 생각 뿐입니다.」

「노예라면 사버리면 되지 않나?」

「노예가 아닙니다.」

「그럼 뭐야? 푸라우티우스가 해방시켜 주었단 말인가?」

「애당초 노예가 아니었으니까 해방될 까닭이 없습니다.」

「그럼 대체 뭐야?」

「그것을 잘 모르겠습니다. 어떤 임금님의 딸인지, 뭐 어쨌든 그런 것입니다.」

「호기심을 자아내는군.」

「뭐, 듣고 싶다고 말씀만 하시면 금방이라도 그 호기심을 충족시켜 드리겠습니다. 이야기는 그렇게 긴 것이 아닙니다. 숙부님은 분명 수에비 족의 왕 반니우스를 잘 알고 계시지요? 그 나라에서 쫓겨나서 오랫동안 이곳 로마에 와 있던 사람 말입니다. 여하튼 주사위 놀이에서는 재수가 좋고 전차를 모는 것도 썩 능숙하다는 소문이었습니다. 케사르 도루수스(B.C. 13~A.D. 23, 후에 황제가 된 티베리우스의 아들)는 이 사람을 왕위에 복귀시켜 주었습니다. 반니우스는 정말 확실한 인물로서, 처음에는 잘 다스리고 전쟁도 잘 해내고 있었습니다. 그런데 나중에는 근처 사람들뿐만 아니라 자기 통치 하에 있는 수에비 족까지도 괴롭히기 시작했습니다. 그래서 그 조카인 반기오와 시도, 즉 헤르문드리 족(지금의 엘베 강 상류에 있는 민족)의 왕 비부리우스의 두 아들이 의논하여 반니우스를 로마에

다시 보내 버리려고 시도했습니다. ——주사위로 운수를 시험하려는 셈이지요.」

「아아, 생각이 나는군. 크라우디우스 때 이야기야. 그다지 오랜 옛날 일은 아니야.」

「그렇습니다. 그래서 전쟁이 시작되었습니다. 반니우스는 이아즈게스 족에게, 그 조카들은 리기 족에게 도움을 요청했습니다. 리기 족은 반니우스의 재산에 대한 소문을 듣고 있던 터라 전리품을 얻으려는 욕심 때문에 엄청난 인원으로 쳐들어왔으므로, 케사르인 크라우디우스도 국경의 평화에 대해 두려워하기 시작했습니다. 크라우디우스는 만족끼리의 전쟁에 관여하기를 싫어해서 아테리우스 히스텔이라는 다누비우스 강(지금의 도나우 강)의 군단을 지휘하고 있는 사람에게 편지를 보내어, 전쟁이 계속되는 동안 엄중히 감시하여 로마의 평화가 무너지는 일이 없도록 하라고 명령했습니다. 그래서 히스텔은 리기 족에게 국경을 넘지 않는다는 약속을 지키도록 했습니다만, 저쪽에서는 그것을 알았을 뿐만 아니라 인질까지 보냈습니다. 그 속에 저쪽 장군의 아내와 딸도 끼여 있었던 것입니다——아시다시피 만족은 전쟁에 나갈 때에 아내나 어린이들까지 데리고 나갑니다——그런데 지금 말씀드린 리기아는 바로 그 장군의 딸인 것입니다.」

「그런 일을 어디에서 알게 되었나?」

「아우루스 푸라우티우스가 얘기해 주었습니다. 리기 족은 그때 정말로 국경을 넘지는 않았습니다마는, 만족들은 폭풍우같이 밀려왔다가는 폭풍우같이 사라졌습니다. 리기 족도 그 머리에 단 산양의 뿔과 같이 자취를 감추었습니다. 반니우스가 거느린 수에비 족이 이아즈게스 족을 무찔렀지만, 그 왕이 전사했기 때문에 병사는 전리품을 가지고 떠나가고, 인질은 히스텔의 손에 남게 되었습니다. 그 후 얼마 안 되어 어머니가 죽고 히스텔은 이 딸을 어떻게 해야 좋을지 몰라서 게르마니아 전체의 지휘관이었던 폼포니우스에게게로 보냈습니다. 폼포니우스가 카티 족(지금의 라인 강 숭뮤 북농안의 민속)

과의 전쟁을 끝내고 나서 로마도 돌아왔을 때, 아시다시피 크라우디우스는 개선식을 올리게 했습니다. 이때 그 딸은 승리자의 마차 뒤를 따라 걸었지만 그 축제 소동이 끝나고 나서 인질과 포로를 구별할 수가 없었으므로, 이번에는 폼포니우스가 이것을 어떻게 취급하면 좋을지 몰라 끝내 자기의 누이동생 폼포니아 그라에키나, 즉 푸라우티우스의 부인에게 주었던 것입니다. 그쪽 집에서는 모든 것이, 주인들부터 시작해서 새집의 새에 이르기까지 무엇이든 인색하기 때문에 나이가 찼어도 유감스럽지만 그라에키나 자신처럼 인색한 것입니다. 그러나 그 아름다움은 포파에아조차도 그 옆에 세워 놓으면 마치 헤스페리데스의 능금(半神 헤라클레스가 서쪽 나라의 선녀에게서 뱀의 보호를 받은 나무에서 취해 온 능금) 옆에 놓은 가을의 무화과처럼 보일 정도입니다.」

「그리고 나서 어떻게 되었나?」

「되풀이해서 말씀드리지만 그 여자를 본 순간부터, 연못 옆에서 태양 광선이 그 전신을 비추어 오는 것을 본 그 순간부터 저는 기억이 나지 않을 만큼 반해 버린 것입니다.」

「그럼 칠성장어나 정어리 새끼같이 투명하군 그래.」

「비웃지 말아 주십시오. 너무 노골적으로 자기의 사랑을 이야기해서 숙부님을 속인 것처럼 되어서는 안 될 테니까 말씀드려 두지만, 요란한 옷 밑일수록 깊은 상처가 곧잘 숨어 있는 법입니다. 그리고 또 말씀드려 두지 않으면 안 될 것은, 내가 아시아에서 돌아오는 도중 예언의 꿈을 부여받기 위해 하룻밤을 모푸소스(아르고라는 배를 타고 금빛의 양가죽을 가지고 간 이아손 일행의 예언자라고도 하고, 호메로스에 나오는 예언자 티레시아스의 손자라고도 한다.)의 사당에서 지낸 적이 있었습니다. 그때 꿈에 모푸소스가 나타나 내 생애에는 사랑에 의한 큰 변화가 일어난다고 예언했습니다.」

「푸리니우스(A.D. 79년 베스비우스의 분화를 조사하러 가서 죽은 자연과학자)가 말하는 것을 들은 일이 있는데,『신들을 믿지 말라. 꿈을 믿으라.』라고 한 것은 어쩌면 지당한 것인지도 몰라. 나는 농담은 하지만 때때로, 사실은 오직 하나의 신이 있어서, 그것이 영원하며 전능하며 창조자이다—— 라고 생각할 때도 있지. 베누스 게네토리쿠스(물체를 낳는 美의 여신. 비너스.)이지. 이 여신이 사람들의 영혼을 합치시키고 육체와 물체를 합치시키거든. 에로스는 카오스(혼돈)로부터 세계를 불러냈어. 그것이 좋은 일이었는지 어떤지는 별개의 문제야. 그러나 그렇게 되어 있기 때문에 우리는 그 힘을 인정하지 않으면 안 돼. 단, 그것을 축복하지 않는 것도 인간의 자유지만 말이야——.」

「아니, 숙부님. 뭐니뭐니 해도 철학을 끄집어내는 편이 좋은 생각을 하기보다 쉽군요.」

「너는 대체 무엇을 바라고 있는 거냐? 말을 해봐라.」

「리기아를 원합니다. 지금은 단지 공기만을 끌어안고 있는 이 두 팔로 그녀를 힘껏 끌어안고 싶습니다. 그녀의 숨을 들이마시고 싶습니다. 하다못해 노예라면, 그녀 대신 처음 팔려 나왔다는 표시로 석회로 발을 하얗게 칠한 아가씨를 백 명 준대도 아까울 것이 없을 것입니다. 내 머리가 겨울의 소라쿠테(에토루리아의 산) 정상처럼 하얗게 휠 때까지 집에다 놓아 두고 싶습니다.」

「그 여자는 노예는 아니라 하더라도 결국 푸라우티우스의 파밀리아에 속하고 있어서 버림받은 아이나 다름없으니까 아르무나(양녀)라고 볼 수 있어. 네가 원한다면 푸라우티우스는 줄 거야.」

「그것은 숙부님이 폼포니아 그라에키나를 모르시기 때문에 하시는 말씀입니다. 어쨌든 두 사람 모두 그 아가씨를 친자식처럼 귀여워하고 있습니다.」

「나는 폼포니아를 알고 있어. 마치 사이프러스(묘지에 주로 심는 나무)와 같아. 그 여자가 아우루스의 마누라가 되어 있지 않다면, 나는 그 여자를 곡(哭)하는 여자로 고용할 수도 있어. 유리아(아우구스투스의 딸. 장군 아그리파에 출가하고, 그뒤 티베리우스의 아내가 되었으나 행실이 나빠 추방되었다. A. D. 14년에 죽음.)가 죽고 나서 한 번도 상복을 벗지 않아서 언제 보아도 살아 있을 때부터 아스포데로스

(저세상에 핀다는 백합 비슷한 식물)에 덮인 초원을 걷고 있는 것
같았지. 게다가 그 사람은 우니빌라(한 사람의 남편만을 섬기는 여자)
이니까 그 흔한 너댓 번 이혼한 부인들 사이에서는 피닉스(5백년을
살고, 죽은 뒤에도 잿속에서 다시 태어나는 새)라고도 할 수가 있지. ──
──아, 참 너도 들었니? 피닉스가 실제로 이즈음 북이집트에서 알을
깠다는 얘기. 5백년에 한 번 있을까 말까한 사건이야.」
　「숙부님, 피닉스 이야기는 다음에 합시다.」
　「글쎄, 뭐라고 하면 좋을까. 아우루스 푸라우티우스를 나는 잘
알고 있어. 그 사람은 내 생활방식을 비난하고는 있지만, 어떤 점
에서는 나를 좋아하고, 어쩌면 다른 사람보다도 나를 존경하고 있
을지도 몰라. 내가, 예를 들면 도미티우스 아페르(A.D. 59년에 죽은
변론가. 황제 가이우스에게 박해받았으나 아첨하여 집정관이 되었다.)나
티게리누스(품행이 나빠 황제 가이우스에게 추방되었으나, 네로의 총애를
받아 세력을 얻었고, 황제 오토 때 자살했다.)나 또는 그밖에 붉은 수염을
에워싸고 있는 무리들처럼 사람을 고발한 일이 없다는 것을 알고
있는 탓이겠지. 나는 별로 스토아의 흉내를 내는 것은 아니지만
네로의 행동에는 이따금 눈살을 찌푸렸어. 그것을 세네카나 부루스
(황제 크라우디우스의 조카딸로서 그 후처가 된 아그리피나의 총신. 네로의
교사. 62년에 죽음.)는 보고도 못본 체하고 있었지. 내가 아우루스에게
얘기해서 너를 위해 무언가 해줄 수 있다면 힘써 보마.」
　「그것은 숙부님이 하실 수 있습니다. ──숙부님은 그 사람에
대해서 힘이 있고 게다가 숙부님의 지혜는 무궁무진합니다. 제 입
장을 여러 가지로 생각해 주시고 푸라우티우스에게 잘 말씀해 주
시면…….」
　「너는 내 힘이나 머리를 너무 과대평가하고 있구나. 하지만 그
정도의 일이라면 푸라우티우스가 로마에 돌아오는 대로 얘기해
보지.」
　「벌써 이틀 전에 돌아와 있습니다.」
　「그럼 아침식사가 기다리고 있으니까 식당으로 가자. 식사를 끝

내고 나서 푸라우티우스에게 가보자꾸나.」

「숙부님은 언제나 친절하십니다.」 하고 비니키우스는 힘주어 말했다.

「그러나 우선 라레스(집안의 수호신) 속에 숙부님의 상(像)을 세우도록 하겠습니다. 이것처럼 훌륭한 것을 세워 공물(供物)을 바치겠습니다.」

그렇게 말하고 비니키우스는 좋은 냄새가 나는 객실의 한 쪽 벽 전체를 장식하고 있는 숱한 입상들 속에서 손에 지팡이를 들고 있는 헤르메스의 모습으로 나타낸 페트로니우스의 상을 가리켰다.

그리고 이렇게 덧붙였다.

「헤리오스의 빛에다 걸고 맹세합니다.『신과 같은』알렉산드로스(트로이아의 왕자 파리스의 별명)가 숙부님과 비슷했기 때문에 헬레나가 저렇게 됐다고 해도 이상할 것이 없습니다.」

이 말에는 아첨뿐만이 아니라 진실도 포함되어 있었다. 페트로니우스는 연상이며 몸은 그다지 튼튼하지 않았지만 비니키우스보다도 아름다웠기 때문이다. 로마의 부인들은 멋쟁이 심판관이라는 이름을 얻게 되었을 정도의 재치있는 그의 머리와 취미뿐 아니라 그의 육체에도 감탄하고 있었던 것이다. 그러한 감탄은 지금 페트로니우스의 토가(성년이 되어서 입는 저고리)에 주름을 잡고 있는 코스 태생의 두 아가씨의 얼굴에도 나타나 있었다. 그 중의 한 사람인 에우니케라는 아가씨는 남모르게 이 사람을 사모하고 있어서, 다소곳하면서도 넋을 잃은 채 줄곧 그 눈을 쳐다보고 있었다.

그러나 페트로니우스는 그것을 전혀 눈치채지 못하고, 다만 비니키우스에게 웃는 얼굴을 지어 보이며 대답 대신 세네카가 여자에 대해서 한 말들을 인용하기 시작했다.

「부끄러움을 모르는 동물은⋯⋯.」

그러면서 비니키우스의 어깨에 손을 얹고 식당으로 갔다.

기름을 바르는 방에서는 희랍 여자 두 명과 프리기아 여자 몇 명, 그리고 흑인 여자 두 명이 향유 항아리를 정리하고 있었다. 마침 그때 푸리기다리움의 조금 열린 커튼 뒤에서 목욕탕지기가 얼굴을 내밀고는 나즈막하게 혀를 차는 소리를 냈다. 이 소리를 듣자 희랍 여자 하나와 프리기아 여자 몇 명, 그리고 에티오피아 여자 둘이 달려나가 순식간에 커튼 뒤로 사라졌다. 욕실에서 야단법석이 일어나는 시간이다. 그러한 소동을 감독이 금하지 않는 것은 자기도 곧잘 그러한 놀음에 한몫 끼곤 하기 때문이다. 페트로니우스도 그 것을 눈치채고 있었지만 이해심이 많고 벌주기를 좋아하지 않았기 때문에 모르는 체하고 있었다.

운크토리움에는 에우니케만이 남아 있었다. 잠시 동안 라코니쿰 (땀을 내는 방) 쪽으로 멀어져 가는 이야기소리와 웃음소리에 귀를 기울이고 있었으나, 드디어 호박과 상아로 장식한 의자, 조금 전까지 페트로니우스가 앉아 있던 의자를 끌어당겨 조심스럽게 페트로니 우스의 입상이 있는 데까지 가지고 왔다.

운크토리움은 햇살이 가득 비치고 주위의 벽에 끼워 넣어진 무 지개빛 대리석에서 내뿜는 빛으로 충만되어 있었다.

에우니케는 의자 위에 올라가 꼭 입상의 높이만큼 되자, 갑자기 그 목에 자기의 두 팔을 감고 금빛 머리칼을 뒤로 늘어뜨렸다. 그리고는 하얀 대리석에 장미빛 육체를 밀어붙이고 정신없이 페 트로니우스의 차가운 입술에 키스를 퍼붓는 것이었다.

제 2 장

점심이라고는 하지만 두 사람이 시작했을 때는 보통 사람 같으면 벌써 오후의 식사도 끝냈을 무렵이었다. 그런 후에 페트로니우스는 가벼운 오수(午睡)까지 권하는 것이었다. 아직 남을 찾아가기에는 이르다는 것이다. 해가 뜰 무렵부터 방문을 시작할 뿐만 아니라 이러한 습관을 오랜 로마 식이라고 생각하고 있는 사람들도 있었다. 그러나 페트로니우스는 이것을 무례한 짓이라고 생각하고 있었다. 오후의 방문이 진짜라는 것이다. 그것도 태양이 카피토리움의 유피테르 신전 쪽에 가서 포름을 비스듬히 비출 때까지는 아직도 너무 이르다는 것이다. 가을인데도 여전히 날씨가 덥기 때문에 사람들은 식후에 곧잘 잠을 잔다. 그런 때는 아토리움(현관 다음 방. 천장이 열려 있다.)에서 분수소리를 들으며 정해져 있는 천 걸음을 걷고 나서 절반쯤 닫긴 붉은 휘장을 통해 들어오는 붉은빛 속에서 자는 것이 가장 즐겁다는 것이다.

비니키우스는 숙부의 말에 일리가 있다고 생각했다. 두 사람은 걷기 시작하여 파라티움(시내 중앙에서 약간 남서쪽에 있는 언덕. 궁전이 있는 곳.)이나 시내에서 사람들이 얘기하고 있는 일들을 두서없이 화제로 삼기도 하고, 약간은 인생에 대해서 논의하기도 했다. 그리고 나서 페트로니우스는 침실로 갔으나 오래 자지는 않았다. 반 시간도 채 되지 않아 다시 나와서 향유를 가져오게 하고는 냄새를 맡고 자기의 손과 관자놀이에 문질러 발랐다.

그리고 이렇게 말했다.

「너는 못느끼겠지만 이렇게 하면 기운이 나고 기분이 아주 상쾌해진단다. 자아, 나가자구.」

가마는 이미 오래 전부터 대기하고 있었으므로, 그들은 그것을 타고는 비쿠스 파트리키우스(시내 북동부에 있는 거리)에 있는 아우루스의 집으로 향했다. 페트로니우스의 인스라(저택)는 파라티움 언덕의 남쪽 경사면에 있어서 카리나에라고 불리는 구역(『龍骨』의 뜻. 파라티움의 북동쪽에 있던 부호들의 주택지.) 옆이니까 제일 가까운 길은 포름의 아래쪽을 지나는 것이었지만, 나선 김에 금은 세공사인 이도메네우스에게 들러 보리라고 생각하고 있던 페트로니우스는 비쿠스 아폴리니스와 포름을 지나 비쿠스 스켈레라투스 쪽으로 가게 했다. 그 모퉁이에는 온갖 종류의 가게가 즐비하게 늘어서 있었다.

몸집이 큰 흑인이 가마를 들어 올려 움직이기 시작했고 그 앞에는 페디세쿠이(심부름 하는 노예)라고 불리는 노예가 앞장을 섰다. 페트로니우스는 잠시 말없이 향유 냄새가 풍기는 손바닥을 코에다 대고 무언가 생각에 잠겨 있다가 이윽고 이렇게 말했다.

「지금 생각난 일이지만 너의 그 숲의 여신이 노예가 아니라고 한다면 푸라우티우스의 집을 떠나 너의 집으로 옮겨 올 수도 있을 것 같다. 그러기 위해서는 그 애를 귀여워해 주기 위해 돈을 들이지 않으면 안 돼. 내가 여신처럼 여기고 있는 크리소테미스에게 하고 있는 것처럼 말이야. 하기는 우리끼리의 얘기지만, 내 편에서는 싫증이 나기 시작했고 상대 편도 아마 마찬가지일 거야.」

비니키우스는 고개를 가로저었다.

페트로니우스는 물었다.

「그렇지 않다고? —— 설사 잘못되더라도 이 문제는 황제가 떠맡아 줄 거다. 안심하고 있어도 돼. 내 힘으로 저 붉은 수염을 네 편이 되게 해줄 테니까.」

「숙부님은 리기아를 모르십니다.」 하고 비니키우스가 말했다.

「그렇다면 묻겠는데, 너는 그 여자를 얼마나 알고 있느냐? 눈으로 본 것 이외에 얘기해 본 적이 있어? 너를 사랑하고 있다는 것이 확인됐나?」

「처음 연못 옆에서 만난 후 두 번 만났습니다. 실은 아우루스의 집에 있는 동안 저는 손님용으로 되어 있는 옆 건물에 머물러 있었고, 팔을 삐었기 때문에 가족이 모두 함께 하는 식탁에는 앉을 수가 없었습니다. 그러다가 떠나기 전날 저녁에 리기아를 만났습니다만, 한 마디도 말을 걸어 보지는 못했습니다. 아우루스가 브리타니아에서 거둔 갖가지 승리담과 리키니우스 스톨로(B.C. 376~367년의 호민관)가 애써 방지하려고 힘쓴 이탈리아 소지주의 몰락에 대한 얘기를 듣지 않으면 안 되었기 때문입니다. 대체 이 아우루스라는 사람은 다른 일들에 대해서는 일체 관심이 없는 사람 같았습니다. 겨우 그 얘기에서 해방됐는가 했더니 이번에는 지금의 세상이 유약해졌다는 얘기를 듣지 않으면 안 되었습니다. 그 집에서는 꿩을 새장에서 사육하고 있었는데, 한 번도 잡아먹은 일이 없다고 합니다. 그것은 꿩을 한 마리 먹을 때마다 로마의 세력이 그만큼 종말에 가까워 온다는 원리에서 출발하고 있었습니다.

그 다음에는 그 사람을 뜰의 용수지(用水池) 곁에서 만났습니다. 손에 갓 베어낸 갈대를 들고 그 다발을 물에 축여서는 주변에 돋아난 이리스에게 뿌리고 있었습니다. 그때의 내 무릎은, 헤라클레스의 방패에 걸고 맹세합니다만, 안개같이 자욱한 파르티아의 군대가 이상한 고함을 지르며 우리에게 쳐들어왔을 때도 끄떡도 하지 않았던 이 무릎이, 용수지 곁에서는 나도 모르게 떨렸던 것입니다. 그리고 목에다 공(부적으로 매다는 황금의 공)을 매달고 있는 어린 아이처럼 어리벙벙해져서 눈으로만 동정을 빌 뿐, 오랫동안 아무 말도 못하고 있었습니다.」

페트로니우스는 조금 부러운 듯이 조카를 보며 말했다.

「행복한 놈이군. 세상이나 생활이 아무리 나빠지더라도 거기에 단 한 가지, 언제까지나 변하지 않는 좋은 것이 있다. ——바로 젊음이야.」

잠시 후에 그는 물었다.

「그런데 너는 끝내 말을 걸지 않았니?」

「말을 걸었지요. 얼마간 정신을 차리고 나서, 나는 내가 아시아에서 돌아오는 도중 이 도시 근처에서 팔을 삐어 고생을 했지만, 그 동안 신세를 진 이 집을 드디어 떠나는 순간, 이곳에서의 고생이 다른 곳에서의 모든 사치보다도, ——또 이곳에서 앓는 쪽이 다른 곳에서의 건강보다도 훨씬 더 중요하다는 것을 알았노라고 말했습니다. 그 사람 역시 괴로운 표정으로 아래를 내려다본 채 내 말을 듣고 있었습니다만, 그 사이에 갈대로 노란 모래 위에 뭔가 쓰고 있었습니다. 그리고 눈을 들고는 다시 한 번 거기에 쓴 것을 바라보고, 그리고는 다시 또 한 번 나를 바라보고는 무언가 묻고 싶은 듯한 얼굴을 하고 있다가 갑자기 도망치고 말았습니다. 마치 숲속의 요정이 귀찮게 달려드는 파우누스(양의 뿔과 다리를 가진 半神)로부터

26

달아나듯이 말입니다.」

「아름다운 눈을 가지고 있었을 테지.」

「바다와 같은 눈이었습니다. ——그리고 나도 바다에 빠진 것처럼 되었습니다. 정말 다도해(多島海)도 그렇게 푸르지는 못할 것입니다. 그러는 동안 푸라우티우스의 아들이 달려와서 무언가 물으려고 했습니다. 그러나 나로서는 무슨 소리인지 통 알 수가 없었습니다.」

「오오, 아테네의 여신이여.」 하고 페트로니우스는 소리쳤다. 「이 젊은이의 눈에서 눈가리개를 벗겨 주십시오, 에로스가 가려 놓은 눈가리개를. 그렇지 않으면 베누스의 신전 기둥에 머리를 부딪쳐 가루를 만들고 말 것입니다.」

그리고 나서 비니키우스 쪽을 돌아보며 말했다.

「너는 생명의 나무에 돋은 봄의 꽃봉오리다. 포도원의 초록빛 새싹이야. 아무래도 너를 푸라우티우스가 아니라 게로키우스에게 데려가지 않으면 안 될 것 같다. 그곳은 인생에 경험이 없는 젊은이의 학교니까 말이야.」

「그래서 어떻게 하시려는 겁니까?」

「그런데 그 여자는 모래 위에 무엇을 그렸지? 혹시 아모르라는 이름은 아니었나? 아모르의 화살에 관통된 심장은 아니었나? 그렇지 않으면 그 표지를 보면 사튜로스들이 그 요정의 귀에 인생의 갖가지 비밀을 속삭였음을 알 수 있는 것이었나? 그 표지를 보지 않고 견딜 수 있는가 말이다.」

비니키우스는 말했다.

「생각하시는 것보다 일찍이 나는 토가를 입기 시작했습니다. 아 우루스의 아들이 달려오기 전에 나는 이 눈으로 똑똑히 그 표지를 보아 두었습니다. 그리스에서든 로마에서든 때때로 아가씨들이 말로 하고 싶지 않을 때 모래 위에 그린다는 것은 알고 있었으니까요. ——그런데 그 여자가 무엇을 그렸는지 맞춰 보십시오.」

「지금 말한 것이 틀리다고 한다면 나로서는 짐작할 수가 없구나.」

「물고기입니다.」

「아니, 뭐라고?」

「물고기라고 말씀드렸습니다. 그 사람의 혈관에 아직도 차가운 피가 흐르고 있다는 뜻인지 어떤지 나로서는 알 수가 없습니다. 하지만 내게 대해서 생명의 나무에 돋은 봄의 꽃봉오리라고 말씀하신 숙부님이라면, 아마 그 표지가 무엇을 뜻하는지 아실 것입니다.」

「무슨 말을 하는 거냐. 그런 것은 푸라우티우스에게 물어 봐라. 그 사람은 물고기에 대해서는 잘 아니까. 아피키우스 노인(아우구스투스 황제 및 티베리우스 황제 때의 유명한 美食家)이 지금도 살아 있다면 거기에 대해서 무언가 할 말이 있을 테지. 어쨌든 그는 평생 동안 네아폴리스(지금의 나폴리) 만이 일시에 수용할 수 있는 양보다 더 많은 물고기를 먹었으니까 말야.」

그러나 대화는 그 이상 계속되지 않았다. 두 사람이 탄 가마가 번화한 거리로 들어서서 사람들의 시끄러운 소리에 방해를 받았기 때문이다. 길은 비쿠스 아폴리니스에서 포름 쪽으로 꺾어졌다. 거기에는 날씨가 좋은 날이면 해가 지기 전에 한가한 사람들이 모여들어 기둥 사이를 산책하거나, 새로운 소문을 서로 주고받거나, 이름이 알려진 사람들을 태운 가마가 지나가는 것을 보고 있거나, 나아가서는 금은 세공사의 가게나 책방이나 환전상, 견직물이나 브론즈, 그 밖의 온갖 상품을 잔뜩 늘어놓고 카피토리움의 맞은편에 있는 시장의 대부분을 차지한 가게들을 기웃거리고 있었다. 성채 바로 밑에 있는 포름의 반은 이미 그림자 속에 가라앉아 있었으나, 언덕 위에 있는 신전의 기둥은 햇살을 받아 금빛으로 빛나며 푸르름을 띠고, 밑에 있는 기둥은 긴 그림자를 지면에 깐 대리석 위에 던지고 있었는데 도처에 그 수가 많기 때문에 그것을 향하는 눈은 숲속을 보는 것처럼 헤매고 있었다.

그러한 건물이나 기둥은 답답해 보였다. 어떤 것은 다른 것 위에 겹쳐 쌓이고, 오른쪽으로 또는 왼쪽으로 늘어서고, 언덕 쪽으로 기어오르거나 성채의 벽에 의지하여 서로 붙었다 떨어졌다 하고 있었지만, 혹은 크고 작게, 혹은 굵고 가늘게, 금빛이나 흰빛의 나무 줄기처럼 처마 밑에 아칸서스의 꽃을 피우기도 하고, 이오니아식의 기둥머리에 소용돌이를 그리기도 하고, 혹은 도리스식의 단순한 네모판으로 끝나기도 하고 있었다. 그러한 숲 위에는 형형색색의 토리구리프가 빛나고, 문의 위쪽에는 신들의 조각상이 떠올라 있고, 용마루에는 날개가 달린 금빛의 말이 바야흐로 하늘로 날아오르려 하고 있었다.

그 하늘의 푸르름이 신전으로 충만된 이 도시 위에 조용히 걸려 있었다. 넓은 시장 안이나 그 언저리에는 사람의 흐름이 보였다. 그 한 무리는 율리우스 케사르의 바시리카의 아치 밑을 산책하고, 한 무리는 카스톨과 볼쿠스 신전의 층계에 앉아 있었다. 또 베스타의 사당을 돌고 있는 한 떼는 큰 대리석 덩어리를 배경으로 하고 있어, 갖가지 나비나 풍뎅이의 무리와도 같았다. 위로부터는 큰 계단을 통해 유피테르 옵티미스 마심에게 바친 신전 쪽에서 또 새로운 물결이 밀려왔다. 포름의 연단 밑에서는 누구인가 멋대로 하는 연 설에 귀를 기울이는 사람들도 있었다.

여기저기에는 과일이나 포도주, 또는 무화과즙을 섞은 물을 파는 상인, 이상한 약을 권하는 사기꾼, 점쟁이, 또는 파묻힌 보물의 소 재를 알려 주는 사람, 해몽(解夢)을 해주는 사람 등의 목소리가 들 려왔다. 곳곳의 시끄러운 이야기소리나 고함소리에 섞여 딸랑이 소리나 이집트의 산뷰케(하프) 소리, 그리고 그리스의 피리 소리가 들려왔다.

또 곳곳에서 병자나 신앙 깊은 사람 또는 슬픔에 싸인 사람이 신전에 바칠 제물을 나르고 있었다. 사람들 사이의 바닥돌 위에는 공물로 바쳐진 곡물에 모여드는 비둘기 떼가 검은 반점처럼 움직 이며 시끄러운 날개소리를 내고 일순간 날아올랐다가는 다시 또 빈 자리에 내려왔다. 때때로 사람들의 무리가 갈라지면서 가마를 통과시켜 주는데, 그 위에는 한껏 멋을 부린 여자의 얼굴, 원로원 의원, 또는 기수(騎手)들의 얼굴이 보였다. 그 얼굴은 굳어 있고 생기가 없어 보였다. 여러 가지 말을 사용하는 민족이 각자 자기들 식으로 별명이나 찬미의 말을 붙여 상대방의 이름을 불러대고 있었다. 질서가 없는 군중 속을 헤치고 때때로 시내의 질서를 감시하는 병사나 순찰자들이 대오를 짓고 행진을 했다. 그리스 어도 이 근처에서는 라틴 어와 마찬가지로 통용되고 있었다.

오랫동안 로마에 없었던 비니키우스는 상당히 호기심을 가지고 그 군중과 포름 로마눔을 바라보고 있었다. 그곳은 세계의 물결을 지배하고 동시에 세계의 물결에 젖어 있었다. 상대방의 생각을 짐작한 페트로니우스는 포름을 명명하여 『퀴리테스(로마 시민의 옛 칭호)가 없어진 퀴리테스의 보금자리』라고 불렀다. 그야말로 이 토박이 시민들은 온갖 민족과 종족이 섞인 민중 속으로 사라져 버리고 말았다. 여기에서는 에티오피아 인을 비롯하여 머리털의 색깔이 연한 먼 북쪽 나라에서 태어난 거대한 브리타니아 인과 갈리아 인과 게르마니아 인, 눈꼬리가 째져 올라간 중국인, 수염을 벽돌색으로 물들인 유프라테스 강이나 인더스 강 지방의 사람, 오론테스 강(시리아의 강)의 기슭에서 온 검고 귀여운 눈을 가진 시리아 인, 앙상한 뼈만 남은 아라비아 사막의 주민, 가슴이 꺼진 유태인, 노상 의미없는 미소를 얼굴에 띄우고 있는 이집트 인, 누미디아 인, 아프리카 인, 로마 인과 어깨를 나란히 하고 이 도시를 지배——단, 학문과 예술과 이지(理知)와 사기(詐欺)로 지배——하고 있는 그리스 인, 본토나 여러 섬 또는 소아시아나 이집트, 이탈리아나 갈리아 나르보넨시스(지금의 남프랑스)에서 온 그리스 인까지도 볼 수 있었다.

귀에 구멍이 뚫려진 노예의 무리 중에는 황제가 부양하면서 의복까지 대주고 있는 게으름뱅이 자유민과, 이 대도시의 편안한 생활과 운명의 여신이 이끄는 대로 따라온 외국의 자유인까지도 보였다.

장사꾼하며, 손에 종려나무 가지를 든 세라피스(이집트 최고의 신)의 사제하며, 또 유피테르 카피토리누스의 신전보다도 공물이 많은 이시스(이집트의 여신)의 사제와, 손에 황금의 볏다발을 들고 있는 큐베레(소아시아 남부에서 들어온 로마에서 숭배된 여신)의 사제, 유목신(遊牧神)의 사제, 나아가서는 화려한 관을 머리에 쓴 동방의 무희(舞姬)와 부적을 파는 사람, 뱀을 가지고 노는 사람, 카르디아의 마법사들도 있었다. 심지어는 아무 할 일이 없어서 매주 티베리스 강 기슭에 있는 곡물창고에 나와서 구걸도 하고 원형 경기장에서는 마권(馬券)을 손에 넣기 위해 서로 치고 받고, 밤에는 티베리스 강의 맞은편 한 구역에 있는, 언제나 쓰러질 듯한 집에서 지내고 날씨가 좋은 따뜻한 날에는 지붕이 있는 주랑(柱廊)이나 수브라(로마 시 중앙의 싸구려 환락가)의 지저분한 술집이나 미루비우스 다리(로마 시에서 프라미니아 국도를 따라 북쪽으로 3킬로 떨어진 티베리스 강의 다리)나 세력가의 저택 등 때때로 노예들 식탁의 먹다 남은 찌꺼기를 얻을 수 있는 장소에서 지내는 사람들도 보이곤 했다.

페트로니우스는 민중에게 잘 알려져 있었다. 비니키우스의 귀에는 연방『저기 그 사람이 온다.』라는 말이 들려왔다. 사람들은 이 사람이 베푸는 것을 고맙게 생각하고 있었는데, 특히 그 인기가 높았던 것은 황제 앞에서, 페다니우스 세쿤두스라는 프라에페쿠투스(장관)의 노예 한 사람이 참다 못해 이 포악한 주인을 살해한 혐의로 파밀리아 전부, 즉 성(性)과 연령의 구별없이 모든 노예를 사형에 처한다는 판결을 받은 데 대해 이 사람이 변호해 주었다는 얘기를 들었을 때부터였다. 페트로니우스는 사실을 말하면 그런 일은 자기에게는 아무래도 좋은 것이지만 멋쟁이 심판관으로서 황제에게 다만 개인적으로 그러한 야만적인 학살은 스키타이 인이라면 모를까 로마 인에게는 어울리지 않는 일이니까 자기의 미적 감각을 손상시킨다고 얘기했을 뿐이라고 공언하고 있었다. 그래도 이 학살에 흥분하고 있던 민중은 이때부터 페트로니우스에게 호감을 가지게 되었다.

그러나 정작 페트로니우스는 그런 일에는 신경을 쓰고 있지 않았다. 이러한 민중이 역시 네로에게 독살된 부리타니쿠스나, 네로의 명령으로 살해된 아그리피나나, 판다타리아(튀레니아 海의 작은 섬.

제정시대의 유형지.)의 뜨거운 증기 목욕탕에서 동맥이 끊긴 채 교살된 옥타비아(크라우디우스의 딸. 53년에 결혼하여 62년에 이혼당한 네로의 전처. 그후 추방되어 있었으나 암살되었다.)나, 추방된 루베리우스 프라우투스나, 매일 아침 오늘이야말로 사형 선고가 있을 것이라고 위협받고 있는 트라세아(트라세아 파에투스. 스토아파의 철학자.)에게도 호감을 갖고 있다는 것을 기억하고 있었기 때문이다.

민중의 호의라는 것은 오히려 불길한 징조라고도 생각할 수 있었다. 페트로니우스는 회의가(懷疑家)인 동시에 미신가(迷信家)였다. 귀족으로서 또 취미를 아는 사람으로서, 즉 두 가지 면에서 그는 민중을 경멸하고 있었다. 호주머니에 볶은 콩을 넣고 다니며 냄새를 피우거나 떠들썩하고, 거리 모퉁이나 주랑에서 모라(둘이서 마주보고 두 손을 들고 수를 외치며 손가락을 몇인가 세워, 그 양쪽을 합친 것을 맞힌 사람이 이기는 놀이. 모라는 이탈리아 어.)를 하면서 땀 냄새를 풍기는 민중은 페트로니우스의 눈으로 볼 때는 인간이라고 할 수가 없었다.

민중의 갈채에도, 또 여기저기에서 보내지는 손 키스에도 전혀 반응을 보이지 않은 채 페트로니우스는 비니키우스에게 페다니우스 사건을 이야기하고, 거기에 곁들여 길거리 천민의 변덕을 조소하여 다음날에는 폭동을 일으킬지도 모를 유피테르 스타톨(진정의 신으로서의 유피테르. 파라티움의 북동부에 신전이 있었다.)의 신전에 참배하는 네로에게 갈채를 보냈다고 덧붙였다. 그러나 책방인 아비루누스의 가게 앞에서 가마를 멈추게 하고는 내려서 장식이 있는 수서본(手書本)을 사서 그것을 비니키우스에게 주었다.

「이것을 주지.」

「고맙습니다.」

비니키우스는 대답하고 나서 표제를 보았다. 그리고 물었다.

「사튜리콘입니까? 신작 같은데요. 누가 쓴 겁니까?」

「내 것이야. 그러나 나는 루피누스——이 사람의 이야기는 한 번 해두지 않으면 안 되지만——파부리키우스 베이엔토의 전철은 밟고 싶지 않기 때문에 아무에게도 알리지 않고 있다. 너도 다른 사람에게 말하지 말아 주었으면 좋겠어.」

비니키우스는 절반쯤 펴보고 나서 말했다.

「숙부님은 시를 쓰지 않는다고 말씀하셨지요? 그러나 여기에는 산문 사이에 시가 많이 섞여 있는데요?」

「그것을 읽을 때는 특히 트리마루키온의 향연(饗宴) 대목에 주목해 주게. 네로가 서사시를 쓰기 시작하고부터 나는 시라는 것에 염증이 나기 시작했어. 비테리우스는 가슴이 답답할 때 상아의 젓가락을 써서 그것을 목구멍에 집어 넣었다지 않나? 다른 사람은 홍반(紅鶴)의 깃털을 올리브유나 사향초(麝香草) 다린 물에 담가서 쓴다지만, 나는 네로의 시를 읽기만 하면 구역질이 나서 효과가 금세 나타나거든. 그것이 끝나면 양심은 차치하고라도 위장은 한결 깨끗해져서 그 시를 얼마든지 칭찬해 줄 수가 있단 말야.」

그렇게 말하고 이번에는 가마를 금은 세공사 이도메네우스의 집 앞에 세우게 하고는 보석 일을 부탁하고 나서, 곧장 아우루스의 집으로 향했다.

「그곳에 도착할 때까지 작가의 자부심이 어떤 것인가 하는 증거로 루피누스의 이야기를 들려 주겠다.」라고 그는 말했다.

그러나 그 이야기를 시작하기 전에 가마는 비쿠스 파트리우스 쪽으로 꺾어져 이윽고 아우루스의 저택 앞에 도착했다. 젊고 튼튼한 문지기가 오스티움(베스티브룸, 즉 앞방과 아토리움 사이의 작은 방.)으로 들어가는 문을 열자, 문 위에 있는 새장에서 앵무새가 『사르베』(안녕하세요?)라고 요란스럽게 인사했다.

오스티움이라고 불리는 다음 방에서 진짜 아토리움으로 들어가는 도중에 비니키우스는 말했다.

「이 집에서는 문지기에게 쇠사슬을 채우지 않는다는 것을 깨닫지 못하셨습니까?」

페트로니우스는 낮은 목소리로 대답했다.

「정말 이상한 집이로군. ——자네도 분명히 알고 있을 테지만 폼포니아 그라에키나는 동방의 미신, 크레스토스인가 하는 남자를 숭배하는 미신을 믿고 있다는 혐의를 받고 있어. 마음에 드는 하인 중에 크리스피닐라라는 자가 있어서 폼포니아가 한평생 한 남편만을 섬기고 있는 것을 그대로 둘 수 없다고 생각한 모양이야. ——우니빌라이지——. 요즘의 로마에서는 이런 부인을 구하기보다 노리쿰(지금의 오스트리아)에서 딴 싱싱한 햇버섯 한 접시를 구하기가 더 쉬울 거야. 그래서 가정 재판에 회부되었다더군——.」

「말씀하신 대로 이상한 집인 건 틀림없는 사실입니다. 제가 여기에서 보고 들은 일들은 차차 말씀드리겠습니다.」

그렇게 말하면서 두 사람은 아토리움에 들어갔다. 그곳을 담당하고 있는 노예 아토리엔시스는 노멘크라톨(손님의 이름을 안에 전하는 하인)을 보내어 손님의 이름을 전하게 하고, 다른 하인들은 두 사람에게 안락의자를 권하면서 발판을 가져다 주었다.

페트로니우스는 평소 이런 엄격한 집은 언제나 음산하다고 상상하여 한 번도 와본 일이 없기 때문에 주위를 둘러보고는 이 아토리움이 오히려 명랑한 인상을 주는 데에 적잖이 놀랐다. 말하자면 예상이 빗나간 듯한 느낌이었다. 천장의 커다란 구멍에서는 밝은 햇살이 쏟아져 들어와 분수에 부서지며 수백 개의 불꽃을 흩날리고 있었다. 한가운데에 분수가 있는 네모난 연못은 날씨가 나쁜 날에는 위에서 떨어지는 빗물을 받게 되어 있어서 인푸르비움(雨水池)이라고 불리며, 주위에는 아네모네와 백합이 심어져 있었다. 이 집 주인은 특히 백합을 좋아하는지 하양이나 빨강, 나아가서는 사파이어처럼 파란 붓꽃류의 연한 꽃잎이 물보라를 맞으며 은빛으로 빛나고 있었다.

백합을 심은 화분이 묻힌 이끼 사이나 잎의 무더기 사이에 보이는 브론즈는 어린아이나 물새를 나타내고 있었다. 한 쪽 구석에는 역시 브론즈로 만든 암사슴이 습기 때문에 녹슨 머리를 연못 위에 드리우고 물을 마시려고 하고 있었다. 밝은 방바닥은 모자이크로 장식돼 있었고, 벽의 일부분은 붉은 대리석으로, 또 일부는 수목이나 물고기, 새, 사자, 독수리가 합쳐진 괴물을 그리고 있어, 그 색채가 눈길을 끌었다. 별갑(鼈甲)이나 상아로 장식된 문 사이의 벽을 따라 아우루스의 선조들 상이 서 있었다. 사치스럽지 않고 그러면서도 고귀하고 건실한, 차분하고 유복한 분위기가 도처에서 엿보였다.

페트로니우스는 이보다도 훨씬 사치스럽고 호화스러운 집에서 살고 있었지만, 여기에서 자기의 취미를 손상시킬 만한 것은 하나도 발견할 수가 없었다. 그래서 무슨 말을 하려고 비니키우스 쪽을 돌아보았을 때, 갑자기 베라리우스(방의 커튼을 올리고 내리는 하인)가 아토리움과 타부리눔(아토리움 안에 있으며 주랑을 둘러친 안뜰 페리스투리움을 바라보며 기록을 소장하고 손님을 접대하는 방)과의 칸막이로 되어 있는 장막을 열었고, 그 사이로 저택 안쪽에서부터 이쪽으로 급히 오고 있는 아우루스 푸라우티우스의 모습이 보였다.

그는 인생의 황혼기에 가까운 사람으로서 머리 주변은 하얗게 세었으나 여전히 팔팔하고, 얼굴은 기운에 넘치며, 약간 짧기는 했지만 독수리의 머리를 닮아 있었다. 그 얼굴에 이때 약간의 놀라움뿐만 아니라 불안의 그림자가 드리운 것은, 뜻하지 않게도 거기에서 네로의 친구이자 동료이며 충고자이기도 한 사람의 모습을 발견하게 되었기 때문이었다.

그러나 페트로니우스는 세상일에 밝고 눈치도 빠른 사람이었으므로 어느새 그것을 알아차리고는 서로 인사를 나누고 나자 타고난 웅변과 자유자재로운 태도로, 누님의 아들이 이 집에서 받은 간호에 대해 인사를 하러 왔을 뿐이며 예로부터 아우루스와는 아는 처지이므로 별로 이상할 것은 없다 하겠으나 이 방문의 목적은 순전히 이 감사뿐이라고 말했다.

아우루스 쪽에서도 잘 와주었다고 말했으나 감사라는 말은 당치 않으며 페트로니우스가 그 이유를 짐작하지 못하겠지만 자기야말로 고맙다는 말을 하지 않으면 안 될 것이라고 말했다.

그러나 페트로니우스는 실상 그런 일에는 생각이 미치지 않았다. 그 갈색의 눈을 위쪽에 둔 채 이것저것 생각했으나 아우루스나 그

밖의 누구를 도와준 일을 생각하려 해도 좀처럼 생각이 나지 않았다. 지금 비니키우스에게 해주려고 하는 일 이외에는 하나도 마음에 떠오르지 않았다. 자기도 모르는 가운데 무언가 그런 일이 있었는지도 모르지만 자기는 전혀 모르는 일이었다.

아우루스는 말했다.

「나는 베스파시아누스(네로보다 연상의 장군. 66년 네로의 총애를 잃었으나, 네로가 죽은 뒤 69~79년 황제가 되었다.)를 매우 경애하고 있는데, 한 번은 황제가 시를 읊고 있는 것을 듣고 있는 도중 그가 불행히도 잠이 들었는데 그때 당신이 나서서 그 사람의 목숨을 구해 준 것입니다.」

페트로니우스는 대답했다.

「그 사람이 잠을 잔 것은 행운이었어요. 그 시를 듣지 않아도 되었으니까요. 하기는 그것이 결국 불행을 초래하게 되었는지도 모른다고 나는 생각하고 있습니다. 붉은 수염은 그 사람에게 아무래도 백인 대장(百人隊長)을 보내어 스스로 정맥을 끊으라는 고마운 명령을 전하고 싶어 했으니까요.」

「그러나 페트로니우스, 당신은 네로를 비웃고 있었지요.」

「그렇습니다. 오히려 나는 이렇게 말했습니다. 오르페우스는 노래로 야수를 잠재웠다고 하는데, 네로도 곧 베스파시아누스를 잠재울 수가 있었으니까 오르페우스 못지않은 승리를 거둔 셈이 된다고 말해 준 것입니다. 붉은 수염에 대해서는 작은 비난 속에 큰 칭찬이 내포되어 있다고만 말해 주면 맞대놓고 비난도 할 수가 있습니다. 자애로운 아우구스타(여자에 대한 최고의 존칭), 포파에아는 그것을 완전히 터득하고 있습니다.」

아우루스는 대답했다.

「유감스럽지만 지금은 이런 시절입니다. 나도 앞니가 두 개나 빠졌습니다. 브리타니아 인이 던진 돌에 맞아 부러졌습니다. 그렇기 때문에 말을 하면 목소리가 새나갑니다. 그러나 내 생애에서 가장 행복한 때를 시낸 것은 역시 브리타니아 시절로서……」

「승리에 이은 승리였으니까요.」하고 비니키우스는 덧붙였다.

페트로니우스는 이 노장군이 장황하게 전쟁 이야기를 시작하는 것을 꺼려 화제를 바꾸었다. 실제로 푸라에네스테(로마의 동쪽 30킬로에 있는 낡은 도시) 근처에서는 한 주민이 혀가 둘 달린 늑대 새끼의 시체를 발견했고, 엊그제의 태풍에는 벼락이 루나(달의 여신) 신전의 모서리 돌을 뽑아냈는데, 그것은 늦가을의 일이었으니까 미증유의 사건이다. 또 이 이야기를 전한 코타라는 사나이가 덧붙여 말하기로는, 그 신전의 사제는 그 사건에서 로마 시의 멸망, 적어도 큰 가문의 파멸을 예언하고 그것을 방지하려면 이례적인 큰 희생을 치르지 않으면 안 된다고 말했다.

아우루스는 이 이야기를 들은 후 그러한 징후는 무시할 수가 없는 것이라고 말했다. 신들이 도를 지나친 행위에 노했다고 해도 조금도 이상할 것은 없고 만일 그렇다면 속죄 희생식도 그야말로 당연하다는 것이었다.

여기에 대답하여 페트로니우스는 말했다.

「푸라우티우스, 당신의 집은 살고 있는 사람에 비해 그리 훌륭하지도 크지도 않습니다. 내 집은 이런 보잘것없는 소유주에 비하면 실상 너무 큽니다만 역시 작은 것입니다. 그런데 어딘가의 큰 집, 예를 들면 톰스 트란시토리아(카피토리움 언덕에서 에스퀴리누스 언덕에 걸쳐 있는 호화로운 저택들) 같은 집이 파멸한다고 한다면, 우리들이 파멸을 방지하기 위해 희생식을 거행한다고 해서 무슨 소용이 있겠습니까?」

푸라우티우스는 이 물음에 대답하지 않았다.

그 조심스러움에 페트로니우스는 조금 기분이 상했다. 페트로니우스는 선과 악의 구별에 대한 느낌을 그야말로 상실하고는 있었으나 결코 고자질을 할 사람은 아니었으므로, 충분히 안심하고 말을 할 수 있는 상대였다. 페트로니우스는 화제를 바꾸어 푸라우티우스의 주거와 그 잘 손질된 취미를 칭찬하기 시작했다.

푸라우티우스는 대답했다.

「낡은 집입니다. 내가 상속하고 나서 조금도 손질을 하지 않았습니다.」

아토리움과 타부리눔을 구획짓고 있는 장막을 열면 집은 훨씬 넓어지며, 타부리눔을 통해 다음의 페리스투리움과 그 뒤에 있는 오에쿠스라고 불리는 홀을 통해 눈은 뜰에까지 미치고, 멀리 보이는 뜰은 마치 검은 액자에 넣은 밝은 그림과도 같았다. 거기에서는 명랑한 어린아이의 웃음소리가 아토리움까지 들려왔다.

페트로니우스는 말했다.

「오오, 장군, 좀더 가까이 가서 저 진실된 웃음을 듣게 해주십시오. 이런 웃음은 오늘날 좀처럼 들을 수 없으니까요.」

푸라우티우스는 일어서면서 말했다.

「네, 그렇게 하시지요. 아들인 아우루스가 리기아와 공놀이를 하고 있습니다. 그런데 웃음이라고 하면, 페트로니우스 님, 당신의 인생은 그야말로 웃음 속에 지나가는 것이라고 생각하는데요.」

페트로니우스는 대답했다.

「인생은 웃을 만합니다. 그래서 나는 웃습니다. 그러나 이곳의 웃음은 울림이 다른 것 같습니다.」

비니키우스가 덧붙여 말했다.

「하기는 페트로니우스 숙부님이 웃으시는 것은 하루 종일이라기보다 하루 밤새라는 편이 옳지요.」

이렇게 말하면서 세 사람은 집 안 깊숙이 지나 뜰로 나갔다. 뜰에서는 리기아와 소년 아우루스가 공을 가지고 놀고 있었다. 전문적으로 이 놀이를 담당하고 있는 스페리스타라고 불리는 노예들이 빗나간 공을 주워다가 두 사람의 손에 넘겨 주고 있었다. 페트로니우스는 리기아를 흘깃 쳐다보았다. 소년 아우루스는 비니키우스를 보자 인사를 하려고 달려왔다. 비니키우스도 그쪽으로 가면서 아름다운 아가씨에게 가볍게 머리를 숙여 보였다. 머리를 약간 흐트러뜨린 채 손에 공을 들고 있는 아가씨는 조금 가쁜 숨을 몰아쉬면서 얼굴을 붉혔다.

담쟁이 덩굴과 포도와 인동 덩굴로 그늘진 마당의 벤치에는 폼포니아 그라에키나가 앉아 있었다. 두 사람은 인사를 하러 그녀에게 다가갔다. 페트로니우스는 한 번도 푸라우티우스의 집을 방문한 적은 없었으나, 루베리우스 푸라우투스의 딸 안티스티아의 집에서나 세네카나 포리오의 집에서 그녀를 만난 적이 있기 때문에 이미 구면이었다. 더욱이 약간 놀라지 않으면 안 되었을 정도로 폼포니아의 슬픈 듯한 아름다운 얼굴과 모습, 고상한 몸짓과 품위 있는 말투는 페트로니우스를 사로잡았다. 이 뼛속까지 썩은 로마 전체에서 당할 자가 없을 만큼 자신만만한 사람이, 폼포니아에 대해서는 일종의 존경을 느꼈을 뿐만 아니라 약간 자신을 잃었을 만큼 여자에 대한 그의 생각이 뒤흔들렸다.

비니키우스에 대한 보살핌을 감사할 때 자기도 모르는 사이에 『도미나』(마나님)라는 말이 나왔는데, 이런 말은 가령 카르비아 크리스피닐라나 스쿠리보니아나, 발레리아나 솔리나나, 그밖에 어떤 상류 사교계 부인들과 얘기할 때조차도 한 번도 입 밖에 나온 적이 없었다. 그래서 인사를 하며 고맙다는 말을 하고 나서 페트로니우스는 폼포니아에게 대경마장(大競馬場)에서도 원형 극장에서도 만날 수가 없어 이야기할 기회를 가질 수 없는 것이 유감이라고 말했다. 폼포니아는 남편의 손에 자기의 손을 얹고는 조용히 이렇게 대답했다.

「나이를 먹었으니까 두 사람 모두 집에 가만히 있는 편이 좋아졌습니다.」

페트로니우스는 그런 일은 없다고 말하려고 했으나 아우루스 푸라우티우스가 목쉰 소리로 가로막고 말했다.

「게다가 우리들은 로마의 신까지도 그리스의 이름으로 부르는 사람들 사이에서는 점점 더 소외되는 기분이 듭니다.」

페트로니우스는 그것을 마음에도 두지 않고 대답했다.

「신들도 조금 전부터 변론학의 대상이 되어 버렸습니다. 게다가 그리스 인이 변론학을 가르쳐 주었지만, 나만 해도 가령 〈유노〉라고 하기보다는 〈헤라〉라고 하는 쪽이 쉽습니다.」

　이렇게 말하고 나서 페트로니우스는 폼포니아 쪽을 돌아보며 이 부인 앞에 있으면 다른 신 따위는 자기의 머리에 떠오르지 않는다는 의미를 나타내 보이고, 다시 이 부인이 노년(老年)에 대해서『사람은 그야말로 빨리 나이를 먹지만 전혀 다른 생활을 하는 분들은 별개이고, 개중에는 사투르누스(農耕을 가르친 가장 오랜 신. 그리스의 크로노스와 혼동되어 유피테르, 즉 제우스의 아버지라고 하며, 그가 지배한 시대를 황금 시대라고 한다.)에게 잊혀진 것처럼 보이는 얼굴도 있습니다.』라고 한 말을 부정하려고 들었다. ——페트로니우스가 어느 정도 정색하고 말을 한 것은, 폼포니아 그라에키나가 이미 중년을 지나고 있었으나 좀처럼 볼 수 없는 싱싱한 안색을 지닌데다 머리가 작고 얼굴도 두드러지게 잘 생기지는 않았으나 검은 옷을 입고 위엄있는 슬픈 표정을 짓고 있어도 때때로 젊음에 넘치는 부인이라는 인상을 주었기 때문이다.

　그 사이에 소년 아우루스는 전에 비니키우스가 머물러 있을 때 친하게 지냈으므로 같이 공놀이를 하자고 권하고 있었다. 소년의 뒤를 따라 리기아도 벤치 옆으로 왔다. 장막처럼 늘어진 담쟁이 덩굴 밑에서 얼굴에 힐끗힐끗 흔들리는 빛을 받고 있는 것을 보자, 페트로니우스는 리기아가 처음 보았을 때보다도 귀엽고 정말로 요정(妖精)처럼 아름답게 느껴졌다. 아직 이 사람에게는 한 마디도 한 적이 없기 때문에 페트로니우스는 일어나서 고개를 숙이고 보통의 인사 대신 오디세우스가 나우시카(오디세우스가 트로이아에서 돌아오는 길에 난파하여 헤엄쳐간 스케리아 섬의 王女)에게 했던 말을 입에 담았다.

　「당신이 하느님인지 인간의 딸인지 나는 모릅니다.

　그러나 당신이 땅 위의 골짜기에 사는 사람이라면

　아버지도 어머니도 정말 행복한 분이시고

　형제들도 행복한 분입니다——.」

　이 사교가의 이처럼 재치있는 애교는 폼포니아조차도 마음에 들어했다. 리기아는 그 말을 들으면서 난처한 듯이 얼굴을 붉히고 눈을 들려고도 하지 않았다. 그러나 점점 그 입모서리에는 사람을 놀리는 듯한 웃음이 감돌기 시작했다. 그리고 얼굴에도 아가씨다운 부끄러움과 대답을 하고 싶은 욕망이 서로 싸우다가, 마침내 그 욕망이 이겨서 갑자기 페트로니우스를 보고는 같은 나우시카의 말로 단숨에 암송이라도 하듯이 이렇게 대답했다.

「당신은 흔해빠진 사람과는 다르군요. 이만저만한 머리가 아닙니다.」

그리고는 그 자리에서 몸을 돌려 겁먹은 작은 새처럼 도망쳐 버렸다.

이번에는 페트로니우스가 놀랄 차례였다. 아까 비니키우스로부터 만족(蠻族) 출신이라고 듣고 있던 아가씨의 입으로부터 호메로스의 시구를 들을 수 있으리라고는 생각지도 못했던 것이다. 그래서 이유를 묻고 싶은 눈짓으로 폼포니아 쪽을 보았으나, 폼포니아는 얼른 대답을 할 수가 없었다. 왜냐하면 마침 그때 늙은 아우루스의 얼굴에서 자랑스러워하는 미소를 보았기 때문이다.

아우루스는 이 자랑스러움을 감출 수가 없었다. 첫째, 리기아에 대해서는 친딸과 같은 애정을 갖고 있었고, 둘째로, 그리스 풍의 보급에 대해서는 막 야단을 치지 않으면 안 되는, 완고한 생각에도 불구하고 이것을 사교적 교양의 으뜸이라고 생각하고 있었기 때문이다. 자기로서는 아무래도 이것을 잘 몸에 익힐 수가 없기 때문에 남몰래 이를 한탄하고 있던 터였으므로, 자칫 자기 집을 만족풍이라고 보고 싶어하는, 이 고귀한 신사인 동시에 문필가인 손님에 대해 호메로스의 국어와 시구를 사용해서 대답하는 사람이 있었다는 것이 말할 수 없이 기뻤던 것이다.

아우루스는 페트로니우스 쪽을 돌아보며 말했다.

「우리 집에는 그리스 인 가정교사가 있지요. 아들에게도 가르치고 있고 그 애도 함께 강의를 듣고 있지요. 아직 귀여운 작은 새 같은 아가씨이지만 정말 귀여워서 우리 두 사람은 모두 놓치기 싫어하고 있습니다.」

　페트로니우스는 담쟁이 덩굴과 인동 덩굴의 늘어진 막을 통해 뜰에서 놀고 있는 세 사람을 바라보았다. 비니키우스는 토가를 벗어 던지고 투니카 바람으로 공을 위로 던져 올렸고, 맞은편에 서 있는 리기아는 두 손을 들어 그것을 받으려 하고 있었다. 이 아가씨는 처음 보았을 때 페트로니우스에게 별로 강한 인상을 주지 못했었다. 너무 가냘퍼 보였던 것이다. 그러나 벤치에 앉아 가까이에서 보았을 때부터 이를테면 새벽의 요정 같다고 생각하게 되었고, 사람을 알아보는 사나이로서 이 아가씨에게는 어딘가 비범한 데가 있다는 것을 깨닫게 되었다.

　모든 것을 관찰하고 모든 것을 평가했다. 장미빛으로 물든 얼굴, 키스를 유인하는 싱싱한 입술, 바다처럼 파란 눈, 석고처럼 새하얀 이마, 소담스러운 호박(琥珀)이나 코린토스의 구리처럼 반사하는 검은 머리카락, 날씬한 목, 『여신과도 같은』 어깨, 부드럽고 날씬한 오 월의 싱그러운 꽃 같은 젊음을 지닌 몸 전체를 페트로니우스는 세밀히 관찰했다.

　페트로니우스 속에는 예술가와 미(美)의 숭배자가 눈을 떴다. 이 아가씨의 조각상 밑에는 『봄』이라는 제목을 붙일 수가 있다고 생각했다. ——페트로니우스는 문득 크리소테미스를 생각해 내고는 공허한 웃음을 지었다. 머리칼에 황금 가루를 뿌리고 눈썹을 검게 물들인 그녀가 이상할 정도로 빛이 바래어, 어딘가 모르게 누렇게 시든 장미의 꽃잎처럼 생각되었다. 더욱이 그 크리소테미스를 로마 전체가 부러워했던 것이다.

　페트로니우스는 그리고 포파에아를 생각했다. 그 미인으로 알려진 포파에아도 마찬가지로 넋이 없는 납인형처럼 보이기 시작했다. 그러나 이 타나그라의 형태를 갖춘 아가씨에게는 『봄』뿐만이 아니라 빛을 내뿜는 『프시케』가 있어서 램프에서 나오는 빛처럼 그 장미빛 육체에서 빛나고 있는 것이다.

　페트로니우스는 생각했다.

『비니키우스가 말한 그대로야. 나의 크리소테미스는 너무 늙었어……. 그래, 트로이아처럼 낡았어.』

그리고 나서 폼포니아 그라에키나 쪽을 돌아보며 손가락으로 아우루스와 리기아를 가리키면서 이렇게 말했다.

「이제야 알았습니다, 부인. 저 두 사람이 있기 때문에, 당신들은 파라티움의 연회나 대경마장보다도 집을 더 좋아한다는 것을.」

폼포니아는 소년 아우루스와 리기아 쪽으로 눈을 주면서 대답했다.

「네, 그래요.」

노장군은 아가씨의 내력을 이야기하기 시작하여, 훨씬 전에 아테리우스 히스텔에게서 들은 북국의 어두침침한 곳에 사는 리기족의 얘기를 해주었다.

그러는 동안에 세 사람은 공놀이를 그만두고 잠시 뜰의 모래 위를 걸었는데, 그것은 마치 도금양(桃金孃)과 사이프러스의 검은 배경을 뒤로 하고 선 세 개의 입상처럼 보였다. 리기아는 소년 아우루스의 손을 잡고 있었다. 조금 걷고 나서 세 사람은 뜰 한가운데에 있는 피스키니아(養魚池) 옆의 작은 벤치에 앉았다. 이윽고 아우루스는 뛰쳐나가 물 속에서 노는 물고기를 놀라게 해주려고 했다. 비니키우스는 산책하는 동안에 시작했던 이야기를 다시 계속했다.

낮고 떨리는 목소리로 그는 말했다.

「그렇습니다, 푸라에테쿠스타(가장자리가 빨간 토가. 미성년의 귀족이 입었다.)를 벗을까 말까 했을 때 나는 아시아의 군단에 보내졌습니다. 그때 나는 로마의 거리 사정도 몰랐고 생활도 사랑도 몰랐었습니다. 아나크레온(B.C. 6세기의 그리스 서정시인)과 호라티우스(B.C. 1세기의 로마 서정시인)를 조금 배웠을 뿐으로 감탄한 나머지 누구를 칭찬하고 싶을 때도 페트로니우스처럼 시로 표현할 수가 없었습니다. 어렸을 때 무소니우스(A.D. 1세기 로마의 스토아 철학자. 가끔 추방되었다. 제자의 한 사람에 에피쿠테토스가 있다.)의 학교에 다녔지만 선생은 우리들에게 이렇게 가르쳤습니다. 『행복의 기초는 신들이 하고자 하는 일을 하는 것이다. 따라서 우리의 의지에 의한 것이다.』
라고 말입니다. 그러나 나는 의지에 의하지 않고 다만 사랑만이 줄
수 있는 좀더 크고 중요한 행복이 있다고 생각하고 있습니다. ─
─신들조차도 그 행복을 구하고 있는 것입니다. 그래서 나도, 리기아,
지금까지 사랑을 모르고 있던 나도 신들의 길을 걸어 역시 나에게
행복을 주려고 하고 있는 사람을 구하고 있습니다──.」

　비니키우스는 잠시 동안 이야기를 멈추고 소년 아우루스가 물
고기를 놀라게 해주려고 돌을 던질 때마다 나는, 물이 튕겨지는
소리를 들었다. ──이윽고 비니키우스는 한층 더 부드럽고 조용한
목소리로 다시 이야기를 이어나갔다.

　「당신도 베시파시아누스의 아들 티투스를 알고 있겠지요? 사
람들의 이야기로는 어른이 되었을까 말까 할 때 벌써 베레니케를
몹시 사랑하여 거의 목숨을 잃게 되었답니다. ──리기아, 나도 그
렇게 사랑을 할 수가 있습니다. ──부귀, 명예, 권세, 그러한 것은
덧없는 연기와 같은 것입니다. 허무한 것이지요. 부자 위에는 좀더
부자가 있고, 명예를 얻는다 해도 다른 좀더 큰 명예에 의해 빛이
바래지기 마련이고, 힘이 있는 사람도 좀더 강한 사람에게 지게
마련입니다. ──황제나 어떤 신들조차도 미치지 못할 것 같은 즐
거움이나 행복을 얻을 수 있는 것은, 보통의 인간이라도 그 가슴에
다정한 사람의 숨소리를 듣고 사랑하는 사람의 입술에 닿을 때입
니다. ──즉, 사랑은 우리를 신들과 마찬가지 것으로 만듭니다. 오오,
리기아…….」

　불안과 놀라움 속에서 이야기를 듣고 있던 리기아는 동시에 또
그리스의 피리나 비파 소리를 듣고 있는 것 같은 황홀한 기분이
되었다. 때때로 리기아는 비니키우스가 무언가 이상한 노래를 부
르고, 그것이 자기의 귀에 파고들어 자기의 피를 끓게 하고, 이윽고는
실신과 공포와 무언지 모를 기쁨으로 가슴이 죄어드는 것 같은
느낌을 받았다. ──그런가 하면 또 비니키우스가 말하는 것은 벌써
오래 전에 자기의 마음에 떠올라 있었으면서도 자기로서는 분명히

알 수 없었던 것처럼 생각되기도 했다. 지금까지 꿈꾸고 있던 것을 비니키우스가 일깨워 주었고, 그 순간 지금까지 안개에 싸여 있던 꿈이 차츰 선명해지며 한층 더 친밀하고 아름다운 형태로 바뀌어져 가는 것을 느꼈다.

태양은 벌써 티베리스 강 저쪽에 기울어서 야니쿠름의 언덕(로마 서쪽에 있는 언덕)에 낮게 걸려 있었다. 꼼짝도 하지 않는 사이프러스 위에는 붉은 놀이 지고 공기 전체가 그 빛에 충만되어 있었다. 리기아는 꿈에서 깨어난 듯한 파란 눈을 들어 비니키우스를 보았다. 그러자 저녁의 희미한 빛 속에서 자기 쪽으로 몸을 기울이고 눈에 간절한 소망을 담은 비니키우스가 갑자기 어떤 인간보다도 아름다운, 신전의 박공에 조각되어 있는 상(像)에서 본 적이 있는 그리스나 로마의 신보다도 아름답게 느껴졌다. 비니키우스는 손가락으로 가볍게 리기아의 손목을 쥐고 이렇게 물었다.

「리기아, 어째서 내가 이런 말을 하는지 모르겠습니까?」

「네.」

리기아는 비니키우스에게 거의 들리지 않을 만큼 낮은 목소리로 대답했다.

그러나 비니키우스는 그 말을 믿지 않았다. 더욱 힘을 주어 리기아의 손을 끌어당겨, 무어라 말할 수 없는 아름다운 처녀에 의해 눈뜬 정열 때문에 방망이처럼 뛰고 있는 자기의 심장에 그것을 대고 타는 듯한 말을 금세라도 속삭일 참이었다. 그때 도금양의 울타리를 둘러친 오솔길로 아우루스가 나타나 그들 곁으로 다가왔다.

「날이 저물었다. 저녁에는 날씨가 차지니까 감기를 조심해라. 리비티나(葬禮의 神)와 어울려서는 안 되니까.」

「아니예요, 아직 토가는 입고 있지 않지만 춥다고는 생각지 않습니다.」

노장군은 말했다.

「하지만 봐요. 해는 거의 절반쯤 서산에 지고 있어요. 시칠리아의 기후는 좋았는데. 저녁에 사람들이 시장에 모여서 저물어가는 포에부스(해의 신 아폴론의 딴이름)를 보며 합창을 했었지.」

아우루스는 조금 전에 리비티나의 일을 경고한 것을 잊고 시칠리아의 얘기를 시작했다. 거기에는 자기가 좋아하는 영지(領地)와 넓은 농원이 있었다. 때때로 마음에 떠오르는 것은 시칠리아에 이주하여 그곳에서 조용히 여생을 보내고 싶다는 것이었다. 이미 겨울이 머리를 희게 한 것은 충분히 서리를 맞았기 때문이다. 아직 나무에서는 잎이 떨어지지 않았고 도시 위에는 온화한 하늘이 미소짓고 있지만, 포도나무가 누렇게 물들고 눈이 알바니아의 산들에 내려 신들이 심한 폭풍으로 캄파니아를 엄습하게 되면, 어쩌면 일가를 거느리고 그 조용한 전원으로 옮겨가게 될지도 모른다는 것이었다.

「푸라우티우스 님, 당신은 로마를 떠나시려는 겁니까 ?」

비니키우스는 갑자기 불안해져서 물었다.

「그러한 생각은 벌써 오래 전부터 갖고 있었소. 그쪽이 조용하기도 하고 첫째로 위험이 없으니까요.」

아우루스는 대답했다.

그리고 또 자기의 과수원이나 목장, 그리고 녹음에 싸인 집이나, 사향초가 우거진 언덕, 그 사이에 노래하는 새의 무리에 관한 일을 자랑스럽게 이야기하기 시작했다. 그러나 비니키우스는 그러한 목가적인 풍경에는 관심을 보이지 않고 다만 리기아를 잃게 될지도 모른다는 것을 생각하며 페트로니우스 쪽을 돌아보면서 이 숙부밖에는 구원을 기대할 수가 없다고 생각했다.

그동안 페트로니우스는 폼포니아 곁에 앉아 일몰(日沒)과 뜰과 연못 옆에 서 있는 사람들의 광경을 즐기고 있었다. 그 사람들의 하얀 옷은 천인화의 검은 그림자를 배경으로 하여 저녁 햇살에 황금처럼 빛나고 있었다. 하늘에는 저녁놀이 빨강과 보랏빛으로 물들어 단백석처럼 빛나고 있었다. 천공은 엷은 보랏빛이 되었다. 사이프러스의 검은 실루엣은 밝은 대낮보다 한층 뚜렷해지고, 사람들도 나무들도 또 뜰 전체도 저녁의 고요가 지배했다.

　페트로니우스는 그 고요함에 압도되었으나 특히 사람들의 고요함에 감동되었다. 폼포니아와 아우루스 그리고 그 아들과 리기아의 얼굴에는, 페트로니우스가 매일, 아니 매일밤 자기를 둘러싸고 있는 사람에게서는 볼 수 없는 것이 있었다. 뭐라 말할 수 없는 빛과 안정감, 거기에 있는 사람들이 모두 영위하고 있는 생활에서 직접 흘러나오는 독특한 분위기가 있었다. 이에 적잖이 놀란 페트로니우스는 항상 미(美)와 쾌락을 추구하고 있는 자기가 미처 발견치 못한 미와 쾌락이 있는 법이라고 생각했다. 그러한 생각을 자기 혼자서만 간직할 수가 없었기 때문에 폼포니아를 향해서 이렇게 말했다.

　「곰곰이 생각하니까 당신들의 세계는 우리의 네로가 지배하고 있는 세계와는 다른 것 같습니다.」

　폼포니아는 그 작은 얼굴을 저녁놀이 아름답게 물든 하늘을 향해 쳐들고 솔직하게 대답했다.

　「세계를 지배하고 있는 것은 네로가 아니라 하나님입니다.」

　일순간 침묵이 흘렀다. 벤치 가까이에 있는 가로수길에 노장군과 비니키우스, 그리고 리기아와 소년 아우루스의 발소리가 들려 왔으나, 눈앞에까지 오기 전에 페트로니우스는 한 가지 더 물었다.

　「그럼 폼포니아, 당신은 신들을 믿고 계시는군요 ? 」

　「내가 믿고 있는 신은 하나이며 전능한 신입니다.」

　아우루스 푸라우티우스의 아내는 대답했다.

제 3 장

　「내가 믿는 신은 하나이고 전능하며 올바른 신이다.」 하고 페트로니우스는 가마 속에서 다시 비니키우스와 둘이 되었을 때 되풀이했다.

「그 사람의 신이 전능하다면 삶과 죽음을 지배한다. 또 그 신이 올바르다면 올바르게 죽음을 행사할 것이다. 그렇다면 어째서 폼포니아는 유리아를 위해서 상복을 입고 있을까? 유리아를 애도하는 것은 자기의 신을 비난하는 것이 된다. 어디 이 의론은 저 붉은 수염의 원숭이에게 던져 보지 않으면 안 되겠군. 변증법에 있어서는 자기가 소크라테스와 맞먹는다고 생각하니까 말야. 여자라는 것은 제각기 세 개나 네 개씩 영혼을 가지고 있다는 의견에는 나도 동감이지만 한 사람도 이성적인 영혼을 가지고 있는 사람은 없어. 폼포니아도 세네카나 코르누투스(세네카의 해방 노예거나 친척인 로마의 철학자)와 이 사람들의 로고스라는 것이 무엇인가를 생각해 보는 것이 좋아.——이 사람들은 내친 김에 쿠세노파네스나 파르메니데스, 또 제논이나 플라톤 등의 그림자도 불러내는 게 좋아. 그 사람들은 조롱에 갇힌 방울새처럼 킨메리아 족의 나라(『오디세이아』 제11권에 있는 오케아노스의 안개와 구름의 나라)에서 싫증을 느끼고 있을 테니까. 나는 폼포니아나 푸라우티우스에게 다른 얘기를 하려고 생각하고 있었어. 하지만 당치도 않아. 만일 솔직하게 어떤 용건으로 왔노라고 말했다면, 두 사람의 덕성(德性)은 곤봉으로 얻어맞은 구리방패 같은 소리를 냈을 거야. 거기까지는 나도 말할 수 없었어. 참말이야, 비니키우스. 나는 말할 수가 없었어. 공작은 아름다운 새지만 우는 소리가 너무 날카로워. 그 소리는 나도 무서워.

그건 그렇다치고 너의 선택은 칭찬할 만해. 정말 『장미빛을 띤 여명』(호메로스에 있는 새벽의 호칭)이야. ——게다가 내가 무엇을 연상했는지 알겠어? ——봄이야. ——더욱이 이 이탈리아 같은 봄이 아니야. 여기에서는 여기저기에 사과꽃이 일제히 피는 일도 별로 없고 올리브 동산은 옛날 그대로 회색이야. 그와는 달리 언젠가 내가 헤르베티아(지금의 스위스)에서 본 것 같은 젊고 싱싱한 연두빛 봄이야. ——저 푸른 세레네(그리스 어의 달)에 걸고 맹세하겠어. ——마르쿠스, 네가 이상하다고는 생각지 않아. 다만 알아두는 게 좋아.

너는 디아나(그리스의 아루미테스에 해당하는 달과 사냥의 여신)를 사랑하고 있는 거야. 아우루스와 폼포니아는 언제든지 너를 갈기갈기 찢어 놓을 거야, 옛날에 개들이 악테온(그리스 신화에 나오는 사냥꾼. 아루미테스가 목욕하고 있는 것을 본 죄로 사슴으로 변해 자기의 개에게 쫓겨 죽었다.)을 갈기갈기 찢어 놓은 것처럼 말이야.」

비니키우스는 머리를 들지 않고 잠시 잠자코 있었으나 이윽고 정열로 하여 띄엄띄엄 끊어지는 소리로 말하기 시작했다.

「전부터 그 여자를 원하고 있었습니다마는 지금은 한층 더 원하게 되었습니다. 그 손을 잡았을 때 제 몸은 불덩이처럼 달아올랐습니다. ——아무래도 손에 넣지 않을 수가 없습니다. 내가 제우스라면 이오(아루고스의 여제사. 제우스가 사랑하여 왕녀 헤라의 눈을 피하기 위해 소로 바꾸었다.)의 이야기처럼 구름으로 가리든가 다나에(아루고스의 왕녀. 제우스가 황금의 비가 되어 내리퍼붓고 영웅 페르세우스를 낳게 했다.)의 이야기처럼 비가 되어 퍼붓고 싶습니다. 입술이 아파올 때까지 그 여자의 입술을 빨고 싶습니다. 내 팔 안에서 그 아가씨의 비명을 듣고 싶습니다. 아우루스와 폼포니아를 죽이고 그 사람을 빼앗은 뒤 팔에 안고 집에까지 데려오고 싶습니다. 오늘밤은 잠을 못 이룰 것입니다. 누군가 노예를 실컷 때려 주어 그 고통스러워하는 소리를 들어 줄 것입니다——.」

페트로니우스는 말했다.

「침착해라. 마치 수브라(로마의 빈민굴)의 목수와 같은 정열이로구나.」

「그런 일은 아무래도 좋습니다. 그 사람을 손에 넣지 않으면 안 됩니다. 그래서 숙부님의 의견을 물어 본 것입니다. 그러나 숙부님이 도와 주시지않으면 제 자신이 어떻게든 하겠습니다. ——아우루스는 리기아를 딸처럼 생각하고 있습니다. 그러니 내가 어떻게 그 사람을 노예라고 볼 수가 있겠습니까? 다른 방법이 없으면 내 집 앞에서 그 사람이 내 집 문에 털실을 매게 하고 늑대의 기름을 발라(신부가 신랑의 집에 왔을 때 하는 행사), 정식 아내로서 집의 부뚜막에 앉히겠습니다.」

「침착해라. 미친 것 같구나, 적어도 집정관의 자손이. 야만인을 묶어서 전차 뒤에서 걷게 하는 것은(개선식 때의 포로) 뭐 그놈의 딸을 정식 아내로 삼기 위해서가 아니야. 너무 극단적으로 굴지 마라. 우선 진솔하고 바른 수단을 강구하는 거야. 너나 나나 좀더 생각하지 않으면 안 돼. 나에게도 역시 크리소테미스가 유피테르의 딸처럼 생각되었었어. 그래도 나는 결혼을 하지 않았어. 네로도 아쿠테와는 결혼하지 않았어. 더욱이 그 아가씨는 아탈로스 왕(소아시아 서안 북부 베르가몬의 왕)의 딸이라는 소문이 있었는데도 말이야. ──침착하거라. ──그 아가씨가 아우루스의 집을 떠나 너에게로 오고 싶어한다면, 그 부부에게도 그것을 말릴 권리는 없지. 그리고 또 열을 올리고 있는 것은 너만이 아니야. 그 아가씨에게도 에로스가 불을 붙이고 있어. 나는 그것을 알아. 내 말을 믿지 않으면 안 돼. ──잠시 참는 거다. 무슨 일에나 연구가 필요하다. 그러나 오늘은 너무 여러 가지 일을 생각했어. 나도 이제는 지쳤다. 다만 약속해 두지만 내일 또 너의 사랑에 대해서 생각해 주마. 어쨌든 그런 수단 하나 강구하지 못한대서야 더 이상 페트로니우스는 페트로니우스가 아니게 되는 거야.」

두 사람은 또 입을 다물었다. 잠시 후 비니키우스는 마음을 가라앉히고 나서 이렇게 말했다.

「고맙습니다. 운명의 여신이 숙부님에게 크나큰 행복을 내리시기를.」

「참고 있어.」

「가마는 어디로 가게 하시렵니까?」

「크리소테미스의 집으로 가게 하겠어.」

「숙부님은 행복하십니다. 사랑하는 사람을 갖고 계시니까요.」

「그렇게 생각해? 지금도 내가 크리소테미스를 재미있다고 생각하고 있는 이유를 알겠나? 그녀는 내가 해방시켜 준, 하프를 타는 노예인 테오크레스와 좋지 않은 일을 하고 있어. 그러나 그녀는 내가 그것을 모른다고 생각하고 있지. 옛날에는 그것을 귀엽다고 생각했지만, 지금은 그녀의 거짓과 어리석음이 오히려 나를 즐겁게 해 주고 있지. 그녀에게로 함께 가자구. 그녀가 너를 유혹해서 책상 위에 포도주가 묻은 손가락으로 글자를 써보인대도 나는 질투 같은 것은 하지 않을 테니까 말이야.」

그래서 두 사람은 크리소테미스의 집으로 가마를 몰게 했다.

그러나 크리소테미스의 집으로 들어가는 입구에서 페트로니우스는 비니키우스의 팔에 손을 얹으며 말했다.

「잠깐만, 좋은 생각이 떠올랐어.」

「모든 신들이 숙부님에게 은총을 베풀어 주시기를 빌겠습니다.」

「그래. 아무래도 이 계획은 실수가 없다고 생각한다. ——무슨 소린지 알겠나? 마르쿠스.」

「말씀해 주십시오, 아테나의 여신에 걸고…….」

「들어 봐. 며칠 있으면 신과 같은 리기아가 너의 집에서 데메테르(大地의 여신)의 곡식을 먹게 된다.」

「숙부님은 황제보다도 위대하십니다.」

비니키우스는 저도 모르게 소리질렀다.

제 4 장

과연 페트로니우스는 약속을 지켰다.

크리소테미스를 방문한 다음날, 낮 동안은 자고 있었으나 저녁 때가 되자 가마를 준비시키고 파라티움까지 가서 네로와 밀담한 결과, 다음날 백인 대장(百人隊長)이 수명의 프라에톨 군(근위대)의 병사를 이끌고 푸라우티우스의 집 앞에 나타났다.

세상은 불안과 공포에 싸여 있었다. 이런 종류의 사자는 대개의 경우 죽음의 사자를 뜻하고 있었다. 그래서 백인 대장이 아우루스의 집 문을 망치로 두들긴 순간, 아토리움지기가 집 앞에 병사가 와 있다는 신호를 하자 경악과 공포가 집 전체를 엄습했다. 가족들은 곧 노장군을 둘러쌌다. 위험이 누구보다도 아우루스에게 걸려 있다는 것은 누구 한 사람 의심하지 않았기 때문이었다.

폼포니아는 두 팔을 남편의 목에 감고 힘껏 끌어안은 채 그 창백한 입술로 무어라고 낮게 속삭이면서 재빨리 움직이고 있었다. 리기아는 삼베처럼 하얗게 질려 장군의 손에 키스를 하고 있었다. 소년 아우루스는 아버지의 토가에 매달려 있었다. 복도에서도, 하인이 살고 있는 2층 방에서도, 일하는 방에서도, 욕실에서도, 또 둥근 천장으로 되어 있는 지하실에서도, 즉 집 전체에서 남녀의 노예들이 무리져 나왔다. 『에그, 하늘도 무심하시지!』하고 부르짖는 소리가 들렸고 여자들은 벌써 울음을 터뜨렸다. 이미 자기의 얼굴을 쥐어 뜯거나 헝겊으로 얼굴을 가리는 사람들도 있었다.

그러나 노장군만은 오랫동안 죽음에 직면하는 것에 익숙해져 있었으므로 침착성을 잃지 않고 다만 그 독수리 같은 얼굴이 석조(石彫)처럼 굳어졌다. 잠시 후에 그는 소동을 진정시키고 하인들에게 물러가라고 이른 뒤 이렇게 말했다.

「놓으시오, 폼포니아. 나에게 마지막이 왔다고 하더라도 아직 작별을 고할 만한 시간은 있을 테니까.」

그러면서 조용히 아내를 옆으로 밀어냈다. 아내는 말했다.

「당신의 운명이 그대로 나의 운명이기를 빌어요, 아우루스.」

폼포니아는 무릎을 꿇고 사랑하는 사람을 위한 두려움에서만이 나오는 듯한 힘을 다하여 기도를 하기 시작했다.

아우루스가 아토리움으로 가자 거기에는 백인 대장이 기다리고 있었다. 그것은 노(老) 가이우스 하스타로서 브리타니아 전쟁 때에는 오랫동안 아우루스의 부하이며 동료였다.

가이우스는 말했다.

「장군, 황제의 명령과 인사를 가지고 왔습니다. ──이것이 황제의 이름으로 왔다는 표시와 서찰입니다.」

아우루스는 대답했다.

「황제에게 삼가 인사를 드리네. 명령은 그대로 따르겠네. 그런데 하스타, 어떤 용무로 왔는지 말해 주게.」

하스타는 이야기하기 시작했다.

「아우루스 푸라우티우스, 황제는 이 집에 리기 족의 왕의 딸이 있다고 들으셨습니다. 그 왕은 크라우디우스 황제(A. D. 41~42년 재위) 때 그 딸을 로마 인의 손에 넘겨 주고 로마의 국경이 리기 족에 의해 침범되는 일이 없도록 하는 보장으로 삼았습니다. 장군, 황제 네로는 당신이 이 딸을 오랫동안 돌보아 주신 것을 감사하고 계시지만 더 이상 당신 집에 폐를 끼치고 싶지 않다고 하시며, 또 그 딸은 인질로서 황제 자신과 원로원의 비호하에 두어야 할 것이라고 말씀하셨습니다. ──나는 그 딸을 나의 손에 인도해 주실 것을 명령합니다.」

아우루스는 어디까지나 군인이고 단련된 사나이였으므로 명령에 대해 슬퍼한다거나 진정을 하려고는 하지 않았다. 그러나 갑작스러운 분노와 고통의 주름이 그 이마에 나타났다. 그러한 주름이 잡힌 눈썹을 보고 지난 날에는 브리타니아의 군단이 떨었었다. 하스타의 얼굴에 한 가닥 두려움의 그림자가 비쳤다. 그러나 지금의 명령에 대해 아우루스 푸라우티우스는 자기의 무력함을 느꼈다. 잠시 동안 서찰과 옥쇄가 찍힌 서류를 보고 나더니 이윽고 눈을 들어 늙은 백인 대장을 보고 이제는 침착해진 어조로 말했다.

「하스타, 인질을 당신에게 인도할 테니까 이 방에서 기다려 주었으면 좋겠네.」

그렇게 말하고 그는 집의 한 쪽 끝에 있는 오에쿠스라고 불리는 방으로 갔다. 그곳에는 폼포니아 그라에키나와 리기아, 그리고 소년 아우루스가 불안과 고뇌 속에서 아우루스를 기다리고 있었다.

아우루스는 말했다.

「누구도 사형이나 먼 섬으로 추방될 걱정은 없다. 그러나 황제의 사자는 불행한 소식을 가지고 왔다. 리기아, 너에 관한 일이란다.」
「리기아의 일이라구요?」
폼포니아가 놀라서 소리쳤다.
「그렇다오.」 하고 아우루스는 대답했다.
그리고는 리기아를 돌아보며 말했다.
「리기아, 너는 우리 집에서 친자식처럼 자랐다. 나나 폼포니아는 너를 딸처럼 사랑하고 있어. 하지만 네가 우리들의 딸이 아니라는 것은 너도 알고 있을 게다. 너는 너의 민족으로부터 로마에 주어진 인질이고, 따라서 너에 대한 비호는 전적으로 황제의 손에 달려 있단다. 그런데 황제는 이제 너를 이 집에서 데려가겠다는구나.」
장군은 조용히 말했으나 그 목소리는 평상시와는 달리 떨리고 있었다. 리기아는 그 말을 들으면서 눈을 깜빡였으나 무슨 얘기인지 모르는 것 같았다. 폼포니아의 얼굴은 창백해졌다. 복도에서 오에쿠스로 통하는 문에는 다시 노예들의 겁먹은 얼굴이 모여들기 시작했다.
「황제의 뜻은 거역할 수가 없는 거다.」 하고 아우루스가 말했다.
「아우루스.」 하고 폼포니아는 소리지르면서 딸을 두 팔에 끌어안고 방어하는 듯한 자세를 취했다. 「이 아이를 위해서는 차라리 죽는 편이 나아요.」
리기아는 폼포니아의 가슴에 몸을 바싹 붙이고는 「어머님.」 하는 소리만 되풀이했다. 흐느낌 때문에 다른 말이 나오지 않았다.
아우루스의 얼굴에는 또 분노와 고통의 그림자가 스쳐갔다. 그리고 어두운 얼굴로 말했다.
「나 혼자 이 세상에 있다면 이 아이를 산 채로는 넘겨 주지 않는다. 그러나 친척들은 오늘도 우리를 위해서 유피테르 리베라톨(해방의 신으로서의 유피테르)에게 제물을 바치고 있는데 나만이 너나 우리 아들을 죽게 할 권리는 없다. 언젠가 좀더 좋은 세상에서 만날 수도 있을 테지. ——오늘 중에라도 황제를 찾아뵙고 명령을 변경해 주십사 하고 말씀 올리겠다. 물론 들어 주실지 어떨지 나로서는 알 수가 없지만 말이다. 어쨌든 리기아, 몸 건강히 있어다오. 나도 폼포니아도 네가 우리 집 아궁이 앞에 처음으로 앉았던 날을 언제나 축복하고 있단다.」

이렇게 말하고 나서 딸의 머리에 손을 얹고 안정을 되찾으려고 애를 썼지만, 리기아가 눈물에 젖은 눈을 들어 아우루스의 손을 잡고 거기에 입을 맞추었을 때는 아우루스의 목소리도 아버지로서의 깊은 슬픔에 떨리고 있었다.

「자아, 작별이다. 우리의 기쁨, 우리의 눈빛이여.」

그렇게 말하고 아우루스는 재빨리 아토리움으로 돌아가서 로마 인과 그리고 장군에게는 어울리지 않는 감동에 지지 않으려고 애를 썼다.

그 사이에 폼포니아는 리기아를 침실로 데리고 가서 안정시키고 위로하며 기운을 차리게 하는 얘기들을 했으나, 그 말은 아우루스 푸라우티우스가 옛날부터의 습관을 지켜 신에게 제물을 바치기 위한 라레리움(라레스, 즉 가문의 신을 모신 곳)과 아궁이를 바로 옆방에 두고 있는 이 집에서는 이상하게 울렸다.

폼포니아는 말했다.

「자아, 드디어 시련의 때가 왔다. 옛날 베르기니우스는 자기의 딸을 압피우스(B.C. 451년, 10인 정치의 한 사람인 압피우스 크라우디우스)의 손으로부터 지키기 위해 그 가슴을 찔렀다. 그보다 좀더 전에 루쿠레티아(타르퀴니우스 코라티누스의 아내. 로마 최후의 왕 타르퀴니우스 스페르부스의 아들 세쿠투스에게 몸을 더럽혔다.)는 스스로 목숨을 끊어 치욕을 씻었단다. 황제의 집은 치욕과 악과 죄의 소굴이다. ──그러나 리기아, 우리들은 어째서 자기의 몸에 손을 댈 권리가 없는지를 알고 있다. 그래, 우리들 두 사람이 받들고 있는 법도는 그것과는 다른 좀더 크고 좀더 신성한 것이지. 죄나 악으로부터 자기를 지키기 위해서는 목숨이나 고통을 걸어도 괜찮다고 허용하고 있으니까. 때문에 타락의 집에서 깨끗한 몸으로 살아 나온 사람에게는 한층 더 큰 보상이 있게 마련이란다. 지상(地上)은 바로 그러한 집이지만 다행히도 우리들의 생애는 순식간에 지나간다. 무덤 속에서 소생하기만 하면, 그 다음에는 이미 네로의 지배가 미치지 않고 하나님의 은혜가 지배하며 고통 대신 기쁨이, 눈물 대신 웃음이 있는 거란다.」

그리고 나서 폼포니아는 자기의 문제를 말하기 시작했다. 그렇다, 자기는 안정되어 있다. 그러나 그 가슴에는 아픈 상처가 끊이지 않고 있다. 실제로 자기의 남편 아우루스의 눈은 백내장에 걸려 있어서 남편에게는 아직 빛의 샘이 스며들고 있지 않다. 자기는 아들도 진리 속에서 키울 수가 없다. 그래서 이대로 생애의 끝까지 간다거나 이 사람들과 헤어지지 않으면 안 될 때가, 지금 둘이서 괴로워하고 있을 때보다 백 배나 길고 또 무서운 때일지도 모른다고 생각하면, 천국에 가서조차도 이 사람들과 헤어져서는 도저히 행복해질 것 같지가 않다. 그녀는 며칠밤을 울면서 지새웠고 며칠밤이나 은혜와 사랑을 소망하며 기도 속에서 지냈다. 그러나 이 모든 고통을 하나님에게 바치자, 믿고 기다리자, 그렇게 생각하면서 살아왔다. ——그러나 지금 새로운 타격이 자기를 엄습하고 폭군의 명령이 귀중한 사람을——아우루스가 눈의 빛이라고 부른 사람을 소환하려 하고 있을 때, 네로보다도 위대한 힘과 네로의 악의(惡意)보다도 강한 은혜가 있다는 것을 믿고 그것에 의지하려 하고 있노라고 했다. 그렇게 말하고 폼포니아는 한층 더 강하게 딸의 머리를 가슴에 끌어안았기 때문에 딸은 잠시 그 무릎 밑에 엎드려 그 페프름(웃옷)의 주름에 얼굴을 묻었다. 그렇게 하고 꽤 오랫동안 잠자코 있었으나 이윽고 일어났을 때는 그 얼굴에 어느 정도의 안정이 엿보였다.

「어머님과 아버님, 그리고 동생과 헤어지는 것은 괴롭지만, 그러나 반항을 해보았자 아무 소용이 없는 일이고 오히려 여러 사람의 파멸을 가져올 뿐입니다. 그러나 약속을 하겠습니다. 어머님의 말씀은 황제의 궁전에 가더라도 절대로 잊지 않겠습니다.」

리기아는 다시 한 번 두 팔을 폼포니아의 목에 감았다. 그리고 두 사람은 오에쿠스로 돌아와 소년 푸라우티우스와도, 두 사람의 가정교사인 그리스의 노인과, 옛날 유모였던 자기의 의상 담당, 그리고 노예들 모두와 작별 인사를 했다.

그때 노예의 한 사람인, 리기 족 출신으로 어깨가 떡 벌어진, 이 집에서는 우르수스(라틴 어로서 『곰』)라고 불리며 옛날 리기아의 어머니가 리기아와 함께 로마 군의 진영으로 올 때 다른 하인들 속에 섞여 따라온 사나이가 리기아의 발밑에 엎드린 다음 다시 폼포니아 앞에 무릎을 꿇고 말했다.

「마님, 저를 아가씨와 함께 보내 주십시오. 아가씨의 시중을 들며 황제 앞에서도 아가씨를 지키겠습니다.」

폼포니아 그라에키나는 대답했다.

「너는 우리 집 하인이 아니라 리기아의 것이다. 그러나 황제가 계시는 궁전에 너를 들여보낼지 모르겠구나. 설사 들여보낸다 해도 네가 어떻게 아가씨를 지키겠다는 말이냐?」

「마님, 그것은 저도 모릅니다. 다만 저는 손 하나로 쇠를 나무처럼 박살을 낼 수가 있고……..」

마침 그때 들어온 아우루스 푸라우티우스는 무슨 얘기인가 듣고 나더니, 우르수스의 소원에 반대하지 않을 뿐만 아니라 자기들에게는 우르수스를 만류할 권리도 없다고 말했다. 자기들은 리기아를 황제가 지목한 인질로서 보내는 것이니 만큼 리기아와 함께 황제의 비호하에 옮겨 가는 그 하인들도 보내 줄 의무가 있다, 그렇게 말하고 폼포니아에게, 하인처럼 보이게 하고 리기아에게 걸맞는 수의 노예를 데려갈 수도 있다, 백인 대장도 그것을 거절할 수는 없을 것이다, 라고 말했다.

리기아에게 있어서 그것은 얼마간의 위로가 되었고, 폼포니아도 그렇게 해서라도 리기아의 신변에 자기가 선택한 하인을 붙일 수 있는 것을 기뻐했다. 그래서 우르수스 외에 폼포니아는 리기아를 위해 나이 많은 유모와 머리 손질을 잘하는 키프로스 여자 두 사람과 목욕 시중을 들 게르마니아 아가씨 둘을 골랐다. 그 선택은 전적으로 새로운 종교를 믿는 신자에게 국한시켰다. 우르수스도 이미 몇 년 전부터 그 교를 믿고 있었다. 그래서 폼포니아는 그들 하인의 성실성을 믿을 수 있음과 동시에 진리의 씨앗이 황제의 거처에도 뿌려지게 되리라는 생각으로 얼마간 마음을 위로할 수가 있었다.

폼포니아는 다시 간단한 편지를 써서 네로의 해방 노예인 아쿠테에게 리기아의 보호를 부탁했다. 폼포니아는 새 종교 신자의 모임에서 아쿠테를 본 적은 없었으나, 신자들로부터 아쿠테가 협력을 거부하지 않고 열심히 타루소(소아시아 남안 동부 키리키아의 도시) 사람 바울의 서한을 읽고 있다는 이야기를 듣고 있었다. 어쨌든 이 젊은 해방 노예가 언제나 슬픔 속에 살고 있으며, 네로 궁전의 다른 모든 여자와는 전혀 인품이 달라서 일반적으로 그 궁전에서는 선량한 사람이라는 평판을 듣고 있다는 것을 폼포니아는 알고 있었다.

하스타는 그 편지를 아쿠테에게 직접 자기가 건네줄 것을 약속했다. 게다가 왕녀가 자기를 보살피는 하녀를 거느리는 것은 당연한 일로 여기고 있었으므로, 하인들을 궁전에까지 데리고 가는 데에 조금도 지장이 없다고 생각하고 있었고 오히려 그 수가 적은 것을 이상하게 여기고 있었다.

드디어 출발할 때가 되었다. 폼포니아와 리기아의 눈에는 또 눈물이 고였다. 아우루스는 다시 한 번 리기아의 머리를 손으로 어루만졌다. 이윽고 병사들은 소년 아우루스가 누나를 지킬 생각으로 백인 대장에게 조그마한 주먹을 들이대면서 위협하듯이 울부짖는 애절한 소리를 뒤로 하고 리기아를 케사르에게로 데리고 갔다.

노장군은 가마를 준비해 놓으라고 이르고 나서 폼포니아와 오에쿠스의 옆방인 회화실(繪畫室)에 들어갔다.

「들어주오, 폼포니아. 이제부터 황제를 뵈러 가겠소. 헛된 일이라는 것은 알고 있소. 세네카의 말은 이미 황제의 귀에는 힘이 없지만, 그래도 나는 세네카에게도 들러 보겠소. 지금 황제에게 영향력이 있는 것은 소프로니우스나 티게리누스나 바티니우스 정도이지. 황제는 아마도 리기 족의 일 따위는 태어나서 지금까지 한 번도 들은 적이 없을 것이고, 리기아를 인질로시 인도해 달라는 것은 아마도 누군가가 황제에게 청원했기 때문일 거요. 누가 그런 짓을 했는가 하는 것은 쉽게 짐작할 수 있는 일이오.」

폼포니아는 남편을 바라보았다.

「페트로니우스겠지요.」

「그렇소.」

잠시 침묵하고 나서 장군은 다시 말을 이었다.

「명예도 양심도 없는 인간을 우리 집에 오게 한 것이 잘못이었소. 그때가 저주스럽소, 비니키우스가 집에 왔던 그때가 말이오. 그놈이 페트로니우스를 데리고 온 거요. 불쌍도 하지, 리기아는…… 인질이 아니라 첩이 되어서 그놈에게로 끌려가는 것이오.」

그 말은 말할 수 없는 분노와 양녀를 잃은 데 대한 슬픔을 품고 있어서 여느때보다도 한층 비장하게 느껴졌다. 잠시 자기 자신과 싸우고 있었으나 그 내심의 싸움이 얼마나 격렬한가 하는 것은 다만 그 움켜쥔 주먹이 부들부들 떨고 있는 것으로도 알 수 있었다.

아우루스는 말했다.

「지금까지 나는 신들을 숭배해 왔으나 지금 이 순간에는 신들은 없다고 생각하고 있소. 있는 것은 다만 하나, 몹쓸 미치광이같이 가증스런 네로라는 이름의 신뿐이오.」

폼포니아는 말했다.

「아우루스, 네로는 진짜 하나님에 비하면 한 줌의 더러운 티끌에 지나지 않습니다.」

아우루스는 묵묵히 회화실의 모자이크 바닥 위를 큰 걸음으로 걷기 시작했다. 이 사람의 생애에는 큰 공적은 있었지만 큰 불행은 없었기 때문에 불행에는 익숙해져 있지 않았다. 게다가 이 늙은 군인은 자기가 생각하고 있는 것보다도 훨씬 더 깊이 리기아를 사랑하고 있었다. 그래서 지금 리기아를 잃게 된다는 것이 아무래도 납득이 되지 않았다. 그리고 또 자존심을 깎였다고 생각하고 있었다. 자기를 모욕하고 있는 것이다. 업신여기고 있는 것이다. 그러나 그 한편으로 그 힘에 대해 자기의 힘이 얼마나 무력한가 하는 것을 뼈저리게 느껴야만 했던 것이다.

그러나 그는 자기의 생각을 휘저어 놓고 있는 분노를 가까스로 억제하고 나서 말했다.

「내 판단으로는 페트로니우스가 우리 집에서 리기아를 데려간 것은 황제 때문이 아닐 것이오. 황제는 포파에아의 비위를 건드리려고 하지는 않소. 따라서 페트로니우스 자신 때문이거나 비니키우스를 위해서일 것이오.──오늘 중에 그것을 알아내고야 말겠소.」

이윽고 가마는 아우루스를 파라티움 쪽으로 싣고 갔다. 폼포니아는 소년 아우루스의 방으로 갔다. 그는 누나를 위해서 계속 울며 황제에 대한 욕설을 늘어놓고 있었다.

제 5 장

아우루스가 짐작했던 대로 네로와의 회견은 허락되지 않았다. 그 대답으로는 황제는 지금 비파를 치는 테르푸노스와 노래 연습을 하고 있고, 일반적으로 직접 부르지 않은 사람과는 만나지 않는다는 것이었다. 다시 말하면 이것은 아우루스가 앞으로도 알현을 바라서는 안 된다는 뜻이었다.

세네카 쪽은 병으로 열이 있었지만 노장군을 거기에 걸맞는 존경으로써 맞이해 주었고 그 용무를 듣고는 쏩쓸하게 웃으면서 말하는 것이었다.

「푸라우티우스, 내가 다만 한 가지 해드릴 수 있는 것은, 나의 마음이 당신의 괴로움에 동정해서 도와 드리고 싶어 한다는 것을 황제에게 결코 내색해 보이지 않는다는 것입니다. 왜냐하면 황제가 이 사건에 대해서 조금이라도 눈치를 챘다고 하면, 나에게 심술을 부리고 싶다는 이유만으로도 당신에게 결코 리기아를 돌려 주지는 않을 것이기 때문입니다.」

그러면서 세네카는 또 푸라우티우스에게, 티게리누스에게도 바티니우스에게도 비테리우스에게도 부탁하지 않는 편이 좋을 것이라고 말했다. 어쩌면 돈으로 그들을 움직이게 할 수 있을지도 모른다. 또 이 사람들은 페트로니우스의 세력을 쓰러뜨리려고 애쓰고 있으므로, 페트로니우스에게 반대하는 일이라면 할지도 모른다. 가장 확실한 것은 리기아가 푸라우티우스에게 있어서 매우 중요하다는 것을 황제에게 밀고할 테니까 그렇게 되면 황제는 더더욱 돌려 주지 않을 것이다. 그렇게 말하면서 이 나이 많은 현인(賢人)은 자기 자신에게 되돌아 오는 예리한 아이러니를 가지고 이야기하기 시작했다.

「푸라우티우스, 당신은 요 몇 년째 너무 침묵하고 있었어요. 황제는 가만히 있는 사람을 좋아하지 않아요. 당신은 황제의 아름다움이나 덕(德), 그의 노래, 그의 음송(吟誦), 마차를 달리는 그의 솜씨, 그의 시구에 대해서 감탄한 일이 없어요. 또 당신은 부리탄니쿠스 (황제 쿠라우니쿠스와 메사리나의 아들. 쿠라우니쿠스가 죽은 뒤 A. D. 55년 네로에게 독살되었다.)의 죽음을 찬양하지도 않았고, 생모 살해(A. D. 59년 네로는 아그리피나를 살해했다.)의 명예를 칭송하는 연설을 하는 것도, 또 옥타비아(네로의 아내, A. D. 62년 이혼당한 뒤 암살되었다.)의 암살에 관해서도 찬사를 보내지 않았소. 아우루스, 우리들처럼 궁정에서 행복하게 지내고 있는 사람들이 적당히 알아서 갖추어야 할 조심성이 당신에게는 아무래도 부족한 것 같습니다.」

그렇게 말하면서 허리에 차고 있던 잔을 풀어 인푸르비움의 연못에서 물을 떠서 달아오른 입을 식히고 나서 다시 말을 계속했다.

「아니, 그렇지만 네로는 감사하는 마음을 갖고 있습니다. 당신을 중요하게 생각하고 있는 것은 당신이 로마를 위해 진력하고 로마의 이름을 세계의 끝까지 빛냈기 때문이고, 나를 소중하게 생각하고 있는 것은 내가 그 사람이 어렸을 때의 선생이었기 때문입니다. 그래서 아시겠지만 나는 이 물에 독이 들어 있지 않다고 안심하고 마실 수 있는 겁니다. 집에 있는 포도주는 그다지 안전하지 않을는지도 모릅니다. 목이 마르시면 이 물을 마십시오. 아르바누스의 산(로마 남동쪽 25킬로)으로부터 수도를 통해 이곳까지 오는 물이니까 여기에 독을 넣으려면 온 로마의 저수지에 독을 넣어야 되겠지요. 그래서 보시다시피 나는 아직껏 위험한 꼴을 당하지 않고 이 세상에 남아서 조용한 노년을 보낼 수가 있는 것입니다. 물론 병은 앓고 있지만 오히려 몸보다도 마음의 병이 문제입니다.」

그것은 사실이었다. 세네카에게는 가령 코르누투스(세네카의 해방 노예로서 학자. A. D. 66년에 추방되었다.)나 트라세아가 가지고 있는 것 같은 정신력이 결여되어 있었으므로, 그 생애는 병 때문에 저지른 죄의 연속이었다. 그것은 스스로도 느끼고 있어서 키티온(키프로스 섬의 도시)의 제논(B. C. 4~3세기의 사람. 스토아 파의 창시자.)의 원리를 받드는 사람으로서는 이것과는 다른 길을 가지 않으면 안 되고, 그러기 위해서는 죽음에 대한 두려움보다 더 큰 고통을 맛보지 않으면 안 된다는 것을 알고 있었다.

그러나 장군은 그 괴로운 토론을 가로막고서 말했다.

「안나에우스(세네카의 姓) 선생이 황제의 소년 시절에 해드린 시중에 대해 황제가 은혜를 느끼고 있다는 것은 나도 잘 알고 있습니다. 그러나 우리들로부터 그 아가씨를 앗아간 장본인은 페트로니우스입니다. 그 사람에 대한 대책을 가르쳐 주십시오. 어떤 사람들에게 부탁하면 그 사람이 말을 들을지 가르쳐 주십시오. 할 수만 있다면 아무쪼록 나에 대한 옛 정을 생각해서 그 사람에게 선생의 웅변술을 발휘해 주십시오.」

세네카는 대답했다.

「페트로니우스와 나는 두 개의 반대 진영에 속하는 사람입니다. 그 사람에 대한 대책이라는 것은 나에게는 생각나지 않고, 그 사람이 말하는 것을 들을 만한 세력가도 없습니다. 어쩌면 그는 그토록 타락은 했어도 지금 네로를 둘러싸고 있는 건달들보다는 그래도 아직 나은 편인지도 모릅니다. 그러나 그 사람에게, 네가 한 일은 나쁘다는 것을 인식시킨다는 것은 시간 낭비일 뿐입니다. 페트로니우스는 벌써 오래 전부터 선과 악을 구별할 감각을 잃고 있습니다. 다만 그 행위가 추악한 것이라고 타일러 준다면 그때 당시는 부끄러워하겠지요. 그 사람을 만나면『너의 행위는 해방 노예와 같다.』라고 말해 주겠습니다. 그래서 효과가 없다면 나로서는 아무것도 해드릴 수가 없습니다.」

「그것만이라도 감사합니다.」

장군은 그렇게 말하고 나서 비니키우스의 집으로 가마를 몰았다. 비니키우스는 마침 집에 고용하고 있는 격검(擊劍) 사범과 검술 연습을 하고 있는 중이었다. 아우루스는 리기아에 대한 연행이 이루어진 후에 이렇게 태연히 연습을 하고 있는 이 청년을 보자 심한 분노가 끓어올라, 격검 교사가 나가기가 무섭게 그 분노는 마침내 폭발하고야 말았다.

그러나 비니키우스는 리기아가 네로에게 불려갔다는 얘기를 듣고는 당장 얼굴이 새파래졌으므로, 비니키우스가 이 연행에 연루되었다고는 생각되지 않았다.

청년의 이마에는 땀방울이 맺히고 심장에 한꺼번에 모였던 피는 다시 소용돌이치는 물결이 되어 얼굴에 넘쳤고 눈에서는 불꽃이 튀겼다. 그리고 입은 두서없는 질문을 연발하는 것이었다.

질투와 분노가 폭풍처럼 번갈아가며 엄습해 왔다. 비니키우스는 리기아가 일단 황제의 집 문턱 위를 넘은 이상 자기에게서는 영구히 떠난 것 같은 느낌이 들었다. 더욱이 아우루스가 페트로니우스의 이름을 입에 담았기 때문에 숙부가 자기를 얕잡아 보고 황제의 새로운 총애를 얻으려고 리기아를 선물했거나, 아니면 숙부 자신의 손 안에 넣을 생각이었던 것은 아닐까 하는 의심이 번개처럼 이 젊은 군인의 머리를 스쳤다. 리기아를 잠깐만이라도 본 사람이면 누구든지 당장 탐을 낼 것이라는 생각이 이 청년의 머리에는 깃들어 있었던 것이다.

비니키우스 가(家)의 유전이라고도 할, 앞뒤를 가리지 않는 분노는 사나운 말처럼 지금 이 청년을 사로잡아 완전히 사려 분별을 잃게 했다. 그래서 더듬거리는 목소리로 그는 부르짖었다.

「장군, 돌아가셔서 저를 기다려 주십시오. ——설령 페트로니우스가 저의 아버지라 하더라도 곤욕을 치른 리기아의 원수는 꼭 갚고야 말겠습니다. 돌아가셔서 저를 기다려 주십시오. 페트로니우스에게도 황제에게도 그 사람을 넘겨 줄 수는 없습니다.」

그리고 아토리움의 선반에 진열해 놓은 납으로 만든 가면을 향해 불끈 쥔 주먹을 쳐들면서 외쳤다.

「이 가면을 걸고 맹세한다. 만일 그렇게 된다면 그 사람을 죽이고 나도 죽고 말 테다.」

그렇게 말하고는 벌떡 일어서서 다시 한 번 아우루스에게「나를 기다려 주십시오.」하고 말하기가 무섭게 미친 사람처럼 아토리움을 뛰쳐나가 길을 지나가는 사람들을 마구 밀어 제치면서 페트로니우스의 집을 향해 나는 듯이 달려가는 것이었다.

아우루스는 얼마간 기운을 되찾아 가지고 집으로 돌아왔다. 만일 페트로니우스가 황제를 부추겨 비니키우스에게 주기 위해 리기아를 유인했다고 한다면, 비니키우스는 리기아를 데리고 자기들에게로 돌아올 것이라고 생각했다. 그러나 만일 리기아가 구출되지 못하더라도 죽음에 의해 복수되고 치욕으로부터 지켜진다는 생각이 아우루스에게는 적잖은 위로가 되었다. 비니키우스는 약속한 일을 반드시 지킨다는 것을 굳게 믿었던 것이다.

비니키우스가 화를 내는 것을 보고 그 집안에 전해지는 과격한 성격 탓이라는 것을 알았다. 아우루스 자신은 리기아를 친자식처럼 귀여워하고 있기는 하였으나 황제에게 줄 정도라면 죽이는 쪽이 낫다고 생각하고 있었으므로, 자기 집의 마지막 후사(後嗣)인 아들의 일을 생각지 않았다면 틀림없이 그렇게 했을 것이었다. 아우루스는 군인이었으므로 스토아 학파의 설은 거의 듣고 있지 않았으나, 성격으로 볼 때는 스토아 학파의 사람들에 가깝고, 이 사람의 견해로 보나 기품으로 보나 치욕보다는 죽음을 택하는 쪽이 쉽기도 하고 또 바람직하기도 했다.

집으로 돌아온 아우루스는 폼포니아를 위로하며 재기한 자기의 기운을 나누어 가졌고, 두 사람은 함께 비니키우스로부터의 소식을 기다렸다. 때때로 아토리움에 누군가 노예들과 찾아오는 사람의 발소리가 들리면, 두 사람은 그것은 아마 비니키우스가 귀중한 딸을 데리고 온 것이라고 생각하며 마음 속에서 젊은 두 사람을 축복해 주고 싶다고 생각하고 있었다.

그러나 시간만 덧없이 지나갈 뿐 비니키우스에게선 아무 소식도 없었다. 겨우 저녁때가 되어서야 문을 두드리는 망치소리가 들렸다.

이윽고 노예가 들어와서 아우루스에게 편지를 건네주었다. 노장군은 마음을 가라앉히려고 애쓰면서 약간 떨리는 손으로 편지를 받아 들고 집안 전체에 관한 일이기나 한 것처럼 곧 그것을 읽기 시작했다.

갑자기 그의 얼굴이 흐려지고 지나가는 구름처럼 그림자가 드리워졌다.

「읽어 봐요.」 하고 그는 폼포니아에게 말했다.

폼포니아가 편지를 받아 들고 읽었다. 거기에는 다음과 같은 글이 씌어 있었다.

『마르쿠스 비니키우스로부터 아우루스 푸라우티우스에게. 모든 것이 황제의 뜻에 따라 이루어졌습니다. 거기에 따라 주십시오. 나도, 페트로니우스도 거기에 따르겠습니다.』

오랜 침묵이 계속되었다.

제 6 장

페트로니우스는 집에 있었다. 문지기가 비니키우스를 꺼려 미처 말리지를 못했기 때문에 비니키우스는 폭풍과 같이 아토리움으로 들어갔고, 주인을 만나려면 도서실로 가라는 말을 듣고는 그대로 도서실로 뛰어들어갔다. 그곳에서 피리를 불고 있는 페트로니우스를 발견하자 그 손에서 피리를 빼앗아 분질러 꺾고는 마루에 던져 버렸다. 그리고 그는 그의 두 팔을 움켜쥐고 얼굴을 바싹 들이대고는 흥분으로 떨리는 목소리로 띄엄띄엄 물었다.

「그 사람을 어떻게 했지요? 어디에 있어요?」

그러나 갑자기 놀랄 만한 일이 일어났다. 그것은 그 가늘고 흐늘흐늘한 페트로니우스가 자기를 움켜쥐고 있는 이 젊은 운동가의 손을 붙잡았는가 했더니 또다른 한 쪽 손을 거머쥐었고 더구나 그 양쪽 손을 자기의 한 쪽 손으로 단단히 붙잡은 것이다. 그리고 나서 말했다.

「내가 약해져 있는 것은 아침 동안뿐이야. 밤이 되면 옛날의 기력을 되찾는다. 이 손을 뿌리쳐 봐. 너에게 체조를 가르친 것은 베짜는 직공이고, 예의 범절을 가르친 것은 대장간 철공임에 틀림없구나.」

그의 얼굴에는 노여움의 기색도 없었다. 다만 그 눈에는 일종의 누런 기운을 띤 호탕한 기백과 정력의 빛이 반짝이고 있었다. 잠시 후에 손이 풀려난 비니키우스는 숙부 앞에 선 채 기가 꺾이고 부끄러움과 분노로 몸을 떨었다.

비니키우스는 말했다.

「강철 같은 손이군요. 하지만 지옥의 모든 신들을 걸고 맹세합니다. 숙부님은 저를 배신했어요. 설사 황제의 어전이라 할지라도 저는 단검으로 숙부님의 목을 찌르겠습니다.」

페트로니우스는 대답했다.

「우리 조용히 얘기하자. 강철이 무쇠보다도 강한 것은 너도 알겠지? 네 한 쪽 팔로 내 팔을 두 개쯤 만들 수 있다고 하더라도 나는 너 같은 것은 무서워하지 않아. 하지만 너의 난폭성에는 마음이 아프다. 내가 아직도 인간의 은혜를 모르는 것에 놀라는 일이 있다고 한다면, 아마도 우선 너의 은혜를 모르는 것에 대해 놀랄 것이다.」

「리기아는 어디에 있습니까?」

「루파나루(나쁜 곳)야. 즉 황제의 궁정이지.」

「그래요?」

「진정하고 앉아라. 나는 황제에게 두 가지 부탁을 했다. 황제는 그것을 들어 주셨어. 하나는 리기아를 아우루스의 집에서 끄집어 내는 것, 또 하나는 리기아를 너에게 넘겨 줄 것. 어딘가 그 토가의 주름 속에 단검을 갖고 있지 않니? 나를 찌르는 게 어때? 물론 하루 이틀은 더 기다려야 할 게다. 너는 감옥에 갇힐 테니까 그 동안 리기아는 너의 집에서 쓸쓸히 지낼 테지.」

침묵이 계속되었다. 비니키우스는 잠시 놀란 눈으로 페트로니우스를 보고 있었으나 이윽고 말했다.

「용서해 주십시오. 저는 그 여자를 사모하고 있습니다. 사랑이 내 머리를 온통 휘저어 놓은 것입니다.」

「어때, 내 수완이 그럴 듯하지? 들어 보라구, 마르쿠스. 엊그제 나는 황제에게 이렇게 말씀드렸지.『누님의 아들인 비니키우스가 어떤 바싹 마른 아가씨에게 반했습니다. 그 아가씨는 아우루스 밑에서 양육되고 있습니다. 그래서 그 녀석이 내쉬는 한숨 때문에 그 집은 탄식의 증기실로 변하고 말았습니다. 폐하, 저는 진짜 아름다움이라는 것을 알고 있기 때문에 그런 여자에게는 1천 세스테르티우스(은화의 이름)도 지불하지 않겠지만 말입니다. 그런데 그 녀석은 솥처럼 아둔한 놈이었는데 지금은 밑이 빠져 버린 바보가 되었답니다.』라고 말이야.」

「아니, 숙부님.」

「내가 리기아의 몸을 지키기 위해서 그렇게 말했다는 것을 너는 모르는지도 모르지만 사실을 이야기하고 있다는 것을 보장한다. 나는 붉은 수염을 향해, 폐하와 같은 취미를 가지신 분은 그런 아가씨를 미인이라고 생각하실 리가 없다고 말씀드렸지. 네로는 지금까지도 나의 눈을 통해서밖에는 사물을 볼 마음이 없으므로, 리기아를 보아도 미인이라고는 생각지 않고 미인이라고 생각지 않으니까 리기아를 탐내지는 않을 거야.

원숭이에 대해서는 이쪽의 몸을 지키면서 상대방의 몸을 노끈으로 묶지 않으면 안 돼. 리기아를 올바르게 보고 있는 것은 네로가 아니라 포파에아이지만, 물론 포파에아는 일각이라도 빨리 리기아를 궁정 밖으로 내보내려고 하고 있어. 그래서 나는 다시 아무렇지도 않게 붉은 수염에게 이렇게 말했지.『리기아를 빼앗아 비니키우스에게 주십시오. 그 애는 인질이니까 그렇게 하실 권리가 있습니다. 게다가 그렇게 하시면 아우루스에게 타격을 주는 것이 됩니다.』네로는 알았다고 하더군. 그것을 인정하지 않을 이유는 하나도 없었던 거야. 특히 내가 이렇게 해서 황제에게 고분고분하지 않은 사람들을 학대할 수 있는 기회를 주었으니까 말야.

그래서 너는 그 인질의 정식 후견인이 되고, 네 손에 그 리기 족의 보배가 넘어오게 됐어. 따라서 너는 용감한 리기 족의 동맹자임과 동시에 황제의 충실한 머슴으로서 그 보배를 낭비하지 않을 뿐만 아니라 더욱 빛내도록 노력하지 않으면 안 되는 거야.

황제는 모양새를 좋게 하기 위해 아가씨를 며칠 동안 궁정에 붙들어 두었다가, 그런 연후에 너의 인스라에 보낼 것이다. 행복한 녀석.」

「참말입니까? 황제의 궁정에서 위험은 없습니까?」

「만일 그곳에 리기아가 언제까지나 살고 있다면 포파에아는 로쿠스타(갈리아 태생의 여자로서 독약의 사용법을 알고 있었다. 아그리피나를 위해서 크라우디우스 황제를 죽이고 네로를 위해서 부리타니쿠스를 죽였다.)와 리기아의 일을 상의할는지도 모르지만 2, 3일 간이라면 조금도 그럴 위험은 없다. 황제의 궁전에는 1만 명이나 되는 사람이 있어. 그러니 네로는 전혀 리기아를 볼 수도 없을 게다. 그리고 무엇보다도 하나에서 열까지 나를 신용하고 있으니까.

실제로 조금 전에 백인 대장이 이곳에 와서 보고하기를, 아가씨를 궁전에 데리고 가서 아쿠데의 손에 넘겨 주었다고 말했어. 아쿠데는 좋은 사람이야. 그래서 나는 아가씨를 아쿠테에게 인계하도록 일러둔 거야. 게다가 폼포니아 그라에키나가 아쿠테에게 편지를 쓴 것을 보더라도 역시 나하고 같은 생각인 것 같아. 내일은 네로가 연회를 베푸는 날이다. 리기아 옆에 네 자리를 마련해 두었으니까 그리 알고 있거라.」

비니키우스는 말했다.

「가이우스 숙부님, 용서해 주십시오, 제가 화를 낸 것을. 저는 숙부님이 자기 자신을 위해서 또는 황제를 위해서 리기아를 유인하도록 꾸미신 줄로만 생각했었습니다.」

「그 성급함은 용서할 수 있지만 비천한 행동이나 난폭한 고함, 그리고 거친 말은 모라의 승부를 하고 있는 사람을 연상시켜서 용서하기 힘들구나. 그런 짓은 마르쿠스, 나는 딱 질색이다. 조심해 주기 바란다. 그리고 잘 들어 두어라, 황제 주변의 아첨꾼은 티게리누스라는 것을. 그리고 또 하나, 만일 내가 직접 아가씨를 취하려고 생각한다면, 지금처럼 너와 마주 앉았을 때 당당히 이런 식으로 말하겠다.『비니키우스, 너에게서 리기아를 빼앗겠다. 아가씨는 내가 싫증을 느낄 때까지 내 밑에 두겠다.』라고 말이야.」

이렇게 말하면서 페트로니우스는 예의 밤색 눈동자로 비니키우스의 눈을 똑바로 쳐다보며 사람을 아무렇지도 않게 생각하는 냉정한 표정을 지었으므로, 청년은 당황해서 한동안 정신을 못차렸다.

「제가 잘못했습니다. 숙부님은 친절하십니다. 충심으로 감사드립니다. 다만 한 가지만 더 묻게 해주십시오. 어째서 리기아를 곧장 저에게로 돌려 주시도록 말씀하시지 않았습니까 ? 」

「그것은 황제가 모양새를 그럴 듯하게 만들고 싶어하기 때문이지. 우리가 리기아를 빼돌리면, 로마 사람들은 곧 그 소문을 퍼뜨릴 것이다. 그 소문이 떠돌고 있는 동안 리기아는 황제의 궁전에 머물러 있어야 해. 나중에 몰래 아가씨를 너의 집에 보낸다. 그것으로 결말이 나지.

붉은 수염은 비겁한 개야. 자기의 권력이 무한하다는 것을 알고 있으면서 하나하나의 행동에 모양새를 만들려고 해. 네가 그 정도로 안정을 되찾았다면 약간 철학적인 얘기를 해도 되겠구나. 내 머리에는 때때로 이런 생각이 떠오르지. 어째서 죄악적인 행동이라는 것은, 황제의 경우처럼 권력을 가지고 있으면 벌을 받지 않는다는 것이 확실한데도 역시 법률이라든가 정의라든가 덕성(德性)이라는 모양새를 갖추려 하는 것일까? 무엇 때문에 그런 일에 시간을 허비할까?

내 생각으로는 형제나 어머니 또는 아내를 죽인다는 따위의 일은 어딘가 아시아의 왕이나 할 법한 일로서 로마의 황제에게는 어울리지를 않아. 설사 내가 그런 일을 했다고 하더라도 나는 원로원에 변명의 편지 따위는 안 쓰겠다. 그런데 네로는 쓰는 거야. 네로가 모양새를 갖추는 것은 한 마디로 네로가 비겁자이기 때문이야. 물론 티베리우스는 비겁자는 아니었으나 자기가 저지른 몹쓸 일은 일일이 변명했어. 왜 그렇게 되었을까?

악(惡)이 덕(德)에 대해서 까닭없이 바치는 경의라는 것은 이상하지 않아? 내가 어떻게 생각하는지 알고 있어? 들어 보라구. 그들이 그렇게 된 것은 나쁜 행동은 추하고 덕은 아름답기 때문이야. 그래서 정말 멋이 있는 사람은 동시에 도덕적인 사람이야. 그래서 나는 도덕적인 인간이지. 따라서 오늘날에는 푸로디고스나 고르기아스(모두 소크라테스 시대의 유명한 소피스트)의 망령에 포도주를 바치지 않으면 안 돼.

내 말을 잘 들어 두게. 리기아를 아우루스에게서 빼앗은 것은 너에게 주기 위해서야. 그것으로 좋은 거야. 리시포스(시큐온에 태어난 B.C. 4세기의 조각가)라면 너희들을 훌륭한 군상(群像)으로 만들었을 테지. 두 사람 모두 아름다워. 그러나 내가 한 일도 아름다워. 아름다운 이상 나쁠 까닭이 없어. 마르쿠스, 자아, 보아라, 네 눈앞에 페트로니우스의 모습을 하고 있는 것은 덕(德)이야. 아리스티데스(B. C. 6세기 아테네의 장군이며 정치가. 정의의 이름이 높았다.)가 살아 있었다면 나에게 찾아와서 이 짧은 덕에 대한 강의에 1백 무나(1무나는 무게 17.8 그램의 금화)를 바치지 않으면 안 될 참이야.」

그러나 비니키우스는 덕에 대한 강의보다도 현실을 훨씬 중요시하는 인간이었으므로 이렇게 말했다.

「내일이면 리기아를 만나게 되고, 그리고 죽을 때까지 그 사람을 계속해서 내 집에 둘 수가 있는 거지요?」

「너는 리기아를 손에 넣지만, 나는 아우루스라는 성가신 사람을 짊어지게 되는 셈이다. 나에게 대해 지하의 모든 신들의 복수를 외치고 있을 그 아우루스를 말야. 그 벽창호가 하다 못 해 제대로 된 연설법을 연습해 두었으면 좋으련만. ——정말 그 사람이 생각하는 연설이란 고작해야 옛날 우리 집 문지기였던 사나이가 내 부하에게 한 정도이지. 물론 나는 그 문지기를 그에 대한 벌로서 시골의 영지에 있는 감옥에 처넣었지만 말이야.」

「아우루스가 나에게 왔었습니다. 그래서 리기아에 대한 소식을 전해 주기로 약속을 했습니다.」

「그럼 이렇게 써 주어라. 황제『폐하』의 뜻은 최고의 법률이다. 우리의 첫아기에게는 아우루스라는 이름을 지어 주겠다고. 그 영감도 약간은 위로해 주지 않으면 안 돼. 나는 붉은 수염에게 부탁해서 아우루스를 연회에 부르게 할 생각이다. 그때 네가 리기아와 가지런히 긴 의자에 누워 있는 장면을(그리스와 로마에서는 누워서 식사를 하는 습관이 있었다.) 보여 주고 싶다.」

비니키우스는 말했다.

「그런 일은 제발 하지 말아 주십시오. 그쪽 사람, 특히 폼포니아가 불쌍해서 안 되겠습니다.」

비니키우스는 자리에 앉아 편지를 썼다. 그것으로 노장군의 마지막 희망은 완전히 사라지고 말았다.

제 7 장

　네로의 옛날 애인 아쿠테 앞에서는 로마에서 가장 고귀한 사람들도 이따금 고개를 숙였다. 그러나 아쿠테는 그래도 좀처럼 공적인 일에는 참견을 하지 않고 어쩌다 자기의 권위를 젊은 지배자에 대해 미칠 경우에도 누군가를 불쌍히 여겨 부탁을 할 때에 한했다. 조용하고 다소곳하며 많은 사람의 감사를 한 몸에 지니고 한 사람의 적도 만들지 않고 있었다.

　옥타비아조차도 이 사람을 미워할 수가 없었다. 자기를 시기하는 사람들에게 아쿠테는 거의 위험을 느끼게 하지 않았다. 이 사람이 언제까지나 네로에게 기울이고 있는 슬프고 안타까운 애정은 이미 희망이 끊어졌고, 그것은 네로가 젊고 애정을 가지고 있었을 뿐만 아니라 마음씨도 착했던 시절의 추억에만 매달려 있다는 것을 모두가 알고 있었기 때문이다.

　그러한 추억에서 몸도 마음도 떼어 놓지 못하고 있을 뿐 아니라 지금에 와서는 아무것도 기대하고 있지 않았다. 황제가 이 사람한테 갈 까닭도 없으므로 실제로 걱정거리도 안 되고 전혀 자기를 지킬 힘도 없는 것으로 간주되고 있었기 때문에, 사람들은 이 사람을 가만히 내버려 두어도 좋다는 것을 모두 알고 있었다. 포파에아도 이 사람을 다만 조용한 하인으로 보고 어디까지나 해(害)가 없으므로 애써 이 사람을 궁전에서 쫓아낼 필요를 느끼지 않고 있었다.

　그러나 황제는 옛날 아쿠테를 사랑한 일이 있고 이것을 저버린 것도 노여워한 것도 아니며 조용히, 어떤 의미에서는 사이좋게 헤어진 것이므로 사람들은 여기에 대해 얼마간 마음이 쓰이지 않는 것도 아니있다.

　네로는 아쿠테를 노예의 신분에서 해방시켜 줄 때 궁전에서 살 수 있도록 해주었을 뿐만 아니라 아쿠테 자신의 침실과 약간이나마 시중을 들 하인을 붙여 주었다. 옛날 파라스와 나르키소스는 크라우디우스의 해방 노예였지만 연회 때에 크라우디우스와 자리를 같이 했을 뿐만 아니라 권력이 있는 대신처럼 윗자리를 차지하기도 했다지만 아쿠테도 때때로 황제의 식탁에 초대되곤 했다. 이렇게 존경을 받은 것은 아마도 아쿠테의 아름다운 모습이 연회장의 좋은 장식물이 되었기 때문일 것이다. 어쨌든 황제는 연회 때의 사람을 선택하는 데에 훨씬 오래 전부터 신경을 쓰지 않고 있었다. 그래서 황제의 식탁에는 온갖 계층의 사람들이 다 모이곤 했다. 그 가운데는 원로원 의원들도 있었으나, 뭐니뭐니 해도 많았던 것은 기꺼이 광대역을 떠맡고 나서는 사람들이었다. 쾌락과 사치와 음란에 젖어 있는 늙고 젊은 가지각색의 사람들이 있었다.

　훌륭한 가문에 태어났으면서 염치도 없이 매일밤 노란 가발을 쓰고는 어두운 거리로 모험을 찾아 나서는 여자들도 있었다. 신분이 높은 관리들도 있었고, 술에 취하면 기분이 좋아져서 자기가 섬기고 있는 신들을 비웃는 사제들도 있었다. 또 그 옆에는 가수나 희극 배우, 음악가나 남녀 무용가, 시를 낭송하면서 황제의 시를 칭찬하면 금화를 몇 닢 받을 수 있을까 하는 따위의 계산을 하고 있는 시인이나, 내오는 음식을 탐나는 눈으로 바라보는 배고픈 철학자나, 나아가서는 유명한 전차 몰이꾼, 마술사, 이야기꾼, 광대, 유행이나 사람들이 어리석은 덕분에 그날 그날의 명성을 얻고 있는 각종 방랑자, 심지어는 노예의 표시로 귀에 구멍이 뚫려진 것을 감추기 위해 머리카락을 길게 하고 있는 자가 섞여 있는 등 온갖 종류의 천한 사람들도 자리를 함께하고 있었다.

　유명한 사람들은 직접 식탁에 앉았으나 천한 사람들은 식사 동안 여흥을 돋구며 하인들이 식사나 음료의 나머지에 손을 대도 괜찮다고 할 때까지 기다리고 있었다. 이러한 무리들은 대개 티게리누스나 바티니우스 그리고 비테리우스가 데리고 온 자들이었다. 때로는 그러한 손님들을 위해 황제의 궁전에 어울리는 의복까지 준비해 주지 않으면 안 되었다. 그러나 황제는 그러한 무리들 사이에 있으면 지극히 자유로운 기분이 되기 때문에 이것을 좋아했다.

궁정은 모든 것을 황금으로 장식했고 모든 것이 번쩍번쩍 빛나고 있었다. 신분이 높은 자나 낮은 자나, 명문의 자제나 시정의 천민이나, 또는 유력한 예술가나 비참한 재주꾼 나부랭이도 모두 궁정에 몰려와, 때로는 인간의 상상을 초월한 호화로움에 놀라고 위대한 은혜와 부(富), 그리고 행복의 수여자에게 접근하려고 꾀했으나, 황제는 그 기분 하나로 상대방을 가난하게도 하고 또 엄청난 부귀로 끌어올리기도 하였다.

그 날 리기아도 그런 연회에 참석하게 되어 있었다. 공포와 불안과 당혹은 이 갑작스러운 환경의 변화에 처해 조금도 이상할 것은 없었으나 리기아의 마음 속에서 저항하고 싶은 기분과 싸우고 있었다. 리기아는 황제를 무서워하고, 사람들을 무서워하고, 소란이 자기의 정신을 잃게 하는 궁정을 무서워했다. 그리고 또 집에 있을 때 아우루스나 폼포니아 그라에키나나 친구들로부터 들은 숱한 몹쓸 일이 벌어지는 연회를 두려워했다.

젊은 아가씨였으나 아무것도 모르는 것은 아니었다. 나쁜 소문은 나이 어린 처녀의 귀에까지 들어왔던 것이다. 그래서 리기아는 헤어지는 순간에 폼포니아가 경고해 준 타락의 위험이 그 궁정에 숨어 있다는 것을 알고 있었다. 그러나 타락에 물들지 않은 젊은 영혼을 안고 양모가 가르쳐 준 높은 가르침을 받들고 있었기 때문에, 리기아는 그러한 타락에 대해 몸을 지키겠다고 스스로 굳게 약속했던 것이다. 약속은 어머니에게도 자신에게도 또 동시에 신이신 스승에게도 했다. 이 스승을 리기아는 믿고 있었을 뿐만 아니라 그 가르침의 감미로움과 그 죽음의 고통과 그 부활의 영예 때문에, 리기아는 반은 어린아이와 같은 마음으로 사랑하고 있었다.

또 지금에 와서는 아우루스도 폼포니아 그라에키나도 자기의 행위에 대해 책임을 져주지 않을 것은 확실하므로 저항을 시도하여 연회에는 가지 않는 편이 낫지 않을까 하고도 생각했다. 한편에서는 리기아의 마음 속에서 두려움과 불안이 큰소리로 말을 하고, 다른 한편에서는 용기와 인내를 나타냄과 동시에 가책과 죽음의 위험을 무릅쓰고 싶다는 기분도 생겨났다.

그렇다, 신이신 스승은 그렇게 명령하셨다. 그렇다, 스스로 그 본보기를 보여 주신 것이다. 그렇다, 폼포니아의 이야기에도 신자 가운데 가장 열렬한 사람들은 그러한 시련을 구하고 그것을 위해서 기도한다고 했다. 리기아 자신도 아직 아우루스의 집에 있을 때 이따금 그것과 비슷한 소망에 사로잡히곤 했었다. 자기가 순교자로서 손이나 발에 상처를 입고 눈처럼 하얗게 지상의 것이 아닌 아름다움에 빛나고 역시 자기와 같이 하얀 천사들에게 지켜진 가운데 하늘로 올라가는 장면을 마음에 그리며 그러한 광경에 황홀해지곤 했었다. 거기에는 처녀의 꿈이 많이 담겨 있어 어딘지 모르게 자기 도취에 빠져 있었으므로 폼포니아에게 꾸중을 듣곤 했다. 그러나 지금 황제의 뜻에 반항하면 무언가 잔혹한 형벌을 초래할는지도 모르고, 꿈에 그린 순교가 현실이 될지도 모른다고 생각하자, 아름다운 상상이나 좋은 기분에 더하여 두려움 섞인 호기심이 일어나고 자기는 어떻게 처벌받고 어떤 고통이 기다리고 있을까 하는 생각이 들었다.

이런 식으로 리기아의 반쯤 어린애다운 심정은 두 가지 방향으로 흔들리고 있었다. 그러나 아쿠테는 리기아가 동요하고 있다는 얘기를 듣자 매우 놀라며, 이 여자가 열에 들떠서 헛소리를 하고 있는 게 아닐까 하고 그 얼굴을 바라보았다. 황제의 의사에 대해서 반항의 뜻을 나타내다니. 첫 순간부터 황제의 노여움을 자초하려 하고 있다니…….

어쩌면 이 아가씨는 자기가 하고 있는 말의 뜻을 모르고 있는 어린아이임에 틀림없다. 리기아 자신의 말에서 판단하면, 리기아는 실은 인질이 아니라 자기의 민족에게 버림받은 아가씨인 것이다. 어떠한 국제법도 리기아를 지켜 주지는 않고 설사 지켜 준다고 하더라도 황제는 권력을 가지고 있으니까 노여워지면 다음 순간에는 법률을 유린할 수도 있다. 황제는 이 아가씨가 마음에 들어 옆에 두려고 하고 있으므로 그렇게 되면 어떤 형벌이라도 내릴 수 있다. 그렇게 되면 리기아는 황제의 뜻대로 되는 수밖에 없고, 그 뜻을 억제할 수 있는 것은 이 지구상에는 아무것도 없는 것이다.

아쿠테는 다시 말을 이었다.

「그래요. 나도 타루소의 바울의 편지를 읽었어요. 그래서 이 세상 위에는 하나님이 있고 부활하신 하나님의 아들이 있다는 것은 알고 있습니다. 그러나 땅 위에는 황제가 있을 뿐입니다.

리기아, 이것을 잘 알아 두세요. 나는 또 당신의 교가 당신에게 나와 같이 되는 것을 금하고 있다는 것과, 당신들도 에피쿠테토스 (유명한 스토아 학파의 철학자)가 나에게 말한 스토아 파의 사람들과 마찬가지로 치욕이나 죽음 중 그 어느 한 쪽을 택하지 않으면 안 될 때에는 죽음을 택할 수밖에 없다는 것을 알고 있습니다. 그러나 당신을 기다리고 있는 것은 치욕이 아니라 죽음이라고만 생각할 수가 있겠습니까? 당신은 세야누스(티베리우스 황제 때 실권을 쥐고 있던 장군)의 딸이 아직 소녀였을 때, 티베리우스의 명령으로 처녀를 사형해서는 안 된다는 법률을 지키기 위해 처녀를 능욕하고 나서 죽였다는 얘기를 듣지 못했습니까? 리기아, 제발 리기아, 황제를 노엽게 해서는 안 됩니다. 결정적인 순간이 와서 치욕이든 죽음이든 어느 한 쪽을 선택하지 않으면 안 되게 되었을 때 당신의 『진리』가 시키는 대로 행동하십시오. 그러나 자기가 자진해서 파멸의 길로 나아가서는 안 됩니다. 하찮은 일 때문에 네로라고 하는 지상의 신, 더욱이 잔혹하기 이를 데 없는 신을 화나게 하지 마십시오.」

아쿠테는 깊은 연민에 열기까지 섞인 목소리로 말했다. 그녀는 태어나면서부터 약간 근시였으므로 그 다정한 얼굴을 리기아에게 가까이 가져가 자기의 말이 어떠한 인상을 주었는지 확인하려고 했다.

리기아는 어린애와 같은 신뢰를 가지고 아쿠테의 목에 자기의 팔을 얹으면서 말했다.

「아쿠테, 당신은 정말 친절하신 분이군요.」

아쿠테는 그 칭찬과 신뢰에 감동하여 리기아를 가슴에 껴안았으나, 이윽고 아가씨의 손에서 벗어나면서 이렇게 대답했다.

「내 행복은 지나갔어요. 기쁨도 지나가고요. 그러나 나는 나쁜 사람은 결코 아니랍니다.」

그리고 나서 재빠른 걸음으로 방 안을 걷기 시작했다. 그리고는 절망에 빠진 것처럼 혼잣말을 했다.

「아아뇨. 그분도 나쁜 사람은 아니예요. 그 무렵에는 스스로도 좋은 사람이라고 생각하고 계셨고, 또 좋은 사람이 되려고 노력하고 계셨어요. 그것은 내가 가장 잘 알고 있습니다. 모든 것은 그 후에 일어났어요. 사람을 사랑하지 않게 되면서부터……. 다른 사람들이 지금과 같은 분으로 만들어 버렸어요. 다른 사람들이…… 그리고 포파에아가.」

어느새 아쿠테의 속눈썹은 눈물에 젖어 있었다. 리기아는 잠시 동안 그 파란 눈으로 지켜 보고 있었으나 마침내 이렇게 말했다.

「아쿠테, 당신은 그분을 불쌍하게 여기고 계시는군요.」

「네.」

이 그리스 여인은 나즈막하게 말했다.

그리고는 다시 방 안을 왔다갔다 하기 시작했다. 손은 아픔을 느끼는 듯이 움켜쥐고 얼굴은 어찌할 바를 모르고 있었다.

리기아는 겁먹은 표정으로 물었다.

「아쿠테, 지금도 황제를 사랑하고 계시나요?」

「사랑하고 있습니다——.」

그리고 잠시 후에 덧붙였다.

「나 이외에는 아무도 그를 사랑해 주는 이가 없어요——.」

침묵이 계속되었다. 그동안 아쿠테는 추억으로 심란해진 마음을 가라앉히려고 애썼고, 가까스로 그 얼굴이 다시 조용한 슬픔의 표정이 되면서 이렇게 말했다.

「리기아, 당신 이야기를 합시다. 황제에게 반항할 생각일랑 아예 말아요. 그런 일은 미친 짓과 같아요. 어떻게든 마음을 가라앉혀요. 이곳 궁전의 일은 잘 알고 있어요. 황제로부터는 아무 위험한 일도 일어나지 않으리라고 생각해요. 네로가 당신을 자기 자신을 위해서 납치해 오라고 명령했다면 이곳 파라티움에 데리고 올 까닭이 없어요.

이곳에서는 포파에아가 주인이에요. 네로는 포파에아가 딸을 낳고 나서부터는 한층 더 그 사람이 하자는 대로 되고 있습니다. —— 그래요, 과연 네로는 당신이 연회에 나오도록 명령했지만, 지금까지 당신을 본 일도 없고 당신에 대해서 들은 일도 없으니까 당신의 일 따위는 생각지도 않고 있을 거예요. 어쩌면 당신을 아우루스와 폼포니아에게서 데려온 것은 단지 그 사람들에게 악의를 가지고 있기 때문인지도 몰라요.

—— 페트로니우스는 나에게 편지를 보내어 당신을 잘 보살펴 달라고 말해 왔고, 당신도 알다시피 폼포니아도 편지를 써보냈으니까, 어떻든 두 사람 사이에서는 얘기가 돼있을 거예요. 만일 그렇다고 한다면, 즉 만일 페트로니우스가 폼포니아의 부탁을 받고 당신의 후견을 떠맡았다고 한다면 조금도 위험은 없어요. 네로가 페트로니우스의 권고에 따라 당신을 아우루스에게로 돌려보내지 않는다고도 말할 수 없어요. 네로가 페트로니우스를 별로 좋아한다고는 생각지 않지만, 그렇다고 해서 과단성있게 페트로니우스와 반대 의견을 취하는 일도 좀처럼 없으니까요.」

「그래요, 아쿠테. 페트로니우스는 내가 이곳으로 끌려오기 전에 집에 왔더랬어요. 어머님도 네로가 페트로니우스의 말을 듣고 나를 이곳으로 데려온 것으로 믿고 있어요.」

「그렇다면 난처하군.」 하고 아쿠테는 말했다.

그러나 잠시 생각에 잠겨 있다가 이렇게 말을 이었다.

「그러나 아마 페트로니우스는 어느 날 밤 네로 앞에서 자기가 아우루스의 집에서 리기 족의 인질을 보았다고 얘기했을 뿐일 거예요. 네로는 자기의 권력에 대해서는 질투가 많은 사람이니까 인질은 황제의 것이라는 생각으로 당신을 데려오라고 말했겠지요.

게다가 네로는 아우루스와 폼포니아를 싫어하지요. ——아니, 나로서는 아무래도 페트로니우스가 당신을 아우루스에게서 빼앗을 생각이었더라도 그 사람이 그런 방법을 취했으리라고는 생각되지 않습니다. ——페트로니우스가 지금 황제를 에워싸고 있는 사람들보다 좋은 사람인지 어떤지는 나로서는 알 수가 없지만, 그러나 질적으로 다른 사람인 것만은 틀림이 없습니다.

어쩌면 페트로니우스 외에 누군가 또 당신을 탐내고 있는 사람이 있을지도 모릅니다. 아우루스의 집에서 누군가 황제의 측근에 있는 사람을 만나신 적은 없었나요?」

「베스파시아누스와 티투스를 만났습니다만.」

「황제는 그 사람들을 싫어합니다.」

「그리고 세네카도 만났어요.」

「세네카가 무언가를 권고했다면, 네로는 틀림없이 정반대의 행동을 취했을 거예요.」

그때까지 환하던 리기아의 얼굴이 조금 발갛게 물들었다.

「그리고는 비니키우스…….」

「그런 분은 나는 모릅니다.」

「페트로니우스의 친척되시는 분으로서 얼마 전에 아르메니아에서 돌아온 분입니다만——.」

「네로가 그런 분을 기꺼이 만나시리라고 생각해요?」

「비니키우스는 누구든지 좋아하지요.」

「그리고 그분이 당신을 원하고 있다고 생각하나요?」

「네.」

아쿠테는 반가운 웃음을 웃고 나서 말했다.

「그렇다면 틀림없이 연회에서 그 사람을 만날 수 있을 거예요. 아무래도 연회에 나가지 않으면 안 돼요. 아니, 당신과 같은 아가씨는 그런 생각을 하지 않을지도 모르지만. ——게다가 당신이 아우루스의 집에 돌아가고 싶다고 생각한다면, 페트로니우스와 비니키우스에게 부탁할 기회를 가질 수도 있어요. 이 두 사람이라면 그 영향력으로 당신을 그곳으로 돌아가게 해줄 수 있을 거예요. 지금 이곳에 있다면 두 사람도 나처럼 당신이 반항하는 따위의 일은 미친 짓과 같아서 파멸의 원인이 된다고 말할 거예요.

황제는 당신이 나가지 않더라도 실제로 깨닫지 못할지도 모르지만, 만일 눈치를 채서 당신이 황제의 뜻에 반항했다고 생각한다면 당신은 살아남을 가망이 없어져요. 리기아, 이리로 와요. ──자아, 궁전 안이 소란스러워졌어요. 날이 저물고 있군요. 곧 손님들이 오기 시작할 거예요.」

리기아는 대답했다.

「옳은 말씀이에요. 권하시는 대로 나가겠어요.」

그 결심 속에 비니키우스나 페트로니우스를 만나고 싶은 기분이 어느 정도 있으며, 살아 있는 동안에 한 번 그러한 연회를 보고 거기에 참석하고 있는 황제나 궁정 사람들, 유명한 포파에아나 그 밖의 미인들, 로마 사람들의 입에 오르내리고 있는 여태까지 보지 못한 기막히게 호화로운 것을 보고 싶다는 호기심도 어느 정도 작용하고 있었음을 리기아 자신도 분명히 몰랐을 것이다. 그러나 아쿠테가 하는 말에 잘못은 없었고 또 그것을 아가씨는 알고 있었다. 어떤 일이 있어도 나가지 않으면 안 되는 것이다. 그래서 필요와 단순한 생각이 밑바닥에 숨어 있는 유혹을 부채질했으므로 리기아는 동요하지 않게 되었다.

아쿠테는 리기아를 운크토리움(향유실)으로 데리고 가서 향유를 바르고 화장을 시켜 주려고 했다. 황제의 궁전에는 노예가 얼마든지 있었고, 아쿠테도 자기에게 봉사하는 노예를 많이 가지고 있었지만, 아가씨의 순진함과 아름다움에 마음이 끌려 자기가 직접 옷을 입히고 화장을 해주기로 마음을 먹었다.

이 젊은 그리스 태생의 여자는 슬픔 가운데에서도, 또 타루소의 바울로의 편지를 숙독하고 있있음에도 불구하고, 아직도 그리스적인 심정, 세상의 다른 모든 일보다도 육체의 아름다움을 강하게 느끼는 심정이 다분히 남아 있다는 것이 당장 명백해졌다. 리기아의 옷을 벗기고 그 나긋나긋하면서도 살집이 좋은, 마치 진주 덩어리와 장미로 빚은 것 같은 자태를 보고는 감탄의 소리를 금할 수가 없었다. 자기도 모르게 몇 걸음 뒤로 물러서서 비할 데 없이 아름다운 『봄』의 모습을 넋을 잃고 바라보았다.

마침내 아쿠테는 소리질렀다.

「리기아, 당신은 포파에아보다도 백 갑절이나 아름다워요!」

그러나 아가씨는 여자만이 있는 경우에도 조심스럽게 처신해야 하는 폼포니아의 엄격한 집에서 자랐기 때문에, 이상한 꿈처럼 아름답고 푸라쿠시테레스(B.C. 4세기 아테네의 조각가)의 작품이나 누군가의 노래처럼 조화가 잡혀 있으면서도 수줍음 때문에 얼굴이 장미빛으로 물들고 두 무릎을 꼭 모은 채 손을 가슴에 얹고 속눈썹을 내리깔고 있었다.

재빨리 두 손을 들어 머리에 꽂았던 핀을 뽑고 머리를 흔들자 순간 외투를 입은 것처럼 머리카락이 양 어깨를 덮었다. 아쿠테는 옆으로 다가와서 그 소담스런 머리를 만지며 말했다.

「어머, 어쩌면 머리카락이 이처럼 아름다울까요. 금가루를 뿌리는 것은 그만두어요. 다만 군데군데에 금가루를 살짝 뿌려서 가볍게 빛이 스며들게 합시다. ——이런 아가씨들이 태어나는 리기라는 나라는 이상한 나라임에 틀림이 없습니다.」

리기아는 대답했다.

「전 기억이 없어요. 우르수스가 얘기해 준 바로는 나라에는 온통 숲뿐이라는 거예요.」

「그러나 그 숲에는 꽃이 피어 있겠지요.」 하고 아쿠테는 대답하면서 냄새가 좋은 잎을 가득히 채운 물항아리에 손바닥을 적셔서는 리기아의 머리카락에 바르는 것이었다.

그 일이 끝나자 아쿠테는 리기아의 전신에 아라비아에서 온 향기로운 기름을 가볍게 바르기 시작했다. 다음에는 소매가 없는 부드러운 투니카를 입혔고, 다시 그 위에는 눈처럼 하얀 페프름을 겹쳐 입혔다.

그러나 그 전에 머리를 빗지 않으면 안 되었기 때문에 우선 리기아를 순테시스라고 불리는, 일종의 헐렁한 옷으로 감싸서 안락의자에 앉게 하고는 잠시 노예의 손에 넘겨 주고 자기는 멀리에서 그것을 지켜 보고 있었다. 여자 노예 둘이서 동시에 리기아의 발에 새빨간 자수를 수놓은 하얀 신발을 신기고, 거기에 달려 있는 설화석고(雪花石膏)의 단추에 금빛 노끈을 십자로 걸었다. 그러는 동안 머리 손질이 끝나자 훌륭하고 가벼운 주름이 있는 페프름을 입히고 나서, 아쿠테는 리기아의 목에 진주 목걸이를 걸고 머리카락의 물결진 곳에 금빛 가루를 뿌린 뒤, 자기에게도 옷을 입히도록 노예에게 명령했다. 그리고 그동안 시종 리기아를 황홀한 눈으로 바라보고 있었다.

이윽고 아쿠테의 준비도 끝나고 정문 앞에 최초의 가마가 보이기 시작했을 무렵, 두 사람이 옆에 있는 크리프토포르티쿠스(파라티움의 북부를 북동에서 남서로 달리고 있는 지하 통로)로 들어가자, 거기에서는 정문도 내부의 복도도 누미디아 산(産)의 대리석으로 만든 기둥에 둘러싸여 있는 홀이 보였다.

차츰 많은 사람들이 문이 높은 아치 밑으로 몰려왔으나, 아치 위에 있는 리시포스(B.C. 4세기 그리스의 조각가)의 훌륭한 4두 마차는 아폴로와 디아나를 싣고 금세라도 하늘로 날아갈 것처럼 보였다.

리기아의 눈에 비친 훌륭한 광경은 검소한 아우루스의 집에서는 상상도 할 수 없는 것이었다. 마침 해가 질 무렵이어서 마지막 햇살이 노란 누미디아의 대리석 기둥에 비쳐 그 빛을 받아 황금처럼 빛나던 돌은 이윽고 장미빛으로 변해갔다. 기둥 사이를 다나이데스(이집트의 왕 다나우스의 50명의 딸들로서, 아버지의 명령에 따라 한 사람을 제외하고는 모두 자기들의 남편을 죽였다.)와 그 밖의 신들, 그리고 영웅들을 나타내고 있는 하얀 입상을 따라 사람의 떼가 흘러가고 있었으나, 남자도 여자도 그러한 입상들처럼 부드러운 주름을 늘어뜨리고 있는 토가나 페프름이나 스토라를 단정하게 입었고, 거기에 저물어 가는 햇빛이 비치고 있었다.

거대한 헤라클레스 상은 아직도 머리에는 해를 받고 가슴에서부터 밑에는 기둥이 던지고 있는 그림자에 가라앉아 사람의 무리를 내려다보고 있었다. 아쿠테는 리기아에게, 헐렁한 토가나 아름답게 물들인 투니카를 입고 구두에 반달 모양(원로원 의원의 표시)을 단 원로원 의원이나 기사, 유명한 예술가나, 로마풍이니 그리스풍이니 하고 어딘가 색다른 동양풍의 의상을 입고 머리카락을 탑이나 피라밋처럼 높이 묶기도 하고 여신상을 본따 목 뒤에 낮게 붙여서 꽃을 꽂고 있는 로마 부인을 가리켜 보이기도 했다.

많은 남자나 여자의 이름도 가르쳐 주고, 거기에 짧고 또는 무서운 이야기를 덧붙여, 리기아에게 무서움과 감탄과 때로는 놀라움을 안겨 주었다. 리기아에게 있어서는 그것이 모두 불가사의한 세계였고 또 그 아름다움에는 넋을 잃었지만, 거기에 내포되어 있는 모순은 이해할 수가 없었다.

하늘의 놀이나 깊이 안에까지 계속되어 움직이지 않는 열주(列柱)나 입상을 닮은 사람들 사이에는 크나큰 정적이 감돌고 있었다. 그것들의 직선적인 대리석 사이에는 차분하고 행복한 영웅이 살고 있는 것처럼 생각했었는데, 아쿠테의 나즈막한 목소리가 가르쳐 주는 것은 그 궁전 사람들의 갖가지 무서운 비밀들뿐이었다.

거기에서 멀리 보이는 크리프토포르티쿠스의 기둥과 마루에 남아 있는 빨간 핏자국은 카시우스 카에레아(카리구라 황제의 친위대장)의 단검에 쓰러진 카리구라 황제(A. D. 37~41년의 황제)가 하얀 대리석에 흩뿌린 것이다.

거기에서는 카리구라의 아내가 찔려 죽고 카리구라의 어린애가 돌에 맞아 죽었다. 그 건물의 날개 밑에 있는 지하실에서는 소(小)도루수스(게르마니쿠스와 아그리피나의 아들. A. D. 33년, 카리구라에 의해 살해되었다.)가 배고픔 때문에 자기의 손을 물어뜯었다. 거기에서는

늙은 도루수스(티베리우스 황제와 비부사니아의 아들. A.D. 23년, 자기의
아내 크라우디아 비바에게 독살되었다.)가 독살되고, 게메루스(늙은 도
루수스의 아들. 카리구라에게 살해되었다.)는 두려운 나머지 몸부림치고,
크라우디우스는 이리저리 뒹굴고, 게르마니쿠스도 목숨을 잃었다.
이곳 저곳의 벽에는 임종을 괴로워하는 사람들의 한숨과 허덕임이
배어 있었다.

　지금 토가를 입거나, 물감을 들인 투니카를 입거나, 꽃이나 보석
으로 장식하고 연회에 참석하기 위해 서두르고 있는 사람들도 내
일이면 사형을 선고받을지도 모른다. 사람들의 얼굴에 떠오른 웃음
뒤에는 어떤 두려움과 불안, 내일에 대한 의혹을 숨기고 있을지도
모른다. 보기에는 아무렇지도 않은, 관을 쓴 영웅들의 마음에 이
순간 광기와 탐욕, 그리고 질투가 스며들어 있는 것인지도 모른다.

　그러나 리기아의 겁먹은 마음은 그러한 아쿠테의 말에 따라갈
수가 없었다. 이 불가사의한 세계가 점점 더 큰 힘으로 리기아의
눈을 현혹시킴에 따라, 그 마음은 공포에 죄여지고 그 영혼에는
불현듯 그리운 폼포니아 그라에키나와 자애뿐으로써 죄업이 지배
하고 있지 않은, 조용한 아우루스의 집에 대한 이루 헤아릴 수 없는
동경의 마음이 끓어올랐다.

　그러는 동안에 비쿠스 아폴리니스(파라티움의 큰 거리)에서 속속
사람들의 물결이 밀려왔다. 문 저쪽에서 각자의 주인을 섬기는 부
하들의 떠드는 소리, 고함소리가 들려왔다. 홀도 주랑도 숱한 황제의
노예와 여자 노예, 그리고 조그마한 어린애와 프라에톨의 부하에
속하여 궁정의 수비를 맡은 근위병으로 가득 채워졌다.

　여기저기에는 하얀 얼굴이나 거무칙칙한 얼굴들 사이에 깃털이
달린 투구를 쓰고 귀에다가는 큰 고리를 늘어뜨린 누미디아 인의
얼굴이 까맣게 빛나고 있었다. 크고 작은 비파나 늦가을인데도 인
공으로 배양한 꽃다발이나 금 은 동의 손램프가 운반되어 왔다. 점점
높아지는 대화소리가 분수소리에 뒤섞여 들리고 저녁 해에 장
미빛으로 붉든 물술기는 높은 곳에서 대리석으로 떨어져 흩어지면서

흐느낌 같은 소리를 내고 있었다.

아쿠테는 이야기를 그쳤지만, 리기아는 연방 눈을 크게 뜨고 군중 속에서 누군가를 찾고 있는 것 같았다. 그러한 그녀의 볼이 별안간 붉게 물들었다. 기둥 사이에서 비니키우스와 페트로니우스가 나와서 대식당 쪽으로 걸어가는 것을 보았던 것이다. 토가를 입은 두 사람의 모습은 아름답고 침착해서 흡사 하얀 신들과도 같았다. 리기아는 모르는 사람들 속에서 두 사람의 잘 아는 친숙한 얼굴을 발견했을 때, 특히 비니키우스의 얼굴을 발견했을 때, 무거운 짐이 가슴에서 내려지는 것 같은 느낌을 받았다. 쓸쓸함이 덜해진 것 같았다. 조금 전에 그녀의 마음에 끓어올랐던 폼포니아와 아우루스의 집에 대한 헤아릴 수 없는 동경이 갑자기 느껴지지 않게 되었다. 비니키우스를 만나서 함께 이야기하고 싶은 유혹이 다른 목소리들을 잠재우고 말았다. 황제의 궁정에 대해서 들은 온갖 악(惡)도, 아쿠테의 이야기도, 또 폼포니아의 경고도 머리에 떠올랐으나 아무런 소용도 없었다.

그러한 말이나 경고에도 불구하고, 자기가 이 연회에 참석하지 않으면 안 되었을 뿐만 아니라 은연중 그것을 원하고 있었다는 것을 스스로도 느꼈다. 그녀에게 신들과도 흡사한 사랑과 행복을 이야기해 준, 지금도 노래처럼 귓속에 쟁쟁히 울리고 있는 다정하고 그리운 목소리를 이제 곧 들을 수 있다고 생각하니 리기아의 마음은 기쁨으로 부풀어올랐다.

그러나 문득 리기아는 이 기쁨이 두려워졌다. 이 순간, 자기가 자라온 신성한 가르침과 폼포니아와 자기 자신에게 배신했다는 생각이 들었기 때문이었다. 강제에 의해서 나온다는 것과 그러한 필연을 기뻐한다는 것은 별개의 문제였다. 리기아는 자기 자신을 죄 많은 하찮은 인간이라고 생각했다. 절망이 엄습해 와서 울고 싶은 심정이 되었다.

만일 혼자였다면 무릎을 꿇고 가슴을 치면서 나의 죄다, 나의 죄다 하고 되풀이했을 것이다. 아쿠테는 리기아의 손을 잡고 안쪽 방을 지나 연회가 행해지는 대식당으로 데리고 갔다. 리기아는 흥분으로 눈이 어지럽고 귀가 윙윙 울리고 숨이 막힐 정도였다.

마치 꿈 속에서처럼 수천 개의 램프가 식탁에도 벽에도 번쩍이고 있고, 황제를 맞이하는 환성이 들리면서 안개 속에서처럼 황제의 모습이 보였다. 환성은 리기아의 귀를 멀게 하고 휘황한 빛은 눈을 멀게 했으며 좋은 향기가 정신을 아득하게 했다. 그밖에는 의식이 흐려져서 자기를 식탁에 앉히고 자기 자신도 그 옆에 앉은 아쿠테를 가까스로 알아볼 수 있을 정도였다.

잠시 후 귀에 익은 낮은 목소리가 가까이에서 들려 왔다.

「안녕하세요, 지상의 처녀와 천상의 별 중에서 가장 아름다운 분. 안녕하십니까, 여신과 같은 카리나.」

리기아가 얼마간 제정신을 되찾고 보니 자기 옆에 어느새 비니키우스가 자리를 잡고 앉아 있었다.

편의와 관례에 따라 토가는 벗게 되어 있었으므로, 비니키우스도 토가를 입지 않고 있었다. 그 몸에 걸치고 있는 것은 진홍빛 투니카로서 소매가 없고 은(銀)의 종려나무가 수놓아져 있었다. 팔은 드러나 있고 동양식으로 팔꿈치 위에는 폭이 넓은 금팔찌 두 개로 장식하고 팔꿈치부터 아래는 정성껏 털을 뽑아 매끌매끌 했지만, 검이나 방패에 어울리는 그야말로 군인다운 팔이었다. 머리에는 장미의 화환을 쓰고 있었다. 콧날 위에 갖추어진 눈썹, 위엄 있는 눈, 거무칙칙한 얼굴빛은 젊음과 힘의 상징 같았다. 리기아에게는 이 사람이 너무 아름답게 보였기 때문에 좀전의 섬칫한 놀라움은 다소 사라졌다. 가까스로 정신을 차린 리기아는 이렇게 대답했다.

「안녕, 마르쿠스…….」

비니키우스는 말했다.

「당신을 보고 있는 이 눈은 행복합니다. 당신의 목소리, 피리나 비파 소리보다도 더 아름다운 목소리를 듣고 있으니 행복합니다. 이 연회에서 내 옆자리를 차지하는 것을 당신으로 하느냐 비너스로 하느냐를 선택하라고 한다면, 리기아, 나는 단연코 여신과 같은 당신을 선택할 것입니다.」

　그렇게 말하고 리기아의 눈을 싫증이 나도록 바라보았는데, 그것은 마치 자기의 눈으로 리기아의 눈을 불태워 버리려는 것 같았다. 그 시선은 리기아의 얼굴에서 목으로, 그리고 다시 드러난 팔로 미끄러져 내려갔고, 그 사랑스러운 모습 위를 정신없이 헤매며 흠뻑 쾌감에 젖었다. 다시 나긋나긋한 전신을 훑어보고 걸신들린 듯이 바라보았는데, 그의 두 눈에는 끓어 넘치는 정열과 함께 행복과 감격, 그리고 한없는 황홀함이 번뜩이고 있었다.

　비니키우스는 말을 이었다.

「궁전에 오면 당신을 만날 수 있으리라고 생각하고 있었지요. 그러나 당신을 본 순간 나의 영혼 전체가 큰 기쁨에 뒤흔들려 전혀 뜻하지 않은 행복이 나를 엄습했습니다.」

　제정신으로 돌아온 리기아는 이 군중, 이 궁전 속에서 이 사람만이 자기와 가까운 유일한 사람이라는 것을 뼈저리게 느끼면서 비니키우스와 이야기하기 시작하여 자기가 미처 모르던 일, 자기에게 두려움을 가지게 하는 일들에 관해, 즉 황제의 궁정에 자기가 있다는 것을 어떻게 알았는가, 여기에서 자기를 만날 수 있다는 이야기를 어디서 들었는가, 어째서 황제는 자기를 폼포니아로부터 빼앗았는가를 물었다.

　그러면서 자기는 이곳에서는 무서우니까 빨리 폼포니아에게로 돌아가고 싶다, 비니키우스와 페트로니우스가 황제에게 부탁할 가망이 없다면 자기는 그리움과 불안 때문에 죽고 말 것이라는 말을 덧붙였다.

　비니키우스는 리기아의 유괴에 대해서는 아우루스 자신으로부터 들었노라고 했다. 어째서 리기아가 이곳에 있는지는 자기로서는 모른다. 황제는 자기가 취할 조치나 명령에 대해서는 누구에게도 설명을 하지 않는다. 그러나 두려워하지 말아 주었으면 좋겠다. 이 비니키우스가 옆에 붙어서 언제까지나 떨어지지 않을 것이다. 리기아를 보지 못할 정도라면 차라리 눈을 잃는 것이 낫고, 리기아를 놓칠 정도라면 목숨을 잃는 편이 낫다. 리기아는 자기의 영혼이니까 자기 자신의 영혼을 지키듯이 리기아를 지켜 갈 것이다. 자기 집의 신에게 바치듯이 제단을 마련하여 거기에 뮬라나 알로에 같은 향료, 또 봄에는 사프란이나 능금 꽃을 바치겠다. ──오자마자 황제의 궁정이 무섭다고 한다면, 이 궁정에는 더 이상 있지 않아도 좋게끔 해주겠다는 것을 약속했다.

그렇게 빈틈없이, 그리고 때때로 거짓말도 섞어가며 이야기했지만 그 마음은 진실했기 때문에 리기아는 비니키우스의 말 속에서 진심을 느낄 수가 있었다. 리기아에 대한 진심으로부터의 동정이 비니키우스의 마음을 사로잡았고 리기아의 말이 영혼 속까지 스며들었기 때문에, 리기아가 고맙다는 말을 하고 폼포니아가 비니키우스를 좋은 사람이라고 말하며 사랑하고 있다는 것, 또 자기도 평생 은혜를 잊지 않겠다는 것을 보장했을 때에는 감동을 억제할 수가 없어, 자기가 살아있는 한 리기아의 소원을 거절할 수는 없다는 생각이 들었다.

비니키우스의 마음이 녹아들기 시작했다. 리기아의 아름다움이 비니키우스의 마음을 취하게 하고 리기아를 소유하고 싶다는 간절한 소망과 함께 이 사람은 자기에게 소중한 사람으로서 정말로 이 사람을 신으로서 섬길 수도 있다고 생각했다. 뿐만 아니라 리기아의 아름다움이나 리기아에 대한 감탄을 이야기하고 싶은 욕구를 제지할 수가 없게 되어서 연회의 소란이 고조된 것을 기화로 좀더 옆에 다가가 친절하고도 달콤한, 영혼의 밑바닥에서 흐르는 음악처럼 듣기 좋고 포도주처럼 취하게 하는 말을 속삭이기 시작했다.

그리고 그것이 리기아를 실제로 취하게 했다. 리기아를 둘러싸고 있는 이 낯선 사람들 속에서 비니키우스가 점점 더 가까운, 점점 더 사랑스러운, 그야말로 신뢰할 수 있는 마음으로 대해 주고 있는 사람으로 생각되었다. 비니키우스는 리기아를 안심시키고 황제의 거처에서 데리고 나갈 것을 약속하며, 언제까지나 버리지 않고 그녀를 위해서 힘을 다할 것을 약속했다. 그리고 그 전에 아우루스의

집에서는 다만 일반적으로 리기아에게 줄 수 있는 사랑이나 행복에
대해서 말했을 뿐이었지만, 지금은 좀더 솔직히 리기아를 사랑하고
리기아가 자기에게는 가장 그리운, 소중한 사람이라고 말했다.

리기아는 처음으로 사나이의 입으로부터 이런 말을 들은 것이지만
듣고 있는 동안에 점점 더 자기 속에서 무언가가 꿈에서 깨어나는
것처럼 생각되고, 또 무언가 헤아릴 수 없는 기쁨과 헤아릴 수 없는
불안이 뒤섞여 있는 행복이 자기를 사로잡고 있는 것처럼 생각되
었다.

얼굴은 달아오르고 가슴은 뛰고 입술은 놀라움으로 하여 벌어
졌다. 그런 말을 들었다는 두려움이 리기아를 사로잡기는 하였으나
세계의 무엇과도 바꿀 수 없는 그 한 마디를 놓치지 않으려고 했다.
때때로 아래를 향했다가 또 비니키우스를 쳐다보는 눈빛은 반짝
거리고 겁먹은 가운데서도 『좀더 이야기해 주세요.』하고 말하고
있는 것 같았다.

사람의 말소리와 음악, 그리고 꽃내음과 아라비아의 향기가 또
리기아를 취하게 했다. 로마에 와서 연회에 참석하는 것은 관례로
되어 있었다. 그러나 집에서는 폼포니아와 소년 아우루스 사이에
자리를 차지하고 있었는데, 지금은 젊고 뜨거운 사랑에 불타고 있는
비니키우스가 옆에 앉아 있었다. 리기아는 이 사람에게서 전해져
오는 정열을 느끼고는 부끄러움과 쾌감을 느끼지 않을 수가 없었다.
리기아를 포근히 감싸고 있는 무기력(無氣力)과 실신(失神)과 망각
(忘却)은 흡사 자기를 괴롭히는 꿈과도 같았다.

리기아가 옆에 있다는 것은 비니키우스에게도 힘을 미치기 시
작했다. 그의 얼굴이 창백해졌다. 콧구멍은 동양의 말처럼 넓어졌다.
심장도 붉홍빛 투니카 밑에서 평소와는 달리 맥박치는 것이 보였고,
호흡은 짧아지고, 말소리도 입술에서 더듬거렸다. 비니키우스도
이렇게 가까이 리기아 옆에 앉아 보기는 처음이었다. 생각이 흐트
러지고 혈관에 느껴지는 불꽃을 술로 끄려고 해도 헛수고였다. 술이
아니라 리기아의 빼어난 얼굴, 드러난 팔, 금빛 투니카 밑에 물결치는

볼록한 가슴, 페프름의 하얀 주름 밑에 싸여 있는 아름다운 자태가
더욱더 비니키우스를 취하게 했다. 비니키우스는 마침내 리기아의
손목 하나를, 언젠가 아우루스의 집에서 한 것처럼, 쥐고는 자기
쪽으로 끌어당기며 떨리는 입술로 속삭이기 시작했다.
　「카리나, 당신을 사랑합니다──. 나의 여신이여.」
　「마르쿠스, 놓아 주세요.」 하고 리기아는 말했다.
　비니키우스는 안개에 감싸인 것 같은 눈으로 말을 계속했다.
　「나의 여신, ──사랑을 받아 주십시오──.」
　그때 리기아의 건너편에 앉아 있던 아쿠테의 목소리가 들려왔다.
　「황제가 당신들을 보고 계세요.」
　황제와 아쿠테에 대한 노여움이 갑자기 비니키우스를 사로잡았다.
모처럼 무르익어 가는 때에 아쿠테의 말이 홍을 깨고 만 것이다.
　이 사랑에 들뜬 젊은 사람에게는 호의에서 나온 말까지도 이런
순간에는 못마땅한 것으로 생각되어, 아쿠테가 일부러 두 사람의
이야기를 방해하려고 그러는 것이라고 생각했다.
　그래서 리기아의 어깨 너머로 본래 노예였던 이 젊은 여자를
보면서 노여움을 띠고 이렇게 말했다.
　「아쿠테, 당신이 연회에서 황제의 옆자리에 앉아 있던 시대는 이미
옛날 일이에요. 당신은 장님이 되어가기 시작한다는 얘기가 있던데,
어떻게 황제의 얼굴이 보입니까 ?」
　아쿠테는 슬픈 듯이 대답했다.
　「그래도 보입니다. ──황제도 역시 근시입니다만, 에메랄드의
구슬을 통해서 당신들을 보고 계십니다.」
　네로가 하는 일은 그 측근에 있는 사람들에게까지 주의를 불러
일으키게 되어 있었으므로, 비니키우스는 조금 불안해졌으나 곧
침착을 되찾고 슬그머니 황제 쪽을 바라보았다. 리기아는 연회가
시작될 무렵부터 안개 속에서처럼 멍하니 황제를 보고 있었으나
그 뒤 비니키우스가 옆에 앉아 이야기하는 데에 완전히 정신을 뺏겨
횡제의 존재를 까맣게 잊고 있있다. 그러나 순간 되살아난 호기심과

공포에 못이겨 그녀도 그쪽으로 눈을 돌리지 않을 수 없었다.

아쿠테가 말한 대로였다. 황제는 식탁에 비스듬히 기댄 채 한 쪽 눈을 감고는 밤낮 사용하고 있는 동그란 에메랄드의 구슬을 한 쪽 눈에 갖다 대고 두 사람 쪽을 보고 있었다. 그 순간 황제의 눈이 리기아의 눈과 마주치자, 아가씨의 가슴은 공포로 죄여들었다. 아직 어렸을 무렵 아우루스의 시골 별장에 있었을 때 나이 많은 이집트 태생의 여자 노예가 산의 동굴에 산다는 용(龍)의 이야기를 해주었다. 지금 리기아에게는 갑자기 그러한 용의 푸르스름한 눈이 자기를 향하고 있는 듯한 기분이 들었다.

두려워하고 있는 어린아이처럼 리기아는 비니키우스의 손을 붙잡았고 머리 속에서는 정리되지 않은 갖가지 인상이 일시에 밀려왔다. 저 사람일까? 무서운 전능의 황제란 바로 저 사람일까? 리기아는 그때까지 황제를 본 일이 없었으므로 그런 사람이 아니라고 생각하고 있었다. 노여움이 덕지덕지 달라붙어 있는 듯한 눈과 코를 가진 무서운 얼굴을 상상하고 있었으나, 지금 눈앞에 있는 것은 짧은 목에 다부지게 얹혀 있는 큰 머리로서 무섭기는 하지만 멀리에서 보면 어린아이의 얼굴과 같아서 절로 웃음이 나올 정도였다.

보통 사람에게는 금지되고 있는 자수정 빛깔의 투니카가 이 폭 넓은 짧은 얼굴에 파랗게 반사되고 있었다. 머리털은 검고 오토가 도입한 유행에 따라 네 갈래로 곱슬곱슬하게 만들어져 있었다. 수염을 기르지 않고 있는 것은 얼마 전에 이것을 유피테르에게 바쳤기 때문이다. 그 때문에 로마 전체가 황제에게 감사를 표시했으나, 사람들이 몰래 수군거리는 소리에 의하면, 황제가 수염을 바친 것은 그 일가의 누구에게도 있는 붉은 기운을 띠기 시작했기 때문이라고 했다.

눈썹 위에 몹시 튀어나온 이마는 어딘가 모르게 올림포스적인 데가 있었다. 한 줄로 계속된 눈썹에는 전능의 의식이 인정되었으나 그 이마 밑에 붙어 있는 것은 원숭이와 술에 취한 희극 배우의 공허한 얼굴로서, 변덕스러운 정욕에 넘치고 나이가 젊은데도 지방 때문에

번질번질하고 더욱이 병적이고 불결했다. 리기아에게는 그것이 몹시 불길한 느낌을 주고 또 무엇보다도 가슴을 메슥메슥하게 했다.

이윽고 황제는 에메랄드의 구슬을 놓고 리기아를 바라보는 것을 그만두었다. 그때 리기아는 황제의 튀어나온 파란 눈이 갑자기 강한 빛을 받아 깜빡이고 죽은 사람의 눈을 닮아 멍한 채 두리번거리는 것을 깨달았다.

황제는 페트로니우스 쪽을 돌아보며 말했다.

「저게 비니키우스가 반했다는 그 인질인가?」

「그렇습니다.」 하고 페트로니우스는 대답했다.

「어느 민족이라고 했지?」

「리기 족입니다.」

「비니키우스는 저 아이를 미인이라고 생각하고 있나?」

「벌레 먹은 올리브 줄기에 여자의 옷을 입혀 보십시오. 비니키우스는 그것을 미인이라고 생각할 것입니다. 그러나 유례없는 감식가인 폐하의 눈에서 저는 이미 저 아이에 대한 판단을 읽었습니다. 일부러 말씀하실 것도 없습니다. 바로 그대로입니다. 너무 말랐습니다. 깡마른데다 가는 줄기에 달려 있는 양귀비 같다고나 할까요. 폐하와 같은 취미를 가지신 분은 여자에 대해서도 줄기를 존중하십니다. 그것이 몇 배나 더 정확한 것입니다. 얼굴 따위는 문제가 안 됩니다. 폐하로부터 여러 가지 가르침을 받았지만 아직도 저에게는 그런 확실한 눈이 없습니다. ——저는 곧 툴리우스 세네키오와 그 사람이 귀여워하고 있는 여자를 걸고 내기를 할 생각으로 있습니다. 여러 사람이 있는 연회장에서는 몸 전체의 판단은 곤란하겠지만 폐하가 전에 허리가 너무 가늘다고 말씀하셨는가 어떤가 하는 것을 걸고 내기를 하는 것입니다.」

「허리가 너무 가늘다?」

네로는 눈을 감고 되풀이했다.

페트로니우스의 입술에는 거의 남의 눈에 띄지 않을 정도의 웃음이 떠올랐으나, 그때까지 베스티누스와 이야기에 열중하고 있나기보다도 베스티누스가 믿고 있는 해몽(解夢)을 비웃고 있던 툴리우스 세네키오는 페트로니우스 쪽을 보고 영문도 모르면서 이렇게 말했다.

「자네가 틀렸네. ──나는 황제 편이야.」

페트로니우스는 대답했다.

「이거 점점 재미있어 가는군. 마침 나는 자네가 조금은 머리가 있다고 말씀드린 참이었어. 그런데 황제는 자네가 순종의 당나귀 (바보)라고 말씀하셨단 말일세.」

「승부가 났네.」

네로는 웃으면서 말하고 엄지손가락을 아래로 향하게 해서 대경기장에서 격투사가 타격를 받고 쓰러졌을 때 죽여도 좋다는 신호의 흉내를 내보였다.

베스티누스는 꿈에 대한 이야기가 아직도 계속되고 있는 줄로 착각하고는 큰소리로 말했다.

「아니, 나는 꿈을 믿고 있어. 세네카도 역시 꿈을 믿고 있노라고 나에게 말했네.」

「어젯밤 나는 베스타의 여사제(아궁이의 여신 베스타의 신전의 불을 지키는 여신)가 된 꿈을 꾸었습니다.」 하고 식탁에 비스듬히 기대어 있는 카르비아 크리스피닐라가 말했다.

그 말을 듣고 네로는 손바닥을 쳤고, 다른 사람들도 황제를 따라 그렇게 했다. 이윽고 주변에 갈채가 일어났다. 그것은 크리스피닐라가 몇 번이나 이혼을 한 여자로서 로마 시내에 그 음탕한 행동이 널리 알려져 있었기 때문이었다.

크리스피닐라는 조금도 망설이지 않고 이렇게 말했다.

「무엇이 우스워요? 거기에 있는 여사제들은 모두들 나이를 먹어서 볼품이 없지 뭐예요? 루브리아만이 아직도 사람 같아요. 그 루브리아도 여름이 되면 기미가 생기지만 어쨌든 그 사람과는 얘기가 되지요.」

페트로니우스가 말했다.

「그러나 정결(貞潔)한 카르비아, 당신이 베스타의 사제가 되는 것은 꿈 속에서만으로 만족해 주었으면 좋겠습니다.」

「그러나 황제의 분부시라면 어떻게 하겠어요 ?」

「그렇게만 되면 나는 꿈이라는 것은 아무리 이상한 것이라도 사실이 된다고 믿지요.」

베스티누스가 말했다.

「꿈은 사실이 됩니다. 사람들이 신들을 믿지 않는 것을 나는 이해할 수 있지만 꿈을 믿지 않을 수는 없습니다.」

네로가 물었다.

「예언은 어떤가 ? 언젠가 나는 로마가 멸망한다는 예언을 들었지만 나는 동방의 온 땅을 지배한다.」

베스티누스는 말했다.

「예언과 꿈과는 서로 관련이 있습니다. 한 번은 집정관을 지낸 일이 있고 대단한 회의가였던 어떤 사람이 모푸소스(그리스 신화의 예언자)의 신전에 봉함을 한 편지를 노예에게 주며 절대로 열어보아서는 안 된다고 명령하고 그 편지 속에 씌어 있는 물음에 신이 대답할 수 있는지 어떤지를 시험하려고 했습니다. 그 노예는 그날 밤 꿈을 꾸기 위해 신전에서 밤을 지내고 나서 돌아와 이렇게 말했습니다.『꿈에 태양처럼 빛나는 한 젊은이가 나타나, 다만 한 마디 흑(黑)이라고만 했습니다.』이 말을 듣고는 그 집정관을 지낸 사람은 새파랗게 질려서 자기와 마찬가지로 회의가였던 손님 쪽을 향해『편지에 무엇이라고 써 있었는지 아는가 ?』라고 물었습니다.」

여기에서 베스티누스는 일단 말을 중단하고 술잔을 들어 포도주를 마시기 시작했다.

세네키오가 물었다.

「편지에는 무엇이라고 씌어 있었나요 ?」

「편지에는『제물로 바칠 소는 흰 소로 할까요, 검은 소로 할까요 ?』라는 물음이 써 있었던 것입니다.」

그러나 이 이야기가 불러일으킨 흥미를 비테리우스가 깨고 말았다. 연회에 들어왔을 때 그는 이미 알맞게 취해 있었으나 아무런 이유도 없이 갑자기 무의미한 너털웃음을 터뜨린 것이다.

「무엇이 우스워서 저 기름 항아리는 웃고 있는 거냐?」하고 네로는 물었다.

페트로니우스는 말했다.

「웃음은 인간과 동물을 구별하는 것이니까, 저 웃음은 저 사나이가 돼지가 아니라는 증거입니다.」

비테리우스는 도중에서 웃음을 그치고 요리 국물과 기름으로 번지르르한 입술을 다시면서 거기에 있는 사람들을, 지금까지 본 적도 없는 사람인 것 같은 놀란 눈으로 바라보았다.

그러다가 쿠션 같은 손바닥을 쳐들고 목쉰 소리로 말했다.

「손가락에 끼고 있던, 아버지한테서 물려받은 반지를 떨어뜨렸어.」

「그 아버지는 구두방을 했었지.」

네로가 덧붙였다. 비테리우스는 또 생각지도 않았던 큰소리로 웃고는 카르비아 크리스피닐라의 페프름 속에서 반지를 찾기 시작했다.

그러면서 비테리우스는 여자의 겁먹은 듯한, 놀라는 소리를 흉내 냈다. 카르비아의 친구이며 어린애 같은 얼굴을 하고 있으나 결코 순진하지 못한 여자의 눈을 가지고 있는 젊은 과부인 니기디아는 이렇게 소리쳤다.

「잃어버리지도 않은 것을 찾고 있네.」

「찾는다고 해도 쓸모는 없어.」

시인인 루카누스(세네카의 조카로서 네로가 총애한 시인. 나중에 소외되어 65년에 죽었다.)가 이렇게 마무리를 지었다.

연회는 차츰 더 명랑해졌다. 노예의 무리가 번갈아 드나들며 새로운 접시를 돌렸다. 눈을 가득히 담은 담쟁이 덩굴로 두른 여러 개의 항아리에서부터 작은 항아리에 이르기까지 갖가지 포도주가 퍼내어졌다. 모두들 흠뻑 마셨다. 천장에서는 식탁과 손님들 위로 이따금 장미가 흩날렸다.

페트로니우스는 네로에게 손님이 취해버리기 전에 폐하의 노래로 연회의 흥을 돋구어 줄 것을 간청했다. 사람들이 이구동성으로 거기에 찬성했으나 네로는 사양했다. ——사람들 앞에서 무엇인가를 하는 것을 자기가 얼마나 난처해 하는가 하는 것은 신들이 잘 알고 계시다. ——예술을 위해서 무엇인가를 하지 않으면 안 된다면 실상 그것을 회피할 생각은 없다. 어쨌든 아폴로가 약간이라도 목소리를 부여해 주셨다면 이것을 유효 적절하게 쓰지 않는 것은 좋지 않다. 그것은 지배자로서의 자기의 의무라고까지 생각하고 있다. 그러나 오늘은 정말로 목이 쉬어 있다. 어젯밤 가슴에 납덩어리를 놓고 잤지만 아무 소용이 없었다. 바다 공기를 마시기 위해 안티움(로마 남쪽 50킬로의 해안 도시)에 가려고까지 생각하고 있는 중이다라고 그는 말했다.

그러나 루카누스는 예술과 인류의 이름으로 간청하기 시작했다. 신과도 같은 시인이며 가수인 네로가 새로 비너스의 찬가를 만들었다는 것은 모두가 알고 있다. 이 작품에 비하면 루크레티우스의 시 따위는 올해에 태어난 갓난아기의 울음소리 같은 것이다. 이 연회를 연회다운 연회로 해주기 바란다. 이렇게 인자한 군주는 자기의 신하에게 고통을 주어서는 안 된다고 하면서.

「폐하, 폭군이 되지 마옵소서.」

「폭군이 되지 마옵소서.」

옆에 있던 신하들이 한결같이 되풀이했다.

네로는 하는 수 없다는 듯이 두 손을 들었다. 그러자 모든 사람의 얼굴에 감사의 표정이 떠오르고 모든 눈은 황제에게로 쏠렸다. 그러자 그는 자기가 노래를 한다는 것을 우선 포파에아에게 알리고 오라고 명했다. 사람들을 향해 포파에아가 연회에 참석하지 않은 것은 기분이 언짢기 때문이지만, 자기의 노래만큼 기분을 즐겁게 해주는 약은 없을 테니까 이 기회를 놓치게 하는 것은 매우 괴로운 일이라고 설명했다.

과연 포파에아는 곧 나타났다. 그녀는 줄곧 네로를 신하처럼 지배하고 있으면서도 일단 가수나 전차 조종이나 시인으로서의 자기 도취에 이르러서는 그 비위를 거스르는 일이 얼마나 위험한가를 잘 알고 있었던 것이다. 그래서 참석한 것이지만 그녀는 여신처럼 아름답게 네로와 똑같은 자수정빛의 윗도리를 입고 전에 마시니사(누미디아의 왕)로부터 빼앗은 거대한 진주 목걸이를 걸고 황금빛 머리카락을 빛내며 그야말로 우아하게, 두 번씩이나 이혼을 했으면서도 여전히 처녀와 같은 얼굴과 눈동자를 하고 들어왔다.

사람들은 갈채를 보내며 그녀를 맞이했고『신과 같은 아우구스타』라고 외쳤다. 리기아는 태어나서 지금까지 이렇게 아름다운 사람을 본 일이 없었기 때문에 자기의 눈을 믿으려고 하지 않았다. 왜냐하면 전부터 포파에아 사비나가 세계에서 가장 멸시받아야 할 여자의 한 사람이라고 알고 있었기 때문이었다.

리기아는 폼포니아로부터 포파에아가 황제를 부추겨 어머니(아그리피나. 59년에 독살되었다.)와 아내(옥타비아. 62년 이혼 후 암살.)를 암살했다는 것을 듣고 있었고, 아우루스 가의 손님이나 하인들의 얘기를 통해서도 알고 있었다. 이 여자의 입상이 밤 사이에 쓰러뜨려진다는 이야기도 듣고 있었고, 누가 쓴 것인지를 알면 가장 무거운 벌을 받을 게 분명한 낙서가 매일 아침 도성(都城)의 벽에 보인다는 이야기도 듣고 있었다.

그럼에도 불구하고 그리스도 신봉자로부터는 악(惡)과 죄의 구현으로 여겨지고 있는, 악명 높은 포파에아를 눈앞에 보고 있던 리기아에게는 천사나 하늘에 사는 정령(精靈)이 아마도 이런 모습을 하고 있으려니 생각되었다. 아무 까닭도 없이 이 사람에게서 눈을 돌릴 수가 없었던 리기아는 자기도 모르게 감탄의 말이 새어 나왔다.

「오오, 마르쿠스, 어쩌면 저렇게……..」

술에 취한 비니키우스는 이러한 일들이 리기아의 주의를 산란하게 하고 리기아를 자기와 자기의 말에서 벗어나게 하는 것이 견딜 수 없다는 듯이 초조하게 말했다.

「그렇소, 과연 그녀는 미인이지요. 그러나 당신은 백 배나 더

아름답지요. 당신은 당신 자신의 아름다움을 모르는 거예요. 알고
있다면 나르시스처럼 자기의 모습에 황홀해질 것입니다. ——포파
에아는 산양의 젖으로 목욕을 하지요. 그러나 당신은 비너스가 자
기의 젖으로 목욕을 시켰을 것입니다. 당신은 당신의 아름다움을
모르는 것입니다. 나의 눈이여. ——포파에아를 보지 말아 주십시오.
나를 바라보십시오, 나의 눈이여. ——입술을 이 잔에 대어 주십시오.
나도 같은 곳에 입술을 댈 테니까.」

　그렇게 말하고 리기아 쪽으로 다가왔으나, 리기아는 아쿠테 쪽
으로 뒷걸음질쳤다. 그러나 그때 황제가 자리에서 일어섰고 이와
동시에 조용히 하라는 소리가 들려왔다. 가수인 디오도로스가 황
제에게 델타(삼각의 비파)라는 비파를 건네 주었고, 또 다른 한 사람의
가수 테르푸노스가 황제의 반주를 하기로 되어서 나부리움(10현 또는
12현으로 된 두 손으로 타는 비파)이라는 악기를 들고 황제 곁에 다
가갔다. 네로는 델타를 식탁에 세우고 눈을 위쪽으로 향했다. 잠시
동안 식당 안은 조용해지고 다만 천장에서 끊임없이 쏟아지는 장
미꽃의 바스락거리는 소리만이 침묵을 깨뜨리고 있었다.

　이윽고 네로는 노래하기 시작했다. 아니, 노래라기보다는 두 개의
비파소리를 따라 목청 높이 가락을 붙여 자작의 비너스에 대한
찬가를 부르기 시작했다. 목소리는 약간 흐려져 있었으나 나쁘지는
않았고 시도 서툴지는 않았기 때문에, 불쌍한 리기아는 또다시 양
심의 가책에 시달리면서 부정한 이교의 여신 비너스를 찬양하고
있음에도 불구하고 그 찬가를 매우 아름다운 것으로 느꼈고 이마에
월계관을 쓰고 눈을 위로 향하고 있는 황제가 연회의 시작 때에
본 황제보다도 훨씬 훌륭해 보였고 그다지 무섭고 가슴이 답답해
지는 사람이 아닌 것처럼 느껴졌다.

　거기에 참석하고 있는 사람들은 우뢰와 같은 박수 갈채를 보냈다.
『오오, 천상의 목소리다.』라는 고함소리가 여기저기서 울려나왔다.
노래가 끝나자 몇몇 여인은 손바닥을 높이 쳐들어 감격의 표시를
나타냈고 몇몇 사람은 눈에 흐르는 눈물을 닦았다. 홀 전체가 벌집을

쑤신 듯이 소란스러웠다. 포파에아는 금발의 머리를 숙여 네로의 손에 입술을 갖다 대고 오랫동안 잠자코 쥐고 있었다. 불가사의할 정도로 아름다운 그리스의 청년 피타고라스는 그후 반쯤 미친 네로가 사제들에게 완전한 의식을 행하게 하여 결혼을 할 상대였는데 이때 네로의 발 밑에 무릎을 꿇어 엎드렸다.

그러나 네로는 열심히 페트로니우스를 보고 있었다. 이 사람의 칭찬이야말로 무슨 일에나 가장 바람직스러웠기 때문이었다. 페트로니우스는 말했다.

「음악으로 말씀드리면 오르페우스도 이 순간의 선망 때문에 저기에 있는 루카누스처럼 파랗게 질렸을 것이 틀림없습니다. 시는 좀더 서툴렀으면 하고 생각될 정도입니다. 이것으로는 저도 거기에 어울리는 칭찬의 말이 전혀 떠오르지를 않을 정도이니까요.」

루카누스는 선망이라고 일컬어진 것을 나쁘게 받아들이지 않았을 뿐만 아니라 페트로니우스를 감사의 눈으로 바라보면서 일부러 불쾌한 듯이 가장하고는 이렇게 중얼거렸다.

「원통한 운명이로군, 이러한 시인과 같은 시대에 태어나다니. 그렇지 않았더라면 인간의 기억에도 파르나소스(그리스 본토에 있는 산. 아폴론과 시의 여신들이 살던 곳.)의 정상에도 자리를 차지할 수 있었을 텐데, 이래가지고는 태양 앞의 등불처럼 빛을 잃겠는 걸.」

놀라운 기억력을 갖고 있는 페트로니우스는 네로의 찬가에서 여러 군데를 되풀이하며 일일이 구절구절을 인용하여 가장 아름다운 말을 분석하고는 칭찬했다. 루카누스는 시의 매력 때문에 선망마저 잊은 듯한 얼굴을 하고 페트로니우스의 말에 자기의 감격을 곁들였다.

네로의 얼굴에는 기쁨과 끝없는 허영심이 빛나고 있었으나, 그것은 어리석음과 비슷할 뿐만 아니라 어리석음 그 자체였다. 자기 자신이 가장 아름답다고 생각하고 있는 시의 구절을 두 사람에게 자랑해 보이는 것이었으나 나중에는 루카누스를 위로하여 힘을 잃어서는 안 된다고 격려했다. 타고난 것은 어쩔 수가 없지만 사람들이 유피테르에게 바치는 존경이 다른 신들의 명예를 제거하는 것은 아니기 때문이라고 하면서.

네로는 이윽고 일어서더니 포파에아를 데리고 돌아가겠다고 말했다. 포파에아는 정말로 속이 언짢아져서 자리를 뜨고 싶어했던 것이다. 그러나 뒤에 남은 손님들에게는 다시 자리에 앉으라고 명령하고 자기는 곧 돌아오겠노라고 말했다. 과연 잠시 뒤에 돌아와서는 향 냄새를 풍기며 자기나 페트로니우스 또는 티게리누스가 연회를 위해 준비한 쇼를 보았다.

다시 시가 낭송되고 경구(警句)보다도 시시한 구절이 나오는 대화가 행해졌다. 이윽고 유명한 흉내내기 광대 파리스가 이나코스(아루고스 강의 신)의 딸 이오(제우스의 사랑을 받아 암소의 모습이 된다.)의 사적(事蹟)을 연출했다. 손님들, 특히 그러한 구경거리에 익숙지 않은 리기아에게는 기적과 마법을 보는 것 같았다. 파리스는 손과 몸의 움직임만으로, 얼핏 생각하기에는 무용으로서는 도저히 나타낼 수 없는 일들을 표현했다. 파리스의 손바닥은 공기를 휘젓고, 애욕(愛慾)의 경련에 떠는 반쯤 실신한 처녀의 모습을 감싸는, 빛나고 살아 있으며 전율에 찬 육감적인 표현을 했다. 그것은 이미 회화(繪畵)이지 무용이 아니었다. 사랑의 비밀을 노출하는 마법적인 수치심이 없는 명백한 회화였다. 그것이 끝나자 일단의 난무자(亂舞者)가 들어와서 시리아의 소녀를 상대로 비파와 피리, 그리고 심벌과 북 소리에 맞추어 거친 고함이나 한층 요란한 동작의 바쿠스의 무용을 시작했을 때, 리기아는 활활 타는 불이 자기를 태우고 이 궁전에 벼락이 떨어지든가 아니면 천장이 손님들의 머리 위에 떨어져 내릴 게 틀림없다고 생각했다.

그러나 천장에 쳐놓은 황금의 끈으로부터는 장미만이 떨어지고 있을 뿐이었다. 이미 반쯤 취한 비니키우스가 말했다.

「나는 당신을 아우루스의 집 연못가에서 처음 보았을 때부터 당신을 사랑했소. 그때는 이미 밝았었소. 당신은 아무도 보고 있지 않다고 생각하고 있었지만 나는 보고 있었소. ──그 페프름이 당신의 아름다운 봄을 가리고 있지만 나에게는 지금도 그대로 보여요.

크리스피닐라처럼 그 페프름을 벗어요. 아시겠죠? 신들도 인간도 사랑을 구하고 있어요. 사랑 외에는 세상에는 아무것도 없어요. 내 가슴에 머리를 기대고 눈을 감으세요.」

리기아의 맥박은 관자놀이와 팔에서 강하게 뛰었다. 어딘가 심연(深淵) 속으로 뛰어들어가는 느낌이 덮쳐왔다. 그때까지 그렇게 다정하고 안심할 수 있는 것처럼 보였던 비니키우스가 리기아를 구제하기는커녕 그 심연 속으로 끌어들이려 하고 있다. 이 사람이 원망스러워졌다. 리기아는 다시 연회도 비니키우스도 또 자기 자신도 두려워지기 시작했다. 폼포니아를 닮은 목소리가 리기아의 마음 속에서 아직도 외치고 있었다. 『리기아, 어서 피해라.』 그러나 또 무엇인가가 이렇게 말하고 있었다. 『이미 늦었어. 이러한 불꽃에 휩싸이거나 이 연회에서 행해지고 있는 모든 것을 보거나 비니키우스의 말을 들었을 때처럼 심장이 몹시 뛰거나 비니키우스가 자기에게 접근했을 때와 같이 전율한 것은 이미 구제받지 못하고 멸망한다.』라고. 정신이 혼미해졌다. 때때로 기절할 것처럼 생각되었으나 또 무언가 무서운 느낌이 들었다. 황제의 노여움을 무서워하여 황제가 자리를 뜨기 전에는 누구 한 사람 일어서려는 자가 없다는 것은 알고 있었으나, 설사 그렇지 않더라도 리기아에게는 일어설 힘이 없었다.

아직도 연회가 끝나려면 한참 시간이 있었다. 노예들은 차례로 새로운 접시를 가져왔고 끊임없이 술잔에 새 포도주를 채우고 있었다. 이윽고 한 쪽 문이 열리고 말발굽 모양으로 늘어선 식탁 앞에 격투사 두 사람이 나타났다. 격투 경기를 보여주기 위해서였다.

이윽고 권투가 시작되었다. 올리브 유로 번들번들 빛나는 다부진 육체가 한 덩어리가 되었다. 곧 무쇠 같은 팔 안에서 뼈가 으스러지는 소리가 들리고 꾹 다문 턱 사이에서는 기분나쁜 소리가 새어나왔다. 이따금 재빠른 발소리가 사프란을 뿌린 바닥 위에 울리는가 하면, 또 움직이지 않고 조용해졌다. 마치 눈앞에 돌로 새긴 군상이 서 있는 것처럼 보였다. 로마 인의 눈은 환희하며 무섭게 긴장한 척골과

장딴지와 팔의 움직임을 더듬었다. 그러나 싸움은 그리 오래 계속되지는 않았다. 병인으로서 격투사 학교를 주재하고 있는 크로톤은 로마 제국 제일의 역사라고 공공연하게 불리어지고 있었는데, 이 날의 격투에서도 예외는 아니었다. 상대방은 점점 호흡이 가빠지고 이윽고는 헐떡거리기 시작하더니 안색이 창백해지고 마침내는 피를 토하고 그 자리에 쓰러지고 말았다.

승부는 끝났다. 우뢰와 같은 갈채가 일어났다. 크로톤은 상대방의 등에 다리를 올려놓고 팔짱을 끼고는 승리자의 자랑스러운 눈으로 넓은 홀 안을 둘러보았다.

이어서 맹수의 행동이나 울음소리를 흉내 내는 사나이와 마술사 그리고 광대가 들어 왔지만, 술이 이미 구경꾼의 눈을 흐려 놓았기 때문에 별로 구경하려는 사람이 없었다. 연회는 차츰 술주정과 음란의 수라장으로 변했다. 처음 바쿠스의 무용을 하고 있던 시리아의 소녀들은 손님들 사이에 끼어들었다. 음악도 크고 작은 비파나 아르메니아의 심벌이나 이집트의 시스토름(금속 악기), 그리고 북이나 각적(角笛)의 어지러운 소음으로 변했으나, 몇몇 손님들은 이야기를 계속하기 위해 악사들에게 나가라고 큰소리를 치기 시작했다. 공기는 꽃내음으로 충만하고, 연회 동안 아름다운 소년들이 손님의 발에 뿌려 놓은 기름의 향기에 넘쳐 있었고, 사프란과 사람들의 훈김으로 숨이 가쁠 지경이었다. 램프는 가냘픈 불길로 타고 있었고 사람들의 이마 위에 얹혀 있던 화환은 미끄러져 내려 얼굴은 온통 창백하고 땀방울에 흠뻑 덮여 있었다.

비테리우스는 식탁 밑에 쓰러졌다. 반나체가 된 니기디아는 잔뜩 취한 그 소녀 같은 머리를 루카누스의 가슴에 기댔다. 루카누스도 마찬가지로 취해서 니기디아의 머리에서 금빛 가루를 흩날리고는 말할 수 없는 기쁨을 가지고 눈을 위쪽으로 향하고 있었다. 베스티누스는 주정뱅이의 버릇대로 끈질김을 발휘하여 전 집정관의 봉인을 한 편지에 대한 모푸소스의 회답을 열 번이나 되풀이하여 읽었다. 신들을 조소하는 틀리우스는 딸꾹질 때문에 지껄임 중단되곤 하는 목소리로 띄엄띄엄 말하고 있었다.

「만일 쿠세노파네스(B.C. 6세기 이오니아의 철학자)의 세계가 둥글다고 한다면, 알겠습니까? 그러한 신은 발길로 걷어차서 저쪽에 내굴릴 수가 있습니다.」

도미티우스 아페르(당시의 유명한 변론가. 39년 카리구라 황제에게 벌을 받을 뻔했으나 아부를 하여 살아났다. 59년 죽음.)는 나이를 먹은 사기꾼이고 밀고자이지만 그 대화에 분개하고 너무 성을 낸 나머지 투니카를 완전히 파레눔의 포도주로 적시고 말았다.

「나는 정말로 신들을 믿고 있다. 사람들은 로마가 멸망한다고 말하고 있고 개중에는 벌써 멸망하기 시작하고 있다고 단언하고 있는 자도 있다. 그 말이 옳을지도 모른다. ──그러나 그런 일이 일어나는 것은 젊은 사람들에게 신앙이 없기 때문이다. 신앙이 없으면 덕(德)이라는 것은 있을 수가 없다. 그런 사람들은 옛날의 소박한 습관을 버리고 말아 누구 한 사람 에피크로스 파 따위는 야만인에게 저항할 수가 없다고 생각조차 하고 있지 않다. 내가 아무리 말해도 소용이 없다. 나는 이런 시대에까지 살아남은 게 유감이다. 다만 유감스럽게도 이런 고민을 벗어나기 위해서는 쾌락에 빠지지 않으면 안 된다. 그렇게 하지 않으면 고민이 언젠가는 나 자신을 처치하고 만다.」

그렇게 말하고 나서 시리아의 무용수를 자기 쪽으로 끌어당겨 이가 없는 입으로 목과 어깨에 키스를 하는 것을 보고는 집정관인 멘미우스 레구르스(31년의 콘술. 38년 카리구라에게 강제적으로 아내를 빼앗겼다. 크라우디우스 황제 때 아시아의 프로콘술로서 61년에 죽었다.)는 웃고 화환을 비스듬히 얹은 대머리를 쳐들고는 말했다.

「누구야, 로마가 멸망하고 있다고 말하는 자는. ──바보 같은 소리 마라. 집정관인 내가 가장 잘 알고 있어. 『콘술은 보아라. ──』(「국가가 아무런 해를 입지 않기 위해」라고 계속된다. 위급할 때 원로원이 콘술에게 독재권을 인정하는 문구)이다. ──30개 군단이── 우리 『로마의 평화』(로마의 판도)를 지키고 있단 말야.」

여기에서 그는 주먹으로 관자놀이를 치며 홀 전체에 쩌렁쩌렁 울리는 큰소리로 말했다.

「30군단. ──30군단. 브리타니아에서 파르티아의 경계까지.」

그러나 갑자기 생각에 잠겨 이마에 손가락을 대고 말했다.

「아, 그렇군, 32군단이지.」

그리고는 그대로 식탁 밑에 나뒹굴어 잠시 뒤 홍학(紅鶴)의 혓바닥과 구워 익힌 햇버섯, 얼음에 채운 버섯, 꿀에 재운 메뚜기, 그 밖의 생선, 고기 등 먹거나 마신 것을 모두 토해 버렸다.

그러나 도미티우스는 로마의 평화를 지키는 군단의 수에 확신이 서지 않았다.

「아니 아니, 로마는 멸망할 것이 틀림없어. 신이나 소박한 신앙을 잃었기 때문이야. 로마는 틀림없이 멸망할 거야. 정말 유감이야. 어쨌든 생활은 즐겁고 황제는 자애롭고 술맛은 좋아. 아아, 정말 유감이로군.」

이렇게 말하고 시리아의 무용수 어깨에 얼굴을 묻고는 갑자기 눈물을 흘리기 시작했다.

「이제부터의 생활은 어떻게 될까? ──아킬레우스(호메로스에 나오는 영웅)가 말한 대로야. 태양이 비치는 세계에서 노예가 되는 편이 킨메리아 인의 나라(세계의 주변을 흐르는 강 오케아노스 저쪽에 있는 나라)에서 왕이 되는 것보다도 낫다. 그리고 도대체 신들이 있는가 하는 것도 문제라구. 신앙이 없는 것이 청년들을 해치고 있기는 하지만──.

그러는 동안에 루카누스는 니기디아의 머리에서 금가루를 완전히 불어 없애 버렸다. 니기디아는 취해서 잠들어 있었다. 루카누스는 자기 앞에 놓여 있던 술병에서 담쟁이 덩굴을 뜯어 잠들어 있는 여자에게 감고는 그 일이 끝나자 거기에 있는 사람들 쪽으로 시선을 돌리며 기분이 썩 좋은 듯이 찬찬히 바라보았다.

그리고는 자기의 몸에도 담쟁이 덩굴을 감고는 깊은 확신이 있는 듯한 어조로 되풀이했다.

「나는 결코 인간이 아니다. 파우누스(숲의 妖精)에 지나지 않는다.」

페트로니우스는 취해 있지 않았다. 네로는 처음에는 자기의 『천상의 목소리』를 염려하여 조금밖에 마시지 않았지만 나중에는 연거푸 잔을 비워 취해 버렸다. 그래도 좀더 자기의 시, 그리스 어의 시를 노래하려고 했지만, 잊어버려서 아나크레온의 노래를 부르기 시작했다. 반주는 피타고라스와 디오도로스 그리고 테르푸노스가 했지만 전혀 박자가 맞지 않아서 그만두고 말았다. 네로는 이번에는 감식가의 취미답게 피타고라스의 아름다움에 감탄하기 시작하여 감격한 나머지 그 손에 키스했다. 이렇게 아름다운 손을 언젠가 본 일이 있다──누구의 손이었더라──

젖은 이마에 손바닥을 대고 생각해 내려고 애썼다. 이윽고 그 얼굴에는 공포의 빛이 서렸다.

「아아, 어머니의 손이다. 아그리피나의 손이다.」

그리고는 갑자기 음산한 상상에 사로잡혔다.

「사람들의 이야기로는 어머니는 달이 있는 밤에는 바이아에나 바우리(지금의 나폴리 서쪽 20킬로 지점에 있는 두 요양지) 근처의 해변을 걷는다고 하더군. ──아무것도 하지 않고 다만 걷는 거야, 무언가를 찾고 있는 것처럼. 그리고 배에 다가가면 그것을 바라보고 또 가버리는 거야. 그런데 어머니가 지그시 바라본 그 어부는 반드시 죽고 만다는군.」

「나쁘지 않은 테마로군요.」

페트로니우스가 말했다.

베스티누스는 학처럼 길게 목을 늘이고 비밀스럽게 속삭였다.

「나는 신들을 믿지 않는다. 그러나 망령은 믿는다. ──그렇지요?」

그러나 네로는 이러한 사람들의 말에 개의치 않고 이야기를 계속했다.

「더욱이 나는 레무리아(5월의 밤에 헤매어 다니는 망령을 달래는 제사)를 모시고 있다. 어머니는 만나고 싶지도 않다. 벌써 4년 전(59

년)의 일이다. 그때, 그때 나는 아무래도 사형을 선고하지 않으면 안 되었었다. 어머니는 나에게 암살자를 보내었다. 내가 선수를 쓰지 않았더라면 너희들은 오늘 내 노래를 들을 수 없었을 게다.」

「폐하, 감사합니다. 로마와 세계의 이름으로.」

도미티우스 아페르는 외쳤다.

「자아, 술이다. 북을 쳐라.」

다시 한 번 소동이 벌어졌다. 루카누스는 전신에 담쟁이 덩굴을 감고 있었으나 그 소란을 제압할 생각으로 일어서서 고함을 치기 시작했다.

「나는 인간이 아니다. 파우누스에 지나지 않는다. 숲에 살고 있는 것이다. 으흐흐…… 하하하.」

마침내 황제도 취했고 남자도 여자도 취했다. 비니키우스도 다른 사람 못잖게 취했다. 정욕(情欲)에 더하여 비니키우스에게는 언제나 정도를 지나칠 때마다 나타나곤 하는 시비를 걸고 싶은 욕망이 생겨났다. 그의 검붉은 얼굴이 지금은 창백해졌고 이미 높아진 말소리가 한층 더 높아졌다. 그리고 혀꼬부라진 말투로 어느새 명령하듯이 소리치고 있었다.

「자아, 입술을 줘요. 오늘이나 내일이나 결국은 마찬가지요. ——참을 수가 없소. 황제가 아우루스로부터 당신을 빼앗은 것은 나에게 주시기 위해서예요. 아시겠어요? 내일 저녁에 마중을 보내겠어요. 아시겠지요. ——황제는 당신을 빼앗아 가기 전에 나에게 주신다는 약속을 하셨어요. ——그러니까 어차피 내 것이 될 거예요. 자아, 입술을 줘요. 내일까지 기다리고 있을 수가 없어요. ——자아, 빨리 입술을.」

그렇게 말하고 리기아를 안으려고 했으나 아쿠테는 리기아를 지켰고 리기아 자신도 이래서는 안 되겠다는 생각으로 있는 힘을 다해 몸을 지켰다. 그러나 두 손으로 비니키우스의 털이 없는 팔을 뿌리치려고 했으나 헛수고였다. 슬픔과 무서움에 떨리는 목소리로, 『이러시면 안 됩니다, 저를 불쌍히 여겨 주세요.』라고 밀했으나 역시

허사였다. 술 냄새를 풍풍 풍기면서 비니키우스의 얼굴이 자기의
얼굴에 다가왔다. 이제는 옛날의 선량한, 자기의 마음에 다가오던
비니키우스가 아니라 술에 취한 역겨운 색광이 되어 있어서 리기
아를 전율과 혐오감으로 떨게 했다.

그러나 이미 힘이 다했다. 비니키우스의 키스를 피하기 위해 몸을
젖히고 얼굴을 돌렸으나 소용없었다. 비니키우스는 리기아를 들어
올려 두 팔로 끌어안고 그 머리를 자기의 가슴에 끌어당겨 숨을
가쁘게 몰아쉬면서 리기아의 창백한 입술에 자기의 입술을 갖다
대려고 했다.

그러나 그 순간, 어떤 무서운 힘이 리기아의 목에서 비니키우스의
팔을 마치 갓난아기의 팔처럼 가볍게 떼어 내고는 비니키우스를 마른
나뭇가지나 시든 잎처럼 옆으로 밀어 냈다. 어떻게 된 것일까? 비
니키우스가 놀라 두 눈을 부릅떴다. 어디서 나타났는지 거기에는
아우루스의 집에서 본 일이 있는 우르수스라는 리기 족의 사나이가
떡 버티고 서 있었다.

이 리기 족의 사나이는 조용히 서서 다만 푸른 눈으로 비니키
우스를 보고 있을 뿐이었지만, 그 불가사의한 눈초리에 이 청년은
피가 얼어붙는 듯한 느낌이 들었다. 사나이는 팔에 왕녀를 안고는
침착하고 조용한 걸음걸이로 식당에서 나갔다. 아쿠테도 그 뒤를
따랐다.

비니키우스는 잠시 얼어붙은 듯이 그 자리에 앉아 있었으나 가
까스로 일어서서 출구 쪽으로 달려가려고 했다.

「리기아, 리기아——.」

그러나 정욕과 경악, 분노와 포도주가 그의 다리 힘을 빼앗아 갔다.
한두 번 비틀거리고 나서 그는 팔을 드러낸 무용수 하나를 붙들고는
눈을 꿈벅거리면서 물어보았다.

「어떻게 된 일이냐?」

무용수는 포도주 잔을 손에 들고 있다가 안개가 서린 듯한 눈으로
교태를 부리면서 비니키우스에게 잔을 내밀며 말했다.

「드시와요.」

비니키우스는 그것을 받아 마시고는 무용수의 발 밑에 쓰러져 버렸다. 대부분의 손님은 식탁 밑에 누워 있었다. 어떤 사람은 비틀거리는 발걸음으로 식당을 배회하고 있었고, 어떤 사람은 식탁 옆에 있는 긴 의자에 누워서 코를 골고 있고, 또 어떤 사람은 지나치게 마신 술을 토해 내고 있었다.

술에 취한 집정관이나 원로원 의원, 술에 취한 시인이나 철학자, 술에 취한 무용수나 귀족의 부인, 즉 아직도 권력을 갖고 있으면서도 이미 혼이 빠지고 화환을 달고 방탕에 빠져 이미 사라져 가려는 무리 위로 천장에 쳐놓은 금빛 끈에서는 끊임없이 장미 꽃잎이 하늘하늘 쏟아져 내리고 있었다.

창 밖은 벌써 밝아오기 시작하고 있었다.

제 8 장

우르수스를 말리는 사람도 없었고 무엇을 하고 있는지 묻는 사람조차 없었다. 식탁 밑에 누워 있지 않은 사람들도 이미 자기들의 자리를 지키지 않았고, 따라서 하인들도 이 거인이 여자 손님을 안고 가는 것을 보고는 누군가의 노예가 술에 취한 마님을 데리고 돌아가는 것이려니 생각했다. 게다가 아쿠테가 함께 나가기 때문에 이 사람에 대한 모든 의심을 버렸다.

이리하여 세 사람은 아무런 방해도 없이 식당에서 빠져나와 아쿠테의 방으로 이어지는 복도로 나왔다.

리기아는 완전히 힘이 빠져서 우르수스의 팔 안에 죽은 사람처럼 축 늘어져 있었다. 그러나 차고 맑은 공기를 마시자 눈을 떴다. 세상은 벌써 완전히 밝아 있었다. 잠시 복도를 지나 옆으로 끄부라졌는데 그것은 홀로 향하지 않고 궁전의 뜰로 향하고 있었다. 뜰에는 소나무와 사이프러스의 나뭇가지가 이미 아침 햇살을 받아 붉게 빛나고 있었다. 큰 건축물도 이 근처에서는 인기척이 없고 음악 소리도 연회의 소란도 점점 멀어져 가고 있었다. 리기아는 지옥에서 갑자기 되돌아와 밝은 신의 세계로 이끌려온 것 같은 느낌이 들었다. 그 가슴이 답답해지는 식당과는 다른 것이 있었다. 하늘과 여명(黎明)이 있고 빛과 고요가 있었다. 리기아의 눈에서는 갑자기 눈물이 흘러나왔다. 그래서 거인의 팔에 매달려 흐느껴 울면서 외쳐댔다.

「집으로 데리고 가줘요, 우르수스. 어서 집으로 데리고 가줘요, 아우루스의 집으로!」

「네, 갑시다.」 하고 우르수스는 대답했다.

그러는 동안 세 사람은 아쿠테의 집에 속하는 조그마한 아토리움으로 왔다. 우르수스는 그곳의 분수대에 가까운 대리석의 작은 벤치에 리기아를 내려놓았다. 아쿠테는 리기아를 달래고 위로하며 푹 쉬라고 했다. 술에 취한 손님들은 저녁때까지 연회석에서 자고 있을 테니까 당장 위험은 없다고 보장했다. 그러나 리기아는 오랫동안 안절부절 못했다. 관자놀이를 두 손으로 싸안으며 어린아이처럼 계속 보채는 것이었다.

「집으로 데리고 가줘요, 아우루스의 집으로.」

우르수스도 그럴 셈이었다. 물론 문에는 프라에톨의 군대가 지키고 서 있지만 그래도 그곳을 무사히 통과할 자신이 있었다. 군대는 밖으로 나가는 것은 막지 않는다. 아치 앞에는 가마가 우글우글한데다 사람들은 떼를 지어 귀가하고 있다. 아무도 자기들을 막지는 않을 것이다. 일단 군중 속에 섞여들기만 하면 간단히 집에 돌아갈 수가 있다. 어쨌든 자기는 해볼 것이다. 왕녀가 명하는 대로 행하지 않으면 안 된다. 그러기 위해서 자기는 여기에 와 있는 것이다.

리기아는 되풀이해서 말했다.

「우르수스, 집으로 돌아가요.」

그러나 아쿠테는 두 사람을 위해서 그럴 듯한 구실을 만들지 않으면 안 되었다. 집으로 돌아간다, 물론 좋은 일이다. 누구도 말리지는 않는다. 그러나 황제에게서 도망치는 것은 용서되지 않는다. 그런 일을 하는 것은 황제의 존엄을 훼손하는 일이 된다. 두 사람이 집으로 돌아가면, 밤이 되기 전에 백인 대장이 군대를 이끌고 아우루스와 폼포니아 그라에키나에게 사형의 선고를 가지고 갈 게 뻔한 일이고, 리기아는 궁정으로 다시 끌려오게 될 것이다. 그렇게 되면 리기아에게 있어서 이미 구제의 길은 없게 된다. 아우루스 부부가 자기들의 집 지붕 밑에 리기아를 두게 된다면, 확실히 두 사람에게는 죽음이 기다릴 뿐이라는 것을 각오해야만 된다.

리기아는 두 팔을 늘어뜨렸다. 좋은 궁리가 떠오르지 않았다. 푸라우티우스 일가의 파멸이든가 자기 자신의 파멸이든가 둘 중의 하나를 선택하지 않으면 안 된다. 연회에 나갈 때만 해도 비니키우스와 페트로니우스가 황제로부터 자기를 되찾아 폼포니아에게 돌려줄 가망이 있었다. 그러나 지금 리기아에게는 바로 이 두 사람이 황제를 설득하여 아우루스로부터 자기를 빼앗게 했다는 것을 알았다. 좋은 방도가 생각나지 않았다. 다만 기적만이 자기를 이 파멸에서 구해낼 수가 있는 것이다. 이제 그녀가 기댈 곳은 오직 기적과 신의 힘뿐이다.

리기아는 절망한 나머지 이렇게 말했다.

「아쿠테, 비니키우스가 말하는 것을 들으셨어요? 황제가 나를 그 사람에게 주셨다는 것과, 오늘밤 나에게 노예를 보내어 나를 그 사람의 집으로 데리고 가겠다고 했던 것을.」

「들었습니다.」 하고 아쿠테는 대답했다.

그렇게 말하고는 팔을 벌리고 잠자코 있었다. 리기아가 나타낸 절망은 아쿠테에게 아무런 반향도 불러일으키지 못했다. 아쿠테는 예전에 네로의 애인이었다. 아쿠테는 선량했으나 이러한 관계가 수치스럽다는 것을 충분히 느낄 수가 없었다. 그렇게 오래 노예로 있는 동안에 노예의 신분에 익숙해졌고, 게다가 지금도 여전히 네로를 사랑하고 있다. 만일 네로가 자기에게로 돌아온다면, 네로에게 손을 내밀고 그것을 행복이라고 생각하리라. 지금 리기아는 젊고 아름다운 비니키우스의 애인이 되느냐, 그렇지 않으면 리기아 자신과 아우루스 일가를 파멸의 구렁텅이로 몰아넣느냐 하는 두 가지 길 중 어느 한 쪽을 선택해야 할 입장에 놓여 있다는 것을 아쿠테는 분명히 알고 있었으므로, 이 아가씨가 어째서 망설이고 있는지 아쿠테에게는 도저히 이해가 되지 않았다.

잠시 후에 아쿠테는 이렇게 말했다.

「궁전이나 비니키우스의 집이나 위험은 마찬가지일 거예요.」

그때 아쿠테의 머리에는 자기가 사실을 말하고 있더라도 그 말이 『운명을 받아들여 비니키우스의 첩이 되십시오.』라는 뜻이 되고 있다고는 미처 생각하지 못했다. 그러나 지금도 입술에 동물적인 정욕에 찬, 숯불처럼 타는 키스를 느끼고 있는 리기아는 그것을 생각만 해도 부끄러워서 얼굴이 달아올랐다. 리기아는 견딜 수가 없어 마침내 소리질렀다.

「싫어요. 여기에 있는 것도, 비니키우스의 집에 가는 것도 싫어요.」

아쿠테는 그 격렬함에 놀라며 물었다.

「비니키우스가 그렇게 미워요?」

리기아는 흐느껴 우느라고 대답하지 못했다. 아쿠테는 리기아를 팔에 끌어안고 위로하기 시작했다.

우르수스는 무거운 한숨을 내쉬며 거대한 주먹을 불끈 쥐었는데, 그것은 자기의 왕녀를 충실한 개처럼 따르고 있어서 그 눈물을 차마 보일 수가 없었기 때문이다. 그 리기 족의 반쯤 야수적인 가슴에는 당장 홀로 돌아가서 비니키우스를 목졸라 죽이고, 필요하다면 황제도 죽이고 싶은 심정이 끓어올랐으나, 그런 일을 했다가는 자기의 주인을 희생시키게 되지 않을까 걱정되었고 자기 자신에게도 지나치게 단순한 이런 행동이 십자가에 못박혀 죽은 어린 양의 신봉자에게 어울리는 것인지 어떤지 확실히 모르고 있었다.

아쿠테는 리기아를 진정시키고 나서 다시 물었다.

「그 사람이 그렇게도 미워요?」

「아아뇨. 저는 그 사람을 결코 미워해서는 안 됩니다. 저는 그리스도 교도이니까요.」

리기아는 대답했다.

「리기아, 그것은 나도 알고 있습니다. 나도 타루소의 바울의 글을 읽은 적이 있어서 당신들이 죄를 저지른다는 것, 죄보다도 죽음을 두려워해서는 안 된다는 것을 잘 알고 있습니다. 그러나 리기아, 당신들의 종교는 사람을 죽이는 것을 허용하고 있습니까?」

「아니오.」

「그럼 어째서 당신은 황제의 복수를 아우루스의 집에 불러들이려고 하는 것인가요?」

잠시 동안 침묵이 계속되었다. 바닥이 없는 심연이 새로이 리기아 앞에 전개되었다.

이 해방 노예인 젊은 여자는 말을 계속했다.

「내가 이렇게 묻는 것은 당신이 불쌍하기 때문이에요. 폼포니아처럼 좋은 사람이나 아우루스, 그리고 그 집의 아이가 불쌍하기 때문이에요. 나는 오랫동안 이곳 궁전에 살고 있기 때문에 황제의 노여움이 얼마나 위험한 것인가를 잘 알고 있어요. 안 돼요, 당신들은 여기에서 도망칠 수가 없어요. 당신이 갈 길은 하나밖에 없어요. 그것은 비니키우스에게 부탁해서 폼포니아에게로 돌아갈 수 있게 해달라는 것뿐이에요.」

그러나 리기아는 무릎을 꿇고 기도했다. 이윽고 우르수스도 자신의 상전을 따라 무릎을 꿇었다. 두 사람은 황제의 거처에 있으면서 아침해를 향해 기도하기 시작했다.

처음으로 이러한 기도를 본 아쿠테는 리기아에게서 잠시도 눈을 뗄 수가 없었다. 리기아는 아쿠테에게 옆얼굴을 보이면서 얼굴과 두 손을 들어 하늘을 향하고 거기에서 구원이 나타나기를 기다리고 있는 것 같았다. 아침해는 리기아의 검은 머리칼과 하얀 페프름에 빛을 던지고 그 눈농자를 비주었다. 햇빛을 받은 리기아의 놈이 눈부시게 빛났다. 그리고 마침내는 리기아 자신이 빛처럼 되어서 그 창백한 얼굴에도, 열린 입술에도, 위로 쳐든 팔과 눈에도 무언가 지상의 것이 아닌 것 같은 황홀함이 엿보였다.

이제는 아쿠테도 리기아가 어째서 누구의 첩도 될 수가 없는지를 알 수 있을 것 같았다. 네로의 옛 애인 앞에, 말하자면 그때까지 익숙해 있던 세계와는 전혀 다른 세계를 숨기고 있던 막의 한 귀퉁이가 올려진 것이다. 이 죄악과 치욕의 집에서 드리는 리기아의 기도는 아쿠테를 놀라게 했다. 조금 전까지만 해도 리기아가 살아날 길은 없다고 생각하고 있었던 아쿠테는 무언가 이상한 일이 일어날지도 모른다는 생각과, 황제조차도 거기에 반항할 수가 없을 만큼 강한 구원이 온다든가, 하늘에서 날개 달린 군대가 아가씨를 구하러 온다든가, 태양이 리기아 밑에 광선을 깔아 리기아를 자기 쪽으로 끌어당긴다든가 하는 것을 믿기 시작했다. 아쿠테는 그리스도 교도 사이에서 행해진 많은 기적에 대해 듣고 있었으므로, 리기아가 그런 식으로 기도를 하는 것을 보고 나서는 분명히 그것들이 모두 진실이라고 생각하게 되었다.

리기아는 마침내 일어났는데 그 얼굴은 희망에 빛나고 있었다. 우르수스도 일어났으나 의자 옆에 쭈그리고 앉아서 자기의 주인에게로 눈을 돌려 그 명령을 기다리고 있었다. 그러나 리기아의 눈은 안개에 가려졌고 잠시 후에는 두 줄기의 눈물이 천천히 볼을 타고 흘러내렸다.

리기아는 말했다.

「주님, 폼포니아와 아우루스를 축복해 주십시오. 저는 그 두 사람에게 파멸을 주어서는 안 되기 때문에 이제는 만나지 않으렵니다.」

그리고는 우르수스 쪽을 향해 지금 나에게는 세상에 남은 것이란 너밖에는 없다, 너는 지금의 나에게 아버지도 되고 보호자도 되어 주지 않으면 안 된다고 이야기하기 시작했다. 아우루스의 집을 도피처로 삼을 수는 없다. 그런 일을 하면 그 사람들에게 황제의 노여움을 안겨 주게 된다. 하지만 자기는 황제의 거처에도 비니키우스의 집에도 있을 수가 없다. 그래서 자기를 데리고 이 도시를 떠나 어딘가 비니키우스에게도 그 하인들에게도 들킬 염려가 없는 곳에 숨겨 주었으면 한다. 자기는 어디에라도, 설사 바다든 산이든 만족이 있는 곳이든, 로마의 말이 들리지 않고, 황제의 힘이 미치지 않는 곳이면 어디든 우르수스를 따라간다. 자기를 데려가 주었으면 좋겠다. 자기에게 이제 남아 있는 것은 오직 우르수스뿐이라고 말하며 그녀는 울먹였다.

이 리기 족의 사나이는 알았다고 말하고 복종의 표시로 몸을 굽혀 리기아의 발을 안았다. 기적을 기대하고 있던 아쿠테의 얼굴에는 실망의 빛이 떠올랐다. 기도의 효과란 고작 이런 것인가? 황제의 궁전에서 도망치는 일은 불경죄를 저지르는 것이고, 따라서 처벌 받을 것이 틀림없었다. 설사 리기아가 몸을 숨기는 데 성공한다고 해도 황제는 아우루스 일가에게 복수할 것이다. 리기아가 도망칠 생각이라면 비니키우스의 집을 피해 주었으면 좋겠다. 그렇게 하면 남의 일에 간섭하기를 싫어하는 황제는 아마 비니키우스에게 조력을 얻어서까지 추적하려고 하지는 않을 것이고, 어떻든 불경죄는 되지 않을 것이다.

그러나 리기아는 다음과 같이 생각하고 있었다. 자기가 어디에 있다는 것은 아우루스 일가, 더욱이 폼포니아에게조차 알리지 않는다. 다만 도망치는 것은 비니키우스의 집에서가 아니라 도중에서부터 한다. 비니키우스는 취한 김에 밤에 노예들을 마중보내겠다고 호언했다. 맑은 정신이었다면 입 밖에 내지 않았을 진실을 확실히 말한 것이다. 분명히 비니키우스 또는 페트로니우스 두 사람은 연회에 앞서 황제를 만나 리기아를 다음날 밤에 인도하겠다는 약속을 받아 냈음에 틀림이 없다. 비니키우스가 오늘은 잊어버렸다고 하더라도 내일은 틀림없이 마중을 보낼 것이다.

그러나 우르수스가 구해줄 것이다. 우르수스가 달려와서 식당에서 데리고 나온 것처럼 리기아를 가마에서 데리고 나와 넓은 세계로 데리고 산다. 우르수스에게는 그 누구노 대항할 수가 없다. 어제

114

식당에서 싸운 무서운 격투사들조차도 우르수스에게는 대항할 수가 없다. 그러나 비니키우스는 어쩌면 아주 많은 노예를 보낼지도 모른다. 그러면 우르수스는 곧 사제인 리누스에게 가서 지혜와 조력을 구한다. 사제는 리기아를 가엾게 여기고 있어서 비니키우스의 손에 넘겨 주지 않고 그리스도 교도에게 명하여 우르수스와 함께 가서 자기를 구해 줄 것이다. 일단 탈출에 성공하면 우르수스와 로마를 떠나 어디든 로마의 권력이 미치지 않는 곳에 숨을 수가 있다.

이렇게 생각하자, 리기아의 얼굴에는 핏기와 웃음이 되살아났다. 구제될 가망이 이미 현실화한 것처럼 리기아의 마음에는 새로운 기운이 솟아올랐다. 리기아는 별안간 아쿠테의 목에 매달려서는 귀여운 입을 아쿠테의 볼에다 대고 이렇게 속삭이는 것이었다.

「아쿠테, 당신은 설마 우리들을 배반하지 않을 테지요?」

그러자 이 해방 노예는 대답했다.

「우리 어머니의 그림자에 걸고 당신들을 배신하지 않을 것을 맹세합니다. 아무쪼록 당신도 신에게 기도해서 우르수스가 당신을 구출해 낼 수 있도록 했으면 좋겠습니다.」

이 거인의 어린애같이 푸른 눈은 행복에 젖어 반짝반짝 빛났다. 이것은 자기의 빈약한 머리를 아무리 짜내도 생각해 낼 수 없는 궁리였지만, 이런 일이라면 자기로서도 능히 할 수가 있었다. 밤이든 낮이든 마찬가지일 것이다. ——나는 사제에게로 가리라, 사제는 어떻게 하면 좋고 어떻게 하면 나쁜지를 가르쳐 줄 것이다. 게다가 그리스도 교도라면 어떻게든 모을 수가 있다. 비록 소수이기는 하지만 그가 아는 사람 가운데에는 노예도 있고 격투사도 있고 자유인도 있다. 그들을 도와 줄 사람은 수브라에도 있고 다리 저쪽 (티베리스 강의 서안 트란스 티베림 구)에도 있다. 천 명 내지 2천 명은 쉽게 모을 수 있으리라. 그리고 자기의 주인을 빼앗아 가지고 로마를 빠져나가 함께 도망을 갈 수도 있다. 여주인과 함께라면, 비록 세계의 끝이라도 좋고 자기들의 나라라도 좋다. 아무도 로마에서 일어난 일 따위를 모르는 곳으로 가자.

이때 우르수스는 자기의 전방을 바라보며 무언가 지나간, 끝없이 먼 것을 확인하려는 듯한 모습이었으나 이윽고 이렇게 혼잣말을 했다.

「숲까지 간다? 그래, 얼마나 큰 숲인가——.」

그러나 우르수스는 곧 환상을 지워 버렸다.

그렇다, 곧 사제한테로 가서 밤 동안에 백 명쯤의 사람들을 불러모으고 가마를 기다리도록 하자. 공주님을 데리고 가는 것이 노예들이 아니라 프라에톨의 군대라도 상관이 없다. 이렇게 된 이상 아무리 무쇠 갑옷을 입었더라도 자기의 주먹 밑에는 접근하지 않는 편이 좋을 것이다. ——무쇠가 아무리 강하더라도 말이다. 무쇠는 두드릴 맛이 있다. 그 밑에 있는 머리는 견딜 수가 없다.

그러나 리기아는 처녀이면서도 위대한 권위를 가지고 손가락을 위로 치켜들었다.

「우르수스, 죽이면 안 돼요.」

리기 족의 사나이는 곤봉 비슷하게 생긴 손을 머리 뒤로 가지고 가더니 난처한 표정을 짓고 목을 긁으면서 중얼거렸다. 어쨌든 자기는 리기아를……『자기의 빛』을 지키지 않으면 안 된다. ——리기아 자신이 이번에는 우르수스의 차례라고 말하고 있다. ——나는 어떤 일이라도 해보일 테다. 그러나 어쩌면 나는 그럴 생각도 없으면서——아니, 어떻게 해서라도 리기아를 빼앗지 않으면 안 된다. 그렇다, 어쩌면 그런 일을 하고 곧 속죄하여 죄 없는 어린 양에게 용서를 구하면 십자가에 못박힌 어린 양은 불쌍한 자기를 어여삐 여기실 것이다. ——그렇더라도 자기는 어린 양을 괴롭히고 싶지는 않지만 뭐니뭐니 해도 자기의 손이 이렇게 무거운 것을 어쩌랴.

강한 감동이 그 얼굴 위에 나타났으나 그것을 애써 숨기면서 우르수스는 머리를 숙이고 말했다.

「그럼, 사제님에게 갔다 오겠습니다.」

아쿠테는 리기아의 목을 껴안고 울기 시작했다.

그리고 다시 한 번 생각했나. 그곳에 가면 고통은 받더라노 황제의 집의 온갖 사치와 쾌락보다도 큰 행복을 얻을 수 있는 생활이 있다. 다시 한 번 아쿠테 앞에는 빛을 향해 조금 문이 열려 있는 것 같았다. 그러나 동시에 아쿠테에게는 그 문을 통과할 자격이 없는 것처럼 느껴졌다.

제 9 장

리기아는 자기가 진심으로 사랑하고 있는 폼포니아 그라에키나, 그리고 아우루스 일가와 헤어지고 싶지 않았다. 그러나 그 절망은 지나갔다. 지금이야말로 자기의 진리를 위해 여러 가지 안락을 희생하고, 집도 없고 앞도 내다볼 수 없는 생활에 들어간다고 생각하자 얼마간 즐거움조차도 느꼈다. 아마도 거기에는 조금은 아가씨다운 호기심도 섞여 있어서 어딘가 먼 나라의 야만인이나 야수들 사이의 생활은 어떤 것일까 하는 호기심 때문인지도 모른다. 더욱이 좀더 크고 깊은 확고한 신앙도 있어서 그러한 행동을 취함으로써 『주님이신 하나님』이 명하는 대로 행동하는 것이 되며 이제부터는 하나님도 자기 자신을 믿고 따르는 성실한 종으로 보아 주시리라고 생각했다.

그렇게 되면 어떤 몹쓸 일이 자기에게 닥치더라도, 또 어떤 고통이 일어나더라도, 자기는 그것을 신의 이름으로 참을 수가 있다. 뜻하지 않은 죽음이 닥친다고 해도 신은 자기를 맞이해 주실 것이고, 그러는 동안에 폼포니아가 죽으면 두 사람은 영원히 함께 있을 수가 있다.

예전에 아우루스의 집에 있을 때 자기는 그리스도 교도이면서 우르수스가 그토록 감동을 가지고 얘기해 주었는데도, 십자가에 못박힌 사람을 위해서 아무것도 할 수 없다는 생각이 자기의 어린 마음을 괴롭혔다.

그런데 지금 그때가 왔다. 리기아는 자기가 행복하다고 느끼고 그래서 자기를 이해하지 못하는 아쿠테에게 자기의 행복을 이야 기하기 시작했다. 모든 것을 버린다는 것, 집도 재산도 도시도 정원도 신전도 주랑도, 모든 아름다운 것을 버린다는 것, 햇볕이 따사로운 토지와 친근한 사람들을 버린다는 것. 더욱이 그것은 무엇을 위해 서인가. 젊고 아름다운 무인(武人)의 사랑을 피하여 그로부터 몸을 숨기기 위해서인가? ——아쿠테의 머리는 그러한 일들을 이해하려 고도 않는다. 이따금 아쿠테는 그것이 옳을 뿐만 아니라 어쩌면 무슨 크고 비밀스러운 행복이 있을지도 모른다고 느꼈으나 분명히 그것을 의식할 수는 없었다.

특히 리기아를 이제부터 기다리고 있는 사건은 불행으로 끝날지도 모르고, 또 그 때문에 리기아는 목숨을 잃게 될지도 모르는 것이다. 아쿠테는 천성이 겁이 많았으므로 그날 밤 어떤 일이 일어날 것인 가를 생각하면 소름이 끼쳤다. 그러나 자기의 불안에 대해서는 리 기아에게 말하려 하지 않았다. 그때는 벌써 완전히 날이 밝아서 태양이 아토리움에 비치고 있었으므로, 밤에 자지 못했으니 필요한 안정을 취하도록 리기아에게 권하기 시작했다.

리기아가 굳이 반대하지 않았기 때문에 두 사람은 침실로 들어 갔다. 그것은 넓고 호화스러운 설비가 되어 있는 침실로서 옛날 아쿠테와 황제 사이의 추억이 남아 있는 방이었다. 두 사람은 나란히 누웠으나 아쿠테는 몹시 피로한데도 불구하고 잠들 수가 없었다. 아쿠테는 이전부터 슬퍼하고 있어서 불행하기는 했지만, 이번에는 그때까지 한 번도 경험한 적이 없는 불안에 시달렸다. 그때까지의 생활은 그저 답답하고 내일이 없는 것처럼 느껴졌을 뿐이었지만, 지금은 그것이 갑자기 부끄러워지기 시작했다.

아쿠테의 머리에는 지금 큰 혼란이 일어나기 시작하고 있었다. 빛을 향한 문이 또 열렸다 닫혔다 하기 시작했다. 그러나 그것이 열렸을 때는 그 빛이 아쿠테의 눈을 부시게 했기 때문에 무엇 하나 분명히 보이지를 않았디. 디만 그 밝음 속에 단지 무언가 힌없는 행복이 숨겨져 있는 것만은 짐작할 수 있었고, 그 행복에 비한다면 다른 일은 모두 전혀 없는 거나 같았다. 설사 지금 황제가 포파에아를 추방하고, 다시 자기, 즉 아쿠테를 사랑하게 된다고 해도 그런 것은 하찮은 일이라고 생각되었을 것이다.

갑자기 아쿠테는 자기가 사랑하고 있는, 반은 신이라고 생각하고 있던 황제가 노예와 마찬가지로 비참한 것이며, 누미디아의 대리석으로 장식하고 있는 궁전도 돌 덩어리보다 나을 것이 없다고 생각하기 시작했다. 그러나 결국 자기로서는 의식할 수 없는 감정이 아쿠테를 괴롭히기 시작했다. 자고 싶다고 생각했지만 불안에 시달려 잠을 이룰 수가 없었다.

마침내 아쿠테는 그토록 위험과 불확실성에 쫓기고 있는 리기아도 필경 잠을 자지 못하고 있을 거라고 생각하고 리기아 쪽을 돌아보며 밤의 도주에 대해서 의논하려고 했다.

그러나 리기아는 곤히 자고 있었다. 그 어두운 침실에 잘 닫혀져 있지 않은 커튼 사이로 빛이 스며들어 금가루를 뿌리고 있었다. 그 빛으로 아쿠테는 리기아의 드러난 팔에 얹혀져 있는 부드러운 얼굴과 감은 눈과 조금 벌어진 입술을 보았다. 두려움에 떨던 좀전의 모습과는 달리 평화로운 모습이었다.

아쿠테는 생각했다.『잠을 자고 있군. 아직 어린애니까 잠을 잘 수가 있는 것이다.』

문득 아쿠테의 머리에 이 어린애가 비니키우스의 애인이 되기보다는 도망치기를 원하고, 치욕보다는 궁핍을, 카리나에(수브라의 남쪽 지구) 근처의 호화로운 집보다도, 몸의 장식이나 보석보다도, 연회나 비파소리보다도 방랑 쪽을 원하고 있는 것이라는 생각이 떠올랐다.

『어째서일까?』

아쿠테는 그 잠자는 얼굴에서 해답을 찾으려는 듯이 리기아의 고이 잠든 얼굴을 들여다 보았다. 리기아의 순결한 이마, 아름다운 활 모양의 눈썹, 검은 속눈썹, 조금 벌어진 입술, 숨쉴 때마다 조용히 움직이고 있는 볼록한 가슴을 바라보면서 또 이렇게 생각했다.
『어쩌면 이 사람은 나하고 이렇게도 다를까?』
아쿠테에게는 리기아가 왠지 모르게 기적(奇蹟), 신의 현시(顯示), 신들의 총아로서 황제의 정원의 온갖 꽃보다도, 황제의 궁전의 온갖 조각보다도 백 배나 더 아름답게 보였다. 그러나 이 그리스 여자의 마음에 질투는 일지 않았다. 그보다도 이 아가씨를 위협하고 있는 갖가지 위험한 일을 생각하면 아쿠테는 깊은 동정에 사로잡혔다. 아쿠테의 마음에는 어머니의 애정과 같은 것이 눈을 떴다. 리기아가 아름다운 꿈처럼 아름답게 생각되었을 뿐만 아니라 동시에 매우 귀엽게 여겨졌으므로, 그 검은 머리카락에 입술을 가까이 가져가 조용히 키스를 하기 시작했다.
리기아는 집에서 폼포니아 그라에키나의 보호라도 받고 있는 듯이 평화롭게 잠들어 있었다. 더욱이 꽤 오래 잠들어 있었다. 이미 한낮이 지났을 때에야 그 파란 눈을 뜨고는 크게 놀라면서 침실을 둘러보기 시작했다.
분명히 리기아는 지금 있는 곳이 집이 아니고 더욱이 아우루스의 집이 아닌 데에 놀라고 있었다.
「아아, 당신이었군요? 아쿠테.」
마침내 이렇게 말하고는 어스름 속에서 그리스 여자의 얼굴을 들여다 보았다.
「그래요, 나예요, 리기아.」
「벌써 밤인가요?」
「아아뇨. 그러나 대낮은 이미 지났어요.」
「우르수스는 돌아오지 않았나요?」
「우르수스는 돌아온다는 말은 없었습니다. 밤에 그리스도 교도들과 매복했다가 가마를 빼앗겠다고 말했을 뿐입니다.」
「아, 그랬었지, 참.」
이윽고 두 사람은 침실을 나와 욕실로 갔다. 아쿠테는 리기아에게 목욕을 시기고 나시 가벼운 식사를 하러 갔다. 그리고 궁진의 징원으로 나갔다. 황제도 그 측근의 부하들도 아직 자고 있어서 위험한 사람을 만날 염려는 없었다. 리기아는 이렇게 호화로운 정원을 일찍이 본 적이 없었다. 사이프러스나 소나무, 떡갈나무, 올리브, 천인화 나무가 우거지고, 그 사이에 떼지어 선 입상(立像)이 하얗게 빛나고 있었다. 연못은 거울처럼 반짝이고 그 옆에 빽빽히 심어져 있는 장미는 분수의 물방울을 받아 활짝 피어 있었다. 연못 위에는 은빛의 백조가 헤엄치고 있고, 입상과 나무들 사이에는 아프리카 사막 태생의 길들여진 영양(羚羊)이나 세계의 온갖 지방에서 온 빛깔도 현란한 새들이 노닐고 있었다.

정원에는 인기척이 없었다. 다만 여기저기에서 삽을 손에 든 노예들이 작은 소리로 노래를 부르면서 일을 하고 있었다. 휴식을 허용받고 있는 다른 노예들은 연못가나 떡갈나무 그늘에서 나뭇잎 사이로 새어드는 태양 광선이 만드는 떨리는 빛의 공간 속에 앉아 있었고, 또 다른 노예들은 장미나 연보라빛 사프란에 물을 주고 있었다. 아쿠테와 리기아는 꽤 오랫동안 산책하며 정원의 모든 놀라운 정경을 바라보았다. 리기아는 생각할 여유가 없었지만, 역시 아직도 어리기 때문에 흥미나 호기심 그리고 감탄을 금할 수 없었다. 만일 황제가 좋은 사람이라면 이러한 궁전이나 이러한 정원에 있는 사람들은 매우 행복할 것이라는 생각까지 떠오르는 것이었다.

이윽고 조금 지쳐서 사이프러스의 숲에 거의 가려져 있는 벤치에 앉아서 두 사람의 마음에 가장 무거운 짐이 되고 있는 일, 즉 그날 밤의 탈주에 대해서 이야기하기 시작했다. 이 도주의 결과에 대해서는 아쿠테 쪽이 리기아보다 훨씬 더 걱정을 하고 있었다. 때때로 아쿠테에게는 그것이 거의 황당한 계획 같아서 성공할 가망이 없어 보였다. 그 순간 그녀는 리기아에 대해서 깊은 연민을 느꼈다. 비니키우스와의 화해를 도모하는 쪽이 백 배나 더 안전하다는 생각이 아쿠테의 머리에 떠올랐다. 그래서 잠시 후에 리기아에게 얼마나 오래 전부터 비니키우스를 알고 있었는가, 비니키우스가 이쪽의 소원을 받아들여 리기아를 폼포니아에게 돌려 주리라고는 생각하지 않는가라고 묻기 시작했다.

그러나 리기아는 슬픈 듯이 그 검은 머리를 흔들었다.

「아아뇨, 아우루스의 집에서는 비니키우스를 아주 친절한 분이라고 생각했었지만, 어젯밤의 연회 때부터 나는 그 사람이 무서워졌어요. 역시 리기 족에게로 도망을 치는 것이 낫겠어요.」

아쿠테는 다시 물었다.

「하지만 아우루스의 집에 있을 때는 당신에게 다정했지요?」

「네.」

리기아는 대답을 하고는 머리를 숙였다.

아쿠테는 잠시 생각하고 나서 말했다.

「하지만 당신은 나처럼 노예 출신이 아닙니다. 당신 같으면 비니키우스도 결혼을 할 수가 있을 거예요. 당신은 인질이고 리기 족의 왕녀입니다. 아우루스 부부도 당신을 친자식처럼 사랑하고 있었으니까, 나는 그 부부가 당신을 딸로 삼을 마음이 있다고 생각합니다. 리기아, 그렇게 되면 비니키우스는 당신과 결혼을 할 수가 있는 것 아니예요?」

그러나 리기아는 조용하게, 그리고 한층 더 슬픈 듯이 말했다.

「그래도 나는 리기 족에게로 도망을 치고 싶습니다.」

「리기아, 당신만 좋다면 나는 지금 곧 비니키우스에게 사람을 보내서, 지금 당신에게 이야기한 것을 그대로 그 사람에게 말하겠습니다. 그래요, 리기아, 나는 그 사람에게 가서 말하겠어요. 『비니키우스, 그 사람은 왕녀이고 유명한 아우루스의 귀중한 딸입니다. 그 사람을 사랑하고 있다면 아우루스에게 돌려 주십시오. 그리고 나중에 아내로서 그 집에서 데려가십시오.』라고.」

그러나 아가씨는 너무 작은 소리로 대답했기 때문에 아쿠테는 가까스로 알아들을 수가 있었다.

「그래도 나는 역시 리기 족에게로…….」

리기아의 내려간 속눈썹 위에 두 방울의 눈물이 맺혀 있었다.

그때 사람이 다가오는 발소리가 들려와서 두 사람의 이야기는 더 계속될 수가 없었다. 아쿠테가 누가 왔는가를 미처 살피기도 전에 벤치 앞에는 포파에아가 몇 명의 여자 노예를 거느리고 나타났다. 그 노예 중의 두 사람은 포파에아의 머리 위에 황금의 막대기에 꽂은 아름다운 새의 날개를 받쳐들고 그것으로 가볍게 그녀를 부쳐주기도 했고 아직도 쨍쨍 내리쬐고 있는 가을 햇볕을 막아주기도 했다. 또 포파에아 앞에는 흑단(黑檀)처럼 새까만, 유방이 팽팽하게 불은 에티오피아의 여인이 황금의 술이 늘어진 빨간 천에 젖먹이를 싸서 팔에 안고 있었다. 아쿠테와 리기아는 포파에아가 자기들에게 주의를 돌리지 않고 벤치 옆을 지나쳐 가리라고 생각하고 있었는데, 포파에아는 뜻밖에도 두 사람 앞에 걸음을 멈추고는 이렇게 말했다.

「아쿠테, 지난 번에 인형에 달아준 방울이 단단히 붙어 있지를 않았어. 아기가 한 개를 떼어내서 입으로 가져갔지 뭐야. 다행히도 리리트가 발견해 주어서 아무 일도 없긴 했지만——.」

「용서하십시오.」

아쿠테는 가슴에 팔을 포개고 머리를 숙여 대답했다.

포파에아는 리기아를 바라보았다.

「이 아이는 어떻게 된 노예인가?」

「노예가 아닙니다, 아우구스타(황후의 존칭). 폼포니아 그라에키나의 양녀로서 리기 족의 왕의 딸입니다. 그 왕이 인질로서 로마인에게 넘겨 준 것입니다.」

「당신을 찾아왔나?」

「아닙니다. 엊그제부터 궁전에 있었습니다.」

「어젯밤의 연회에 나왔었나?」

「네, 나와 있었습니다.」

「누구의 명령으로?」

「황제의 명령으로요.」

포파에아는 한층 주의 깊게 리기아를 바라보기 시작했다. 리기아는 머리를 숙이고 그 앞에 서서 호기심으로 빛나는 눈을 쳐들었다가 다시 살포시 내리깔았다. 갑자기 아우구스타의 미간에 주름이 잡혔다. 자기의 아름다움과 권력을 잃지 않으려고 늘 마음먹고 있는 포파에아는 이제 누군가 자기를 능가하는 경쟁자가 나타나서 자기가 옥타비아를 멸망시킨 것처럼 자기를 멸망시키지는 않을까 하고 늘 걱정하면서 살아가고 있었다. 그래서 궁정에 보이는 아름다운 얼굴은 일일이 포파에아의 마음에 의심을 불러일으켰다.

　이때 포파에아는 감식가의 눈초리로 대번에 리기아의 위아래를 훑어보고 얼굴의 특징을 하나하나 평가했다.『이것은 님프를 그대로 옮겨 놓은 것이다.』하고 자기 자신에게 말했다.『이것은 비너스가 낳은 것이다.』

　그때 갑자기 포파에아의 머리는 그때까지 어떤 미인을 보았을 때도 한 번도 일어나지 않았던 느낌이 떠올랐다. 자기 쪽이 훨씬 연상이다. 마음 속에서는 상처받은 권력욕이 전율했고 불안에 사로잡히고 갖가지 번민이 머리 속을 스치고 지나갔다.

　『어쩌면 네로는 이 아이를 보지 못했을지도 모른다. 아니면 에메랄드의 구슬로 보기는 했지만 별로 좋다고는 생각하지 않았을지도 모른다. 그러나 대낮에 태양 밑에서 이런 기막힌 아가씨를 만난다면 어떻게 될까? ——게다가 이 아이는 노예가 아니다. 왕의 딸이다. 물론 만족 출신이긴 하지만 어디까지나 왕녀는 왕녀이다. ——어떻게 하면 좋을까? 나만큼 예쁘고 나보다도 젊다.』

　그렇게 생각하자 눈썹 사이의 주름이 점점 더 깊어지고 그 눈은 금빛 속눈썹 속에서 차갑게 반짝이기 시작했다.

　그러나 리기아 쪽을 향해 태연을 가장하면서 묻기 시작했다.

「황제와 말을 나누었느냐?」

「아니예요, 아우구스타.」

「어째서 아우루스의 집보다도 이곳에 있고 싶다고 하느냐?」

「제가 이곳에 있고 싶은 것이 아닙니다. 페트로니우스가 황제에게 권해서 저를 폼포니아에게서 빼앗아 오도록 한 것입니다. 제가 원해서 이곳에 온 것이 절대로 아닙니다.」

「그림 폼포니아의 집에 돌아가고 싶으냐?」

이 마지막 질문을 포파에아는 전보다도 낮고 부드러운 목소리로 말했기 때문에 리기아의 마음에는 갑자기 희망이 생겼다. 그래서 포파에아에게 손을 뻗으면서 말했다.

「황제는 저를 노예처럼 비니키우스에게 인도하기로 약속하셨습니다. 그러나 제발 저를 어여삐 여겨 아무쪼록 폼포니아에게 돌아가게 해주십시오.」

「그럼 페트로니우스가 황제에게 권해서 너를 아우루스에게서 빼앗아 비니키우스에게 넘겨 주려고 한단 말이지?」

「그렇습니다. 비니키우스는 오늘에라도 저를 마중하러 올 것입니다. 그러니 제발 저를 불쌍히 여기시어——.」

그렇게 말하고 나서 리기아는 몸을 구부려 포파에아의 옷자락을 붙잡고서 설레는 가슴으로 그 대답을 기다렸다. 포파에아는 한동안 심술궂은 미소를 띠고 있다가 이윽고 이렇게 말했다.

「그럼 내가 약속해 주겠다. 오늘에라도 너는 비니키우스의 노예가 되거라.」

그렇게 말하고 떠나간 포파에아는 아름답고 사악한 정령(精靈) 같았다. 리기아와 아쿠테의 귀에는 다만 젖먹이의 울음소리만이 들렸다. 젖먹이는 어째서인지는 모르지만 그때 갑자기 울음을 터뜨렸던 것이다.

리기아의 눈에도 눈물이 가득 고였다. 이윽고 리기아는 아쿠테의 손을 잡고 말했다.

「돌아갑시다. 도움을 기대해선 안 되겠군요. 구원은 역시 올 만한 곳에서밖에 오지 않는 것인가 봐요.」

두 사람은 아토리움에 돌아가서 밤까지 그곳을 떠나지 않았다. 어두워져서 여자 노예들이 네 갈래의 커다란 불꽃이 나풀거리는 램프를 가지고 왔을 때는 두 사람 모두 아주 창백한 얼굴을 하고 있었다. 두 사람의 대화는 자주 중단되기 일쑤였다. 누가 다가오지는 않는가 하고 내내 귀를 기울였다. 리기아는 몇 번이고 되풀이해서 아쿠테 곁을 떠나기는 싫지만 우르수스가 어둠 속에서 기다리고

있음에 틀림없으므로 모든 것을 오늘 중으로 끝내는 것이 좋겠다고
말했다. 리기아의 숨소리는 흥분 때문에 한층 빨라지고 소리도 커
졌다. 아쿠테는 열에 들뜬 사람처럼 허둥지둥 되도록 많은 보석을
긁어모아 리기아의 페프름 자락에 매어 주며 이 선물은 도주용 자
금으로 주는 것이니까 거절하지 말아 달라고 신신당부했다. 이따금
깊은 정적이 엄습하면 귀가 자주 착각을 일으켰다. 두 사람 모두
커튼 뒤에서 무어라고 수군거리는 소리와 갓난아기의 울음소리,
또 멀리에서 개 짖는 소리가 들리는 것 같은 느낌이 들곤 했다.

갑자기 입구의 커튼이 소리없이 움직이고 키가 크고 얼굴에 마마
자국이 있는 사람이 유령과도 같이 나타났다. 리기아는 순간, 그가
전에 아우루스의 집에 찾아 왔던 비니키우스의 해방 노예인 아타
키누스라는 것을 알았다.

아쿠테는 놀라서 비명을 질렀으나, 아타키누스는 낮게 몸을 수
그리고 공손한 어조로 말했다.

「리기아 님에게 마르쿠스 비니키우스님의 인사 말씀을 전해
올립니다. 주인께서는 그곳 초록으로 장식한 집의 연회장에서 기
다리고 계십니다.」

아가씨의 입술이 파랗게 질렸다.

「가겠습니다.」 하고 리기아는 말했다.

그리고 아쿠테의 목에 매달려 작별의 인사를 했다.

제 10 장

비니키우스의 집은 정말로 초록으로 장식되어 있고, 벽에도 문
위에도 천인화와 담쟁이 덩굴로 장식끈이 되어 있었다. 기둥에는
포도 넝쿨이 얽혀 있었다. 아토리움 천장의 조명등에는 밤의 추위를

막기 위해 진홍빛 모직천이 쳐있어서 대낮처럼 밝았다. 거기에서 타고 있는 여덟 개 또는 열두 개짜리 촛불등(燈)으로 설화석고(雪花石膏)나 대리석, 또는 도금한 코린토스 동(銅)으로 만든 꽃병이나 나무, 또는 짐승이나 새, 향기로운 올리브 유를 채운 등불을 받치고 있는 입상(立像) 모양을 한 것은 네로가 사용하고 있는 아폴로 궁전에서 나온 유명한 촛대 만큼 훌륭하지는 못하더라도 유명한 대가가 새긴 아름다운 물건들이었다. 그 중의 몇몇은 알렉산드리아의 유리라든가 인도에서 온 빨강이나 파랑 또는 노랑이나 자줏빛의 비치는 비단으로 싸서 아토리움 전체가 갖가지 색상의 불꽃으로 가득 차도록 하고 있었다.

도처에 나루도스(女郞花 종류)의 향기가 풍기고 있는 것은 비니키우스가 동양에서 취미를 붙이고 나서 익숙해졌기 때문이다. 집안의 한 쪽 구석에는 몇 명의 남녀 노예들이 모여 웅성거리고 있었는데, 그곳에도 역시 조명이 비추어지고 있었다. 식당에는 네 사람 몫의 식사가 준비되어 있었다. 비니키우스와 리기아 외에 페트로니우스와 크리소테미스도 연회에 참석하게 되어 있었기 때문이다.

비니키우스는 무슨 일이든지 페트로니우스의 말을 따랐다. 지금도 페트로니우스는 비니키우스에게 일렀다. 리기아에게는 직접 가지 말고 아타키누스에게 황제로부터 입수한 허가장을 쥐어 보내고 그냥 집에서 리기아를 맞이하되 정중하고 더욱이 경의를 표하여 맞이하라고 말이다.

「어젯밤 너는 취해 있었어. 나는 처음부터 쭉 지켜보고 있었지. 그 애에 대한 너의 행동은 마치 알바누스 산의 석공 같았어. 너무 과격하게 대하지 마라. 좋은 포도주일수록 조금씩 천천히 마셔야만 한다는 것을 알아둬라. 그리고 정열은 달콤한 것이지만, 정열을 받는 쪽이 더 달콤한 것이라는 것도 잊지 말고.」

크리소테미스는 이 점에 대해 약간 다른 독특한 견해를 가지고 있었지만, 페트로니우스는 이 사람을 비둘기처럼 귀여운 베스타의 사제라고 부르면서 연습을 쌓은 대경마장의 노련한 전차 경주자와 처음으로 4두 마차가 끄는 전차에 타는 소년 사이에 인정하지 않으면 안 되는 구별에 대해서 설명하기 시작했다. 그리고 나서 비니키우스를 돌아보며 다시 말을 계속했다.

「그 애의 믿음을 얻도록 해라. 명랑하게 해주어라. 그 애에 대해서 품위를 높게 가져라. 나는 음산한 연회는 딱 질색이다. 지옥의 신에게 걸고서라도 그 애를 폼포니아에게 돌려 주겠노라고 맹세해라. 그 다음에는 네가 하기에 달렸다. 그 애가 내일 폼포니아에게로 돌아 가지 않고 너와 함께 있고 싶어하는지 어떤지는 말이다.」

그리고 나서 크리소테미스 쪽을 가리키면서 덧붙였다.

「나는 무려 5년 동안이나 매일처럼 반드시 그런 방법으로 이 인간 혐오증에 걸린 암비둘기를 다루어 왔지. 하지만 그렇다고 해서 상대방으로부터 야속하다는 말을 듣지는 않았어.」

크리소테미스는 공작의 깃털 부채로 페트로니우스를 툭툭 치면서 이렇게 말했다.

「그것은 내가 맞서지를 않았기 때문이에요, 이 입심 좋은 양반아.」

「전의 남편에 대해서 말이지── ?」

「당신은 내 발 밑에 무릎을 꿇었지 않아요 ?」

「그야 발가락에 반지를 끼워 주기 위해서지.」

크리소테미스는 무심코 자기의 발을 내려다보았다. 그 발가락에는 정말로 보석이 불꽃처럼 빛나고 있었다. 크리소테미스와 페트로니우스는 웃음을 터뜨렸다. 그러나 비니키우스에게는 두 사람의 말장난이 들리지 않았다. 그 가슴은 리기아를 맞이하기 위해서 차려입은 화려한 빛깔의 시리아 사제의 윗도리 밑에서 불안으로 고동치고 있었다.

「벌써 궁전을 나왔을 게 틀림없다.」

그는 혼잣말처럼 말했다.

페트로니우스는 대답했다.

「그렇겠군. 그때까지 티아나(소아시아의 남동부 카파도키아의 도시)의 아폴로니오스(A.D. 1세기 신 피타고라스 파의 철학자)의 예언이나 루피누스의 이야기라도 해줄까? 루피누스의 이야기는 어째서인지 모르지만 지금까지 끝까지 해본 적이 없어.」

　그러나 비니키우스는 티아나의 아폴로니오스에도 루피누스의 이야기에도 흥미를 가질 수가 없었다. 그의 생각은 오로지 리기아에게로 가 있었다. 그 역시도 체포하는 관리처럼 궁전까지 가기보다는 집에서 맞이하는 쪽이 아름답다고는 느끼고 있었으나, 그래도 때때로 자기가 직접 마중가지 않은 것을 후회했다. 그렇게 하면 조금이라도 빨리 리기아를 만날 수 있고 2인승 가마의 컴컴한 어둠 속에서 리기아의 옆에 앉을 수도 있었을 것이다.

　그러고 있는 동안에 노예들은 암양의 머리 장식이 있는 삼각가 (三脚架)와 숯불을 담은 청동반(靑銅盤)을 가지고 와서 천인화와 감송(甘松)의 줄기를 조금 던져 넣었다.

　「벌써 카리나에를 돌아오고 있다.」 하고 비니키우스는 말했다.

　「기다리기 지쳤겠지요. 이제는 마중하러 달려나가더라도 서로 엇갈리기가 십상일 걸요.」

　크리소테미스가 큰소리로 말했다.

　비니키우스는 맥빠진 듯한 웃음을 웃고 나서 말했다.

　「무슨 말씀을. 이렇게 용케 참고 기다리고 있습니다.」

　그러나 콧구멍을 벌름거리면서 숨을 쉬고 있는 것을 보고 페트로니우스는 목을 움츠리면서 말했다.

　「이 애한테는 철학자다운 데가 조금도 없어. 이 마르스(軍神)의 아들을 인간으로 만드는 일은 나로서는 도저히 할 수가 없어.」

　비니키우스에게는 그 말이 귀에 들어오지 않았다.

　「벌써 카리나에까지 와 있다——.」

　그 순간 일행은 실제로 카리나에를 돌아서고 있는 참이었다. 란 파다리우스(횃불을 든 사람)라고 불리는 노예가 앞에 서고, 페디세 쿠스(도보로 따르는 사람)라고 불리는 노예가 가마의 양 옆을 지키고, 그 뒤를 아타키누스가 따르며 일행의 진행을 감시하고 있었다.

　일행은 천천히 앞으로 나아갔다. 전혀 등불이 없는 이 근처에서는 횃불로도 길을 똑똑히 밝힐 수가 없었다. 게다가 궁전 가까이의 거리는 모두 인기척이 없어서 거의 어디에도 횃불을 가지고 걷고 있는 자는 없었다. 그러나 조금 전진하자 난데없이 분주해졌다. 각각의 골목에서 셋씩 혹은 넷씩 사람이 나타났는데 그들은 모두 횃불은 들지 않은데다 하나같이 검은 외투를 입고 있었다. 몇몇 사람은 노예들 사이에 섞여 행렬과 함께 나아갔고, 또 다른 사람들은 큰 무리를 이루어 반대 방향에서 나타났다. 개중에는 술에 취한 것처럼 비틀거리는 자도 있었다. 그 때문에 때때로 행진에 지장을 초래했으므로 란파다리우스들은 참다못해 고함을 치기 시작했다.

「길을 비켜라! 호민관 마르쿠스 비니키우스 님의 행차이시다.」

리기아는 장막을 들치고 어둠 속에서 웅성거리는 사람의 무리를 보고는 흥분한 나머지 가만히 있을 수가 없게 되었다. 희망과 두려움이 번갈아가며 엄습해 왔다.

『그렇다, 우르수스와 그리스도 교도들이다. 이제 곧 시작된다. ——오오, 주여, 도와 주십시오. 오오, 주여, 살려 주십시오.』

그녀는 떨리는 입술로 중얼거렸다.

그러나 처음에는 거리의 심상치 않은 웅성거림에 별로 신경을 쓰지 않고 있던 아타키누스도 마침내 불안해지기 시작했다. 이건 아무래도 무슨 이변이었다. 란파다리우스는 좀더 자주『길을 비켜라, 트리브누스 님의 행차이시다.』하고 고함치지 않으면 안 되었다. 모르는 사람들이 가마를 떠밀었기 때문에 아타키누스는 노예들에게 몽둥이로 쫓아내라고 명령했다.

갑자기 행렬의 전방에서 고함소리가 일어나고 일순간에 횃불이 모조리 꺼졌다. 가마 둘레에서는 밀고 당기는 한바탕의 혼란과 싸움이 시작되었다.

아타키누스는 처음에는 이것을 단순한 노상 강도쯤으로 생각했다.

그러나 그렇게 생각하자 오싹하고 소름이 끼치며 전신이 마비되는 것 같았다. 황제가 이따금 심심풀이로 장난삼아 아우구스타니의 무리 속에 늘어가 수브라나 그 밖에 시내의 각처를 습격하곤 한다는

것은 누구나가 알고 있었다. 한 번은 그러한 야간의 습격에서 황제가
혹과 시퍼런 멍을 얻어가지고 돌아온 일도 있었다. 때문에 그러한
야습에서 자기 몸을 지키기 위해 싸운 자는 설사 원로원 의원이라도
살아남지 못했다. 시내의 경비를 맡고 있는 치안대의 막사는 그리
멀지 않은 곳에 있었지만, 경비병은 대개 그러한 사건에는 벙어리
이고 장님인 체하고 있었다. 그러는 동안에 가마의 주위에서는 치고
받는 싸움이 계속되었다. 사람들은 싸우고 쓰러뜨리고 서로 짓밟
았다.

아타키누스의 마음에는 번개같이 어떤 생각이 떠올랐다. 무엇보
다도 우선 리기아와 자기만 달아나고 다른 사람들은 운명에 맡기지
않으면 안 된다는 생각이었다. 그리고 실제로 아타키누스는 가마
에서 리기아를 끄집어내어 손을 잡고 어둠 속으로 달아나려 했다.

그러나 리기아는 고함을 질러댔다.

「우르수스, 우르수스!」

리기아는 하얀 옷을 입고 있었기 때문에 쉽게 구별이 되었다.
아타키누스가 자유로운 한 쪽 손으로 리기아 위에 자기의 외투를
억지로 입히려 했을 때, 갑자기 무서운 힘이 그의 목덜미를 움켜쥐고
머리 위로 무엇이든 부숴버릴 듯한 돌처럼 단단한 덩어리가 떨어져
내렸다.

아타키누스는 일순간에 유피테르의 제단 앞에서 등을 얻어맞은
황소처럼 쓰러졌다.

대다수의 노예들은 지면에 나뒹굴었고 몇 명은 성벽의 우묵한
어둠 속으로 흩어져 달아났다. 현장에는 다만 혼란 속에서 여지없이
부숴진 가마만이 남았다. 우르수스는 리기아를 들쳐업고 수브라로
데리고 갔다. 그 동료들은 차츰 거리에서 흩어져 두 사람의 뒤를
따랐다.

노예들은 비니키우스의 집 앞에 모여 의논하기 시작했다. 그들은
선뜻 안으로 들어가려고 하지 않았다.

잠시 의논한 뒤에 처음 싸웠던 장소로 돌아와 보니까 시체가 몇

나뒹굴어 있고, 그 속에는 아타키누스의 시체도 발견되었다. 그것은
아직도 떨고 있었으나 일순간 세차게 경련하고 나더니 쭉 뻗어 버
렸다.

노예들은 아타키누스의 시체를 둘러메고는 다시 집으로 돌아와
문 앞에 서서 망설였다. 어쨌거나 사건의 진상을 주인에게 알리지
않으면 안 된다. 몇 사람이 모여서 쑥덕거리기 시작했다.

「굴로에게 말하게 하면 어떨까? 그도 우리들과 마찬가지로 얼
굴에서는 피가 흐르고 있고 주인의 신임을 받고 있어. 그러니까
굴로라면 아마 다른 사람보다 무사할 거야.」

굴로라는 게르마니아의 사나이는 나이가 많은 노예로서 옛날에
비니키우스를 업어 키운 일도 있었는데, 비니키우스가 어머니, 즉
페트로니우스의 누님으로부터 상속을 받은 것이다. 굴로는 말했다.

「내가 말씀드리겠다. 그러나 모두들 함께 가야 하네. 주인의 화를
나 혼자서만 당할 수는 없으니까 말야.」

비니키우스는 이제는 더 이상 참을 수가 없었다. 페트로니우스와
크리소테미스는 비웃고 있었으나 비니키우스는 초조하게 아토리
움을 걸으면서 말했다.

「이젠 도착할 때인데. ——이젠 도착할 때인데.」

그가 나가려는 것을 두 사람이 만류했다.

그때 갑자기 전방에서 발소리가 들리더니 아토리움에 노예가
무리져서 쏟아져 들어왔다. 노예들은 곧 벽 쪽에 멈추어 서서 두 손을
위로 쳐들고는 겁먹은 목소리로 더듬거리기 시작했다.

「아아아아! ——아아!」

비니키우스는 덤벼들었다.

「어디에 있어? 리기아는.」

여느때에는 들어보지 못한 무서운 목소리였다.

「아아아아——.」

그때 굴로가 피투성이가 된 얼굴로 앞으로 달려나가 급히 가련한
목소리로 외쳤다.

「이 피를 보십시오, 주인님. 우리는 싸웠습니다. 이것, 이 피가 증명합니다. 주인님. 이 피가…….」

그러나 말이 채 끝나기도 전에 비니키우스는 청동의 촛대를 움켜쥐고는 단 일격으로 이 노예의 두개골을 부수고 두 손으로 자기의 머리를 감싸안고 손가락으로 머리카락을 쥐어뜯으며 목쉰 소리로 울부짖었다.

「아아, 무정하다. 무정해——.」

그 얼굴은 창백하고 눈은 이마 위로 째질 듯이 기어올라가고 입술에는 거품을 물고 있었다.

「채찍을 ! 」

그 고함은 이미 인간의 것이 아니었다.

「주인님, 아아아아. ——용서해 주십시오.」

노예들은 신음했다.

페트로니우스는 못 먹을 것을 먹은 사람 같은 표정을 하고는 일어나면서 말했다.

「가자구, 크리소테미스. 산 고기가 보고 싶으면 카리나에의 푸줏간에서 털어 오게 하지.」

두 사람은 아토리움에서 나가 버렸다. 녹색의 담쟁이 덩굴이 엉켜있고 연회 준비가 되어 있는 저택 안에는 잠시 뒤 고통의 울부짖음과 채찍 소리가 울려나왔고, 그것이 거의 새벽까지 계속되었다.

제 11 장

그날 밤 비니키우스는 한잠도 자지 못했다. 페트로니우스가 떠나고 나서 잠시 동안 매를 맞고 있는 노예의 신음소리로 아픔을 달래려고 했으나 도저히 자기의 슬픔과 노여움을 가라앉힐 수가 없었기 때문에 나머지 노예들을 불러모아 그 선두에 서서 리기아를 찾아나섰다.

우선 에스퀴리누스 지구(시내의 동부)를 찾아보고 다음에 수브라, 스켈레라투스, 그리고 거기에 인접한 모든 골목들을 샅샅이 찾아보았다. 다음에는 카피토리움의 주위를 돌고 나서 파부리키우스 다리를 건너 섬(티베리스 강 가운데에 있는 섬)에 들어갔고, 다시 티베리스의 맞은 편 기슭을 돌아보았다.

그러나 이 추적은 가망이 없는 것으로서 비니키우스 자신도 리기아를 찾을 수 있다고는 생각지 않았다. 다만 어떻게든 이 무서운 하룻밤을 보내기 위해 그는 찾고 또 찾았다.

실상 집으로 돌아온 것은 마침 날이 샐 무렵이어서 시내에는 벌써 야채상의 수레와 노새가 보이기 시작했고, 빵 가게가 벌써 문을 열기 시작하고 있었다. 그는 집으로 돌아오자 곧 감히 아무도 손을 못 대고 있었던 굴로의 시체를 치우게 하고 리기아를 빼앗기고 돌아온 노예를 시골의 에루가스투름(고역장)으로 보냈는데, 이것은 거의 사형이나 다름없는 지독한 형벌이었다. 그리고 의자를 아토리움에 내오게 하고는 그 위에 몸을 내던지고 어떻게 하면 리기아를 찾을 수 있을까 하는 두서없는 생각에 잠기기 시작했다.

리기아를 단념해야 한다는 것, 리기아를 잃어버린다는 것, 리기아를 다시는 만나지 못한다는 것을 생각만 해도 화가 치밀었다. 이 젊은 군인의 제멋대로의 천성은 난생 처음으로 저항을 만나고 타인의 의지에 부딪쳐서 자기의 욕망을 저지당하려고 하고 있는 것이다. 비니키우스는 자기가 원하는 것을 손에 넣지 못할 바엔 차라리 세계도 도시도 무너져 버리는 것이 낫다고 생각했다. 쾌락의 술잔이 거의 입술 앞까지 왔을 때 빼앗겼으므로 신과 사람의 법에 호소하여 벌을 요구해야 할 미증유의 사건이 일어난 것 같은 생각이 들었다.

그러나 어떤 일이 있어도 그 운명을 감수하기는 싫었고 또 그럴 수도 없었다. 태어나서 지금까지 단 한 번도 리기아만큼 욕심나는 것은 없었던 것이다. 리기아 없이는 도저히 살아갈 수 있을 것 같지 않았다. 리기아 없이 내일 무엇을 하고 지낼까, 그리고 그 후에 다가오는 숱한 나날들을 무엇을 하며 지낼까를 생각하니 그저 아득하게만 생각되었다. 때때로 그는 리기아에 대한 광기에 가까운 노여움에 시달렸다. 그녀를 때리고 머리채를 붙잡고 침실 안을 끌고 다니며 마음껏 혼을 내주기 위해서도 반드시 찾아내야겠다는 생각이 들었고, 그런가 하면 또 이번에는 그 목소리와 모습, 그리고 눈에 대한 격렬한 동경이 엄습해 와서 그녀의 발 밑에 엎드려도 좋다는 생각이 들기도 했다.

그 이름을 부르며 손가락을 입에 물고 머리를 두 손으로 감싸 쥐었다. 전력을 다해 냉정하게 리기아를 되찾을 궁리를 하려고 해도 할 수가 없었다. 그 머리 속에는 수없이 많은 수단과 방법이 얼핏 스치고 지나갔으나, 그것이 하나씩 차츰 더 미친 짓처럼 생각되었다. 결국 그가 도달한 결론은 리기아를 빼앗은 것은 다른 사람 아닌 아우루스이고, 그가 아니라 하더라도 최소한 아우루스는 리기아가 어디에 숨어 있는가를 알고 있음에 틀림없다는 것이었다.

그래서 비니키우스는 당장에 아우루스의 집으로 달려가려고 했다. 그 부부가 자기에게 리기아를 넘겨 주지 않으면 황제에게로 달려가 노장군을 배명(背命)의 혐의로 고소하여 사형 선고를 내리게 하리라. 그러나 그보다도 먼저 그 부부로부터 리기아가 어디에 숨어 있는 가라는 고백을 억지로라도 받아 내고야 말겠다고 다짐했다. 그러나 두 사람이 설사 리기아를 흔쾌히 내준다고 하더라도 복수는 해주고 말리라. 물론 자기를 집에 맞아들여 친절하게 돌봐 주었지만 그런 일은 아무것도 아니다. 이 한 가지 잘못으로 자기는 모든 감사의 의무로부터 해방된 셈이다. 비니키우스의 가차없는 복수심은 아우 루스에게 백인 대장이 사형 선고를 가지고 갔을 때의 폼포니아 그라에키나의 절망을 상상하고 기뻐했을 정도였다. 더욱이 사형 선고를 얻어내는 것은 거의 확실했다. 그것은 페트로니우스가 힘이 되어 줄 것이다. 어쨌든 황제 자신은 개인적인 혐오나 욕망이 거절하려고 하지 않는 한 자기의 친구인 아우구스타누스들에게 거절할 아무런 이유가 없다.

그러나 갑자기 비니키우스는 심장이 멎어 버릴 것 같은 무서운 추측이 머리를 때렸다.

그렇다, 황제 자신이 리기아를 빼앗아 갔을지도 모른다.

황제가 이따금 심심풀이로 밤도둑을 하는 일은 누구나가 알고 있는 일이었다. 페트로니우스까지도 그러한 위안 행사에 가담하는 일이 있었다. 그 사람들의 주된 목적은 사실을 말하면 여자들을 붙잡아서 군인의 외투에 태워 기절할 때까지 몇 번이고 던져 올리는 일이었다. 더욱이 네로 자신이 이러한 외출을 때에 따라서는 『진주 사냥』이라고 부르고 있었다. 그렇게 부르는 것은 시끄럽고 가난한 사람들이 살고 있는 달동네에서 매력과 젊음을 지닌 진짜 진주가 잡히는 일도 있었기 때문이다. 그러한 때에는 사가티오(성긴 모직 이불 또는 외투를 가리킨다.) 즉 군인의 외투로 사람을 던져 올리는 장난이 진짜 약탈로 변하여 『진주』는 파라티움이나 황제의 숱한 별장의 어느 하나에 보내지고, 그러다가 나중에는 결국 네로의 친구들 중의 누군가에게 주어진다.

그러한 일이 지금 리기아에게 일어나고 있을지도 모르는 것이다. 황제는 연회 때 리기아를 바라보고 있었다. 그렇게 생각하자 비니키우스는 황제의 눈에 리기아가 그때까지 본 여자 중에서 가장 아름답게 보였음에 틀림없다는 생각이 잠시도 머리에서 떠나지 않았다. 달리 생각할 수가 없었다. 실상 네로는 리기아를 파라티움에서 자기 곁에 공공연히 붙잡아 둘 수도 있었지만 페트로니우스가 말한 대로 황제는 나쁜 일을 하는 데는 배짱이 없어 공공연히 할 수 있는 일도 언제나 몰래 하고 싶어 했다. 이번에도 포파에아에 대한 두려움이 황제를 그쪽으로 몰고 갔을지도 모르는 것이다. 그러자 이번에는 비니키우스의 머리에 황제에게서 주어진 아가씨를 아우루스 부부가 폭력으로 빼앗을 까닭이 없다는 생각이 떠올랐다. 대체 누가 그런 일을 할 수 있을까? 식당까지 늘어와서 연회석상에서 리기아를 팔에 안고 데리고 간 리기 족의 거인일까? 그러나 리기아와 함께 달아났다고 하더라도 어디로 데리고 갈 수 있단 말인가? 아니, 노예로서는 감히 그런 일을 할 수가 없다. 그러고 보면 황제 이외에는 그것을 할 수 있는 자는 없는 것이다.

생각이 거기에 미치자 비니키우스의 눈앞이 캄캄해지고 이마에는 구슬땀이 맺혔다. 그렇다면 리기아는 영원히 잃어버린 것이다. 다른 사람의 손에 들어갔다면 도로 빼앗아 올 수도 있지만, 그 사람의 손으로부터는 그것이 불가능하다. 지금이야말로 한층 더 정상적으로 『정말 한심하게 되었군.』 하고 되풀이하게 되었다. 비니키우스의 상상은 네로의 품에 안겨 있는 리기아의 모습을 그려 보았다. 그리고 태어나서 처음으로 인간이 간단히 견딜 수 없는 생각이라는 것이 있다는 것을 알았다. 지금 비로소 자기가 얼마나 리기아를 사랑하고 있었는가를 알았다. 마치 물에 빠진 사람에게 전생애의 기억이 번개처럼 빠르게 스쳐 지나가듯이 비니키우스의 눈앞을 리기아의 모습이 차례로 지나갔다. 모습이 보였을 뿐만 아니라 그 말소리까지도 하나하나 생생히 들렸다.

연못가의 리기아의 모습이 보이고, 아우루스의 집에 있던 시절의 리기아, 연회에 참석했던 리기아의 모습이 보였다. 리기아를 또다시 몸 가까이에 느끼고 그녀의 머리카락 냄새와 몸의 체온과 연회에서 그 순진한 입술에 갖다 댔던 키스의 쾌감을 느꼈다. 그 어느 때보다도 백 배나 아름답고 그립고 달콤하게 느껴졌다. 모든 인간, 모든 신들 속에서 뽑힌 다시 없는 사람으로 느껴졌다. 이토록 자기의 마음에 새겨져 피가 되고 목숨이 된 모든 것을 네로가 손에 넣었는지도 모른다고 생각하자, 그야말로 육체적인 격심한 고통이 비니키우스를 엄습해서 머리를 아토리움의 벽에 부딪쳐 박살을 내고 싶다고까지 생각했다.

전에는 리기아를 되찾지 않으면 살아갈 수 없다고 생각했었는데, 지금은 리기아의 원수를 갚기 전에는 죽을 수 없다고 생각했다. 그 한 가지 생각이 그에게 약간의 위안이 되었다. 네로의 일을 생각하면서 『카시우스 케레아(게르마니아 출신의 군부관으로서 A. D. 41년 가이우스 황제, 즉 카리구라 황제의 암살에 가담했다.)가 되어 보이겠다.』고 다짐했다. 이윽고 인푸르비움(빗물을 받아 내는 실내의 연못)의 둘레에 있는 꽃화분에서 손에 흙을 떠가지고 에레보스(헤시오도스에 나와 있는 카오스, 즉 渾沌의 아들로서 어둠의 신)와 헤카테(地下의 여신)와 자기 집의 신령에게 무서운 맹세를 했다.

『어떤 일이 있어도 복수를 하고야 말겠다.』라고.

그러자 한결 마음이 가벼워졌다. 이것으로 적어도 살아갈 목표가 생겼고 밤과 낮을 메울 수 있는 것이 얻어진 것이다.

그래서 아우루스의 집에 가리라던 생각을 버리고 파라티움으로 가마를 몰았다. 가면서 그는 생각했다. 만일 자기를 황제의 어전에 안내하지 않거나 몸수색을 한다면, 그것만으로도 황제가 리기아를 빼앗았다는 충분한 증거가 된다고.

어쨌든 무기는 가지고 있지 않았다. 그는 이성은 잃고 있었으나 한 가지 생각에 골몰하는 사람에게 흔히 있듯이 복수에 관한 일에 대해서는 분별을 잃지 않고 있었다. 그는 서둘러서는 안 된다고 생각했다. 그리고 우선 아쿠테를 만나야 된다고 생각했다. 그것은 그 사람에게서 진상을 알아낼 수가 있다고 생각했기 때문이다. 혹시 리기아를 그곳에서 만날 수 있을지도 모른다, 궁전이 점점 가까워짐에 따라 그의 몸이 떨려 왔다. 그것은 황제가 누구를 빼앗았는지 모르고 리기아를 빼앗았다가 오늘은 자기에게 리기아를 되돌려 줄지도 모른다고 생각했기 때문이다.

그러나 이윽고 비니키우스는 이러한 가정을 버렸다. 만일 황제가 자기에게 리기아를 되돌려 줄 생각이라면 어제 되돌려 주었을 것이다. 아쿠테가 모든 것을 밝혀 줄 테니까 누구보다도 먼저 아쿠테를 만나지 않으면 안 된다.

이러한 확신에 도달하자 노예들에게 걸음을 재촉하라고 일렀다. 그러나 그는 도중에서도 리기아의 일과 복수의 일 등을 두서없이 생각하고 있었나. 비니키우스는 이집트의 여신 파하트(고양이 머리를 한 여신)의 사제는 자기가 원하는 사람을 병에 걸리게 한다는 말을 듣고 있었기 때문에 거기에 가서 방법을 배우리라고 결심했다. 동방에서도 유태인이 주문을 외면 그 힘으로 적의 몸 속에 종기(腫氣)를 만들 수가 있다고 얘기한 사람이 있었다. 비니키우스의 집에는 노예 중에 유태인이 몇 사람 있었으므로 그 비밀을 밝힐 때까지 닥달질을 해줄까 하고 생각하기도 했다. 그러나 가장 유쾌하다고 생각한 것은 로마의 단검(短劍)으로서, 그것을 사용하면 가이우스 카리구라의 몸에서 뿜어 나온 것과 같은 피를 흘리게 되어 주랑(柱廊)의 기둥에 묻은 피를 닦아도 지지 않을 만큼 깊은 상처를 낼 수가 있는 것이다. 지금에 와서는 로마 인 전부를 학살해도 좋고 복수의 신들이 자기와 리기아를 제외하고 모든 사람을 죽이겠다고 약속해 주면 그래도 좋다고 했을 것이다.

아치 앞에 이르러서야 비니키우스는 퍼뜩 제정신으로 돌아왔다. 푸라에토리아 군의 파수병이 들어가는 것을 조금이라도 방해하기라도 한다면, 리기아가 황제의 뜻에 의해 궁전에 억류되어 있다는 증거가 된다고 그는 생각했다. 그러나 백인 대장은 비니키우스에게 다정한 웃음을 지어보이며 몇 발짝 앞으로 나와서는 이렇게 말하는 것이었다.

「안녕하십니까, 호민관님. 황제에게 경의를 표하기 위해 오셨다면 좋지 않을 때에 오셨습니다. 만나게 되실는지 어떤지 모르겠습니다.」

「왜 무슨 일이 생겼나?」

비니키우스는 물었다.

「아우구스타(클라우디아 아우구스타. 포파에아의 딸로서 63년에 태어나 4개월 만에 죽었다.) 공주님이 공교롭게도 어제부터 병이 나셨습니다. 황제와 아우구스타 포파에아는 온 로마 시에서 불러모은 의사들과 함께 계십니다.」

이것은 중대한 사건이었다. 황제는 이 딸이 태어났을 때 거의 미칠 것처럼 좋아하며 『인간으로서의 기쁨 이상으로』(타키투스 『年代記』 제15권 23절) 기뻐하며 이것을 축하했다. 그보다도 전에 원로원은 미리부터 제사를 올려 포파에아의 임신을 축하했다. 분만이 행해진 안티움(로마의 남남동 50킬로에 해당하는 해안 도시)에서는 감사의 축제가 올려지고 호화로운 구경거리가 베풀어진 외에 두 개의 포르투나(행복의 여신)에 신전이 봉헌되었다.

무슨 일에나 절도를 지킬 수가 없는 네로는 역시 절도없이 이 아기를 귀여워했는데, 이 아기가 포파에아에게 있어서도 귀중했던 것은 그 지위를 굳건히 하고 그 세력을 움직일 수 없는 것으로 만들기 위해서였다.

어린 공주의 건강과 생명에 온 나라의 운명이 걸려 있을지도 모르지만, 비니키우스는 자기의 일, 자기의 연애 문제로 머리가 꽉 차 있었기 때문에 백인 대장의 말에는 거의 주의를 돌리지 않고 말했다.

「아쿠테를 잠깐 만났으면 합니다.」

그리고는 지나쳤다.

그러나 아쿠테도 역시 공주에게 붙어 있었기 때문에 비니키우스는 오랫동안 기다리지 않으면 안 되었다. 아쿠테는 점심때가 다 되어서야 지쳐서 창백한 얼굴을 하고 나타났는데, 비니키우스를 보자 한층 더 창백해졌다.

「아쿠테, 리기아는 어디에 있습니까 ? 」

비니키우스는 아쿠테의 손을 잡고 아토리움의 가운데까지 끌고 가면서 이렇게 소리질렀다.

「그 문제라면 오히려 당신에게 묻고 싶군요.」

아쿠테는 비난하는 듯한 눈으로 비니키우스를 보면서 말했다.

비니키우스는 냉정하게 아쿠테를 살펴보다가 이윽고 두 손으로 머리를 감싸쥐고는 고통과 분노로 일그러진 얼굴을 하고 되풀이했다.

「없어졌습니다. 도중에 누군가에게 빼앗겼습니다.」

그러나 이윽고 정신을 차리고는 얼굴을 아쿠테의 얼굴에 가까이 가져가며 이를 악문 채 이야기하기 시작했다.

「아쿠테. ──당신의 목숨이 소중하다면, 그리고 당신이 상상도 할 수 없는 불행을 야기하고 싶지 않으시다면, 사실을 말해 주십시오. 황제가 리기아를 빼앗은 것은 아닙니까?」

「황제는 어제 궁전에서 나가시지 않았습니다.」

「당신 어머니의 그림자에 걸고, 모든 신들에게 걸고, 리기아는 궁전에는 없는 것입니까?」

「나의 어머니의 그림자에 걸고, 마르쿠스, 궁전에는 없습니다. 리기아는 황제가 빼앗은 것이 아닙니다. 어제부터 공주님이 아프셔서 요람에서 잠시도 떠나지 않으셨습니다.」

비니키우스는 한숨을 쉬었다. 가장 두렵다고 생각하고 있던 일이 이제 사라졌기 때문이었다.

벤치에 앉아서 주먹을 쥐고 말했다.

「그럼 아우루스가 빼앗은 것이다. 그렇다면 혼을 내주어야지.」

「아우루스 푸라우티우스는 오늘 아침 일찍 여기에 오셨습니다. 나는 공주님에게 붙어 있느라고 만나 뵐 수가 없었지만, 에파푸로디투스(네로의 해방 노예)나 황제의 다른 부하들에게 리기아의 일을 묻고 나서 나를 만나기 위해 다시 오신다고 하셨답니다.」

「혐의를 피하기 위해서 계교를 꾸미는군. 리기아가 어떻게 되었는지를 모른다면 나의 집까지 찾아왔어야 했을 겁니다.」

「쪽지에 몇 자 남기고 가셨으니까 보면 알게 되실 겁니다. 아우루스는 리기아가 당신과 페트로니우스의 부탁으로 자기의 집에서 황제에게 끌려갔다는 것을 알고 있었기 때문에, 당신에게 보내어진 것으로 알고 오늘 아침 당신 집에 갔다가 그 사건을 알게 된 것입니다.」

그렇게 말하고는 자기의 침실로 가서 아우루스가 남기고 간 쪽지를 가지고 왔다.

비니키우스는 그것을 읽고는 입을 다물었다. 아쿠테는 비니키우스의 어두운 얼굴에서 그의 본심을 읽으려는 듯한 모습이었으나 이윽고 이렇게 말했다.

「아니예요, 마르쿠스. 리기아가 바라고 있던 대로 된 거예요.」

「당신은 리기아가 도망칠 생각으로 있었던 것을 알고 있었습니까?」 하고 비니키우스는 소리질렀다.

아쿠테는 비니키우스를 그 눈물이 글썽한 눈으로 거의 엄격하다싶을 정도로 바라보았다.

「당신의 첩이 되는 것을 싫어한다는 것은 알고 있었습니다.」

「하지만 당신만 해도 한평생 그러했던 것은 아닐 텐데.」

「나는 전에는 노예였습니다.」

그러나 비니키우스의 흥분은 가시지 않았다. 황제는 자기에게 리기아를 준 것이니까 그 이전에 어떤 여자였는지 물을 필요는 없다. 땅 밑에서 찾아내어서라도 내키는 대로 해주겠다. 그렇다. 첩으로 만들고야 말겠다. 내가 싫증이 날 때까지 몇 번이고 매질을 하겠다. 내가 싫어지면 어느 노예에게 주어 버리든가 아프리카에 있는 나의 소유지에서 맷돌을 돌리게 하겠다. 그러나 지금 찾아내려고 하는 것은 여지없이 짓밟고 골탕먹이고 응징하기 위해서이다.

그리고 드디어 흥분하여 완전히 이성을 잃었으므로, 아쿠테조차도 비니키우스가 지키지도 않을 약속을 하면서 입으로만 노여움과 괴로움을 말하고 있는 것이라는 것을 알았을 정도였다. 그 괴로움에는 동정할 수도 있었으나 지나친 언사에는 아쿠테도 참을 수가 없게 되어, 마침내 비니키우스에게 무엇 때문에 자기한테 찾아왔느냐고 물었다.

비니키우스는 당장에는 대답하지 못했다. 자기가 그곳에 온 것은 오고 싶었기 때문이며 그러한 사정들을 알 수 있으리라고 생각했기 때문이기도 하지만, 실은 다만 황제에게 왔다가 황제를 만날 수가 없었기 때문에 아쿠테에게 들른 것이라고 말했다. 리기아가 도망을 친 것은 황제의 뜻에 위배된 것이 되기 때문에 자기는 황제에게 간청하여 온 로마 시 그리고 전국에 수색 명령을 내리게 하고, 그러기 위해서는 모든 군단을 출동시켜 나라 안의 모든 집들을 샅샅이 뒤져도 상관이 없다. 페드로니우스가 그 간청에 힘이 되어 줄 테니까 수색은 당장 오늘부터 시작될 것이라고 말했다.

거기에 대해서 아쿠테는 말했다.

「조심하세요. 황제의 명령으로 찾아내거나 하면 리기아를 영구히 잃어버리고 말 거예요.」

비니키우스는 미간을 찌푸렸다.

「그것은 무슨 뜻입니까?」하고 물었다.

「잘 들어보세요, 마르쿠스. 어제 나는 리기아와 이곳 뜰에 있다가 포파에아를 만났습니다. 그때 흑인 여자 리리트가 공주님을 안고 있었습니다. 밤에 공주님이 병이 난 것을 리리트는 마법에 걸렸기 때문이라고 말했고, 더욱이 그 마법을 건 것은 뜰에서 만났던 외국 여자라고 말했습니다. 공주님의 병만 낫는다면 그런 것은 모두 잊어버리고 말겠지만, 만약 그렇지 않다면 포파에아는 우선 리기아를 마법을 건 혐의로 고발할 것입니다. 그렇게 된다면 리기아를 찾아냈을 때에 구제할 방법이 없게 됩니다.」

잠시 침묵이 흘렀다. 이윽고 비니키우스가 말했다.

「어쩌면 마법을 건 것인지도 모릅니다. 나한테도 걸었으니까요.」

「리리트는 공주님이 우리들의 곁에 왔을 때에 갑자기 울기 시작했다고 몇 번이고 말하고 있습니다. 그것은 사실입니다. 갑자기 울기 시작했습니다. 아마 뜰에 데리고 나왔을 때 이미 병을 앓고 있었겠지요. 마르쿠스, 만일 당신이 리기아를 찾고 싶으면 당신 자신이 직접 찾으십시오. 그러나 공주님의 병이 나을 때까지는 리기아 문제를 황제에게 말씀하지 마십시오. 말씀하시는 날에는 리기아의 신상에 포파에아의 복수를 자초하게 됩니다. 지금까지만 해도 리기아의 눈은 당신 때문에 충분히 울었습니다. 모든 신들이 그 가련한 사람을 지켜 주시기를——.」

「아니, 아쿠테, 당신은 리기아를 사랑하고 있군요.」

비니키우스는 쓸쓸하게 웃으면서 물었다.

이 해방 노예의 눈에는 눈물이 글썽거렸다.

「네, 그 사람이 귀여워졌습니다.」

「그것은 당신이 증오로써 보복을 하지 않았기 때문일 것이오. 마치 나에게 대해서 한 것처럼.」

아쿠테는 잠시 비니키우스를 바라보고, 주저하고 있는 듯한, 혹은 대체 무엇을 말하고 있는 것일까 하고 살피려는 듯한 태도를 보이다가 이윽고 말했다.

「성미가 급하고 눈이 보이지 않는군요, 당신이라는 사람은. 그토록 당신을 사랑하고 있었는데도.」

그 말을 듣자 비니키우스는 귀신에 홀린 듯이 펄쩍 뛰었다. 거짓말이다. 리기아는 자기를 미워하고 있었던 것이다. 아쿠테가 어떻게 그것을 알 수 있단 말인가. 알게 되고 나서 불과 하루만에 리기아는 아쿠테에게 고백을 했단 말인가. 연회를 마련하고 사랑하는 사나이가 기다리고 있는 꽃으로 장식한 집보다도, 방황하며 가난의 치욕을 참으며 내일의 일을 모를 뿐만 아니라 어쩌면 곤궁 때문에 죽는 편이 낫다고 생각하는 것이 어떻게 사랑일 수 있단 말인가.

이런 말은 듣지 않는 것이 낫다. 자기는 조금만 더 있으면 미칠 지경이 되어 있다. 이 궁전의 모든 보물을 다 준다고 해도 자기는 그 아가씨를 넘겨 주지 않을 생각인데도 이 아가씨는 자기에게서 달아나고 말았다. 쾌락이 두려워 고통을 주는 것이 무슨 놈의 사랑이란 말인가. 누가 그런 것을 이해할 수 있단 말인가. 누가 생각할 수 있단 말인가.

아가씨를 찾아낼 가망이 없다면 자기의 가슴에 칼을 꽂고 있을 참이다. 사랑은 스스로를 주는 것이지 빼앗는 것이 아니다. 아우루스의 집에서는 자기에게 가까이 오고 있는 행복을 믿은 순간이 있었는데, 지금은 아가씨가 자기를 미워하고 있다는 것, 마음 속에 미움을 품고 죽으리라는 것을 알았다.

아쿠테는 평소에는 내성적이고 다정한 사람이었으나 이번에는 갑자기 화를 내었다. 어쩌자고 이 사람은 나에게서 이런 일을 알아내려고 하는 것일까. 리기아의 일로 아우루스와 폼포니아에게 머리를 숙여야 할 터인데도 계략을 써서 양친으로부터 그녀를 빼앗았다. 더욱이 그녀를 아내로 삼겠다는 것이 아니라 첩으로 맞이하겠다는 것이다. 그녀가 고귀한 집의 양녀인데도 말이다. 그녀가 왕의 딸인데도 말이다.

그리고 그 아가씨를 이 죄악과 치욕의 궁전으로 데려오게 하여 그 순진한 눈을 부끄러운 연회의 광경으로 더럽히고 매춘부를 대하는 듯한 태도를 취했다. 아마도 아우루스의 집이 어떤 곳이며 리기아를 양육한 폼포니아 그라에키나가 어떤 사람인가를 잊은 것이리라. 아니면 니기디아와도, 카르비아 크리스피닐라와도, 포파에아와도, 그 밖에 황제의 집에서 만나는 그 어떤 다른 여자와도 다른 여자라는 것을 헤아릴 만한 충분한 이성이 없는 것일까. 그렇지 않으면 처음 리기아를 보았을 때, 곧 그것이 순결한 처녀이며 치욕보다는 죽음을 선택할 사람이라는 것을 미처 꿰뚫어 보지를 못했던 것일까.

리기아가 신봉하고 있는 신이 어떤 것인지, 그것이 쾌락에 빠진 로마의 여자들이 숭배하고 있는 음탕한 비너스나 이시스보다도 훨씬 순결하고 고상한 신이라는 것을 어째서 모르는 것일까.

아니, 리기아는 자기에게 고백은 안 했지만 비니키우스가 자기를 살려 주리라는 것을 기대하고 있다는 것은 말했었다. 리기아는 비니키우스가 자기를 위해서 황제에게 귀가 허락을 받아 자기를 폼포니아에게 돌려 주리라는 희망을 가지고 있었다. 더욱이 그 얘기를 할 때에 리기아는 사랑을 하고 있어서 상대방을 믿고 있는 아가씨처럼 얼굴을 붉혔다. 리기아의 가슴은 비니키우스를 위해서 묶어 두고 있었다. 그런데도 비니키우스 자신은 리기아를 두렵게 하고 무섭게 하고 노여워하게 했다. 지금 비니키우스가 황제의 병사를 동원하여 리기아를 찾아내는 것은 그의 자유이다. 그러나 포파에아의 딸이 죽으면 혐의는 리기아에게 돌아오게 되므로 리기아의 파멸은 피할 수 없다는 것을 알아주었으면 좋겠다.

비니키우스는 노여움과 슬픔을 넘어 감정이 격앙되기 시작했다.

리기아가 자기를 사랑해 주고 있다는 이야기는 비니키우스의 영혼을 밑바닥부터 흔들어 놓았다. 그는 아우루스의 집 정원에서 자기의 이야기를 들으면서 얼굴이 빨개지고 눈에는 광채가 넘치던 일을 생각했다. 그때 리기아는 확실히 자기를 사랑하기 시작한 것 같은 느낌이 들었고, 그렇게 생각하자 갑자기 그때까지 바라고 있던 것보다도 백 갑절이나 큰 행복이 비니키우스를 엄습해 왔다.

실상 자기가 서둘지만 않았더라면 그 사람을 손에 넣을 수가 있었고, 게다가 저쪽은 자기를 사랑하고 있었다. 그렇게 되었더라면 그 사람은 자기 집 문에 털실을 감고 늑대 기름을 바르고 정식 아내로서 자기 집의 부뚜막 옆에 앉으려고까지 했을 것이다. 그 사람의 입으로부터 〈그대 가이우스 있는 곳에 나 가이아(가이우스의 여성)도 있다.〉라는 의식(儀式)의 말을 들을 수 있었고, 그 사람은 영원히 자기의 것이 되었을 것이다.

어째서 자기는 그렇게 하지 않았을까. 애당초부터 자기도 그럴 생각이었는데 말이다. 그러나 지금은 그 사람이 없고, 찾아낼 수도 없고, 또 찾아낸다고 하더라도 파멸시키고 말 것이고, 파멸시키지 않는다 하더라도 아우루스 부부도 그 사람도 이미 자기를 원하지 않게 되어 있다.

그렇게 생각하자 노여움이 다시 비니키우스의 머리카락을 곤두서게 했는데, 이번에는 아우루스 부부나 리기아에 대해서가 아니라 페트로니우스에 대해서 화가 났다. 모두가 페트로니우스 때문이다. 페트로니우스가 없었더라면 리기아는 방황할 필요도 없이 자기의 신부가 되었을 것이고, 그 소중한 사람의 몸에는 아무런 위험도 닥칠 이유가 없었을 것이다.

그러나 지금은 일이 복잡하게 되었다. 돌이킬 수 없는 불행을 원상태로 돌리기에는 이미 때가 늦었다.

「너무 늦었다.」

비니키우스에게는 심연(深淵)이 입을 벌리고 있는 것 같은 느낌이 들었다. 무슨 일을 꾸미고 어떻게 행동하면 좋을지, 그리고 그 결과는

146

어떻게 되는지 알 수가 없었다. 아쿠테는 영문도 모르고 『너무 늦었다.』는 말을 되풀이했는데 그 말이 남의 입을 통해서 나오는 것을 듣자 비니키우스에게는 마치 사형 선고처럼 들렸다. 비니키우스가 생각한 유일한 것은 리기아를 발견하지 못하면 정말로 큰일난다는 것이었다.

그래서 기계적으로 토가에 몸을 감싸고 아쿠테에게 작별 인사도 없이 나가려고 했다. 그때 갑자기 입구와 방을 막아놓은 커튼이 열리며 눈앞에 폼포니아 그라에키나의 슬픔에 잠긴 모습이 나타났다.

분명히 폼포니아도 이미 리기아의 실종 사실을 알고 있고 자기 쪽이 아우루스보다도 아쿠테와 이야기하기가 쉽다고 생각했기 때문에 정보를 얻기 위해서 온 것이었다.

그러나 비니키우스를 보자 그 창백한 작은 얼굴을 그의 쪽으로 돌리더니 이윽고 말했다.

「마르쿠스, 당신이 우리들과 리기아에게 저지른 부정을 하나님이 용서하시기를 빕니다.」

비니키우스는 걸음을 멈추고 고개를 숙였다. 불행과 죄의식을 느끼고 있었으나, 어떠한 신이 자기를 용서할 것인지 또 용서할 수 있을 것인지, 그리고 폼포니아가 복수의 이야기를 해도 좋을 텐데 어째서 용서를 빈다는 말을 하는 것인지를 몰라 어리둥절했다.

그리고 결국 무거운 생각과 깊은 슬픔과 놀라움으로 가득찬 가슴을 안고 어안이 벙벙한 채 그곳을 물러나왔다.

홀과 복도에는 불안해 하는 사람들이 떼를 지어 모여 있었다. 궁정의 노예들 사이에 섞여 기사와 원로원 의원들의 얼굴도 보였는데, 그 사람들은 공주의 용태를 알아봄과 동시에 궁정에 모습을 보여 황제의 노예들에게만이라도 자기들이 걱정하고 있다는 증거를 보여 주기 위해 온 것이었다.

『여신(女神)』(공주의 존칭)의 병에 대한 보도는 신속했던 모양으로 문 안에도 새로운 얼굴이 속속 나타났고 아치 근처에도 군중이

보였다. 찾아온 사람들 중의 몇몇이 비니키우스가 궁정에서 나오는
것을 보고 공주의 용태를 물었다. 그러나 비니키우스는 그 물음에는
대답도 안하고 곧장 걸어나가다가, 역시 형편을 알아 보려고 온
페트로니우스와 하마터면 부딪힐 뻔하였다.

비니키우스는 숙부를 보자 분노가 다시 폭발하여 하마터면 황제의
궁정에서 불법을 저지를 뻔했으나, 아쿠테한테서 풀이 꺾여 완전히
기가 죽어 있었으므로 페트로니우스를 밀어제치고 그대로 통과하
려고 했다. 페트로니우스는 거의 힘으로 그를 붙들어 세웠다.

「공주님은 어떻든가 ? 」 하고 페트로니우스는 물었다.

그 완력을 행사하는 방법이 이번에는 비니키우스를 화나게 하여
일순간에 폭발하고 말았다.

「공주님이고 황제 일가고 모두 지옥에나 떨어지라지 ! 」 하고 이를
악물고는 대답했다.

「닥쳐, 버릇없이 ! 」 하고 페트로니우스는 말하고 나서 주위를
둘러보고는 급히 덧붙였다.

「리기아의 일을 알고 싶거든 나를 따라오너라. 여기서는 말하기가
곤란하다. 따라오너라. 가마 속에서 내가 추측하는 바를 얘기해
주지.」

그렇게 말하고는 젊은이의 어깨를 감싸안더니 황급히 궁전 바
깥으로 데리고 나갔다.

실은 무엇 한 가지 소식을 들은 바가 없었으나, 우선 이곳에서
비니키우스를 끌어내는 것이 주된 목적이었다. 그러나 페트로니우
스는 활동가였고 어제의 화가 풀리지는 않고 있었으나, 비니키우
스에 대해서는 다분히 동정을 가지고 있었는데다 이번 사건 전체에
대해서는 어느 정도의 책임을 느끼고 있었으므로 이미 무언가 계
획을 세우고 있었다. 가마에 오르자 페트로니우스는 비니키우스에게
말했다.

「모든 성문에서 나는 노예를 시켜 파수를 보게 하고 그 아가씨와
그 거인, 어제 아가씨를 황제의 연회에서 데리고 나간 그 거인의

상세한 인상서(人相書)를 적어 주었어. 그가 아가씨를 빼앗아 갔음은 의심할 여지가 없다. 잘 들어. 어쩌면 아우루스 부부가 시골에 있는 어느 한 소유지에 숨겨 놓았는지도 모른다. 그렇다면 그런 대로 어디로 데리고 가는가를 알 수가 있어. 하지만 성문에서 아가씨를 발견하지 못한다면 아가씨가 시내에 있다는 증거가 되니까 오늘에라도 시내를 수색케 할 생각이야.」

「아우루스 부부는 리기아가 어디에 있는지를 모릅니다.」하고 비니키우스는 말했다.

「그게 확실한가?」

「방금 전에 폼포니아를 만났습니다. 두 사람도 리기아를 찾고 있습니다.」

「그럼 오늘 거리를 빠져 나갔을 리는 없다. 밤에는 성문이 닫혀 있으니까 말야. 나는 성문마다 두 사람씩 감시자를 붙여 놓고 있어. 한 사람은 리기아와 거인의 뒤를 쫓고, 다른 한 사람은 곧 돌아와서 알릴 수 있도록 말야. 시내에 있다면 틀림없이 찾아낼 수 있을 거야. 그 리기 족의 사나이는 큰 키와 떡 벌어진 어깨만 보아도 쉽게 알 수 있지. 너는 행복한 놈이야, 황제가 리기아를 빼앗은 것이 아니니까 말야. 그것은 너에게 보장할 수 있어. 파라티움에는 무엇 한 가지 나에게는 비밀이 없으니까 말야.」

그러나 비니키우스는 노여움보다도 슬픔 쪽이 강하게 발동하여 흥분으로 띄엄띄엄 중단되는 목소리로 페트로니우스에게 자기가 아쿠테에게서 들은 얘기를 전하고, 새로운 위험이 리기아의 신상에 닥치고 있어서 그야말로 무서운 사태가 벌어지고 있으니까 도망자를 찾아내면 포파에아에게는 비밀로 하지 않으면 안 된다고 말했다.

그리고 나서 비니키우스는 페트로니우스에게 전에 세웠던 계획을 비난하기 시작했다. 페트로니우스가 없었다면 모든 것이 순조롭게 되었을 것이다. 리기아는 아우루스의 집에 있으니까 자기는 매일이라도 만나러 갈 수 있고, 아마 지금쯤은 황제보다도 더 행복해질 수 있었을 것이다. 그렇게 얘기하다 보니까 점점 더 열중하게 되었고,

이번에는 정말로 감정이 북받쳐서 마침내 슬픔과 노여움의 눈물이 눈에서 뚝뚝 흐르기 시작했다.

그러나 페트로니우스는 그가 그렇게까지 그녀를 사랑하거나 그리워하리라고는 전혀 생각지도 못했었기 때문에 약간 놀라면서 이렇게 생각했다.

『오오, 힘이 있는 키프로스의 여신(비너스)이여. 그대야말로 신들과 인간을 지배하는 유일한 여신이로다.』

제 12 장

그런데 두 사람이 페트로니우스의 집까지 오자 아토리움의 파수꾼은 성문에 보낸 노예가 아직 한 사람도 돌아오지 않았다고 보고했다. 그 아토리엔시스(그 방의 파수꾼)는 다른 노예에게 명하여 두 사람에게 식사를 가져오게 하고는 다시 새로운 명령을 내렸다. 만일 소홀히 했다가는 체형을 당할 것을 각오하라고 겁을 주고는 시내를 빠져 나가는 모든 사람을 철저히 단속하라고 일렀다.

「어떤가, 의심할 여지도 없이 두 사람은 아직 시내에 있어. 그렇다면 틀림없이 발견될 거야. 너희 집 하인들에게도 명령을 내려서 성문을 지키게 하라구. 누구보다도 리기아를 데리러 갔던 패거리들이 좋을 거야. 쉽사리 리기아를 발견해 낼 테니까 말야.」

「그놈들은 모두 시골에 있는 고역장으로 보냈습니다. 하지만 곧 명령을 내려서 성문으로 보내겠습니다.」 하고 비니키우스는 말했다.

밀랍을 칠한 전언판에 몇 자 적어서 페트로니우스에게 넘겨 주자, 페트로니우스는 그것을 그대로 비니키우스의 집으로 가지고 가게 했다. 그리고 나서 두 사람은 안쪽 주랑을 지나 그곳에 있는 대리석 의자에 앉아 여러 가지 이야기들을 나누기 시작했다.

　금발의 에우니케와 이라스가 두 사람의 발밑에 청동의 발판을 놓고, 의자가 있는 곳까지 작은 탁자를 가지고 와서는 보라테라에 (로마의 북서쪽 220킬로 지점에 있는 낡은 도시)에서 가지고 온, 목이 가는 훌륭한 항아리에 담긴 포도주를 잔에 따랐다.

　「너의 하인들 중에 누구 리기의 거인을 알고 있는 자가 있나?」

　하고 페트로니우스는 물었다.

　「알고 있는 것은 아타키누스와 굴로였는데, 아타키누스는 어제 가마 옆에서 쓰러져 죽고 굴로는 내가 죽였습니다.」

　페트로니우스는 말했다.

　「아까운 일을 했군. 굴로는 너뿐만이 아니라 나도 업어 길렀지.」

　비니키우스는 대답했다.

　「저도 그놈을 해방시켜 주려고까지 생각했었습니다만——, 이제는 하는 수가 없지요. 리기아 얘기나 합시다. 로마는 원체 바다와 같은 곳이라서……」

　「진주는 바로 그 바다 속에서 잡힌다. ——확실히 리기아는 오늘 내일 발견되지는 않더라도 언제든 발견될 것은 틀림이 없지. 너는 지금 나에게 그따위 방법을 가르쳐 주었다고 비난했지만, 방법 그 자체는 그것으로 좋았던 거야. 다만 그것이 나쁜 방향으로 갔기 때문에 잘 되지 않은 거라구. 어쨌든 너도 아우루스에게 들어서 알고 있을 테지, 그가 전가족을 데리고 시칠리아로 이주할 생각이라는 것을. 그렇게 되면 아가씨도 어쩔 수 없이 너에게서 멀어지고 말 테지.」

　비니키우스는 대답했다.

　「그렇게 되면 나도 그 사람을 따라갈 겁니다. 어떻든 그렇게 되면 오히려 안전하겠지요. 그러나 지금은 저 공주가 죽으면 포파에아가 그것을 리기아 탓이라고 믿고 황제에게도 그렇게 말할 겁니다.

　「그래, 그것이 나도 걱정이야. 그러나 저 귀여운 공주는 다시 좋아질지도 몰라. 설사 죽는다 해도 그때는 또 그때대로 무슨 방법이 있을 테지.」

　그렇게 말하고 페트로니우스는 한동안 무슨 생각에 잠겨 있더니 이윽고 이렇게 말했다.

　「포파에아는 아무래도 유태인의 종교에 빠져서 악령(惡靈)을 믿고 있는 것 같아. 황제는 미신가라구. 우리가 리기아는 악령에게 납치되어 갔다는 소문을 퍼뜨리면, 특히 리기아는, 황제도 아우루스 푸라우티우스도 빼앗긴 것이 아니라 어떤 신비로운 방법에 의해서 자취를 감추어 버렸다는 식으로 믿게 되어 있어. 그 리기 족의 사나이가 혼자서 그런 엄청난 일을 저지를 까닭이 없어. 누구의 도움이 있지 않으면 안 되는데, 노예의 신분으로 어떻게 불과 하루 동안에 그렇게 많은 사람을 불러 모을 수 있단 말인가?」

　「노예는 로마 안에서 서로 돕고 있습니다.」

　「더군다나 그 노예들이 언젠가는 피를 흘려서 그 속죄를 하게 되어 있어. 그렇지, 서로 돕고 있는 게 사실이야. 그러나 개중에는 다른 사람들에게 반대하고 있는 자들도 있어. 그리고 그 경우 책임과 벌이 너의 노예에게 전가되게 되어 있다는 것은 뻔한 일이야. 만일 네가 그때 노예들에게 악령 얘기를 들려주면, 노예들은 당장에 그것을 자기들의 눈으로 보았다고 우길 거야. 너에 대해서 한꺼번에 자기들의 죄가 없어지는 것이 되어 버릴 테니까 말야. ──시험삼아 어느 놈이건 좋으니까 하나 붙들어 가지고 물어 봐, 리기아를 공중으로 납치해 가는 것을 보지 못했는가고──. 아마도 냉큼 제우스의 방패에다 걸고 그것을 보았다고 맹세할 테니까 말야.」

　역시 미신가인 비니키우스는 갑자기 불안스러운 얼굴로 페트로니우스를 바라보았다.

　「우르수스가 다른 사람의 도움없이 자기 혼자서 리기아를 빼앗을 수 없었다고 한다면, 그럼 대체 누가 빼앗았을까요?」

　페트로니우스는 웃음을 터뜨렸다.

　「그것 보라구, 모두들 믿을 거야. 너도 벌써 반쯤은 믿고 있으니까. 세상이라는 게 다 그런 거야. 말하자면 신들을 비웃고 있는 거지. 모두가 믿지 않으면 리기아를 찾지 않게 될 거야. 그러는 동안에

우리들은 이 도시에서 멀리 떨어진 곳, 내 별장이든 너의 별장이든
어딘가 멀리 떨어진 곳으로 리기아를 데리고 가는 거라구.」

「그렇지만 대관절 누가 리기아를 빼앗아 갔을까요?」

「리기아와 같은 종교를 믿는 신자들이지.」 하고 페트로니우스는
대답했다.

「어떤 종교지요? 대체 저들은 어떤 신을 믿고 있는 걸까요?
그것은 내가 숙부님보다 잘 알고 있을 텐데도 도무지 알 수가 없단
말입니다.」

「로마의 여자들은 거의 제각기 여러 가지 신들을 믿고 있지. 그
러나 확실한 것은 폼포니아가 자기가 믿고 있는 신을 믿게끔 리
기아를 키웠다는 거야. 다만 그것이 어떤 신인지는 나도 모르지만.
다만 한 가지 확실한 것은 누구도 그 사람들이 우리들의 신전 가운데
어딘가에서 신들에게 제물을 바치는 것을 본 일이 없다는 것뿐이야.
그것을 그리스도 교도라고 말한 사람까지 있었다고 하지만 터무니
없는 얘기야. 가정 재판 결과 그 점은 무죄가 되었거든. 그리스도
교도라는 것은 노새의 머리를 숭배할 뿐이 아니라 인류의 적으로서
괘씸하기 짝이 없는 죄를 저지른다고 하더군. 그러니까 폼포니아가
그리스도 교도일 까닭이 없어. 그 사람의 덕(德)은 누구나가 다 알고
있어. 인류의 적이 그 사람처럼 노예를 다루지는 않을 거야.」

비니키우스는 말을 가로막고 말했다.

「어느 집이나 아우루스의 집에서처럼 노예를 다루고 있지는 않
습니다.」

「그것 보라구. 언젠가 폼포니아는 나에게 유일하고 전능하고 자
비로운 신에 대해서 말한 일이 있었어. 그가 다른 신들을 모두 매장해
버렸다고 하더라도, 그것은 그 사람의 자유야. 어쨌든 그 사람이
말하는 로고스는 신자가 딱 두 사람, 폼포니아와 리기아밖에 없다고
한다면, 거기에다 우르수스까지 합쳐서 세 사람뿐이라고 한다면,
별로 전능하다고 할 수는 없지. 아니, 전능하지 않을 뿐만 아니라
아주 보잘것없는 것이 되어 버리고 말지. 따라서 그 무리들은, 즉

신자가 많이 있을 것이 틀림없어. 그리고 그 무리들이 리기아를 도와 주었을 거야.」

비니키우스는 말했다.

「그 신앙은 모든 것을 용서하라고 명령하고 있습니다. 아쿠테의 방에서 폼포니아를 만났을 때 그녀는 나에게 『당신이 리기아와 우리들에게 저지른 부정을 하나님이 용서해 주시기를.』 하고 말했습니다.」

「분명히 그 사람들의 신은 훌륭하고 친절한 『보호자』임에 틀림없다. 하하하, 신이 너를 용서했듯이, 이왕이면 용서의 표적으로서 너에게 아가씨를 돌려 주었으면 좋겠다.」

「만일 그렇게만 된다면 나는 내일 그 신에게 헤카톰베(황소 백 마리를 제물로서 바치는 고사)를 바칠 겁니다. 지금은 음식도 목욕도 잠도 필요치 않습니다. 시커먼 라케르나(여행이나 비오는 날에 입는 외투)를 입고 온 거리를 쏘다닐 겁니다. 어쩌면 리기아가 변장하고 있는 것을 발견하게 될지도 모르니까요. 아아, 정말로 나는 속이 언짢습니다.」

페트로니우스는 조카를 가엾다는 듯이 바라보았다. 아니나 다를까, 비니키우스의 눈은 시퍼렇게 붓고 눈동자는 열을 띠고 있었다. 아침에 깎지 않은 수염은 그 힘있게 뻗어 있는 턱에 어두운 줄을 긋고 있었고, 머리는 부스스해서 그야말로 병자와 같았다.

이라스와 금발의 에우니케도 동정의 시선으로 그를 바라보고 있었으나, 비니키우스의 눈에는 두 아가씨의 모습도 보이지 않는 것 같았다. 비니키우스와 페트로니우스는 이들 노예가 눈앞에 있는 것을 마치 개가 그 근처를 배회하고 있는 것만큼도 여기지 않고 있는 것 같았다.

페트로니우스는 말했다.

「열이 있는 모양이로구나.」

「그렇습니다.」

「그럼 잘 듣거라. ──의사가 너에게 어떻게 하라고 말했는지 모르지만, 내가 너라면 어떻게 해야 좋을지를 알고 있다. 알겠니 ? 그 여자가 발견될 때까지는 우선 필요한 것을 다른 여자에게서 구하는 거야. 네 별장에는 꽤 쓸 만한 애가 있더구나. 뭐, 구태여 부정할 건 없다. ——나는 연애라는 것이 어떤 것인가를 알고 있고, 어떤 여자를 사랑할 때 다른 여자로는 도저히 대신할 수 없다는 것도 알고 있어. 하지만 아름다운 여자 노예를 보면 잠시 동안이나마 기분풀이를 할 수가 있는 법이지.」

「필요없습니다.」

비니키우스는 단호하게 대답했다.

그러나 비니키우스를 정말로 좋아하고 어떻게 해서든지 그 고통을 덜어 주리라고 생각하고 있는 페트로니우스는 어떻게 할 것인가 하고 궁리하기 시작했다.

잠시 후에 그는 말했다.

「어쩌면 너의 노예는 너에게는 새로운 매력이 없어졌는지도 모른다. 그럼——(하고 말하며 이라스와 에우니케를 번갈아 바라보다가, 마침내 금발의 그리스 여인의 허리에 손을 대고는)——이 카리스(라틴어의 그라티아에 해당하는 그리스 어. 비너스의 세 시녀 중의 한 사람)를 보아라. 며칠 전에 젊은 폰티우스 카피트가 이것 대신에 크라조메나이(소아시아 서쪽 기슭에 가까운 섬)의 기막힌 미소년 셋을 주겠다고 하더군. 이보다 아름다운 육체는 스코파스(B.C. 4세기 에게 해 남부 파로스 섬에서 나온 조각가)조차도 만들지 못했다고 하면서 말야. 나 자신도 어째서 그때까지 이 여자에게 무관심했는지 알 수가 없어. 더군다나 크리소테미스에게 완전히 정신을 빼앗기고 있었던 것도 아닌데 말야. 자아, 이것을 너에게 줄 테니까 데리고 가거라.」

금발의 에우니케는 그 말을 듣자 순식간에 린네르처럼 창백해져서 겁먹은 눈으로 비니키우스를 쳐다보면서 숨을 죽이고 그 대답을 기다리고 있었다.

그러나 비니키우스는 갑자기 일어나서 두 손으로 관자놀이를 누르고는, 열에 들떠서 아무것도 듣고 싶지 않은 사람처럼 빠른 어조로 말했다.

「아아뇨, 아닙니다. ──나에게는 필요없습니다. 다른 여자는 필요없습니다. ──고맙습니다만 필요없습니다. 이제부터 리기아를 찾으러 시내로 나가겠습니다. 두건(頭巾)이 달린 갈리아의 라케르나를 빌려 주십시오. 티베리스 강의 저쪽으로 가보겠습니다. 하다못해 우르수스라도 발견할 수 있다면 좋으련만──.」

그렇게 말하고는 곧 가버렸다.

페트로니우스는 비니키우스가 정말로 가만히 있을 수 없음을 알고 있었으므로 말리려고도 하지 않았다. 그러나 비니키우스의 싫다고 하는 대답을 리기아가 아닌 다른 여자는 당장에는 누구도 싫다는 대답으로 받아들이고, 자기의 아낌없는 마음씀을 헛되게 하고 싶지 않은 생각에서 그 여자 노예 쪽을 돌아보면서 말했다.

「에우니케, 목욕을 하고 향유를 바른 다음 좋은 옷을 입고 비니키우스의 집으로 가거라.」

그러나 에우니케는 페트로니우스의 무릎 앞에 몸을 엎드리고 두 손을 모두어 쥐고는 자기를 이 집에서 다른 곳으로 보내지 말아 달라고 애원하기 시작했다. 자기는 비니키우스의 집에는 가지 않는다. 그곳에 가서 하인 중의 우두머리가 되기보다는 이곳에 있으면서 히포카우스툼(밑에서 불을 때는 방)에 장작을 나르는 쪽이 낫다. 그러면서 『싫습니다. 그럴 수 없습니다. 저를 불쌍히 여겨 주십시오.』라고 애원하는 것이었다. 이 집에서 추방만 하지 않는다면 매일 채찍으로 맞아도 좋다고까지 말했다.

그리고는 두려움과 흥분 때문에 몸을 나뭇잎 떨듯이 하며 두 손을 뻗치고 있었으므로, 페트로니우스는 그 말을 들으면서 저으기 놀랐다. 명령의 수행을 감히 거부하거나 『싫습니다, 그럴 수 없습니다.』라고 말하는 여자 노예가 있다는 말을 로마에서는 들은 일이 없었으므로, 페트로니우스는 당장에는 자기의 귀를 믿으려고 하지 않았다. 마침내 그는 눈살을 찌푸렸다. 그러나 페트로니우스는 멋을 아는 사나이였으므로 거친 일은 하지 않았다. 이곳 노예는 특히 쾌락의 영역에서는 다른 사람들보다도 자유로웠으나, 일을 모범적으로 수행할 것과 주인의 뜻을 신의 뜻처럼 존중할 것을 조건으로 하고 있었다.

그러나 그 두 가지 의무를 배신했을 때에는 일반의 관습에 따라 가해지는 징벌을 조금도 완화하려고 하지 않았다. 게다가 어떠한 반대도, 그 평정을 흐트러뜨리는 어떠한 일도 용서하지 않았으므로, 페트로니우스는 무릎을 꿇고 있는 여자를 한동안 바라보고 나서 이렇게 말했다.

「티레시아스를 불러오너라. 곧 그 사나이와 함께 돌아오는 거다.」

에우니케는 눈에 눈물을 글썽거리며 떨면서 일어나 나갔다. 이윽고 그녀는 아토리움의 감독을 맡고 있는 크레테 인인 티레시아스와 함께 돌아왔다.

페트로니우스는 티레시아스에게 말했다.

「에우니케를 데리고 나가서 채찍으로 스물 다섯 대만 쳐라. 단, 피부를 상하지 않도록 조심해서.」

그렇게 말하고 나서 서재에 들어가 장미빛 대리석의 책상 앞에 앉아 자기의 저작인 『트루말키오의 향연』(대부분 현존하고 있다.)의 작업에 착수했다.

그러나 리기아의 도망과 공주의 병이 머리를 어지럽혔기 때문에 일을 오래 계속할 수는 없었다.

페트로니우스의 머리에 떠오른 것은 만일 황제가 공주에게 마법을 건 것이 리기아라고 믿고 있다고 한다면, 그 아가씨를 궁정에 데리고 온 것은 황제 자신의 원에 의한 것이니까 그 책임은 자기 자신에게로 돌아오리라는 것이었다. 그러나 황제를 만나기만 한다면, 어떻게 해서든지 그 억측이 전혀 무의미한 것이라는 것을 말씀드릴 참이었고, 또 조금은 포파에아가 자기에 대해서 느끼고 있는 어느 정도의 애정에 기댈 생각도 있었다. 그러한 마음을 포파에아는 물론 조심스럽게 숨기고는 있었으나, 페트로니우스가 그것을 헤아릴 수 없을 정도로 철저하지는 못했던 것이다.

잠시 후 페트로니우스는 여전히 걱정거리를 떨쳐 버리지 못하고 어깨를 움츠린 채 가벼운 식사를 하러 식당으로 갔다. 그리고 하인에게, 다시 한 번 궁정에 들렀다가 캄푸스 마르티우스(로마 시 북서부 강 기슭의 벌판)에 간 다음 거기에서 크리소테미스에게 들르겠다고 하면서 가마를 준비시키라고 일렀다.

식당으로 가는 도중 하인용으로 배정한 복도 입구에서, 벽 앞에 서서 다른 노예들에게 둘러싸여 있는 호리호리한 에우니케의 모습이 그의 눈에 띄었다. 티레시아스에게 이 여자를 매질하라는 것밖에 명령을 하지 않은 것을 잊고 있었던 페트로니우스는 또 미간을 찌푸리고 두리번거리며 티레시아스를 찾기 시작했다.

그러나 하인들 속에서 그의 모습이 보이지 않았으므로 에우니케 쪽을 돌아보면서 물었다.

「벌은 받았느냐?」

에우니케는 다시 페트로니우스의 발 밑에 엎드려 그 토가 자락을 잠시 입술에 대고 있다가 이윽고 말했다.

「네, 그렇습니다. 받았습니다, 정말——.」

그 목소리에는 어딘지 모르게 기쁨과 감사가 넘쳐 있었다. 에우니케는 체형을 받은 대신에 이 집에서 쫓겨나지 않아도 되었기 때문에, 이제는 여기 눌러 있을 수가 있다고 생각하고 있는 것 같았다. 페트로니우스는 그것을 깨닫고 이 여자 노예의 열정적인 저항을 이상스럽게 생각했으나, 뭐니뭐니 해도 인간 심리를 꿰뚫어 보는 데는 익숙해 있었기 때문에 이 정도의 저항의 원인은 어떻든 사랑 이외에는 없다고 생각했다.

「이 집에 연인이 있느냐?」

페트로니우스는 물어 보았다.

그러자 에우니케는 눈물이 글썽이는 파란 눈을 들고 들릴 듯 말 듯한 낮은 목소리로 말했다.

「네, 그렇습니다.」

그 눈과, 뒤에 매만져 붙인 금발, 그리고 얼굴에 나타나 있는 두려움과 희망이 그야말로 아름답고, 애원하는 눈길로 쳐다보고 있었으므로, 철학자로서는 사랑의 힘을 역설하고 취미인으로서는 모든 아름다움을 존중하는 페트로니우스는 이 여자에 대해서 일종의 연민을 느꼈다.

「저 가운데 누가 네 연인이냐?」하고 페트로니우스는 얼굴을 하인들 쪽으로 돌리며 물었다.

에우니케는 거기에는 대답하지 않고 다만 시선을 페트로니우스의 발에다 멈추고는 움직이지 않고 있었다.

페트로니우스가 바라본 노예들 가운데는 아름답고 훌륭한 젊은 이도 있었으나, 어느 얼굴에서도 무엇 하나 읽을 수가 없었고, 더욱이 모두들 일종의 불가사의한 웃음을 띠우고 있었다. 그래서 아직도 자기의 발 밑에 엎드려 있는 에우니케를 한동안 더 바라보다가 말없이 식당을 떠났다.

가벼운 식사를 한 후 그는 궁정까지 가마로 갔다. 그리고 나서 돌아오는 길에 크리소테미스에게 들러서 밤 늦게까지 있었다. 그리고 돌아와서는 티레시아스를 부르라고 명령했다.

「에우니케는 처벌을 받았는가?」하고 물었다.

「네, 받았습니다. 다만 피부를 상하지 않게 하라는 명령이었습니다.」

「내가 그 애에게 무슨 딴명령을 내리지 않았는가?」

「네, 내리지 않았습니다.」하고 대답하고 이 아토리엔시스는 불안한 표정을 지었다.

「좋아. 어느 노예가 그 애의 연인인가?」

「그런 것은 없습니다.」

「그 애에 대해서 무언가 알고 있는가?」

티레시아스는 어쩐지 불확실한 목소리로 말하기 시작했다.

「에우니케는 밤에 침실에서 나온 일이 한 번도 없습니다. 그곳에서 나이를 먹은 아쿠리시오네와 이피스 두 사람과 함께 자고 있습니다. 목욕 후에 그 애가 욕실에 혼자 남아 있는 일도 없습니다. ——다른 여자 노예들은 그애를 비웃어 디아나(달과 사냥의 여신. 처녀였다.)라고 부르고 있습니다.」

「이젠 됐어.」 하고 페트로니우스는 말했다. 「 내 친척되는 비니키우스에게 모처럼 오늘 아침 에우니케를 주겠다고 말했는데도 받지 않았기 때문에, 그 애는 여기에 있게 되었어. 자아, 가도 좋아.」

「실은 에우니케의 일로 좀더 말씀드릴 게 있습니다만.」

「네가 알고 있는 것을 모두 얘기하라고 하지 않았느냐.」

「이곳 파밀리아(하인의 총칭)는 모두 비니키우스님의 저택으로 옮길 예정이었던 아가씨가 도망친 이야기를 하고 있습니다. 주인님이 떠나신 후에 에우니케가 나에게로 와서 그 아가씨를 찾아낼 수 있는 사람을 알고 있다고 말했습니다.」

「뭐라구 ? 」 하고 페트로니우스는 말했다.

「대체 어떤 인간이야 ? 」

「저는 모릅니다. 다만 말씀드려 두어야 할 것 같기에.」

「좋아. 그 사나이를 내일 집에서 호민관이 올 때까지 기다리게 해. 그리고 호민관한테는 내 이름으로 아침에 집에 와달라고 전해.」

아토리엔시스는 인사를 하고 물러갔다.

페트로니우스는 그답지 않게 에우니케의 일을 생각하기 시작했다. 처음 한동안은 이 젊은 여자 노예가 리기아 대신 비니키우스의 집에 가지 않아도 되기 위해, 비니키우스가 리기아를 찾았으면 좋겠다고 생각한 것이려니 했다.

그러나 이윽고 페트로니우스의 머리에는 에우니케가 추천하는 사람이 그녀의 연인일지도 모른다는 생각이 떠올랐고, 또 그것이 갑자기 불쾌하게 생각되었다.

에우니케를 부르기만 하면 될 테니까 진상을 알아내는 것은 그야말로 쉬운 일이었지만, 이미 시간도 늦었고 또 크리소테미스네 집 방문이 길어져 피로를 느끼고 있었으므로 페트로니우스는 곧 잠을 자기로 했다.

그러나 침실로 갈 때에 어째서인지는 모르지만 문득 크리소테미스의 눈꼬리에 있는 잔주름을 오늘에서야 깨달은 것을 생각해 냈다. 그리고 또 크리소테미스의 아름다움은 로마에서 실제 이상 으로 과장되었다는 것과, 에우니케 대신 크라조메나이의 소년 셋을 제공하겠다고 말한 폰티우스 카피트는 너무 싼 값으로 사려는 것 이라는 것을 생각했다.

제 13 장

다음날 페트로니우스가 향유실에서 옷을 갈아입으려는 참에 티 레시아스의 안내를 받아 비니키우스가 들어왔다. 비니키우스는 이미 성문으로부터는 아무런 소식도 오지 않은 것을 알고 있었다. 이러한 사정은 리기아가 아직 시내에 있다는 증거로서 비니키우스를 기쁘게 하기는커녕 한층 더 풀이 죽게 만들었다. 그것은 우르수스가 약탈 후에 곧, 즉 페트로니우스의 노예들이 성문에서 파수를 보기 시작 하기 전에 리기아를 시내에서 데리고 나간 것이 아닐까 하는 추측을 낳게 했기 때문이다. 물론 가을 해는 짧아졌기 때문에 성문을 꽤 일찍 닫지만, 그래도 밖으로 나가는 사람들을 위해서는 열어 주기로 되어 있고, 더욱이 그 수가 상당히 많았다. 게다가 성벽을 넘는 방법은 그 밖에도 여러 가지가 있어서, 가령 로마 시내에서 도망 치려는 노예들은 그것을 잘 알고 있었다.

비니키우스는 물론 자기의 하인들을 사방 곳곳의 프로빈키아 (로마의 점령지에 설치된 州)로 가는 도로에 보내어 작은 마을과 도 시의 수비대에게 두 노예의 도망 통고와 함께 우르수스와 리기아에 관한 상세한 기술, 그리고 그들을 체포했을 때의 포상 방법을 고지해 놓고 있었다.

그러나 그 추적이 두 사람에게 미칠지 어떨지, 또 미친다고 하

더라도 푸라에톨의 확인이 없는 비니키우스의 사사로운 청원에
의해서 곳곳에 있는 관헌이 두 사람을 억류할 권리가 있는지 어떤지
극히 의심스러운 것이었다. 그러한 사항에 대한 확인을 얻을 여유가
없었던 것이다.

비니키우스는 또 비니키우스대로 어제 하루 종일 노예의 복장을
하고 시내의 골목골목을 샅샅이 뒤졌으나, 리기아의 발자취는 묘
연했고 그 실마리조차도 찾을 길이 없었다. 거리에서 아우루스 가의
사람들을 만났으나 그들도 무엇인가를 찾고 있는 모습이어서, 아
우루스 가의 사람이 리기아를 빼앗은 것이 아니라 리기아가 어떻게
되었는지 역시 모르고 있다는 확신만 더해 줄 뿐이었다.

그래서 티레시아스가 리기아를 찾아내는 일을 떠맡겠다는 사람이
있다는 것을 알려왔을 때, 비니키우스는 단숨에 페트로니우스의
집으로 달려와 인사도 하는둥 마는둥 하고 그 사람에 대해서 묻기
시작했다.

페트로니우스는 말했다.

「곧 그 사나이를 만날 수 있을 게다. 에우니케가 잘 아는 사람
이라고 하더구나. 에우니케는 지금 내 토가의 주름을 잡으러 올
테니까 그 사내에 대해서 좀더 분명한 얘기를 해줄 거다.」

「어제 나에게 주시겠다고 한 그 여자 말입니까 ?」

「그래, 바로 어제 네가 거절한 그 여자라구. 되려 내가 너에게
고맙다고 해야겠다. 우리 집에서 제일 능숙한 베스티푸리카(옷에
주름을 잡는 여자)니까 말야.」

과연 채 말이 끝나기도 전에 그 베스티푸리카가 나타나서 상아를
박은 안락의자 위에 놓아 둔 토가를 집어 그것을 펼쳐 들고 페트
로니우스의 어깨에 걸쳤다. 그녀의 얼굴은 싱싱하고 조용했으며
눈에는 기쁨이 넘쳐 있었다.

페트로니우스는 여자를 바라보면서 매우 아름답다고 생각했다.
여인은 페트로니우스를 토가에 싸가지고 옷매무새를 정리하기 시
작했다. 주름을 펴기 위해 이따금 몸을 수그리고 있는 동안에 페

트로니우스는, 여인의 팔이 백장미의 훌륭한 빛깔을 가지고 있고 가슴에서 어깨에 걸쳐서는 진주나 설화석고(雪花石膏) 같은 투명한 반사가 있는 것을 깨달았다.

「에우니케, 어제 네가 티레시아스에게 말한 사내는 와 있느냐?」

「네, 와 있습니다.」

「이름을 뭐라고 하느냐?」

「키론 키로니데스라고 합니다.」

「무엇 하는 사람이냐?」

「의사이며 현인이며 예언자입니다. 사람들의 운명을 읽고 그 사람의 미래를 예언합니다.」

「너에게도 미래를 예언했느냐?」

에우니케의 얼굴은 붉어졌고 귀에서 목까지 장미빛으로 물들었다.

「네, 해주었습니다.」

「어떤 예언을 했느냐?」

「고통과 행복을 만날 것이라고 했습니다.」

「어제 티레시아스의 손에 고통을 당했겠다? 그렇다면 행복도 틀림없이 오겠군.」

「벌써 와 있습니다.」

「어떤?」

에우니케는 나지막하게 속삭였다.

「이 댁에 머물러 있을 수 있게 되었습니다.」

페트로니우스는 그 금발에다 손을 얹었다.

「오늘은 주름을 잘 잡았다. 기쁘다, 에우니케.」

그가 손으로 만져 주자, 에우니케의 눈은 일순간 행복감에 젖었고 가슴은 두근거리기 시작했다.

페트로니우스가 비니키우스와 함께 아토리움으로 가자, 거기에는 키론 키로니데스가 기다리고 있다가 두 사람을 보자 공손히 머리를 숙였다. 페트로니우스는 이것이 에우니케의 연인인가 하고 어제 품었던 추측을 생각하자 입가에 절로 웃음이 떠올랐다. 자기 앞에서 있는 사나이는 아무리 생각해도 연인과는 거리가 멀었다. 그 불가사의한 모습에는 어딘가 지저분하고 우스운 데가 있었다. 나이는 그다지 들어보이지 않았다. 더러운 눈썹과 곱슬곱슬한 머리에는 백발이 보이지 않았다. 그러나 배는 꺼져 들어가고 등이 굽어 있었으므로, 얼핏 보면 꼽추 같았다. 그 굽은 어깨 위에 큰 머리통이 달려 있고, 마치 원숭이나 여우 같은 얼굴에 날카로운 눈초리를 하고 있었다. 그 누런 얼굴에 흩뿌려진 빨간 반점은 코 전체에도 미쳐 있어서 그야말로 술꾼임을 말해 주고 있었다.

산양(山羊)의 털로 짠 까만 투니카와 구멍이 뚫린 비슷한 외투를 걸쳐 입은 초라한 복장은, 사실이 그런지 보이기 위한 것인지는 모르지만, 빈곤을 나타내고 있었다. 페트로니우스는 이 사나이를 보자 호메로스의 테르시테스(『일리아드』 제 2 권에 나오는 독설가)를 떠올렸으므로 그 인사에 손을 흔들어 대답하고는 말했다.

「어서 오시오, 테르시테스 선생. 트로이아에서 우릭세스(오디세우스의 라틴 이름)에게 매를 맞아 생긴 혹은 어떻습니까. 우릭세스 그 사람은 에리시온의 벌판(뛰어난 사람들이 죽어서 가는 곳)에서 어떻게 지내고 있습니까 ?」

키론 키로니데스는 대답했다.

「주인님, 고인(故人) 중에서 가장 현명한 우릭세스는 살아 있는 사람 가운데에서도 가장 현명한 페트로니우스 님에게 나를 통해서 경의를 표하게 하고, 내 혹에 새로운 외투를 입혀 주시도록 부탁하고 있습니다.」

「머리 셋을 가진 헤카테(마법을 관장하는 여신. 디아나와 루나 그리고 푸로세르피나의 세 여신과 동일시되며, 3두의 상으로 상징되고 있었다.)에게 걸고」 하고 페트로니우스는 말했다.「그 대답은 새 외투를 입을 만한 값어치가 있다——.」

그러나 그 다음의 대화를 참고 기다릴 수 없었던 비니키우스가 둘 사이를 가로막고 나섰다.

「너는 무슨 일을 맡았는지 분명히 알고 있을 테지 ?」

키론은 대답했다.

「이곳 명문에 봉사하는 두 개의 파밀리아가 다른 이야기는 하지 않고, 그 뒤 로마 시민의 절반이 같은 소문을 되풀이한다고 한다면, 그것을 알아내기는 어렵지 않습니다. 즉 어젯밤 유괴된 아가씨는 아우루스 푸라우티우스의 집에서 양육된, 이름은 리기아, 단 본명은 카리나라고 하는 아가씨로서 댁의 노예들이 댁에까지 데려오려고 했었습니다. 그것을 나는 이 시내에서 발견하는 일을 떠맡은 것인데, 우선 그러한 일은 없을 듯하지만 가령 거리에서 떠났다고 한다면, 호민관님, 어디로 도망쳐서 어디에 숨어 있는지를 알려 드리겠습니다.」

그 대답이 명확한 것에 마음이 끌린 비니키우스는 이렇게 말했다.

「좋아, 그러기 위해서는 어떤 수단이 있는가?」

키론은 교활하게 웃었다.

「수단은 비니키우스님이 가지고 계십니다. 저에게는 오직 지력(智力)이 있을 뿐입니다.」

페트로니우스가 웃은 것은 이 손님이 완전히 마음에 들었기 때문이었다.

『이 사나이라면 아가씨를 찾아낼 수 있을는지도 모른다.』

페트로니우스는 생각했다.

그러는 동안 비니키우스는 일자로 이어진 눈썹을 찌푸리면서 말했다.

「무슨 소리를 하는 건가. 이득을 위해서 나를 속이면 몽둥이로 쳐서 죽이고 말겠다.」

「저는 철학자입니다. 철학자는 이득, 특히 당신이 인색하지 않게 약속하실 만한 이득을 탐하지는 않습니다.」

페트로니우스는 물었다.

「허허어, 너는 철학자인가? 에우니케는 너를 의사이며 예언자라고 했는데, 그런데 어떻게 에우니케를 알고 있나?」

「신상 문제로 의논을 하러 왔었습니다. 아마 저에 대한 소문이 그 사람의 귀에 들어갔던 모양입니다.」

「어떤 의논인데 ?」

「연애입니다. 짝사랑을 고치고 싶다고 했습니다.」

「그래, 고쳐 주었는가 ?」

「고쳐 주었을 뿐만이 아닙니다. 소원이 반드시 이루어지는 부적까지 주었습니다. 키프로스(소아시아 동부의 남쪽에 있는 섬)의 파포스(그 남서쪽 기슭에 있는 도시)에 신전이 있는데, 그곳에 비너스의 허리띠가 보존되어 있습니다. 그 허리띠의 실을 두 가닥 뽑아서 아몬드의 껍데기에 넣어 주었습니다.」

「듬뿍 사례를 받았겠군.」

「소망이 이루어지기만 한다면 사례는 얼마든지 해도 괜찮을 것입니다. 게다가 저는 오른손의 손가락 두 개가 없습니다. 그래서 저는 저의 사상을 기록하고 저의 지식을 세상을 위해 보존하는 데에 필요한 서기를 고용할 돈을 모으고 있습니다.」

「현자(賢者) 선생. 어떤 학파에 속하고 있지 ?」

「견유파(犬儒派)입니다. 구멍이 뚫린 외투를 입고 있습니다. 스토아 파입니다. 빈곤을 견디고 있습니다. 소요파(逍遙派)입니다. 가마를 가지고 있지 않고 걸어서 술집에서 술집으로 떠돌아다니며 도중에 한 잔의 술값을 약속하는 사람들에게 가르쳐 줍니다.」

「술을 한 잔 마시면 변론가가 되는 모양이지 ?」

「헤라클레이토스는 말했습니다.『만물은 흘러간다.』라고. 주인님은 술이 흐르는 것이라는 것을 부정하십니까 ?」

「이렇게도 말했지.『불은 신이다.』라고. 그러고 보니 네 코가 빨간 것도 일종의 신이로구나.」

「아폴로니아(크레테 섬의 도시, 또는 소아시아의 서부 프리기아의 도시라고도 한다.)의 디오게네스 선생(B.C. 5세기의 철학자)은 사물의 본질은 공기이며 공기가 뜨거워지면 뜨거워질수록 차츰 완전한 본질을 형성하고 가장 뜨거운 공기에서는 현자의 정신이 나온다고 말했습니다. 가을은 추위가 더해지는 계절이니까 정말 현자는 술로서 몸을 데우지 않으면 안 됩니다. ——또 주인님으로서 부정할 수 없는 것은 설사 두 번째로 빚은 물같이 묽은 술일지라도 카푸아(로마의 남동쪽 180킬로에 있는 캄파니아의 도시)나 테레시아(그 북동쪽 30킬로에 있는 도시)의 술 한 항아리만 있으면 멸망해 가는 사람의 몸의 구석구석까지 스며들게 할 수가 있다는 것입니다.」

「키론 키로니데스. 너의 고향은 어디냐?」

「흑해(黑海) 연안입니다. 메센부리아(흑해 서안의 도시)에서 왔습니다.」

「키론, 너는 훌륭한 사람이다.」

「그리고 인정받지 못하는 사나이입니다.」

슬픈 얼굴을 하고 현자는 덧붙였다.

그러나 비니키우스는 또 참을 수가 없었다. 모처럼 희망이 보이기 시작하고 있다. 그래서 키론이 지금 당장에라도 시작해 주었으면 좋겠다고 생각하고 있었는데 대화 전체가 그저 쓸데없는 시간 낭비인 것처럼 여겨지자 페트로니우스에 대해 은근히 화가 났다. 그래서 그리스 인을 향해 물었다.

「언제 수색을 시작할 셈인가?」

키론은 대답했다.

「벌써 시작하고 있습니다. 제가 이곳에 있는 이상, 그리고 정중한 질문에 대답하고 있는 이상 찾습니다. 믿어 주십시오, 호민관님. 신발끈이 없어졌다고 한다면, 저는 그 끈만이 아니라 그것을 길에서 주운 사람까지도 찾아낼 수가 있습니다.」

「그런 일까지 해본 일이 있는가?」

페트로니우스가 물었다.

그리스 인은 눈을 들었다.

「오늘날에 와서는 사람들이 덕(德)이나 지혜를 너무 낮게 평가하고 있기 때문에, 철학자들도 살아가기 위해서는 그런 일까지도 하지 않으면 안 되게 되어 있습니다.」

「네가 하는 일은 어떤 것인데?」

「무엇이든지 알고 있다가 지식을 구하는 사람들에게 나누어 주는 것입니다.」

「어떤 사람들이 돈을 내고 지식을 원하는가?」

「아니, 주인님, 서기를 고용하지 않으면 안 되기 때문에. 그렇지 않으면 내 지혜는 멸망하고 맙니다.」

「모인 돈이 지금까지 만족할 만한 외투를 장만할 정도가 안 됐다면 보수도 대단한 것은 아닌 것 같군.」

「제 겸손이 그것을 취하게 하지 않았습니다. 그러나 제 생각으로는 옛날에는 많았던 시혜자(施惠者)가 지금은 없어졌습니다. 보수로 황금을 뿌리는 것이 푸테오리(지금의 나폴리 서쪽 12킬로에 있는 도시)에서 온 굴처럼 좋아하는 사람들이었습니다. 제 일이 적은 것이 아닙니다. 사람들의 고마워하는 마음이 적어진 것입니다. 때때로 중요한 노예가 도망치거나 했을 경우, 저의 아버지의 외아들(즉 자기 자신) 이외에 누가 그것을 찾아냅니까? 성벽에 신과 같은 포파에 아를 풍자하는 시가 씌어졌을 때, 누가 그 주모자를 적발합니까? 누가 책방에서 황제를 비난하는 시를 발굴합니까? 원로원 의원이나 기사의 집에서 얘기하고 있는 것을 누가 고발합니까? 노예에게 부탁하고 싶지 않은 편지를 누가 배달합니까? 이발소 문간에서 누가 소문을 엿듣습니까? 술집 아저씨도, 빵집 머슴애도, 비밀을 갖지 않은 사람은 없습니다. 노예들이 신용하고 있는 것은 누구입니까? 어느 집에서나 아토리움에서 안뜰까지 계속해서 통과할 수 있는 사람은 누구입니까? 모든 큰 거리, 골목, 은신처까지 알고 있는 것은 누구입니까? 목욕탕, 경마장, 시장, 격투사의 학교, 노예 상인의 오두막에서 투기(闘技)의 모래 사장에서까지 이야기되고 있는 사항을 빠짐없이 알고 있는 것은 또 누구입니까?」

페트로니우스는 외쳤다.

「아니 아니, 이제 됐어, 현자 선생. 선생의 공적과 덕과 지혜와 웅변에는 우리들이 그야말로 홀딱 반해 버리겠어. 이젠 됐어. 우리들은 다만 선생이 어떤 사람인지 알고 싶었을 뿐이야. 잘 알았네.」

비니키우스는 이 사나이가 사냥개처럼 한 번 짐승의 냄새를 맡으면 은신처를 발견할 때까지는 끈질기게 추적을 중단하지 않을 것이라고 생각했기 때문에 기쁜 마음으로 말했다.

「됐어. 그래, 뭐 필요한 게 있는가?」

「무기가 필요합니다.」

「어떤 무기?」

비니키우스는 놀라서 물었다.

그리스 인은 한 쪽 손바닥을 내밀고 다른 한 쪽 손으로 돈을 계산하는 시늉을 했다.

「원체 지금은 이러한 세상인지라 하는 수 없습니다.」하고 한숨을 쉬면서 그는 말했다.

페트로니우스는 말했다.

「그러면 선생은 황금을 넣은 자루로 요새를 점령하는 당나귀가 되겠다는 거구만.」

키론은 겸손하게 대답했다.

「우리는 다만 가난한 철학자에 지나지 않습니다. 황금은 나리들이 가지고 계십니다.」

비니키우스가 돈지갑을 던져 주자, 그리스 인은 오른손에 손가락이 두 개 없음에도 불구하고 잽싸게 그것을 허공에서 받아 냈다.

그리고는 얼굴을 들고 이야기하기 시작했다.

「저는 나리들이 짐작하시는 것보다도 여러 가지 일을 알고 있습니다. 그저 빈 손으로 여기에 온 것이 아닙니다. 아가씨를 빼앗은 것이 아우루스 부부가 아니라는 것도 알고 있습니다. 곧 저쪽 하인들과 이야기를 했습니다. 그 사람이 파라티움에는 없는 것으로 알고 있습니다. 사람들이 온통 병중에 있는 공주님 생각만 하고 있기 때문입니다. 또 두 분께서 황제의 파수꾼이나 군대의 힘을 빌지 않고 제 힘을 빌려서 찾으려는 것은 무엇을 뜻하는가 하는 것까지 환히 꿰뚫어 보고 있습니다. 그 사람의 도주를 도운 것은 같은 나라에서 태어난 하인이라는 것도 알고 있습니다. 그 사나이는 노예의 도움을 받을 수가 없었습니다. 노예는 모두 한통속이 되어 있으니까, 이쪽의 노예에 반대하여 그 사람을 도울 까닭이 없습니다. 그 사나이를 도울 수가 있었던 것은 다만 동료 신자들뿐입니다.」

페트로니우스는 가로막고 말했다.

「이것 봐, 비니키우스. 한 마디 한 마디가 내가 자네한테 했던 얘기와 일치하고 있지 않은가 ? 」

키론은 말했다.

「그것은 다시 없는 영광입니다.」

그리고 나서 또 비니키우스 쪽을 돌아보며 이야기하기 시작했다.

「아가씨는 아무리 생각해도 로마 인 중에서 가장 덕망이 높은 부인, 스토라(신분이 높은 여자가 입는 가운)를 입고 있는 가장 올바른 부인, 즉 폼포니아와 같은 신을 섬기고 있음에 틀림이 없습니다. 폼포니아는 무언가 외국의 신들을 믿고 있다는 혐의로 가정 재판을 받았습니다만, 그것이 어떠한 신이고 또 무엇이라고 불리고 있는지는 그쪽 하인들로부터 알아낼 수가 없었습니다. 그것을 알기만 하면 그 패거리한테 가서 가장 신앙이 깊은 동료가 되어 그들이 신뢰해 주기를 기다리고 있을 참입니다. 그러나 나리는, 들은 바에 의하면 아우루스 댁에서 며칠 묵은 일이 있는 모양인데 거기에 대해서 무언가 아는 바가 있으면 말씀해 주실 수 없겠습니까 ? 」

「아니, 없어.」

비니키우스는 말했다.

「두 분 모두 오랫동안 저에게 여러 가지 일을 물으셨기 때문에 질문에 대답했습니다만, 이번에는 저에게 한 가지 질문을 허용해 주십시오. 호민관님은 폼포니아나 리기아와 함께 계시면서 무언가 작은 상(像)이나 제물, 또는 표적이나 부적 같은 것을 보신 적은 없으십니까 ? 서로들 간에 무언가 그 사람들만이 아는 손짓이나 신호를 주고받는 것을 보신 적이 있습니까 ? 」

「신호 ? ——잠깐 기다려 줘. ——그렇지, 한 번 보았어. 리기아가 모래 위에 물고기의 그림을 그렸어.」

「물고기? 아아. ──한 번입니까, 여러 번입니까?」

「한 번뿐이었어.」

「확실한가요? 그런 것이── 물고기라? 흐으음──.」

비니키우스는 호기심에 찬 목소리로 말했다.

「그래, 그것이 무슨 의미라고 생각하나?」

「생각?」 하고 키론은 큰 목소리로 말했다.

그리고는 물러가겠다는 표시로 인사를 하고 나서 이렇게 덧붙였다.

「행운의 여신이 두 분에게 똑같이 모든 선물을 내려 주시기를.」

페트로니우스는 나가려는 키론을 향해 말을 걸었다.

「외투를 가져오라고 노예에게 말해요.」

「우릭세스는 테르시테스를 위해서 인사를 하고 있습니다.」 하고 그리스 인은 대답했다.

그리고는 다시 한 번 인사를 하고 물러갔다.

페트로니우스는 비니키우스에게 물었다.

「저 현자 선생을 어떻게 생각하나?」

비니키우스는 기쁜 마음으로 소리질렀다.

「리기아를 찾아내리라고 생각합니다. 그러나 어딘가에 나쁜 놈들의 나라가 있다면, 저 사나이는 그 나라의 왕이 되리라고 생각합니다.」

「그래, 내 생각하고 같다. 나는 그 스토아 파의 사람과 좀더 사이좋게 지내야 할 것 같다. 그러나 어쨌든 그 자가 있던 아토리움에는 향수를 뿌리도록 일러야겠다.」

키론 키로니데스는 새 외투에 몸을 감싸고는 그 주름 밑으로 비니키우스에게서 받은 돈주머니를 손바닥에 올려 놓고 그 무게와 소리를 즐겼다.

천천히 걸으며 누가 뒤를 밟아오지는 않는가고 둘러보고 나서 리비아의 주랑(로마의 동부 에스퀴리나 문에서 수브라로 가는 거리의 남쪽에 있는 건물)을 지나 크리브스 비루비우스의 모퉁이까지 와서 수브라 쪽으로 꺾어졌다. 그는 속으로 생각했다.

『스포루스한테로 가서 행운의 여신에게 술을 따르지 않으면 안 되겠는 걸. 진작부터 찾고 있던 사람을 마침내 발견했으니까 말야. 젊고 성깔 있고 키프로스의 광산처럼 인심 좋은데다 저 리기 족의 작은 새를 위해서라면 자기 재산의 절반은 내놓을 기분으로 있어. 그래, 바로 그러한 자를 진작부터 내가 찾고 있던 거라구. 다만 그 자에 대해서는 신중을 기하지 않으면 안 될 거다. 그 눈썹을 찡그리는 폼이 보통은 아니니까 말야. 어떻든 이즈음은 늑대 새끼가 가는 곳마다 득실거리고 있어서 탈이거든.

——저 페트로니우스 쪽은 그다지 두려워하지 않아도 될 거다. 요즈음은 속임수가 덕(德)보다도 가치를 가지고 있는 모양이니까. 참, 아가씨가 모래 위에 물고기 그림을 그렸다고 했겠다? 그 의미가 무엇인지를 알아내기만 한다면 나는 산양(山羊) 치즈를 먹다가 목구멍에 걸려서 죽어도 좋아. 어쨌든 알아내고야 말 테다. 그러나 물고기는 물 속에 살고 있고, 물 속을 찾는다는 것은 땅 위를 찾는 것보다 어려울 테니까, 그 사람은 물고기의 몫을 별도로 지불하지 않으면 안 될 거야. 이런 돈주머니를 하나 더 말씀이야. 그렇게 되면 동냥자루를 버리고 나도 노예를 한 사람 살 수가 있지.

하지만 키론, 너에게 내가 만일 남자 노예가 아니라 여자 노예를 사라고 권하면 어떻게 할 거지? ——알고 있어, 너의 일은. 물론 너는 승락할 테지. 그 여자 노예가 가령 에우니케 같은 미인이라고 한다면, 그 때문에 너도 다시 젊어지고 그 여자를 미끼로 훌륭하고 확실한 수입을 동시에 얻을 수 있어. 저 불쌍한 에우니케에게는 내 낡은 외투의 실보푸라기를 두 개 팔아먹었지. 바보 같은 여자였어. 그러나 페트로니우스가 준다고 하면 받아야지. ——그렇구말구, 그렇구말구, 키론의 아들 키론. 너는 아버지도 어머니도 없어. —— 완전한 고아야. 그러니까 설사 여자 노예라도 위안이 된다면 사야만 돼. 그 여자는 어딘가에 살지 않으면 안 되니까 비니키우스에게 집을 세 달래서 거기에서 너도 함께 살기로 한다. 옷을 입지 않으면 안 되니까 비니키우스는 의상 값을 지불해 줄 것이고, 음식을 먹어야만 하니까 밥값도 지불해 줄 것이다. 아니, 얼마나 괴로운 생활일까. 1오포로스 있으면 돼지 비계가 든 콩을 두 손에 가득할 정도로 살 수가 있고 선지가 가득찬 산양의 내장도 열두 살짜리 어린애의 팔뚝만큼 긴 것을 살 수 있던 좋은 시대는 어디로 갔담. ──아니, 벌써 도둑인 스포루스의 집에 왔군. 술집에서는 어떻든 무엇인가 알아낼 수가 있어.』

이렇게 혼잣말을 하면서 술집으로 들어가 술을 한 병 청했는데, 주인의 미심쩍어 하는 눈초리를 보자 돈주머니에서 금화를 하나 끄집어내어 식탁 위에 놓고 나서 말했다.

「스포루스, 오늘은 새벽부터 점심때까지 세네카한테서 일을 했네. 그 친구가 나더러 노자에 보태쓰라고 준 것이 이거라네.」

스포루스의 동그란 눈은 그걸 보자 한층 더 동그래지고 당장에 포도주를 키론 앞으로 내왔다. 키론은 그 안에 손가락을 담갔다가 식탁 위에 물고기의 그림을 그리고 나서 말했다.

「이것이 무슨 뜻인지 알겠나?」

「물고기? 그렇군, 물고기는 물고기군.」

「바보! 안에서 물고기가 헤엄을 칠 정도로 포도주에 물을 섞는 주제에. 이것은 상징이야. 철학자의 말로 말하면 『행운의 여신이 웃는 미소』지. 이 표지의 뜻을 맞히기만 한다면, 너도 한 밑천 잡을 텐데. 너에게 말해 두겠는데, 좀더 철학을 존경하라구. 그렇지 않으면 술집을 딴 데로 옮길 거야. 그렇지 않아도 술집을 옮기라고 오래 전부터 내 친구인 페트로니우스가 충고하고 있는 판인데.」

제 14 장

그로부터 며칠 동안 키론은 아무 데도 모습을 나타내지 않았다. 비니키우스는 아쿠테로부터 리기아가 자기를 사랑하고 있다는 말을 들은 이후로 백 배나 더 리기아를 찾고 싶어졌기 때문에 자기의 손으로 직접 수색을 시작했다. 공주의 용태 때문에 고뇌에 잠겨 있는 황제로부터는 도움을 청하려고도 하지 않았고 또 할 수도 없었던 것이다.

사방의 신전에 바친 제물도, 기원(祈願)도, 그리고 의술(醫術)도, 또 다급해졌을 때 사람들이 호소하는 온갖 마법도 아무런 효험이 없었다. 일주일이 지나자 공주는 죽었다. 궁정과 로마 전체가 상(喪)을 당한 것이다. 공주가 탄생했을 때 기쁜 나머지 미칠 지경이 되었던 황제는, 이번에는 절망한 나머지 미칠 지경이 되어서 자기의 방에 틀어박혀 이틀 동안이나 식음을 전폐했다.

궁전은 애도의 뜻을 표하려고 달려온 원로원 의원이나 아우구스타니의 무리들로 가득 차 있는데도 아무도 만나려고 하지 않았다. 원로원은 특별 회의를 열어 공주를 신이라고 선포하고 여기에 신전을 봉헌하여 특별 사제를 임명할 것을 아울러 결의했다. 또 그 밖의 각처에 있는 신전에서는 죽은 공주를 위해 새로이 제물을 바치고 귀금속으로 상(像)을 몇 개나 만들게 했다. 장례식은 지나치게 호화로운 것이 되었다. 그때 사람들은 황제가 보여준 애도의 표시가 상상을 초월한 데에 놀라 함께 울었고, 시혜물(施惠物)에 손을 뻗치며 무엇보다도 이례적인 행사에 흥미를 느꼈다.

페트로니우스는 이 죽음으로 해서 불안해졌다. 포파에아가 이것을 마법 탓이라고 여기고 있다는 것은 이미 온 로마 시내에 알려져 있었다. 자기들의 노력이 무효였다는 것을 변명하려는 의사들이나, 자기들의 제물이 무력해진 사제들, 자기들의 생명을 위협받고 있는 예언자들, 또 민중들까지도 포파에아의 말에 동조하고 있었다.

그러나 아우루스 부부에게 나쁜 일이 있기를 원하지 않고 자기와 비니키우스에게 좋은 일이 있기를 원하고 있는 페트로니우스는, 상의 상징으로서 파라티움 앞에 심어졌던 사이프러스가 걷히자 곧 원로원 의원이나 아우구스타니를 위해 마련된 알현석에 나아가 네로가 마법의 소문을 어느 정도로 믿고 있는가를 확인함과 동시에 거기에서 파생할지도 모를 결과를 방해하려고 했다.

페트로니우스는 네로의 사람됨을 잘 알고 있었기 때문에, 네로가 마법을 믿지 않아도 믿는 척하고 자기의 고통을 과장하며 누군가 에게 복수를 하거나, 또 신들이 자기의 죄악을 벌하기 시작했다는 추측을 방해하려 하고 있을 것이라고 생각했다. 황제가 자기의 딸을 이따금 귀여워했다고 하더라도 정말로 깊이 사랑하고 있었다고는 판단하기는 어려웠으나 슬픔을 과장할 것은 틀림없다고 생각했 다.

네로는 원로원 의원이나 기사들의 위로의 말을 들으면서 화석처럼 굳어진 얼굴을 하고 눈은 계속 한 곳을 응시하고 있었다. 정말로 슬퍼한다고 하더라도 또 자기의 슬픔이 거기에 온 사람들에게 어떤 인상을 주고 있는가를 봄과 동시에 니오베(탄타로스의 딸로서 안피 온의 아내. 어린애가 많은 것을 자랑하여 아폴론과 아르테미스의 어머니 레토와 맞먹는다고 자랑했기 때문에, 이 두 신에게 아이들을 살해당하여 울고 있는 동안에 바위가 되었다.)의 모양을 하여 희극 배우가 무대에서 하는 것 같은 행동을 하고 있었다.

그러나 언제까지고 말을 하지 않고 화석이 된 것 같은 슬픔을 유지할 수도 없어, 때때로 머리 위에 먼지를 끼었거나 또 때때로 낮게 한숨을 쉬고 있다가, 페트로니우스를 보자 갑자기 일어나서 비극의 주인공 같은 목소리로 모든 사람에게 들리도록 고함을 치기 시작했다.

「아아, ──너야말로 공주를 죽게 한 원흉이다. 너의 권고로 이 궁정 안에 악령이 들어와서 한 눈으로 노려보아 공주의 가슴에서 생명을 빼앗아 간 것이다. ──아아, 슬프다. 차라리 내 눈이 헤리오스(그리스 어로 태양의 신)의 빛을 보지 않는 것이 낫지. 아아, 슬프다. 아아, 아아!」

그리고 차츰 목소리를 높이면서 절규에 가까운 고함소리로 옮겨 갔으나, 페트로니우스는 그것과 거의 같은 순간에 만사를 주사위에 맡기기로 결심하고 느닷없이 손을 뻗쳐 네로가 언제나 목에 걸고 있는 비단 조각을 재빨리 움켜잡고는 그것을 네로의 입술에 갖다 댔다.

그리고는 무거운 어조로 말했다.

「폐하, 로마도 세계도 슬픔 때문에 불타 없어져도 좋습니다. 그러나 목소리만은 소중히 간직하십시오.」

거기에 있던 사람들은 놀랐다. 네로 자신도 놀라 한동안은 입을 다물지 못하고 있었다. 그러나 페트로니우스만은 조금도 흐트러지지 않았다. 자기가 어떻게 하면 좋을는지 너무나도 잘 알고 있었기 때문이다. 그래서 페트로니우스는 테르푸노스와 디오도로스가 특별히 명령을 받아 황제가 너무 큰소리를 내어 어떤 위험이 닥쳤을 때는 황제의 입을 막게 되어 있는 것을 생각해 냈던 것이다.

「폐하.」

같은 무게의 슬픔을 가지고 페트로니우스는 말을 계속했다.

「우리는 헤아릴 수 없는 손실을 입었습니다. 하다못해 그 위안이 될 보물이라도 우리들에게 남겨주시기 바랍니다.」

네로의 얼굴은 떨렸고 잠시 뒤에는 그 눈에서 눈물이 흘렀다. 그리고 갑자기 페트로니우스의 어깨에 두 손을 얹고 그 가슴에 얼굴을 묻고는 흐느껴 울면서 말하기 시작했다.

「여러 사람 중에서 오직 너만이 그것을 생각해 주었어. 너뿐이야, 페트로니우스. 오직 너뿐이라구.」

티게리누스는 질투 때문에 얼굴이 새파래졌다. ──그러나 페트로니우스는 말했다.

「안티움으로 가십시다. 그곳에서 공주님은 태어나셨습니다. 그곳에서 기쁨이 폐하에게 쏟아졌습니다. 그곳에서라면 안정을 얻으실 수 있을 것입니다. 바다의 공기가 폐하의 목을 상쾌하게 해주고 폐하의 가슴은 짭짤한 습기를 호흡할 수 있을 것입니다. 저희들 충성을 바치는 신하들은 폐하를 따라가 모실 것입니다. 저희가 폐하의 고통을 우정으로 진정시킬 수가 있다면, 폐하는 저희들을 노래로 위로하여 주십시오.」

네로는 슬픈 듯이 말했다.

「그렇다, 공주를 위해서 찬가(讚歌)를 쓰리라. 그리고 거기에 맞는 악보를 만들리라.」

「그리고 나서 바이아에에서 따뜻한 태양을 즐기십시오.」

「그리고 그리스에서는 망각을.」

「아아, 그 시와 노래를 조국에서.」

그리고 화석처럼 울적하던 기분이 마치 태양을 가리고 있던 구름이 지나가듯이 차츰 사라지고, 그 대신 아직 슬픔은 남아 있었으나 미래의 여행에 관한 계획, 예술적인 행사, 나아가서는 소문이 한창인 아르메니아 왕 티리다테스(54년 즉위, 로마 군을 피하여 도망쳐 있었으나 로마의 장군 코르부로와 화해하여 로마에 여행, 66년 네로로부터 다시 아르메니아의 왕관을 수여받았다.)의 로마 방문에 따르는 환영 계획에까지 이르는 담화가 이어졌다.

티게리누스는 물론 다시 한 번 마법의 이야기를 꺼내 보려고 했지만, 이미 승리의 확신을 얻은 페트로니우스는 즉시 도전에 나섰다.

「티게리누스, 당신은 마법이 신들에게 해를 미친다고 생각합니까?」

「그 사실은 황제 자신이 말씀하고 계셨습니다.」

티게리누스도 지지 않으려고 대답했다.

「그것은 슬픔이 말을 한 것이지, 황제가 말씀하신 것이 아니오. 그나저나 당신은 어떻게 생각하십니까?」

「신들은 매우 힘이 있으니까 마법에 굴할 까닭이 없습니다. 그렇다면 당신은 황제와 그 가족의 신성(神性)을 부정하는 것입니까?」

「승부는 가려졌다!」

옆에 서 있던 에푸리우스 마르케르스(스토아 파의 트라세아 파에투스를 고발하여 네로의 총애를 받은 신랄한 변론가. 베스파시아누스 황제 때 음모에 가담하여 79년에 자살했다.)가 중얼거렸다. 이것은 격투사가 모래 사장에서 순식간에 쓰러져서 마지막 일격을 가할 필요가 없을 때에 사람들이 입에 담는 고함소리를 흉내 낸 것이었다.

티게리누스는 자기의 노여움을 마음에 되씹었다. 페트로니우스와의 사이에는 훨씬 전부터 네로에 대한 경쟁이 있었다. 티게리누스 쪽이 우세했던 점은 네로가 이 사람에 대해서는 사양할 것이 없었다기보다 전혀 없었다는 점이다. 그러나 이때까지 페트로니우스는 두 사람이 맞부딪혔을 때 그 지혜와 위트로 항상 승리하고 있었던 것이다.

이때만 해도 그랬다. 티게리누스는 잠자코 있다가 페트로니우스가 홀 안쪽으로 물러갈 때 냉큼 그를 둘러싸고 이러한 일이 있은 이상에는 페트로니우스가 틀림없이 황제의 제일가는 총신이 되리라고 생각하고 있는 원로원 의원이나 기사들의 이름을 기억해 두려고 했다.

페트로니우스는 궁정을 물러나오자 곧 비니키우스에게로 가서, 황제와 그리고 티게리누스와의 입씨름 이야기를 하고 나서 이렇게 말했다.

「나는 아우루스 푸라우티우스와 폼포니아로부터 위험을 제거했을 뿐만 아니라 동시에 우리들 두 사람, 아니 리기아로부터도 위험을 제거했다. 리기아의 수색은 아마 행해지지 않을 것이다. 나는 그 붉은 수염의 원숭이를 설득해서 안티움으로 가게 하고, 거기에서 다시 네아폴리스나 바이아에로 가게 해놓았다. 또 실제로 황제는 떠날 거다. 로마에서는 지금까지 공공연히 극장에 갈 수가 없었지만 오래 전부터 네아폴리스에서는 그렇게 할 생각이라는 것을 나는 알고 있었지. 다음에는 그리스를 꿈꾸고 있어. 그곳의 모든 유명한 도시에서 노래를 부르고 나서 그라에쿠리(작은 그리스 인들)가 바치는 월계관을 가지고 개선자로서 로마에 들어오고 싶어 하고 있어. 그때까지는 우리도 마음대로 리기아를 찾아 안전한 곳에 숨겨 둘 수가 있지. 그건 그렇고 그 철학자 선생은 아직 오지 않았나?」

「숙부님이 좋아하시는 철학자 선생은 사기꾼입니다. 뭐, 올 리가 있나요. 그림자도 보이지 않습니다. 이젠 나타나지 않을 겁니다.」

「그러나 나는 그렇게 생각하지 않는다. 성실성은 믿을 수가 없지만 지혜 쪽은 믿지. 그 돈주머니는 벌써 바닥이 났을 테니까, 다시 한 번 단물을 빨아 먹기 위해서라도 틀림없이 올 거야.」

「내가 그놈의 피를 빨아먹지 않도록 조심하는 게 좋지.」

「그런 일은 하지 마라. 사기꾼이라는 증거를 확실히 잡을 때까지는 참는 게 좋아. 이제 돈은 건네 주지 마라. 그 대신 확실한 소식을 가지고 오면 듬뿍 상을 주겠다고 약속해 둬. 그나저나 너는 너대로 무언가 계획하고 있는 일이라도 있냐?」

「우리집 해방 노예 두 사람, 님피디우스와 데마스가 60명을 거느리고 찾고 있습니다. 그것을 발견한 노예는 자유인이 될 수 있다는 약속을 해주었습니다. 그밖에 로마에서 나가는 모든 국도에 특별히 사람을 보내어 사방의 여인숙에 리기 족의 사나이와 아가씨의 일을 탐문케 하고 있습니다. 나 자신도 밤낮 시내를 돌아다니다가 우연히 만나게 되기를 기대하고 있습니다.」

「무엇이든 알게 되면 나한테 즉각 알려다오. 나는 안티움에 가지 않으면 안 되니까 말야.」

「네, 알겠습니다.」

「그러나 어느 날 눈을 떴을 때 아가씨 하나 때문에 마음을 상하거나 이렇게 고생을 하는 것은 부질없는 짓이라고 생각되면 너도 안티움으로 오너라. 거기에 오면 여자도 즐거움도 부족한 것이 하나도 없으니까.」

　비니키우스는 빨리 걷기 시작했지만 페트로니우스는 잠시 그쪽을 바라보고 나서 마침내 이렇게 말했다.

　「솔직하게 말해라. ——흥분하기 쉬운 사람이 자기 혼자 골똘히 생각하다가 초조해 하는 식이 아니라 분별있는 사람이 친구에게 대답하듯이 말해라. 너는 역시 전같이 리기아를 생각하고 있느냐?」

　비니키우스는 잠시 걸음을 멈추고 마치 낯선 사람을 보는 것처럼 페트로니우스를 보고 있었으나 이윽고 다시 걷기 시작했다. 마음속의 폭발을 억누르고 있는 것이 분명했다. 마지막에는 그 눈에 자기의 무력감과 슬픔, 그리고 노여움과 억제할 수 없는 그리움으로 인해 떠오른 두 방울의 눈물이 가장 웅변적인 말보다도 더 강하게 페트로니우스에게 말을 하고 있었다.

　그래서 페트로니우스는 잠시 생각하고 나서 말했다.

　「세계를 어깨에 얹어 놓고 있는 것은 아틀라스가 아니라 여자라구. 때에 따라서는 여자는 세계를 공과 같이 가지고 논다구.」

　「그렇습니다.」 하고 비니키우스는 대답했다.

　그러고 나서 두 사람은 작별 인사를 했다. 그러나 그때 노예 중의 한 사람이 응접실에서 키론 키로니데스가 기다리고 있으며 주인의 면전까지 안내해 주기를 바라고 있다는 것을 알려왔다.

　비니키우스가 곧 안내하라고 명하자 페트로니우스는 말했다.

　「그것 봐, 내가 말한 대로지. 어때? 우선 마음을 가라앉히라구. 그렇지 않으면 그놈이 너를 마음대로 가지고 놀려고 덤빌 거야, 네가 그놈을 마음대로 요리하기는커녕.」

　키론은 들어와서 말했다.

　「안녕하십니까? 호민관님. 그리고 주인님. ——두 분의 행복이 두 분의 광영에 필적하고 광영은 전세계를 돌아 헤라클레스의 기둥(지금의 지브롤터 해협)에서 아루사케스 왕가(裏海 남서쪽에 해당하는 바르티아의 왕가)의 국경에까지 미치기를 빕니다.」

　「어서 오시오, 덕과 지혜의 입법자.」 하고 페트로니우스는 대답했다.

　그러나 비니키우스는 애써 태연한 척하며 물었다.
「어떤 소식을 가지고 왔지?」
「처음 방문 때는 희망을 가져다 드렸습니다. 그리고 오늘은 아가씨를 찾을 수 있다는 확실한 소식을 가지고 왔습니다.」
「그렇다면 지금까지 발견되지 않았다는 얘기로군.」
「그러나 그 사람이 모래 위에 써보인 기호의 뜻을 알았습니다. 그 사람을 빼앗은 자들이 누구인지를 알아냈습니다. 어떤 신의 신자들 속에 찾으러 가면 좋은지를 알아냈습니다.」
　비니키우스가 앉아있던 안락의자에서 벌떡 일어나려고 하는 것을, 페트로니우스는 그 어깨에 손바닥을 얹어 제지하고 키론 쪽을 돌아보면서 말했다.
「얘기를 해보게.」
「그 아가씨가 모래 위에다 물고기의 그림을 그려 보였다는 것은 정말로 확실합니까?」
「그렇다니까.」
　비니키우스는 내뱉듯이 말했다.
「그렇다면 그 사람은 그리스도 교도입니다. 그리고 그 사람을 빼앗은 것도 그리스도 교도입니다.」
　잠시 침묵이 흘렀다.
　이윽고 페트로니우스가 말했다.
「이것 봐, 키론. 조카는 네가 아가씨를 찾아내기만 하면 상당한 액수의 돈을 줄 생각으로 있어. 하지만 만일 네가 속일 생각이라면 상당한 수의 채찍을 준비하고 있지. 찾아내기만 한다면 한 사람이 아니라 세 사람의 서기를 살 수가 있지만, 만일 그렇지 못할 때는 너 자신의 철학에다 칠현인(七賢人) 전체의 철학을 합친대도 고약(膏藥) 한 번 바를 만한 효과가 없다는 걸 알아 두라구.」
「그 아가씨는 틀림없이 그리스도 교도입니다.」 하고 그리스 인은 소리질렀다.
「키론, 잘 생각해 봐. 너는 바보가 아니야. 우리들은 유리아 시

라나와 카르비아 크리스피닐라가 폼포니아 그라에키나를 그리스
도의 미신을 믿고 있다는 혐의로 고발했다는 것도, 또 가정 재판이
이 비난에서 그녀를 석방해 주었다는 것도 모두 알고 있어. 그것을
너는 지금 와서 새삼스럽게 끄집어내려는 것인가? 폼포니아와
마찬가지로 리기아까지 인류의 적(敵), 즉 샘물이나 우물에 독을
넣는 자, 당나귀 대가리의 숭배자, 어린애를 죽이거나 더할 수 없이
지저분한 난행(亂行)을 일삼는 사람들의 동료라고 우리들에게 믿게
하려는 건가? 키론, 네가 우리들에게 가르치고 있는 테제가 안티
테제가 되어서 너의 등에 도로 튕겨지지는 않을는지, 어디 한 번
곰곰이 생각해 봐.」

키론은 그것은 결코 자기 탓이 아니라는 표시로 두 팔을 벌려
보였다. 그리고는 말했다.

「주인님, 다음 문장을 그리스 어로 말씀해 보십시오. 예수 그리
스도, 하나님의 아들, 구세주.」

「좋아. 그럼 말하지. 이에수우스 크리스토스 테우 휘오스 소테르.
그것이 어쨌단 말인가?」

「이번에는 거기에 있는 단어의 처음 글자를 하나씩 따서 단어를
하나 새로이 만들어 보세요.」

「이쿠투스.」 (그리스 어로 물고기라는 뜻)

말하고 나서 페트로니우스는 깜짝 놀랐다.

「그것입니다. 물고기가 그리스도 교도들의 상징이 된 것은 바로
그 때문입니다.」

키론은 자랑스럽게 대답했다.

잠시 침묵이 계속되었다. 그러나 이 그리스 인의 논증에는 사람을
깜짝 놀라게 하는 데가 있어서 두 사람 모두 놀라움을 금할 수가
없었다.

「비니키우스, 너는 착각을 하고 있는 게 아니냐? 정말로 리기아가
물고기 그림을 그려 보였나?」

페드로니우스는 믿어지지 않는다는 듯이 나시 물었다.

「지하의 모든 신들에게 걸고, 그것이 거짓말이라면 미치광이라는 소리를 들어도 좋습니다.」하고 노기를 띠고 젊은이는 외쳤다.「그때 만일 새의 그림을 그렸다면 나는 새라고 했을 것입니다.」

「그러니까 그 사람은 그리스도 교도가 틀림없습니다.」

키론은 확신을 갖고 말했다.

「그렇다면 이렇게 되는군. 폼포니아와 리기아가 샘물에 독을 집어 넣거나 거리에서 붙잡은 어린애를 죽이거나 난행을 저지르거나 한다고는 도저히 믿을 수가 없어. 실로 어처구니가 없지. 비니키우스, 너는 나보다도 오랫동안 그 집에 있었고 나도 잠시나마 있어 보아서 아우루스도 폼포니아도 상당히 잘 알고 있고 리기아도 잘 알고 있어. 그렇다면 이것은 비방이야. 어처구니 없는 얘기라고 할 수밖에 없지. 물고기가 그리스도 교도들의 상징이라는 것은 과연 부정하기가 어려워. 그러나 그 사람들이 그리스도 교도라고 한다면, 푸로셀피나에 걸고 아무리 생각해도 그리스도 교도는 우리가 생각하고 있는 것하고는 틀려.」

키론은 대답했다.

「주인님은 소크라테스 같은 말씀을 하십니다. 누가 지금까지 그리스도 교도를 연구했습니까? 누가 그 교(敎)를 알고 있습니까? 제가 2년 전 네아폴리스에서 이곳 로마로 돌아왔을 때(아아, 그곳에 있었더라면 얼마나 좋았을까?) 그라우쿠스라는 이름을 가진 의사하고 친해졌습니다. 들리는 바에 의하면, 그도 그리스도 교도였다고 합니다. 그러나 그 사람이 친절하고 덕이 있는 사람이라는 것을 저는 당장에 확신했습니다.」

「그렇다면 그 덕이 있는 사람으로부터 물고기의 의미를 들은 게 아닌가?」

「유감스럽지만 듣지를 못했습니다. 골목에 있는 어떤 여인숙에서 누군가가 이 훌륭한 노인을 찔러 죽이고 그 아내와 어린애는 노예 상인이 납치해 갔습니다. 그리고 나는 그들을 지키려다가 이것, 이 두 개의 손가락을 잃었습니다. 그러나 그리스도 교도 사이에서는 때때로 기적이 일어난다고 하니까. 어느 날 갑자기 손가락이 돋아 날지도 모른다는 희망을 가지고 있습니다.」

「뭐라고? 그럼 너는 그리스도 교도가 되었는가?」

「아니, 어제부터입니다. 바로 어제부터입니다. 그 물고기가 그렇게 만들었습니다. 그러나 보십시오. 아무튼 그것이 얼마나 힘이 있나 보아 주시기를 바랍니다. 이제 며칠만 지나면 저는 열성적인 신자 중에서도 가장 열성적인 신자가 될 테니까, 그 사람들은 자기들의 온갖 비밀을 가르쳐 줄 것입니다. 모든 비밀을 가르쳐 주게 되면, 자연히 어디에 그 아가씨가 숨어 있는지도 알게 될 것입니다. 그렇게만 된다면 저의 그리스도교 쪽이 저의 철학보다도 많은 실속을 가져다 줄 것입니다. 저는 메루쿠리우스(나그네, 상인, 도둑 따위의 수호신)의 소원에 걸고, 아가씨의 수색을 도와 주신다면 같은 나이에다 같은 크기의 송아지를 두 마리, 뿔에 황금을 씌워서 바치겠다고 맹세했습니다.」

「뭐야, 너의 어제부터의 그리스도교와 옛날부터의 철학이 메루쿠리우스의 신앙을 허용하던가?」

「저는 언제나 믿을 것을 믿습니다. 그것이 저의 철학이며 특히 메루쿠리우스의 구미에도 당길 것입니다. 공교롭게도, 두 분께서도 아시겠지만, 그것이 좀처럼 방심을 하지 않는 신이어서 말입니다. 그래서 결점이 없는 철학자의 약속조차 믿지를 않고 송아지를 먼저 보내라고 할 것만 같습니다. 그러나 그것은 대단히 비용이 많이 듭니다. 누구나가 세네카는 아닙니다. 제 신분으로는 도저히 할 수 없는 일이지만, 만일 비니키우스 님이 전에 약속하신 금액을—— 약간만이라도—— 지불해 주실 의향이 계시다면——.」

페트로니우스는 말했다.

「키론, 1오포로스도 안 돼, 1오포로스도. 비니키우스의 마음 같아서는 네가 생각하는 것 이상이지만 리기아가 발견되었을 때, 즉 네가 우리들에게 그 은신처를 가르쳐 주었을 때에 한해서 줄 거야. 메루쿠리우스는 너에게 송아지 두 마리를 담보로 해두지 않으면 안 돼. 물론 나는 메루쿠리우스가 그것을 바라고 있는 것을 이상하다고는 생각하지 않고, 또 거기에 그 신의 지혜를 인정하고 있기는 하지만 말이야.」

「제 말씀을 좀 들어 보십시오. 제가 한 발견은 대단한 것입니다. 물론 아직 아가씨를 발견하지는 못했지만 아가씨를 발견할 수 있는 길은 찾은 것입니다. 실제로 두 분께서는 모든 도시 모든 주(州)에 노예나 해방 노예를 보내 놓고 계십니다. 그러나 무슨 단서라도 가지고 온 자가 있습니까? 없지요? 가지고 온 것은 저뿐입니다. 좀더 말씀을 드리지요. 두 분의 노예 가운데는 두 분이 모르시는 그리스도 교도가 있을지도 모릅니다. 그 미신은 지금 어디에나 퍼져 있습니다. 그리고 그 무리들은 두 분에게 협력하기는커녕 도리어 두 분을 배신할 것입니다. 따라서 제가 이곳에 있는 것을 그들에게 보인 것은 실수였다고 할 수 있습니다. 그러니까 페트로니우스 님, 아무쪼록 에우니케에게 침묵하도록 일러 주십시오. 또 비니키우스 님, 제가 이곳에 기름을 팔러 와서 그것을 말에 바르면 경마장에서 확실하게 승리할 수 있다고 말하더라고 소문을 퍼뜨려 주십시오.

——저 혼자 힘으로 찾습니다. 저 혼자서 달아난 두 사람을 기어이 찾고야 말겠습니다. 아무쪼록 저를 신용하시고 약간만이라도 선처해 주신다면 저에게는 큰 힘이 될 것입니다. 그렇게 되면 저는 점점 더 큰 희망을 가지고 약속된 상금이 반드시 저의 손에 들어온다는 확신을 굳히게 됩니다.

그렇습니다, 철학자로서의 저는 돈 따위는 경멸하고 있습니다. 세네카는 물론이고 무소니우스(스토아 파의 철학자)나 코르누투스(세네카의 제자. 철학 및 변론술의 교사)조차도 돈을 경멸하고 있지는 않습니다. 더욱이 그 사람들은 다른 어떤 것을 지키기 위해 손가락을 잃은 것도 아니어서 자기의 손으로 글을 써서 자기들의 이름을 후세에 남길 수가 있습니다.

그러나 제가 살 생각으로 있는 노예는 차치하고라도 제가 송아지를(아시다시피 소도 비싸졌지요.) 바치겠다고 약속한 메루쿠리우스

외에도 수색 그 자체에 큰 돈이 필요합니다. 부디 좀더 참고 들어 주십시오. 실제로 이 며칠 동안 쉴 새 없이 돌아다녔더니 발의 상처가 다시 도지기 시작했습니다. 사람들과 이야기하기 위해서 술집에 가거나, 푸줏간에 가거나, 생선 가게에 들르거나 합니다. 모든 큰 거리와 골목을 돌아다닙니다. 도망친 노예가 숨어 있는 집에도 갑니다. 모라의 승부로 1백 아스 정도 잃었습니다. 그리고 또 세탁소, 건조실, 목로 술집에 가기도 하고, 당나귀 몰이꾼이나 땜장이를 만나기도 합니다. 방광을 고치는 사람이나 이를 빼는 사람을 만나기도 하고, 무화과를 파는 사람과 이야기하기도 하고, 때로는 묘지에까지 가기도 합니다.

무엇 때문인지 아시겠습니까? 그것은 도처에서 물고기 그림을 그리거나 사람들의 눈치를 살피거나 또는 그 기호를 보고 사람들이 하는 말을 듣기 위해서입니다. 오랫동안 아무런 일에도 부딪치지 못했습니다. 그러다가 어느 날, 샘물가에서 나이 많은 노예가 물통에 물을 퍼담으면서 울고 있는 것을 보았습니다. 그래서 나는 다가가서 왜 우는가고 물었습니다. 둘이서 샘터 돌층계에 걸터앉아 이야기를 들어 봤더니, 그 사나이는 평생을 두고 돈을 조금씩 모아 귀여운 아들을 되찾기 위해(노예에서 해방하여 자유인으로 만든다.) 애서 왔는데, 그 주인인 판자라는 사나이는 돈을 보자 그것을 빼앗고는 아들을 그대로 노예로 두고 있다는 것입니다. 그 노인은 이렇게 말했습니다.

『그래서 울고 있는 것입니다. 그것이 신의 뜻이거니 하고 생각은 하면서도 불쌍한 죄인인 저는 슬픔을 억누를 수가 없습니다.』

그래서 저는 어떤 예감에 사로잡혀 물통에 손가락을 적셔 물고기의 그림을 그려 보였더니, 그 사나이는 『내 희망도 그리스도에 있습니다.』 하고 말하는 것이었습니다.

그래서 저는 『이 기호를 보고 내가 누구인지 알겠소?』 하고 물으니까 『그렇습니다. 바라건대 평화가 당신과 함께 있기를.』 하고 밀했습니다. 그리고 나서 저는 그 사나이의 입을 얼게 했으므로 사람이 좋은 그 사나이는 모든 것을 털어 놓았습니다. 그 주인, 즉 아까 말씀드린 판자는 본시 해방 노예로서 티베리스 강을 통해 로마에 돌을 나르고 있는데 그 돌을 노예나 고용된 사람들이 뗏목에서 끌어올려 건축 중인 집에까지 밤에 나른다고 합니다. 낮 동안은 교통의 방해가 되기 때문입니다. 거기에는 그리스도 교도가 많이 일을 하고 있고, 그 사나이의 아들도 그 중의 하나인데 일이 너무 고되기 때문에 돈으로 되사서 해방시키려고 하고 있었던 것입니다.

그러나 판자는 돈은 빼앗고 노예를 놓아 주려고 하지 않았습니다. 그 사나이는 그렇게 얘기하면서 또 울었기 때문에 그만 저도 함께 울었습니다. 제가 쉽게 울 수 있었던 것은 원래 마음이 다정하고 발이 아팠기 때문입니다. 너무 돌아다녔기 때문에 그만 저도 우는 소리를 하기 시작했습니다. 며칠 전에 네아폴리스에서 왔는데 형제를 한 사람도 모르고, 따라서 여럿이 함께 기도하기 위해서 모이는 장소도 모른다고 말했습니다. 그 사나이는 네아폴리스에 있는 그리스도 교도가 로마의 형제들에게 부친 편지를 건네 주지 않은 것은 이상하다고 말했기 때문에, 그것을 오는 도중에 도둑맞았다고 말했습니다.

그러자 그 사나이는 저에게 밤에 강가로 오라고 말했습니다. 그러면 형제들과 저를 만나게 해줄 것이고, 그 사람들은 저를 데리고 기도하는 집에 가서 그리스도 교도의 결사를 지배하고 있는 장로들을 만나게 해줄 것이라는 것이었습니다. 그것을 듣고 저는 너무도 기쁜 나머지 그 사나이가 아들을 되사는 데 필요한 만큼의 돈을 주었습니다. 그렇게 해두면 비니키우스님이 나중에 갑절로 해서 저에게 돌려 주시리라는 계산을 했기 때문에⋯⋯.」

페트로니우스는 말을 가로막았다.

「키론, 네 얘기는 물에 뜬 기름처럼 진실의 표면에 거짓이 떠 있어. 중요한 소식을 가지고 왔다는 것은 나도 부정하지 않아. 리기아를 발견하는 도상에 큰 진전이 있었다는 것은 나도 믿지만, 그 알리는 방법에 거짓의 기름을 바르지는 말라구. 그리스도 교도가 물고기의 기호로 서로를 알아본다는 얘기를 너에게 해준 노인은 이름이 뭐지?」

「에우리키우스라고 합니다. 가난하고 불행한 노인입니다. 제가 도둑들로부터 지켜준 의사 그라우쿠스를 연상케 했습니다. 그 점이 무엇보다도 제 마음을 움직였습니다.」

「너와 그 사나이가 알게 되어서 그 관계를 유리하게 이용할 수 있다는 것은 믿지만, 너는 그 사나이에게 돈은 주지 않았어. 1아스도 주지 않았어. 그렇지? 아무것도 주지 않았지?」

「하지만 통을 나르는 일을 도와 주며 그 아들의 일을 몹시 걱정해 주었습니다. 그렇습니다. 페트로니우스님의 형안(炯眼) 앞에 감히 무엇을 숨길 수가 있겠습니까? 사실 돈은 주지 않았습니다. 다만 마음 속으로, 머리 속으로만 주었습니다. 만일 상대가 정말로 철학자였다면 그것으로 충분했을 것입니다. ——어쨌든 돈을 준 것은 이러한 조치가 유리하다고 인정했기 때문이었습니다. 이렇게 하면 한꺼번에 모든 그리스도 교도를 제 편으로 만들어 통로를 열고 모두에게 신뢰를 심을 수 있다고 생각한 것입니다.」

페트로니우스는 말했다.

「정말이야. 그것은 진작 줘야 했던 거야.」

「바로 그렇게 할 수 있게 하기 위해서 제가 여기에 온 것입니다.」

페트로니우스는 비니키우스 쪽을 돌아보면서 말했다.

「이 사나이에게 5천 세스테르티우스 지불하도록 일러 둬. 단, 마음 속으로, 머리 속으로 말이야.」

그러나 비니키우스는 말했다.

「필요한 돈을 하인을 시켜서 보내겠다. 너는 에우리키우스에게 그 하인은 네 노예라고 말해라. 그 사나이의 면전에서 노인에게 돈을 주는 거다. 그러나 중요한 소식을 가져다 주었으니까 그만큼을 또 너의 몫으로 보내겠다. 하인과 돈을 건네 줄 테니까 오늘밤 다시 와다오.」

키론은 말했다.

「나리야말로 진짜 황제이십니다. 아무쪼록 제 일을 나리에게 바치는 것을 허용해 주십시오. 그리고 또 오늘밤 제 몫만큼 돈을 받으러 오는 것도 허락해 주십시오. 에우리키우스의 이야기로는 모든 뗏목은 이미 짐을 부리고 다른 뗏목이 며칠 후에 오스티아(티베리스 하구의 도시)로부터 끌고 온다고 합니다. 두 분에게 평화가 있으시기를. 이것은 그리스도 교도들의 헤어질 때의 인사입니다. 물고기는 바늘로 낚여지고, 그리스도 교도는 물고기로 낚여집니다. 두 분에게 평화가 있으시기를. 평화—— 평화—— 평화——.」

제 15 장

페트로니우스로부터 비니키우스에게.

『믿을 만한 노예에게 맡겨 안티움으로부터 이 편지를 보낸다. 너의 손은 펜보다도 검이나 창에 익숙해져 있지만, 이 심부름꾼에게 부탁하여 너무 늦지 않게 회답을 주리라고 믿는다.

너는 내가 떠나기 전에 이미 실마리가 잡혀 희망에 넘쳐 있었으니까, 틀림없이 지금쯤은 리기아의 품 속에서 달콤한 꿈을 꾸고 있거나 또는 진짜 겨울 바람이 소라쿠테(로마의 북쪽 40킬로에 해당하는 에토루리아의 산)의 영마루에서 캄파니아에 불어오기 전에 그렇게 되리라고 생각한다.

사랑하는 나의 비니키우스여, 바라건대 키프로스의 여신(비너스)이 너를 지배하는 일 없이 사랑의 태양을 피하고 있는 리기 족의 새벽의 여신을 네가 지배하게 되기를.

그러나 언제나 염두에 두기를 바라는 것은 대리석은 아무리 귀중한 것이라도 그것 자체로서는 아무것도 아니며, 그것이 참된 가치를 나타내는 것은 그것을 조각가의 손이 걸작으로 바꾸는 순간이라는 사실이다.

친애하는 비니키우스, 네가 그러한 조각가가 되기를 바란다. 사랑하는 것만으로는 부족하다. 사랑할 줄을 알고 동시에 사랑의 기술을 깨우치지 않으면 안 된다. 평민이라도 어떻든 쾌락을 느끼고 동물조차도 느끼기는 한다. 참된 인간이 그것들과 구별되는 점은 쾌락을 어떤 방법으로든 고귀한 예술로 바꾸고 쾌락을 맛보면서 그것을 의식하고 쾌락의 본래의 가치를 모조리 머리에 떠올리고 육체뿐 아니라 마음도 충족시켜 주는 데에 있다.

때로 여기에서 우리들 생활의 공허와 불안정, 그리고 권태를 생각하면, 내 머리에는 어쩌면 너만이 좋은 길을 선택하고 있는지도 모른다는 생각이 든다. 황제의 궁정보다도 전쟁과 연애만이 태어나서 살아가는 데 필요한 유이(唯二)의 것이라는 생각이 드는 것이다.

나는 네가 전쟁에서 멋들어지게 했듯이 연애도 그렇게 해주기를 바란다. 그러나 황제의 궁정에서 무엇이 벌어지고 있는지, 거기에 흥미가 있다면 이따금 소식을 알려 주마. 어쨌든 우리들은 안티움에 머물면서 우리들의 하늘과 같은 목소리(네로의 목소리를 비웃어서 이렇게 말한다.)를 위로해 주며, 로마에는 언제나 증오를 느끼고 겨울이 오면 바이아에로 옮겨가 공공연히 네아폴리스에 가고 싶다고 생각하고 있다. 네아폴리스의 주민은 그리스 인은 아니지만 티베리스 강의 기슭에 사는 늑대의 무리보다도 우리를 올바르게 평가할 수가 있지. 그러면 바이아에로부터도 푸테오리로부터도 쿠마에(바이아에에서 남쪽 곶을 서쪽으로 돌아 북쪽에 있는 도시)로부터도 스타비아에(네아폴리스의 남서쪽 30킬로에 있는 도시)로부터도 사람들이 몰려올 테니까, 우리들도 갈채나 관(冠)에 부족함을 느끼지 않고 아카이아(그리스 본토의 남부와 펠로폰네소스를 포함하는 로마 치하의 州)로 떠나갈 계획을 고무하는 것이기도 하지.

그런데 공주에 대한 추억은 어떤가 하고 너는 물을는지 모르지만 우리는 지금도 그 일에 대해서 탄식하고 있다. 우리들 자신이 만든 찬가(讚歌)를 노래했을 때는 그야말로 멋이 있어서 시레느(노래를 잘하는 바다의 妖精)도 부러운 나머지 안피토리테(바다의 신 네프투누스의 아내)의 더할 수 없이 깊은 동굴에 숨어 버렸을 정도이다. 만일 바다 소리가 방해하고 있지 않았다면 돌고래도 틀림없이 우리의 노래를 들었을 게다.

우리의 슬픔은 지금도 진정되지 않고 있다. 그래서 우리는 이 슬픔을 조각술(彫刻術)이 가르치는 온갖 형태로 사람들에게 나타내 보이는 것이다. 그런 때는 정성을 들여 우리가 슬픔을 가지고 있으면 좀더 아름답게 되는지, 사람들은 그러한 아름다움을 이해할 능력이 있는지를 규명하고 있다.

친애하는 비니키우스, 우리들은 광대나 희극 배우처럼 그렇게 죽어간다.

이곳에는 모든 아우구스타니와 모든 아우구스타나에(그 여성)가 있고, 그밖에 포파에아가 목욕할 때 사용하기 위해 당나귀 암컷 5백 마리와 1만 명의 하인이 있다. 따라서 때때로 재미있는 일도 일어난다. 카르비아 크리스피닐라도 이제는 늙은 모양이다. 사람들의 얘기에 의하면, 포파에아에게 부탁해서 그 직후에 목욕물을 사용하게 해달라고 했다니 말이다. 루카누스는 리기디아가 격투사와 관계가 있다고 의심하여 그 뺨을 때렸다. 스포루스는 세네키오에게 주사위놀이에서 져서 마누라를 빼앗겼다. 토르콰투스 시라누스는 에우니케를 준다면, 올해에 틀림없이 경쟁에서 이길 밤색 털의 말을 네 마리 주겠다고 나에게 제의했다. 그러나 나는 주지 않겠다고 말했다. 네가 그것을 받지 않은 것을 감사한다. 그런데 토르콰투스 시라누스의 일인데, 그는 자기가 인간이라기보다 인간의 그림자처럼 되어 있다는 것을 까맣게 모르고 있다. 그가 죽는다는 것은 거의 확실하다. 그 사람의 죄가 무엇인지 너는 알고 있느냐? 그 사람이 아우구스투스 폐하의 증손자이기 때문이다. 구제할 길이 없다. 세상은 다 그런 것이니까 말이다.

여기에서는 너도 알고 있다시피 틸리다테스를 기다리고 있다. 그러나 보로게세스(틸리다테스의 형, 52년~80년의 파르티아 왕)는 모욕적인 편지를 보냈다. 아르메니아를 굴복시켰으므로 틸리다테스를 위해 그 나라를 남겨 두게 해달라고 부탁하고, 만일 허용하지않으면 그 나라를 인도하지 않겠다는 것이다. 이것은 엄연한 모욕이다. 그래서 우리는 전쟁을 하기로 결정했는데, 코르부로는 옛날 대(大)폼페이우스가 해적과의 전쟁 때 가지고 있던 정도의 권력을 가지고 있다. 그러나 때때로 네로가 동요하고 있는 것은 코르부로가 승리했을 경우에 얻을지도 모르는 영광을 두려워하고 있기 때문이다. 우리들의 아우루스에게 최고 지휘권을 주려는 생각까지 나오고 있는 판이니까 말이야. 그러나 폼포니아의 덕망을 눈 속에 든 가시라고 여기고 있는 포파에아가 거기에 반대했지.

바티니우스는 우리들에게 무언가 특별한 격투사의 시합이 베네벤툼(네아폴리스의 북동쪽 50킬로에 있는 삼니움의 도시)에서 행해진다고 알려 주었다. 당세에서는 『구두장이는 구두에 대해서만 말하라.』라는 격언에 반하여 구두장이가 어디까지 떠벌리는가를 좀 보아라. 비테리우스는 구두장이의 자손이고 바티니우스는 구두장이의 아들이야. 어쩌면 지금도 직접 구두실을 당기면서 구두를 깁고 있는지도 모르지.

배우인 아리투루스는 어제 오이디푸스를 훌륭하게 해냈어. 그 사람이 유태인이었으므로 나는 그리스도 교도와 유태인이 같은 것이냐고 물었지. 그랬더니 그는, 유태인은 옛날부터 종교를 갖고 있었지만 그리스도 교도는 요즈음에 유태에서 갓 일어난 새로운 종교라고 대답했다. 티베리우스(아우구스투스를 이은 14~37년의 황제)의 치세 때 어떤 사나이가 십자가에 못박혀 죽었는데, 그 신봉자가 날로 늘어나 이것을 신으로서 숭배하고 있다는 것이다. 그들은 다른 신들, 특히 우리 나라의 신을 인정하려고 하지 않는 것 같은데, 그것이 어째서 불편한 것인지 나는 모르겠나.

티게리누스는 지금은 공공연히 나에게 적의(敵意)를 나타내고 있다. 지금까지로 보아서는 도저히 나의 상대가 되지 못하지만, 그래도 그에게는 두어 가지 나보다 나은 점이 있다. 그것은 목숨을 매우 소중히 여기고 있다는 점과 나보다도 훨씬 나쁜 놈이라는 것이다. 이것이 티게리누스를 붉은 수염에게 접근시키고 있다. 이두 사람은 조만간 뜻이 맞을 테니까. 그렇게 되는 날에는 내가 당하게 되어 있다. 그것이 언제 올는지는 나도 모르지만 어쨌든 언젠가는 올 것이 틀림없다.

그러나 그 시기 따위는 아무래도 좋다. 그때까지는 마음껏 즐겨 두지 않으면 안 된다. 인생 그 자체는 붉은 수염만 없으면 그렇게 싫은 것도 아니다. 그러나 붉은 수염 덕분에 인간도 때때로 자기 자신에 대해서 속이 언짢아진다. 네로의 총애를 다투는 일을 무슨 대경마장에서의 경쟁이나 승부, 또는 무슨 격투에서 거기에 이기면 자기 욕구를 충족시킨다고 생각해 보았자 아무 소용이 없다. 실제로 나는 곧잘 그렇게 생각하지만, 때때로 나도 키론과 같은 인간으로서 도무지 그 인간보다 나을 것이 뭐냐는 듯한 기분이 들곤 하는 때가 있다.

그 사나이가 네 일을 끝내면 나에게로 보내 주기 바란다. 너의 여신인 그리스도 교도에게 안부를 전해라. 그리고 그 사람에게 내 부탁이라고 말하고, 너의 물고기가 되지 말라고 전해 줘.

너의 건강이 궁금하구나. 그리고 너의 연애도. 사랑하는 것을 터득해라. 사랑하는 것을 배워라.』

마르쿠스 가이우스 비니키우스로부터 페트로니우스에게.

『리기아는 아직도 찾지 못했습니다. 가까운 장래에 그 여자를 찾는다는 희망마저 없었다면, 숙부님은 아마도 저의 회답을 받지 못하셨을 것입니다. 사는 것이 싫어졌을 때에는 쓸 기분도 나지 않는 법이니까요.

나는 키론이 속이고 있는 것이 아닐까 하고 확인해 보려고 했습니다. 그래서 키론이 에우리키우스에게 줄 돈을 받으러 온 날 밤에 군대의 외투를 입고 들키지 않도록 조심하면서, 그 사나이와 내가 그에게 준 소년의 뒤를 밟았던 것입니다. 두 사람이 현장까지 갔을 때 나는 항구의 기둥 뒤에 숨어서 지켜 보고 있었습니다마는, 에우리키우스라는 것이 결코 날조된 인간은 아니라는 것을 확신할 수가 있었습니다. 강 아래쪽에서는 수십 명이나 되는 사람들이 횃불을 밝히고는 큰 뗏목에서 돌을 내려 그것을 기슭에 늘어놓고 있었습니다. 가만히 보고 있노라니까 키론은 그 사람들에게 다가가서 한 사람의 노인과 이야기를 시작했습니다. 그 노인은 이윽고 키론의 발 밑에 꿇어 앉았습니다. 다른 사람들은 두 사람의 주위를 에워싸고는 경탄의 고함소리를 질렀습니다. 내가 보고 있는 앞에서 하인이 돈주머니를 에우리키우스에게 건네 주자 에우리키우스는 그것을 받아가지고는 두 손을 쳐들고 기도를 하기 시작했습니다. 그러자 분명히 그 사람의 아들이라고 생각되는, 또 한 사람이 그 옆에 와서 무릎을 꿇었습니다.

키론은 계속 무어라고 얘기를 하고 있었습니다만, 그 소리는 나에게는 들리지 않았습니다. 그리고는 무릎을 꿇고 있는 두 사람과 함께 다른 사람들까지 축복하면서 허공에다 십자가의 표시를 그렸습니다. 모두들 그것을 존경하고 있다는 것은 거기에 대해 무릎을 꿇고 있는 것으로도 분명합니다.

나도 그 사람들 속에 들어가 리기아를 넘겨 주는 사람이 있으면 그 사람에게 그러한 돈주머니를 세 개나 주겠다고 약속하고 싶은 생각이 굴뚝 같았지만, 키론의 일이 허사가 될까 두려워서 잠시 뒤에 그곳을 떠났습니다.

이러한 일이 있었던 것은 숙부님이 떠나시고 나서 적어도 12일이 경과한 뒤의 일이었습니다. 그로부터 키론은 몇 번인가 나에게로 왔습니다. 키론 자신이 나에게 말한 바에 의하면, 자신이 그리스도 교도 사이에서 상당히 인정받게 되었다고 합니다. 리기아가 지금까지 발견되지 않고 있는 깃은 지금 로마 시내에는 헤아릴 수 없이 많을 정도의 그리스도 교도가 있고, 그들이 모두 서로를 알고 있는 것이 아니며, 또 동료끼리도 서로 무엇을 하고 있는지 전혀 알 수가 없기 때문이라고 합니다. 게다가 모두들 조심스러워서 일반적으로 말이 적기는 하지만, 키론은 푸레스뷰텔이라고 불리는 장로들한테 가게 되기만 하면 그 사람들로부터 모든 비밀을 알아낼 수 있다고 장담하고 있습니다. 이미 몇 사람과는 잘 아는 사이가 되어서 그들로부터 알아내려고 노력하고 있지만, 너무 서둘러서 의심을 사게 되어 일을 그르치지 않도록 조심하고 있는 것입니다. 기다린다는 것은 괴롭고 참을 수 없는 일이지만 키론의 말이 옳다고 생각하여 저도 인내를 갖고 기다리고 있습니다.

그리스도 교도가 기도를 위해서 모이는 장소는 흔히 성문 밖에 있는 사람이 살지 않는 집 또는 경기장이라는 것도 키론은 알아냈습니다. 그곳에서는 그리스도를 예배하거나 노래하고 또 때로는 연회를 베풀기도 합니다. 그러한 장소는 상당히 많습니다. 키론의 추측에 의하면 리기아가 일부러 폼포니아의 집이 아닌, 다른 사람의 집에 가 있는 것은 폼포니아가 재판이나 심문 때에 리기아의 도피처를 모른다는 것을 분명히 말할 수 있게 하기 위해서라고 합니다.

어쩌면 장로들이 리기아에게 이러한 몸조심을 권하고 있는 것인지도 모릅니다. 키론이 이러한 장소를 알게 되는 대로 나는 키론과 함께 가볼 생각입니다. 만일 신들이 내가 리기아를 만나는 것을 허용한다면, 주피터에 걸고 숙부님한테 맹세하지만, 그때는 절대로 나의 손에서 놓치지 않겠습니다.

나는 쉴 새 없이 기도 장소의 일을 생각하고 있습니다. 키론은 내가 함께 가는 것을 싫어하고 있습니다. 두려워하고 있는 것입니다. 그러나 나는 집에 가만히 있을 수가 없는 것입니다. 나 같으면 리기아가 변장을 하고 있건 얼굴 가리개를 하고 있건 쉽게 발견할 수가 있습니다. 그리스도 교도는 그러한 곳에 모이지만, 나 같으면 아무리 칠흑 같은 밤이라도 대번에 리기아를 알아낼 수가 있습니다. 어디에 있더라도 리기아의 목소리와 몸짓을 알 수가 있습니다. 나 자신이 변장을 하고 가서 드나드는 사람을 일일이 살펴보기로 하겠습니다. 항상 그 사람의 일을 생각하고 있으니까 곧 알 수가 있을 겁니다. 키론은 내일 올 예정이고, 나도 이번에는 함께 떠날 생각입니다. 나는 무기를 가지고 갑니다.

지방에 보낸 내 노예가 몇 사람 빈 손으로 돌아왔습니다. 그러나 나는 리기아가 이 시내에, 어쩌면 이 시내에서 그다지 멀지 않은 곳에 있다고 확신하고 있습니다. 나 자신이 빌리는 것을 구실로 집을 여러 개 보았습니다. 그런 곳에는 가난한 사람이 개미처럼 많이 살고 있으니까 집에 오는 쪽이 그 사람을 위해서 백 갑절이나 더 좋을 겁니다. 나는 그 사람이 바라는 일이라면 무엇이든 마다하지 않을 겁니다. 숙부님은 내가 좋은 길을 택했다고 말씀하시지만, 보시다시피 내가 선택한 길은 이렇게 근심과 고생뿐입니다.

우리는 우선 시내에 있는 어떤 집에 가보고 그리고 나서 성 밖에 나갑니다. 어떤 희망이 매일 아침 우리 앞에 나타나곤 합니다. 만일 그렇지 않다면 나는 잠시도 살 수가 없을 것입니다. 숙부님은 사랑하는 것을 터득하지 않으면 안 된다고 하시고 나도 리기아에게 사랑의 이야기를 할 수가 있었지만, 지금은 다만 한 가지 바람, 즉 키론의 소식을 기다리고 있을 뿐입니다. 집 안에만 꼼짝 않고 있다는 것은 나로서는 정말 참을 수 없는 고역입니다. 그럼 안녕히 계십시오.』

제 16 장

그러나 키론은 꽤 오랫동안 얼굴을 보이지 않았으므로 비니키우스는 나중에는 그 사나이를 어떻게 판단해야 좋을지 모르게 되었다. 수색이 유리하고 확실한 결과에 도달하려면 천천히 하지 않으면 안 된다고 자기에게 되풀이해 말해도 아무 소용이 없었다.

비니키우스의 흥분하기 쉬운 피도, 태어나면서부터의 성급한 성질도, 이러한 이성의 목소리에 대해서 크게 불만이었다. 아무것도 하지 않고 팔짱을 끼고 기대고 있다는 것은 그야말로 비니키우스의 성격에 맞지 않는 일이었으므로, 아무래도 성에 차지를 않았다. 시커먼 노예의 외투를 입고 시내의 골목골목을 돌아다니는 것은 아무 성과도 없을 뿐 아니라 자기의 무위(無爲)를 기만할 뿐이라는 생각이 들어 그의 답답한 마음을 더욱 초조하게 만들었다.

해방 노예들은 빈틈이 없는 무리였으나 각자 자기의 힘으로 수색을 하라고 명했더니 키론보다는 백 배나 더 서툴다는 것을 알게 되었다. 그렇게 하고 있는 동안에 리기아에 대해서 느끼는 사랑 이외에 비니키우스의 마음에는 꼭 이기고야 말겠다는 노름꾼의 끈질긴 근성이 생겼다.

비니키우스는 언제나 그랬다. 아주 젊었을 때부터 무언가 일이 잘못되고 있다거나 무언가를 체념하지 않으면 안 된다고 생각할 줄 모르는 사람의 정열을 가지고 자기의 하고 싶은 일을 해왔다. 군대의 규율은 물론 그러한 성미를 잠시 동안 억압했지만, 동시에 그 마음에 자기보다 아랫사람에게 준 하나하나의 명령은 반드시 행해지지 않으면 안 된다는 확신을 심어 주었다. 오랫동안 동방에서 노예적인 복종에 길들여진 온순한 사람들 속에 체재해 왔다는 것은 비니키우스에게 있어서 『나는 원한다.』라는 말이 한계를 가지지 않는다는 신념을 더욱 굳게 해주었을 뿐이었다. 그래서 지금 비니키우스의 자존심은 무거운 상처를 입었다. 게다가 리기아의 반항과 저항 그리고 도망 그 자체에는 비니키우스에게 있어서 무언가 이해할 수 없는 수수께끼 같은 데가 있어서, 그것을 푼다는 것이 여간 그를 괴롭히지 않았다. 아쿠테가 한 말은 옳으며 리기아에게 있어서 자기는 아무래도 좋은 인간이 아니라고도 느꼈다. 그러나 만일 그렇다고 한다면, 어째서 리기아는 자기의 사랑, 자기의 애무, 자기의 기분좋은 집에 머물기보다도 유랑과 곤궁 쪽을 택했는가?

　이 물음에 대한 대답을 발견할 수가 없었고 오히려 자기와 리기아의 사이, 두 사람의 사고방식의 사이, 자기와 페트로니우스의 세계와 리기아 및 폼포니아 그라에키나의 세계 사이에는 무언가 차이가 있고, 무언가 충족시켜 고르게 할 수 없는 깊은 오해가 존재한다는 어떤 불분명한 느낌에 도달했을 뿐이었다. 그렇게 되자 비니키우스는 리기아를 영영 잃고 말 것 같은 생각이 들었고, 그러한 생각은 모처럼 페트로니우스가 자기에게 유지시켜 주려고 한 평정을 남김없이 앗아가 버렸다. 리기아를 사랑하고 있는 건지, 리기아를 미워하고 있는 건지조차도 알 수가 없고, 다만 리기아를 찾지 않으면 안 된다, 리기아를 찾아서 자기의 것을 만들 수 없다면 차라리 대지(大地)가 자기를 삼켜 버리는 편이 낫다고 생각하는 순간도 있었다. 때로는 상상의 힘으로 리기아가 자기 앞에 서 있다고 생각될 만큼 분명히 보이기도 했다. 자기가 리기아에게 한 말도 리기아가 자기에게 한 말도 하나하나 똑똑히 생각났다. 리기아를 신변에 느끼고 가슴 위에도 팔 위에도 느껴 정욕이 불길처럼 그의 온몸을 둘러쌌다. 리기아가 그리워서 그 이름을 불렀다. 리기아에게 사랑받고 있었다, 이쪽이 요구하는 일이라면 리기아 쪽에서 자진하여 무엇이든 충족해 주었는데, 하고 생각하면 무거운 슬픔에 사로잡혀, 무언가 깊은 정감이 헤아릴 수 없는 파도가 되어서 비니키우스의 마음을 덮쳐 왔다.

　그러나 또 분노로 창백해져서 리기아를 찾아내는 날엔 가해 주리라고 벼르고 있던 굴욕과 가책을 생각하며 기뻐하는 순간도 있었다. 리기아를 자기의 것으로 만들 뿐만 아니라 이것을 노예로서 짓밟고 싶다고 생각함과 동시에, 자기가 리기아의 노예가 되거나 차라리 리기아가 살아 있지 않는 편이 좋으냐의 양자 택일을 강요당한다면, 리기아의 노예가 되는 편이 낫다고 생각하기도 했다. 어떤 날은 리기아의 장미빛 육체에 채찍이 남기는 상흔을 생각하면서 그 상흔에 입술을 대고 싶다고 생각했다. 그런가 하면 또 리기아를 타살할 수 있다면 얼마나 행복할까 하는 생각도 머리에 떠오르곤 했다.

이러한 분열, 피로, 불안, 우수 가운데 그는 건강을 잃고 얼굴의 아름다움조차 잃었다. 뿐만 아니라 주인으로서는 매정하고 잔혹한 사람이 되어 있었다. 노예는 말할 것도 없고 해방 노예까지도 비니키우스의 옆에 오기를 두려워했다. 아무 이유도 없이 무자비하고 부정한 형벌을 받게 되는 일이 잦아지자, 그들은 남몰래 비니키우스를 증오하기 시작했다. 그것을 눈치챈 비니키우스는 고독을 느끼게 되어 노예에게 한층 더 심한 복수를 했다. 그러나 키론에게만은 조심을 하게 되었는데, 그것은 그가 수색을 중지하게 될 것을 두려워했기 때문이다. 키론 쪽에서도 그것을 알고 이제는 노골적으로 비니키우스를 지배하려 들고 점점 더 무리한 요구를 하게 되었다.

처음에는 올 때마다 일은 쉽고 빠르게 진행되고 있다고 말하며 비니키우스를 안심시켰는데, 지금은 자기 쪽에서 어려움을 말하며 아직도 오래 계속될 수밖에 없다는 것을 숨기려고 하지 않았다. 물론 수색이 확실한 결과를 가져올 것이라는 것을 보장하기는 했지만 말이다.

마침내 며칠씩이나 기다리게 한 끝에 키론이 나타났을 때는 그야말로 침울한 얼굴을 하고 있었으므로, 젊은이는 창백하게 질려서 벌떡 일어나 가까스로 힘을 내어 물었다.

「그리스도 교도 사이에도 없더냐?」

키론은 대답했다.

「아니오, 있었습니다. 그렇지만 그 패거리 속에 의사인 그라우쿠스가 있었습니다.」

「무슨 이야기야? 그것이 대체 누군데?」

「벌써 잊으셨습니까? 제가 네아폴리스에서 로마로 올 때의 동행자 말입니다. 그를 도와 주기 위해서 이 손가락 두 개를 잃었습니다. 그 때문에 저는 펜을 들 수가 없습니다. 강도들은 그 사람의 아내와 어린애를 빼앗고 그 사나이에게 칼을 들이댔습니다. 저는 민투르나에(로마의 동남쪽 120킬로에 있는 라티움 해안에 가까운 도시)의 여인숙에서 몸부림치고 있는 그를 두고 와서는 오랫동안 그 사나이를 위해 울었습니다. 그런데 그가 아직도 살아 있어서 이 로마의 그리스도 교 단체에 속해 있는 것을 확인했습니다.」

비니키우스는 무슨 말인지 짐작이 되지 않았으나 다만 그 그라우쿠스가 리기아를 수색하는 데에 방해가 되고 있다는 것은 알았으므로 북받쳐 오르는 화를 억제할 수 없어 이렇게 말했다.

「만일 네가 그를 도와 주었다면, 그 사내는 너를 고맙게 생각해서 도와 주어야 할 것 아니냐?」

「그렇습니다, 호민관님. 신들조차도 언제나 은혜를 입는다고는 할 수 없습니다. 하물며 인간으로서는. 그렇습니다, 그는 저에게 고맙게 여겨야 할 것입니다. 그러나 불행히도 그 노인은 머리가 나쁜데다 고생 때문에 노망기까지 들어서 저를 고맙게 여기기는커녕 오히려 제가 그 사람의 동료 신자들로부터 들은 바로는, 저를 비난하면서 제가 도둑과 짜고 그 사람을 불행하게 만들었다고 떠들어 댔던 것입니다. 그것이 손가락 두 개를 잃은 대가입니다.」

비니키우스는 말했다.

「이 악당 같은 놈아, 그 노인의 말대로임에 틀림없어!」

키론은 짐짓 점잖은 척 대답했다.

「그렇다면 나리는 그 노인보다도 잘 알고 계시다는 얘기가 됩니다. 그 노인은 다만 그렇다고 추측하고 있을 뿐입니다. 그래도 그리스도 교도를 불러모아 저에게 잔혹한 보복을 할 수는 있습니다. 틀림없이 그는 그렇게 할 것이고 다른 사람들도 틀림없이 그를 도와 줄 것입니다. 다행히도 그는 제 이름을 모르고 있고 우리들이 함께 있던 기도하는 집에서도 저를 알아보지 못했습니다. 그러나 저는 대번에 그를 알아보고 그때에는 곧 목에라도 매달리고 싶은 심정이었지만, 그런 저를 만류한 것은 다만 하려고 생각하는 것을 일일이 따져 보는 저의 습관과 신중성 때문이었습니다. 그래서 저는 기도하는 집에서 나와서는 그 사나이에 대한 것을 사람들에게 물어 보았습니다. 그 사람을 알고 있는 사람은 저에게 그 사람이 나폴리에서의 동행자에게 배신을 당한 사람이라고 가르쳐 주었습니다. 그렇지 않다면 그가 그런 얘기를 하고 있는지 어떤지 저로서는 알 수가 없었을 겁니다.」

「그것이 나하고 무슨 상관이 있단 말이냐? 네가 기도하는 집에서 본 이야기를 말해 다오.」

「나리께서는 관련이 없지만 저에게는 제 얼굴 가죽 만큼이나 밀접한 관련이 있는 일입니다. 저는 제 학문을 후세에까지 남기고 싶습니다. 약속해 주신 상금을 단념하는 한이 있더라도 멸망해 가는 부(富)를 위해 목숨을 위태롭게 하고 싶은 생각은 추호도 없습니다. 부는 없더라도 저는 진짜 철학자로서 생활하면서 신의 진리를 추구할 수가 있으니까요.」

그러나 비니키우스는 씁쓸한 얼굴을 해가지고 키론에게 다가가 목이 메이는 듯한 목소리로 말하기 시작했다.

「네 목숨이 그라우쿠스의 손에 없어지느냐, 아니면 내 손에 의해 없어지느냐 하는 것은 아무도 모른다. 이놈아, 네가 곧 이 집의 뜰에 묻히지 않는다고 누가 감히 장담할 수 있겠느냐?」

본래 겁이 많은 키론은 비니키우스의 얼굴을 살피고 있다가 섣불리 말을 했다가는 돌이킬 수 없는 일이 벌어질지도 모른다고 생각했다.

「찾아내겠습니다. 발견해 내고야 말겠습니다.」

키론은 서둘러 덧붙였다.

한동안 침묵이 계속되었다. 그 동안에 들려 온 것이라곤 다만 비니키우스의 빠른 호흡과 뜰에서 일하고 있는 노예들의 노랫소리뿐이었다. 잠시 후 이 젊은 귀족이 얼마간 침착을 되찾은 것을 본 그리스 인은 때를 놓치지 않고 이야기하기 시작했다.

「죽음이 제 주위에서 맴돌고 있었지만, 저는 소크라테스 같은 침착성을 가지고 그것을 바라보고 있었습니다. 아닙니다, 나리. 제 말은 아가씨의 수색을 단념한다는 뜻이 아닙니다. 다만 그 수색이 지금 저에게 있어서 큰 위험과 결부되어 있다는 것을 말씀드리고 싶었을 따름입니다. 지난 번에는 에우리키우스라는 자가 실제로 이 세상에 있는지 없는지 의심하셨지만, 제 아버지의 아들(즉 자기 자신)이 진실을 말씀드렸다는 것을 확인하시고도 지금 또 그라우쿠스를 날조했다고 의심하시는 겁니까? 그야말로 억울합니다. 그것이 단지 만들어 낸 이야기라면, 그래서 제가 다시 안전하게 그리스도 교도들 속에 들어갈 수만 있다면, 그 대신 나이 들고 불편한 제 시중을 들게 하려고 사흘 전에 사들인 저 불쌍한 노파를 남에게 주어도 상관이 없습니다. 그러나 나리, 그라우쿠스는 엄연히 살아 있습니다. 단 한 번이라도 그 사람에게 들키는 날에는 저는 끝장입니다. 그렇게 되면 누가 아가씨를 찾겠습니까?」

그렇게 말하고는 또 잠자코 눈물을 닦았다. 이윽고 그는 다시 이야기를 계속했다.

「그러나 그라우쿠스가 살아 있는 한 어떻게 찾을 수가 있겠습니까? 어떻게 그 사람을 찾을 수가 있을 것입니까? 지금에라도 그라우쿠스를 만날지도 모르고, 한 번 만나면 끝장입니다. 저와 함께 수색도 끝나고 맙니다.」

「무엇을 목표로 하고 있느냐? 어떤 궁리를 하고 있느냐? 도대체 무엇을 꾸미고 있느냔 말이다.」

비니키우스는 다그쳐 물었다.

「아리스토텔레스의 설에 의하면 작은 일은 큰 일을 위해서 희생하라고 했습니다. 푸리아모스 왕(트로이아의 왕)은 늙으면 짐이 된다고 했습니다. 현실적으로 늙음과 불행의 무거운 짐이 훨씬 전부터 그라우쿠스를 몹시 억압하고 있으므로, 그 사람에게는 차라리 죽는 편이 은혜입니다. 세네카의 말대로 죽음이라는 것은 해방이 아니고 무엇입니까?」

「농담은 숙부님에게나 해라, 나에게 하지 말고. 도대체 네가 바라고 있는 것이 무엇이냐?」

「덕(德)이 익살이라면 신들이 저를 영원한 익살꾼으로 만들어 주시기를. 저는 그라우쿠스를 죽이고 싶습니다. 그가 살아 있는 한 저의 생명과 수색은 끊임없이 위협을 받으니까요.」

「그러면 사람을 사서 몽둥이로 때려 죽이면 될 것 아니냐? 돈은 내가 얼마든지 지불할 테니까 말야.」

「그런 일을 하시면 큰돈을 사용하고도 나중에는 비밀을 빌미로 협박을 당하시게 됩니다. 로마에는 알레나(경기장의 모래터)의 모래알만큼이나 많은 불한당이 있지만, 정직한 사람이 그놈들의 힘을 빌리려 들면 얼마나 많은 돈을 요구하는지 아마 짐작도 못하실 겁니다. 그것은 안 됩니다, 호민관님. 가령 야경꾼이 살인 현장에서 범인을 붙잡는다면 어떻게 하시렵니까? 그놈들은 물론 누가 고용했는지 자백할 테니까 나리가 피해를 입게 됩니다. 만일 저라면 내 이름을 놈들에게 말하지 않을 테니까 고발당할 걱정이 없습니다. 저를 신용하지 않으면 아니 되십니다. 제가 정직하다는 것은 차치하고라도 이 경우 두 가지 별도의 사항이 중요합니다. 그것은 저 자신의 피부(목숨)와 약속하신 상금입니다.」

「얼마가 필요한가?」

「1천 세스테르티우스가 필요합니다. 저는 제대로 된 불한당, 즉 착수금을 받고 슬쩍 달아나는 일이 없는 사람을 발견하지 않으면 안 된다고 생각합니다. 좋은 일에는 반드시 막대한 수당이 필요합니다. 게다가 저에게는 그라우쿠스를 불쌍히 여겨 흘린 눈물을 말리기 위해 얼마간의 수고비가 필요하지요. 신들에게 맹세코 말씀 드립니다만, 저는 그 사람을 가엾다고 생각하고 있었습니다. 오늘 나리께서 1천 세스테르티우스를 주신다면, 이틀 후에는 그놈의 영혼은 지옥에 가 있을 것입니다. 지옥에 가서도 그 영혼이 기억도 사려도 잃지 않고 있다고 한다면, 제가 얼마나 자기를 가여워했는가를 알아줄 것입니다. 게다가 놈들에게는 오늘에라도 발견해서 내일밤부터 그라우쿠스가 살아 있는 날에는 날마다 하루에 1백 세스테르티우스씩 줄여 나가겠다고 말해 둡니다. 나에게는 확실한 생각이 있어서 그것은 거의 틀림이 없는 것이라고 생각하고 있습니다.」

　비니키우스는 다시 한 번 키론이 원하는 금액을 약속하고 이제는 더 이상 그라우쿠스의 이야기는 하지 말라고 말하고, 반대로 어떤 다른 소식을 가지고 왔는지, 그리고 어디에 있었는지, 무엇을 보고 무슨 냄새를 맡았는지를 물었다. 그러나 키론은 새로운 얘기를 그리 많이 할 수는 없었다. 기도하는 집을 두 군데 더 찾아가 만나는 사람마다 붙들고는 리기아의 일을 자세히 물어 보았지만, 리기아를 아는 사람은 아무도 없었다고 했다.

　그래도 그리스도 교도는 그를 동료라고 생각하게 되었고, 자기가 에우리키우스의 아들을 되찾아 주었으므로 자기를 『그리스도』를 본받으려는 사람으로서 존경하고 있다. 또 그들로부터 훌륭한 율법학자인 타루소의 바울이라는 사람이 로마에 찾아와서 유태인들이 제기한 고소 때문에 감옥에 들어가 있는 것을 알아냈는데, 가까운 장래에 그 사람과 친지가 될 생각이라고 했다. 그러나 가장 기쁜 또다른 소식은 전교단(全敎團)의 최고의 사제, 즉 그리스도의 제자인 동시에 그리스도가 전세계의 지배를 그 사람의 손에 일임한 사람이 조만간 로마에 오게 되어 있다는 것이다. 모든 그리스도 교도는 그 사람을 직접 보고 싶어 하고 또 그 가르침을 듣고 싶어 한다. 몇 가지 큰 집회가 열릴 것이고, 거기에 자기, 즉 키론도 참석할 생각이지만 그보다 더 중요한 것은 군중 사이에 몸을 숨기는 것은 아주 쉬운 일이니까, 그 집회에 비니키우스도 데리고 가겠다. 그러면 틀림없이 리기아를 발견할 수 있다. 일단 그라우쿠스를 없애 버리기만 하면 큰 위험은 사라진다고까지 말할 수 있다. 복수라고 한다면 물론 그리스도 교도도 복수를 하게 되지만 그리스도 교도는 일반적으로 온화한 사람들이다 라고 잠시도 쉬지 않고 떠들어 댔다.

　여기에서 키론은 약간 놀라움을 보이면서 그리스도 교도가 난행에 빠진다거나, 샘물이나 우물에 독을 넣는다거나, 또는 인류의 적이라거나, 당나귀 머리를 숭배한다거나, 어린아이의 고기를 먹는다는 사실을 그 자신이 한 번도 본 일이 없노라고 이야기했다. 아니 아니,

정말 그러한 사실은 보지 못했다. 물론 그 사람들 가운데에는 돈을 받고 그라우쿠스를 없애 주는 사람도 있으나, 자기가 알고 있는 한 그 종교는 어떠한 범죄도 장려하지 않을 뿐만 아니라 반대로 모욕까지도 용서하라고 가르치고 있다.

비니키우스도 아쿠테네 집에서 폼포니아 그라에키나가 이야기한 사실을 생각하고 대체로 키론의 말을 기쁜 마음으로 들었다. 리기아에 대한 감정은 증오의 형태를 취하고 있었으나, 리기아나 폼포니아가 믿고 있는 종교는 사악하지도 불결하지도 않다는 말을 듣고 마음이 한결 가벼워졌다.

그러나 바로 그 종교가, 그리스도에 대한 자기로서는 알 수 없는 비밀스러운 신앙이, 자기와 리기아 사이에 경계를 만들고 있다는 어렴풋한 느낌이 들자, 그 종교를 무서워하는 동시에 증오하기 시작했다.

제 17 장

키론에게 있어서는 사실상 그라우쿠스를 없앤다는 것은 중요한 일이었다. 그라우쿠스는 비록 늙기는 했으나 완전한 꼬부랑 노인은 아니었다. 키론이 비니키우스에게 이야기한 사항에는 상당한 분량의 진실이 포함되어 있었다. 젊었을 때 그라우쿠스를 알게 되었으나, 그후 그를 배신하여 도적에게 팔아 넘기고 그의 가족도 재산도 빼앗아 살해자의 손에 넘겼다. 더욱이 그러한 기억을 가지고 있었음에도 불구하고 그가 태연할 수 있었던 것은, 죽어가는 그를 그대로 방치한 것이 여인숙이 아니라 민투르나에(라티움의 동부 리리스 강 하류의 도시)에 가까운 벌판이어서 설마 그라우쿠스가 살아나서 로마에까지 나타나리라고는 상상조차 하지 못했었기 때문이었다.

그래서 기도하는 집에서 처음 그라우쿠스를 발견했을 때는 정말로 소름이 끼쳐 당장에라도 리기아의 수색을 단념하고 싶었다.

그러나 이번에는 비니키우스가 무서워졌다. 그라우쿠스에 대한 공포와 유력한 귀족의 추적 및 복수 중의 어느 하나를 선택해야 한다. 또 비니키우스 쪽에서는 또 한 사람의 훌륭한 사람 페트로니우스가 있어서 힘이 되어 줄 것은 당연한 이치였다.

그러나 여기에 대해 키론은 동요하지 않기로 했다. 큰 적(敵)보다는 조그만 적을 가지는 편이 그래도 낫다고 생각했던 것이다. 그의 겁 많은 천성은 피비린내 나는 방법에 대해서는 약간 몸부림을 쳤지만, 남의 손을 빌리더라도 그라우쿠스를 죽이는 것은 반드시 필요하다고 인정한 것이다.

지금은 다만 사람을 선택하기만 하면 되었다. 그리고 거기에 대해서는 비니키우스가 말한 방법에 의존하려고 했다. 밤에는 대개 술집에서 보냈다. 거기에는 주거도 없고 명예도 신앙도 없는 사람들이 항상 득실대고 있었으므로, 약간의 돈만 집어 주면 어떤 일이라도 떠맡아 줄 사람을 발견하기는 어렵지 않았다. 키론에게 돈이 있다는 냄새를 맡고는 일거리를 맡으려고 알랑거리고 착수금을 받은 후에는 야경꾼의 손에 넘기겠다고 위협하여 전액을 갈취하려고 드는 사람을 발견하기는 더욱 쉬운 일이었다. 그래도 키론은 얼마 전부터 수브라나 티베리스 맞은 쪽의 수상쩍은 집에 살고 있는 영세민이나 불결하고 동시에 사나운 무리들에 대해서는 반감을 가지고 있었다.

무슨 일이나 자기의 관점에서 보고 충분히 그리스도 교도나 그 종교에 대해서 생각해 보지 않은 키론은 그리스도 교도들 사이에도 기꺼이 자기의 앞잡이가 되는 자가 있으리라고 생각했고, 또 그들이 다른 사람들보다는 성실하게 생각되었으므로, 그들에게 먼저 손을 뻗치기로 했다. 그리고 그들에게 자기의 일을 설명할 때 그것을 떠맡으면 돈이 생길 뿐만 아니라 신앙을 위해서도 도움이 될 것이라는 식으로 꾸며 댔다.

그 목적을 안고 그는 밤에 에우리키우스에게 갔다. 에우리키우스가 자기를 전적으로 믿고 가능하다면 무엇이든지 한다는 것을 잘 알고 있었다. 그러나 천성이 조심스러운 키론은 덕을 갖춘 신앙심 깊은 노인의 신앙과는 어쨌든 명백히 모순되는 자기의 진짜 의향을 고백하는 것을 삼가고, 무엇이든 할 생각으로 있는 사람을 손에 넣고 그것이 자기들의 일을 생각하면 어디까지나 비밀로 하지 않으면 안 된다는 식으로 그 일에 대해서 결론을 내리고 싶었던 것이다.

에우리키우스 노인은 아들을 되찾고 나서 키르쿠스 막시무스(로마 시 중앙 남서쪽의 대경마장) 옆에 옹기종기 들어서 있는 작은 가게를 하나 빌어서 경마를 보러 오는 사람들에게 올리브 열매나 콩 또는 빵이나 귤로 단맛을 낸 물을 팔고 있었다. 키론이 갔을 때 노인은 가게의 설비를 하고 있었다. 그리스도의 이름으로 인사를 하고 나서 키론은 찾아온 목적에 대해서 이야기하기 시작했다. 물론 키론은 노인에게 할 일을 다해 주었으므로, 상대방도 마땅히 고맙게 생각하여 여기에 보답할 것이라고 생각하고 있었다.

키론은 말했다.

필요한 것은 두세 사람의 기운 센 사람이다. 그들은 키론뿐 아니라 그리스도 교도 전체에게 닥치고 있는 위험을 제거하게 될 것이다. 자기가 가지고 있는 것의 거의 전부를 에우리키우스에게 주고 말았으므로 실제로 가난하기도 하지만, 자기를 믿고 자기가 명령하는 일을 충실히 수행하기만 한다면 그러한 사람들에게는 후한 보수를 지불하겠다고 말했다.

에우리키우스와 아들 콰루투스는 거의 땅바닥에 꿇어앉을 듯이 하여 자기들의 은인인 키론의 말을 듣고 있었다. 두 사람은 그렇게 신성한 사람이 그리스도교에 맞지 않는 일을 요구할 까닭이 없다고 믿기 때문에, 키론이 요구하는 일이라면 무엇이든 수행할 생각으로 있노라고 말했다.

키론은 『물론 그렇다.』라고 두 사람에게 보장하고 나서, 눈을 하늘로 쳐들어 기도하는 듯한 몸짓을 취했는데, 그렇게 하면 1천 세스테르티우스는 절약하게 되므로 두 사람의 제의를 받아들이는 쪽이 낫지 않을까 생각했다.

그러나 잠시 생각한 끝에 그것을 거부하기로 했다. 에우리키우스는 노인인데다가 나이 때문에 허리가 구부러졌다기보다는 고생과 병환으로 인해서 약해져 있었고, 콰루투스는 이제 겨우 16세가 되었을 뿐으로서 이 일을 맡기엔 적당치가 않았다. 키론은 민첩하고 특히 힘센 사람을 필요로 하고 있었던 것이다. 1천 세스테르티우스 쪽은 자기가 생각한 바에 의하면 그때마다 상당한 부분이 절약될 수 있는 가망이 있었다.

두 사람은 그래도 잠시 억지로라도 떼를 쓰고 있었으나, 키론이 딱 잘라 거부했기 때문에 하는 수 없이 승복했다.

콰루투스는 말했다.

「빵집을 하고 있는 데마스라는 사람을 알고 있습니다. 그 집의 방앗간에 노예나 인부들이 많이 일하고 있습니다. 그 고용인 중의 하나가 대단한 장사로서 혼자서 두 사람 몫 정도가 아니라 네 사람 몫의 일을 합니다. 네 사람이 덤벼도 들어 올릴 수 없는 돌을 혼자서 거뜬히 들어 올리는 것을 이 눈으로 똑똑히 보았습니다.」

키론은 말했다.

「그 사람이 만일 신앙심이 깊어서 형제들을 위해 일을 할 수가 있다면 나를 만나게 해주게.」

콰루투스는 대답했다.

「그도 그리스도 교도입니다. 데마스네 집에서 일을 하는 사람들은 대부분이 그리스도 교도이니까요. 그곳에서는 노동자가 밤 당번과 낮 당번으로 나뉘어 있는데, 그 사나이는 밤 당번입니다. 지금 가면 마침 저녁 식사를 하고 있을 겁니다. 자유롭게 이야기할 수 있을는지도 모릅니다. 데마스의 집은 엔포리움(로마 시의 남서부로서 티베리스 강 연안의 장방형의 시장) 바로 옆입니다.」

키론은 기꺼이 승낙했다. 엔포리움은 아벤티누스의 기슭에 있었으므로 키루쿠스 막시무스로부터는 그리 멀지 않았다. 언덕을 넘지 않고 강을 따라 포르티쿠스 아에미리아(엔포리움 윗쪽의 강가에 있는 긴 柱廊)를 지나서 갈 수가 있었으므로, 그쪽이 훨씬 지름길이었다.

주랑 속에 들어갔을 때 키론은 말했다.

「나도 이제는 나이를 먹었군. 이따금 기억이 희미해지는 걸 보니. 우리의 그리스도는 자기 제자의 한 사람에게 배신을 당했지? 그런데 그 배신자의 이름을 지금 생각해 낼 수가 없으니…….」

「유다겠지요, 나중에 목을 매어 죽은…….」

콰루투스는 대답하고 이 이름을 생각해 낼 수가 없다는 것은 조금 이상하다고 마음 속으로 생각했다.

「아아, 그렇지. 유다였지.」

키론은 말했다.

그리고 나서 잠시 아무 말 없이 걸었다. 벌써 닫혀 있는 엔포리움까지 와서 그곳을 지나 곡물이 사람들에게 배급되는 곡창 옆을 왼쪽으로 꺾어져 비아 오스티엔시스(아벤티누스 언덕의 남쪽에서 나와 티베리스 강 하구의 오스티아에 이르는 국도)를 따라 뻗어 있는 집들 쪽을 향해 테스타케우스 언덕(엔포리움의 남쪽 언덕)과 포름 피스토리움(빵집이 있는 시장)까지 왔다. 그곳의 낡은 건물 앞에 서자 안에서부터 맷돌소리가 들려 왔다.

콰루투스는 안으로 들어갔으나, 키론은 많은 사람들에게 자기의 얼굴을 보이고 싶지 않았고 또 혹시 무슨 얄궂은 운명으로 의사 그라우쿠스를 만나게 될까 두려워 밖에서 기다리기로 했다.

그리고는 밝은 달빛을 바라보면서 혼잣말을 했다.

『가루를 빻고 있는 헤라클레스를 보고 싶군. 빈틈이 없는 사나이라면 약간 돈이 들 걸. 그러나 만약 그가 신앙심 깊은 그리스도 교도이고 바보라면 내가 원하는 일을 고스란히 그냥 해줄 것이고.』

콰루투스가 곧 돌아왔기 때문에 그의 생각은 거기에서 중단되었다. 콰루투스는 그 방앗간에서 한 사람의 사나이를 데리고 나왔다. 에소미스라고 불리는 그 사나이는 투니카만 입고 있었다. 운동이 그야말로 자유자재로 될 수 있는 그러한 옷을 특히 노동자가 즐겨 입었던 것이다. 키론은 그 사나이를 보고 만족스러운 한숨을 쉬었다.

태어나서 지금까지 이런 팔과 가슴을 본 일이 없었던 것이다.

「이 사람입니다, 만나고 싶으시다고 하신 형제는.」

콰루투스는 말했다.

키론은 말을 걸었다.

「그리스도의 평화가 너와 함께 하기를. ——그럼 콰루투스, 이 형제에게 나를 믿어도 좋은가 어떤가를 말해 줘. 그리고 너는 이제 돌아가거라. 나이 많은 아버지를 혼자 있게 해서는 안 되니까.」

콰루투스는 말했다.

「이 사람은 고마운 분입니다. 알지도 못하는 노예인 나를 해방시키기 위해 가진 것을 전부 주셨습니다. 우리들의 주, 하늘에 계신 주님의 보살핌이 계시기를 빕니다.」

거인인 노동자는 그 말을 듣자 몸을 굽혀 키론의 손에 입을 맞추었다.

「이름을 뭐라고 하오, 형제.」 하고 그리스 인은 물었다.

「세례를 받을 때 우르바누스라는 이름을 받았습니다.」

「우르바누스 형제, 나하고 천천히 이야기할 시간이 있겠소?」

「일은 밤중에 시작됩니다. 지금은 마침 저녁 식사가 나올 시간입니다.」

「그렇다면 시간은 충분하겠군. 잠깐 강가로 갑시다. 거기에서 내 얘기를 들어 주기 바라오.」

두 사람은 돌로 쌓은 둑 위에 나란히 앉았다. 주위는 고요했고 다만 멀리에서 들려오는 맷돌소리와 밑을 흐르는 강물소리만이 들려 올 뿐이었다. 거기에서 키론은 비로소 노동자의 얼굴을 바라보았다. 로마에 끌려온 만족(蠻族)의 얼굴이 보통 그렇듯이 약간 무섭고 슬픈 듯한 표정이기는 했으나 그 얼굴은 사람이 좋아 보이는 고지식한 얼굴이었다.

키론은 마음 속으로 중얼거렸다.

『됐어. ——보수 없이도 그라우쿠스를 죽일 수 있는 선량하고 어리석은 사나이야.』

그리고는 물었다.

「우르바누스, 당신은 그리스도를 사랑하고 있소?」

노동자는 대답했다.

「네, 충심으로 사랑하고 있습니다.」

「그리고 자기의 형제들이나 자매들, 그리스도의 진리와 그리스도의 신앙을 배운 사람들도 사랑하고 있소?」

「네, 그들도 사랑하고 있습니다.」

「그렇다면 평화가 당신과 함께 하기를.」

「당신에게도.」

다시 조용해졌다. 멀리에서 맷돌소리가 울려오고 밑에서는 강물소리가 들려 오고 있었다.

키론은 밝은 달빛을 바라보고 천천히 목이 잠기는 듯한 목소리로 그리스도의 죽음에 대해 이야기하기 시작했다. 우르바누스에게 애기하고 있는 것 같지가 않았다. 자기가 그 죽음을 생각하고 있는 것 같기도 하고, 그 비밀이 잠들어 있는 이 도시를 향해 고백하고 있는 것 같기도 했다. 그 모습에는 어딘가 인간미를 느끼게 했고 동시에 또 장엄한 데가 있었다.

노동자는 울었다. 그리고 키론이 한숨을 쉬며 구세주가 죽을 때 누구 한 사람 이것을 지켜 주고 십자가에 못박히는 것을 말리지는 않더라도 하다못해 병사나 유태인의 모욕을 저지하려고 한 자가 아무도 없었음을 원망하기 시작하자, 이 만인(蠻人)의 거대한 주먹은 슬픔과 억눌린 분노로 하여 굳게 쥐어졌다. 그 죽음은 이 만인을 감동시켰을 뿐이지만 십자가에 못박힌 어린 양을 비웃은 군중의 일을 생각하자 그 소박한 마음은 끓어오르고 참을 수 없는 복수심이 엄습해 왔다.

키론은 느닷없이 물었다.

「우르바누스, 유다가 누구인지 알고 있소?」

「알고말고요, 알고 있고말고요. 하지만 그는 스스로 목을 매었습니다.」 하고 노동자는 외쳤다.

그리고 그 목소리에는 배신자가 자기 자신에게 형벌을 가하여 우르바누스의 손에 걸려 들지 않은 것을 못내 원통해 하는 듯한 데가 있었다.

키론은 이야기를 계속했다.

「그러나 만일 유다가 스스로 목을 매지 않고, 그리스도 교도의 누군가가 육지든 바다에서든 그 자와 만났다고 한다면, 구세주의 피와 고통과 죽음에 대해서 복수를 해야 하지 않을까?」

「복수하지 않는 자는 없을 겁니다, 선생.」

「평화가 그대와 함께하기를, 어린 양의 충실한 하인이여. 사실이 그러하오. 누구든지 자기가 받은 부정은 용서할 수가 있소. 그러나 하나님이 받은 부정을 용서할 권리가 누구에게 있단 말이오? 하지만 뱀은 뱀을 낳고 악은 악을 낳고 배신은 배신을 낳듯이, 유다의 독으로부터는 또 다른 배신자가 생기게 마련이오. 유다가 유태인과 로마의 병사에게 구세주를 인도했듯이, 우리들 사이에 살아 있는 유다도 늑대에게 자기의 어린 양을 넘겨 주려 하고 있소. 그래서 누구도 배신을 방해하지 않고 누구도 더 늦기 전에 뱀의 대가리를 때려 으깨지 않으면 우리들 모두에게 파멸이 오고 우리와 함께『어린 양』의 숭배도 멸망하고 말 것이오.」

노동자는 키론을 보면서 그 이야기가 자기에게 잘 이해되지 않는다는 듯한 심한 불안을 나타냈다. 그리스 인은 외투자락으로 얼굴을 가리고 땅 밑에서 들려 오는 듯한 목소리로 되풀이했다.

「진짜 신을 섬기고 있는 당신들은 불행하오. 당신들 그리스도 교도는 남자도 여자도 모두 불행하오.」

다시 침묵이 계속되었다. 그리고 또다시 맷돌소리와 강물소리만이 들려 오고 있었다.

마침내 노동자는 물었다.

「대체 어떤 배신자입니까?」

키론은 고개를 떨구었다.

「어떤 배신자냐구? 유다의 아들이오. 그 독버섯의 아들이지.

그것이 그리스도 교도인 체하고 기도의 집에까지 온 것은, 다만 형제들이 황제를 신으로 인정하지 않는다든가 샘물에 독을 넣는다든가 어린애를 죽인다든가 이 도시를 멸망시켜 돌이 산산이 흩어지게 한다든가를 황제에게 호소하기 위해서요. 실제로 며칠 후에는 친위병에게 명령이 떨어져 노인도 여자도 어린애도 감옥에 갇히고 사형에 처하여 페다니우스 세쿤두스(A. D. 61년, 노예에게 살해된 경찰 책임자. 원한 때문에 일가의 노예를 극형에 처하여 민중 폭동을 일으키게 했다.)의 노예들이 사형에 처해지는 것 같은 일이 일어나게 될 것이오. 그것은 모두 저 또 한 사람의 유다의 소행이오. 그러나 처음의 유다를 아무도 벌하지 않았다면, 누구도 거기에 대해서 복수를 가하지 않았다면, 누구도 고통과 고난의 시간에 그리스도를 지키지 않았다면, 누가 또 한 사람의 유다를 벌하고, 누가 뱀이 황제의 귀에 고해 바치기 전에 때려 으깨고, 누가 그를 멸망시키고, 누가 형제들과 그리스도에 대한 신앙을 파멸로부터 지킬 수가 있겠소?」

그때까지 돌 위에 앉아 있던 우르바누스가 갑자기 일어나서 말했다.

「제가 하겠습니다.」

키론도 따라 일어나서 잠시 달빛에 빛나는 노동자의 얼굴을 바라보고 있었으나, 이윽고 팔을 내밀고 천천히 손바닥을 상대의 머리에 얹고는 장엄하게 이렇게 말하는 것이었다.

「그리스도 교도들 속으로 가라. 기도하는 집에 가서 의사 그라우쿠스가 누구냐고 형제들에게 물으라. 그 자를 가리켜 주면 지체 없이 그리스도의 이름으로 그 자를 때려 죽여라.」

「그라우쿠스? ——」

노동자는 자기의 기억 속에 그 이름을 새겨 넣으려는 듯이 되풀이했다.

「알고 있는가?」

「아니오, 모릅니다. 그리스도 교도는 로마 시내에 몇 천 명이나 되어서 모두가 알고 지내는 것은 아닙니다. 그러나 내일밤 형제 자매들이 그야말로 한마음으로 오스토리아눔에서 모입니다. 그것은 그리스도의 대사도가 와서 거기에서 설교를 하게 되어 있기 때문입니다. 거기에서 형제들은 저에게 그라우쿠스를 가르쳐 줄 것입니다.」

「오스토리아눔에?」하고 키론은 물었다.「그럼 성문 밖이로군. 형제들과 모든 자매들이라——. 밤에——, 성문 밖 오스토리아눔이라——.」

「그렇습니다, 선생. 우리들의 묘지 비아 사라리아(로마 시의 북북동에서 사비니 족 사이를 지나 북동 아드리아 해안 카스토룸 토루엔티눔에 이르는 국도)와 비아 노멘타나(그 동쪽에 있는 다른 길)와의 사이입니다. 거기에서 대사도가 설교하는 것을 모르십니까?」

「한 이틀 집을 비웠었기 때문에——, 게다가 그 사람의 편지를 받아 보지 못했거든. 오스토리아눔이 어디인지 몰랐었어. 이곳에는 얼마 전에 코린토스에서 막 도착했거든. 코린토스에서는 그리스도 교회의 관리를 하고 있었어. ——어쨌든 좋아. 그리스도가 너에게 이러한 영감을 주었으니까 밤이 되면 오스토리아눔에 가서 형제들 사이에서 그라우쿠스를 찾아내어 돌아가는 길에 꼭 그 자를 죽여 다오. 그렇게 하면 너의 모든 죄는 용서받는다. 그럼, 평화가 그대와 함께하기를——.」

「선생——.」

「할 말이 있으면 해보게.」

노동자의 얼굴에는 주저의 빛이 떠올랐다. 실제로 얼마 전에 사람을 한 사람, 어쩌면 두 사람을 죽였다. 그런데 그리스도교는 살인을 금하고 있다. 물론 몸을 지키기 위해 죽인 것이 아니다. 그것조차도 금하고 있으니까. 이익을 위해서 죽인 것도 아니다. 그것은 당치않은 얘기다. 사제 자신이 응원을 위해 형제들을 보내 주었으나 살인은 허락하지 않았다. 그런데도 본의(本意) 아니게 사람을 죽인 것은 하나님이 자기를 벌하기 위해 너무나 큰 힘을 주었기 때문이다. ──지금도 고된 일을 하며 그 죄값을 치르고 있다. ──다른 노동자는 가루를 빻으면서 노래를 부르고 있지만, 불행한 자기는 어린 양을 욕되게 한 죄를 뉘우치고 있다. 벌써 이렇게 기도하고 이렇게 눈물을 흘렸다. 이렇게 어린 양에게 용서를 빈 것이다. 그러나 지금도 충분한 보상은 하지 못했다고 느끼고 있다.

그런데 지금 또 배신자를 죽일 약속을 한 것이다. ──그래, 좋다. 자기 자신이 받은 부정뿐이라면 용서할 수는 있다. 내일 오스토리아눔에 오는 모든 형제 자매들이 보는 앞에서 그 사나이를 죽이자. 그러나 그 전에 형제들의 장로, 즉 사제나 사도에게 그라우쿠스가 죄인이라는 것을 선언하게 하자. 죽이는 것은 어려운 일이 아니다. 배신자를 죽이는 것은 늑대나 곰을 죽이는 것보다 어느 의미에서는 즐겁기까지 하다.

그러나 만일 그라우쿠스가 죄없이 죽는다면 어떻게 될까? 자기의 양심은 또 새로운 살인, 새로운 죄악, 어린 양에 대한 새로운 배반으로 얼마나 괴로워해야 할 것인가.

키론은 말했다.

「내 아들이여, 지금은 재판을 하고 있을 여유가 없는 것이다. 배신자는 오스토리아눔에서 곧장 안티움에 있는 황제의 거처로 가거나, 자기가 섬기고 있는 귀족의 집에 숨어 버리고 말 것이다. 그러나 한 가지 증표를 주지. 그라우쿠스를 죽이고 나서 이것을 보이면 아마 사제도 대사도(大使徒)도 너의 행위를 축복해 주실 것이다.」

이렇게 말한 뒤 그는 동전을 끄집어내고 허리에 찬 칼을 찾았다. 이윽고 그것을 손에 들고는 동전의 한 쪽 면에 칼끝으로 십자가를 새기고는 그것을 노동자에게 주었다.

「이것이 그라우쿠스에 대한 판결과 너의 표적이다. 그라우쿠스를 죽이고 나서 이것을 사제에게 보이면, 네가 모르는 가운데 행한 그 살인도 용서해 주실 것이다.」

노동자는 마지못해 화폐에 손을 내밀었으나 지난 번 살인의 기억이 머리에 생생하게 떠올라 공포 비슷한 감정이 그를 사로잡았다.
「선생.」하고 거의 애원하는 듯한 목소리로 그가 말했다.「선생은
양심을 갖고 이 행동을 취하시는 겁니까? 선생 자신이 그라우쿠
스가 형제들을 팔고 있다는 말을 들으셨습니까?」
　키론은 무언가 증명이 될 만한 누군가의 이름을 들지 않으면 안
되겠다고 생각했다. 그렇지 않으면 이 거인의 마음에 의혹이 생길
지도 모른다. 그러자 갑자기 좋은 생각이 머리에 떠올랐다.
　「이봐, 우르바누스.」하고 그는 말했다.
　「나는 코린토스에 살고 있지만 이곳에는 코스에서 왔네. 이 로
마에서는 내 고향에서 온 어떤 하인의 딸에게 그리스도의 교리를
가르치고 있지. 에우니케라는 이름이야. 베스티푸리카로서 황제의
친구인 페트로니우스인가 하는 사람의 집에서 일을 하고 있어. 마침
그 집에 가 있을 때에 그라우쿠스가 모든 그리스도 교도를 배신하는
일을 떠맡았을 뿐만 아니라 황제의 또다른 밀고자 비니키우스에게
약속하여 그리스도 교도 속에 있는 한 아가씨를 찾아 주겠다고
말하고 있었어──.」
　여기에서 잠시 말을 끊고, 갑자기 동물의 눈처럼 이글거리고 격
심한 노여움과 위협하는 표정으로 변한 노동자의 얼굴을 이상하다는
듯이 쳐다보았다.
　「왜 그러는가?」
　키론은 거의 공포를 가지고 물었다.
　「아무것도 아닙니다, 선생. 내일 그라우쿠스를 죽이겠습니다──.」
　그러나 그리스 인은 잠자코 있었다. 그리고는 얼마 후 노동자의
어깨를 붙잡고 달빛이 곧장 그 얼굴에 비치게끔 돌려 세우고는
유심히 그 얼굴을 들여다보았다. 키론은 좀더 상대에게 물어 모든
것을 알아낼 것인가, 아니면 그대로 가만히 내버려 둘 것인가 하고
망설이고 있음이 분명했다.
　그러나 결국 그의 천성적인 조심스러움이 이겼다. 그는 한두 번
깊은 한숨을 내쉬고 나서 노동자의 머리에 손바닥을 얹고는 아주

장엄한, 그러나 또렷한 목소리로 물었다.

「어떻든 세례 때에 우르바누스라는 이름을 받은 거지?」

「그렇습니다. 선생.」

「그럼 우르바누스. 평화가 그대와 함께 있기를.」

제 18 장

페트로니우스로부터 비니키우스에게.

『너도 난처하게 되었구나. 분명히 비너스가 너의 마음을 휘저어 사랑 이외의 일에 대해서는 이성(理性)도 기억도 사려도 능력도 잃게 한 것 같구나. 내 편지에 대해서 쓴 너의 회답을 다시 한 번 읽어 보아라. 지금 너의 정신은 리기아가 아닌 것에는 전혀 무관심하게 되어 있어서 줄곧 리기아의 일만을 생각하고 시종 리기아 쪽을 향해 그 위를 빙글빙글 돌고 있어, 그 모습은 마치 먹이를 발견한 매와 같음을 알게 될 것이다.

어떤 일이 있더라도 우선 리기아를 찾아내도록 해라. 그렇지 않으면 불이 너를 재로 만들어 버리지 않은 부분도 이집트의 스핑크스 모양으로 변해 버리고 말 것이다. 전하는 바에 의하면 스핑크스는 하얀 이시스를 그리워한 나머지 무슨 일에나 벙어리처럼 무관심하게 되어서, 돌의 눈으로 연인을 볼 수 있도록 하기 위해 밤이 되기만을 기다리고 있다는구나.

매일밤 변장하여 시내를 돌아다니고 한 번쯤은 예의 철학자와 그리스도 교도의 기도하는 집을 찾는 것이 좋겠다. 어쨌든 희망을 버리지 않고 시간을 보낼 수만 있다면 그것도 찬양할 만하다.

그러나 제발 부탁이니까 이것만은 알아다오. 그것은 리기아의 노예인 저 우르수스라는 사나이는 이상한 힘을 가지고 있는 사나이니까, 크로톤을 고용해서 셋이서 함께 떠나도록 하는 것이다.
그렇게 하는 것이 안심도 되고 또 분별있는 행동이다. 그리스도
교도라는 것은, 폼포니아 그라에키나가 그 속에 들어 있는 것을 보면,
확실히 일반적으로 알려진 것처럼 그렇게 나쁜 사람들은 아닌 듯
하지만, 리기아를 약탈한 것을 보면 자기들 중의 어떤 어린 양에
관한 경우에는 결코 웃어 넘기지 않는다는 것을 입증해 보였다. 네가
리기아를 발견하는 날에는 팔짱을 끼고 보고만 있을 수는 없을
것이고 당장에 빼앗고 싶어질 것은 나도 이해할 수 있지만, 키로
니데스 따위를 상대로 어떻게 그것을 할 수가 있겠느냐? 크로톤
이라면 우르수스 같은 리기 족 열 사람이 붙어서 리기아를 지키고
있다고 하더라도 어떻게든 해낼 수 있을 게다.

그러니 키론한테는 너무 돈을 뜯기지 말아라. 그보다는 차라리
크로톤에게 돈을 아낌없이 주어라. 내가 너에게 써보낼 수 있는 충고
중에서 이것이 제일 중요한 것이다.

여기에서는 이제 공주님 이야기나 마법 때문에 죽었다는 이야기는
더 이상 하지 않게 되었다. 그래도 때때로 공주님의 일을 포파에아가
회상하곤 하지만, 황제의 마음은 다른 일에 빼앗기고 있다. 게다가
만일 포파에아에게 다시 반가운 소식이 있다는 말이 사실이라면
저 공주님의 기억도 흔적없이 마음에서 사라질 것이다.

벌써 며칠 전부터 우리는 네아폴리스, 아니, 오히려 바이아에에
와 있다. 만일 네가 무슨 일이나 생각할 수 있는 힘이 있다면, 우리가
이곳에 체재하는 데 대한 반향이 너의 귀에도 들어갔을 게 틀림없다.
로마 전도(全道)는 확실히 그밖의 일은 화제로 삼고 있지도 않으
니까 말이다.

아무튼 우리는 직접 바이아에에 왔다. 이곳에서 처음에는 모후
(母后)에 대한 추억이나 양심의 가책이 우리를 괴롭혔다. 그러나
붉은 수염이 벌써 어디까지 가 있는지 아느냐. 실제로 모후의 살해
따위는 시의 제재(題材)나 풍자극의 재료로밖에는 생각하고 있지
않다. 전에 잠깐 가책을 느끼고 있던 것은 다만 겁쟁이로서의 이

야기일 뿐이다. 지금은 자기가 밟고 있는 세계도 옛날 그대로여서 벌을 줄 신도 없다는 것을 확신하고 있기 때문에 자기의 운명으로 사람의 마음을 움직이기 위해 양심의 가책을 위장하고 있다.

때때로 밤중에 눈을 뜨고는 복수의 여신들이 쫓아온다고 주장하며 우리를 깨우고 뒤를 돌아보며 오레스테스(트로이아를 공격한 아가멤논의 아들. 아버지가 귀국한 후 아내 크리타임네스트라에게 살해된 복수로 이 어머니를 죽여 복수의 여신에게 쫓겨 다녔다.)의 역을 맡은 배우, 더욱이 서툰 배우의 흉내를 내며 그리스 어의 대사를 사용하고 우리들이 감탄하는가 어떤가를 본다. 그러면 우리들은 물론 감탄한다.『어처구니가 없군요, 그만 쉬시지요.』라고 말하는 대신, 우리는 역시 비극의 가락에 맞춰 말을 하고 복수의 여신으로부터 이 위대한 예술가를 지켜 준다. 참, 너는 적어도 황제가 이미 공공연히 네아폴리스에 진입한 것은 알고 있을 테지? 네아폴리스나 근처의 도시들로부터 그리스 인 부랑자를 끌어내어 그것이 마늘과 땀 냄새로 투기장을 가득 메웠으므로 나는 아우구스타니와 1열째에 앉지 않고 붉은 수염과 함께 무대 뒤에 있을 수 있는 것을 정말로 고맙게 생각했다.

더욱이 붉은 수염이 무서워하고 있었다면 너는 믿겠느냐? 그런데 그는 정말로 무서워하고 있었단다. 내 손을 끌어다가 자기의 심장에 갖다 댔는데 그것이 정말로 빠르게 맥박치고 있더라. 숨도 가빠지고, 드디어 등장할 단계에 와서는 얼굴이 양피지처럼 창백해지고 이마는 온통 땀투성이가 되었지.

그러나 바로 그때 어느 줄에나 푸라에토리아의 병사가 앉아 있어서, 일단 유사시에는 가지고 있는 몽둥이로 민중의 감동을 부채질할 수 있는 준비가 되어 있음을 알았다. 그러나 그럴 필요는 없었다. 카르타고 지방의 원숭이 무리들도 그곳 천민과 같은 고함소리는 낼 수가 없을 거다. 정말이지 마늘 냄새가 무대까지 풍기고 있는데도 네로는 인사를 하기 위해 몸을 굽히고는 가슴에 손을 대고 손키스를 보내며 눈물을 흘리고 있었단다. 그리고는 무대 뒤에서 기다리고 있는 우리들 사이에 뛰어들어 취한 사람처럼 떠들어 댔다. 『나의 이 승리에 비해 지금까지의 모든 개선은 무엇이냐?』거기에 다시 천민이 뒤이어 고함치며 손뼉을 친다. 박수를 치면 은혜나 선물 그리고 황제의 익살스러운 새 연극이 나오는 것을 그들은 알고 있는 것이다. 지금까지 모두들 이러한 일을 보지 못했으므로 손뼉을 치는 것을 나는 하나도 이상하다고는 생각지 않는다. 그러나 황제는 그 때마다 『이것이 그리스 인이다. 이것이 그리스 인이다.』라고 되풀이한다.

나에게는 이때부터 로마에 대한 황제의 증오가 한층 더 강해졌다고 생각된다. 끊임없이 로마에는 승리의 소식을 가지고 파발꾼의 특사가 보내졌다. 우리는 근일 중에 원로원의 감사장이 주어지기를 기대하고 있다. 네로가 최초로 진입한 직후에 이곳에서는 이상한 일이 일어났다. 극장이 갑자기 붕괴된 것이다. 그것도 사람들이 마침 나가고 나서이다. 나는 사고 현장에 있었지만 흙 덩어리와 돌더미 밑에서 단 하나의 시체가 파내어지는 것도 보지를 못했다. 이것을 보고 제위(帝位)의 존엄을 모욕한 데 대한 신들의 노여움이라고 생각한 사람들이 그리스 인 가운데조차 많이 있었으나, 황제는 오히려 이것을 신들의 은혜라고 주장하며 신들이 자기의 노래와 그것을 들은 사람들을 분명히 비호한 것이라고 말했다.

그래서 모든 신전에 제물을 바쳐 성대한 감사의 의식을 올리고 자기 자신은 아카이아 여행에 대한 새로운 힘을 얻었다.

그러나 그로부터 며칠이 지나 황제는 나에게 로마 사람들이 이것을 어떻게 말하고 있는가, 또 황제에 대한 사랑에서뿐만 아니라 황제가 이렇게 오랫동안 자리를 비운 사이에 곡물 배급이나 볼거리의 제공이 등한시되지는 않을까 하는 불안 때문에 폭동을 일으키지는 않을까 하고 걱정하고 있다고 말했다.

그러나 우리는 베네벤툼에 가서 바티니우스가 자랑하는 구둣방의 호사스러움을 보고 나서 헬레네(스파르타 왕 메넬라오스의 아내가 된 절세의 미인. 레다가 낳은 알에서 태어났다.)의 형제인 두 신(카스토르와 포르쿠스)의 가호하에 그리스까지 떠났단다. 나 개인으로서 관찰한 한 가지 사실은 사람이 미치광이들 속에 있으면, 역시 미치광이가 될 뿐만 아니라 더 중요한 것은 미치광이 중에도 어떤 매력이 느껴진다는 사실이다.

그리스, 몇 백이나 되는 키타라 거문고가 있는 여행, 밀토스의 가지와 포도잎과 인동 덩굴을 관으로 한 님프나 난무자(亂舞者) 사이를 가는 바쿠스의 자랑스러운 행렬, 호랑이에게 끌게 한 수레, 꽃, 포도나 담쟁이 덩굴을 감은 지팡이, 관(冠), 에우오이의 맞춤 소리, 음악, 시, 그리스 인의 박수, 모두들 좋은 일뿐이지만, 우리는 여기에서 한층 더 대담한 계획을 가지고 있는 것이다. 우리들의 희망은 어떤 동양적인 이야기와 같은 제국(帝國), 종려나무와 상아와 시와 꿈으로 화한 현실과 열락(悅樂)에만 잠길 수 있는 생활의 나라를 세우는 것이다. 우리들의 희망은 로마를 잊고 어디든 그리스나 아시아 또는 이집트 사이에 세계의 중심을 옮기고, 인간이 아니라 신들의 생활을 영위하며, 그날 그날의 생활에 구애받지 않고 황금으로 된 3층의 배를 타고 진홍의 돛그늘에 다도해(多島海)를 떠돌아 다니며 한 몸에 아폴론과 오시리스와 바알(시리아의 신)을 겸하고, 새벽과 함께 장미빛으로 빛나며 태양과 함께 금빛으로 변하고 달과 함께 은빛으로 빛나면서, 지배하고, 노래하며, 꿈을 꾼다——. 아직도 1세스테르티우스 정도의 이성과 1아스 정도의 판단을 가지고 있는 내가 이러한 망상에 잠겨 있고, 더욱이 그것이 불가능하다고 하더라도 어쨌든 위대하고 비범하다는 한 가지 이유만으로 거기에 잠겨 있다는 것을 너는 믿을 수 있느냐?

그러한 꿈과 같은 제국은 그러나 오랜 시간이 흐르는 동안에 언젠가 한 번은 인간의 꿈에 나타나는 일이 있을는지도 모른다. 비너스가 리기아 같은, 또는 여자 노예인 에우니케 같은 모습을 취하지 않는 한, 또 예술이 분식하지 않는 한, 인생 그 자체는 공허하고 흔히 원숭이 같은 얼굴을 하고 있다.

하지만 붉은 수염에게 자기의 생각이 실현될 수 없다는 것은 그

시와 동양의 동화 같은 왕국에 배신도 비속(卑俗)도 죽음도 끼여들어서는 안 되는데도 붉은 수염의 마음에는 시인의 가장하에 서툰 희극 배우나 어리석은 마부, 또는 천박한 폭군이 자리잡고 있다는 것으로도 누구나가 알 수 있다. 실제로 그 사이에 어떤 방법으로든 우리의 방해가 될 경우에는 우리는 사람을 목줄라 죽이고 있다.

불쌍한 트루콰투스 시라누스는 벌써 그림자에 지나지 않는다. 며칠 전에 스스로 정맥을 끊었으니까. 레카니우스와 리키니우스는 겁을 먹으면서 집정관의 직책을 받고 늙은 트라세아는 감히 정의를 지키고 있었으므로 죽음을 모면할 수 없었다. 그렇지만 나는『멋쟁이 심판자』로서 필요할 뿐이 아니라, 내 의견과 취미에 의하지 않고서는 아카이아 여행을 성공적으로 수행할 수 없기 때문에 안심할 수 있다. 그러나 때때로 나는 생각한다. 조만간 그곳에 도착하지 않으면 안 될 것이라고.

그때 나에게 무엇이 귀중한지 아느냐? 너도 보고 감탄한 저 뮬라(향목. 향료가 아니라 기물을 만드는 석재.)의 술잔을 붉은 수염의 손에 들어가게 해서는 안 된다는 것이다. 내가 죽을 때에 네가 옆에 있으면 그것을 너에게 주마. 그러나 네가 멀리 있으면 나는 그것을 깨버리고 말겠다. 그러나 지금은 당장 아직도 예의 구둣방의 베네벤툼과 올림포스적 그리스와 저마다에 예견되어 있지 않은 길을 나타내는 운명이 있는 것이다.

건강하게 있어 다오. 그리고 크로톤을 고용하여라. 그렇게 하지 않으면 또 리기아를 빼앗기고 만다. 키로니데스는 네 일이 끝나면 내가 어디에 있든 나한테 보내다오. 어쩌면 나는 그 사나이를 제2의 바티니우스로 만들거나, 또는 어쩌면 집정관 직에 있던 사람들이나 원로원 의원들이 마침 저 기사 족인 바티니우스 앞에서 떨고 있는 것처럼 그 사나이 앞에서도 떨게 될 것이다. 그 광경은 아마 볼 만한 것이 될 것이다.

리기아가 발견되면 곧 알려다오. 너희들을 위해서 이곳 비너스의 둥근 사당에 흰 새 한 쌍과 비둘기 한 쌍을 바치겠다. 한 번은 꿈에 리기아가 네 무릎 위에 안겨서 네 입술을 요구하고 있는 장면을 보았다. 그것이 꿈이 아닌 현실이 되도록 노력하여라. 아무쪼록 너의 하늘에는 구름이 끼지 않기를 바란다. 구름이 낀다고 하더라도 그것이 장미빛과 장미의 향기를 지니게 되기를 바란다.』

제 19 장

비니키우스가 이 편지를 다 읽기도 전에 키론이 누구에게도 안내받지 않고 서재에까지 스며들어 왔다. 하인들은 밤낮을 불문하고 어느 때라도 통과시키라는 명령을 받고 있었던 것이다.

키론은 말했다.

「위대한 조상님 아에네아스의 어머니인 신(비너스)이 주인님에게 은혜를 베푸시기를. 저에게는 마야(아틀라스의 딸이며 메루쿠리우스의 어머니)의 아들인 신이 은혜를 베푸셨습니다.」

「그것은 무슨 뜻이냐?」

지금까지 책상 앞에 앉아있던 비니키우스는 갑자기 벌떡 일어났다. 키론은 얼굴을 들고 말했다.

「헤우레카.」(『발견했다』라는 그리스 어. 아르키메데스가 유명한 원리를 발견했을 때에 한 말이라고 전해지고 있다.)

젊은 귀족은 온 몸이 떨려 한참 동안을 한 마디도 하지 못했을 정도였다.

「그 사람을 만났는가?」

마침내 이렇게 물었다.

「우르수스를 만나서 이야기했습니다.」

「그럼 두 사람이 어디에 숨어 있는지 알아냈는가?」

「아니오, 모릅니다. 다른 사람이었다면 자기 만족 때문에 그 리기

족의 사나이에게 네가 누구인지 안다고 알리고 말았을 것입니다. 또 다른 사람이었다면 어디에 살고 있는지 알아내려고 주먹을 한 방 먹이고 말았을 것입니다. 그렇게 되면 이 세상일은 그것으로 그뿐, 나중에는 어떻게 돼도 상관이 없게 됩니다. 아니면 그 사나이의 경계심을 불러일으켜서 그 아가씨를 또 그날 밤 중으로 다른 은신처로 옮기게 하고 말 것입니다.

그러나 저는 그렇게는 하지 않습니다. 우르수스가 엔포리움 옆에 있는 나리의 해방 노예와 같은 이름인 데마스라는 사람의 방앗간에서 일하고 있다는 것을 알았으면 그것으로 충분합니다. 두 사람의 은신처를 알아내는 데는 나리의 노예 중에서 누구든 가장 신용할 수 있는 자가 내일 아침 뒤를 밟는 것만으로 충분합니다.

저는 다만 우르수스가 이곳에서 발견된 이상에는 리기아도 로마에 있다는 확실한 정보와 오늘밤 거의 확실하게 그 사람이 오스토리아눔에 온다는 또 하나의 정보를 가지고 왔습니다.」

「오스토리아눔에? 그곳이 어디냐?」

비니키우스는 말을 가로막고 당장에라도 그곳으로 달려갈 듯한 기세로 물었다.

「비아 사라리아와 노멘타나 사이의 낡은 휴포가에움(지하 묘지)입니다. 일전에 말씀드린 그리스도 교도들의 대사제는 훨씬 나중에 오기로 되어 있었지만, 벌써 도착해서 그 묘지에서 세례를 베풀거나 설교를 하고 있습니다. 그 사람들이 자기들의 종교를 숨기고 있는 것은 지금까지는 그것을 금하는 법령은 하나도 나와 있지 않지만, 민중이 미워하고 있어서 조심하지 않으면 안 되기 때문입니다. 우르수스 자신이 나에게 얘기한 바로는 모두들 한마음이 되어서 오늘 오스토리아눔에 모인다고 합니다. 그리스도의 최초의 제자이며 모두가 사도라고 부르고 있는 사람을 보거나 듣거나 하기 위해서입니다.

그런데 그 사람들 중에는 남자도 여자도 꼭같이 설교를 듣기 때문에 여자 가운데서 아마 오지 않는 것은 폼포니이뿐일 것입니다.

그 사람은 예로부터의 신들을 숭배하고 있는 아우루스에게 자기가 무엇 때문에 밤중에 집을 나가는가를 말할 수가 없을 것입니다. 그러나 리기아는 우르수스나 교단(敎團) 장로들의 보호를 받고 있으니까 다른 여자들과 함께 떠날 것이 틀림없습니다.」

그때까지 희망에만 의지하여 열(熱)에 들뜬 생활을 해온 비니키우스는 지금 그 희망이 이루어지려고 하자, 힘에 겨운 여행을 하다가 목적지에 도착한 사람들이 느끼는 것 같은 허탈감을 느꼈다. 키론은 그것을 알아차리고 이것을 이용하리라고 생각했다.

「사방의 성문은 부하들이 지키고 있으니까 그리스도 교도는 그것을 알고 있음에 틀림이 없습니다. 그러나 그 사람들은 문 따위는 필요가 없습니다. 티베리스 강도 문을 필요로 하지 않습니다. 강에서부터 그 길까지는 무척 멀지만,『대사도』의 모습을 보기 위해서는 길을 돌아갈 만한 값어치가 충분히 있습니다. 아무튼 그 사람들은 성벽 바깥으로 나가는 방법을 수백 가지나 알고 있을지도 모르고, 또 알고 있다고 저는 생각합니다.

그러니까 오스토리아눔에 가시면 리기아를 보실 수가 있습니다. 또 그러한 일은 좀처럼 없다고 생각하지만, 리기아가 없더라도 우르수스는 있을 것입니다. 그라우쿠스를 죽이기로 저에게 약속했으니까요. 자기가 저에게 직접 말했습니다, 거기에서 그라우쿠스를 죽이겠다고 말입니다.

그러니까 그 뒤를 밟으면 리기아가 어디에 살고 있는지를 아시게 될 것이고, 아니면 부하에게 우르수스를 붙잡으라고 하셔서 그 사나이를 손에 넣기만 하면 리기아를 어디에 숨겨 놓았는지 자백을 받으실 수 있을 것입니다.

이것으로 저도 임무를 다했습니다. 다른 사람 같으면 우르수스와 고급 포도주를 큰 잔으로 한 열 잔쯤 마시고서야 비밀을 알아낼 수 있었다고 말씀드릴 것입니다. 다른 사람 같으면 그것을 상대로 스쿠리푸타에 두어데킴(『12線』의 뜻. 두 가지 빛깔의 돌과 선을 그은 판을 사용하여 하는 승부.)을 해서 1천 세스테르티우스 잃었다거나

2천 세스테르티우스를 주고 나서 정보를 사들였다고 말씀드릴 것입니다.──물론 저는 나리가 갑절로 해서 주시리라는 것을 알고 있고, 그뿐만이 아니라 생애에 단 한 번, ──즉 그, 언제나와 같이 솔직하게 말씀드리면, 페트로니우스 님이 말씀하신 대로 나리의 높으신 품위가 저의 모든 경비(經費)와 기대를 메꾸어 주시리라고 믿기 때문에…….」

그러나 비니키우스는 군인이어서 모든 일에 대해서 분명한 태도를 취할 뿐만 아니라 그것을 실행하는 습관이 붙어 있었으므로, 당장에 일시적인 감정의 쇠퇴를 억제하며 말했다.

「좋아, 내 기분이 활달한 데 대해서는 실망을 시키지 않겠다. 그러나 우선 나하고 오스토리아눔에 함께 가자구.」

그러나 거기에 가고 싶은 마음이 전혀 없었던 키론은 이렇게 물었다.

「제가 오스토리아눔에요? 호민관님, 저는 리기아를 찾아낸다는 약속은 했지만, 그분을 납치해 온다고까지는 말씀드리지 않았습니다. ──만일 저 리기 족의 곰이 그라우쿠스를 갈갈이 찢어 놓은 다음에 곧 그것을 죽인 것은 정상이 아니었다는 것을 관헌이 확신하게 된다면, 저는 어떻게 되리라고 생각하십니까? 저를 그 살인의 교사자로 생각하지는 않을까요? 철학자로서 훌륭하면 훌륭할수록 범인(凡人)의 어리석은 질문에는 대답하기 어렵다는 것을 생각해 주십시오. 무엇 때문에 의사 그라우쿠스를 나쁜 사람이라고 말했는지를 우르수스가 저에게 물었을 때, 저는 과연 뭐라고 대답하면 좋겠습니까?

그러나 제가 나리를 기만한다고 생각하신다면 이것만은 말씀드려 두겠습니다. 리기아가 살고 있는 집을 가르쳐 드렸을 때에 모두 지불해 주시기로 하고, 오늘은 그 중의 일부분이라도 주셨으면 합니다. 가령 (터무니없는 상상입니다만) 나리에게 무슨 일이 생겼을 때 제가 전혀 보수를 못 받아서는 곤란하니까요. 그런 일은 물론 절대로 없을 것이라고 생각합니다만.」

비니키우스는 대리석의 받침대에 얹혀져 있던 아르카라고 불리는 상자로 가서 안에서 돈주머니를 꺼내어 그것을 키론에게 던져 주면서 말했다.

「이것은 스쿠루푸라(原文 註에 『스쿠리푸름 또는 스쿠루푸름은 작은 금화로서, 金 데나리우스 즉 아우레우스의 3분의 1에 해당한다.』라고 되어 있다.)이다. 리기아를 이 집에 데리고만 오면, 이 정도의 돈주머니에 아우레우스를 가득 넣어서 줄 테다.」

「나리는 정말 주피터 같은 분이십니다.」

키론은 감격해서 말했다.

그러나 비니키우스는 눈살을 찌푸렸다.

「여기에서 식사를 하고 잠시 쉬도록 해라. 저녁때까지 여기에서 움직이면 안 된다. 밤이 되면 나를 오스토리아눔까지 데리고 가는 거다.」

그리스 인의 얼굴에는 잠시 공포와 주저의 빛이 떠올랐으나, 이윽고 침착을 되찾고 말했다.

「누가 나리에게 감히 싫다고 말할 것입니까. 저의 지금의 말씀을 우리의 위대한 영웅(알렉산드로스 대왕)이 안몽(주피터와 동일시된 이집트의 신)의 신전에서 받은 말(대왕의 아버지는 제우스 즉 주피터라는 것, 필립포스의 암살자는 벌을 받았다는 것, 세계 정복이 가능하다는 것.)과 같은 길조라고 받아들여 주십시오. 저는 이 스쿠루푸라(라고 말하며 돈주머니를 흔들고)로 저의 스쿠루푸라(마음의 가책)를 억눌렀고, 게다가 이렇게 상대를 해주시는 것은 저로서는 분에 넘칠 정도로 행복해서…….」

그러나 비니키우스는 더 이상 참을 수가 없어서 말을 가로막고 우르수스와 나눈 대화의 상세한 점까지 캐묻기 시작했다. 거기에서 분명해진 한 가지 사실은 리기아의 도피 장소를 그날 밤에라도 알게 되느냐, 아니면 리기아 자신을 오스토리아눔에서 귀로에 접어들었을 때 빼앗을 수가 있느냐 하는 것이었다. 그렇게 생각하자 비니키우스는 미칠 듯한 기쁨에 휩싸였다.

리기아를 찾아낼 수 있다는 것이 거의 확실해진 지금, 리기아에 대한 노여움도 리기아 때문에 느끼고 있던 모욕도 모두 사라졌다. 너무 기쁜 나머지 리기아의 모든 죄를 용서할 기분이 되었다. 소중하고 자랑스러운 것으로서 리기아의 일만을 생각하고 오랜 여행에서 돌아와 준 것 같은 인상을 받았다. 노예들에게 자유를 주고 집을 꽃으로 장식하고 싶은 충동까지 일어났다. 그 순간에는 우르수스에 대해서조차 원망을 가지지 않게 되었다. 모든 사람에게 무엇이든 용서하고 싶은 심정이었다. 그때까지는 공적(功績)에도 불구하고 일종의 반감의 표적이 되어 있던 키론도 처음으로 유쾌하고 동시에 비범한 인간처럼 생각되었다.

자기의 집이 밝아지고 눈이 밝아지고 얼굴이 밝아졌다. 새로운 젊음과 생활의 즐거움을 느끼기 시작했다. 오랫동안 어렵게 참아오느라고 자기가 얼마나 리기아를 사랑하고 있는가를 충분히 의식하지 못하고 있었다. 리기아를 손에 넣을 희망이 생긴 지금 바야흐로 그것을 안 것이다. 리기아에 대한 사모가 마치 봄이 되어 태양에 덥혀진 대지처럼 눈을 떴는데, 그 욕구는 이번에는 거친 것이 아니라 기쁜 열(熱)이 담긴 것이었다. 게다가 자기 속에 있는 한없는 기운을 느끼고, 자기의 눈으로 리기아를 보기만 하면 전세계의 그리스도 교도뿐 아니라 황제 자신조차도 리기아를 다시 빼앗을 수는 없다고 확신했다.

키론은 그러나 비니키우스의 기뻐하는 모습을 보자 계면쩍어져서 떠들어 대기 시작했고 여러 가지 이야기를 들려 주었다. 키론의 생각에 의하면 사태는 아직도 승리했다고 생각해서는 안 되었으므로, 더없이 신중하게 하지 않으면 계획이 전부 허사로 돌아갈지도 몰랐다. 그래서 비니키우스에게 오스토리아눔에서 리기아를 빼앗는 따위의 섣부른 짓은 하지 않는 게 좋다고 권했다.

거기에 갈 때는 외투와 두건으로 얼굴을 가리고 어느 어두운 구석에서 거기에 와 있는 모든 사람을 바라보는 것만으로 만족하지 않으면 안 된다. 비로 리기아를 발견하디라도 멀리에서 뒤를 밟아 어느 집으로 들어가는가를 관찰했다가, 다음날 밝은 후에 많은 노예로 하여금 그곳을 둘러싸게 하고 백주에 붙잡는 것이 가장 안전하다. 리기아는 인질로서 본래 황제의 것이므로 법률을 두려워할 것 없이 그렇게 해도 상관없다. 오스토리아눔에서 리기아가 발견되지 않을 때는 우르수스의 뒤를 따라가면 결과는 마찬가지가 된다.

많은 사람을 데리고 그 묘지에 들어갈 수는 없다. 그런 일을 하면 쉽게 남의 눈을 끌게 되고, 그렇게 되면 그리스도 교도는 처음 약탈할 때에 한 것처럼 불을 완전히 끄고 뿔뿔이 흩어지거나 어두운 곳에서 자기들만이 알고 있는 은신처에 몸을 숨기려 들 것이 틀림없다. 물론 무장만은 하기로 한다. 그리고 더욱 바람직한 것은 믿을 수 있고 힘이 센 자를 두어 명 데리고 가서 일단 유사시에 거기에 대비케 하는 것이다.

비니키우스는 정말 그렇겠다고 말하고 동시에 페트로니우스의 권고가 생각났으므로 노예들에게 명령하여 크로톤을 자기한테 데려오라고 했다. 키론은 로마의 모든 사람을 알고 있었으므로 투기장에서 이따금 초인적인 힘을 나타내 보인 유명한 역사(力士)의 이름을 듣자 적잖이 안심했다. 큰 금화 아우레우스가 가득 든 돈주머니도 크로톤의 도움만 얻으면 쉽게 손에 들어올 것 같은 기분이 든 것이다.

그래서 기분이 좋아진 키론은 식탁을 마주했다. 식사를 하는 동안, 키론은 자기가 이곳 주인에게 공급해 주고 있는 이상한 기름을 말발굽에 바르면 가장 게으른 말이라도 다른 모든 말보다 훨씬 잘 달린다는 등의 말을 했다. 그 기름의 제조법을 자기에게 가르쳐 준 것은 어떤 그리스도 교도인데, 나이 든 그리스도 교도들은 마법으로 유명한 테사리아 사람들보다도 훨씬 마법이나 비술(祕術)에 능통한 것이다. 그리스도 교도는 자기에 대해 매우 깊은 신뢰를 가지고 있는데, 어째서 신뢰를 가지고 있느냐 하는 것은 물고기의 의미를 알고 있는 사람이면 누구나 쉽게 짐작할 수가 있다.

이렇게 이야기하면서 노예들의 얼굴을 찬찬히 들여다 보았는데,

그것은 어쩌면 그 속에 그리스도 교도가 섞여 있을지도 모르고, 만약 그리스도 교도라는 게 밝혀지면 그 즉시 그것을 비니키우스에게 일러바치리라고 생각하고 있었기 때문이었다.

그러나 그 예상이 빗나가자 평소보다도 많이 먹거나 마시거나 하면서 요리인을 실컷 칭찬해 주고, 비니키우스로부터 그 사나이를 위해 자유를 사들이는 데 진력하겠다는 것을 보장했다. 키론의 기분을 흐리게 한 것은 다만 그날 밤 오스토리아눔에 가지 않으면 안 된다는 생각뿐이었으나, 그것도 어두운 곳을 두 사람과 함께 가는 것이고, 더욱이 그 중의 한 사람은 역사로서 전 로마의 우상이 되어 있는 사람인데다 다른 한 사람은 귀족으로서 높은 지위에 있는 군인이라고 생각함으로써 자위했다. 『비니키우스라는 것만 알아도 감히 거기에 손을 대려는 사람은 없을 것이고, 나에 대해서는 콧잔등이라도 쳐다보는 자가 있다면 어지간히 머리가 좋은 놈이지.』 하고 남몰래 중얼거렸다.

그리고 나서 키론은 그 노동자와의 대화를 생각해 냈고, 그 기억은 키론에게 새로운 기운을 북돋워 주었다. 그 노동자가 우르수스라는 것에는 털끝만한 의심도 없었다. 비니키우스의 이야기나 황제의 궁전에서 리기아를 수행했던 사람들의 이야기를 통해, 그 사나이의 이상할 정도의 힘에 대해서는 너무나 잘 알고 있었다. 그가 유례없는 힘을 가진 사람들의 이야기를 알아내려고 했을 때 에우리키우스가 우르수스를 가르쳐 준 것도 전혀 이상한 일은 아니었다. 그리고 비니키우스와 리기아의 이름을 꺼냈을 때, 그 노동자가 당혹해 하고 격앙된 모습을 보인 것만 보더라도, 이 두 사람의 인물에 대해서 특별한 관심을 가지고 있다는 것은 조금도 의심할 여지가 없었다.

그 노동자는 또 사람을 죽였기 때문에 속죄를 하고 있다고 말하고 있었는데, 우르수스는 아타키누스를 살해했었다. 게다가 그 노동자의 얼굴은 비니키우스가 얘기한 리기 족의 사나이와 딱 들어맞는다. 이름을 바꾼 것 한 가지만으로도 의심을 불러일으키는데, 키론은 이미 그리스도 교도가 이따금 새로운 이름을 받곤 한다는 것을 알고 있었다.

키론은 혼자서 중얼거렸다.

『우르수스가 그라우쿠스를 죽이면 더욱 좋고, 죽이지 않더라도 역시 좋은 조짐이 된다. 왜냐하면 그리스도 교도에게 있어서 살인을 저지른다는 것이 얼마나 곤란한 일인가 하는 것이 증명되기 때문이다. 더욱이 자기는 저 그라우쿠스를 유다와 피를 나눈 자식으로서 모든 그리스도 교도의 배신자라고 얘기해 놓았다. 내 웅변의 힘으로서 바위가 감동하여 그라우쿠스의 머리 위에 떨어지게 하는 것은 가능하더라도, 그 리기 족의 곰을 부추겨 앞발로 그라우쿠스의 목을 누를 것을 약속케 한다는 것은 어렵다. ──동요하며 결심을 하지 못하고 자기의 슬픔과 속죄에 대해서 말하고 있었다. 분명히 그리스도 교도 사이에서는 그렇게 하지 않을 수가 없을 것이다. ── 자기가 받은 부정은 용서하지 않으면 안 되지만, 남이 받은 부정에 대해서는 복수를 한다는 것이 별로 자유스럽게 되어 있지 않은 것이다. 그러니까 키론, 잘 생각해 보아라, 너에게는 어떤 위험이 있는가를.

그라우쿠스는 너에 대해서 복수를 할 수는 없다. ──우르수스는 그리스도 교도 전체에 대한 배신이라는 큰 죄 때문에 그라우쿠스를 죽이지 않으면 안 되는 것이고, 단 한 사람의 그리스도 교도를 배신한다는 작은 죄 때문에 너를 죽일 수는 없을 것이다.

어쨌든 나는 이 산비둘기에게 저 호도애의 둥지를 가르쳐 주고는 모든 일에서 손을 씻고 네아폴리스로 돌아가 버리자. 그리스도 교도도 어떤 식으로 하는 건지 잘은 모르지만 손을 씻는다고 말하고 있으니까, 그 사람들을 상대로 할 때 잘 결말을 짓는 방법이 물론 있다고 생각한다. 그리스도 교도들은 얼마나 선량한 사람들인가. 그런데도 사람들은 그들을 나쁘게 평가하고 있다. 오오 신이여, 이 세상의 정의라는 것은 모두가 그러한 것이다. 그러나 나는 그 종교가 좋다. 죽이는 것을 허용하지 않으니까.

그러나 죽이는 것을 허용하지 않는다면, 확실히 도둑질을 하는 것도 남을 속이는 것도 맹세를 깨는 것도 용서하지 않을 것이다. 그 종교가 쉽다고는 나도 생각하지 않는다. 그 종교는 분명히 스토아 파가 가르치고 있듯이, 훌륭하게 죽는 것뿐만 아니라 훌륭하게 사는 것도 가르치고 있다.

이제 내가 부자가 되어 이러한 집과 이 정도의 많은 노예를 가지게 되면, 내 힘이 미치는 데까지 오랫동안 그리스도 교도가 될는지도 모른다. 부자는 모든 것, 덕(德)이라는 것까지도 몸에 지닐 수가 있기 때문이다. ——그렇다, 그것은 부자를 위한 종교이다. 그래서 나는 어떻게 그리스도 교도들 사이에 그렇게 가난한 사람들이 많은지를 모른다. 그런 것을 믿고 있어서 가난뱅이에게 무슨 소득이 있단 말인가. 무엇 때문에 자기들의 손을 덕(德)이라는 것 따위에게 묶이고 있단 말인가. 이제 그 사람들도 그런 것을 다시 생각하게 될 것이 틀림없다.

그것은 그렇다치고 나는 헤르메스가 힘을 빌려주어 나에게 저 곰의 굴을 발견하게 해주신 것을 감사한다. ——그러나 헤르메스가 뿔에 돈을 감은 1년생의 흰 송아지 두 마리 때문에 그렇게 해주셨다면 헤르메스답지 않은 셈이지. 아루게이폰테스(헤르메스의 다른 이름. 일반적으로는 『눈이 백 개 있는 괴물 아르고스를 죽인 것』으로 해석되고 있으나 다른 설도 많다.)여, 부끄럽지 않습니까. 그토록 현명한 신이 나 같은 사람을 도와 주어 봤자 무엇 하나 건질 수 없다는 것을 사전에 몰랐다는 것이.

만일 내가 고마워하는 마음보다도 새끼 소 두 마리 쪽이 좋다고 하신다면, 헤르메스도 비슷한 송아지거나 고작해야 소장수는 될 수 있어도 신은 아닙니다. 조심하십시오. 나도 철학자이니까 헤르메스라는 신은 이 세상에 존재하지 않는다고 증명해 보일 수도 있습니다. 그렇게 되는 날엔 모두가 당신에게 제물을 바치지 않게 됩니다. 철학자와는 사이좋게 지내는 것이 당신을 위해서도 좋을 것입니다.』

이런 식으로 자기 자신이나 헤르메스를 향해 말을 하면서 걸상 위에 길게 몸을 뉘고 얼굴에는 외투를 뒤집어쓴 채 노예가 식기를 치우고 있는 동안 꾸벅꾸벅 졸았다. 그가 깨어났을 때 마침 크로톤이 찾아왔다. 그래서 아토리움에 가서는 기분좋게 일류 격투사, 지금 그 방면의 교사가 되어 있는 사나이의, 방 전체를 채우고 있는 것 같은 거대한 육체와 힘찬 모습을 바라보았다. 크로톤은 이미 출동에 대한 보수 문제가 결정되어 마침 비니키우스에게 이렇게 말하고 있는 참이었다.

「헤라클레스에 걸고 말씀드리겠습니다. 오늘 말씀해 주시기를 참으로 잘하셨습니다. 내일은 베네벤툼에 갑니다. 바니니우스님이 불러 주셔서 황제 앞에서 시팍스라는 자와 시합을 하게 되어 있습니다. 지금까지 아프리카가 낳은 제일 강한 흑인이라고 합니다. 그놈의 등골이 내 팔에 걸려서 우직우직 부서지는 장면이 상상되십니까? 그뿐만 아니라 나는 이 주먹으로 그놈의 새까만 턱을 으깨 버리고 말 것입니다.」

「포르쿠스에 걸고 말하지만, 크로톤, 너는 틀림없이 그것을 해낼 거다.」 하고 비니키우스는 대답했다.

키론도 한 마디 했다.

「당신은 훌륭한 일을 하십니다. 그렇습니다. ——게다가 그놈의 턱을 으깨어 버린다, 그것은 정말 좋은 생각입니다. 그야말로 당신답습니다. 그놈의 턱을 으깨어 버리는 데에 걸어도 좋습니다. 그러나 나의 헤라클레스여, 온몸에 올리브 유를 바르고 허리띠를 졸라 매십시오. 진짜 카쿠스(부르카누스의 아들인 거인. 헤라클레스와 싸워 살해되었다.)를 상대로 승부를 하게 될지도 모르니까 말이오. 비니키우스님에게 있어서 소중한 아가씨를 지키고 있는 그 사나이는 마찬가지로 이상한 힘을 가지고 있습니다.」

키론이 그렇게 말한 것은 다만 크로톤의 명예심을 부채질하기 위해서였지만 비니키우스는 말했다.

「그 말이 맞아. 내가 본 것은 아니지만 사람들의 말에 의하면 황소 뿔을 붙잡고 가고 싶은 곳까지 갈 수가 있다는군.」

「저런!」하고 키론은 소리질렀다. 우르수스가 강하다는 말은 듣고 있었지만 그렇게까지 강할 줄은 상상도 못했던 것이다.

그러나 크로톤은 경멸하듯이 웃으면서 말했다.

「말씀하시는 사나이를 이 주먹으로 때려 뉘고 다른 한 쪽 손으로 그런 리기 족의 사나이 일곱 사람쯤은 거뜬히 물리쳐서 로마 시내의 전체 그리스도 교도가 카라부리아(남부 이탈리아, 장화 모양의 뒤꿈치에 해당하는 부분.)의 늑대처럼 쫓아오더라도 그 아가씨는 틀림없이 댁에까지 모셔다 드리겠다는 것을 약속드립니다. 만일 해내지 못한다면 이 인푸르비움에서 매를 감수하겠습니다.」

키론은 소리질렀다.

「그런 일을 허용해서는 안 되십니다. 그들은 곧 우리들에게 돌을 던질 것입니다. 그렇게 되면 이 사람의 힘이 무슨 소용이 있겠습니까? 아가씨는 그 집에서 빼앗기로 하고 아가씨도 나리도 파멸의 위험을 저지르지 않는 쪽이 낫지 않겠습니까?」

「그렇게 하자, 크로톤.」하고 비니키우스는 말했다.

「돈 나름이고 마음 나름이지요. 다만 주인님, 내가 내일 베네벤툼에 간다는 것만은 기억해 두십시오.」

「나는 노예를 5백 명 모아 놓았다.」하고 비니키우스는 대답했다.

그렇게 말하고 나서 두 사람에게 나가라는 신호를 하고, 자기는 서재에 앉아 페트로니우스에게 다음과 같은 편지를 썼다.

『키론은 리기아를 발견했습니다. 오늘밤 나는 키론과 크로톤을 데리고 오스토리아눔에 가서 그녀를 곧 빼앗아 오든가 내일 집에서 빼앗든가 하겠습니다. 신들이 숙부님에게 모든 행복을 비오듯 내려 주시기를. 안녕히 계십시오. 저는 기뻐서 이 이상 쓸 수가 없습니다.』

붓을 놓고 나서 그는 빠른 걸음으로 방 안을 왔다갔다 했다. 그것은 그 마음에 넘쳐 있는 기쁨 외에도 열(熱)이 그를 괴롭히고 있었기 때문이다. 『리기아는 내일 이 집에 올 것이다.』라고 그는 속으로 중얼거렸다. 리기아를 어떻게 다루어야 할지 모르시만, 그녀에게 자기를 사랑할 마음이 생겼다면 자기는 그 여자의 하인이 되겠다는 심정이었다. 당신은 사랑을 받고 있다고 아쿠테가 단언한 것을 생각하면 마음 밑바닥까지 감동했다. 그렇다면 아가씨의 부끄러움과 명백히 그리스도교의 가르침이 명하는 맹세에 이기기만 하면 되는 것일까? 그러나 그렇다고 해도 리기아가 이 집에 일단 와서 설득이든 강제든 복종시키기만 하면 『이제 하는 수 없다.』라고 말할 것이 틀림없고 그런 뒤에는 마음을 고쳐 먹고 이쪽을 사랑하게 될 것이다.

그러나 이 즐거운 생각의 흐름을 키론이 들어와서 방해했다.

그리스 인은 말했다.

「문득 생각난 것이 또 한 가지 있습니다. 그리스도 교도는 무언가의 징표를, 즉 테세라(네모진 판자의 부적) 같은 것을 가지고 있어서 그것이 없으면 누구도 오스토리아눔에는 들어갈 수가 없습니다. 기도의 집에서도 그렇게 되어 있어서 그러한 테세라를 에우리키우스로부터 받게 되어 있습니다. 그러니까 그 사람한테 보내 주십시오. 여러 가지 자세한 것을 묻고 필요한 그 징표를 얻어 가지고 오겠습니다.」

비니키우스는 기분 좋게 대답했다.

「좋아, 현자 선생. 신중한 의견에는 찬성하지 않을 수가 없지. 그렇다면 에우리키우스한테든 어디든 원하는 곳에 갔다 와. 그러나 만일을 위해서 그 책상 위에 놓아 둔 네가 받은 돈주머니는 놓고 가도록.」

언제나 돈을 놓치는 것을 싫어하는 키론은 얼굴을 찡그렸으나 명령대로 수행했다. 카리나에로부터 에우리키우스의 가게가 있는 키르쿠스까지는 그다지 멀지 않았으므로 키론은 저녁때가 되기 훨씬 전에 돌아왔다.

「이것이 그 징표입니다. 이것이 없으면 넣어 주지를 않습니다. 길에 대한 것도 자세히 물어 보았습니다. 그리고 에우리키우스에게는, 징표가 필요한 것은 내 친구들 때문이고 나는 나이가 많고 또 너무 멀어서 갈 수가 없다, 그리고 나는 내일 또 사도를 만나니까 그 설교의 가장 훌륭한 곳만을 되풀이해서 들려 달래 겠다고 말해 두었습니다.」

「뭐라구? 가지 않겠다구? 가지 않으면 안 돼!」하고 비니키우스는 말했다.

「가지 않으면 안 된다고는 생각하지만——, 좋습니다. 그럼 이렇게 합시다. 얼굴을 가리고 가겠습니다. 나리도 그렇게 하십시오. 그렇게 하지 않으면 다 잡은 새를 놓치게 될지도 모르니까요.」

세 사람은 곧 준비를 시작했다. 주위가 어두워지기 시작했기 때문이다. 두건이 달린 갈리아 풍의 외투를 입고 조그마한 등불을 들었다. 게다가 비니키우스는 짧고 구부러진 칼을 차고 두 사람에게도 건네 주었다. 키론은 에우리키우스에게 갈 때 입수한 가발을 썼다. 세 사람은 노멘타나 문이 닫히기 전에 도착하려고 서둘러 출발했다.

제 20 장

세 사람은 파토리키우스로 해서 비미나리스 언덕(시내 북동부의 언덕)을 따라 옛날의 비미나리스 문, 즉 디오크레티아누스(284~305년의 황제)가 나중에 호화로운 목욕탕을 세운 광장이 있는 데까지 왔다. 그리고 세르비우스 툴리우스(B.C. 578~537년에 나왔다고 일컬어지는 로마 제6대 왕)의 성벽(실은 B.C. 378년에 만들어졌다고 하며, 이 무렵에도 시내 북동부에 일부가 남아 있었다.)이 남아 있는 곳을 지나 매우 한적한 장소를 통과하자, 이윽고 비아 노멘타나가 나왔고, 거기에서 왼쪽으로 꺾어져서 사라리아에 이르자 모래를 채취한 동굴이 산뜩 널려 있고 군데군데가 묘지로 되어 있는 언덕의 한 가운데로 나왔다.

그때는 벌써 완전히 어두워지고 달도 아직 나오지 않아서 키론이 예견했던 대로 그리스도 교도 자신들이 가르쳐 주지 않았더라면 길을 찾기도 매우 어려웠으리라고 생각되었다.

실상 오른쪽에도 왼쪽에도 또 전방에도 검은 그림자가 보였고, 그것이 조심스럽게 모래 웅덩이로 향하고 있었다. 그러한 사람들 가운데는 작은 등불을 들고 있는 사람도 있었으나, 되도록이면 불빛이 새나가지 않도록 외투로 그것을 감싸고 있었다. 어떤 사람은 길을 잘 알고 있어서 캄캄한 어둠 속을 잘 걸어나갔다.

비니키우스의 수련을 쌓은 군인의 눈은 움직임만 보고도 그 어둠 속에서도 젊은이, 지팡이를 짚고 다리를 끌고 있는 노인, 긴 스토라 (여인의 윗도리)를 걸치고 있는 여자 등을 구별할 수 있었다. 이따금 지나가는 나그네나 마을에서 나온 농부는 분명히 이들 방황자를 사갱(砂坑)으로 가는 노동자거나 아니면 동료끼리 때때로 밤 아가페 (사랑)의 의식을 행하고 있던 묘지 조합(墓地組合) 사람들이라고 생각했을 것이다.

그러나 이 젊은 귀족과 그 일행이 걸어나감에 따라 주위에 점점 더 많은 작은 등불이 깜빡거렸고 사람들의 수도 점점 늘어났다. 어떤 사람은 억제된 목소리로 노래를 부르고 있었는데, 그것이 비니키우스에게는 희망에 넘쳐 있는 것처럼 생각되었다. 때때로 그의 귀는 노래의 단어나 문구의 한두 개를 포착했다. 가령 〈잠자는 자는 깨어나라!〉라든가 〈죽은 자 가운데서 소생하라!〉라는 문구였다. 때로는 그리스도의 이름이 남자나 여자의 입에서 새어 나왔다.

그러나 비니키우스는 그러한 말에는 별반 신경을 쓰고 있지 않았다. 그의 머리에 어쩌면 그들 검은 그림자의 어느 것인가가 리기아일는지도 모른다는 생각이 떠올랐기 때문이다. 어떤 사람들은 그들 곁을 지나가면서 『그대들에게 평화가 있으라!』라든가 『그리스도에게 영광이 있으라!』라고 말했는데, 불안이 비니키우스를 사로잡아 그 심장이 몹시 격렬하게 뛴 것은 그 속에서 리기아의 목소리를 들은 것 같은 기분이 들었기 때문이다. 리기아와 아주 닮은 모습, 또는 아주 흡사한 몸짓이 어둠 속에서 연방 비니키우스를 헤매이게 했다. 몇 번이나 자기의 착오를 확인하고서는 마침내 그는 자기의 귀를 신용하지 않게 되었다.

길은 그러나 길게 느껴졌다. 그 근처는 잘 알고 있었으나 캄캄한 어둠 속이라 자기가 서 있는 장소를 통 짐작할 수가 없었다. 끊임없이 무언가 좁은 통로나 성벽의 잔해, 로마 시 부근에서는 좀처럼 생각할 수 없을 것 같은 건물과 마주쳤다. 마침내 큰 구름 덩어리 뒤에서 달의 한 쪽 끝이 나타나 그 근처를 희미한 등불보다도 밝게 비쳐 주었다. 무언가 머리에서 야영의 불빛이나 횃불의 불꽃 같은 것이 깜빡거리기 시작했다. 비니키우스는 키론 쪽을 향해 몸을 수그리며 그것이 오스토리아눔이냐고 물었다.

키론은 밤이기도 하고 또 시내에서 멀리 떨어졌고 망령 비슷한 사람들의 모습에서 분명 강한 인상을 받아 약간 불분명한 목소리로 대답했다.

「모르겠습니다. 저 역시 오스토리아눔에는 와본 적이 없습니다. 그리스도를 찬양하더라도 좀더 도시에 가까우면 좋을 텐데.」

그러나 잠시 후에는 이야기하고 싶은 기분과 기운을 낼 필요가 있다고 생각했는지 이렇게 덧붙였다.

「모두들 도둑떼처럼 모여들고 있지만, 저 리기 족의 사나이가 겁도 없이 저를 속인 것이 아닌 한, 이 사람들은 사람을 죽여서는 안 되는 것으로 되어 있는 것입니다.」

그러나 리기아의 일을 생각하고 있던 비니키우스는 그 동료 신자들이 이렇게까지 조심해 가면서 자기들의 가장 훌륭한 사제의 말을 들으려고 하는 것이 이상했으므로 이렇게 말했다.

「모든 종교가 그렇듯이 이것도 우리들 사이에 신도를 가지고 있다고 하더라도 그리스도 교도는 유태인의 종교다. 그런데 어떻게 그들이 여기에 모인단 말인가 ? 티베리스 강 저쪽에는 유태인의 신전이 있어서 그곳에서는 백주에 유태인이 제물을 바치고 있는데.」

「아닙니다, 틀립니다. 그 유태인이 바로 그리스도 교도들이 제일 무서워하는 적입니다. 제가 들은 바에 의하면, 지금의 황제 이전에도 유태인과 그리스도 교도들 사이에는 하마터면 전쟁이 일어날 뻔했었습니다. 크라우디우스 황제도 그 소동에는 당혹해 하시고 유태인을 전부 추방하셨지만, 지금은 그 칙령이 폐지되었습니다. 그러나 유태인에게도 민중에게도 모두 비밀로 하고 있습니다. 때문에 민중은 아까도 말씀드린 대로 그리스도 교도의 범죄를 비난하고 미워하고 있는 것입니다.」

세 사람은 또 잠자코 걸었다. 키론은 성문에서 멀어짐에 따라 두려움이 더해 왔으므로 이렇게 말했다.

「에우리키우스한테서 돌아왔을 때 저는 어떤 이발소에서 가발을 빌려 콧구멍에 콩을 두 알 넣어 두었습니다. 그러니까 저를 알아볼 수는 없을 것입니다. 또 설사 저라는 것을 알아도 죽이지는 않을 것입니다. 좋은 사람들입니다. 뿐만 아니라 훌륭한 사람들로서 저는 좋아하고 있고 또 존경하고 있습니다.」

「너무 성급하게 저들을 칭찬하지 마라.」

비니키우스는 면박을 주었다.

이번에는 좁은 웅덩이로 들어가자 양 옆은 참호의 벽처럼 굳혀져 있고 그 한 군데에는 위쪽을 수도관의 아치가 가로지르고 있었다. 그러는 동안에 달이 완전히 구름 속에서 나왔으므로 웅덩이가 끝난 곳에 벽이 보이고, 그것은 달빛을 받아 은빛으로 빛나는 담쟁이 덩굴에 완전히 뒤덮여 있었다.

그곳이 오스토리아눔이었다.

비니키우스의 심장은 요란하게 맥박치기 시작했다.

문이 있는 곳에서 두 사람의 무덤지기가 징표인 팻말을 거둬들였다. 이윽고 비니키우스와 그 일행은 아주 넓고 사방을 벽으로 굳힌 장소로 들어갔다. 거기에는 사방에 따로따로의 묘석(墓石)이 서 있었는데, 그 한가운데에는 휴포가에움, 즉 크리푸타(굴)가 있고 그 아랫부분은 지면보다도 낮았으며 거기에는 무덤이 있었다. 크리푸타의 입구에는 샘물이 졸졸졸 소리를 내며 흐르고 있었다. 그러나 분명히 인원수가 너무 많으면 휴포가에움 속에는 넣지 않으므로 비니키우스는 어렵지 않게 의식은 노천 광장에서 행해지는 것이라고 짐작했다.

광장에는 이윽고 매우 많은 수의 사람이 모였다. 시선이 닿는 데까지 온통 등불이 깜빡이고 있었으나 거기에 온 많은 사람들은 등불을 가지고 있지 않았다. 머리를 드러내 놓고 있는 몇몇 사람을 제외하고는 모두들 배신자를 두려워하고 있는 건지 추위를 두려워하고 있는 건지 두건을 쓰고 있었으므로, 젊은 귀족은 만일 이렇게 하고 끝날 때까지 있다면 이렇게 많은 군중 속에서 리기아를 식별할 수는 없을 것이라고 생각되어 적잖이 걱정스러웠다.

그러나 갑자기 크리푸타 쪽에 무더기로 쌓아 놓았던 수지(樹脂)에 횃불이 몇 개 켜졌다. 주변은 아까보다 훨씬 밝아졌다. 이윽고 군중은 처음에는 조용한 목소리로, 그리고 나중에는 점점 더 큰 목소리로 무언가 이상한 찬송가를 부르기 시작했다. 비니키우스는 태어나서 지금까지 한 번도 이러한 노래를 들어본 적이 없었다. 묘지로 오는 도중에 들었던, 각자가 작은 소리로 읊조리던 찬송가가 이번에는 훨씬 감정이 담겨 힘있게 울리고 나중에는 귀청을 찢을 만큼 커졌으므로, 사람들과 함께 그 묘지(墓地), 그 고대(高臺), 그 웅덩이, 그리고 그 지역 전체가 이상한 감동으로 채워지기 시작했다. 게다가 여기에는 무언가 밤의 부름소리, 무언가 방황과 암흑 속에 구원을 찾는 바람이 담겨 있는 듯이 생각되었다.

하늘을 향한 사람들의 얼굴은 훨씬 높은 곳에 있는 누군가를 보고 있는 것 같았으며, 손은 그 사람이 내려오는 것을 맞이하고 있는 것 같았다. 노래가 끝나고 거기에 이어진 기대의 순간은 가슴에 육박하여 비니키우스도 그 일행도 문득 별을 쳐다보며 무언가 이상한 일이 일어나 누군가가 정말로 내려오지는 않을까 하는 두려움에 휩싸였다.

비니키우스는 소아시아에서도, 이집트에서도, 그리고 또 로마 본

국에서도 많은 여러 가지 신전을 보고 많은 신앙 고백을 듣고 많은 노래를 들어왔다. 그러나 이때 비로소 노래로 신을 손짓해 부르면서 무언가 정해진 제식(祭式)을 행하려고도 하지 않고 다만 마음 밑바닥에서부터 아버지나 어머니에 대해 어린아이가 느끼는 것 같은 참된 동경을 가지고 있는 사람들을 본 것이다.

장님이 아닌 이상 그 누구도 이 사람들이 자기들의 신을 공경하고 있을 뿐만 아니라 마음으로부터 사랑하고 있다는 것을 인정하지 않을 수 없을 것이다. 이것은 비니키우스가 그때까지 어느 고장, 어느 의식, 어느 신전에서도 일찍이 경험하지 못한 일이었다. 로마에서도 그리스에서도 신들에게 존경을 바치고 있는 사람은 단지 신들의 도움을 청하기 위해서 두려움을 가지고 그것을 행하고 있으나, 신들을 사랑한다는 따위는 누구의 머리에도 떠오르는 일조차 없었다.

비니키우스의 마음은 리기아에게 온통 빼앗겨 그 관심은 군중 속에서 리기아를 찾아내려는 노력에 돌려져 있었지만, 자기의 주변에서 일어나고 있는 이 이상한 일들을 보지 않을 수는 없었다.

그러는 동안 장작더미 위에 횃불이 몇 개 더해져 묘지에 붉은 빛을 더하고 등불의 빛을 희미하게 한 그 순간에 휴포가에움에서 노인 하나가 나타났다. 두건이 달린 외투를 입고 있었으나 머리는 드러낸 채였다. 그는 이윽고 장작더미 옆에 있는 돌 위로 올라갔다.

군중은 그것을 보자 동요했다. 비니키우스 옆에서 수런대는 소리가 들렸다. 「베드로! 베드로! ——」

어떤 사람은 무릎을 꿇고 어떤 사람은 그쪽으로 손을 뻗쳤다. 주위는 깊은 정적이 지배하고 있어서 횃불에서 숯 덩어리가 떨어지는 소리도, 비아 노멘타나를 지나가는 수레 바퀴의 먼 울림도, 무덤 옆에 돋아난 몇 그루의 소나무에 이는 바람의 흔들림도 들을 수 있었다.

키론이 비니키우스 쪽으로 몸을 수그리며 속삭였다.

「저 사람입니다, 어부인 그리스도의 첫 제자가——.」

　노인이 손을 높이 쳐들어 모여 있는 사람들에게 십자의 표시를 그어 보이자, 사람들은 일제히 무릎을 꿇었다. 비니키우스의 일행도 정체가 드러나지 않게 다른 사람들을 따라했다. 이 청년은 자기가 받은 인상을 당장에는 이해할 수가 없었다. 물론 자기가 눈앞에 보고 있는 그 모습은 매우 소박하고 이상한 것이었다. 이 이상한 점은 바로 그 소박함에서 흘러나오고 있는 것처럼 생각되었다. 노인은 머리에 모자를 쓰고 있지 않았고 관자놀이에 나뭇가지로 된 관을 얹지도 않았다. 뿐만 아니라 종려나무 잎으로 가리지도 않았고, 가슴에 황금의 판자를 걸지도 않았으며, 별을 새긴 옷이나 흰 옷을 입지도 않았다. 즉 동방이나 이집트 또는 그리스의 사제나 로마의 신관(神官)이 몸에 달고 있는 것 같은 표시는 무엇 한 가지도 가지고 있지 않았다.

　게다가 비니키우스를 놀라게 한 것은 그리스도 교도의 노래를 들으면서 느낀 것과 같은 차이였다. 그 어부는 『의식』에 익숙한 여느 대사제처럼 보이지는 않았다. 소박하고 백 살 정도 돼보이는, 매우 위엄있는 증인으로서 어떤 진리를 설교하기 위해 멀리에서 온 것이지만 그 진리를 눈으로 보고 손으로 만져 현실의 일처럼 그것을 믿고 또 그것을 믿기 때문에 사랑하고 있는 사람 같았다. 그 얼굴에도 진리 그 자체가 가지고 있는 듯한 확신이 서려 있었다.

　비니키우스는 회의가(懷疑家)였으므로 그 사람의 설교에 승복할 생각은 없었으나 무슨 신비로운 말이 그리스도 교도인 이 사람의 입으로부터 흘러나오는가, 또 리기아나 폼포니아 그라에키나가 신봉하는 종교는 과연 어떤 것인가 하는 것을 알기 위해 부푼 기대를 안고 기다리고 있었다.

　그러는 동안에 베드로는 이야기를 시작했다. 처음에는 어린애들을 타일러 어떻게 생활해야 하는가를 가르치는 아버지처럼 이야기했다. 사치와 쾌락을 단념하고 빈곤과 결백한 풍습과 진리를 사랑하라고 말했다. 부정과 박해를 참을성있게 견디며 윗사람과 권위에 복종하고 배신과 아부와 비방을 피하도록, 그리고 끝으로 신노를 상호

간뿐 아니라 이교도에조차도 모범을 보이라고 명령했다.

비니키우스에게 있어서는 리기아를 자기에게 되돌리는 것밖에는 선(善)이 아니며 자기들 사이의 방해가 되는 것은 모두 악(惡)이었으므로, 이러한 가르침의 어떤 것은 비니키우스를 괴롭히고 화나게 했다.

덕(德)이나 정욕에 대한 싸움을 권장하는 이 노인은 감히 자기의 사랑을 비난할 뿐만 아니라, 리기아에게 자기를 두렵게 하여 그 반항을 더하게 할 뿐이었기 때문이다. 만일 리기아가 지금 여기에 모여 있는 사람들 속에 있어서 이러한 말들을 귀담아 듣고 마음에 새겨 두기라도 한다면, 그 순간에 자기를 이 종교의 적이며 하찮은 사나이라고 생각할 것이 틀림없다.

이렇게 생각하자 비니키우스는 갑자기 화가 치밀어서 자기 자신에게 이렇게 말했다.

『지금 내가 들은 것은 어디가 새롭다는 것인가? 이것이 저 지금까지 없었다는 새로운 종교란 말인가? 누구라도 이러한 것은 알고 있고, 누구라도 이러한 말은 듣고 있다. 그야말로 빈곤이나 욕망의 억제는 견유파(犬儒派)에서도 권하고 있고, 덕(德)은 옛것이 좋다고 하여 소크라테스도 권장하고 있다. 흔해빠진 스토아 파나 키트루스(향기가 있는 목재를 생산하는 아프리카 산 나무)로 만든 책상을 5백 개나 가지고 있는 세네카 같은 사람조차도 절도를 찬양하고 진리와 역경에 있어서의 인내와 불행의 견지를 권하고 있는데, 그것들은 모두 방치된 곡물과 같은 것이어서 낡아빠진 냄새가 나기 때문에 인간은 탐을 내지 않고 벌레가 먹고 있는 것이다.』

더욱이 노여움 외에 목표가 빗나간 듯한 느낌도 받았다. 무언가 지금까지 모르고 있던 마법의 비밀을 밝혀 주는가 하고 기대하며, 적어도 그 웅변으로 사람을 놀라게 하는 변론가의 연설을 듣게 되는가 하고 생각하고 있었는데, 거기에서 들은 말은 다만 너무 소박하고 너무 꾸밈이 없는 것이었다.

비니키우스를 감탄케 한 것은 다만 군중이 듣고 있을 때의 그 조용한 태도와 경건한 마음뿐이었다. 그러나 노인은 귀담아 듣고 있는 사람들을 위해 이야기를 계속했다.

모두들 선량하고 조용하며 정의롭고 결백하지 않으면 안 되는 것은 이 인생에 있어서의 안식을 얻기 위해서뿐이 아니라, 죽은 뒤 그리스도 속에서 지금까지 누구도 누린 적이 없는 희열과 광영, 그리고 음성과 기쁨 속에서 영원히 살기 위해서라고 설교했다.

여기에서 비니키우스는 얼마 전까지는 반감을 갖고 있었음에도 불구하고, 그 노인의 가르침과 견유파나 스토아 파, 그리고 그밖의 철학자가 역설하는 것 사이에는 커다란 차이가 있음을 인정하지 않을 수가 없었다.

철학자들은 선이나 덕을 도리(道理)에 맞는 것, 그러면서도 실천 생활에 한한 것으로서 권장하고 있는 데 반해, 노인은 덕으로서 얻어지는 영생(永生)을 약속했고, 더욱이 그것은 땅 속의 무위와 공허 속의 비참한 영생이 아니라 거의 신들의 본성과 같은 훌륭한 영생이라는 것이다.

그때 노인은 이것을 마치 전적으로 확실한 것처럼 말했고, 따라서 이러한 신앙에 있어서는 덕은 완전히 무한한 가치를 가지게 되므로 인생의 불행은 문제가 안 될 만큼 하찮은 것이 된다. 다함없는 행복을 위해서 잠시 참는 것은 자연의 질서가 그렇게 되어 있다는 이유만으로 참는 것과는 전혀 별개의 일이기 때문이라는 것이다. 그러나 노인은 다시 말을 계속하여, 덕과 진리는 그 자체를 위해서 사랑하지 않으면 안 된다. 가장 높은 선과 낡은 덕은 하나님이므로, 그것들을 사랑하는 사람들은 하나님을 사랑하고 그럼으로써 그 사람 자신은 하나님의 사랑하는 아들이 된다고 말하는 것이었다.

비니키우스에게는 그것이 잘 이해되지 않았다. 그러나 이미 훨씬 전에 폼포니아 그라에키나가 페트로니우스에게 얘기하고 있던 말을 통해 이 하나님이 그리스도 교도에 의하면 유일하고 전능하다는 것을 알고 있었고, 지금 또 이 하나님이 완전한 선과 완전한 진리라고 듣게 되자, 부지불식 간에 그러한 창조자의 입장에서 보면 주피터도 사투르누스도 아폴로도 유노도 베스타도 비너스도 하찮은 잡동사니 같은 무리들로서, 거기에서는 모두가 한데 어울려, 또는 각자가 따로따로 몹쓸 짓을 하고 있는 것처럼 생각되는 것이었다.

그러나 가장 크게 이 젊은이의 마음을 사로잡은 것은 노인이, 신은 또한 완전한 사랑이므로 사람들을 사랑하는 것은 곧 신의 가장 높은 명령을 수행하는 것이라고 가르치기 시작했을 때였다. 그러나 자기와 같은 민족을 사랑하는 것만으로는 아직도 부족하다. 사람이 된 신은 모든 인간을 위해서 피를 흘리고 이교도 사이에서도 백인 대장 코르넬리우스처럼 선택된 제자를 발견했기 때문이다. 또 우리들에게 선을 행하는 사람들을 사랑하는 것만으로는 부족하다. 그리스도는 자기를 죽음에 인도한 유태인들도 또 자기를 십자가에 매단 로마의 병사들도 용서했다. 그러므로 우리들은 우리들에게 부정을 가하는 사람들을 용서할 뿐 아니라, 그들을 사랑하여 악에 대해서도 선으로써 보답하지 않으면 안 된다. 또 선인을 사랑하는 것만으로도 부족하다. 악인까지도 사랑하지 않으면 안 된다. 사랑에 의해서만 악인에게서 악을 제거할 수 있기 때문이다.

이러한 말을 듣고 키론은 은밀히 생각했다. 자기의 일은 허사가 되었다. 우르수스는 어떤 일이 있어도 오늘밤뿐 아니라 다른 날 밤에도 그라우쿠스를 결코 죽이지 않을 것이다. 그러나 키론은 그 대신 노인의 가르침에 나오는 또다른 결론에서 위안을 얻었다. 즉 그라우쿠스도 자기를 발견하고 또 자기라는 것을 알고서도 죽이지는 않을 것이라는 사실이었다.

노인의 말을 듣는 동안 비니키우스의 생각은 많이 바뀌었다. 노인의 말에 조금도 새로운 것이 없다고 하던 처음의 생각과는 달리 그는 놀라움을 가지고 자기에게 물음을 연발하고 있었다. 어떠한 신인가, 어떠한 종교인가, 어떠한 사람들인가. 지금 들은 모든 것이 그대로 머리 속에 들어간 것은 아니었다. 그것은 비니키우스에게 있어서 무언가 들어 본 일도 없는 새로운 관념이었다. 가령 이 가르침에 따라갈 마음이 생긴다면, 자기의 사상도 습관도 성격도 지금까지의 본성 전체도 장작더미 위에 놓고 재가 될 때까지 완전히 태워 버리고 무언가 전혀 다른 생활과 완전히 새로운 영혼으로 채우지 않으면 안 되리라고 느꼈다. 자기더러 파르티아 인, 시리아 인, 그리스 인, 이집트 인, 갈리아 인, 브리타니아 인을 사랑하라든가, 적을 용서하라든가, 적의 악을 선으로 갚으라든가, 적을 사랑하라고 명령하는 종교는 미친 짓이라고 생각되었을 뿐만 아니라, 동시에 그 미친 짓 같은 데에 무언가 지금까지의 어떤 철학보다도 힘찬 데가 있다는 느낌을 받았다. 이 가르침은 미친 짓 같은 데가 있기 때문에 실행할 수가 없고, 실행할 수가 없기 때문에 신성하다고 생각했다.

마음 속에서 이 종교를 거부했으나 거기에 등을 돌리는 것은 꽃이 흐드러지게 피어 있는 초원에 등을 돌리는 것과 같은 것이어서, 그 사람을 취하게 하는 냄새를 한 번이라도 맡으면 로토파고이('로토스를 먹는 사람'이란 『오디세이아』 제9권에 나오는 이상한 나라의 주민)의 나라를 찾은 것처럼 다른 일은 모두 잊고 그것만을 동경하게 되는 것이라고 느꼈다.

이 종교에는 현실성이 없는 것 같았지만, 그러나 여기에 비하면 현실은 아주 비참한 것이어서 거기에 생각을 돌리는 것은 당치 않은 것처럼 생각되었다. 자기를 어떤 공간이 에워싸고 있지만 그것은 추측할 수 없을 만큼 넓은 구름과 같은 것이었다. 그 묘지도 비니키우스에게는 미치광이의 집회소 같은 인상을 주기 시작했으나, 그러나 또 한편으로는 비밀스러운 무서운 장소로서 거기에는 어딘가의 밀교(密敎) 사당이기라도 한 것처럼 무언가 지금까지 없던 것이 생겨난 것 같은 느낌도 들었다. 비니키우스는 노인이 최초의 순간부터 인생이나 진리 또는 사랑이나 신에 대해서 설교한 모든 것을 떠올렸다. 그리고 그 갖가지 사고(思考)는 끊임없이 차례차례 나타나는 전광(電光)으로 눈을 멀게 하듯이 그 빛으로 눈을 부시게 했다. 보통 사람들에게 있어서는 생활이 단지 하나의 감정으로 변해 버리고 말듯이, 비니키우스는 리기아에 대한 자기의 사랑을 통해 모든 것을 생각하고 그 전광에 비추어 한 가지 사실만을 명백히 보았다. 즉 만일 리기아가 지금 이 묘지에 와 있어서 이 가르침을 배우고 듣고 또 느끼고 있다면, 영원히 자기의 연인은 되지 않을 것이라는 사실이었다.

더욱이 리기아를 아우루스의 집에서 맨 처음 알게 된 이래 처음으로, 비니키우스는 설사 지금 다시 손 안에 넣게 된다고 하더라도 리기아는 결코 자기의 것이 되지는 않으리라고 생각했다. 그러한 일은 지금까지 한 번도 비니키우스의 머리에 떠오르지 않았고, 지금에 와서도 그것을 분명히 설명할 수는 없었다. 그것은 명백한 이해라기보다는 오히려 무언가 돌이킬 수 없는 손실, 그리고 무언지 모를 흐리멍텅한 불행의 느낌이었다. 마음 속에 일어난 불안은 갑자기 일반적으로는 그리스도 교도, 그리고 특별하게는 그 노인에 대한 노여움으로 변했다. 처음에 얼핏 보았을 때는 소박하다고 느낀 그 어부가 지금은 거의 공포로 사로잡았고, 용서없이, 그리고 동시에 비극적으로 자기의 운명을 결정하는 무언가 불가사의한 힘이 있는 것처럼 생각되었다.

무덤지기는 또 깨닫지 못한 동안에 장작 몇 개를 집어 넣었다. 바람은 소나무 사이에서 수런대기를 그치고 불길은 더 이상 깜빡이지 않고 가는 칼날처럼 맑아 온 하늘로 향해 흩어져 별 쪽으로 피어올랐다. 노인은 그리스도의 죽음을 생각하여 이미 그 얘기만을 되풀이하고 있었다. 사람들은 모두 숨을 죽이고 있었다. 아까보다도 한층 더 조용해져서 심장이 고동치는 소리까지 들릴 정도였다. 그 사람은 그것을 직접 눈으로 보고 와서 그 순간의 하나하나가 기억에 새겨져 있었고 눈을 감으면 지금도 보이는 것처럼 이야기했다.

「십자가와 작별을 하고 돌아와서는 요한과 함께 이틀낮 이틀밤을 새우며 먹지도 않고 자지도 않고 괴로움과 슬픔, 그리고 두려움과 절망 속에 두 손으로 머리를 감싸안고 주님은 가셨다는 생각에 잠긴 채 앉아 있었다. 오오! 얼마나 괴로웠던가. 3일째 밤이 밝고 새벽이 성벽을 밝게 비추었다. 요한과 둘이서 별다른 궁리도 희망도 없이 그대로 성벽 밑에 앉아 있었다. 밤새 괴로워하느라 잠을 못잤기 때문에 잠이 엄습해 오면 서로 깨워가며 다시 탄식하기 시작했다. 태양이 솟을 무렵 막달라 마리아가 머리카락을 흩날리며 숨차게 달려와서 『주님을 데려가셨다.』고 외쳤다. 우리 두 사람은 벌떡 일어서서 그곳으로 달려갔다. 요한은 젊었기 때문에 나보다 먼저 그곳으로 달려갔으나 무덤이 이미 텅 빈 것을 보고는 감히 들어가려고 하지 않았다. 마침 세 사람이 입구까지 갔을 때 나는 안에 들어가서 돌 위에 속옷과 수의가 있는 것을 보았다. 그러나 시체는 보이지 않았다.

공포가 세 사람을 엄습했다. 사제들이 그리스도를 빼앗았다고 생각한 것이다. 우리는 한층 더 슬픔에 잠긴 채 집으로 돌아왔다. 그 후에 다른 제자들이 와서 아버지인 하나님께서 들으시도록 모두가 함께, 또 교대로 땅을 치며 통곡했다. 사람들은 주님이 이스라엘을 구해 주시리라고 기대하고 있었는데 돌아가신 지 벌써 사흘째가 되므로 우리들의 숨이 그만 넘어가는 것 같았다. 어째서 『아버지』가 『아들』을 저버렸는지 이해할 수가 없어서 차라리 햇빛을 보지 않고 죽는 것이 낫다고 생각될 정도로 마음의 짐은 무거웠다.」

그러한 무서운 순간의 기억이 지금도 노인의 눈에서 눈물을 흘리게 했고, 그것이 하얀 턱수염을 따라 떨어지는 것이 화톳불의 빛으로 잘 보였다. 머리카락이 없는 노인의 머리가 떨리기 시작하고 그 가슴 속으로 목소리가 사라졌다. 비니키우스는 마음 속으로 말했다.

『저 사람은 진실을 말하고 그것 때문에 울고 있다.』

소박한 마음을 가진 군중도 슬픔으로 목이 메었다. 그리스도의 수난에 대해서는 벌써 몇 번이나 들었고 슬픔 뒤에 오는 기쁨에 대해서도 잘 알고 있었지만, 눈으로 보고 온 사도가 말하는 것이므로 그 생생한 인상에 감동되어 흐느껴 울면서 두 손을 불끈 쥐거나 가슴을 두드리거나 하고 있었다.

그러나 차츰 침착해진 것은 그 다음을 듣고 싶은 마음이 이겼기 때문이었다. 노인은 먼 옛날의 일을 마음 속에서 한층 더 잘 보기 위해 지그시 눈을 감고 다시 이야기하기 시작했다.

「그렇게 슬퍼하고 있을 때에 또 막달라 마리아가 뛰어들어와서 주님을 보았다고 소리질렀다. 강한 빛 때문에 똑똑히 볼 수가 없었으므로 정원사라고 생각했는데 주님은 『마리아.』라고 말씀하셨다. 그래서 마리아는 『랍부우니.』(스승이여)라고 외치고 그 발 밑에 꿇어 엎드렸다. 주님은 마리아에게 제자들에게로 가라고 말씀하시고 자취를 감추셨다. 제자들은 마리아의 말을 믿지 않았다. 그러나 마리아는 기쁜 나머지 울고 있었으므로, 어떤 사람은 그것을 책망하고 어떤 사람은 슬픔 때문에 마리아의 머리가 어떻게 되지 않았는가 생각했다. 마리아가 다시 무덤 속에서 천사를 보았다고 말했기 때문이다. 그러나 제자들이 다시 한 번 달려가 보았을 때 무덤은 역시 비어 있었다. 그리고 밤에 다른 사람들과 에마우스에 갔던 크레오파가 오고 나서 모두는 황급히 돌아와서 『정말로 주님은 부활하셨다.』라고 말했다. 제자들은 유태인을 두려워하여 문간에서 말다툼을 하고 있었다. 그때 문을 연 사람이 없었는데 주님이 여러 사람들 속에서 서 계셨으므로 두려운 나머지 말을 못하고 서 있었더니, 『평화가 너희들에게 있으라.』라고 말씀하셨다.」

*   *   *

「나도 다른 사람들이 본 것처럼 주님을 보았다. 주님은 빛과 같았고 우리들 마음 속의 행복과 같았다. 우리들은 주님이 부활하셨다는 것, 바다가 마르고 산이 먼지로 변하더라도 주님의 빛과 광영은 멸망하지 않는다는 것을 믿었기 때문이다.」

*   *   *

「8일이 지나고 나서 데도모라고 일컫는 토마스는 주님의 상처에 손가락을 넣고 주님의 옆구리에 손을 넣어 보고 나서 그 발 밑에 엎드려 『우리 주, 우리의 신이여!』라고 소리질렀다. 그러자 주님은 여기에 대답하여 『너희들은 나를 보고 믿는구나, 보지 않고 믿는 자는 복이 있나니.』라고 하시었다. 우리들은 이 말을 들었다. 우리들의 눈은 주님을 보았다. 주님은 우리들 속에 계셨던 것이다.』

  듣고 있는 동안에 비니키우스의 마음 속에서 이상한 일이 일어났다. 한동안 자기가 어디에 있는지를 잊고 현실의 의식, 분별, 판단을 잃었다. 그는 있을 것 같지도 않은 두 가지 사실에 직면하고 있었다. 노인이 말하는 것을 믿을 수는 없었지만 『이 눈으로 직접 보았다.』고 말하는 그 사람이 거짓말을 하고 있다고 인정하기에는 자기가 장님이고 자기의 이성을 거부하지 않으면 안 된다고 생각했다. 그 사람의 감동, 그 사람의 눈물, 그 사람의 전신(全身), 그리고 그 사람이 말하는 사건의 세부적인 점에는 조금도 의심을 갖지 못하게 하는 것이 있었다. 비니키우스는 때때로 자기가 꿈을 꾸고 있는 것 같은 생각이 들었다. 그러나 주위에는 조용히 앉아 있는 군중이 보였고, 램프의 연기가 코를 찔렀고, 그렇게 멀지 않은 곳에서 횃불이 타고 있었고, 그 옆의 돌 위에는 무덤 가까이에 노인이 서 있어서 약간 떨리는 목소리로 일일이 증거를 대가며 『이 눈으로 직접 보았다.』라고 되풀이하고 있었다.

  노인은 다시 승천(昇天)하는 데까지 이야기했다. 때때로 쉬는 것은 이야기를 한층 더 자세하게 하기 위해서였다. 극히 세밀한 하나하나의 사실이 돌에 새긴 듯이 노인의 기억에 분명하게 새겨져 있다는 것을 쉽게 느낄 수 있었다. 그것을 듣고 있는 사람들은 모두 넋을 잃고 취한 듯한 기분이 되어 있었다. 자기들에게 있어서 값을 매길 수 없는 그러한 말들을 좀더 자세히 듣고 한 마디도 놓치지 않으려고 사람들은 머리에서 두건을 벗었다. 무언가 인간 이상의 힘이 자기들을 갈릴리로 데리고 가서, 그곳의 숲속이나 물 위를 그리스도의 제자들과 함께 걸으며, 이 묘지가 티베리아의 호수로 변하여 그 기슭의 아침 안개 속에 옛날 요한이 쪽배에서 보고 『주님이시다.』라고 말하고 베드로가 그 사랑하는 발 밑에 일각이라도 빨리 꿇어 엎드리려고 헤엄쳐 갔을 때처럼 그리스도가 서 있다고 생각했다.

사람들의 얼굴에는 한없는 황홀감과 인생의 망각, 그리고 행복과 헤아릴 수 없는 사랑이 엿보였다. 베드로의 긴 얘기 동안 몇 사람인가 환각을 가진 것은 분명했으나, 승천할 때 구세주의 발 밑에 모여 그 모습을 감싸고 사도들의 눈을 가로막은 것을 이야기하기 시작하자, 사람들의 얼굴은 부지불식 간에 하늘로 향해지고 그러한 사람들이 금세라도 주님을 볼 수 있는 희망에 불타는 것 같은, 아니면 주님이 다시 하늘의 벌판에서 내려와 늙은 사도가 맡긴 양들이 풀을 뜯는 것을 바라보며 그 사람과 그 무리를 축복한다고 헤아리는 것 같은 기대의 순간이 찾아왔다.

그 순간에는 그러한 사람들에게 있어서는 로마도 없고 미친 듯한 황제도 없고 신전도 신들도 이교도도 없고 있는 것은 다만 그리스도뿐으로서 그것이 땅과 바다와 하늘과 세계를 채우고 있었다.

비아 노멘타나를 따라 엉성하게 서 있는 먼 집들에서 한밤중을 알리는 닭의 울음소리가 들려왔다. 그때 키론이 비니키우스의 외투 자락을 잡아당기며 나지막이 속삭였다.

「저기, 저 노인 옆에 우르바누스와 아가씨의 모습이 보입니다.」

비니키우스는 꿈에서 깨어난 것처럼 정신을 차려 그리스 인이 가리키는 방향을 보았다. 그것은 분명 리기아였다.

제 21 장

리기아를 보고 젊은 귀족의 피는 끓어올랐다. 지금은 군중의 일도 노인의 일도 또 거기에서 들은 이해할 수 없는 일들에 대한 자기의 놀라움도 잊고 그의 눈앞에는 오직 그 사람의 모습만이 보일 뿐이었다. 온갖 긴장 후에, 오랜 날들의 불안과 그리고 괴로움 끝에 마침내 발견한 것이다. 태어나서 처음으로 기쁨이 야수(野獸)처럼 가슴을 엄습하고 숨이 끊어지도록 가슴을 내리누를 때도 있다는 것을 체험했다. 그때까지는 『운명』이라는 것에는 자기의 소원을 모조리 채울 의무가 있다고 생각하고 있던 비니키우스도, 지금은 거의 자기의 눈과 자기의 행복을 믿을 수가 없었다. 만일 그 믿을 수 없다는 기분이 없었다면 비니키우스는 화를 잘 내는 천성에 쫓겨 무언가 분별없는 행동으로 나갔을지도 모르지만, 이때는 우선 그것이 지금까지 머리를 가득 채우고 있던 기적의 연속은 아닌가, 또 꿈을 꾸고 있지는 않은가 하는 것을 확인하고 싶어졌다.

그러나 의심은 없었다. 리기아의 모습이 보이고 있고 리기아와 자기를 떼어 놓고 있는 거리는 불과 수십 보밖에 안 된다. 리기아는 몸 전체에 빛을 받고 서 있었으므로 비니키우스는 싫증이 날 때까지 그 모습을 바라볼 수가 있었다. 외투의 두건은 머리에서 벗겨져 있었고 머리카락은 흐트러져 있었으며 입은 약간 벌어져 있었다. 눈은 사도 쪽으로 온통 쏠려 있었는데 그야말로 넋을 잃고 경청하고 있는 것 같았다. 검은 모직 외투에 몸을 감싸고 있는 것은 다른 평민의 아가씨와 다를 바 없었으나, 비니키우스는 지금까지 리기아를 이렇게까지 아름답다고 생각한 적은 없었다. 비니키우스의 마음에 일어나고 있는 혼란에도 불구하고, 거의 노예가 입고 있는 옷과 대조가 되는 리기아의 불가사의한 귀족적인 얼굴의 품위는 비니키우스를 놀라게 했다. 사랑은 불길처럼 강하게 그의 가슴을 관통하여 동경과 기도와 존경과 정욕의 무언가 이상한 느낌과 뒤섞이고 있었다.

그 모습이 자기에게 불러일으킨 쾌감을 느끼고 오랜 목마름 뒤의 상쾌한 물처럼 그 속에 젖어들었다. 리기아는 리기 족의 거인 옆에 서 있었으므로 전보다도 작고 거의 어린애처럼 보였다. 그러나 전보다 야위었다는 것을 알 수 있었다. 얼굴색은 정말로 투명해서 꽃이나 영혼 같은 인상을 주었다. 더욱이 그 때문에 한층 더 이 사람을 손에 넣어야겠다고 생각한 것은 그녀가 동방이나 또는 로마에서 보거나 또는 지금까지 안아 본 여자들과는 전혀 달랐기 때문이다. 이 사람을 위해서라면 그러한 여자들을 모두, 거기에다 로마도 세계까지도 덧붙여서 넘겨 주어도 좋다고 생각했다.

리기아를 넋을 잃고 바라보고 있는데 키론이 비니키우스의 외투 자락을 잡아당겼다. 비니키우스가 무언가 일을 저질러 자기들을 위험에 빠뜨려서는 큰일이라고 생각했기 때문이었다. 그 동안에 그리스도 교도는 기도와 노래를 시작하고 있었다. 잠시 뒤에는 『마란 아타』(우리들의 주 오셨네. 바르게는 마라나 타.)가 울려퍼지고 그리고 대사도는 장로들이 미리 세례를 받을 준비가 되어 있는 사람으로서 데리고 나온 사람들에게 샘물로 세례를 주기 시작했다.

비니키우스에게는 그날 밤이 언제까지 가도 끝날 것 같지 않았다. 지금은 될 수 있는 대로 빨리 리기아의 뒤를 밟아, 도중에서든 또는 그 집에서든 리기아를 빼앗고 싶은 생각뿐이었다.

마침내 몇 사람인가는 묘지를 떠나기 시작했다. 그때 키론이 속 삭였다.

「문으로 가십시다. 두건을 벗지 않은 것은 우리들뿐입니다. 모두들 우리를 보고 있습니다.」

그것은 사실이었다. 사도가 이야기하고 있는 동안 모두는 그것을 보다 잘 듣기 위해 두건을 벗고 있었는데, 유독 세 사람만 거기에 따르고 있지 않았다. 비니키우스는 키론의 권고가 현명한 것이라는 생각이 들었다. 문 앞에 서 있으면 나오는 사람을 모두 관찰할 수가 있고, 더욱이 우르수스는 큰 키와 모습 때문에 다른 사람과 쉽게 구별할 수 있다.

키론이 말했다.

「뒤를 밟읍시다. 어느 집으로 들어가는가를 확인합시다. 그리고 내일, 아니 오늘이라도 당장 그 집의 입구를 노예들을 시켜 완전히 포위하면 그 사람을 붙잡을 수 있습니다.」

「아니야.」 하고 비니키우스는 말했다.

「그럼 어떻게 하시겠다는 겁니까 ?」

「집에까지 뒤를 밟아가서 곧 붙잡고 싶다. 크로톤, 너는 그 일을 해낼 수 있겠지 ?」

역사(力士)는 말했다.

「네, 분부대로 실행하겠습니다. 만일 그 아가씨를 호위하고 있는 무소 같은 사나이의 등뼈를 부러뜨리지 못한다면, 그때는 나리의 노예가 되더라도 할 말이 없겠습니다.」

그러나 키론은 그러한 일을 하지 않도록 권하고 모든 신들의 이름을 걸고 다시 한 번 생각하라고 간청했다. 게다가 크로톤을 고용한 것은 자기들이 발각되었을 때 방위하기 위해서이지 아가씨를 납치하기 위해서가 아니다, 둘만의 힘으로 아가씨를 붙잡더라도 죽음의 위협을 무릅쓰는 것이 되고, 더욱 좋지 않은 것은 만에 하나 아가씨를 놓쳐 버릴 경우, 아가씨는 다른 장소에 숨어 버리고 말든가 로마를 떠나 버리게 된다고 설득했다.

그렇다면 어떻게 하면 좋은가. 좀더 확실한 방법을 택해야 한다. 어째서 파멸을 무릅쓰고 불확실한 운명에 모처럼의 계획을 맡기려 드는가 하고 키론은 말했다.

비니키우스는 흥분을 억제하고 있지 않았다면 당장에라도 묘지에서 리기아를 품에 안을 참이었지만 그리스 인의 말에도 일리가 있다고 생각했다. 그래서 그 권고에 따를까 하고도 생각했다. 그러나 이때 크로톤이 보수 문제를 생각하여 비니키우스에게 말했다.

「저 늙어빠진 산양 수염의 사나이를 잠자코 있게 해주십시오. 아니면 저놈의 머리통에 주먹을 한 방 먹이게 해주시던가요. 한 번은 부크센툼(네아폴리스의 남동쪽 140킬로에 있는 도시)에 루키우스 사투르니누스의 부름을 받고 승부를 하러 갔을 때 여관에서 술에 취한 격투사가 일곱 명이나 나에게 덤볐지만 늑골이 온전해서 돌아간 사람은 한 사람도 없었습니다. 뭐 굳이 이 많은 사람들 속에서 아가씨를 납치하자는 것이 아닙니다. 그런 일을 했다가는 우리들은 돌팔매를 얻어 맞게 됩니다. 그러나 그 사람이 일단 집에 들어가면, 나는 그 아가씨를 납치해서 나리의 소원을 풀어 드리겠습니다.」

비니키우스는 그 말을 듣자 몹시 기뻐하며 말했다.

「제발 그랬으면 좋겠군, 헤라클레스에 걸고. 내일이면 벌써 그 집에 없을는지도 모른다. 우리들이 그들을 놀라게 하면 틀림없이 그 아가씨를 다른 곳으로 데리고 가고 말 것이다.」

키론은 한숨을 쉬고 말했다.

「그 리기 족의 사나이는 무서운 힘을 가졌다고 생각하는데…….」

크로톤이 쏘아붙였다.

「너더러 그 사나이의 손을 붙잡고 있어 달라고는 말하지 않았어.」

그러나 세 사람은 아직도 한참을 기다리지 않으면 안 되었다. 닭이 새벽을 알리기 시작하고 나서야 겨우 우르수스가 문에서 나왔고, 그 뒤를 따라 리기아의 모습이 보였다. 리기아의 뒤로는 다른 사람이 몇 사람인가 따라왔다. 키론은 그 속에 있는 것이 대사도이고, 그 옆에는 훨씬 키가 작은 다른 노인과, 이제는 결코 젊다고 할 수 없는 여자 두 사람, 그리고 등불을 비추고 있는 소년이 따라온다고 생각했다. 이 한 무더기 뒤에는 스무 명 남짓한 사람들이 따랐다. 비니키우스와 키론, 그리고 크로톤은 그 무리 속에 섞였다.

키론이 말했다.

「보십시오. 저 아가씨는 엄중한 호위를 받고 있습니다. 저 옆에 가는 것은 대사도입니다. 저 사람이 지나갈 때 모두들 무릎을 꿇고 있지 않습니까?」

아니나 다를까 사람들은 무릎을 꿇고 있었으나 비니키우스는 그러한 사람들에게는 눈길조차 주지 않았다. 단 한 순간도 리기아에게서 눈을 떼지 않고 다만 그것을 빼앗을 궁리만 했다. 그는 전쟁 동안 온갖 종류의 계획에 익숙해져 있었으므로 군인적인 정확성으로 약탈의 계획을 처음부터 끝까지 머리 속에 그리고 있었다. 그러나 좀더 대담하게 행동할 수 없다는 것이 그를 답답하게 했다. 대담한 습격이 보통 성공리에 끝난다는 것을 그는 잘 알고 있었기 때문이다.

그러나 길은 멀었다. 그래서 비니키우스는 리기아가 신봉하고 있는 불가사의한 종교가 자기와 리기아 사이에 파놓고 있는 깊은 골에 대해서 생각해 보았다. 비니키우스는 지금 과거에 일어난 모든

일을 이해하고 어떻게 해서 그것이 일어났는가도 이해했다. 이 점에
관해서는 꽤 예민했다. 여태까지는 리기아를 몰랐던 것이 된다.
지금까지는 리기아를 자기의 마음이 불타오른 무엇보다도 훌륭한
아가씨라고 보고 있었으나, 지금에 와서는 그 종교가 리기아를 다른
여자와는 유별난 존재로 만들어 놓았기 때문에 느낌이나 욕구, 부
(富)나 쾌락으로 리기아를 사로잡는다는 것은 헛된 착각이라는 것을
알았다.

　결국 페트로니우스에게도 또 자기에게도 이해가 안 되는 일이
었지만, 그 새로운 종교는 사람의 마음에 무언가 자기가 살고 있는
세계에는 알려져 있지 않은 것을 심어 주고, 리기아가 설사 자기를
사랑하고 있다고 하더라도 자기를 위해서 그 그리스도교의 진리를
단 한 가지도 희생하지는 않을 것이며, 리기아에게 있어서 즐거움이
실제로 있다고 하더라도 그것은 자기나 페트로니우스 또는 황제나
궁정, 그리고 로마 전체가 구하고 있는 것과는 전혀 별개의 즐거
움이라는 것이었다. 자기가 알고 있던 다른 여자들은 누구나 자기의
연인이 될 수 있었으나, 이 그리스도교의 여자는 다만 제물이 될
수 있을 뿐이다.

　그렇게 생각하자 타는 듯한 아픔과 노여움이 엄습해 왔지만 동
시에 또 그 노여움이 너무도 무력하다는 것을 느꼈다. 리기아를
빼앗는 것은 가능한 일이라고 생각되었을 뿐만 아니라 비니키우스는
실제로 그것을 확신하고 있었다. 또 마찬가지로 그 종교에 대해서는
자기 자신도 자기의 용기도 자기의 힘도 아무 소용이 없다는 것,
또 그것을 어떻게 했으면 좋을는지 알 수가 없다는 것도 확실했다.
이 로마의 트리부누스 밀리타리스는 세계 정복에 도움이 된 칼과
주먹의 힘이 앞으로도 계속 세계를 정복해 나갈 것이라고 확신하고
있었지만, 이때 난생 처음으로 이 힘 뒤에는 또 뭔가 다른 것이
있을지도 모른다고 생각했으므로 이상히 여겨 그것은 대체 무엇
인가라는 질문을 제기했다.

　그러나 거기에는 분명한 대답을 할 수가 없었다. 머리 속에는 다만

묘지와 거기에 모인 군중과 노인의 말에 귀를 기울이고 있는 리기아의 모습이 스쳐 지나갔을 뿐이었다. 그 노인이 설교한 것은 이 세상의 죄를 속죄하여 스티쿠스(지옥 입구에 있는 강)의 건너편에 있는 행복을 약속한 땅, 사람이 된 신의 고난과 죽음, 그리고 부활이었다.

그런 것을 생각하자 비니키우스의 머리 속에는 혼란이 일어났다.

그러나 그 혼란 속에서 비니키우스를 끌어낸 것은 키론의 우는 소리였다. 자기의 신세를 한탄하기 시작한 것이다. 자기가 고용된 것은 리기아를 찾아내기 위해서였고, 자기는 생명의 위험을 무릅쓰고 그것을 찾았고 또 분명히 제시해 보였다. 이 이상 자기에게 무엇을 요구하는가? 자기가 언제 리기아를 빼앗아 오는 것까지 책임졌는가? 손가락 두 개가 없는 불구자에게 누가 그러한 것을 요구할 수 있단 말인가? 비니키우스같이 훌륭한 분이 아가씨를 약탈하다가 무슨 위험한 일을 당하면 어떻게 되는가? 확실히 신들은 선택된 사람들을 비호하고 있음에는 틀림없지만, 그러나 때때로 신들은 세계에서 벌어지고 있는 일을 보고 있는 대신에 장기(將棋)라도 두고 있는 일이 일어나지 않을 수 없다. 운명의 여신은 누구나가 알고 있듯이 눈을 묶어 놓고 있기 때문에 낮에도 보고 있지 않은데 하물며 밤에 지켜 볼 리가 없다. 그러한 일이 제발 일어나지 않기를. 저 리기 족의 곰이 비니키우스 님에게 맷돌이나 술병, 심지어 물항아리를 집어 던지는 일이 없기를.

불쌍한 키론에 대해서 보수 대신 책임이 추궁되지 않는다고 누가 보장할 수 있을 것인가. 자기는 가난한 현자로서 아리스토텔레스가 알렉산드로스에게 붙어 있던 것처럼 비니키우스 님에게 애착을 고 있는 것이다. 하다 못 해 비니키우스 님이 집에서 떠날 때 자기의 눈앞에서 허리띠에 감춘 돈주머니를 건네 준다면, 불행할 때 그것으로 곧 도움을 청하거나 그리스도 교도들을 달래 볼 수도 있을 것인데. 아아! 어찌하여 이성과 경험이 요구하는 이 늙은이의 권고를 모두들 들으려고 하지 않는 것일까?

비니키우스는 이 말을 듣자 허리띠에서 돈주머니를 끄집어내어 키론의 손가락 사이에 던져 주었다.

「이것을 줄 테니까 잠자코 있어.」

그리스 인은 그것이 여느때보다 무겁다고 느꼈기 때문에 기운을 내어 이렇게 말했다.

「저의 희망 전체는 헤라클레스나 테세우스가 좀더 어려운 일을 해냈다는 데에 걸려 있습니다. 실제로 저 자신의 가장 친한 친구인 크로톤이 헤라클레스가 아니고 무엇이겠습니까? 나리를 결코 반신(半神)이라고는 말씀드리지 않습니다. 나리는 진짜 신이십니다. 게다가 불쌍하고 충실한 하인을 잊지 않으시고 이따금 그 어려움을 보살펴 주실 것이 틀림없습니다. 그것은 제가 한 번 책에 몰두하면 다른 일은 전혀 돌보지 않게 되기 때문입니다. ——주위 수백 보의 정원과 여름에는 그늘이 드는 주랑(柱廊)이 달린 아주 작은 집이라도 한 채 주신다면, 거기서 더 바랄 것이 없겠습니다.

저는 멀리에서 나리의 영웅적인 행위를 찬양하고 주피터를 불러내어 나리를 도와주시도록 청하겠습니다. 또 일단 유사시에는 큰소리를 질러 로마를 반쯤 깨워서 나리를 돕게 만들겠습니다.

길이 왜 이리 울퉁불퉁하지요? 램프의 기름이 다 탔습니다. 크로톤에게는 그 힘만큼이나 기품이 있으니까 저를 팔에 안고 성문까지 날라다 줄 마음이 생긴다면, 첫째 그 아가씨를 운반하는 것이 쉬운가 어떤가를 확인할 수가 있고, 둘째 아에네아스와 같은 행동을 하게 되고, 마지막으로 모든 신들을 자기 편에 끌어들여 여러 가지 도움을 받을 수 있으니까, 계획의 결과에 대해서는 전적으로 안심할 수가 있을 것입니다.」

역사는 되받았다.

「그렇게 하느니 차라리 1개월 전에 종기 때문에 숨을 거둔 양의 시체를 운반하는 것이 낫겠다. 그러나 호민관님이 너에게 던져 주신 돈주머니를 건네 준다면 성문까지 안아다 주지.」

그리스 인은 대답했다.

「너의 엄지 발가락이 으깨졌으면 좋겠다. 빈곤과 동정이 가장 뛰어난 두 개의 덕이라고 말한 저 존경할 만한 노인의 가르침을 그렇게 들었는가? ——나를 사랑하도록 분명히 너에게 타이르지 않았는가. 너는 나를 적당한 그리스도 교도로도 만들 수는 없을 것이고, 태양이 마메르티니의 감옥(파라티움 언덕의 동쪽 경사면에 있는 낡은 감옥 투리아누스 또는 단지 〈감옥〉을 가리키는 중세의 명칭)의 벽에 스며들기를 기다리는 쪽이 하마(河馬) 같은 너의 머리에 진리가 스며들기를 기다리기보다 훨씬 쉽다는 것도 잘 알고 있어.」

크로톤은 짐승과 같은 힘을 가지고 있는 대신 조금도 인간적인 감정을 갖추고 있지 않았으므로 이렇게 말했다.

「걱정하지 마. 나는 그리스도 교도 따위는 되지 않는다. 모처럼 얻을 수 있는 빵을 한 조각이라도 단념한다는 것은 나는 싫다.」

「그럴 테지. 너에게 조금이라도 철학에 대한 조예가 있다면 황금도 하찮은 것이라는 것을 알 텐데 말이야.」

「그럼 철학을 가져와 봐! 너의 배를 이 머리로 한 번 박치기해 줄 테다. 그러면 어느 쪽이 이기는지 알 수가 있을 테지.」

「같은 말을 아리스토텔레스의 황소가 했다더군.」 하고 키론은 대답했다.

주위는 희부옇게 밝아 왔다. 희미한 빛이 벽 꼭대기에 걸렸다. 길가에 심은 가로수나 건물, 그리고 여기저기 흩어져 있는 묘석이 그늘 속에서 나타나기 시작했다. 국도에는 벌써 사람이 하나 둘 보이기 시작했다. 성문이 열리기를 기다렸다가 달려가는 야채 장수가 청과물을 실은 당나귀나 노새를 끌고 있는가 하면, 여기저기에 사냥짐승의 고기를 운반하는 달구지가 보였다.

국도 위에도, 또 양쪽 지면에도 개인 날씨를 예고하는 가벼운 안개가 감돌고 있었다. 약간 떨어진 곳에서 보니까 사람들은 그 안개 속에서 망령처럼 보였다. 비니키우스는 리기아의 날씬한 모습에 눈을 주고 있었다. 그 모습은 아침의 빛이 강해짐에 따라 차츰 은빛으로 변해 갔다.

키론은 말했다.

「나리가 기분좋은 베풂을 언젠가는 중단한다고 지금부터 말씀드리면 기분 상하시겠지요. 그러나 저에게는 지불해 주셨으니까 지금 제가 자기의 이익만을 위해서 말씀드린다고는 생각지 않으시겠지요. 그래서 다시 한 번 충고드립니다만, 리기아님이 어느 집에 살고 계신지 확인을 하시고 나면 노예들과 가마를 거두어 댁으로 돌아가십시오. 저 코끼리코와 같은 크로톤의 말 같은 것은 아예 듣지도 마십시오. 자기 손으로 그 아가씨를 빼앗는다고 떠맡은 것은 단지 말랑말랑한 치즈 주머니를 짜듯이 나리의 돈주머니를 짜내기 위해서입니다.」

「나에게 어깨뼈 사이에 주먹을 얻어 맞게 된다, 즉 나가 뻗는다는 얘기야.」 하고 크로톤은 내뱉듯이 말했다.

비니키우스가 아무 대답도 하지 않은 것은 성문에 다가갔을 때 거기에서 이상한 광경을 목격했기 때문이었다. 사도가 지나가자 성문을 지키고 있던 병사 두 사람이 무릎을 꿇었고, 사도는 잠시 두 사람의 철갑 위에 손을 내밀었다가 이윽고 두 사람의 머리 위에 십자가의 표시를 그렸던 것이다. 젊은 귀족은 지금까지 한 번도 병사들 사이에 그리스도 교도가 있으리라고는 생각조차 하지 않았었다. 때문에 불타고 있는 궁전에서 불길이 지금 새로운 건물로 옮겨 가고 있듯이 이 종교는 지금 분명히 새로운 영혼을 엄습하여 인간의 모든 이해 이상으로 번져 가고 있는 것을 놀라움을 가지고 확인했다. 더욱이 이 일이 리기아에 대한 고려에 있어서도 비니키우스를 움직인 것은 리기아가 도시로부터 도피하고 싶다고 생각했을 경우에 그 비밀스러운 탈출을 도와, 그것을 용이하게 만드는 사람이 나올 것이 틀림없다고 확신했기 때문이다. 그래서 비니키우스는 지금까지 그렇게 되지 않은 것을 모든 신들에게 감사했다.

성 밖의, 아직도 집이 들어서지 않은 곳을 지나자 그리스도 교도는 뿔뿔이 흩어지기 시작했다. 때문에 사람의 시선을 끌지 않기 위해서 이번에는 좀더 리기아로부터 떨어져서 한층 더 조심스럽게 전진하지 않으면 안 되었다. 키론은 발의 상처와 아픔을 호소하여 점점 더 뒤쳐져 왔지만, 비니키우스가 거기에 잔소리를 하지 않은 것은 지금에 와서는 비겁하고 믿을 것이 못 되는 그리스 인이 더 이상 도움이 되지 않으리라고 생각했기 때문이다.

키론이 어디에라도 가고 싶은 곳에 가고 싶다고 말했다면 허용을 받았겠지만 줄곧 두 사람의 뒤를 따라온 것은 깊은 생각이 있어서였다. 거기에는 호기심도 분명히 작용하고 있었다. 때때로 가까이 다가와서는 앞서 말한 충고를 되풀이했고, 그와 동시에 사도의 옆에 가는 노인은 키가 조금 작은 것 같기는 하지만 어쩌면 그라우쿠스일지도 모른다는 자기의 짐작을 전달했다.

하지만 티베리스 강의 저쪽 기슭까지 가는 길은 멀었다. 해가 솟을 무렵, 리기아가 섞여 있던 무리는 둘로 갈라졌다. 사도와 나이 많은 여자 그리고 소년은 강을 따라 상류 쪽으로 멀어졌고, 키가 작은 노인과 우르수스,그리고 리기아는 사람이 미처 깨닫지 못한 사이에 좁은 골목으로 들어가 그냥 한 백 보쯤 걸어가는가 했더니 두 개의 가게, 하나는 올리브 유, 다른 하나는 새를 팔고 있는 가게가 있는 집의 입구로 들어갔다.

키론은 비니키우스와 크로톤으로부터 약 오십 보 쳐져서 따라 갔으나 그때 갑자기 벼락에 맞은 듯이 멈춰서서는 몸을 벽에 찰싹 붙이고 두 사람에게 자기에게로 돌아오라고 작은 소리로 신호를 보냈다.

두 사람은 돌아왔다. 의논을 하지 않으면 안 되게 되었기 때문이다. 비니키우스는 키론에게 말했다.

「자아, 가서 보고 와라, 이 집에 다른 길로 나가는 별도의 출구가 없는지——.」

아까까지도 발의 상처를 호소하고 있던 키론은 마치 장딴지에 메루쿠리우스의 날개라도 돋힌 듯이 기세 좋게 뛰어나갔고 잠시 후에 돌아왔다.

「아니, 출구는 하나뿐입니다.」 하고 말했다.

그리고는 두 손을 모으고 이렇게 기도했다.

「주피터, 아폴로, 베스타, 키베레, 이시스, 오시리스에 걸고, 미트라, 바알, 그리고 동서방의 모든 신들에 걸고 부탁입니다. 제발 이 계획은 취소해 주십시오. ——제 말씀을 들어 주십시오.」

그러나 갑자기 말을 끊은 것은 비니키우스의 얼굴이 흥분 때문에 창백해지고 눈은 늑대의 눈동자처럼 번쩍번쩍 빛나고 있는 것을 보았기 때문이다. 그 얼굴만 보아도 충분히 세계의 그 어떤 것도 비니키우스에게 이 계획을 단념시킬 수 없다는 것을 알 수 있었다.

크로톤은 그 헤라클레스 같은 가슴에 숨을 채워 넣고 우리에 넣어진 곰이 곧잘 그러듯이 지혜가 떨어지는 머리를 좌우로 흔들고 있었다. 어쨌든 그 얼굴에는 털끝만한 불안도 찾아볼 수 없었다.

「제가 먼저 들어가겠습니다.」 하고 그는 말했다.

「아냐, 내 뒤를 따라와!」

비니키우스는 명령하는 투로 말했다.

이윽고 두 사람은 캄캄한 입구 속으로 사라졌다.

키론은 제일 가까운 거리의 모퉁이까지 달려가 건물 뒤에서 들여다보기 시작했고 무엇이 일어나는가를 기다리고 있었다.

제 22 장

비니키우스는 입구에 들어선 순간 자기의 계획을 실행하기가 어렵다는 것을 곧 알았다. 집은 커서 몇 층이나 되었고, 로마에서 집세의 이득을 노려 몇 천 채나 세워지고 있는 그러한 집의 하나였다. 그것들은 보통 날림으로 아무렇게나 지어진 것으로서, 그 몇 채인가는 살고 있는 사람의 머리 위에 무너져 내리지 않는 해가 거의

없을 정도였다. 그것들은 실상 벌집과 같은 것이어서 무턱대고 높고
좁은 조그마한 방들이 옹기종기하게 들어차 있어서 그 속에는
가난한 사람들이 아주 많이 살고 있었다. 이름없는 거리가 많았던
이 도시 안에서는 그러한 집들에는 번지도 없었다. 소유주는 집세
받는 일을 노예들에게 맡기고 있었으나, 그 노예들도 세 든 사람의
이름을 관청에 알릴 의무는 없었으므로 자기들도 그것을 모르고
있는 경우가 많았다. 때문에 누군가가 그러한 집에 살고 있는 사람에
대해서 물어 보려면 아주 곤란했으며 입구에 문지기가 없을 때
는 한층 더 그러했다.

비니키우스와 크로톤은 복도 비슷한 긴 입구를 지나 사방에 건
물이 있는 좁은 안뜰로 나왔다. 그곳은 이 집 전체에 공통적인 일종의
아토리움(천장이 열려 있어 위로부터 빛이 들어오는 방) 같은 것이어서
한가운데에 있는 분수로부터는 물줄기가 땅 속에 묻혀 있는 돌로
만든 큰 수반(水盤)에 떨어지고 있었다. 모든 벽을 따라 일부분은
돌, 일부분은 나무로 된 층계가 바깥 쪽을 통해 위로 올라갔고, 그
것으로 도달하는 각 층의 복도에서 저마다의 집에 들어가는 것이다.
아래에도 마찬가지로 같은 집이 있어서 그 중 몇 개인가는 나무문을
갖추고 있고, 다른 것들은 안뜰로부터 대부분이 터지거나 찢어져서
여기저기 기운 모직물의 수막(垂幕)만으로 칸막이가 되어 있었다.

시간이 아직 이르므로 안뜰에는 아무 인기척도 없었다. 오스토
리아눔으로부터 방금 돌아온 사람들을 제외하면 모두들 자고 있는
것이 분명했다.

「어떻게 할까요?」

크로톤은 멈춰서서 물었다.

「여기에서 기다려 보자. 누군가 나올지도 모른다. 안뜰에 있다가
들키면 안 되니까.」

비니키우스는 대답했다.

그러나 비니키우스는 동시에 키론의 의견이 실제적이라고 생각
했다. 노예가 수십 명 있으면 하나밖에 없는 출구를 지키게 하고

모든 집들을 샅샅이 뒤질 수가 있을 것이다. 그러나 지금은 대번에 리기아의 집으로 쳐들어가지 않으면 안 된다. 그렇지 않으면 확실히 이 집에도 있을 것이 틀림없는 그리스도 교도가 이쪽에서 찾고 있다는 것을 리기아에게 알려 줄는지도 모른다. 그렇게 생각하자 다른 사람에게 묻는 것도 위험했다.

비니키우스가 잠시 노예를 데리러 집으로 돌아갈까 하고 생각하고 있을 때, 구석진 집에 걸려 있던 수막이 열리면서 체를 손에 든 사나이가 나와서 분수 있는 데로 다가갔다.

한눈에 그것이 우르수스라는 것을 알았다.

「저것이 리기 족이다.」

비니키우스는 속삭였다.

「당장 저놈의 뼈를 분질러 버릴까요?」

「아니, 기다려.」

두 사람은 입구의 어두운 곳에 있었으므로 우르수스 쪽에서는 눈치를 채지 못하고 침착하게 체에 가득 담은 야채를 물 속에서 씻기 시작했다. 분명히 하룻밤을 묘지에서 지낸 후 이것으로 아침밥을 준비할 셈인 것이다. 이윽고 그 일을 끝내자 젖은 체를 들고 그대로 곧 수막 뒤로 사라졌다.

크로톤과 비니키우스는 간단하게 리기아의 집을 습격할 수가 있다고 생각하고 바로 그 뒤를 따랐다.

그러나 거기에서 두 사람은 크게 놀랐다. 수막으로 안뜰과 칸막이가 되어 있는 장소는 집이 아니라 또다른 어두운 복도이며, 그 안에는 몇 그루의 사이프러스와 몇 개의 밀토스의 덤불과 다른 집의 창문이 없는 뒷벽에 기대어 있는 조그마한 집이 보였기 때문이다.

두 사람은 곧 이것은 자기들에게 안성맞춤의 형세라고 보았다. 안뜰 같으면 살고 있는 사람들이 모두 모여들지만 이 조그마한 집은 떨어져 있기 때문에 일을 하기가 수월해진다. 두 사람이서 곧장 방어하는 사람들, 아니 그보다도 오히려 우르수스를 해치운다. 그리고 나서 리기아를 빼앗아 가지고 역시 재빨리 거리로 나온다.

거기까지 가면 다음은 또 어떻게든 길이 있을 것이다. 아마 누구도 두 사람을 만류하지는 않을 것이다. 만류하면 황제의 인질이 도망을 쳤다고 말하면 될 것이고, 최악의 경우에도 비니키우스가 야경들에게 신분을 밝혀 그 조력을 청할 수가 있다.

우르수스는 이미 그 조그마한 집 속에 거의 들어가고 있었으나 희미한 발자국 소리를 듣고는 걸음을 멈추었다. 거기에서 두 사람의 모습을 발견하자 체를 난간에 놓고 그쪽으로 돌아섰다.

「여기에서 무엇을 찾고 계십니까?」

우르수스는 물었다.

「너다!」하고 비니키우스는 대답했다.

그리고 나서 크로톤 쪽을 돌아보며 빠르고 낮은 목소리로 외쳤다.

「저놈을 죽여라!」

크로톤은 날쌘 호랑이처럼 덤벼들었다. 그리고 일순간에, 리기족의 사나이가 미처 생각하거나 적이 누구인가를 확인하기도 전에 강철 같은 팔로 그를 붙들었다.

비니키우스는 크로톤의 인간 이상의 힘을 믿고 있었으므로 싸움을 끝까지 지켜 보지도 않고 두 사람 옆을 지나 작은 집의 문으로 달려가 그것을 밀고 어둑어둑한 방으로 들어갔다. 그 방은 부뚜막에서 타고 있는 불로 밝게 비치고 있었다. 그 불빛이 정면에서 리기아의 얼굴을 비추고 있었다. 불 앞에 앉아 있던 다른 한 사람의 사나이는 오스토리아눔에서 돌아올 때 리기아나 우르수스와 함께 온 바로 그 노인이었다.

비니키우스는 리기아가 무슨 영문인지 미처 깨닫기도 전에 리기아를 안아서 위로 들어 올려 다시 문 쪽으로 걸음을 옮겼다. 노인은 비니키우스에 대해 리기아를 지키려고 했지만, 비니키우스는 한 쪽 팔로 아가씨를 가슴에 끌어안고 다른 쪽 손으로 노인을 밀쳐 냈다.

두건이 머리에서 떨어져 내렸기 때문에 이때 기억에 있는 얼굴, 이 순간에는 무서워지고 있는 얼굴을 보자, 리기아의 피는 공포로 얼어붙고 목이 메어 소리도 나오지 않았다. 도움을 요청하려고 해도 부를 수가 없었다. 저항을 시도하여 문틀을 붙잡으려고 했으나 그 것도 역시 헛수고였다. 리기아의 손가락은 돌 위를 그냥 헛돌기만 했다. 하마터면 의식을 잃을 뻔했으나 비니키우스가 리기아를 안고 마당으로 나가자 무서운 광경이 눈을 때렸다.

　거기에는 우르수스가 팔에 모르는 사람을 안고 있었는데 몸은 완전히 뒤로 젖혀지고 축 늘어진 머리도 얼굴도 온통 피투성이가 되어 있었다. 우르수스는 두 사람을 보자 다시 한 번 사나이의 머리를 주먹으로 때리고 순식간에 미쳐 날뛰는 짐승처럼 비니키우스에게 덤벼들었다.

　「이젠 마지막이구나!」

　젊은 귀족은 생각했다.

　이윽고 꿈 속에서처럼 리기아의 『죽여선 안 돼!』하는 고함소리가 들려 왔고, 곧 이어 전광(電光) 같은 것이 순식간에 리기아를 안고 있는 자기의 팔을 풀어헤치는 것을 느꼈다. 드디어 지면은 자기와 함께 빙글빙글 돌고 온 세상의 빛이 그 눈에서 사라졌다.

＊　　　　　＊　　　　　＊

　키론은 모퉁이에 있는 집 뒤에 숨어서 기다리고 있었다. 호기심이 공포심과 뒤섞여 내부에서 서로 싸우고 있었던 것이다. 그래도 두 사람이 보기 좋게 리기아를 납치해 온다면 비니키우스는 기분이 좋아져서 자기에게 후한 상금을 내릴지도 모른다고 생각했다. 이제 그는 우르바누스를 두려워하고 있지는 않았다. 크로톤이 그를 틀림없이 죽였을 것이라고 확신하고 있었기 때문이다. 뿐만 아니라 그때까지 아무도 없었던 거리에 사람이 모여들고 그리스도 교도이든 다른 사람들이든 비니키우스에게 저항하려고 할 경우에는, 키론은 그 사람들에게 관헌의 대표자, 황제의 뜻의 집행자로서 말을 하고, 최악의 경우에는 야경들을 불러 노상의 천민에 대해 젊은 귀족을 돕기만 하면, 자기는 틀림없이 은전을 입을 수 있다는 계산을 하고 있었다. 마음 속에서는 역시 비니키우스의 행동은 분별없는 짓이라고 판단하고 있었으나, 크로톤의 무서운 힘을 생각하여 매사는 잘 진행되리라고 생각하고 있었다.

『가령 일이 잘 안 되더라도 비니키우스 자신이 아가씨를 안고 오고 크로톤이 그 길을 열어 줄 정도의 것이리라.』

그러나 키론에게는 시간이 너무 오래 걸린다고 느껴졌다. 멀리에서 바라보고 있는 집의 입구가 너무 조용해서 키론을 불안하게 했다.

『만일 두 사람이 은신처에 도착하기 전에 떠들어 대기 시작했다면 아가씨는 놓치고 말게 된다.』

그러나 이윽고 그것은 사라졌다.

키론은 생각했다.

『비니키우스나 크로톤이겠지. 하지만 아가씨를 빼앗겼다고 한다면 어째서 소리를 지르지 않는 걸까? 왜 거리를 엿보고 있는 걸까? 이런 일을 하고 있으면 카리나에까지 도착하기 전에 사람에게 발견될 것이 틀림없어. 당장에 달려올 테니까. 아니, 뭐야! 아아, 하나님──.』

갑자기 남아 있는 머리카락이 쭈뼛하고 곤두섰다.

문 앞에 나타난 우르수스는 그 팔에 축 늘어진 크로톤의 몸을 안고 다시 한 번 주위를 둘러보고는 인기척이 없는 강 쪽으로 달려가기 시작했다.

키론은 벽에 거머리처럼 찰싹 달라붙어 있었다.

『들키면 나도 끝장이야.』하고 생각했다.

그러나 우르수스는 재빨리 모퉁이 집을 돌아서 다음 집 뒤로 사라졌다. 키론은 더 이상 기다리지 않고 옆골목 안으로 도망쳤으나 두려움으로 이가 달각달각 울렸다. 소년에게도 보기 드문 날쌘 동작이었다.

『만일 돌아갈 때 멀리에서 나를 발견하게 되면 아마 쫓아와서 나를 때려 죽이겠지. 주피터, 아폴로, 헤르메스의 신이여! 그리스도교의 하나님! 살려 주십시오. 저는 로마를 떠나 메센브리아(黑海의 서쪽 기슭에 있는 트라키아의 도시)로 돌아가겠습니다. 이 마물(魔物)의 손으로부터 저를 지켜 주십시오 ！』

그렇게 자신에게 말했으나 크로톤을 죽인 리기 족의 사나이가 그 순간에는 무언가 인간 이상의 존재처럼 생각되었다. 그는 달리면서 생각했다.

『일부러 야만인의 모습을 한 신일지도 모른다.』

그 순간 키론은 평소에 비웃고 있던 세계의 모든 신들, 모든 신화를 믿었다. 그의 머리에는 크로톤을 죽인 것은 그리스도 교도의 신일지도 모른다는 생각이 떠오르고, 자기가 그러한 힘을 상대로 싸움을 하려고 한 것을 생각하자 또다시 머리카락이 곤두섰다.

몇 개인가 골목을 빠져 나온 후 멀리에서 이쪽으로 오고 있는 몇몇 사람의 노동자를 보고서야 키론은 겨우 마음이 놓였다. 숨이 완전히 턱에 닿아 있었으므로 어떤 집의 문지방에 걸터앉아 땀으로 범벅이 된 이마를 외투 자락으로 훔치고 나서 중얼거렸다.

『나도 이제 늙었군. 쉬어야겠다.』

저쪽에서 오던 사람들은 어딘가 뒷길로 빠져서 주위는 다시 조용해졌다. 도시는 아직도 잠자고 있었다. 매일 아침 유복한 구역에서는 부자집 노예들이 새벽에 일어나지 않으면 안 되기 때문에 일찍부터 붐비지만, 국가의 비용으로 생활하고 있는, 따라서 게으름뱅이인 자유민이 사는 구역에서는 특히 겨울이면 일어나는 것이 꽤 늦었다. 키론은 잠시 문지방에 걸터앉아 있었으나 몸에 스며드는 추위를 깨달았기 때문에 다시 일어나서는 비니키우스에게서 받은 돈주머니를 잃어버리지 않은 것을 확인하고 이번에는 느릿느릿한 걸음으로 강 쪽을 향해 걸어갔다.

『어쩌면 크로톤의 시체가 어딘가에서 발견될는지도 모른다. 오오, 신들이여 ！ 저 리기 족의 사나이가 인간이라면 아마 1년 동안에 백만 세스테르티우스는 벌 수 있을 것이다. 크로톤을 짐승 새끼처럼 목졸라 죽이는 판이니 누가 감히 거기에 대항할 수 있을 것인가. 투기장에 출장할 때마다 우르수스 자신의 무게만큼 황금이 들어올 것이다. 케르베르스(머리가 세 개 있는 지옥의 番犬)가 지옥을 지키는 것보다도 더 잘 그 아가씨를 지키고 있다. 그러나 빨리 지옥이 그놈을 삼켜 버렸으면 좋겠다. 그래서 저놈과 영원히 맞닥뜨리지 말았으면 좋겠다. 너무 벅차다. 그나저나 이제부터 어떻게 한다? 일이 참 묘하게 돼버렸다. 저토록 힘이 센 크로톤의 뼈를 분질러 버렸다고 한다면, 아마 비니키우스의 혼도 저 저주스러운 집 위에서 탄식하면서 장사 지내 주기를 기다리고 있을 것이 틀림없다. 이건 정말 큰일이야. 그는 귀족인데다가 황제의 친구이고 페트로니우스의 친척이고 로마 사람들이 다 아는 유명한 신사이고 게다가 호민관이다. 그 사람의 죽음은 그냥 끝날 리가 없다. 가령 내가 푸라에토리아군의 병영이나 야경한테 출두하면 어떻게 되지? ──』

그는 잠시 생각에 잠겼으나 이윽고 이렇게 말했다.

『큰일이야. 누가 그 사람을 그 집으로 데리고 갔나? 내가 아닌가? ──그 사람의 노예도, 해방 노예도, 내가 집으로 찾아간 것을 알고 있다. 개중에는 무엇 때문에 찾아왔는지 알고 있는 자도 있다. 비니키우스가 죽은 꼴을 당한 집을 내가 가르쳐 준 것은 고의였다고 판단되면 어떻게 하지? 나중에 재판을 할 때 내가 그 죽음을 바라고 있지는 않았다는 것이 알려지더라도 내가 그 원인을 제공했다는 지탄은 면키 어려울 것이다. ──더욱이 귀족이기 때문에 어차피 나는 죄를 면할 길이 없다. 그렇다고 해서 잠자코 로마를 떠나 어느 먼 곳으로 가버리고 만다면 오히려 혐의를 자초하게 될 것이다.』

이렇게도 할 수 없고 저렇게도 할 수가 없다. 어쨌든 가장 작은 불행을 선택하는 것이다. 로마는 거대한 도시이다. 그러나 키론은 거기에 있는 것을 답답하다고 느꼈다. 다른 사람 같으면 누구나 간단하게 야경 대장한테 가서 무엇이 일어났는가를 얘기하면 조금은 혐의가 걸리더라도 태연히 결과를 기다릴 수도 있다. 그러나 키론의 과거는 온통 범죄와 관련된 것이기 때문에 아무리 가까운 친지라 하더라도, 로마의 푸라에페쿠투스(경찰국장)도, 야경 대장도, 자기에게 몹시 중대한 혐의를 뒤집어씌움과 동시에 관리의 머리에 떠오르는 온갖 범죄에 대해서 확인하려 들지 않는다고 할 수가 없다.

다른 면에서 생각하면 도망친다는 것은 페트로니우스에게 비니키우스가 음모에 의해 배신의 암살을 당했다는 생각을 굳히게 된다. 페트로니우스는 권력이 있는 사람이니까 국가 전체의 경찰에 명령을 발할 수가 있고 세계의 끝까지라도 범인을 찾아내려고 애를 쓸 것이 뻔하다. 하지만 키론의 머리에는 페트로니우스에게 솔직히 나아가서 사건의 전말을 얘기하는 것이 어떨까 하는 생각이 떠올랐다. 그렇게 하면 가장 좋은 결과를 낳을지도 모른다. 페트로니우스는 침착한 사람이다. 키론은 적어도 페트로니우스가 자기의 얘기를 끝까지 들어 줄 거라는 확신을 가질 수 있었다. 페트로니우스는 이 사건을 처음부터 알고 있었으니까 경찰보다도 쉽게 자기에게 아무 죄가 없다는 것을 믿어 줄 것이다.

그러나 페트로니우스에게 가기 위해서는 비니키우스가 어떻게 되었는지를 먼저 확인해 두지 않으면 안 되지만 키론으로서는 그것을 알 수가 없었다. 물론 리기 족의 사나이가 크로톤의 시체를 둘러메고 강가로 몰래 간 것까지는 알고 있지만 그 이상의 일은 모른다. 비니키우스는 이미 살해되었는지도 모른다. 또는 상처를 입고 감금되어 있을 뿐인지도 모른다. 바로 그때 키론의 머리에는 그리스도 교도가 그토록 유력한 사람을 감히 죽일 까닭이 없다는 생각이 떠올랐다. 그런 종류의 행동은 자기들에 대해 일반의 박해를 초래하게 될 뿐이다. 따라서 비니키우스를 강제적으로 감금해 놓고 그 동안에 리기아를 다른 장소에 숨길 게 분명하다.

이 생각이 키론에게 활기를 불어넣었다.

『만일 저 리기 족의 괴물이 처음에 흥분했을 때 비니키우스를 갈갈이 찢어 놓지 않았다면, 그는 아직도 살아 있다. 살아 있다고 한다면 그 사람 자신이 내가 배신하지 않았다는 증인이 되어 줄 것이다. ——그렇게만 된다면 누구도 나를 위협하지 않을 뿐만 아니라(오오, 헤르메스여! 다시 송아지를 두 마리 올리겠습니다.) 내 눈 앞에는 새로운 전지가 열리게 된다. ——나는 그 사람의 해빙 노예

중의 한 사람에게 어디에 가서 주인을 찾으면 좋을는지를 가르쳐 줄 수가 있다. 푸라에페쿠투스에 출두를 하든 안 하든, 그것은 그 사람의 일이며 나는 거기까지는 하지 않아도 되는 것이다. ──나는 페트로니우스에게 찾아가서 포상을 기대할 수도 있다. ──또 리기아를 찾았다. 이번에는 비니키우스를 찾는다. 그리고는 다시 리기아를──. 어쨌든 우선 비니키우스가 살아 있는지 살해되었는지부터 먼저 확인하지 않으면 안 된다.』

이때 생각이 난 것은 밤이 되었을 때 데마스네 빵집으로 가서 우르수스에 관한 일을 묻는 것이었다. 그러나 이 생각은 곧 버렸다. 우르수스와는 관계를 가지지 않는 것이 좋겠다고 생각한 것이다. 우르수스가 그라우쿠스를 죽이지 않은 것을 보면, 분명히 우르수스가 자기의 의향을 고백한, 그리스도 교 장로의 한 사람으로부터 그것은 좋지 않은 일이며 그렇게 하라고 설득한 것은 누군가 배신자일 것이라는 경고를 받았기 때문이라고 추측하는 것이 옳을지도 모른다.

어쨌든 우르수스의 일을 생각만 해도 키론은 전신이 떨렸다. 그래서 키론은 밤에 에우리키우스를 보내 사건이 일어났던 집의 모양을 살피게 하리라고 생각했다. 그때까지는 먹고 마시며 목욕을 하면서 쉬지 않으면 안 된다. 하룻밤을 새운 데다 오스토리아눔까지 걸었고, 티베리스 강 저쪽 기슭으로부터의 도주는 실제로 키론을 녹초가 되게 만들었다.

그러나 단 한 가지 키론에게 위안을 주는 것이 있었다면, 그것은 돈주머니를 두 개나 가지고 있다는 것이었다. 비니키우스가 집에서 준 것과 묘지에서 돌아올 때 던져 준 것이었다. 키론의 가슴 한 구석이 행복감으로 출렁였다. 동시에 자기가 거쳐 온 온갖 흥분을 생각하며 오늘은 듬뿍 먹고 평소보다 고급 포도주를 마시기로 결정했다.

이윽고 술집이 문을 열자 그는 먹는 데 정신이 팔려 목욕을 하는 것을 잊고 말았다. 무엇보다도 졸려서 견딜 수가 없었다. 잠이 완전히 그 힘을 빼앗았기 때문에 그야말로 흔들흔들하는 발걸음으로 수브라에 있는 자기 집에 돌아오자, 거기에는 비니키우스가 준 돈으로 산 여자 노예가 기다리고 있었다. 여우굴 같은 어두운 침실에 들어가자마자 그는 침대에 몸을 던지고 순식간에 잠들었다.

키론은 어두워져서야 잠을 깼다. 아니, 깼다기보다도 여자 노예에 의해 깨워졌다.『사람이 찾아와서 긴급한 일로 만나고 싶다고 하니까 일어나 주세요.』라는 것이었다.

잠귀가 밝은 키론은 순간 정신을 차리고 재빨리 두건이 달린 외투를 던져 버리고 여자 노예를 옆으로 밀어 제친 후 조심스럽게 바깥을 내다보았다.

그 순간 그는 온몸이 오싹해지는 것을 느꼈다. 침실 입구에 우르수스의 거대한 모습이 보였기 때문이다.

그 광경을 보자 키론의 발도 머리도 얼음처럼 싸늘해졌다. 심장은 가슴 속에서 맥박치는 것을 그만두고 등뼈에는 개미떼가 기어가는 것 같았다. ——잠시 동안은 입도 열 수 없었으나, 이윽고 이를 덜덜 떨면서 말한다기보다는 오히려 신음 소리를 냈다.

「시라. 나는 집에 없다. —— 모른다—— 이—— 분은——.」

아가씨는 대답했다.

「저는 벌써 『계십니다, 쉬고 있습니다.』라고 말씀드렸습니다. 그랬더니 깨우라고 말씀하셨기 때문에——.」

「오오, 신이여! 그러니까 너——.」

우르수스는 우물쭈물 하고 있는 것을 참을 수 없다는 듯이 침실 입구 쪽으로 다가와 몸을 숙이고 안에까지 머리를 들이밀고 말했다.

「키론 키로니데스.」

키론은 대답했다.

「제발 조용히, 제발. 아아, 아아, 훌륭한 그리스도 교도 분이시군. 네, 맞습니다, 내가 키론입니다. 하지만 잘못 찾아오신 것 같군요. ——나는 모릅니다만.」

우르수스는 되풀이했다.

「키론 키로니데스, 당신의 주인인 비니키우스가 당신을 부르고 있습니다. 나와 함께 오라고 말씀하셨습니다.」

제 23 장

비니키우스는 찌르는 듯한 아픔에 눈을 떴다. 처음에는 자기가 어디에 있는지, 자기에게 무슨 일이 일어났는지 알 수가 없었다. 머리는 지끈거렸고 눈은 안개 같은 것에 덮여 있었다. 그러나 점점 의식이 회복되어 그 안개를 통해서 자기 위에 머리를 수그리고 있는 세 사람의 모습이 보였다.

두 사람은 기억에 있었다. 한 사람은 우르수스이고, 다른 한 사람은 리기아를 운반해 올 때 자기가 쓰러뜨린 노인이었다. 세 번째의 낯선 얼굴의 사람이 비니키우스의 왼손을 움켜쥐고 그것을 팔꿈치부터 어깨와 쇄골까지 문지르고 있었다. 그것이 몹시 아팠으므로 비니키우스는 그것이 자기에게 가해지는 일종의 복수라고 생각하여 이를 악문 채 말했다.

「죽여다오.」

그러나 세 사람은 그 말을 들은 것인지 아니면 이것을 보통의 신음소리로 보았는지 별로 마음에 두지 않는 것 같았다. 우르수스는 평소의 슬픈 듯한, 그러면서도 무서운 만족(蠻族)의 얼굴을 하고 길게 찢은 흰 천 다발을 들고 있었고, 예의 노인은 비니키우스의 팔을 누르고 있는 사람에게 이렇게 물었다.

「그라우쿠스, 머리의 상처가 치명적이 아니라는 말은 확실한가 ?」

그라우쿠스는 대답했다.

「예, 확실합니다. 크리스푸스님. 노예가 되어서 군함에 근무한 후 네아폴리스에 살고 있을 때 상처는 많이 보았습니다. 그 일의 수입으로 마침내 제 한 몸과 가족의 자유를 살 수 있었던 거죠.
——머리의 상처는 가볍습니다. 저 사람이(우르수스를 가리키며) 이
젊은이로부터 아가씨를 되찾으면서 이 사람을 벽에 밀어붙였을 때
쓰러지면서 손을 내뻗은 모양으로, 손은 삐고 부러졌지만 그 덕분에
머리에 상처를 입지 않아 목숨도 건졌습니다.」

크리스푸스는 말했다.

「당신은 지금까지 많은 형제를 치료해 주었네. ——훌륭한 의사
라는 소문이 나 있지. ——그래서 나는 우르수스를 보내 당신을 모셔
온 거요.」

「저 사람은 오는 길에 저한테 털어놓더군요. 하마터면 어제 저를
때려 죽일 뻔했다구요.」

「아니, 당신보다 나한테 먼저 그것을 고백했소. 나는 당신의 인
품도, 그리스도에 대한 사랑도 알고 있었으므로, 저 사람에게 당신이
배신자가 아니라 저 사람을 살인에 내몰려고 한 그 낯선 사람이
야말로 바로 배신자라고 말해 주었소.」

「실은 그놈은 악마 같은 놈이었는데 저는 천사라고 잘못 생각하고
있었던 것입니다.」 하고 우르수스는 한숨을 쉬면서 말했다.

그라우쿠스는 말했다.

「언젠가 그 얘기를 해주게. 지금은 상처에 대해서 생각하지 않으면
안 될 테니까.」

그렇게 말하고 나서 비니키우스의 팔을 치료하기 시작했는데
비니키우스는 크리스푸스가 얼굴에 물을 뿌리기 시작했는데도 불
구하고 너무 아픈 나머지 내내 정신을 잃고 있었다. 그러나 그것은
오히려 본인에게는 다행스러운 상태였다. 발의 치료도 삔 팔의 붕
대도 느끼지 않았기 때문이다. 그 팔을 그라우쿠스는 안이 움푹
들어간 두 장의 널빤지 속에 끼우고는 재빨리 그리고 강하게 붙들어
매어 움직이지 않도록 했다.

그러나 수술이 끝나자 비니키우스는 눈을 떴다. ——자기 위에는
리기아가 보였다.

리기아는 비니키우스의 침상 바로 옆에 서서 물이 담긴 놋쇠 그릇을 들고 있었고, 그라우쿠스는 이따금 그 속에 해면(海綿)을 담갔다가는 비니키우스의 머리에 찜질을 하고 있었다.

비니키우스는 그것을 보자 자기의 눈을 의심했다. 꿈이라든가 아니면 열에 시달려 자기 앞에 즐거운 환영을 보고 있는 것 같았다. ――한참 지나고 나서야「리기아――.」하고 속삭일 수가 있었다.

그 목소리를 듣자 리기아의 손에 든 그릇이 잠시 떨렸으나 이윽고 비니키우스 쪽으로 슬픔이 담긴 눈을 돌리고 낮은 목소리로 말했다.

「안심하세요.」

그리고 선 채로 두 팔을 앞으로 뻗치고 얼굴에는 동정과 슬픔을 나타냈다.

비니키우스는 자기의 눈동자를 이 사람으로 채우려는 듯 뚫어지게 리기아를 쳐다보았고 눈을 감아도 그 모습이 언제까지나 눈꺼풀 밑에 남아 있을 것 같았다. 전보다도 창백하게 야윈 얼굴, 감아올린 검은 머리, 가난한 노동복이 보였다. 집요하게 보고 있었기 때문에 그 눈의 힘을 받아 리기아의 눈처럼 흰 이마가 장미빛으로 물들었다.

――비니키우스는 자신이 전보다도 더욱 리기아를 사랑하고 있다고 생각했다. 다음에는 리기아의 파란 얼굴색도 가난한 몸차림도 자기의 탓이고, 사람들에게 귀여움을 받으며 유복하고 평화로움에 둘러싸여 있던 집에서 쫓아내어 이런 허술한 오두막에 옮겨 놓고 검은 모직의 형편없는 옷을 입게 만든 것도 자기라고 생각했다.

그리고 비니키우스는 리기아에게 가장 비싼 금관(金冠)과 세계의 모든 보석을 지니게 하고 싶다고 생각하고 있었으므로 놀라움과 불안과 동정과―― 그리고 매우 큰 슬픔에 휩싸였다. 만일 몸을 움직일 수만 있다면 리기아의 발 밑에 꿇어 엎드리고 싶다고까지 생각했다.

「리기아, 당신은 나를 살려 주었소.」하고 말했다.

리기아는 상냥하게 대답했다.

「하나님이 당신에게 건강을 돌려 주시기를.」

훨씬 전에 리기아에게 부정을 가하고 또 최근에도 그럴 생각으로 있었던 비니키우스로서는 리기아의 말 속에서 진짜 향유를 발견할 수 있었다. 그 순간에는 리기아의 입을 빌어 그리스도의 가르침이 말을 하고 있다는 것을 잊고 사랑하고 있는 여자가 말하고 그가 되돌려 준 말에는 무언가 개인적인 생각과 마음 밑바닥까지 흔들어주는, 그야말로 인간 이상의 선의가 담겨 있다고 느꼈다. 그의 마음은 전에는 아픔 때문에 약해져 있었던 것처럼 이번에는 감동 때문에 약해져 있었다. 극심한, 그러면서도 달콤한 일종의 무기력이 비니키우스를 사로잡았다. 어딘가 심연(深淵)에 떨어진 것 같은 인상을 받았으나, 그것이 오히려 기분이 좋고 행복하게 느껴졌다. 또한 이 무기력의 순간에 자기 위에 신이 서 있다고 생각했다.

그러고 있는 동안에 그라우쿠스는 비니키우스의 머리 상처를 씻고 거기에 고약을 발랐다. 우르수스는 리기아의 손에서 그릇을 받아 들었고, 리기아는 책상 위에 준비해 놓았던 포도주를 섞은 물잔을 들어 다친 사람의 입으로 가져갔다. 비니키우스는 그것을 받아 마시고는 매우 거뜬해짐을 느꼈다. 붕대를 감고 나서부터는 아픔이 거의 사라졌다. 상처와 좌절은 서서히 회복되기 시작했다. 완전한 의식이 되돌아와 있었던 것이다.

「조금만 더 주어요.」 하고 비니키우스는 말했다.

리기아는 빈 잔을 가지고 다른 방으로 사라졌고, 이번에는 크리스푸스가 그라우쿠스와 짧은 말을 나누고 나서 침상에 다가와 말했다.

「비니키우스, 신은 당신에게 나쁜 행위를 하는 것을 용서하지 않았지만, 당신이 마음에 기억하도록 당신을 이 세상에 붙들어 두었소. 거기에 비하면 인간은 티끌에 지나지 않은 것, 그분은 무기 하나 없는 당신을 우리들의 손에 맡기셨고 우리들에게 원수까지도 사랑하라고 명령하셨소. 그래서 우리들은 당신의 상처를 치료했소. 리기아가 말한 것처럼 우리들은 하나님이 당신에게 건강을 되돌려 주도록 기도는 하겠지만 이 이상 당신을 간호할 수는 없소. 그러니까 마음을 가라앉히고 잘 생각해 보시오. 비호자나 집마저 당신에게 빼앗긴 리기아와, ——당신이 저지른 악에 선으로써 보답하고 있는 우리들을 앞으로도 박해해야 좋은지 어떤지를.」

「당신들은 나를 저버리려고 하는 겁니까？」하고 비니키우스는 물었다.

「우리들은 이 집을 떠나려고 하는 것이오. 여기에 있으면 시내의 근위병이 우리를 추적할 것이오. 당신의 동료는 타살되었고 유력자 중의 유력자인 당신은 상처를 입고 누워 있소. 그것은 우리의 탓이 아니지만, 법률의 노여움은 반드시 우리들 머리 위로 떨어질 것이 오——.」

비니키우스는 말했다.

「추적은 걱정하지 마십시오. 내가 당신들을 지키겠습니다.」

크리스푸스는 비니키우스에게 근위병이나 경찰만이 문제가 아니라 리기아를 앞으로도 비니키우스의 추적으로부터 지키려고 생각하고 있었으므로 비니키우스를 믿을 수 없다고는 차마 대답하고 싶지 않았다. 그래서 이렇게 말했다.

「오른팔은 무사하므로 여기에 있는 펜과 종이로 하인들에게 편지를 쓰시오. 오늘밤 가마를 가지고 와서 당신을 모셔가라고 말입니다. 그러는 쪽이 우리들 가난한 사람들 속에 있는 것보다 훨씬 편안할 테니까요. ——우리가 있는 이 곳은 가난한 과부의 집입니다. 그리고 곧 그녀가 아들과 함께 돌아옵니다. ——그 아들에게 당신의 편지를 주어 보내고 우리들은 다른 은신처를 찾지 않으면 안 됩니다.」

비니키우스의 얼굴은 창백해졌다. 모두들 자기를 리기아로부터 떼어 놓으려고 하고 있다는 것과, 이제 또 리기아를 잃어버리면 살아 있는 동안에는 다시 리기아를 만날 수 없다는 것을 알고 있었기 때문이다. ——실상 생각해 보면 리기아와 자기 사이에는 커다란 간격이 있고, 그래서 지금은 리기아를 손에 넣으려고 생각해도 무언가 새로운 방법을 찾지 않으면 안 되는데, 그 방법을 생각할 기회는 아직 없었던 것이다.

또한 그는 자기가 이 사람들에게 무엇이라고 해도——설사 리기아를 폼포니아 그라에키나에게 되돌려 준다고 맹세해 봐도 자기를 믿을 까닭이 없고 또 믿지도 않을 것이라고 생각했다. 더욱이 그런 일이라면 훨씬 전에 할 수도 있었을 것이다. 리기아를 추적하는 대신 폼포니아한테 가서 추적을 단념하겠다고 맹세할 수도 있었다. 그렇게 했더라면 폼포니아 자신도 찾으러 나가서 리기아를 자기의 집으로 데리고 왔을지도 모른다. ——소용없는 일이다. 비니키우스는 그런 종류의 약속만으로는 이 사람들을 만류할 수는 없고 아무리 그럴싸한 맹세를 한다고 해도 받아들여지지 않으리라고 생각했다.

특히 자기는 그리스도 교도가 아니므로 이 사람들에 대해서도 불사(不死)의 신들에게 걸고 맹세할 수밖에 없지만, 그 신들에게는 자기도 별로 큰 신앙을 가지고 있지 않았고 더욱이 상대는 그것들을 사악한 악마라고 간주하고 있는 것이다.

비니키우스는 절망하면서도 리기아와 그 비호자들을 달래고 싶다고 생각했다. ——어떤 방법에든 의지하자. 단, 거기에는 시간이 필요하다. 그리고 비니키우스는 며칠 동안이라도 리기아의 얼굴을 보고 있는 것이 중요하다고 생각했다. 마치 물에 빠진 사람에게는 판자나 노의 자투리라도 생명의 밧줄이라고 생각되듯이, 비니키우스에게도 이제부터 며칠 동안 어쩌면 무언가 자기를 리기아에게 접근할 수 있는 일이 일어날는지도 모르고 무슨 유리한 일이 생길는지도 모른다는 생각이 들었다.

그래서 생각을 정리하고 나서 말했다.

「그리스도 교를 믿는 분들, 내 말을 들어 주십시오. 어제 나는 당신들과 함께 오스토리아눔에 있었습니다. 그곳에서 당신들의 가르침을 듣는 동안 나도 모르는 새에 당신들의 행위에서 당신들이 훌륭하고 선량한 분들이라는 것을 확신했습니다. 이 집에 살고 있는 미망인에게 그대로 내가 이곳에 머물러 있을 수 있도록 말해 주십시오. 당신들도 이곳에 계시고 나도 이곳에 있을 수 있도록 해

주십시오. 이분은(그라우쿠스 쪽에 눈을 주며) 의사이든가 적어도 상처를 치료할 수 있는 분인 것 같은데 오늘 나를 운반해도 좋은지 어떤지를 말씀해 주시기 바랍니다. 나는 기운이 빠졌고 팔도 삐어서 당분간은 움직이지 말아야 할 사람입니다. ——그래서 분명히 말씀드리지만 당신들이 무리하게 나를 실어 내지 않는 한, 나는 이곳에서 움직이지 않겠습니다.」

여기에서 말이 막힌 것은 가슴의 통증이 심해졌기 때문이었다. 크리스푸스는 말했다.

「누구도 당신에 대해서 폭력은 사용하지 않습니다. 다만 우리들은 여기에서 우리 자신의 몸을 다른 곳으로 옮길 뿐입니다.」

다른 사람으로부터 반대 의견을 듣는 데에 익숙해 있지 않은 청년은 미간을 찡그리며 말했다.

「잠깐 숨을 돌리게 해주십시오.」

그리고 나서 잠시 뒤에 다시 얘기를 시작했다.

「우르수스가 목졸라 죽인 크로톤에 대해서는 아무도 묻지 않을 겁니다. 오늘은 베네벤툼에 갈 예정이었으니까 사람들은 그가 그곳으로 가버렸다고 생각할 것입니다. 내가 크로톤과 이 집에 들어왔을 때 우리들을 본 것은 오스토리아눔에 함께 있던 그리스 인한 사람뿐입니다. 그가 살고 있는 곳을 가르쳐 드리겠습니다. 그 사나이를 이곳으로 데려와 주십시오. ——나는 입막음을 해놓겠습니다. 그 사나이는 내 돈을 받고 있는 처지니까요. 집에도 편지를 써서 나도 베네벤툼에 간 것으로 하겠습니다. 만일 그 그리스 인이 벌써 프라에페쿠투스에게 알렸다고 한다면, 그 사나이에게는 내가 크로톤을 죽이고 내 팔을 부러뜨린 것은 크로톤이라고 말하겠습니다. 내 아버지와 어머니의 그림자에 걸고 맹세하지요. ——그러니까 당신들은 언제까지고 이곳에서 안전하게 지낼 수 있습니다. 어느 분의 머리털 하나 다치게 하지 않을 겁니다. 빨리 그 그리스 인을 데려다 주십시오. 키론 키로니데스라는 자입니다.」

크리스푸스는 말했다.

「그럼 그라우쿠스가 당신 옆에 남아서 미망인과 함께 당신을 간호하도록 하겠습니다.」

비니키우스는 한층 더 눈살을 찌푸리고 말했다.

「노인, 내 말을 잘 생각해 주십시오.——당신에게는 감사하고 있고 당신은 친절하고 훌륭한 사람 같습니다. 그러니 마음 속에 생각하고 계신 것을 나에게 털어놔 주십시오. 내가 내 노예들을 불러내어 리기아를 빼앗으라고 명령할까봐 두려워하고 있는 거지요? 안 그렇습니까?」

「그렇소.」하고 크리스푸스는 약간 거칠게 대답했다.

「그렇다면 내가 당신 앞에서 키론과 얘기하고, 당신들 앞에서 내가 떠나 버렸다는 편지를 쓰고—— 그런 다음에는 당신들 이외에 다른 심부름꾼을 보내지 않기로 하면 어떨까요? ——그것을 잘 생각해 보시고 더 이상 나를 초조하게 만들지 마십시오.」

비니키우스는 흥분과 노여움으로 얼굴을 일그러뜨렸으나 이윽고 열을 띠고 말하기 시작했다.

「아니면 당신은 내가 그 사람과 함께 있고 싶어 하기 때문에 내가 이곳에 머무는 것을 취소하려는 것입니까? 내가 취소해 보았자 바보라도 내 본심을 알아맞힐 것입니다. 그러나 나는 폭력으로 리기아를 빼앗으려고는 하지 않을 것입니다. ——다만 다른 얘기를 해 두겠습니다. 그 사람이 여기에 머물러 주지 않으면 이 성한 쪽 손으로 팔에서 붕대를 풀고 먹지도 마시지도 않을 테니까요. —— 그러면 나의 죽음이 당신과 당신의 형제들에게 들씌워질 것입니다. 그렇다면 무엇 때문에 나를 간호하셨습니까? 어째서 나를 죽이라고 말씀하시지 않았습니까?」

그렇게 말하고는 노여움과 쇠약 때문에 얼굴이 새파래졌다.

리기아는 다른 방에서 이 이야기를 모두 듣고 있다가 비니키우스가 말한 대로 할 것임에 틀림없다고 생각하고 두려워졌다. 어떤 일이 있어도 비니키우스를 죽게 하고 싶지는 않았다. 상처를 입어 자기의 몸도 방어할 수 없는 이 사람은 리기아의 마음에 연민을 일으킬 뿐 두려움을 느끼게 하지는 않았다. 도망친 그 순간부터 종교적인 도취에 젖어 희생과 수업(修業)의 한없는 연민의 일만을 생각하고 있는 사람들 사이에서 생활해 왔으므로 리기아 자신도 이 새로운 호흡에 완전히 취해 있었다. 때문에 이 공기가 리기아에 있어서는 집이나 가족, 또는 잃어버린 행복이 됨과 동시에 리기아를 나중에는 세계의 낡은 정신을 바꾸어 버리고 말 그리스도 교도의 성처녀(聖處女) 중의 하나로 만들었다.

비니키우스는 완전히 리기아의 운명 속에 뛰어들어 리기아에게 몸을 던져 버리고 말았기 때문에, 리기아 쪽에서도 비니키우스의 일을 잊을 수가 없었다. 며칠씩이나 비니키우스의 일만을 생각하고 이따금 하나님에게 빌었다. 비니키우스가 저지른 악을 선으로 보답하고, 박해를 연민으로 갚으며, 그 마음을 깨우쳐 그리스도의 편으로 만들어 구제할 수 있는 순간이 오도록 기원하고 있었다. 그런데 바야흐로 지금 그 순간이 도래해서 자기의 기도가 응답을 받은 것 같은 느낌이 들었다.

그래서 리기아는 마치 영감을 받은 것 같은 얼굴을 하고 크리스푸스에게로 다가가, 무언가 다른 목소리가 자기를 중개로 하여 말하고 있는 것처럼 이야기하기 시작했다.

「크리스푸스 님, 이분을 우리와 함께 머물러 있게 해 주세요. 그리스도가 이분을 완전히 고쳐 주실 때까지 우리들도 이분과 함께 있도록 합시다.」

모든 일에 하나님의 계시를 바라는 습관이 있던 나이 많은 장로는 리기아의 감정이 고양된 것을 보자 곧 그 어떤 높은 힘이 리기아의 입을 빌어 말하고 있는 것인지도 모른다는 생각이 들어 마음으로 부터 놀라서 자기의 머리를 숙이고서 말했다.

「당신의 말대로 합시다.」

그러는 동안 줄곧 리기아에게서 눈을 떼지 않고 있던 비니키우스는 크리스푸스가 곧 리기아의 말을 들었기 때문에 이상할 만큼 깊은 인상을 받았다. 리기아가 그리스도 교도 사이에서 숭배와 복종에 둘러싸여 있는 시비라(국가의 대사를 예언한 여자)나 여사제 같은 것이 되어 있다고 생각했다. 그래서 자기도 모르게 리기아를 숭배하고 싶은 마음이 되었다. 지금까지 품고 있던 사랑에 이번에는 일종의 두려움이 더해져서, 그 두려움에서 보면 사랑 그 자체가 거의 뻔뻔스러운 것같이 생각되었다.

두 사람의 관계는 어느새 뒤바뀌어 있었다. 그러나 그는 리기아가 아니라 이번에는 오히려 자기 쪽이 상대방의 의사에 달려 있다든가, 그리고 몸도 약해지고 상처를 받아 누워 있다든가, 자기에게서 정복적인 힘은 없어졌다든가, 힘없는 어린애처럼 리기아의 비호를 받고 있다든가 하는 생각에는 익숙해질 수가 없었다.

오만하고 방자한 비니키우스의 천성으로서는 리기아가 아닌 다른 사람이었다면 이러한 처지에 대해 매우 굴욕감을 느꼈을 것이다. 그러나 이때만은 굴욕을 느끼지 않았을 뿐만 아니라 리기아에 대해서 자기의 여주인에 대한 것 같은 감사하는 마음을 품고 있었다. 이것은 지금까지 한 번도 느껴본 적이 없었던 것으로서, 전날에는 그 머리에 깃들 까닭이 없고 이 순간에 있어서도 이 심정을 분명히 의식할 수 있었다면 그 스스로도 놀랐을 것이 틀림없다. 그러나 지금은 어째서 그렇게 되었는가를 생각하지도 않았고, 그것이 지극히 당연한 것처럼 여겼으며, 거기에 머물러 있을 수 있는 것을 다만 다행으로 느꼈다.

그래서 리기아에게 감사하고 싶다고 생각했다. ——그 감사의 마음과 함께 무언지 모를 어떤 감정이 가미되어 있었지만, 그것은 뭐라고 말할 수 없는 겸손한 심정이었던 것이다. 그러나 지금까지의 흥분으로 기진맥진해 있었으므로 말을 할 수가 없어 다만 눈으로 감사하고 있었다. 그 눈은 리기아 옆에 머물 수 있게 되어서, 내일도 모레도, 어쩌면 오랫동안 리기아를 보고 있을 수 있다는 기쁨에 빛나고 있었다. 그 기쁨을 흐트린 것은 모처럼 얻은 것을 다시 잃지는 않을까 하는 걱정뿐이었다. 그 걱정은 매우 커서 리기아가 잠시 뒤에 다시 물을 먹여 주었을 때 그 손을 잡고 싶다는 생각이 불현듯 일어났는데도 그렇게 하기를 두려워했을 정도였다. ——저 궁정에서의 연회에서 우격다짐으로 리기아의 입술에 입을 맞추고, 리기아가 도망친 뒤에는 그 머리채를 움켜쥐고 침상 위에서 이리저리 끌고 다니거나 리기아를 채찍으로 때리려고까지 했던 바로 그 비니키우스가 두려움을 느꼈던 것이다.

제 24 장

비니키우스는 또 무슨 원치않는 도움이 외부로부터 와서 자기의 기쁨을 교란할지도 모른다는 것 때문에 걱정이 되기 시작했다. 키론이 자기의 실종을 로마 시의 프라에페쿠투스나 자기 집의 해방 노예에게 알렸을지도 모른다. 그럴 경우에는 경비병의 침입이 있을 것이다. 거기에 생각이 미치자 비니키우스의 머리에 그렇게 되면 리기아를 붙잡아 그녀를 자기 집에 가두어 두라고 명령할 수도 있다는 생각이 떠올랐지만, 그런 일을 해서는 안 되고 또 할 힘도 없다고 생각했다.

비니키우스는 방자하고 뻔뻔하고 또 어지간히 타락해 있고 필요하다면 용서를 하지 않는 인간이지만 티게리누스나 네로와는 달랐다. 군대 생활이 일종의 정의감과 신념과 충분한 양심을 그에게 남겨 놓았기 때문에, 그러한 행위는 무언가 무섭고 비열한 일처럼 생각되었다. 결국 극도로 화가 나서 힘에 호소할 때는 그러한 행위로 나갔을지도 모르지만, 이때는 감동하고 있고 또 동시에 몸이 아프기도 했기 때문에 자기와 리기아와의 사이에 아무도 끼어들지 못하게 하는 것만이 중요했다.

비니키우스가 깨닫고 놀란 일은 리기아가 비니키우스의 옆에 있을 때부터 리기아 자신도 크리스푸스도 무엇 하나 그에게 보증을 요구하지 않았다는 사실이다. 그것은 마치 필요한 경우에는 무언가 초자연적인 힘이 자기들을 지켜 주리라는 것을 확신하고 있는 것 같았다. 비니키우스의 머리에는 오스토리아눔에서 사도의 가르침과 이야기를 듣고 나서부터 가능한 일과 불가능한 일의 구별이 혼란에 빠지고 사라져 가고 있었으므로 그러한 일이 있을지도 모른다는 추측에서 그다지 동떨어져 있지는 않았다. 하지만 일을 좀더 냉정히 생각해 보고 그리스 인이 얘기한 것을 두 사람에게 전하고 또다시 키론을 불러 주었으면 좋겠다고 부탁했다.

크리스푸스가 그것을 승낙했기 때문에 결국 우르수스를 보내기로 되었다. 비니키우스는 오스토리아눔으로 떠나기 전의 며칠 동안, 효과는 없었지만 이따금 자기의 노예를 키론에게 보낸 일이 있기 때문에 그 주소를 리기 족의 사나이에게 자세히 가르쳐 주고 나서 쪽지에 몇 자 적고는 크리스푸스 쪽을 향해 이렇게 말했다.

「쪽지를 건네 주는 것은 그 사나이가 의심이 많고 교활해서 내가 부르러 보내도 이따금 집에 없다는 대답을 내 하인에게 시키기 때문입니다. 내게 전할 좋은 소식이 없고 내가 화를 낼 것을 두려워할 때는 언제나 그렇게 합니다.」

우르수스는 대답했다.

「그 사람을 발견하면 승낙하든 안 하든 데리고 오겠습니다.」

그리고 나서 외투를 집어 들고는 급히 떠났다.

로마에서 누군가를 발견한다는 것은 가장 유리한 실마리가 있을 때조차도 쉬운 일은 아니었으나, 이러한 경우에 숲에서 자란 사람의 본능과 동시에 로마 시를 잘 알고 있다는 것이 우르수스를 도와 잠시 후에는 키론의 집에 도착할 수 있었다.

물론 우르수스는 이 키론이 예의 그 사나이라는 것은 몰랐다. 그때까지 단 한 번 보았을 뿐이었고 더욱이 그것은 밤이었다. 어떻든 자기를 부추겨 그라우쿠스를 암살하려고 한, 그 거들먹거리고 자신만만했던 노인과 두려움 때문에 몸을 두 겹으로 접고 있는 이 그리스 인과는 진허 닮지를 않았기 때문에, 이 두 사람이 동일

인물이라고는 그 누구도 생각지 못했을 것이다. 키론은 우르수스가 자기를 전혀 모르는 사람처럼 보고 있는 것을 깨닫고는 공포가 조금씩 가라앉았다.

비니키우스의 쪽지를 보고 키론은 한층 더 안심했다. 적어도 비니키우스가 일부러 자기를 함정에 빠뜨릴 염려는 없었다. 게다가 그리스도 교도는 그토록 알려져 있는 인물에 손을 댈 리는 없을 테니까 분명히 비니키우스를 죽이지는 않을 거라고 생각했다.

그리고 마음 속으로 이렇게 중얼거렸다.

『나를 죽이기 위해 불러내는 것은 아니니까 일단 유사시에는 비니키우스가 나를 도와 줄 것이다.』

그래서 약간 마음을 고쳐 먹고 물었다.

「잠깐 묻겠는데 내 친구인 비니키우스 씨는 나에게 가마를 보냈는가요? 난 발이 약해서 그렇게 멀리까지는 걸을 수가 없는데.」

「아니오. 걸어서 갑시다.」 하고 우르수스는 대답했다.

「하지만 싫다면 어떡할 거지?」

「그런 말씀 마십시오. 가지 않으면 안 됩니다.」

「그야 가지. 하지만 내가 가고 싶으니까 가는 거요. 내가 싫다면 누구도 나를 억지로 끌고 갈 수는 없소. 나는 자유인이오. 게다가 나는 이곳 로마 프라에페쿠투스의 친구인데다 현인(賢人)이기 때문에 권력에 대한 술수도 알고 있소. ——인간을 나무나 동물로 변하게 할 수도 있소. 아니, 갈 거요, 가겠다구. 다만 좀더 따뜻한 외투와 두건을 쓰고 가겠소. 그 구역의 노예들이 나를 알아보면 안 되니까. 그렇게 하지 않으면 내 손에 키스하려고 해서 번번이 붙들리고 말 거요.」

이렇게 말하고는 다른 외투를 껴입고 머리에는 갈리아풍의 큰 두건을 써서, 좀더 밝은 곳에 나왔을 때도 우르수스가 자기의 얼굴을 생각해 내지 못하도록 했다.

「나를 어디로 데려갈 거요?」 하고 도중에 우르수스에게 물었다.

「강 저쪽입니다.」

「나는 로마에 온 지 얼마 되지 않았으므로 그쪽에는 한 번도 간 일이 없지만, 필시 그곳에도 덕을 숭상하는 사람들이 많이 살고 있을 테지요.」

그러나 우르수스는 순진한 사나이였을 뿐만 아니라 비니키우스로부터 이 그리스 인이 자기들과 오스토리아눔에 갔었고, 그리고 크로톤 등 세 사람이 리기아가 살고 있는 집에 들어가는 것을 지켜보았다는 얘기를 들었으므로 잠시 걸음을 멈추고 이렇게 말했다.

「거짓말하지 말아요, 노인. 오늘 당신은 비니키우스와 오스토리아눔에도 있었고 우리 집 문 앞에도 왔었지 않아요 ? 」

키론은 말했다.

「아, 그렇군. 그럼 당신들의 집이 강 건너 쪽에 있군요. 나는 바로 얼마 전에 로마에 와서 구역의 이름을 잘 몰라요. 그랬었군, 정말로. 나는 당신네 집의 문 앞까지 갔었지만, 그곳에서는 내 명예를 걸고 비니키우스에게 안에는 들어가지 말라고 부탁했어요. 오스토리아눔에도 갔었지만 무엇 때문이었는지 아시오 ? 얼마 전부터 비니키우스를 개종시키려고 하고 있었기 때문에 사도 중에서도 제일 장로의 이야기를 듣게 하고 싶었던 거요. 빛이 저 사람의 영혼에도 당신의 영혼에도 스며들듯이 말이오. 하지만 당신도 그리스도 교도이기 때문에 역시 진리가 거짓에 이기기를 바라고 있을 게 아니오 ? 」

「그렇습니다.」 하고 우르수스는 공손하게 대답했다.

키론은 완전히 기운을 되찾았다. 그래서 이렇게 말했다.

「비니키우스는 힘이 있는 분이고 황제의 친구요. 아직도 나쁜 영혼의 은밀한 이야기를 듣는 일이 곧잘 있지만, 만약 저 사람의 머리에서 털이 한 개라도 빠지기라도 한다면 황제는 그리스도 교도 전체를 엄벌할 것입니다.」

「우리들에게는 좀더 훌륭한 힘이 우리를 지켜 주고 있습니다.」

「그렇구말구, 아무렴 그렇구말구. 하지만 당신들은 비니키우스를 어떻게 할 셈이오 ? 」

키론은 새로운 불안을 가지고 물어 보았다.

「나는 모릅니다. 그리스도는 자비를 명하고 있습니다.」

「그 말은 감탄할 만하오. 그것을 언제까지나 잊지 말아요. 그렇지 않으면 냄비 속의 순대처럼 지옥에서 삶아질 테니까요.」

우르수스는 한숨을 쉬었다. 키론은 이 흥분한 순간에는 두려운 사나이에 대해 이제부터는 자기가 하고 싶은 대로 할 수 있다고 생각했다.

그래서 리기아가 약탈당할 때 어떤 모습이었는지 알고 싶어서 엄격한 재판장의 목소리로 다시 물었다.

「당신들은 크로톤을 어떻게 했소? 거짓말하지 말고 이야기해 보시오.」

우르수스는 다시 한숨을 쉬었다.

「그것은 비니키우스님이 말씀하실 겁니다.」

「그렇다면 당신이 크로톤을 칼로 찌르든가 몽둥이로 때려 죽였 겠군.」

「나는 아무것도 가지고 있지 않았습니다.」

그리스 인은 뭐니뭐니 해도 이 만족(蠻族) 사나이의 보통이 아닌 힘에 놀라지 않을 수 없었다.

「아아, 푸르토(지옥의 신)가 당신을── 아니, 그, 그리스도가 당신을 용서하시기를──.」

잠시 두 사람은 말없이 걷고 있었으나 이윽고 키론은 이렇게 말했다.

「나는 당신을 배반하지는 않을 것이오. 그러나 야경을 도는 병사들을 조심해야 해요.」

「나는 그리스도를 두려워합니다. 야경꾼 따위를 무서워하지는 않습니다.」

「아니, 정말 그렇소. 살인보다 무거운 죄는 없어요. 당신을 위해서 기도하겠소. 하지만 내가 기도한다고 해서 효과가 있을지 어떤지는 몰라요. 앞으로는 언제까지나 아무에게도 손을 대지 않겠다고 맹세해 주지 않으면 말이오.」

우르수스는 대답했다.

「그러나 나는 죽이고 싶어서 죽인 것이 아닙니다.」

그러나 키론은 어떤 경우에도 몸의 안전을 원하고 있었기 때문에 어디까지나 우르수스에게 살인을 끔찍하게 생각하게 하고 맹세를 하도록 만들려고 했다. 그리고 다시 비니키우스의 일도 물었으나 리기 족의 사나이는 그 질문에 마지못해 대답했을 뿐이었고, 그나마 키론이 꼭 듣지 않으면 안 되겠다고 생각하고 있는 것은 비니키우스에게 직접 물어 보라고 되풀이하는 것이었다.

그런 식으로 이야기를 주고받으면서 두 사람은 마침내 그리스인의 집과 강 건너를 사이에 두고 있는 먼 길을 걸어 집 앞까지 왔다. 키론의 가슴은 또 불안 때문에 맥박치기 시작했다. 우르수스가 자기를 잡아먹을 듯한 느낌이 들어 무서워졌던 것이다. 그래서 자기 자신에게 말했다.

『이놈이 죽일 마음 없이 나를 죽이려고 한다면 아무래도 안심이 되지 않는다. 어떻든 이놈뿐만이 아니라 리기 족 전부가 중풍에 걸렸으면 좋겠다. 아무쪼록 제우스가 할 수만 있다면 그렇게 해 주시기를.』

키론은 갈리아풍의 외투로 몸을 단단히 에워싸면서 자기는 추위를 못참는 성격이라고 되풀이했다.

결국 입구와 최초의 안뜰을 지나 오두막이 있는 작은 뜰로 통하는 복도에 들어섰으나, 키론은 갑자기 걸음을 멈추고 말했다.

「조금 쉬었다 갑시다. 그렇지 않으면 비니키우스와 이야기를 해서 도움이 될 얘기를 해줄 수가 없소.」

키론은 마음 속으로 자기에게는 조금도 위험이 닥치고 있지않다고 되풀이해 보기는 했으나 오스토리아눔에서 본 이상한 사람들 속으로 들어가는 것이라고 생각하자 발이 떨려서 걸음을 걸을 수가 없었다.

마침 그때 집안에서 노랫소리가 들려 오기 시작했다.

「저것은 무엇이오 ? 」 하고 물었다.

「당신은 그리스도 교도라고 하면서 우리들이 식사 후에 언제나 노래를 불러 구세주를 찬양하는 습관이 있다는 것을 모르시는군요.」 하고 우르수스는 대답했다. 「미리암과 그 아들은 벌써 돌아와 있을 것이 틀림없습니다. ──그리고 사도님도 아마 와계실 겁니다. 매일처럼 이곳의 과부나 크리스푸스를 찾아오시곤 하니까요.」

「나를 곧 비니키우스에게 데려가 주오.」

「비니키우스 님은 여러 사람이 있는 방에 있습니다. 그것이 제일 큰 방입니다. 다른 곳은 어두운 침실이어서 우리는 잘 때에만 갑니다. 자아, 들어 가십시다. 저기서 쉬고 계십시다.」

두 사람은 들어갔다. 방 안은 어두컴컴했다. 그날 저녁은 구름이 많고 겨울이어서 몇몇 램프의 불꽃이 충분하게 어둠을 쫓고 있지는 않았다. 비니키우스는 두건을 쓰고 있는 사람이 키론이라는 것은 짐작했다. 키론은 방 구석에 있는 침상과 그 위에 있는 비니키우스를 보고는, 다른 사람들은 거들떠보지도 않고 곧장 그리로 갔다. 아마 그 옆에 있는 것이 가장 안전하다고 확신했기 때문일 것이다.

「오오, 어째서 제 충고를 듣지 않으신 겁니까?」 하고 키론은 두 손을 모으고 부르짖었다.

「잠자코 내 말을 들어.」 하고 비니키우스는 말했다.

그리고는 날카롭게 키론의 눈을 바라보고 나서 천천히 그러나 힘있게 이야기하기 시작했다. 그 한 마디 한 마디를 명령이라고 받아들여 그것이 그대로 키론의 기억에 간직되도록 하고 싶은 모양이었다.

「크로톤이 나에게 덤벼들어 나를 죽이고 물건을 빼앗으려고 했어. ──알겠어? 그래서 나는 그를 죽였지. 그 싸움에서 입은 상처를 이분들이 이렇게 간호해 주셨어.」

키론은 대번에, 비니키우스가 이렇게 말하는 것은 그리스도 교도들과 사전에 무언가를 짰기 때문이며, 그렇기 때문에 더더욱 사람들에게 믿게 하고 싶은 거라고 생각했다. 그것은 얼굴만 보고도 알 수 있었기 때문에 키론은 놀라움도 의심도 나타내지 않고 눈을 들고 말했다.

「놈은 여간내기가 아니군요. 그러나 제가 그 자를 믿지 마시라고 말씀드렸을 텐데요. 제가 아무리 가르치고 타일러도 제 말은 벽에 부딪친 콩처럼 그놈의 머리에서 도로 퉁겨져 나왔습니다. 지옥을 몽땅 뒤져도 그놈하고 닮은 놈은 없습니다. 올바른 인간이 될 수 없는 자는 아무리 보아도 불량배입니다. 올바른 사람이 되는 데에 불량배보다 더 힘이 드는 것은 없지요. 그나저나 자기의 은인이고 게다가 이렇게 훌륭하신 분에게 덤비다니── . 오오, 신들이여.」

그러나 여기에서, 이곳으로 오는 도중 우르수스에게 그리스도 교도 같은 얼굴을 하고 있었던 것을 생각해 내고 입을 다물었다.

비니키우스는 말했다.

「손 안에 시카(구부러진 단검)가 없었다면, 아마 나는 그놈에게 살해되었을 것이다.」

「마침 다행이군요. 그때 칼이라도 갖고 계시도록 권하기를.」

그러나 비니키우스는 그리스 인에게 탐색하는 듯한 눈을 돌리면서 물었다.

「오늘은 무얼 했나?」

「마침 찾아가 뵈려고 하는 터에, 이 친절한 사람이 찾아와서 저를 부르셨다고 말하더군요.」

「여기에 쪽지가 있다. 이것을 갖고 우리 집에 가서 내 해방 노예를 만나거든 이것을 건네 주게. 여기에는 내가 베네벤툼으로 떠났다고 씌어 있다. ──데마스에게는 네 입으로 내가 오늘 아침 일찍이 떠난 것으로 해두는 거다. 페트로니우스에게 급히 부름을 받고서 말이다.」

여기에서 그는 힘을 주어 되풀이해서 말했다.

「베네벤툼으로 떠난 거다. ──알았나?」

「베네벤툼으로 가셨다 이 말씀이지요. 오늘 아침 일찍이 저는 포르타 카페나(아피아 국도로 나가는 로마 시의 남쪽 문)에서 작별을 하고── 떠나신 후에 몹시 그리운 마음에 사로잡혔으므로 고귀한 뜻이 이 마음을 진정시켜 주시지 않으면 제토스의 불행한 아내기

이튤로스를 슬퍼한 것처럼(제우스와 안티오페의 아들 안피온과 제토스는 태어나자마자 어머니의 버림을 받고 양치기에 의해 길러졌는데, 각각 거문고타기와 양치기가 되어, 도망쳐 온 어머니를 알아보고 원수를 갚은 후 둘이서 테바이의 성벽을 쌓았다. 제토스의 아내 아에돈은 이튤로스와 네이스 둘밖에 어린애가 없었으므로 많은 애를 가진 안피온의 아내 니오베를 부러워하여 그 어린애를 죽일 생각으로 같은 방에서 자고 있던 자기의 아들 이튤로스를 죽이고 슬픈 나머지 꾀꼬리가 되었다.) 죽도록 울고 있는 셈이군요.」

비니키우스는 몸도 약해져 있었고 이 그리스 인의 임기 응변책에는 이미 익숙해져 있었으므로 웃음을 억제할 수가 없었다. 뿐만 아니라 키론이 당장 자기의 마음을 이해해 준 것을 기뻐하며 이렇게 말했다.

「그럼 네 눈물이 마르도록 해주라고 몇 자 덧붙이자. 그 램프를 이리 가져오너라.」

키론은 이제 완전히 마음이 놓였기 때문에 일어서서 아궁이 쪽으로 몇 걸음 다가가 벽에 걸려 있는 램프를 하나 집어 들었다.

그러나 그때 두건이 머리에서 벗겨져 불빛이 키론의 얼굴에 정면으로 비치자, 그라우쿠스가 의자에서 벌떡 일어나 재빨리 다가오더니 그 앞에 멈추어 서서 물었다.

「나를 기억하고 있나, 케파스?」

그 목소리에는 무언가 무서운 것이 깃들어 있었으므로 방 안에 있던 사람들은 모두 소스라치게 놀랐다.

키론은 램프를 들어 올렸으나 그 순간 그것을 바닥에 떨어뜨렸고, 이윽고 몸을 구부리고 한숨을 쉬었다.

「내가 아닙니다——. 내가 아닙니다——. 용서하십시오.」

그러나 그라우쿠스는 장로들 쪽을 돌아보며 말했다.

「이 사람이 나와 내 가족을 팔아서 파멸시킨 사나이입니다——.」

이 사나이의 이야기는 모든 그리스도 교도에게 널리 알려져 있었다. 비니키우스도 그 이야기를 들은 적이 있었으나, 붕대를 감을 때의 아픔 때문에 실신하고 있어서 그라우쿠스라는 이름을 듣지 못했기 때문에 그 그라우쿠스가 누구인지 추측하지 못하고 있었다. 그라우쿠스의 말이 떨어지기가 무섭게 우르수스는 어둠 속의 전광처럼 신속하게 달려왔다. 그리고 그것이 키론이라는 것을 알자 댓바람에 그 앞으로 나아가 팔을 붙잡고 뒤로 꺾으며 이렇게 부르짖었다.

「이 자가 나에게 그라우쿠스를 죽이라고 부추긴 바로 그 사나이입니다.」

「용서하십시오.」 하고 키론은 우는 소리를 했다. 「보답하겠습니다——.」 라고 외치며 얼굴을 비니키우스 쪽으로 돌리고 「살려 주십시오. 믿고 있었습니다. 저를 지켜 주십시오. 편지는—— 틀림없이 전하겠습니다. 제발, 제발 살려 주십시오.」

그러나 비니키우스는 첫째 이 그리스 인의 모든 것을 알고 있었고, 둘째로 연민이라는 것이 어떤 것인지 통 몰랐으므로, 여러 사람 중에서도 가장 냉담하게 사태를 지켜 보고 있다가 이윽고 이렇게 말했다.

「이놈을 마당에다 생매장하십시오. 편지는 다른 사람한테 시켜서 가지고 가게 하면 되니까요.」

키론에게는 이 말이 최후의 선고처럼 들렸다. 우르수스의 무서운 팔에 붙잡혀 키론의 뼈는 우직우직 소리를 냈고 너무 아파서 눈에는 눈물이 고였다.

「당신들의 하나님에 걸고—— 용서하십시오.」 하고 외쳤다. 「저는 그리스도 교도입니다. 그것을 신용하지 못하시겠다면 다시 한 번, 아니 두 번, 세 번 세례를 주십시오. 그라우쿠스님, 오해입니다. 저에게 해명할 시간을 주십시오. 저를 노예로 삼아 주십시오——. 죽이지만 마십시오. 제발 용서해 주십시오.」

그 목소리는 고통 때문에 목에 잠기고 그것이 점점 약해졌을 때 책상 건너편에서 사도인 베드로가 일어섰다. 그는 잠시 흔들고 있던 머리를 가슴에 떨구고 눈을 감았다. 이윽고 눈을 뜨고는 조용하게 말했다.

「구세주는 우리들에게 이렇게 말씀하시었소.『만일 너의 형제가 죄를 저지르면 그것을 타일러라. 만일 회개한다면 그것을 용서하라. 만일 하루에 일곱 번 너에게 죄를 저지르고 일곱 번 '회개' 하겠다고 말하고 너에게로 돌아오면, 이것을 용서하라.』라고.」

잠시 한층 더 큰 고요가 계속되었다.

그라우쿠스는 오랫동안 두 손으로 얼굴을 가리고 서 있었으나 마침내 손을 내리고 이렇게 말했다.

「케파스, 하나님이 너에게 내가 받은 부정을 용서하시기를. 내가 너에게 그것을 그리스도의 이름으로 용서하듯이——.」

그러자 우르수스도 그리스 인의 팔을 놓아 주며 동시에 이렇게 덧붙였다.

「내가 당신을 용서하듯이 구세주의 은혜가 당신에게 내려지기를.」

키론은 땅바닥에 쓰러져서 두 손으로 몸을 지탱하고 덫에 걸린 짐승처럼 고개를 흔들고는 주위를 둘러보며 죽음이 다가오는 것을 기다리고 있었다. 눈도 귀도 믿을 수가 없었고 감히 용서를 빌지도 못하고 있었다.

그러나 서서히 의식이 되돌아왔다. 다만 창백한 입술은 두려움 때문에 여전히 떨리고 있었다. 그때 사도가 말했다.

「안심하고 돌아 가십시오.」

키론은 일어섰으나 아직 말은 할 수 없었다. 저도 모르게 비니키우스의 침상으로 다가가서 여전히 이 사람에게 보호를 구하려고 한 것은, 이 사람이 자기의 협력을 얻은, 이를테면 자기의 동료였음에도 불구하고 자기에게 선고를 내렸는데도 자기의 진력과는 관계없이 오히려 적으로 삼았던 사람들이 이때 자기를 용서해 주었다는 것을 미처 생각할 여유도 없었기 때문이다. 이러한 생각은 나중에 와서야 머리에 떠올랐다.

이때의 키론의 눈빛에는 다만 놀라움과 의혹이 엿보일 뿐이었다. 자기는 용서받은 것이라는 것을 이미 인정하고는 있었지만, 될 수

있는 대로 빨리 이들 정체 모를 인간들 틈에서 빠져 나가고 싶다고
생각했다. 이 사람들의 선의가 잔혹한 심정과 거의 마찬가지로 키
론을 위협하고 있었던 것이다. 또한 우물쭈물하고 있다가는 또 무
언가 생각지도 않았던 일이 일어날 것 같은 느낌이 들어서 비니
키우스 위에 몸을 굽히고 띄엄띄엄 말하기 시작했다.

「주세요, 편지를. 어서 주세요.」

비니키우스가 내준 편지를 재빨리 잡아채더니 그리스도 교도들
에게 인사를 꾸벅하고 병자에게 인사를 한 다음 살그머니 벽 가
장자리를 따라 문 쪽으로 나갔다.

뜰에 나가자 사방이 어두워져 있었다. 두려움 때문에 머리칼이
곤두선 것은 틀림없이 우르수스가 뒤따라와서 어둠 속에서 자기를
때려 죽이리라고 생각했기 때문이었다. 힘껏 도망치고 싶었으나
발이 말을 듣지 않았다. 잠시 뒤에는 완전히 힘이 빠졌다. 과연
우르수스가 자기 앞에 서 있었다.

키론은 땅바닥에 벌렁 나자빠지며 신음하기 시작했다.

「우르바누스──. 그리스도의 이름에 걸고──.」

그러나 우르바누스는 말했다.

「무서워할 것 없습니다. 사도께서 당신을 출입문까지 안내해 주
라고 말씀하셨습니다. 어둠 속에서 길을 잃으면 안 될 테니까요.
힘이 빠져 있다면 집에까지 안내하겠습니다.」

키론은 얼굴을 들었다.

「네? 무어라고요? ──그럼 나를 죽이지 않고?」

「네, 죽이려는 게 아닙니다. 아까 너무 세게 붙잡아서 뼈를 다
쳤다면 용서해 주십시오.」

「손을 빌려 주십시오, 저를 일으켜 세워 주십시오.」 하고 그리스
인은 말했다. 「정말로 나를 죽이지 않는 거죠? 네? 그럼 한길까지
나를 데려다 주십시오. 그 다음부턴 혼자서 가겠습니다.」

우르수스는 가벼운 깃털처럼 키론을 지면에서 들어 올려 발로
일으켜 세우고 나서 어두운 통로를 빠져나가 또 하나의 안뜰에까지

데리고 가더니, 거기에서 출입문을 거쳐 거리에 나섰다. 복도를 걸으면서 키론은 마음 속에서 또 『이제 나는 틀렸어.』 하고 되풀이했다. 두 사람이 한길에 나서자 키론은 정신을 차리고 말했다.

「여기서부터는 혼자서 가겠습니다.」

「조심하십시오.」

「당신도 아무쪼록, 당신도 아무쪼록. ──조금 숨을 돌리게 해 주십시오.」

우르수스가 가버리자 키론은 가슴 가득히 숨을 들이쉬었다. 두 손으로 가슴이나 허리를 문지르고 살아 있다는 확신을 가지려고 하는 것 같았으나 이윽고 빠른 걸음으로 앞으로 나아갔다.

수십 보 걸은 다음 멈춰서서 이렇게 중얼거렸다.

「어째서 그 사람들은 나를 죽이지 않은 것일까?」

이미 에우리키우스와 그리스도의 가르침에 대해 이야기했음에도 불구하고, 강가에서 우르바누스와 이야기했음에도 불구하고, 오스토리아눔에서 여러 가지 이야기를 들었음에도 불구하고 이 물음에 대해서는 답을 찾을 수가 없었다.

제 25 장

비니키우스도 마찬가지로 이때 일어난 일이 분명히 이해되지 않았다. 마음 속에서는 실상 키론 못지않게 놀라고 있었다. 이 사람들이 자기에 대해 동료 대하듯이 하고, 자기에 대해 습격의 복수를 하기는커녕 정성껏 상처의 간호를 해준 것을, 비니키우스는 일부분은 이 사람들이 믿는 종교에 돌리고 그 이상으로 리기아의 덕분이라고 생각하고 또 조금은 자기의 고귀한 신분 때문이라고 생각했다. 그러나 키론에 대한 이 사람들의 태도는 인간의 용서한다는 기분에 대해 비니키우스가 품고 있던 생각을 완전히 뛰어넘고 있었다.

어째서 이 사람들은 그리스 인을 죽이지 않았을까 하는 의문이 부지불식 간에 비니키우스의 마음에 솟아올랐다. 더욱이 죽인대도 벌을 받지 않고 끝났을 텐데 말이다. 우르수스는 키론을 마당에 파묻어도 되었을 것이고 밤에 티베리스 강까지 실어 날랐어도 좋았을 것이었다.

황제조차도 밤중에 노상 강도를 자행하는 시절의 일이었으므로, 아침이 되어 강 위에 인간의 시체가 떠오르는 일은 가끔 있었고, 그것이 어디에서 온 것인지 조사하는 사람조차도 없었다. 게다가 비니키우스의 생각에 의하면 그리스도 교도들은 키론을 때려 죽여도 무방할 뿐만 아니라 때려 죽이는 것이 당연했다. 물론 이 젊은 귀족이 속하고 있던 세계에도 연민이 전혀 통하고 있지 않았던 것은 아니다. 아테나이 사람들은 연민의 여신에 제단을 마련하고 오랫동안 아테나이에 격투사의 승부를 받아들이기를 거부했다. 로마조차도 전쟁에 진 사람들이 사면을 받는 일도 있어서 예를 들면 브리타니아 왕 카라쿠탁스(A. D. 1세기의 중엽)는 노예로서 크라우디우스의 뒤로 끌려왔으나, 이 황제로부터 훌륭한 대접을 받아 자유인으로서 도시에서 살았다.

그러나 비니키우스가 볼 때는 자기가 받은 부정을 복수하는 것은 모든 사람들이 생각하고 있듯이 정당한 일로서 용서받을 터였다. 그 복수를 단념한다는 것은 전혀 비니키우스의 뜻에 반하는 것이었다.

물론 비니키우스도 오스토리아눔에서 적까지도 사랑하지 않으면 안 된다는 얘기를 사도로부터 들었지만, 그것은 어디까지나 하나의 이론에 지나지 않을 뿐 실생활에는 아무런 의미도 없다고 생각하고 있었다.

이 경우 특히 비니키우스의 머리에 떠오른 것은, 어쩌면 여러 사람이 키론을 죽이지 않은 것은 무인가 제사가 있을 때 또는 그

달의 어떤 부분에 해당하며, 그 사이에는 그리스도 교도들이 사람을 죽여서는 안 되는 것으로 되어 있는지도 모른다는 생각이었다. 그러한 기간에는 여러 민족이 전쟁조차 해서는 안 되는 것으로 듣고 있었다.

그러나 그렇다면 어째서 이 그리스 인은 재판에조차 회부되지 않은 것일까? 어째서 사도는 사람이 일곱 번 죄를 저지르면 일곱 번 죄를 용서하지 않으면 안 된다고 설교한 것일까? 또 어째서 그라우쿠스는 『내가 당신을 용서했듯이 하나님이 당신을 용서하시기를.』하고 말했는가? 더욱이 키론은 한 인간이 다른 한 인간에게 가할 수 있는 가장 무서운 부정을 그라우쿠스에게 가한 것이다. 그래서 비니키우스는 예를 들면 자기가 누군가 리기아를 죽인 사람을 만났다고 한다면 어땠을까 하고 생각해 보았다. 그러자 그의 마음은 냄비 속의 물처럼 끓어올라 리기아의 복수를 위해서라면 어떤 가책이라도 달게 받았으리라고 생각했다.

그런데도 그라우쿠스는 용서해 주고 있다. 또 우르수스도 키론을 용서해 주고 있다. 더욱이 그 우르수스는 실상 로마에서 죽이려고 생각하는 사람을 죽인대도 전혀 벌을 받지 않는 것이다. 왜냐하면 그러고서 네무스의 숲의 왕을 죽이고 그것과 대체하기만 하면 되는 것이다.(로마의 남동쪽 25킬로에 해당하는 알키아 시의 옆에 있는 네무스 호를 둘러싼 숲에 모신 디아나 신전의 사제는 도망 노예였으나 다음에 와서 이것을 죽인 자가 대체하기로 되어 있었다.) ——크로톤조차도 맞설 수 없었던 이 사나이에게 사제의 위치에 있던 격투사가 맞설 수 있었을까? 그 위치에 앉는 데에는 다만 선임 『왕』을 죽이기만 하면 되었다. 그러한 모든 물음에 대해 답은 하나밖에 없었다. 즉, 그 사람들이 죽이지 않은 것은 무언가 크나큰, 그때까지 세상에 없었던 선의에 의한 것이며, 자기를 잊고 자기가 받은 부정을 잊고, 자기의 행복도 불행도 잊고——다른 사람들을 위해 살기를 명하는 한없는 인간애에 의한 것이다. 이 사람들이 그 대신 어떤 보수를 받았는가 하는 것을 비니키우스는 오스토리아눔에서 들었지만 그것을 머리에 간직할 수는 없었다. 뿐만 아니라 비니키우스는 모든 행복과 쾌락을 타인의 이익을 위해 단념하는 의무와 결합되어 있는 지상의 생활은 필시 비참할 것이 틀림없으리라고 생각했다. 또한 그리스도 교도에 대해 이때 비니키우스가 갖고 있던 생각에는 연민도 있고 무언가 경멸의 그림자도 들어 있었다. 그것은 조만간 늑대에게 먹히게 되어 있는 양처럼 생각되었으나 비니키우스의 로마 인 기질은 달갑게 잡아먹히는 사람들의 기분을 승인할 수가 없었다. 그러나 한 가지 사실이 비니키우스를 감동시켰다. 그것은 키론이 떠난 후 무언가 말할 수 없는 기쁨이 사람들의 얼굴 위에서 빛나고 있었던 것이다. 사도는 그라우쿠스에게 다가와 손바닥을 그 머리 위에 얹고 이렇게 말했다.

「그리스도는 당신 속에서 승리하셨소.」

그러자 그라우쿠스는 신뢰와 환희에 찬 눈을 들어 무언가 큰, 생각지도 않았던 행복이 자기 위로 쏟아진 것 같은 모습이었다. 그러나 복수를 다했을 때만이 기쁨을 느끼는 비니키우스는 말하자면 미친 사람을 보듯이 크게 뜬 눈을 그라우쿠스에게로 돌렸다.

그러나 이윽고 왕녀의 신분인 리기아가 일견 노예로밖에 생각되지 않는 이 사나이의 손에 입을 맞추는 것을 보고는 마음 속에서 경악하지 않을 수가 없었다. 그것은 세계의 질서가 완전히 뒤집힌 것 같은 느낌이 들었다. 거기에 우르수스가 돌아와서 키론을 한길에 까지 바래다주고 자기가 키론의 뼈에 가했을지도 모를 아픔에 대해 용서를 빌었다는 이야기를 하기 시작하자, 사도는 우르수스까지도 축복했고, 크리스푸스는 오늘은 크나큰 승리의 날이라고 명언했다. 그것이 승리라는 말을 듣고 비니키우스는 사상의 실마리를 완전히 잃고 말았다.

잠시 후 리기아가 또 차가운 찜질을 해주었을 때 비니키우스는 그 손을 잡고 이렇게 물었다.

「당신도 나를 용서해 주었습니까 ?」

「우리들은 그리스도 교노입니다. 마음에 노여움을 품는 것은 허용되지 않습니다.」

「리기아.」 하고 비니키우스는 자기도 모르게 이렇게 불렀다. 「당신의 신이 어떤 신이라도 나는 황소 백 마리를 바쳐 숭상하겠습니다. 그것이 당신의 신이라는 한 가지 사실만으로도.」

리기아는 그러나 이렇게 대답했다.

「만일 하나님을 사랑하신다면 제발 마음 속으로 숭상해 주세요.」

「그것이 당신의 신이라는 그 한 가지 사실만으로도——.」 하고 비니키우스는 가냘픈 목소리로 되풀이했다.

피로가 다시 엄습해 왔으므로 비니키우스는 눈을 감았다.

리기아는 일어서서 나갔으나 곧 돌아와서 옆에 섰고 비니키우스가 자고 있는지 어떤지를 확인하기 위해 몸을 숙였다. 비니키우스는 리기아가 가까이 있는 것을 느끼고는 눈을 뜨고 미소를 지었다. 리기아는 손을 그의 눈 위에 얹고 억지로 잠재우려고 했다. 그때 비니키우스는 뭐라 말할 수 없는 감미로움에 젖음과 동시에 한층 더 쇠약해졌음을 느꼈다. 또 실제로 쇠약해져 있었던 것이다.

이미 완전히 밤이 되자 일시에 높은 열이 났다. 그 때문에 잠을 잘 수가 없어 리기아가 움직이는 방향으로 얼굴을 돌리고 있었다. 그래도 때때로 무언가 졸리운 상태에 빠져서 자기의 주위에서 벌어지고 있는 모든 일이 보이기도 하고 들리기도 해서 현실이 열 속의 환영(幻影)과 뒤섞였다. 비니키우스에게는 어떤 낡고 버림받은 무덤에 탑 모양을 한 신전이 솟아 있어서 그 속에 리기아가 사제가 되어 있다고 생각되었다.

그런데 리기아에게서 눈을 떼지 않고 있으면 리기아는 탑 꼭대기에서 거문고를 손에 들고 전신에 빛을 받으며 자기가 동방에서 흔히 본, 매일밤 달을 바라보며 찬가(讚歌)를 노래하고 있던 사제와 흡사했다.

비니키우스는 구불구불한 층계를 필사적으로 기어오르면서 리기아를 붙잡으려고 했지만, 자기 뒤에서는 키론이 기어오르고 있어서 무서운 나머지 이(齒)를 덜그덕거리며 「그만두세요. 그 사제를 위해서는 저분이 복수를 합니다——.」 하고 되풀이하고 있었다.

비니키우스는 저분이란 누구를 가리키는지 몰랐지만 그래도 자기가 신에 대해 불경스러운 행위를 하려 하고 있다는 것만은 알고 있어서 역시 헤아릴 수 없는 두려움을 느끼고 있었다.

그러나 탑 꼭대기에 둘러친 난간에 도달하자 리기아 옆에 갑자기 하얀 수염을 가진 사도가 서 있다가 이렇게 말했다.

「이 사람에게 손을 대지 마라. 이 사람은 내 것이다.」

그렇게 말하고 나서 사도는 리기아와 함께 하늘로 향하는, 달빛의 띠(帶) 속의 길을 전진하기 시작했다. 비니키우스는 그쪽으로 손을 뻗쳐 자기를 함께 데려가 달라고 두 사람에게 애원하기 시작했다.

여기에서 잠이 깨어 제정신으로 돌아가 자기의 앞을 보았다. 높은 받침대 위에서 타고 있던 불은 이미 약해져 있었으나 그래도 아직은 꽤 밝게 빛나고 있었고, 추운 밤이어서 방이 상당히 썰렁했기 때문에 모두들 불 앞에 앉아서 몸을 녹이고 있었다. 비니키우스는 모든 사람의 입김이 증기처럼 피어나는 것을 보고 있었다. 한가운데에 사도가 앉고 그 옆의 낮은 의자에는 리기아, 조금 떨어져서 그라우쿠스와 크리스푸스와 미리암, 한 쪽 구석에는 우르수스, 다른 한 쪽 구석에는 미리암의 아들 나자리우스라는 소년이 앉아 있었다. 소년은 귀여운 얼굴에다가 검은 머리카락이 어깨까지 늘어뜨려져 있었다.

리기아는 사도 쪽을 바라보며 열심히 듣고 있었고 다른 사람들도 모두 그쪽을 향하고 있었는데 사도는 무어라고 낮은 목소리로 말하고 있었다. 비니키우스는 사도를 주시하며 열 때문에 꿈 속에서 느꼈던 공포에 거의 못지않은 무언가 미신적인 공포를 느끼고 있었다. 먼 나라에서 온 이 노인이 자기로부터 리기아를 빼앗아 어딘가 모르는 곳으로 데려갈지도 모른다는 생각이 떠올랐다. 확실히 노인이 자기 얘기를 하고 있고 또 자기를 리기아에게서 떼어 놓을 의논을 하고 있을지도 모른다고 생각한 것은, 누구든지 이런 때에 다른 얘기를 한다는 것은 있을 수 없는 일이라고 비니키우스에게는 생각되었기 때문이다. 그래서 의식을 집중하여 베드로의 이야기에 귀를 기울였다.

그러나 그것은 전혀 착각이었다. 사도는 다시 그리스도의 이야기를 하고 있었던 것이다.

『이 사람들은 그 이름만으로 살아가고 있는 것이다.』 하고 비니키우스는 생각했다.

노인은 그리스도가 잡힐 때의 이야기를 하고 있었다. 군중과 사제의 하인들이 와서 그리스도를 붙잡으려고 했다. 구세주가 그 사람들에게 누구를 찾고 있느냐고 물었더니 「나사렛의 예수를 찾소.」 하고 대답했다. 그리스도가 「그것은 나요.」 하고 말하자 사람들은 땅바닥에 엎드려 감히 그리스도에게 손을 대지 못했으나 겨우 두 번째로 묻고 나서 그리스도를 붙잡았다.

여기에서 사도는 말을 멈추고는 불 쪽으로 손을 내밀면서 말했다. 「그날 밤은 오늘밤처럼 추웠으나 내 마음은 뜨겁게 불타고 있었기 때문에 그리스도를 지키려고 칼을 뽑아 사제 노예의 귀를 베어버렸습니다. 내가 내 목숨보다도 그리스도를 지키려고 생각했을 때 그리스도는 나에게 말했습니다.『칼을 도로 칼집에 꽂으라. 아버지께서 나에게 주신 잔을 내가 마셔야 되지 않겠느냐.』——그때 사람들은 그리스도를 붙잡아서 묶기 시작했습니다.」

——그렇게 말하고 나서 사도는 이마에 손을 대고 잠시 말을 끊었다. 그리고는 다시 이야기를 계속하기 위해 갖가지 추억을 억제하려고 했다. 그러나 우르수스는 참다 못하여 벌떡 일어나 받침대 위의 불을 쇠꼬챙이로 들쑤시었다. 불꽃이 황금의 비처럼 흩뿌리고 불길이 기세 좋게 피어올랐기 때문에 우르수스는 주저앉으면서 소리질렀다.

「무슨 일이 일어나든——. 에이！——.」

그러나 리기아가 입술에 손가락을 가져가자 우르수스는 불평을 하던 것을 멈추고 다만 누구에게나 들리는 한숨을 내쉬었다. 분명히 그 마음 속은 동요하고 있었다. 당장에라도 사도의 발에 입을 맞추려고 하면서도 그러나 이 일만은 마음에 인정할 수가 없었다. 현실적으로 자기 앞에서 누군가가 구세주에게 손을 댔다고 한다면, 더욱이 자기가 그날 밤 곁에 있었다고 한다면, 그렇다, 병정도 사제의 하인도 노예도 박살을 내버리고 말았을 텐데——. 마침내 그 눈에는 눈물이 고였다. 한 쪽에서는 자기만이 구세주를 지킬 뿐이 아니라 그것을 돕기 위해 리기 족의 튼튼한 젊은이를 불러 모으려고 생각함과 동시에, 또 한편으로는 만일 그런 일을 하면 구세주에게 불순한 태도를 나타내어 세계의 구제를 방해하는 것이 된다는 생각이 들어 슬픔과 마음의 분열을 느껴야 했기 때문이다.

그 때문에 우르수스는 눈물을 억제할 수가 없었다.

잠시 후 베드로가 이마에서 손을 떼고 이야기를 계속했다. 비니키우스는 다시 열 때문에 졸기 시작했다. 지금 듣고 있는 것이 전날 밤 오스토리아눔에서 사도가 한 이야기, 즉 그리스도가 티베리아 호 기슭에 나타난 날의 일과 뒤섞였다. 왜냐하면 넓게 물이 차고 넘치는 깊은 소(淵)에 어선이 보이고, 그 속에 베드로와 리기아가 있었기 때문이다. 자기는 힘을 다해 헤엄치면서 뒤를 쫓아가는데 다친 팔의 아픔이 그곳에 당도하는 것을 방해했다. 태풍이 눈에 물결을 몰아치기 시작하고 그는 물에 빠질 것처럼 되어서 애통한 목소리로 도움을 청했다. 그때 리기아가 사도 앞에 무릎을 꿇었다. 사도는 배를 돌려 비니키우스에게 노를 내밀어 주었다. 그것을 붙잡고 간신히 배에 오른 그는 기진맥진해져서 배 밑바닥에 쓰러졌다.

그러나 이윽고 일어서서는 배를 쫓아 헤엄쳐 오는 숱한 사람들을 보고 있는 것처럼 생각되었다. 물결은 그 사람들의 머리를 거품으로 뒤덮었다. 그 몇몇 사람은 벌써 흐린 물 위에 손밖에 보이지 않았으나 베드로가 물에 빠진 사람을 한 사람씩 구출하여 배에 끌어올리자 배는 기적처럼 확대되어 갔다. 이윽고 사람들로 배가 꽉 차고 오스토리아눔에 모인 사람만큼이나 그 수가 불어났다. 비니키우스는 그 사람들의 무리가 배 속에 수용되는 것을 이상하게 생각하고 이러다가 모두들 물 속으로 가라앉지는 않을까 하는 공포에 사로잡혔다. 그러나 리기아는 비니키우스를 달래며 자기들이 향해서 전진하는, 먼 기슭에 보이는 그 어떤 빛을 가리켰다. 여기에서 비니키우스의 꿈은 또 오스토리아눔에서 사도에게 들은, 그리스도가 일찍이 호수 위에 나타났다는 이야기와 혼동이 되었다. 즉 이번에는 그 기슭의 빛 속에 누군가의 모습이 보이고 베드로는 그쪽으로 배를 몰아가고 있었다. 모두가 거기에 다가감에 따라 바람은 평온해지고 물결은 잠자고 빛은 더 강해졌다. 사람의 무리는 찬송가를 노래하기 시작하고, 공기에는 나루도스(인도 산의 향료)의 향기가 넘치고, 물 밑에서는 백합이나 장미가 투명한 무지개빛을 드러냈으며, 배는 마침내 조용히 동체를 모래 위에 올려놓았다. 그러자 리기아는 비니키우스의 손을 잡고 『따라오세요. 제가 모셔다 드리지요.』라고 말하며 비니키우스를 빛 속으로 인도하는 것이었다.

*　　　　　　*　　　　　　*

비니키우스는 눈을 떴으나 그 꿈이 천천히 사라져 갔기 때문에 당장에는 현실의 느낌을 되찾을 수 없었다. 한동안 지나서도 자기가 아직 호수 위에 있고 사람들의 무리에 에워싸여 있는 것 같은 느낌이 들었다. 어째서인지는 모르지만 그는 그 속에서 페트로니우스를 찾아나섰고 그리고 그를 발견할 수 없는 것을 이상하게 생각했다. 아무도 없는 부뚜막에서 내리쬐는 기세 좋은 빛이 차츰 비니키우스를 제정신으로 돌아오게 했다.

올리브의 잔가지가 장미빛 재 밑에서 나른하게 타고 있었으나 분명히 방금 숯불 위에 던져넣은 것 같은 소나무 톱밥은 밝은 불꽃을 올리고 있었고, 그 빛으로 비니키우스는 자기의 침상 가까이에 앉아 있는 리기아를 보았다.

리기아의 시선은 비니키우스를 마음 밑바닥까지 흔들어 놓았다. 비니키우스는 리기아가 전날 밤을 오스토리아눔에서 지냈고 오늘 하루도 간호하느라 고생한데다 지금 모든 사람이 쉬러 가고 난 다음에도 혼자서 비니키우스의 침상 곁에서 그를 지키고 있다는 사실을 깨달았다. 움직이지 않고 눈을 감고 있는 것은 피곤하기 때문이라는 것을 쉽게 짐작할 수 있었다. 그리고 잠을 자고 있는 것인지 생각에 잠겨 있는 것인지 비니키우스로서는 알 수가 없었다.

그 옆얼굴, 늘어진 눈꺼풀, 무릎 위에 포개고 있는 손을 보면서 이교도인 비니키우스의 머리에도 세계에는 자기들의 모습을 자랑하고 있는 그리스도나 로마의 미(美) 외에도 또 다른 새롭고 몹시 깨끗한 미가 있어서 거기에는 영혼이 숨겨져 있다는 생각이 들기 시작했다.

그것을 그리스도 교적인 미라고 이름 지을 수는 없다고 하더라도 리기아의 일을 생각하면 이것을 그녀가 신봉하는 종교로부터 떼어 놓을 수는 없었다. 다른 사람들이 모두 쉬러 갔는데도 리기아만이, 자기가 가혹한 꼴을 당하게 한 이 사람만이 자기를 지켜 주고 있다는 것은 바로 그 종교가 그렇게 명하고 있기 때문이라는 것을 이해했다.

그러나 이 생각은 비니키우스를 그 종교에 대한 경탄을 가지고 사로잡는 동시에 그를 우울하게 만들었다. 그보다는 리기아가 자기에 대한 사랑, 자기의 얼굴이나 눈이나 조각적인 모습에 대한 사랑, 한 마디로 말하면 지금까지 이따금 자기의 목 둘레에 그리스나 로마의 눈과 같은 팔을 던지게 한 모든 원인 때문에 그렇게 해주는 것이 좋겠다고 생각했던 것이다.

그러나 갑작스럽게 느낀 것은 만일 리기아가 다른 여자 같았으면 벌써 자기에게 싫증을 느끼게 되었을 것이라는 사실이었다. 거기에 생각이 미치자 비니키우스는 깜짝 놀랐다. 자기로서도 어찌된 일인지 알 수가 없었다. 자기 속에 무언가 새로운 기분, 그때까지 생활해 온 세계와는 거리가 먼 새로운 쾌감이 일어나고 있다는 것을 의식했기 때문이었다.

그때 리기아가 눈을 떴다. 비니키우스가 자기 쪽을 바라보고 있다는 것을 알고 다가와서 이렇게 말했다.

「당신 옆에 있겠어요.」

그러자 비니키우스는 대답했다.

「꿈에서 당신의 영혼을 보았습니다.」

제 26 장

　다음날 아침 눈을 떴을 때 몸은 허약해져 있었으나 통증도 가라앉고 열도 내려 있었다. 속삭이는 말소리에 잠이 깬 듯했으나 눈을 뜨자 리기아는 옆에 없고 우르수스만이 부뚜막 앞에 몸을 수그리고 재를 휘젓고 있었다. 그 밑에서 찾고 있던 불씨를 겨우 발견하고는 그것을 입으로 부는 대신 대장간의 풀무를 사용해서 살리려고 애쓰고 있었다. 비니키우스는 이 사나이가 크로톤을 죽인 것을 생각하고는 투기장 애호가에게 어울리는 흥미를 가지고 키클로푸스(『오디세이아』에 나오는 외눈박이 거인) 같은 거대한 등과 기둥과 같은 넓적다리를 바라보고 있었다.

　『메루쿠리우스 덕분에 목을 비틀리지 않았군.』 하고 마음 속으로 생각했다. 『포르쿠스에 걸고 맹세하지. 다른 리기 족도 이 자와 마찬가지라고 한다면 다누비우스(지금의 도나우 강) 군단은 이제 그들을 상대해서 어려운 일을 해야겠군.』

　그리고는 소리를 내어 불렀다.

　「이봐, 노예.」

　우르수스는 부뚜막에서 머리를 들고 거의 애교있게 웃으면서 말했다.

　「편안히 주무셨습니까 ? 하지만 저는 자유인이지 노예가 아닙니다.」

　우르수스에게 이 리기 족의 조국에 대해서 여러 가지를 묻고 싶었던 비니키우스는 이 말을 듣고 다소 유쾌해졌다. 신분은 낮아도 자유로운 인간과 이야기하는 쪽이, 그 무렵 법률도 습관도 아직 인간으로서 인정하고 있지 않았던 노예와 이야기하는 것보다는 로마인이며 귀족인 자기의 품위를 덜 손상시킨다고 생각했기 때문이었다.

「그럼 너는 아우루스가의 사람이 아니란 말이냐 ? 」하고 물었다.

「네, 아닙니다. 다만 카리나를 섬기고 있을 뿐입니다. 전에는 그 어머니도 모시고 있었습니다만, 그때도 전 자유로운 신분이었습니다.」

그는 다시 머리를 부뚜막에 들이밀어 불을 살리고는 그 위에 장작을 얹어 놓고 나서 머리를 내밀고 말했다.

「우리들한테 노예는 없습니다.」

비니키우스는 물었다.

「리기아는 어디에 있지 ? 」

「방금 나가셨습니다. 그리고 저는 나리의 아침밥을 짓고 있습니다. 리기아님은 밤새 나리를 간호하셨습니다.」

「왜 자네가 대신 해주지 않았나 ? 」

「손수 간호하고 싶다고 말씀하셨기 때문입니다. 말씀하시는 대로 복종하는 것이 저의 의무입니다.」

그의 눈빛이 잠시 흐려졌다. 그러나 이윽고 다시 덧붙여 말했다.

「그분 말씀대로 하지 않았다면 나리의 목숨은 온전히 붙어 있지 못할 것입니다.」

「나를 죽이지 않은 것이 후회되어서 그러느냐 ? 」

「아닙니다. 그리스도는 죽이지 말라고 명령하셨습니다.」

「그럼 아타키누스는 ? 크로톤은 왜 죽였지 ? 」

「그건 어쩔 수 없었기 때문입니다.」 하고 우르수스는 중얼거렸다.

그렇게 말하고 영혼은 세례를 받았는데도 아직 분명히 이교도적인 자기의 두 손을 슬픈 듯이 바라보았다.

이윽고 냄비를 받침대 위에 올려 놓고 부뚜막 앞에 웅크리고 앉아 조용히 생각에 잠긴 듯이 불길을 바라보고 있다가 마침내 이렇게 말했다.

「그것은 나리의 잘못이었습니다. 어쩌자고 그분에게, 우리 공주님에게 손을 대려고 하셨습니까?」

신분이 낮은, 더욱이 만족의 사나이가 이처럼 버릇없이 말할 뿐만 아니라 자기를 비난하기까지 했으므로, 비니키우스는 자존심이 몹시 상했다. 그저께 밤부터 자신이 부닥쳐 온 이상하고 있을 수 있을 것 같지도 않은 갖가지 사건에 한 가지 더 첨가되었다. 그러나 몸이 많이 쇠약해져 있었고 가까이에 자기의 노예들도 없는데다 리기아의 생애에 관한 자질구레한 일들을 알고 싶은 기분이 이겼으므로 겨우 자기를 억제할 수가 있었다.

기분이 어느 정도 가라앉았을 때 비니키우스는 반니우스 및 수에비 족과 리기 족 사이에 벌어진 전쟁에 대해서 묻기 시작했다. 우르수스는 기쁜 마음으로 이야기했으나 전에 아우루스 푸라우티우스가 비니키우스에게 말한 것 이상의 새로운 지식을 얻을 수는 없었다. 우르수스는 전투에는 참가하지 않았었다. 아테리우스 히스텔의 진영에 인질을 수송하러 갔었기 때문이다. 다만 리기 족이 수에비 족과 이아즈게스 족을 무찌른 것은 알고 있었으나 자기들의 장군이었던 왕은 이아즈게스 족의 화살에 맞아 쓰러졌다. 그리고는 곧 자기들의 국경에 있는 숲을 셈노네스 족이 불태웠다는 소문을 듣고 그것을 복수하기 위해 서둘러 돌아왔고, 인질은 아테리우스 밑에 머물러 있었기 때문에 아테리우스는 처음 이 사람들에게 왕가에 어울리는 명예를 부여하라고 명령했다.

그 뒤 리기아의 어머니가 죽었다. 이 로마의 장군은 그 딸을 어떻게 했으면 좋을지 알 수가 없었다. 우르수스는 이 딸을 데리고 자기 나라로 돌아가려고 했으나 길은 야수나 난폭한 종족 때문에 위험했다. 그런데 리기 족의 사절이 폼포니우스에게로 와서 마르코만니 족이 폼포니우스를 위해 원조를 제공하고 있다는 보도가 있었으므로, 히스텔은 우르수스 일행을 폼포니우스에게로 보냈다. 그러나 폼포니우스에게 사절 따위가 온 적이 없었음을 알게 되었다. 이렇게 해서 그 진영에 머물게 되었다. 이윽고 폼포니우스는 이 사람들을

로마로 데려갔고 개선식이 끝나자 공주는 폼포니아 그라에키나에게
넘겨졌다.

비니키우스는 이 이야기 중에서 그때까지 모르고 있었던 것은
극히 하찮은 자질구레한 일뿐이었으나, 눈으로 직접 보고 온 증인
으로부터 리기아가 왕가 출신이라는 것을 확인했고, 그것은 자기
가문의 한없는 자랑을 기분좋게 자극했기 때문에 기꺼이 귀를
기울였다.

리기아는 왕녀로서 황제의 궁정에서는 일류 가문의 아가씨들과
동등한 지위를 차지할 수 있다. 특히 그 아버지가 다스리고 있던
민족은 만족이기는 했으나 그때까지 한 번도 로마에 대해 전쟁을
걸어 온 일이 없었고, 아테리우스 히스텔 자신의 증언에 의하면
『헤아릴 수 없을 정도로 많은』 전사를 거느리고 있었기 때문에
무서운 존재로 인식되고 있었다.

어쨌든 우르수스는 그 증언을 충분히 강조했고 비니키우스가 리기
족에 대해서 물은 데 대해 이렇게 대답했다.

「우리는 숲에서 살고 있지만 땅은 얼마든지 있어서 숲의 경계가
어디에 있는지, 또 그 안에 얼마나 많은 사람이 살고 있는지 아무도
모를 정도입니다. 게다가 숲속에는 나무로 된 성이 몇 개나 있어서
거기에는 엄청난 양의 보물이 저장돼 있습니다. 셈노네스 족이나
마르코만니 족, 또 반다리 족이나 콰디 족이 곳곳에서 약탈해 오는
것을 우리들이 모두 몰수하기 때문입니다. 그들 종족은 우리들한
테까지 과감하게 쳐들어오는 경우는 거의 없었습니다. 다만 바람이
그쪽에서 불 때에 우리들의 숲에 불을 지를 뿐입니다. 그래서 우
리들은 그러한 종족도 로마의 황제도 별로 무서워하지 않습니다.

「신들은 로마 인에게 세계의 지배권을 주었다.」 하고 비니키우
스는 날카롭게 말했다.

「신들은 악령(惡靈)입니다.」 하고 우르수스는 솔직하게 대꾸했다.
「로마 인이 없는 곳에서는 로마의 지배도 없습니다.」

그는 다시 한 번 불을 들여다보고 혼잣말처럼 이렇게 말했다.

「황제가 카리나를 궁정에 데리고 갔을 때 나는 생각했습니다. 어쩌면 가혹한 꼴을 당할지도 모르므로 왕녀를 살리기 위해 우리 나라의 숲에까지 가서 리기 족을 데려와야겠다고 말입니다. 리기 족은 이교도이지만 좋은 사람들이니까 다누비우스 강까지 틀림없이 와줄 것입니다. 그때 나는 그 사람들에 『복음』을 전달합니다. 그러나 그 동안에 카리나가 폼포니아에게로 돌아와 있으면 그때는 카리나에게 부탁하여 리기 족이 있는 데까지 가게 합니다. 그리스 도가 태어난 곳은 먼 곳이기 때문에 리기 족은 그 이름조차 들은 바가 없습니다. ——그리스도는 자기가 어디에 태어났으면 좋을는지 나보다도 잘 알고 계셨습니다. 그러나 우리들의 숲속에서 이 세상에 태어나셨더라면 아마 우리는 그리스도를 괴롭히지는 않았을 것입 니다. 우리는 『어린애』를 기르고 짐승의 고기나 버섯, 또는 비버의 모피나 호박(琥珀) 같은 것에는 결코 부자유스럽지 않게 신경을 썼을 겁니다. 우리가 수에비 족이나 마르코만니 족으로부터 약탈해 온 것은 모두 그리스도에게 바쳤을 테니까 오히려 돈도 많고 안락하게 되셨을 것입니다.」

이렇게 말하면서 불 위에 비니키우스를 위해 준비해 놓았던 수프 그릇을 올려 놓고 입을 다물었다. 그 순간 우르수스의 생각은 분명히 리기 족이 사는 숲을 헤매고 있었을 것이다. 마침 그때 수프가 끓는 소리를 내기 시작하자 그는 그것을 넓적한 접시에 옮기고 적당히 식히고 나서 이렇게 말했다.

「그라우쿠스는 될 수 있는 대로 몸을 움직이지 않도록, 무사한 쪽 손도 가능한 한 움직이지 않도록 하라고 말했습니다. 그래서 카리나는 먹여 드리라고 나한테 당부하셨습니다.」

리기아가 당부를 했다니 거기에는 반대할 수가 없다. 비니키우 스는 리기아가 황제의 딸이거나 여신이기라도 하듯이 그 의사에 반대하려고 하지 않았다. 한 마디도 하지 않았지만 우르수스는 침상 옆에 앉아서 수프를 작은 잔에 떠서는 비니키우스의 입에 넣어 주기 시작했다. 그것을 하는 그는 그야말로 조심스러웠고 파란 눈에는 제법 친절한 미소까지 띄우고 있었으므로, 비니키우스는 이것이 어제 크로톤을 때려 죽이고 태풍처럼 자기에게 덤벼들어서, 만일 리기아의 동정이 없었더라면, 자기를 갈기갈기 찢어 죽였을는지도 모를 그 무서운 거인인가 하고 의심하지 않을 수가 없었다.

이 젊은 귀족은 난생 처음으로 신분이 낮은 자, 하인, 야만인의 가슴에 무엇이 일어날 수 있는가를 생각하게 되었다.

그러나 우르수스는 조심하면 조심할수록 솜씨가 서툰 유모라는 것을 알았다. 잔은 그 헤라클레스 같은 손가락 속에 완전히 가려져서 비니키우스의 입에 닿을 만한 부분이 남아 있지 않았다. 몇 번이나 실수를 거듭하자 이 거인은 매우 슬픈 표정으로 말했다.

「이거 원 도무지, 무소를 구멍에서 끄집어내는 쪽이 쉽겠군.」

비니키우스는 이 리기 족이 난처해 하는 것이 재미있었으나 그 말에도 역시 흥미를 느꼈다. 원형 투기장이 아니라 북국의 숲속에서 데려온 무서운 우르스(들소)에게 가장 용감한 베스티알리우스(공식 경기에서 야수와 싸우는 사람)가 쭈뼛거리면서 덤벼드는 것을 본 적이 있었는데, 우르수스는 크기에 있어서나 힘에 있어서 코끼리에 못 지않은 것 같았다.

「그런 짐승을 뿔로 사로잡으려 한 적이 있는가?」 하고 비니키우스는 저으기 놀라움을 가지고 물었다.

우르수스는 대답했다.

「제가 스무 살의 겨울을 넘기기까지는 무서워했습니다만, 그 후로는 아무 일 없었습니다.」

그리고는 또다시 비니키우스에게 수프를 마시게 하려고 했지만 아까보다도 더욱 서툴렀다.

「미리암이나 나자리우스에게 부탁하지 않으면 안 되겠습니다.」 하고 말했다.

그러나 그때 리기아의 새하얀 얼굴이 커튼 뒤에서 나타났다.

「곧 도와 드리지요.」 하고 리기아는 말했다.

이윽고 침실에서 나왔는데 막 삼살 준비를 하고 있었는지 고대의 사람이 카피티움이라고 부르고 있던, 가슴을 꼭 덮는 폭이 좁은 투니카만을 입고 머리를 풀어 헤치고 있었다. 비니키우스의 심장은 리기아를 보자 격렬하게 뛰기 시작했다. 리기아에게 지금까지 자지 않고 있었다는 것은 좋지 않다고 비난했으나 리기아는 쾌활하게 웃으며 대답했다.

「마침 자려고 하던 참이에요. 그러나 그 전에 우르수스와 교대 하겠어요.」

잔을 들고 침상 가장자리에 앉아 수프를 떠넣어 주는 리기아를 비니키우스는 겸손해짐과 함께 행복한 기분으로 바라보았다. 리기 아의 체온이 비니키우스에게 전해지고 풀어진 머리가 그 가슴에 흘러넘치자 비니키우스는 흥분한 나머지 안색이 변했다. 그러나 욕정의 혼란과 동요 속에서도 그것이 무엇보다도 귀중하고 무엇 보다도 존귀한 것으로서 거기에 비하면 세계 전체가 없는 것이나 같다고 느꼈다.

전에는 리기아를 원하고 있었으나 지금은 가슴 가득히 사랑하기 시작하고 있었다. 오랫동안 생활 일반에 있어서도, 감정에 있어서도, 그 무렵의 모든 사람들과 마찬가지로 맹목적이고 거리낌없는 에 고이스트로서 자기의 일만을 생각하고 있었는데, 지금에 와서는 리기아의 일도 신경이 쓰이기 시작했다.

이윽고 권하는 음식을 거절하고 리기아의 얼굴을 보며 옆에 있어 주는 데에 한없는 쾌감을 느끼면서 이렇게 말했다.

「괜찮아요. 가서 쉬시지요, 나의 여신.」

「그런 식으로 불러서는 안 됩니다.」 하고 리기아는 대답했다.

그러면서도 비니키우스에게 웃어 보이며 자기는 항상 누워 있 었으므로 고통은 느끼지 않으니까 그라우쿠스가 올 때까지는 쉬지 않겠다고 말하는 것이었다. 비니키우스는 그 말을 음악처럼 듣고 있었으나 당장 그 가슴은 격렬한 감동과 격렬한 황홀, 그리고 격렬한 감사로 부풀어 올랐다. 더욱이 그 감사를 어떻게 나타내어야 좋을 것인가 하고 고민했다.

　한동안 잠자코 있다가 이렇게 말했다.

　「리기아, 나는 당신이라는 사람을 잘 모르고 있었소. 지금 깨닫고 보니까 잘못된 길로 해서 당신에게 가려고 하고 있었소. 그래서 지금 당신에게 이렇게 말하겠소. 폼포니아 그라에키나에게로 돌아 가십시오. 이제부터는 아무도 당신에게 손을 못 댈 테니 안심하십시오.」

　그러자 리기아의 얼굴이 갑자기 흐려졌다. 그리고 대답했다.

　「멀리에서라도 폼포니아의 얼굴을 볼 수 있다면 그보다 더 반가운 일은 없겠지만, 그분한테로 돌아간다는 것은 이제 저에게는 불가능합니다.」

　「어째서죠 ? 」

　비니키우스는 놀라서 물었다.

　「우리들 그리스도 교도들은 아쿠테로부터 파라티움에서 벌어지고 있는 일을 다 듣고 있습니다. 황제는 제가 도망친 후 네아폴리스를 떠나시기 전에 아우루스와 폼포니아를 부르시어 두 사람이 저를 도와 주었다는 추측에서 화를 내시며 벌을 내리겠다고 말씀하셨다고 합니다. 다행히도 아우루스는 이렇게 대답하셨습니다.『폐하는 지금까지 한 번도 제 입에서 거짓말이 나온 적이 없다는 것을 알고 계십니다. 저는 맹세합니다. 우리는 리기아의 도망을 도와 주지 않았고 폐하와 마찬가지로 우리들도 리기아가 어떻게 되었는지 모르고 있습니다.』 그것을 황제는 믿었고 마침내 그 일에 대해서 잊으셨습니다. ──그러나 저는 장로들의 의견을 따라 제가 어디에 있는지 어머님(폼포니아)한테 써보내지 않기로 했습니다. 그렇게 하면 앞으로도 내내 저에 대해서는 아무것도 모른다고 단호하게 맹세할 수 있을 것입니다. 당신에게는 그것이 이해되지 않을는지도 모르겠지만, 우리들은 설사 목숨에 관계되는 일이라도 거짓말을 해서는 안 되는 것입니다. 그것이 우리들의 종교이며 마음을 거기에 맞추어 가고 싶은 것입니다. 그러니까 저는 그 집을 나왔을 때부터 폼포니아를 만나지 않았습니다. 그래도 거의 일각마다 제가 살아 있고 안전하다는 먼 메아리는 그분에게 도달하고 있습니다.」

리기아는 폼포니아에 대한 그리움 때문에 말을 잇지 못했다. 리기아의 눈에는 눈물이 넘쳤으나 이윽고 마음을 가라앉히고 나서 이렇게 말했다.

「폼포니아도 저를 그리워하고 계시리라는 것은 알고 있지만, 그러나 저희들에게는 다른 사람들이 모르는 위안이 있습니다.」

비니키우스는 대답했다.

「그래요, 당신들의 위안은 그리스도겠지요. 그러나 나는 그것을 잘 모르겠습니다.」

「우리들을 보세요. 우리들에게는 이별도 없고 고통이나 슬픔도 없습니다. 그러한 일이 생기더라도 이윽고 기쁨으로 변하고 맙니다. 당신들에게는 생명의 종말로 되어 있는 죽음이 우리들에게는 다만 생명의 시작일 뿐이고 비참한 행복으로부터 좀더 좋은 행복, 불안한 행복으로부터 좀더 편안한 행복으로 바뀌는 일입니다. 적에게 대해서조차도 연민을 명하고, 거짓을 금하고, 우리들의 영혼을 악으로부터 건져 내어 죽어서도 끊이지 않는 행복을 약속하는 종교가 어떤 것인가 하는 것을 생각해 보십시오.」

「그것은 나도 알고 있습니다. 오스토리아눔에서 들었고, 나나키론에 대한 당신들의 태도를 보았으니까요. 그것을 생각하면 지금까지의 나로서는 그것이 단지 꿈이고 귀도 눈도 믿어서는 안 될 것 같은 느낌이 듭니다. 그러나 이 다른 한 가지 질문에 대답해 주십시오. 대체 당신은 행복합니까?」

「물론이지요.」 하고 리기아는 대답했다. 「그리스도를 믿는데 불행해질 까닭이 없습니다.」

비니키우스는 리기아가 말하고 있는 것이 완전히 인간의 이성을 초월하고 있는 것처럼 생각되어 리기아의 얼굴을 경이로운 눈으로 바라보았다.

「그렇다면 폼포니아에게는 돌아가고 싶지 않은 거군요?」

「물론 그것은 마음으로부터 바라고 있는 일입니다. 하나님의 뜻이 그렇게 된다면 저는 언제든지 돌아가겠습니다.」

「그럼 말하지요. 돌아가십시오. 우리 집의 수호신에 맹세코 말합니다. 당신의 몸에 손대지 않겠습니다.」

리기아는 잠시 생각에 잠겼다가 이윽고 이렇게 말했다.

「아니예요. 제 가까이에 있는 분들을 위험에 빠뜨릴 수는 없어요. 황제는 푸라우티우스가가 싫으신 겁니다. 제가 돌아갔다고 해보세요. ——아시다시피 노예들에 의해 어떤 소문이라도 당장 로마 전체에 퍼집니다. ——그러니까 제가 돌아왔다는 소문도 시내에 퍼질 것이고, 네로는 틀림없이 그 소문을 노예들한테서 들을 것입니다. 그러면 아우루스 부부를 벌하시든가, 아니면 저를 다시 그분들에게서 빼앗을 거예요.」

「그렇군요.」 하고 비니키우스는 미간을 찡그리며 말했다. 「그렇게 될 것 같군요. 당신이 황제의 뜻에 순종하지 않으면 안 된다는 것을 보이기 위해서라도 황제는 그렇게 하실 것입니다. 사실을 말하면 황제는 다만 당신의 일을 잊으셨거나 아니면 손해를 본 것은 자신이 아니라 나라고 생각하지는 않게 되었기 때문입니다. 그러나 어쩌면 ——아우루스 부부로부터 당신을 빼앗아서 나에게 넘겨 주실는지도 모릅니다. 그러면 나는 당신을 폼포니아에게 돌려 드리겠습니다.」

그러나 리기아는 슬픈 듯이 물었다.

「비니키우스님, 당신은 제가 또 파라티움의 언덕에 있었으면 좋겠다고 말씀하시는 겁니까?」

그러자 비니키우스는 이를 갈며 대답했다.

「아니오, 당신의 말이 맞아요. 내가 바보 같은 말을 했나 봅니다. 그건 안 되지요.」

갑자기 비니키우스 앞에는 끝모를 심연 같은 것이 보였다. 자기는 귀족이다. 호민관이다. 유력자이다. 그러나 자기가 속한 세계의 모든 권력 위에는 한 사람의 미치광이가 서 있어서 그 의지도 악의(惡意)도 예견할 수가 없다. 그것에 신경쓰지 않고 두려워하지 않고 있을 수 있는 사람은 오직 세계 전체도 그 이별이나 고통도 죽음까지도 아무렇지 않게 생각하는 그리스도 교도 같은 사람들뿐이다.

다른 모든 사람은 이 미치광이 앞에서 떨지 않으면 안 된다. 그러한 사람들이 살아가고 있는 이 시대의 지긋지긋한 공포의 전영역이 비니키우스에게는 생생하게 보였다.

이래서는 리기아를 아우루스 부부에게 돌려 줄 수가 없다. 어쩌면 그 괴물이 리기아를 생각해 내고 그 위에 화를 터뜨릴지도 모른다. 자기가 만일 리기아를 아내로 삼으면 같은 이유에서 리기아도 자기도 아우루스 부부가 당하고 있는 것과 같은 위험에 처해질 것이다.

네로가 일순간 불쾌해지는 것만으로 모든 사람들은 멸망하고 만다. 비니키우스는 난생 처음으로 세계가 달라져 버리든가 아니면 산다는 것이 전혀 불가능해질 수밖에 없을 것이라고 느꼈다. 그와 동시에 방금 전까지만 해도 알 수 없었던 사실, 즉 이러한 시대에는 그리스도 교도만이 참으로 행복해질 수 있다는 것을 진심으로 이해했다.

그러나 무엇보다도 비니키우스를 괴롭힌 것은 자기가 리기아의 생활을 휘저어버린 결과 그 혼란에서 벗어날 길이 거의 없어졌다는 사실이었다. 이 슬픔에 제압되어 비니키우스는 천천히 입을 열었다.

「당신들이 나보다 행복하다는 것을 아시겠습니까? 당신은 가난하여 단지 단칸방에서 신분이 낮은 사람들과 함께 살고 있으면서도 자기의 종교와 자기의 그리스도를 가지고 있소. 그러나 나에게는 당신밖에 없소. 만일 당신이 없다면 나는 집도 없고 빵도 없는 불쌍한 존재가 되고 말 거요. 당신은 나에게 있어서 세계 전체보다도 더 소중하오. 내가 당신을 그토록 열심히 찾았던 것은 당신 없이는 살아갈 수가 없었기 때문이오. 연회도 잠도 원하지 않았소. 당신을 찾아낼 희망이 없었다면 아마 나는 자살했을 거요. 만약 내가 죽음을 두려워했다면 그것은 당신을 볼 수가 없게 될 것이기 때문이었소. 솔직하게 말하면 당신이 없으면 나는 살아갈 수가 없을 거요. 지금까지 살아온 것은 오직 당신을 찾아내서 얼굴을 보려는 희망이 있었기 때문이오.

아우루스 가에서 나눈 두 사람의 이야기를 기억하고 있나요?

한 번은 당신이 모래 위에 물고기의 그림을 그려 보였지요. 무슨 뜻인지 나는 알 수가 없었소. 둘이서 공놀이를 한 것을 기억하고 있나요? 그때 벌써 내 목숨보다도 더 당신을 사랑하고 있었소. 게다가 당신도 내가 사랑하고 있다는 것을 눈치채고 있었소. ── 그때 아우루스가 와서 리비티나로 하여금 우리들을 위협하고 우리들의 이야기를 중단시켰었소.

폼포니아는 헤어질 때 페트로니우스에게 신은 하나이고 그것은 전능하고 자비롭다고 말했으나, 당신들의 신이 그리스도라고는 전혀 생각지도 못했소. 만일 당신네의 하나님이 나에게 당신을 돌려 주기만 한다면, 나는 하나님을 사랑할 것입니다. 아직 나에게는 노예나 외국인, 또는 가난한 사람들의 신처럼 생각되기는 하지만.

당신은 지금 내 곁에 앉아 있으면서도 그 신에 대해서만 생각하고 있소. 조금은 나에 대해서도 생각해 주시오. 그렇지 않으면 나는 그 신을 증오할 테니까. 나에게는 오직 당신만이 신입니다. 당신의 아버지와 어머니는 축복받은 사람입니다. 당신이 태어난 고장은 축복받았습니다. 가능하다면 당신의 발을 끌어안고 당신에게 기도하며 당신을 숭상하고 당신에게 제물을 바치고 당신을 숭배하고 싶소. ──당신은 세 갑절이나 네 갑절이나 진짜 하나님이오. 당신은 모르고 있어요. 아니, 알 수가 없어요, 내가 얼마나 당신을 사랑하고 있는가를──.」

이렇게 말하면서 창백한 이마를 한 쪽 손으로 비비면서 눈을 감았다. 비니키우스의 천성은 노여움에 있어서도 사랑에 있어서도 끝을 몰랐다. 자기를 억제할 수가 없게 되면 말에도 체면에도 전혀 절도를 인정하지 않으려는 사람처럼 정신없이 이야기했다. 더욱이 영혼과 가슴 밑바닥에서 이야기했다. 고통과 황홀과 정욕과 찬미가 비니키우스의 가슴 속에서 고조되어 마침내 걷잡을 수 없는 말의 흐름이 되어 뿜어나오고 있는 것을 느낄 수가 있었다.

그 말은 리기아에게는 하나님에 대한 모독이라고 생각되었음에도 불구하고, 리기아의 심상은 가슴을 죄고 있는 두니카를 찢어 버릴 것처럼 맥박치기 시작했다. 비니키우스와 그 고민에 대해 동정하는 마음에 저항할 힘이 없었다. 비니키우스가 이야기하면서 자신에게 나타내는 존경은 리기아를 혼란시켰다. 자기가 한없이 사랑받고 숭배되고 있다고 생각하고 이 완강하고 위험한 사람이 지금에는 몸도 마음도 자기의 것이 되어 있다고 느껴져서, 비니키우스의 겸손과 자기의 위력에 대한 의식이 리기아를 행복에 잠기게 했다.

숱한 생각이 일순간에 되살아났다. 이 사람은 리기아에게 있어서 또다시 이교(異敎)의 신처럼 당당하고 아름다운 비니키우스, 아우루스의 집에서 자기에게 사랑을 이야기하고 꿈에서 깨어나듯이 그 무렵 반쯤 어린애였던 자기의 마음을 일깨워 준 비니키우스, 그 키스를 아직 입술에 느끼고 그 포옹으로 자기를 파라티움에서, 우르수스가 불길 속에서 끄집어내 주듯이, 빼앗은 것과 같은 사람이 되었다. 다만 지금은 황홀한 가운데에 있고 동시에 그 독수리처럼 훌륭한 얼굴에 고통을 나타내고 창백한 이마와 애원하는 듯한 눈짓을 하고 있는, 이 상처받고 사랑에 야윈, 존경과 겸손에 찬 사람이, 바로 그때 그래주었더라면 하고 리기아가 소원했고 그랬더라면 마음을 다하여 사랑했으리라고 생각되는, 다시 말하면 지금까지 존재하지 않았던 그리운 사람으로 느껴졌다.

리기아는 갑자기 어쩌면 지금에라도 비니키우스의 사랑이 폭풍처럼 자기를 엄습하여 낚아채갈 때가 올는지도 모른다고 생각했다. 그것을 깨닫자 조금 전에 비니키우스가 느낀 것과 같은 심정, 즉 자기는 심연(深淵)의 기슭에 서 있는 것이라는 기분이 들었다. 무엇 때문에 자기는 아우루스의 집을 떠났는가? 무엇 때문에 도망쳐서 살아났는가? 무엇 때문에 이렇게 오랫동안 도시의 빈민굴 속에 숨어 지냈는가? 이 비니키우스는 어떤 사람인가? 아우구스타니의 한 사람, 군인, 네로의 정신(廷臣)이 아닌가?

리기아로서는 잊을 수가 없는, 그날의 연회가 증거가 될 것 같은 네로의 난행(亂行)과 광태(狂態)에 언제나 가담하고 다른 사람들과 함께 신전에 참배하며 지긋지긋한 신들에게 제물을 바치면서, 아

마도 자기는 믿지도 않으면서, 그 신들에게 형식적인 숭배를 나타
내고 있다. 언제나 자기를 쫓아다닌 것은 자기를 노예나 연인으로
삼는 동시에 신의 노여움과 벌을 초래할 듯한 사치와 쾌락, 그리고
범죄와 추행(醜行)의 그 무서운 세계에 자기를 던져 넣기 위해서이다.
물론 달라지기는 했다. 그리고 자기를 향해, 만일 자기가 그 사람
보다도 그리스도를 더 생각한다면 그리스도를 미워할 작정이라고
까지 말했다.

리기아에게는 그리스도에 대한 사랑 외에는 그 어떤 사랑에 대해서
생각하는 것조차도 이미 그리스도와 그 가르침에 대한 죄라고 생
각되었으므로, 자기의 마음 속에 다른 감정이나 소망이 눈을 떴는
지도 모른다고 생각하자 자기의 장래와 자기 마음에 대해 불안이
엄습해 왔다.

이렇게 마음 속에서 크게 갈등을 겪고 있을 때 환자를 간병하고
진찰하러 온 그라우쿠스가 들어왔다. 비니키우스의 얼굴에는 순식
간에 노여움과 안타까움이 나타났다. 리기아와의 대화를 방해받았기
때문에 화를 내고, 그라우쿠스가 진찰을 시작하려고 하자 마치 경
멸하는 듯한 투로 대답했다. 물론 곧 그 기분을 억제하기는 했지만
비니키우스가 오스토리아눔에서 들은 일이 그 완고한 천성에 변화를
줄는지도 모른다고 생각한 것은 리기아의 착각이었다고 한다면, 그
착각은 아무래도 지워 버리는 수밖에는 없었다. 비니키우스가 달라진
것은 다만 리기아 때문이며, 그 하나의 감정 뒤에는 비니키우스의
가슴 속에 원래의 격렬한 자존심, 참으로 로마 인다움과 동시에 늑대
같은 마음이 남아 있어서 부드러운 그리스도교의 심정뿐이 아니라
감사의 마음조차도 가질 수가 없는 것이다.

리기아는 마침내 마음 속에 근심과 불안을 남긴 채 그 자리를
떠났다. 지금까지는 기도 속에서 눈물과 같이 맑은, 정말로 깨끗한
마음을 바치고 있었다. 그런데 지금은 그 개었던 마음도 흐려 있는
것이다. 마음 속의 꽃에 독충(毒蟲)이 들어와서 바스락거리기 시작
했나. 이틀밤 절야를 했는데도 수면조차 리기아에게 안정을 가져

다 주지 않았다. 꿈 속에서는 오스토리아눔에서 아우구스타니나 바쿠스의 축제에 미쳐 날뛰는 남녀와 격투사 대열의 선두에 선 네로가 장미 화환을 목에 걸고 그리스도 교도들을 깔아뭉갰고, 비니키우스가 자기의 팔을 붙들고는 네 마리 말이 끄는 전차에 끌어들여 가슴에 꼭 끌어안고『우리와 함께 가자.』고 속삭이는 것이었다.

제 27 장

그때 이후 리기아는 다른 사람들이 있는 방에는 좀처럼 모습을 보이지 않게 되었고 비니키우스의 침상에도 차츰 근접을 않게 되었다. 그러나 리기아는 좀처럼 안정을 되찾을 수 없었다. 리기아는 비니키우스가 애원하는 듯한 시선을 쏟아붓고 은혜를 구하는 것처럼 리기아의 한 마디 한 마디를 기다리며 리기아에게 혐오감을 일으키지 않도록 우는 소리를 참고 있는 것을 보고는 자기만이 비니키우스의 건강과 기쁨임을 알게 되었다. 그러자 리기아의 마음에 연민의 정이 넘쳤다. 이윽고 그녀는 자기가 비니키우스를 피하려고 애를 쓰면 쓸수록 비니키우스가 불쌍해지고 그 때문에 또 비니키우스에 대한 감정이 한층 더 섬세해지는 것을 깨달았다.

리기아는 안정을 잃었다. 그래서 때때로 자기 자신을 향해, 첫째로 하나님의 가르침은 악을 선으로 갚을 것을 명하고 있고, 둘째로 비니키우스와 이야기하고 있으면 이 사람을 자기네의 종교에 끌어들일 수 있을지도 모른다는 이유에서라도 항상 그의 옆에 있어 주지 않으면 안 되겠다고 속삭이는 것이었다.

그러나 그와 동시에 양심의 목소리는 그것은 자기를 기만하고 있는 것이다. 자기를 비니키우스에게 이끌리게 하는 것은 다른 것이 아니라 다만 비니키우스의 사랑과 매력 때문이라고 말하는 것이었다. 그래서 리기아는 날로 더해가는 끊임없는 내부의 갈등 속에서 지냈다.

때때로 자기를 그물 같은 것이 덮고 있어서 그것을 찢으려고 하면 할수록 점점 더 그 속에 휩쓸려 들어가는 듯한 기분이 들었다. 게다가 자기에 대해서 인정하지 않으면 안 되었던 것은 비니키우스를 만나는 것이 매일매일 더 필요해지고 그 사람의 목소리가 점점 더 다정해져서 그 침상 옆에 앉아 있고 싶다는 기분과 전력을 다해 싸우지 않으면 안 되었다는 것이다.

비니키우스 옆에 가서 그가 기분이 좋으면 리기아의 마음에도 기쁨이 넘쳤다. 어느 날 비니키우스의 속눈썹이 눈물에 젖어 있는 것을 보고는 난생 처음으로 키스로 그의 눈물을 마르게 해주고 싶다고 생각했다. 그 생각에 소스라치게 놀란 리기아는 자기에 대한 경멸 때문에 그날 밤을 뜬눈으로 새웠다.

그러나 비니키우스는 참을성 있게, 마치 참는다는 맹세라도 하고 있는 것 같았다. 때때로 그 눈이 안타까움과 자만, 그리고 노여움에 빛나는 일이 있어도 곧 그 빛을 억제하고 리기아의 마음을 사로잡았다. 지금까지 이렇게 사랑받은 기억이 없었다. 그렇게 생각하자 자기에게 죄가 있고 동시에 행복하다는 기분이 들었다. 비니키우스도 정말로 달라져 있었다. 그라우쿠스와의 얘기에도 건방진 데가 없어졌다. 이 불쌍한 노예의 의사도, 또 자기를 밤낮없이 돌보아 주는 미리암 아주머니도, 또 끊임없이 기도에 잠겨 있는 크리스푸스도 역시 자기와 같은 인간이라는 생각이 가끔 비니키우스의 머리에 떠올랐다. 이러한 생각에는 스스로도 놀랐으나 그래도 점점 그렇게 생각하게 되었다.

시간이 흐름에 따라 우르수스가 점점 좋아졌고 어떤 날은 하루 종일 그와 이야기를 나누며 보내는 때도 있었다. 이 사람을 상대로 하면 리기아에 대해서 좀더 알 수 있었기 때문이다. 이 거인은 이야기를 시작하면 끝이 없었다. 환자 옆에서 극히 간단한 일을 하고 있는 동안에 그 역시 비니키우스에게 일종의 애착을 나타내게 되었다.

리기아는 내내 비니키우스에게 있어서는 이 사람의 주변에 있는 다른 사람들보다는 백 배나 높은 다른 종류에 속하는 사람이었다. 더욱이 비니키우스는 단순하고 가난한 사람들에게도 눈길을 주게 되었다. 이것은 그 생애에 있어서 지금까지 없었던 일이었다. 비니키우스는 그러한 사람들 속에서 역시 존중해야 할 점을 발견하기 시작했는데 이러한 일은 그때까지는 한 번도 머리에 떠오르지 않았던 일이었다.

다만 나자리우스만은 참을 수가 없었다. 이 소년은 염치도 없이 리기아를 좋아하고 있는 것 같았다. 비니키우스는 한동안 이 소년에게 반감을 나타내지 않은 채 참고 있었으나, 끝내 어느 날 이 소년이 자기가 번 돈으로 시장에서 메추라기를 두 마리 사서 리기아에게 가지고 왔을 때는 비니키우스의 마음에 다른 민족에서 나온 떠돌이를 천한 벌레만큼도 여기지 않는 로마 인 고유의 자존심이 고개를 쳐들었다. 더욱이 리기아가 그에게 고맙다는 인사를 하고 있는 것을 듣고는 비니키우스는 무섭게 얼굴을 붉히고 나자리우스가 새에게 줄 물을 가지러 간 사이에 이렇게 말했다.

「리기아, 당신은 그런 소년에게 선물을 받고도 태연할 수가 있습니까? 그 민족을 그리스 인이 유태의 개라고 부르고 있는 것을 모르십니까?」

그러자 리기아는 대답했다.

「그리스 인이 어떻게 부르고 있는지는 모릅니다. 그러나 나자리우스가 그리스도 교도이고 우리의 형제라는 것은 알고 있습니다.」

이렇게 말하고는 비니키우스를 놀라움과 슬픔의 눈으로 바라보았다. 리기아는 비니키우스가 이제는 그런 난폭한 말을 하는 버릇이 없어졌다고 생각하고 있었기 때문이다. 그러나 비니키우스는 그런 형제는 죽을 때까지 채찍으로 때리라고 명령하든가, 아니면 시골의 영지(領地)로 보내어 발에 족쇄를 채워서 시칠리아에 있는 자기의 포도원에서 땅이나 파게 하고 싶다고 말하고 싶은 것을 이를 악물고

참았다. ──그러한 기분을 억누르고 노여움을 삭인 뒤에 가까스로 이렇게 말했다.

「리기아, 용서해 주십시오. 당신은 나에게 있어서 왕녀이고 푸라우티우스가의 양녀입니다.」

어디까지 자기 자신에게 이겼는가 하면 나자리우스가 다시 방에 나타났을 때 비니키우스는 이제 자기가 시골에 있는 집에 돌아가면 그곳 마당에 가득한 공작이나 홍비둘기를 한 쌍 주겠노라고 약속했다.

리기아는 비니키우스가 자기 자신을 그 정도까지 이기기 위해서 어느 정도의 노력을 해야 했는가를 헤아렸다. 더욱이 비니키우스가 그렇게 자기 자신을 이기면 이길수록 리기아의 마음은 비니키우스에게로 기울어 갔다. 그러나 나자리우스에 대한 비니키우스의 생각은 리기아가 짐작하고 있는 것과는 달랐다. 비니키우스는 한동안 나자리우스에게 화를 내고 있었는지도 모르지만, 그에 대해서 질투를 느낄 수는 없었다. 미리암의 아들은 실상 비니키우스의 눈에는 강아지보다 나을 게 없었는데다 아직도 어린애였으므로, 리기아를 사모한다고 하더라도 무의식적임과 동시에 하인으로서의 기분이었다.

그보다도 이 젊은 호민관은 거기에 있는 사람들 사이에서 그리스도의 이름과 그 가르침에 바쳐지고 있는 존경에 대해 설사 입으로 말하지는 않더라도 몸을 굽히기 위해서는 자기에 대해 격렬한 싸움을 벌이지 않으면 안 되었다. 이 점에서는 비니키우스의 마음에 갖가지 이상한 일이 일어났다. 어쨌든 그것은 리기아가 믿고 있는 종교이므로 그 때문에도 비니키우스에게는 그것을 신봉할 기분이 되어 있었다. 비니키우스가 차츰 건강을 회복함에 따라, 또 저 오스토리아눔에서의 하룻밤 이래 일어난 숱한 사건이나, 그때 이래 머리에 떠오른 숱한 사상을 생각해냄에 따라, 이렇게까지 인간의 영혼 밑바닥에 파고드는 이 종교의 초인간적인 힘에 점점 더 경탄하게 되었다. 이 종교에는 무언가 보통 이상의 것, 지금까지 세계에 없었던 것이 있다는 것을 알게 되었고, 이 종교가 세계 전체를 차지하여 그가 설교하는 사랑과 연민을 심어 나간다면 다시 주피터가 나타나 사투르누스가 세계를 지배하던 시대(신화에 있는 황금시대)를 연상케 하는 하나의 시대가 시작될는지도 모른다고 생각했다. 게다가 비니키우스는 그리스도의 초자연적인 출생에 대해서도, 그 부활에 대해서도, 그밖의 기적에 대해서도 의심하려고 하지 않았다. 거기에 대해서 말한 목격자들은 어디까지나 신용할 수 있고 또 무엇보다도 거짓을 싫어하는 사람들이었으므로, 있지도 않은 일을 얘기하고 있다고는 생각되지 않았다.

결국 로마 사람들의 회의 사상(懷疑思想)은 신들을 믿지 않아도 괜찮다고 인정하면서 기적을 믿고 있었던 것이다. 비니키우스는 무언가 자기로서는 설명할 수 없는 이상한 수수께끼를 앞에 놓고 팔짱을 끼고 있었다.

그러나 또 한편으로는 이 종교 전체가 다른 어떤 종교와도 다른 현행 질서에 전혀 반대되는, 실행에 옮기기가 전혀 불가능한, 그야말로 광적인 것처럼 생각되었다. 비니키우스의 생각에 의하면 로마뿐 아니라 세계 전체의 인간은 나쁠는지도 모르지만 질서는 좋은 것이었다.

예를 들면 황제가 훌륭한 인물이며, 원로원을 구성하는 것이 저급한 방탕자가 아니라 트라세아 같은 사람들이었다면 그 이상 무엇을 바라겠는가? 그나저나 로마의 평화와 로마의 지배는 좋은 것이며 인간의 신분 구별은 정당하며 정의로운 것이다. 그럼에도 불구하고 이 종교는 비니키우스가 알고 있는 한 모든 질서, 모든 지배를 파괴하고 모든 차별을 제거하지 않으면 안 될 것이다.

그렇게 되면 적어도 로마의 위력과 지배는 어떻게 되는가? 로마인이 지배를 포기하거나 종속되어 있는 숱한 민족을 자기들과 평등하게 생각할 수 있을까? 이것만은 귀족의 머리로서 받아들일 수가 없다. 게다가 개인적으로 보면 이 종교는 비니키우스의 모든 사상, 습관, 성격, 인생관과 상반되는 것이다. 따라서 이 종교를 신봉할 경우에 어떻게 살아나가야 될지 전혀 종잡을 수가 없다. 비니키우스는 이 종교를 두려워하고 이 종교에 놀라기는 했지만 이것을 신봉하는 데 대해서는 그 천성이 어쩐지 반감을 느끼는 것이다.

결국 자기와 리기아를 떼어 놓고 있는 것은 다른 것이 아니라 이 종교뿐이라는 것을 알게 되었고, 그것을 생각하자 전력을 다해 이 종교를 증오했다.

더욱이 이 종교가 리기아에게 예외적인, 말로 다 표현할 수 없는 아름다움을 부여하고, 그 아름다움이 비니키우스의 마음에 사랑뿐이 아니라 존경을, 욕정뿐이 아니라 숭배를 낳게 하고, 리기아 자신을 세계의 모든 것보다도 더 자기에게 친숙한 존재로 만들었다는 것도 이미 명백해졌다. 그러자 비니키우스에게는 다시 그리스도를 사랑하고 싶은 마음이 생겼다. 그리고 그리스도를 사랑하든가, 그리스도를 미워하든가, 그 어느 쪽이 아니면 안 되고 결코 무관심하게는 있을 수 없다는 것이 명백해졌다. 그래서 상반되는 두 개의 물결이 밀려들듯이 비니키우스는 사상에 있어서 동요하고 감정에 있어서 동요하여 선택할 힘이 없었다. 그래서 머리를 숙이고 자기로서는 이해할 수 없는 신에게 그것이 리기아의 신이라는 이유만으로 침묵의 존경을 바쳐왔다.

리기아는 그러나 비니키우스가 어떤 기분인지, 어떻게 해서 자기 자신을 억제하고 있는 것인지, 얼마만큼 그 천성이 이 종교에 반항하고 있는가를 꿰뚫어 보고, 한편에서는 그것에 대해 죽도록 고통을 느낌과 동시에, 다른 한편에서는 비니키우스가 그리스도에 대해서 나타내고 있는 그 침묵의 존경에 대한 슬픔과 연민, 그리고 감사하는 마음이 어떻게도 할 수 없는 힘을 가지고 자기의 마음을 비니키우스 쪽으로 기울게 하고 있는 것을 느꼈다.

그리고 폼포니아 그라에키나와 아우루스의 일을 생각해 냈다. 폼포니아에게 있어서 끊임없는 고민과 마르지 않는 눈물의 근원은 무덤 저편에서 아우루스와 만날 수 없게 된다는 생각이있다.

지금에 와서 리기아에게는 그 슬픔과 고민을 더한층 잘 알게 되었다. 자기도 귀중한 사람을 발견해 냈는데 영원한 이별이 자기를 위협하고 있다. 물론 때에 따라서는 비니키우스의 영혼이 그리스도가 설교하는 진리에 열려 있다고 착각하는 수도 있기는 하지만 그 착각은 오래 계속될 수는 없다. 이미 비니키우스를 너무 잘 알고 지나치리만큼 이해하고 있는 것이다. 비니키우스가── 그리스도 교도가 된다. 이 두 가지 생각은 리기아의 경험이 부족한 머리 속에서도 서로 공존할 수는 없었다. 사려가 깊고 성의에 찬 아우루스조차도, 열성적이고 완전한 폼포니아의 힘에 의해서도 그리스도 교도가 될 수 없는데, 어떻게 비니키우스가 그리스도 교도가 될 수 있단 말인가? 이 물음에 대해서는 답이 없다. 아니, 그보다도 다만 한 가지 대답은 비니키우스에 있어서는 희망도 구원도 없다는 것이었다.

그러나 리기아는 비니키우스에 내려진 멸망의 판단이 비니키우스에게 반감을 일으키게 하기는커녕 도리어 동정 때문에 비니키우스를 자기에게 한층 더 소중한 것으로 만들고 있는 것을 깨닫고는 몸서리를 쳤다. 때때로 비니키우스의 어두운 과거를 솔직하게 이 사람과 얘기해 보고 싶다는 심정에 사로잡혀 한 번은 그 옆에 앉아서 그리스도의 가르침 이외에 생명은 없다고 말했다. 그랬더니 이미 힘이 되살아난 비니키우스는 그 튼튼한 팔을 짚고 일어나서는 갑자기 머리를 리기아의 무릎에 얹고 『당신이 내 생명입니다.』라고 말했다. 그 말을 듣고 리기아의 가슴에는 숨이 멎고 의식이 없어져 무언가 상쾌한 전율이 머리에서 발끝까지 치달았다. 두 손으로 비니키우스의 관자놀이를 눌러 위를 쳐다보게 하려고 했지만 그때 자기의 몸을 숙였기 때문에 입술이 비니키우스의 머리카락에 닿아 한동안 그대로 황홀하니 자기 자신과 싸워야만 했다.

마침내 리기아는 일어나서 달아나기 시작했으나 혈관에는 불길이 타올랐고 현기증이 일어났다. 그러나 그것은 다만 이미 가득찬 잔에서 넘쳐 나는 방울에 지나지 않았다. 비니키우스는 이 행복의 순간을 얼마만큼 값비싼 것으로 보는지 생각이 미치지 않았지만 리기아는 이번에는 자기 자신이 구원을 필요로 한다는 것을 깨달았다.

그날 밤에 이어지는 밤은 눈물과 기도 속에서 꼬박 새우고 자기의 기도가 아무 소용이 없을 뿐 아니라 기도를 해도 아무 응답이 없다는 것을 알았다. 다음날 아침 일찍 자리에서 일어난 리기아는 크리스푸스를 담쟁이 덩굴과 시든 메꽃에 덮여 있는 마당의 정자로 불러내어 자기의 마음을 털어놓았다. 이미 자기 자신을 믿을 수가 없고, 비니키우스에 대한 사랑을 가슴 속에서 억누를 수도 없으므로, 미리암의 집을 떠나는 것을 허락해 달라고 간청했다.

크리스푸스는 나이를 먹어 언제나 엄격하고 언제나 황홀경에 잠겨 있는 사람이었으므로, 리기아가 미리암의 집을 떠난다는 의향에 찬성이었다. 그러나 그로서는 죄악으로 보이는 리기아의 사랑에 대해서는 용서한다는 말을 한 마디도 하지 않았다. 도망쳐 온 이래로 자기가 지켜 주었고, 귀여워하여 그 신앙을 굳건히 해주었으며, 지금까지는 그리스도교의 바탕 위에서 자라나 지상의 오염을 조금도 받지 않은 깨끗한 백합꽃처럼 보아 왔던 리기아의 영혼에 천상의 사랑 이외의 사랑이 깃들었다고 생각하니 크리스푸스의 마음은 흥분했다. 지금까지는 그리스도를 찬양하는 데에 이보다 더 맑은 심장이 맥박친 일은 없다고 믿고 있었다. 리기아를 진주로서, 보석으로서, 또 자기의 손으로 된 소중한 세공으로서 그리스도에게 바치려고 생각하고 있던 터였으므로, 지금 받은 엉뚱한 제의는 크리스푸스를 놀라움과 슬픔에 차게 했다. 그래서 불쾌한 얼굴로 말했다.

「그럼 그 죄에 대해서 하나님의 용서를 빌어요. 당신에 얽혀 있는 악령이 완전한 타락에 끌어들이기 전에, 당신이 구세주를 거부하기 전에 도망치세요. 하나님이 당신을 위해서 십자가에 못박혀 죽은 것은 스스로의 피로서 당신의 영혼을 속죄하기 위해서였소. 그런데 당신은 자기를 첩으로 삼으려고 한 사람을 사랑하고 싶다고 생각하고 있소. 하나님은 기적에 의해 당신을 그 사람의 손으로부터 구출하셨는데, 당신은 더러운 정욕에 마음의 문을 열어 어둠의 자식을 사랑한 거요. 도대체 그 사람이 뭐요? ——그리스도를 반대하는 사람들의 편이고 그 하인이 아니오? 난행과 죄악의 동료란 말이오. 그 사람이 당신을 끌고 가려는 곳은 그 사람 자신이 살고 있는, 하나님이 그 노여움의 불길로 태워 버리려는 소돔의 심연(深淵)이 아니고 무엇이겠소? 당신에게 말해 두겠소. 그 사탄이 당신의 가슴에 숨어 들어 그 부정의 독액(毒液)을 흘려 버릴 정도라면 차라리 죽어 버리는 것이 나을 거요. 이 집의 벽이 무너져서 제일 먼저 당신의 머리에 떨어지는 게 낫지.」

크리스푸스가 점점 더 흥분한 것은 리기아의 죄가 자기를 노엽게 했을 뿐 아니라 일반적으로는 인간의 본성, 특히 그리스도교조차도 에바의 약점으로부터 지킬 수 없었던 여자의 본성에 대해 염증과 경멸을 느꼈기 때문이었다. 이 소녀가 아직도 순결해서 그 사랑으로부터 도망치려고 슬픔과 뉘우침을 가지고 고백하고 있는 것이 크리스푸스에게는 아무 소용이 없었다. 크리스푸스가 원하고 있던 것은 이 소녀를 어린 양으로 바꾸어 놓고 그리스도의 사랑만이 존재하고 있는 높이로 끌어올리는 것이었는데 아우구스타니의 한 사람을 사랑하고 있다니 그것은 생각만 해도 크리스푸스의 가슴을 전율케 했다. 그리고 그것은 다시 그의 꿈이 깨어지고 기대가 빗나갔다는 배신감에 사로잡히게 했다.

안 되겠다. 이것을 그냥 용서할 수는 없다. ——흥분으로 떨리는 목소리가 붉게 달아오른 숯불처럼 크리스푸스의 입술을 태웠다. 그 목소리가 나오지 않도록 계속 자기 자신과 싸우며 떨고 있는 소녀 위에 삐쩍 야윈 두 손을 휘둘렀다. 리기아는 자기가 나쁘다고는 생각하고 있었지만 그렇게까지 나쁘다고는 생각하고 있지 않았다. 미리암의 집에서 떠나는 것이 자기로서는 유혹에 대한 승리가 되고 죄를 가볍게 하는 것이라고까지 생각하고 있었다. 그것을 크리스푸스는 여지없이 박살냈다. 크리스푸스는 리기아에게 그 영혼의 비참함과 값어치가 없음을 누누히 들려 주었으나 리기아는 그런 것까지는 생각하고 있지 않았다. 리기아는 자기가 파라티움에서 도망쳐 나온 이래 자기에게 있어서는 아버지처럼 여겨지고 있는 이 나이 많은 장로가 조금은 동정을 나타내고 자기를 위로하고 기운을 돋구어 주어 마음을 안정시켜 주리라고 생각하고 있었다.

「내 예상이 빗나간 데 대한 나의 슬픔을 하나님에게 바치겠소.」 하고 크리스푸스는 말했다. 「그러나 당신은 구세주를 기만했소. 당신은 마치 수렁에 빠진 것과 마찬가지여서 그 독기(毒氣)가 당신의 영혼을 썩게 만들 거요. 원래 같았으면 당신은 그 영혼을 값비싼 그릇처럼 그리스도에게 바치고 『주여, 여기에 은총을 채워 주옵소서.』 하고 기원할 수도 있었을 텐데, 그만 악령의 하인에게 그것을 바치려고 했소. 원컨대 하나님이 당신을 용서하시고 당신을 어여삐 여기시기를. 그러나 나는, 당신이 내던지기까지는—— 당신을 선택받은 사람이라고 생각하고 있던 나는——.」

그는 갑자기 말을 중단했다. 거기에 다른 사람이 있다는 것을 깨달았기 때문이다.

시든 메꽃과 항상 푸르른 담쟁이 덩굴 사이로 크리스푸스의 눈에 두 사람의 모습이 보였다. 한 사람은 사도 베드로였다. 다른 한 사람을 당장 알아보지 못한 것은 키리키움이라고 불리는 성긴 모직의 옷이 그 얼굴의 일부분을 가리고 있었기 때문이다. 크리스푸스에게는 잠깐 동안 그것이 키론인 것처럼 생각되었다.

두 사람은 크리스푸스의 높아진 목소리를 들었으므로 정자 안으로 들어와서 돌의자 위에 앉았다. 베드로의 동행자는 그때 야윈 얼굴을 들었으나 머리는 벗겨지기 시작했고 양쪽이 곱슬곱슬한 털에 덮여 있었다. 눈꺼풀은 벌겋고 코는 갈고리 모양의 매부리코로서 못생기기는 했으나 생기가 넘치는 그 얼굴을 보고 크리스푸스는 그가 타루소의 바울이라는 것을 알았다.

리기아는 무릎을 꿇고 절망한 듯이 두 팔로 베드로의 발을 끌어안고는 자기의 머리를 그 옷의 주름에 갖다 댄 채 잠자코 있었다.

베드로는 말했다.

「당신들의 영혼에 평화가 있기를.」

그리고는 발 밑에 엎드려 있는 소녀를 보면서 왜 그러느냐고 물었다. 그러자 크리스푸스는 자기에게 리기아가 고백한 모든 일——그 죄많은 사랑이나 미리암의 집에서 도망치고 싶어하는 일, 자기가 눈물처럼 깨끗한 것으로서 그리스도에게 바치려 하고 있는 영혼이 이교(異敎)의 세계에 빠져서 하나님의 벌을 기다리고 있는 온갖 죄악에 가담하고 있는 사나이에 대한 지상의 마음으로 더럽혀진 것을 알게 된 자기의 슬픔에 대해서 이야기하기 시작했다.

그가 말을 하고 있는 동안 리기아는 한층 더 강하게 사도의 발을 끌어안고 그가 보호해 주기를 요구했으며 조금이라도 동정을 받고 싶어 하는 것 같았다.

사도는 장로의 말을 끝까지 다 듣고는 몸을 숙여 리기아의 머리에 늙고 쇠약한 손을 얹고 나서 나이 든 사제에게 눈을 들어 이렇게 말했다.

「크리스푸스, 당신은 우리의 주님이 카나에서 있었던 혼례에 초대되어 신랑과 신부의 사랑을 축복하셨다는 얘기를 듣지 못했습니까?」

크리스푸스의 손은 밑으로 떨어졌다. 그는 놀란 눈을 하고 한 마디도 하지 못했다.

그러자 베드로는 잠자코 있다가 다시 물었다.

「크리스푸스, 당신은 막달라 마리아를 자기의 발 밑에 엎드리게 한 채 그 누구의 눈에도 분명한 죄인을 용서한 그리스도가 들의 백합처럼 깨끗한 이 소녀에게서 눈을 돌릴 수 있다고 생각합니까?」

리기아는 흐느껴 울면서 한층 더 강하게 베드로의 발에 몸을 갖다 붙이고 이분들에게 보호를 요청한 것은 헛된 일이 아니었다는 것을 깨달았다. 사도는 리기아의 눈물에 젖은 얼굴을 들게 하고는 이렇게 말했다.

「당신이 사랑하고 있는 사람의 눈이 진리의 빛에 열리기 전에는 당신도 그 사람을 피하도록 하세요. 당신을 죄악에 끌어들이면 안 될 테니까요. 다만 그 사람을 위해서 기도하세요. 당신의 사랑이 죄가 되는 것은 아닙니다. 그러나 당신은 유혹을 막고 싶다고 생각하고 있으니까 그것은 당신의 공로로 꼽을 수가 있습니다. 자, 그렇게 괴로워하거나 울지 말아요. 주님의 은총은 당신을 버리지 않았고, 당신의 기도는 받아들여질 것입니다. 슬픈 날 뒤에는 기쁜 날이 반드시 오게 마련입니다.」

그렇게 말하고 베드로는 리기아의 머리 위에 두 손을 얹고 눈을 들어 리기아를 축복했다. 그 얼굴에는 지상에 없는 선의의 빛이 어려 있었다.

크리스푸스는 자신의 잘못을 겸손하게 빌기 시작했다.

「저는 연민에 대한 죄를 저질렀습니다. 저는 리기아가 지상의 사랑을 마음에 받아들여 그리스도를 거역했다고 생각하고——.」

베드로는 그 말을 가로막고 말했다.

「나는 세 번이나 주님을 부정했지만, 그래도 주님은 나를 용서하시고 그 새끼양들에게 양식을 주라고 나에게 말씀하셨소.」

「——게다가 비니키우스는 아우구스타니의 한 사람이라고 생각했기 때문에.」 하고 크리스푸스는 말을 끝냈다.

「그리스도는 비니키우스보다 몇 갑절이나 더 완고한 마음조차도 회개시키셨소.」 하고 베드로는 말했다.

「나는 그리스도의 하인들을 박해하여 죽음에 내몰았던 사람이오. 나는 스테판을 돌로 쳐죽일 때 그 사람에게 돌을 던진 사람들의 옷을 지키고 있었소. 나는 인간이 사는 모든 고장에서 진리를 뿌리째 뽑아 버리려고 했소. 그런데도…… 주님은 나에게 모든 고장에 진리를 퍼뜨리는 일을 맡기셨소. 그래서 나는 유태에서도, 그리스에서도, 섬들에서도, 내가 처음으로 수인(囚人)이 된, 이 하나님을 인정하지 않는 고장에서도 진리를 퍼뜨렸소. 그리고 지금 내 선배이신 베드로의 부름을 받고 이 집에 들어왔는데, 그것은 오만한 자의 머리를 그리스도의 발 밑에 엎드리게 하고 주님이 비옥하게 하여 풍요로운 수확을 올리려고 하시는 돌이 많은 이 땅에 씨를 뿌리기 위해서요.」

그렇게 말하고 바울은 일어났다. 크리스푸스에게는 그 순간 이 자그마하고 등이 구부정한 사람의 참된 모습, 즉 세계를 근본부터 뒤흔들어 사람들과 땅을 그 손아귀에 쥐게 될 거인의 모습을 보는 것 같았다.

제 28 장

페트로니우스로부터 비니키우스에게.

『편지에는 제발 스파르타 인(간결하게 표현하는 습관이 있었다.)이나 율리우스 케사르의 흉내를 내지 말아다오. 적어도 네가 케사르처럼 「베니, 비디, 비키」(「왔노라, 보았노라, 이겼노라.」 소아시아 북동부의 나라 폰토스의 왕 파르나케스 2세를 그 나라의 도시 제라에서 무찔렀을 때의 말.)라고 쓸 수 있었다면, 나는 그 스파르타식 표현을 이해할 수 있었을 것이다. 그러나 네 편지는 결국 「베니, 비디, 푸기」(「왔노라, 보았노라, 도망쳤노라.」)라는 뜻이 되므로 이러한 결말이 완전히 너의 본성에 반대된다는 것, 더욱이 네가 상처를 입었다는 것, 즉 너에게는 이상한 사건이 일어나고 있다는 데 대해서는 아직도 설명이 필요하구나.

그 리기 족의 사나이가 마치 카레도니아(스코틀랜드의 옛날 이름)의 개가 히베리아(지금의 이베리아 반도)의 골짜기에서 늑대를 죽이듯이 크로톤을 죽였다는 대목을 읽고는 정말로 내 눈이 믿어지지 않더구나. 그 사나이는 그 무게가 걸맞는 황금만큼의 값어치가 있다. 당사자의 생각 나름이겠지만 황제의 마음에도 드실 수 있어. 내가 로마에 돌아가면 그 사나이와 가깝게 지내지 않으면 안 되겠다. 그 동상을 하나 만들게 해야지. 그것이 실물을 본뜬 것이라고 한다면 붉은 수염도 아마 호기심 때문에 입이 벌어질 거다.

실상 체육적인 몸은 요즈음 이탈리아에서도 그리스에서도 점점 줄어들고 있다. 동방은 말할 것도 없고. 게르마니아의 사나이는 몸집은 크지만 근육에 지방이 너무 많아 힘을 쓰지 못한다. 그 리기 족의 사나이에게 그만이 예외인지, 아니면 그 나라에는 이와 비슷한 사람이 좀더 많이 있는지 어떤지를 알아봐 둬라. 너도 그리고 나도 조만간 공식적인 경기를 직업상 개최하지 않으면 안 될 테니까 우수한 체격을 어디로 찾아나서면 좋은지를 미리 알아 놓는 게 좋을 거다.

그러나 네가 그러한 사람의 손에서 목숨을 건졌다니, 동서의 신들에게 감사하는 게 좋겠다. 네가 살아난 것은 확실히 네가 귀족이고 집정관의 아들이기 때문이지만, 어떻든 네가 겪은 일은 하나같이 나를 놀라게 하고 있다. 네가 가서 그리스도 교도 사이에 섞여 있던 묘지도, 그리스도 교도 그 자체도, 너에 대한 그들의 태도도, 거기에 이은 리기아의 도주도, 즉 너의 짧은 편지에 풍기고 있는 일종의 슬픔도 불안도 모두가 그렇다. 여러 가지 내가 모를 일들이 있으니까 좀더 자세히 설명해 주기를 바란다.

네가 사실을 알고 싶다면 솔직히 말하겠다만, 나에게는 그리스도 교도도 너도 리기아도 도통 이해가 되지 않는구나. 대체로 자기 자신의 일 이외에는 세상 일에 대해서 그다지 신경을 쓰지 않는 내가 이렇게 열심히 모든 일에 대해 알고 싶어하는 것을 이상하게 생각지 말아다오. 이 사건 전체에는 나도 개입이 돼 있고 어떤 의미에 있어서는 나 자신의 일이기도 하니까 말야.

곧 편지를 다오. 서로가 언제 만날 수 있을지는 분명히 말할 수가 없을 테니까. 붉은 수염의 머리 속에서는 계획이 봄바람처럼 노상 달라지고 있다. 지금 같아서는 베네벤툼에 눌러앉아서 직접 그리스로 떠나고 로마에는 돌아가지 않을 셈으로 있단다. 그러나 티게리누스는 민중이 황제의 얼굴을(실은 경기와 식량을) 열망하고 있고 어쩌면 폭동을 일으킬지도 모르니까 잠시라도 돌아가는 것이 좋겠다고 권하고 있단다. 그래서 어떻게 될는지 나도 모르겠다. 만일 아카나이(그리스를 포함한 州)로 가자는 주장이 이기면 우리는 이집트에 가고 싶어질지도 모른다. 그러한 기분으로 있을 때는 여행이나 우리들의 얘기가 편해질지도 모르므로 꼭 여기에 오도록 권한다. 물론 그때면 우리는 떠난 후일지도 모른다. 그러나 그 경우 로마에 꼼짝 않고 있기보다도 시칠리아의 네 영지에서 휴식을 취하고 싶지 않은지 어떤지를 잘 생각해 보아라.

네 얘기를 상세하게 적어 보내라. ——그럼 잘 있거라. 당장은 너에게 건강 이외의 것은 바랄 것이 없다. 도대체 너를 위해서 무엇을 바래야 좋을는지 나는 모르고 있으니까.』

비니키우스는 이 편지를 받고 나서 처음에는 조금도 회답을 써보낼 기분이 안 생겼다. 어쩐지 회답할 만한 가치도 없다든가, 그렇게 해보았자 누구를 위해서도 도움이 안 되고 또 설명의 도움도 아무런 해결도 안 된다는 생각이 들었다. 살아 있다는 느낌이 없어지고 인생이 헛되다는 느낌에 사로잡혔다. 게다가 페트로니우스는 어떤 경우에도 자기를 이해하지 못할 것이고 두 사람을 서로 멀어지게 하는 일이 일어났다고도 생각되었다. 자기 자신조차도 사이좋게 할 수는 없었다. 티베리스 강 맞은편에서 카리나에 있는 자기의 호화로운 인스라로 돌아왔을 때는 아직 쇠약해져 있었으므로 처음 며칠 동안은 자기의 주변에 있는 평정(平靜)과 편리(便利)와 부(富)에 얼마간의 만족을 느꼈다. 그러나 그 만족은 잠시 동안밖에 계속되지 않았다. 곧 자기 자신이 공허 속에서 살아 왔고 그때까지 자기에게 인생의 흥미거리로 되어 있던 모든 일이 자기에게는 전혀 존재하지 않거나 거의 인정할 수 없을 정도로까지 작아져 보였다. 그때까지 자기를 인생과 결부시키고 있던 끈이 마음 속에서 끊어지고 새로운 끈은 하나도 준비되지 않은 것 같은 기분이었다. 베네벤툼까지 가서 아카이아에 건너가 사치스럽고 미친 듯한 난행(亂行)에 잠긴다는 생각에는 역겨움을 느꼈다. 『무슨 소용이 있어. 거기에서 무슨 소득이 얻어진담.』이것이 머리를 스쳐간 최초의 물음이었다.
또한 거기까지 가보았자 페트로니우스의 이야기도 멋도 기지(機智)
도 그럴싸하게 둘러대는 하나하나의 사상에 대한 경구(警句)도 지
금에는 자기를 피곤하게 만들 뿐이라는 것을 난생 처음으로 느꼈다.
　그러나 다른 한편에서는 고독이 그를 피곤하게 만들기 시작했다.
아는 사람들은 모두 베네벤툼의 황제한테 가 있었으므로 자기 혼
자서 집에 있는 수밖에 없었고, 머리를 채우고 있는 사랑도 가슴을
채우고 있는 감정도 분명히 설명을 할 수가 없었다. 그러나 때때로는
자기 속에서 일어나고 있는 모든 것을 누군가에게 얘기할 수가
있다면 모든 것을 어떻게든 포착하고 정리해서 한층 더 잘 볼 수가
있을지도 모른다고 생각하는 일도 있었다. 그 희망 때문에 며칠 동안
망설인 후 역시 페트로니우스에게 회답을 쓰기로 결정하고 그 회
답을 부칠는지 어떨는지는 확실치 않았으나 어떻든 다음과 같은
말로 편지를 썼다.

　『숙부님이 좀더 자세히 쓰라고 말씀하시니까 그렇게 합니다. 아
시게 될지 어떨지는 모르겠습니다. 저로서는 이 엄청나게 많은
매듭을 풀 수가 없습니다. 그리스도 교도들 속에서 묵고 있었던 일,
적(그 속에는 당연히 키론도 포함됩니다.)에 대한 그리스도 교도의 태도,
마지막으로 나를 간호할 때의 친절, 그리고 리기아의 실종에 대해
서는 이미 전해 드렸습니다. 분명히 말씀드려서 숙부님, 내가 집
정관을 지낸 사람의 아들이기 때문에 살아난 것은 아닙니다. 그러한
식의 용서는 그 사람들에게는 없습니다. 나는 키론을 마당에 생매
장하라고 일렀는데도 그 사람들은 키론조차도 용서했습니다. 지금
까지 세계가 본 적이 없는 사람들, 지금까지 세계가 들어 본 적이
없는 종교입니다. 무엇 하나 다른 일을 말씀드릴 수는 없습니다.
우리들의 자(尺)로 그 사람들을 재려는 것은 잘못입니다.
　그것보다도 오히려 말씀드리고 싶은 것은 내가 팔을 삐고 집에
누워 있었다고 치고 우리 집의 누군가, 아니 내 육친 중의 누군가가

간호해 주었다고 한다면 물론 좀더 편했겠지만 그 사람들 사이에서 내가 받은 정성의 절반에도 아마 미치지 못했을 것입니다.

리기아도 다른 사람들과 마찬가지로 했다는 것을 생각해 주십시오. 리기아가 설사 내 누이동생이나 아내였다고 하더라도 그 정도로 열심히 나를 간호할 수는 없었을 것입니다. 때때로 기쁨이 내 가슴에 넘친 것은 사랑만이 그러한 정성을 일으킬 수 있다고 생각했기 때문입니다. 때때로 나는 그 얼굴과 눈길에서 사랑을 읽었지만 그렇다고 하더라도 내가 부엌과 침실을 겸하고 있는 가난한 방에서 그 신분이 낮은 사람들 속에 있으면서 그 어떤 때보다도 행복하다고 느낀 것을 믿으실 수 있겠습니까?

그것은 내가 리기아에 대해서 무관심하지 않았고 오늘도 역시 다른 생각을 가질 수 없기 때문이라고 생각합니다. 더욱이 그 리기아가 나에게는 한 마디 말도 없이 미리암의 집을 떠난 것입니다. 지금 이렇게 나는 두 손을 머리 위에 얹고 며칠 동안이나 꼼짝을 않은 채 어째서 리기아가 그런 일을 했을까 하고 생각하고 있습니다.

내가 리기아를 아우루스 부부에게 돌려 주겠다고 맹세한 사실을 지난번에 썼던가요? 그러나 아우루스 부부가 시칠리아에 간 것을 미루어 보더라도, 또 소문이 입에서 입으로 전해져서 파라티움까지 도달할 것으로 미루어 보더라도, 그것은 이제 할 수 없는 이야기라고 리기아는 나에게 대답했습니다. 거기에서 황제는 다시 아우루스 부부로부터 리기아를 빼앗을는지도 모를 일입니다. 물론 그렇습니다. 그러나 리기아는, 이제 앞으로는 내가 자기를 쫓아다니지 않으리라는 것, 폭력의 방법은 버렸다는 것, 그녀에 대한 사랑을 단념할 수도 없고 그녀 없이는 생활할 수도 없는 나는 화환으로 장식한 문으로 그녀를 맞아들여 부뚜막 옆에 깨끗이 준비해 놓은 가죽 위에 앉히리라는 것은 알고 있었습니다. ——그런데도 리기아는 도망쳤습니다.

무엇 때문일까요? 이제 위험은 아무것도 없는데 말입니다. 나를 사랑하지 않는다면 싫다고 말했을 것입니다. 그 전날 나는 타루소의 바울이라는 이상한 사람과 알게 되었습니다. 그 사람은 나를 상대로 그리스도와 그 종교 얘기를 했는데 그 말투에는 그야말로 힘이 있어서 그 한 마디 한 마디의 말이, 말하는 사람은 그렇게 생각하고 있지 않은데도, 우리들의 세계를 밑바닥까지 불살라 버리는 것같이 생각되었습니다. 그 사람이 리기아가 도망친 후 나를 찾아와서 『하나님이 당신의 눈을 빛을 향해서 열리게 하여 내 눈에서 걸어 낸 것처럼 당신의 눈에서 비늘과 같은 것(사도행전 9 : 18)을 제거할 때 당신은 리기아의 행동이 옳았었다는 것을 느끼게 되고, 또 그때에는 그 사람을 찾을 수 있을지도 모른다.』라고 말했습니다. 그래서 나는 델피에서 퓨티아(아폴로의 무녀)의 입으로부터 그것을 들은 것처럼 이 말에는 어리둥절했습니다. 때때로 그 의미를 약간 알 듯도 했습니다. 그 사람들은 인류를 사랑하고 있으므로 우리들의 생활이나 우리들의 신들—— 그리고 우리들의 죄악 따위의 적인 것이다. 그래서 리기아가 나에게서 도망친 것은 이 세계에 속하고 있는 인간, 그리스도 교도가 볼 때에는 죄악으로 간주되고 있는 생활을 자기가 함께 하지 않으면 안 되는 상대방 인간으로부터 도망친 것이다. 숙부님은 틀림없이 리기아가 나에게 곧바로 그렇게 대답하면 될 것을 굳이 멀리 도망칠 필요가 어디 있느냐고 말씀하실 겁니다. 그러나 저쪽에서도 나를 사랑하고 있다면 어떨까? 그 경우에 리기아는 사랑 때문에 도망치려고 했을 것이다. 그렇게 생각하자 나는 노예들을 로마의 골목골목에까지 보내어 한 집 한 집마다 『리기아, 돌아와 줘요.』 하고 부르짖고 싶어졌습니다.

그러나 나는 리기아가 무엇 때문에 그렇게 했는지를 모르고 있습니다. 굳이 나는 리기아에게 그 그리스도를 믿지 말라고는 하지 않을 것이고, 내가 아토리움에 그 제단을 마련할까 하고 생각하고 있습니다. 새로운 신이 하나 더 늘었다고 해서 나에게 어떤 해가 있을 것입니까? 별로 낡은 신들을 믿고 있는 것도 아닌 나에게 새로운 신이 믿어질 까닭이 어디 있겠습니까? 나는 그리스도 교도가 절대로 거짓말을 하고 있지 않은데도 그 하나님이 부활했다고 말하고 있는 것을 분명히 알고 있습니다. 인간으로는 그러한 일을 할 수가 없습니다. 저 타루소의 바울은 로마 시민인데 유태인으로서 낡은 헤브라이 어의 책을 알고 있었고 그리스도의 도래는 천년 전부터 예언자들에 의해 알려져 왔었다고 나에게 얘기했습니다. 이것은 모두 이상한 일들이지만, 이상한 일이 모든 방면으로부터 우리를 둘러싸고 있는 게 아닙니까? 사람들은 지금도 튜아나(소아시아 동남부의 내륙 카파도키아의 도시)의 아폴로니오스(A. D. 1세기의 신 피타고라스 파의 철학자. 기적적인 힘을 갖추어 도미티아누스 황제의 죽음을 예언했다고 한다.)의 이야기를 하고 있습니다. 바울이 주장하고 있는 하나님이 다수가 아니라 오직 하나라는 것은 나에게도 이치에 맞는 것처럼 생각됩니다. 세네카도 그러한 의견인 것 같았고 그러한 견해를 가지고 있는 사람은 전에도 많이 있었습니다. 그리스도가 있어서 세계를 대속하기 위해 십자가에 매달리시고 부활했다. 이것은 모두 확실한 사실로서 거기에 반대되는 의견을 고집할 이유도, 그리스도의 제단을 마련해서는 안 된다는 이유도 없다고 나는 생각하므로, 금명간 세파피스(또는 사라피스, 이집트의 신.)의 본을 따서 그 제단을 마련할 생각입니다. 사리 분별이 있는 사람은 아무도 믿고 있지 않으므로 다른 신들을 버리는 것조차도 나는 문제없이 해냈을 것입니다.

그러나 그것만으로는 아직 그리스도 교도로는 부족한 것 같습니다. 그리스도를 숭배하는 것만으로는 부족하고 역시 그 가르침에 따라 생활하지 않으면 안 됩니다. 그렇게 되고 보니 바닷가에 서서 『자아, 걸어서 건너라.』라고 말하는 것처럼 됩니다. 내가 그것을 약속해 보았자 내 입에서 나오면 그것은 공허한 울림에 지나지 않는다고 느낄 것입니다. 바울은 나에게 터놓고 그렇게 말했습니다. 숙부님은 내가 리기아를 사랑하고 있다는 것을 알고 계시고 리기아를 위해서라면 내가 하지 못할 일이 하나도 없다는 것도 알고 계십니다.

그러나 아무리 리기아가 부탁한다 해도 소라쿠테(로마의 북쪽 40

킬로에 있는 에토루리아의 산. 위에 아폴론의 사당이 있었다.)나 베스비
우스를 어깨에 올려 놓는다거나, 트라시메누스 호(로마의 북쪽 140
킬로에 있는 에토루리아의 호수. B.C. 217년 한니발이 로마 군을 무찌른
곳.)를 손바닥에 놓는다거나, 내 검은 눈을 리기 족의 눈처럼 파란
눈으로 바꾸거나 할 수는 없습니다. 리기아가 원한다면 그렇게 하고
싶다고는 생각하지만 그것은 내 힘으로서는 불가능한 일입니다.
나는 철학자가 아닙니다만 그래도 숙부님이 때때로 생각하는 것처럼
그렇게 어리석지는 않습니다. 그래서 이렇게 말씀드리고 싶습니다.
나는 그리스도 교도들이 생활에 대해서 어떤 생각을 가지고 있는
지는 모르지만, 그 대신 나에게는 그 사람들의 종교가 시작되는 곳에
로마의 지배는 끝나고, 로마는 끝이 나고, 생활은 끝나고, 진 자와
이긴 자, 힘이 있는 자와 가난한 자, 주인과 노예의 구별도 끝나고,
모든 관직도 끝나고, 황제도 법률도 세계의 모든 질서도 끝이 나고,
그 모든 것 대신 그리스도와 그때까지는 없었던 사랑과, 인간적이
고도 우리들 로마 인의 본능에 반하는 선의(善意)가 도래하리라는
것은 알고 있습니다.

　사실을 말하면 나에게는 리기아 쪽이 로마 전체와 그리고 그
지배보다도 소중합니다. 리기아를 저희 집에 갖다 놓을 수만 있다면
세계 전체가 멸망해도 상관이 없습니다. 그러나 이것은 별개의 이
야깁니다. 그들 그리스도 교도들에게 있어서는 말로 찬성하는 것
만으로는 부족하고 역시 그것이 좋다는 것을 느끼고 마음 속에 다른
일이 조금도 생각나지 않게끔 되지 않으면 안 됩니다.

　그런데 나로서는 아무래도 그것이 되지를 않습니다. 그 의미를
아시겠습니까 ? 내 본성에는 무언가 이 종교에 반발하는 것이 있
어서, 내 입은 이 종교를 찬양하고 나는 이 종교가 명하는 바에
맞추고는 있었지만, 내 이성과 영혼은 내가 그렇게 하는 것은 사랑
때문이다, 리기아 때문이다, 리기아가 없으면 나에게 있어서 세계
에서 이렇게 반대하는 것은 없다고 말하고 있는 것입니다. 그러나
이상한 것은 타루소의 비울 같은 사람도 그것을 이해함과 동시에,

마음이 단순하고 태생이 비천함에도 불구하고 그 동료 중에서는 제일 나이 많은 마법사이고 그리스도의 제자였던 베드로도 이해하고 있다는 것입니다. 이 사람들이 무엇을 하고 있는지 아시겠습니까? 실제로 나를 위해서 기도하고 나를 위해서 그 사람들이 말하는 은총을 빌고 있는 것입니다. 그러나 나에게는 다만 불안이, 그리고 리기아에 대한 점점 더 강한 동경이 일어날 뿐입니다.

그래도 나는 리기아가 몰래 떠났다는 것은 이미 적었습니다만 떠날 때에 리기아는 회양목의 잔가지로 엮은 십자가를 놓아 두고 갔습니다. 내가 눈을 떴을 때 그것이 침상 옆에 있었습니다. 지금 나는 그것을 라라리움(집의 수호신 라레스를 모신 방.)에 놓아 두고 그것을 어떻게 해야 좋을지 분명히 설명은 할 수 없습니다만 그것이 무슨 신성한 것이기라도 한 듯이, 즉 존경과 두려움으로써 거기에 다가가는 것입니다.

리기아의 손이 엮었기 때문에 그것을 사랑하고, 우리들을 헤어지게 했기 때문에 그것을 증오하고 있습니다. 때때로 나에게는 이러한 모든 것 속에 무언가 마법과 같은 것이 있고, 마법사 베드로는 다만 어부일 뿐이라고 스스로 말하고 있지만, 아폴로니오스나 그보다 전에 나온 모든 것보다도 훌륭하기 때문에 거기에 있는 모든 사람들도 또 리기아도 폼포니아도 다시 나 자신도 마법에 걸고 있는 것이라는 생각이 듭니다.

숙부님은 내 지난번 편지에 불안과 슬픔이 엿보인다고 하셨습니다. 슬픔은 있음에 틀림없습니다. 나는 또 리기아를 잃었으니까요. 그러나 불안 쪽은 내 속에서 다른 일이 일어났기 때문입니다. 솔직히 말씀드리면 그 종교만큼 내 본성에 반대되는 것은 없습니다만, 그러면서도 그 종교를 만나고서부터는 본래의 내 모습이 보이지 않게 된 것입니다. 마법일까요? 아니면 사랑일까요?

키르케(『오디세이아』 제10권에 나오는 여자 괴물. 인간을 늑대나 사자 또는 돼지 등으로 바꾸는 힘을 가지고 있었다.)는 손으로 만져서 인간의 모습을 바꾸었지만 나는 영혼이 달라진 것입니다. 리기아 한 사람의 힘이거나, 아니면 오히려 리기아가 믿는 그 이상한 종교의 힘이거나, 둘 중 하나의 힘으로 그렇게 한 것입니다. 내가 그 사람들한테서 집으로 돌아왔을 때는 누구 한 사람 나를 기다리고 있지는 않았습니다. 내가 베네벤툼에 있어서 갑자기 돌아오지는 않으리라고 생각하고 있었기 때문에 집 안에서 볼 수 있었던 것은 난잡하게 술에 취한 노예와 내 침실에서 벌어지고 있는 연회였습니다. 설마 내가 돌아오리라고는 꿈에도 생각하고 있지 않았으므로 그들은 죽음이 급습한 것보다도 더 놀랐던 것입니다. 아시다시피 나는 집안을 엄중히 단속하고 있었기 때문에 거기에 살아 있던 자들은 당장에 무릎을 꿇었고 개중에는 놀란 나머지 정신을 잃은 자도 있었습니다.

그래서 내가 어떻게 했으리라고 생각하십니까? 처음 한 순간에는 채찍과 빨갛게 달군 쇠몽둥이를 가져오라고 고함을 쳤습니다만, 잠시 후에 나는 어쩐지 부끄러워졌고——설마 믿지는 않으시겠지만——이놈들이 불쌍하게 생각되었습니다. 그 가운데에는 할아버지인 마르쿠스 비니키우스가 아우구스투스의 시대에 레누스 강(지금의 라인 강) 기슭에서 데려온 늙은 노예도 있었습니다. 나는 혼자서 서재에 틀어박혀 있었습니다. 그런데 한층 더 놀라운 생각이 떠올랐습니다. 그것은 내가 그리스도 교도들 사이에서 듣거나 보거나 한 일로 미루어, 지금까지와 같이 노예를 다루어서는 안 된다는 생각이었고 노예도 역시 인간이라는 생각이었습니다. 노예들은 그로부터 2, 3일 동안 죽을 것 같은 심정으로 지내며 내가 손을 안 대고 있는 것은 좀더 가혹한 형벌을 궁리하고 있기 때문이라고 생각했겠지만, 나는 끝내 그들을 벌하지 않았습니다. 벌을 주지 않은 것은 나로서는 벌을 줄 수가 없었기 때문입니다. 사흘 뒤에 나는 노예들을 불러모으고 말했습니다.「너희들을 용서해 주겠다. 죄를 보상하기 위해 더 열심히 일을 하도록 해라.」이 말을 듣자 모두들 무릎을 꿇고 눈에는 눈물을 글썽이며 안도의 한숨을 짓고 손을 내밀었습니다. 그리고는 나를 아버지와 같은 주인이라고 불렀습니다. ——말씀드리기 부끄럽습니다만 나 역시 감동하고 있었습니다.

그 순간 나는 리기아의 다정한 얼굴과 눈물이 글썽이는 눈이 나의 이 조치를 감사히 여기고 있는 것처럼 생각했습니다. 그리고 내 눈동자도 젖어 있는 것을 느꼈습니다.

——이제부터 무슨 고백을 하게 될는지 들어 보십시오. 리기아가 없으면 자기 혼자서는 무엇을 어떻게 해야 할는지 모르게 되었다는 것, 생각할수록 내 자신이 싫어졌다는 것, 내 슬픔은 짐작하시는 것보다 훨씬 크다는 것이었습니다.

그런데 내 노예들은 어떤가 하면 다만 한 가지 나를 놀라게 한 일이 있습니다. 용서를 받고 나서 무례하지 않게 되었을 뿐만 아니라, 규율이 문란해지지도 않았고 그때까지 공포심만으로는 기대할 수 없었던 만큼 더욱 부지런해졌고 나에게 감사하는 마음을 가지게 되었던 것입니다. 그냥 일을 할 뿐이 아니라 다투어 내 의향을 헤아리게 되었습니다. 그리스도 교도와 헤어지기 전날, 나는 바울에게 세계는 그 종교의 힘으로 테가 없는 물통처럼 터지고 말 것이라고 했습니다. 그랬더니 바울은 위협보다도 사랑 쪽이 더 강한 테라고 말했습니다. 지금의 나는 어떤 경우에는 이 의견이 옳을지도 모른다고 생각하고 있습니다. 이것을 역시 노예들에 대해서도 확인해 보았습니다. 노예들은 내가 돌아왔다는 것을 서로 알려 주며 인사를 하러 몰려 들었습니다.

아시다시피 나는 지금까지 노예들에게 인색하게 굴지는 않았지만, 아버지는 노예에 대해서는 오만한 태도를 취했고 또 나에게도 그렇게 하도록 가르쳐 왔습니다. 그런데 그 닳아 빠진 옷이나 허기진 듯한 얼굴을 바라보고 있으려니까 나는 또 연민의 정에 사로잡혔습니다. 그래서 나는 모두에게 음식을 내어 주라고 명령하고는 노예들과 얘기를 했습니다. 어떤 자는 이름을 불러 주고 어떤 자에게는 아내나 애들에 대한 것을 물었습니다. 또 내 눈에는 눈물이 글썽거렸고 리기아가 이것을 보고 있다가 기뻐서 칭찬을 해주는 것 같았습니다.

——내 머리가 이상해지기 시작했는지, 아니면 사랑이 내 마음을

휘저어 버렸는지는 모르겠습니다만, 내가 분명히 알고 있는 것은 리기아가 멀리에서 나를 보고 있다는 느낌을 항상 가지고 있다는 것과, 리기아를 슬프게 하거나 기분을 언짢게 할지도 모를 행위를 하는 것을 내가 두려워하고 있다는 사실입니다.

숙부님, 그렇습니다. 어쨌든 내 영혼은 달라져서 때로는 그것으로 좋다고 생각하고, 때로는 또 그 생각이 고통스러운 것은 옛날의 용기나 옛날의 기운이 제거돼 버려, 어쩌면 이미 회의나 재판 또는 연회에서뿐 아니라 전쟁에서조차도 쓸모가 없어져 버렸는지도 모른다고 걱정이 되기 때문입니다.

이것은 분명히 마법입니다. 나는 이렇게까지 달라져 버렸으므로 내가 약해져서 누워 있던 무렵 머리에 떠오른 일을 말씀드리겠습니다. 그것은 리기아가 니기디아나 포파에아 또는 크리스피닐라나 그밖에 우리들 주위에 있는 미망인을 닮아서 마찬가지로 지저분하고 마찬가지로 연민을 모르는, 마찬가지로 경솔한 사람이었다면, 나는 아마 그 사람을 이렇게까지는 사랑하고 있지 않을 것입니다. 그러나 나는 두 사람을 떼어 놓고 있는 것 때문에 그 사람을 사랑하고 있으므로 나의 영혼에 어떤 혼란이 생기고 내가 어떤 어둠 속에서 생활하고 그 앞날에 확실한 길이 보이지 않아 이제부터 무엇을 시작해야 좋을는지 모르고 있음을 아시겠지요?

생활을 샘물에 비유할 수가 있다면, 내 샘에는 물 대신 불안이 흘러나오고 있는 것입니다. 나는 어쩌면 리기아를 만날 수 있을지도 모른다는 희망을 안고 살아가고 있지만, 때때로 그것은 반드시 실현되고야 만다는 느낌이 듭니다. ——그러나 그것이 1년 후가 될지 2년 후가 될지는 나로선 알 수가 없고 짐작도 할 수가 없습니다. 나는 로마에서 일체 외출을 하고 있지 않습니다. 황제의 근신들과 접촉하는 것은 참을 수 없고, 게다가 내가 리기아 가까이에 있어서 나를 방문하겠다고 약속한 의사 그라우쿠스를 중개로 하여, 또는 타루소의 바울을 중개로 하여 때때로 리기아의 소식을 들을지도 모른다는 생각이 내 슬픔과 불안 속에서 오직 하나의 위안이기 때문입니다. 그렇습니다, 여러분이 나에게 이집트의 행정을 맡기신대도 나는 로마를 떠나지 않겠습니다. 그리고 또 한 가지 알려 드릴 것은 내가 흥분해서 죽였던 굴로를 위해서는 조각가에게 부탁해서 묘석을 세워 주기로 결정했습니다. 그 자가 나를 품에 안아 기르고 처음 활을 쏘는 방법을 나에게 가르쳐 주었다는 것을 뒤늦게나마 생각해 낸 것입니다. ——여기에 씌어 있는 것에 놀라실는지도 모르겠습니다만 나도 역시 놀라면서 솔직하게 있는 그대로를 써 보낸다는 것을 말씀드리고 싶습니다. 이만 총총.』

제 29 장

이 편지에 대해서 비니키우스는 회답을 받지 못했다. 그것은 페트로니우스가 분명히 황제는 오늘 내일 로마로 돌아가겠다는 명령을 내릴 것으로 기대하고 회답을 쓰지 않았기 때문이다.

이 소문이 전 로마 시에 퍼져서 민중의 마음에 큰 기쁨을 일으키게 한 것은 경기의 개최와 오스티아(로마의 남서쪽 25킬로에 해당하는 티베리스 하구에 있는 항구)에 산더미처럼 쌓여 있는 곡물과 올리브의 분배를 사람들이 애타게 기다리고 있었기 때문이다.

네로의 해방 노예 헤리우스는 마침내 원로원에 네로의 귀환을 알려 왔다. 그러나 네로는 정신(廷臣)들과 함께 미세눔(네아폴리스의 서남서 20킬로에 있는 岬)에서 배를 타고 휴식을 위해서인지 극장에 나타나기 위해서인지 연안의 도시들을 둘러보면서 천천히 돌아왔다.

민투르나에(로마의 동남동 120킬로에 해당하는 라티움 해안의 도시)에서는 또 공식석상에서 노래를 했고 그곳에 수십일 동안이나 묵었을 뿐만 아니라 다시 네아폴리스로 돌아가서 다가오는 봄을 기다릴까 어떨까 하고 생각했다.

아무튼 그 해 봄은 유난히 빨리 왔고 또 따뜻했다. 그동안 내내 비니키우스는 자기의 집에 틀어박혀 생활했고, 리기아의 일을 생각하거나 자기의 영혼을 완전히 차지하여 그때까지 아무 인연도 없었던 사상이나 감정을 끌어들인 모든 새로운 일들을 생각하고 있었다.

다만 의사인 그라우쿠스는 때때로 만났다. 이 사람의 방문이 내적인 기쁨으로 충만시켜 준 것은 이 사람을 상대로 리기아의 이야기를 할 수 있었기 때문이다. 그라우쿠스는 실제로 리기아가 어디에 은신처를 마련하고 있는지 모르고 있었지만 노인들이 리기아에게 주도한 가호를 제공하고 있다는 것은 보장했다. 그래도 한 번은 비니키우스의 슬픔에 감동되어, 그라우쿠스는 크리스푸스가 리기아에게 그 지상의 사랑을 책망하는 것을 사도 베드로가 비난했다는 이야기를 했다. 그 이야기를 듣고 있던 젊은 귀족은 감동한 나머지 안색이 창백해졌다. 비니키우스는 지금까지도 몇 번이나 자기가 리기아에게 있어서 아무래도 좋은 인간은 아니라는 느낌이 들곤 했으나, 그래도 역시 이따금 의심과 불신에 빠져 있었는데, 이때 비로소 타인, 특히 그리스도 교도의 입을 통해 그 소원과 희망이 확인된 것이다.

이 최초의 감사의 순간에 비니키우스는 당장 베드로에게 달려가고 싶었으나 베드로는 로마에 없고 부근에서 가르치고 있다는 얘기를 들었으므로 그라우쿠스에게 간청하여 그 교단의 가난한 사람들에게 선뜻 선물을 하겠다는 것을 약속하고 자기를 베드로에게 데려가 달라고 말했다. 또 만일 리기아가 자기를 사랑하고 있다면 자기는 언제까지나 그리스도를 숭배할 생각이므로 이것으로 모든 장애는 없어졌다고 생각했다.

그러나 그라우쿠스는 세례를 받으라고 비니키우스에게 열심히 권했다. 그것에 의해 곧 리기아가 손에 들어온다는 보장까지는 감히 주지를 않고 세례를 바라는 것은 다른 목적이 있어서가 아니라 세례 그 지체, 그리고 그리스도의 사랑 때문이 아니면 안 된다고 밀했다.

『그리스도교적인 영혼을 가지고 있지 않으면 안 됩니다.』라는 말을 듣고 비니키우스는 하나하나의 장애에 속이 뒤틀려 있었음에도 불구하고, 이미 그라우쿠스는 그리스도 교도로서 당연히 해야 할 말을 하고 있는 것이라고 이해하기 시작했다. 비니키우스 자신은 자기 본성의 가장 깊은 변화의 하나로서 이전에는 사람이나 물건을 다만 자기 멋대로 재고 있었지만, 지금은 차츰 다른 눈은 다르게 보고 다른 마음은 다른 식으로 느끼는 일이 있다든가, 올바른 것과 개인적인 이익은 반드시 동일한 것은 아니라는 생각에 익숙해졌다는 것을 미처 깨닫지 못했다.

게다가 이따금 그 말 때문에 호기심을 자극받음과 동시에 불안을 느끼기도 한 타루소의 바울을 방문하고 싶다는 생각도 들었다. 바울의 가르침과 싸우기 위한 증명을 머리 속에서 정리하고 마음 속에서는 반항하면서도 만나서 이야기를 듣고 싶었던 것이다.

그러나 바울은 아리키아(로마의 남동 20킬로, 비아 아피아에 연한 도시)로 떠났고 그라우쿠스의 방문도 차츰 뜸해졌기 때문에, 비니키우스는 완전히 고독에 사로잡혔다.

그래서 다시 수브라에 접한 골목이나 강 건너의 좁은 골목길을 돌아다니며 멀리에서라도 리기아를 볼 수 있을지도 모른다고 생각했으나, 그 희망은 번번이 빗나가서 비니키우스의 마음에는 지루함과 초조함만 더해졌을 뿐이었다.

결국 옛날의 본성이 비니키우스 속에서 다시 한 번 힘차게 고개를 드는 때가 왔는데, 그것은 만조 때에 물결이 한 번 빠진 기슭으로 다시 돌아오는 것과 같은 것이었다. 자기를 슬픔에로 유인하는 듯한 일 때문에 부질없이 머리를 썩히는 것은 바보 같은 짓이었고 인생으로부터는 주어지는 것을 취해야 한다는 생각이 들었다. 그래서 리기아의 일은 잊어버리고, 적어도 리기아와는 별도로 쾌감과 이익을 추구하기로 작정했다. 더욱이 그것이 마지막 시도라고 느껴졌기 때문에 자기 본래의 타고난 기운과 울분을 가지고 생활의 소용돌이 속으로 뛰어들었다. 그리고 생활 그 자체가 비니키우스를 그 방향으로 밀고 나가는 것처럼 생각되었다. 겨울이기 때문에 사멸하여 인기가 없어진 도시는 미구에 황제가 도착한다는 기대로 술렁이기 시작했다. 황제를 위해서 요란한 환영 준비가 이루어졌다. 게다가 봄이 왔다. 아르바누스의 산정에서 눈이 사라졌다. 과수원의 잔디는 제비꽃으로 뒤덮였다. 곳곳의 포름도 캄푸스 마르티우스도 사람으로 가득차고 그곳 위로 뜨거운 햇빛이 내리쬐고 있었다. 평소에는 성 바깥의 마차길이 되고 있는 비아 아피아는 훌륭하게 장식한 마차 소리가 지배했다. 이미 아르바누스 산까지 원정을 하는 자들도 있었다. 젊은 여자들은 라누비움(아리키아의 남동 7킬로의 도시)의 유노(주피터의 아내에 해당하는 여신)나 디아나(사냥과 달의 여신)를 참배하러 집에서 빠져나와 성 바깥에서 감흥과 사교(社交)와 회합, 그리고 쾌락을 즐겼다.

비니키우스는 어느 날 호화로운 마차 사이에서 모로소이 족(그리스 본토의 북서에 해당하는 에페이로스 산지의 주민)의 개를 두 마리 선두에 달리게 하고 있는 페트로니우스의 여인 크리소테미스의 훌륭한 마차가, 직무상 로마에 머물러 있는 늙고 젊은 원로원 의원의 무리에 둘러싸여 있는 것을 발견했다. 크리소테미스는 손수 코르시카 산의 새끼말 네 마리를 몰아 주위에 미소와 황금 채찍의 능숙한 놀림을 보여 주고 있었으나, 비니키우스를 발견하자 말을 세우고는 그를 마차로 부르더니 그대로 집의 연회에 데리고 가서 밤새 붙들고 있었다. 비니키우스는 그 연회에서 완전히 취했기 때문에 언제 집에 돌아왔는지 기억하고 있지 못했다. 다만 크리소테미스가 리기아의 일을 물을 때에 모욕을 당한 것 같은 느낌을 받아 취한 김에 크리소테미스의 머리에 파렐눔의 포도주를 한 잔 가득히 부어 준 것만은 기억해 낼 수 있었다. 술이 깨었을 때 그 일을 생각하자 그는 한층 더 화가 났다.

그러나 다음날 크리소테미스는 그 모욕을 잊은 듯이 태연하게 비니키우스의 집을 방문해 왔다. 다시 비아 아피아로 가서 이번에는 비니키우스의 집에서 만찬에 참석했을 때, 그녀는 페트로니우스뿐 아니라 예의 거문고타기에게도 벌써 오래 전부터 염증이 나서 지금 자기 마음은 완전히 자유롭다고 고백하는 것이었다.

그러고 나서 일주일 동안을 함께 나돌아다녔으나 두 사람 사이의 관계는 오래 지속될 가망이 없었다. 파렐눔 술의 사건 이후 비니키우스는 리기아의 이름은 한 번도 입 밖에 내지를 않았으나 리기아의 생각을 끊을 수는 없었다. 끊임없이 리기아의 눈이 자기를 보고 있다는 느낌을 받았고, 그 느낌이 번민처럼 비니키우스에게로 다가왔다. 리기아를 슬프게 만들고 있다는 생각에서도 그렇고, 또 그 생각에서 일어나는 슬픔에 대해서도 도무지 자기를 해방시킬 수가 없었으므로, 자기 자신에 대해서 혐오감을 느끼고 있었다. 비니키우스가 손에 넣은 시리아 태생의 두 아가씨가 원인이 되어 크리소태미스가 걸어 온 최초의 질투 싸움 후에 비니키우스는 크리소테미스를 난폭하게 내쫓았다. 사실 쾌락이나 난행에 빠지는 것을 당장에 집어치울 수는 없었다. 그리고 오히려 리기아에 대한 울분에서 그냥 한동안 계속했으나 이윽고 정신을 차리고 보니 리기아의 일이 한순간도 머리를 떠나지 않았고, 좋은 행동이든 나쁜 행동이든 오로지 리기아가 원인이 되고 있어서 실상 리기아 이외에는 무엇 하나 비니키우스에게 소중한 것은 없었다. 그래서 뒷맛의 씁쓸함과 권태에 시달렸다. 쾌락은 혐오를 낳고 다만 양심의 가책을 낳을 뿐이었다. 자기가 그야말로 하찮은 인간이라고 생각되고 이 최후의 심정이 헤아릴 수 없는 놀라움으로 비니키우스를 충만시킨 것은, 그때까지 내내 자기의 마음에 드는 일은 모두 좋은 일이라고 생각하고 있었기 때문이다.

결국 자유도 자신도 잃어버려 완전한 무감각 상태에 빠져 버려 황제가 돌아온다는 소식조차도 비니키우스를 일깨울 수는 없었다. 지금에 와서는 무엇 한 가지 그의 흥미를 끄는 것이 없고 페트로니우스가 특별히 부른다는 전갈과 가마를 보내 올 때까지는 그 집에조차 가려고 하지 않았다.

페트로니우스의 얼굴을 보자 반갑게 맞이해 주었음에도 불구하고 그 물음에는 마지못해 대답을 했다. 마침내 오랫동안 억제하고 있던 감정과 생각이 갑자기 눈을 뜨자 그 입에서는 말이 폭포수처럼 쏟아져 나왔다. 다시 한 번 상세하게 리기아를 수색한 이야기와 그리스도 교도 사이에 체재한 전말, 거기에서 보거나 듣거나 한 모든 일, 머리나 가슴에 떠오른 모든 일을 이야기하고, 마침내 자기가 혼란에 빠져서 마음의 평정도 사물을 구별할 능력도 사물에 대한 판단도 잃었다는 것을 푸념처럼 늘어놓기 시작했다.

이제 자기를 유혹하는 것, 자기가 음미할 수 있는 것, 무엇을 믿고 어떻게 행동해야 좋을지 알 수가 없다. 그리스도를 존경함과 동시에 이것을 박해하고 싶어지기도 하고, 그리스도교가 숭고하다는 것을 이해함과 동시에 여기에 대해서 참을 수 없는 반감을 느끼고 있다. 설사 리기아를 자기의 것으로 한다 하더라도 리기아는 완전히 자기의 것이 되지는 않고 그리스도와 함께 나누어 가지지 않으면 안 된다는 것을 알았다. 결국 그에게는 살아 있어도 죽은 것과 마찬가지로서, 희망도 없고 내일도 없으며 행복에 대한 신념도 없고 자기의 주위에는 오직 어둠만이 둘러싸고 있다. 손더듬으로 그 속에서 빠져 나갈 구멍을 찾아도 그것이 발견되지 않는다.

페트로니우스는 비니키우스가 이야기하는 동안 그 달라진 얼굴이나 얘기를 하는 동안에도 실제로 길을 찾고 있는 것처럼 앞으로 내밀고 있는 손을 바라보면서 생각에 잠겼다. 그러나 갑자기 일어나서 비니키우스에게 다가가서는 그 귀 위의 머리카락을 손가락으로 헤집어 보았다.

「너는 알고 있었느냐? 네 관자놀이에 백발이 조금 있다는 것을.」
하고 물었다.

비니키우스는 대답했다.

「있을는지도 모릅니다. 머지않아 완전히 희어진다고 해도 이상하다고는 생각지 않을 것입니다.」

잠시 침묵이 계속되었다. 페트로니우스는 이성적인 사람이어서 이따금 인간의 마음이나 생활에 대해서도 생각을 했다. 그러나 일반적으로 말하면 두 사람이 생활하고 있는 세계에서는 그 생활이 외면적으로는 행복하거나 불행해 보이더라도 내면적으로는 고요하기만 했다. 마치 벼락이나 지진이 신전을 파괴하듯이 불행이 생활을 흐트려 놓는 일이 있더라도 생활 그 자체는 모든 분규를 떠난 단순하고 조화적인 선(線)으로 성립되어 있는 것이다.

그런데 비니키우스의 말에는 무언가 그것과는 다른 것이 있었으므로, 페트로니우스는 처음으로 지금까지 누구도 풀어 본 적이 없는 몇 가지 정신적인 매듭 앞에 직면하였다. 원래 총명한 사람이었으므로 그 매듭이 중대한 것은 느꼈으나, 평소의 명민함에도 불구하고 거기에 제기된 질문에 한 가지도 대답하지 못하고 오랜 침묵 끝에 가까스로 이렇게 말했다.

「그것은 마법임에 틀림없다.」

비니키우스는 대답했다.

「나도 그렇게 생각했습니다. 누군가가 우리들 두 사람에게 마법을 건 것 같은 느낌이 때때로 들었습니다.」

페트로니우스는 말했다.

「가령 네가 세라피스의 사제한테 갔다고 치자. 의심할 여지도 없이 그 속에는 일반적으로 사제들 사이에서 흔히 볼 수 있는 것처럼 속이는 자는 많이 있겠지만, 그러나 이상한 비밀을 캐고 있는 자들도 있지.」

그러나 이 말을 신념도 없이 분명치 않은 목소리로 말한 것은, 자기로서도 입 밖에 내어 보니까 이 의견이 그야말로 공허하고 가소롭다고까지 느껴졌기 때문이다. 비니키우스는 이마를 문지르면서 이렇게 말했다.

「마법…… 입니다. 나도 마법사는 본 일이 있지만 지하의 알 수 없는 힘을 자기의 이익을 위해서 사용하는 사람이었습니다. 또 그 힘을 사용해서 자기들의 적에게 해를 끼치려는 사람도 보았습니다. 그러나 그리스도 교도는 가난한 생활을 하며 적을 용서하고 겸손과 덕과 연민을 역설하고 있는데 마법으로 무엇을 얻을 수 있을까요?

무엇 때문에 마법을 사용하는 것일까요?」

　페트로니우스는 자기의 이성으로는 무엇 한 가지 대답을 할 수 없는 것에 화가 났으나 그것을 인정하기가 싫었기 때문에 어떻게든 대답을 하기 위해 이렇게 말했다.

　「그것은 새로운 종파겠지——.」

　그리고 잠시 뒤에 또 이렇게 말했다.

　「타포스(키프로스 섬의 도시. 비너스의 사당이 있었다.)의 숲에 사는 여신에 걸고 맹세한다. 그러한 것은 모두 인생을 헛되게 한다. 너는 그 무리들의 선의나 덕에 감탄하고 있지만, 나는 분명히 말해 둔다. 그들은 병이나 죽은 그 자체처럼 인생의 적이기 때문에 나쁜 놈들이다. 그러한 것은 또 얼마든지 있다. 지금 새삼스럽게 그리스도 교도를 들출 것까지도 없다. ——자, 세어 보라구. 병, 황제와 티게리누스, 황제의 시, 로마 인의 자손들을 지배하고 있는 구두장이들, 원로원의 의석을 가진 해방 노예. 아니, 꼽자면 지겨울 만큼 많다. 그것들도 사람을 멸망시키는 끔찍한 종파들이야. 너는 그 슬픔에서 도망쳐 나와 조금은 인생을 즐겨 보려고 했니?」

　「네, 그래 보았습니다.」 하고 비니키우스는 대답했다.

　페트로니우스는 생각에 잠겼다가 이렇게 말했다.

　「그럴 테지, 배신자 같으니. 노예들 사이에 소문이 나 있다구. 크리소테미스를 유혹했더구나?」

　비니키우스는 뒷맛이 개운치 않다는 듯이 손을 흔들었다.

　페트로니우스가 이렇게 말했다.

　「어쨌거나 너에게 감사한다. 그녀에게 진주로 수를 놓은 구두를 한 켤레 선물해야지. 내가 사용하는 사랑의 말로는 그것이 『이제는 그만이다. 너 가고 싶은 곳으로 가라.』라는 뜻이지. 너에게는 두 가지 일에 대해서 감사하지 않으면 안 되겠다. 하나는 에우니케를 네가 받지 않았다는 것, 또 하나는 나를 크리소테미스로부터 해방시켜 주었다는 것이다. 들어 보라구. 네 눈앞에 있는 이 사람은 아침 일찍이 일어나서 목욕을 하고 연회에 나가 크리소테미스를 안고, 풍자시를 쓰고, 때로는 산문 속에 시를 엮어 넣지만 황제와 마찬가지로 따분하고 시종 우울한 기분을 떨쳐 버리지 못하고 있어. 어째서 그렇게 되었는지 알겠어? 옆에 있는 것을 멀리에서 구했기 때문이야. ——아름다운 여자는 언제나 그 무게만큼의 황금과 같은 것이지만, 더욱이 이쪽을 사랑하는 여자에게는 간단하게 값을 매길 수가 없어. 그러한 것은 베레스(B.C. 1세기 시칠리아의 지사. 부정하게 인민으로부터 돈을 착취한 혐의로 키케로의 탄핵을 받았다.)의 재산으로서도 살 수가 없어. 지금 나는 스스로 이렇게 생각하고 있어. 나는 대지가 낳은 최상급의 포도주로 잔을 채우듯이 인생을 행복으로 채우고 자기의 손이 굳어지기 전에, 입술이 마르기 전에 마신다. 이제부터 앞으로 어떻게 된다는 것은 생각하지 않는다. 이것이 나의 가장 새로운 철학이야.」

「그런 철학은 숙부님이 벌써부터 역설하고 계셨습니다. 아무것도 새로울 것이 없습니다.」

「아니, 지금까지 빠져 있던 내용이 들어 있어.」

그렇게 말하고 나서 에우니케를 불렀다. 들어온 것은 흰 옷을 입은 금발의 여인으로서, 이제는 벌써 전과 같은 노예가 아니라 사랑과 행복의 여신 같았다.

페트로니우스는 두 팔을 벌리고「자아, 이리 오너라.」하고 말했다.

그 말을 듣자 에우니케는 달려와서 페트로니우스의 무릎 위에 앉아 그 목에 두 팔을 감고 그 가슴에 머리를 파묻었다. 비니키우스는 에우니케의 볼이 차츰 분홍빛으로 물들어 가고 그 눈이 점점 안개 속으로 가라앉는 것을 보았다. 이 두 사람은 한데 어우러져 사랑과 행복의 훌륭한 군상을 만들었다.

페트로니우스는 옆에 있는 탁자 위에 놓아 두었던 얄으막한 주발에 손을 뻗쳐 제비꽃을 한 움큼 꺼내어 에우니케의 머리와 가슴, 그리고 허리에다 그것을 흩뿌리고는 그 어깨에서 투니카를 벗겨 주며 이렇게 말했다.

「나처럼 이러한 모습 속에 갇혀 있던 사랑을 발견한 사람은 행복하다. ──때때로 나는 우리들이 한 쌍의 신인 것 같은 기분이 든다. ──자아, 보아라. 푸락시테레스(B. C. 4세기 아테네의 조각가)나 뮈론(B. C. 5세기 아티카의 북서쪽 에레우테라이에서 나온 조각가), 그리고 스코파스(B. C. 4세기 에게 해의 섬 파고스에서 나온 조각가)나 리시포스(B. C. 4세기 코린토스 북서쪽의 도시 시큐온에서 나온 조각가) 중의 어느 누가 이보다 더 훌륭한 선을 만든 일이 있는가를. 파로스나 펜테리코스(아티카 동안에 있는 산)에 이렇게 훌륭한 대리석, 따뜻하고 장미빛을 띠고, 게다가 변하는 마음을 가지고 있는 대리석이 있는가를. 항아리 언저리에 시종 키스를 하고 있는 사람도 있지만 나는 쾌감을 진짜로 발견할 수 있는 곳에서 찾으려고 하는 것이다.」

이렇게 말하고 입술을 에우니케의 어깨나 목에 가져갔다. 여인은 바르르 몸을 떨고 그 눈은 감았다 떴다 하면서 말로 다할 수 없는 쾌감을 표정으로 나타냈다. 페트로니우스는 잠시 후에 자랑스러운 얼굴을 들고 비니키우스 쪽을 돌아보면서 이렇게 말했다.

「자아, 생각해 보아라. 네가 보아서 그 경기 없는 그리스도 교도가 어떤 것인지를. 그래도 너는 구별이 안 된다면 그들 축에 가담하는 게 좋아. ──그러나 지금 이것을 보고 병은 나았겠지?」

비니키우스가 콧구멍을 벌름거리자 방 안을 채우고 있던 제비꽃 향기가 스며들었다. 그러나 얼굴이 창백해진 것은 그런 식으로 입술을 리기아의 어깨에 갖다 댈 수 있다면, 그건 무언가 신에 대해서 불경(不敬)한 쾌감이기는 하겠지만, 나중에 세계가 멸망해도 괜찮을 정도로 멋진 일이라고 생각했기 때문이다. 그러나 이미 곧 자기 속에서 일어나고 있는 일을 분명히 반성하는 버릇이 붙어 있었으므로, 그 순간에도 자기는 리기아와 리기아의 일만을 생각하고 있는 것이라는 사실을 깨달았다.

페트로니우스는 말했다.

「에우니케, 우리들의 머리에 쓸 화환과 점심을 준비해 다오.」

에우니케가 가버리자 페트로니우스는 비니키우스 쪽을 바라보았다.

「나는 저 애를 해방시키려고 생각했지만 그때 저 애가 어떻게 대답했으리라고 생각하나? 『저는 왕비가 되는 것보다 차라리 이 댁의 노예로 있고 싶습니다.』라고 말하는 것이었다. 그리고는 끝내 말을 듣지 않았어. 그래서 나는 그 애가 모르는 새에 슬그머니 해방시켜 주었지. 프라에톨은 에우니케가 출두하지 않아도 좋게끔 조치해 주더군. 그러나 저 애는 그것을 모르고 있고, 내가 죽은 후 이 집도 나의 보석도, 겐마(부적으로 삼는 조각이 있는 보석)를 제외하고 모두 자기의 것이 된다는 것을 모르고 있어.」

그렇게 말하고는 일어나서 방 안을 왔다갔다 하더니 이렇게 말했다.

「사랑은 사람에 따라서 다소의 차이는 있지만 사람을 바꾸어 놓는단다. 나도 달라졌다. 전에 나는 베르베나(월계수나 올리브 또는 밀투스 등 향기가 있는 나뭇잎)의 냄새가 좋았으나, 에우니케가 제비꽃이 좋다고 하는 바람에 나도 지금은 무엇보다도 제비꽃이 좋아져서 봄이 오고 나서부터는 둘이 모두 제비꽃 냄새만 맡고 있지.」

여기에서 비니키우스 앞에 멈춰서더니 물었다.

「너는 역시 나르두스(동인도의 여랑화 류)가 좋으냐?」

「그런 것은 아무래도 좋지 않아요?」하고 젊은이는 대답했다.

「내가 너에게 에우니케를 보이고 싶어하거나 또 그 애 애기를 하고 싶어 하는 것은 너도 가까이에 있는 것을 멀리에서 구하고 싶어 하는지도 모르기 때문이야. 어쩌면 너를 위해서도 노예의 침실 어딘가에서 충실하고 단순한 심장이 맥박치고 있을지도 모르는 거다. 그런 고약을 너의 상처에 바르는 거야. 리기아가 너를 사랑하고 있다고 했지? 그건 그럴는지도 몰라. 그러나 단념할 수 있는 사랑이라는 것은 어떤 사랑인가 말이다. 사랑보다도 강한 것이 있다는 얘기가 아닌가 말이다. 그러나 그러한 것은 없어. 리기아는 에우니케와는 달라.」

거기에 대해 비니키우스는 이렇게 대답했다.

「모두가 똑같은 괴로움입니다. 나는 숙부님이 에우니케의 어깨에 입술을 대고 계시는 것을 보고, 리기아가 그런 식으로 어깨를 보여준다면 그때 이후 두 사람의 발밑에서 땅이 갈라져 나가도 상관없다고 생각했습니다. 그러나 그렇게 생각만 해도 나는 무언가 불안에 사로잡히고 마치 내가 베스타의 처녀를 범했거나 신을 모독할 생각이 된 것 같은 느낌이 들었습니다. ——리기아는 에우니케와는 다릅니다. 다만 나는 이 차이를 숙부님과는 다른 의미로 생각하고 있습니다. 사랑은 숙부님의 코를 바꾸어 놓았으므로 숙부님은 베르베나보다도 제비꽃을 더 좋아하게 되셨지만, 나는 영혼이 달라졌으므로 비참하게 연모하고 있음에도 불구하고 리기아가 다른 여자와 같아지기보다는 지금 그대로의 모습으로 있어 주었으면 하고 생각하고 있는 것입니다.」

페트로니우스는 어깨를 으쓱했다.

「그렇다면 뭐 문제될 것이 없잖아? 나는 네 속셈을 모르겠다.」

그러나 비니키우스는 열을 띠고 대답했다.

「그렇습니다, 그렇구말구요. ——우리는 이제 서로를 이해할 수가 없게 되었습니다.」

잠시 침묵하고 나서 페트로니우스는 말했다.

「그 따위 그리스도 교도는 지옥에나 떨어지라고 하지. 너를 불안하게 만들고 인생의 의미를 잃게 하고 말았군. 지옥에나 떨어지라고 해! 그것이 선(善)을 베푸는 종교라고 생각하는 것은 착각이야. 선을 베푼다는 것은 인간에게 행복을 주는 거야, 즉 아름다움과 사랑과 힘을. 그런데 그 무리들은 그것을 덧없는 것이라고 말하고 있어. 그것을 올바른 사람들이라고 말하는 것은 잘못이야. 우리가 악(惡)에 대해서 선(善)으로 보답해야 한다면, 선에 대해서는 무엇으로 보답해야 하는 건가? 또 선에도 악에도 같은 보답을 해야 한다고 한다면, 무엇 때문에 인간은 선해져야 한다는 말인가?」

「아닙니다. 보답은 결코 같은 것이 아닙니다. 다만 그 사람들의 가르침에 의하면, 보답은 미래의 생활, 즉 영원한 생활 속에서 시작되는 것입니다.」

「그 일에 깊이 개입하고 싶지는 않다. 이제 무언가── 눈을 감아도(죽고 나서의 뜻) 볼 수가 있다고 한다면 그때에는 똑똑히 알 수가 있을 테니까. 어떻든 그 사람들은 그야말로 패기가 없다. 우르수스가 크로톤을 목졸라 죽인 것은 청동과 같은 팔을 가지고 있기 때문이지만 모두들 패기가 없다. 미래라는 것이 패기 없는 사람들의 것이 될 수는 없는 것이다.」

「그 사람들에게 있어서 생활은 죽음과 함께 시작되는 것입니다.」

「그것은 이렇게 말하는 것과 같은 거지, 낮은 밤하고 같이 시작된다고 말이야. 대체 너는 리기아를 손에 넣을 참이냐?」

「아닙니다. 나는 그 사람에 대해서 선을 악으로 갚을 수는 없습니다. 그러한 일은 하지 않겠다고 맹세했습니다.」

「그럼, 그리스도교를 믿을 생각이냐?」

「그렇게 하고 싶지만 내 성격으로는 감당할 수가 없습니다.」

「그래도 리기아를 잊을 수는 없단 말이지?」

「네, 그럴 수는 없습니다.」

「그럼 여행을 떠나거라.」

마침 그때 노예가 점심 식사가 준비되었다고 말했다. 좋은 생각이 떠올랐다는 생각이 든 페트로니우스는 식당으로 가는 도중에도 얘기를 계속했다.

「너는 세계의 여러 군데를 여행했지만 그것은 다만 군인으로서였고 따라서 목적지에 가기가 바빠서 도중에 묵거나 한 적이 없다. 우리와 함께 아카이아로 떠나자. 황제는 지금까지 여행 계획을 포기하지 않고 있다. 도중 곳곳에서 묵고 노래를 하거나 화환을 받거나 신전을 약탈하여 결국은 개선자처럼 이탈리아로 돌아온다. 그것은 바쿠스와 아폴론을 한 몸에 아울러 가진 사람의 행렬과 같은 것이다. 아우구스타니, 아우구스타나에, 또 몇 천 명이나 되는 거문고타기, ──정말 볼 만하지. 세계는 지금까지 그러한 것을 본 적이 없어.」

그렇게 말하고 페트로니우스는 탁자 앞 의자에 에우니케와 나란히 앉았다. 노예가 아네모네의 화환을 가져와 머리에 씌웠으나 그냥 애기를 계속했다.

「너는 코르부로 밑에서 근무할 때에 무엇을 보았니? 아무것도 보지는 못했을 게다. 2년 이상이나 안내자의 손에서 안내자의 손으로 넘겨진 나처럼 그리스의 신전을 몇 개나 제대로 구경했니? 로도스에 가서 거상(巨像)이 서 있는 장소를 보았는가? 포키스(그리스 본토의 남부지방)의 파노페우스(그 지방 동쪽 경계의 마을)에 가서 프로메테우스가 인간을 빚는 데에 사용한 찰흙을 보거나, 스파르타에 가서 레다가 낳은 달걀을 보거나, 아테네에 가서 말발굽으로 만든 사르마타이 족(黑海 북부에서 裏海 북부에 걸친 지방의 주민)풍의 유명한 갑옷을 보거나, 에우뵈아(그리스 본토 북동쪽에 있는 큰 섬)에 가서 아가멤논(트로이아를 공략한 그리스 군의 총대장)의 선박이나 헬레네의 왼쪽 가슴을 본떠서 만든 술잔을 보았는가? 너는 알렉산드리아나 멤피스 또는 수많은 피라밋이나 오시리스를 슬퍼하여 이시스가 쥐어뜯은 머리카락을 보았는가? 멤논(에티오피아의 신화적인 왕. 새벽의 여신 에오스, 즉 아우로라와 피토노스의 아들. 트로이아를 도우러 갔다가 아킬레우스에게 살해되었다. 아프리카의 티바이 옆에 있는 흑대리석의 立像은 새벽빛을 받고 거문고 같은 소리를 냈다고 한다.)의 한숨소리를 들었는가? 세계는 넓다. 결코 티베리스 강 건너 쪽에서 끝나고 있지는 않다. 나는 황제를 따라가지만, 나중에 돌아올 때는 황제와 헤어져서 키프로스에 건너가 그 금발의 여신이 원한다면 타포스에서 함께 키프로스의 여신(아프로디테)에게 비둘기를 바칠 생각이다. 그것이 원하는 일이라면 나는 무엇이든지 그대로 한다는 것을 너도 알아 두었으면 한다.

「이 집의 노예로 있겠습니다.」하고 에우니케는 말했다.

페트로니우스는 화환을 얹은 머리를 에우니케의 무릎에 기대면서 웃었다.

「그럼 나는 노예의 노예가 될 테다. 여신이여, 나는 너를 발끝에서 머리끝까지 찬양한다.」

그리고 나서 비니키우스 쪽을 돌아보며,

「우리와 함께 키프로스에 가자구. 그러나 그 전에 생각해 두지 않으면 안 될 것은 황제를 만나 뵙는 일이다. 지금까지 찾아가지 않은 것은 좋지 않다. 티게리누스는 그것을 빌미로 너에게 트집을 잡을지도 모른다. 물론 너에 대해서 개인적인 원한은 없지만, 네가 내 조카라는 것만으로도 너를 좋아할 리가 없다. ——네가 그 동안 아팠다고 해두지. 황제가 너에게 리기아의 일을 물었을 때 네가 무엇이라고 대답해야 할지 둘이서 생각해 두지 않으면 안 된다. 제일 좋은 것은 손을 흔들어 보이고 네가 싫증이 날 때까지는 집에 두어 두었다고 말씀드리는 것이다. 그렇다면 황제도 이해할 것이다. 또한 병 때문에 집에 들어앉아 있느라 네아폴리스에도 가지를 못해 황제의 노래를 듣지 못한 것은 유감 천만이지만, 다시 그것을 들을 수 있다는 희망만으로도 건강을 되찾는 데 큰 힘이 되었다고 말씀드려라. 괜찮으니까 얼마든지 과장해서 말씀드리는 거다. 티게리누스도 황제를 위해서라면 무언가 위대한 일만이 아니라 터무니없는 일까지도 궁리하고 있다고 듣고 있다. ——물론 나는 그 사내가 나를 모함에 빠뜨리려는 것을 걱정하고 있다. 그리고 너의 성격에 대해서도 걱정이 되는구나.」

비니키우스는 말했다.

「숙부님은 아십니까? 황제를 두려워하지 않고 이 세상에 황제가 있는지 없는지도 모르고 태평스럽게 살아가는 사람들이 있다는 것을.」

「네 말이 누구를 가리키는지는 알겠다. 물론 그리스도 교도겠지?」

「그렇습니다. 그 사람들은 그들대로 살아가고 있습니다. 그런데 우리들의 생활은 끊임없는 공포가 아니고 무엇입니까?」

「그리스도 교도들의 이야기는 이제 집어치워라. 그 사람들이 황제를 두려워하지 않는 것은 황제가 아마 그 사람들의 이야기를 들은 일조차 없기 때문일 것이다. 어떻든 황제는 아무것도 모르고 있고 마른 나뭇잎과 마찬가지로 신경조차 쓰지 않고 있다. 너에게 말해 두지만 그 무리들은 패기가 없어. 그것은 너도 익히 알고 있을 테고, 네 성격이 그 종교를 따라갈 마음이 안 생기는 주된 원인도 아마 그들의 비겁함을 너무 잘 알고 있기 때문일 것이다. 너라는 인간은 태생부터가 그들과는 다르다. 그러니까 그 사람들에 대해서 너무 생각하지도 말고, 또 나에게 얘기하지도 말아다오. 우리들은 살고 또 죽을 수가 있다. 그러나 그 사람들이 무엇을 할 수 있는지 그것은 아무도 모른다.」

이 말은 비니키우스에게 큰 충격을 주었다. 그 날 집에 돌아와서 실상 그리스도 교도의 선의와 연민은 영혼의 비겁함 때문인지도 모른다고 생각하기 시작했다. 의지가 굳건한 사람이라면 그렇게 용서할 수가 없을 것이라는 생각이 들었다. 어쩌면 그것이 실제로 자기와 같은 로마 인의 마음이 그 종교에 대해서 가지는 반감의 원인인지도 모른다는 생각이 떠올랐다. 『우리는 살고 또 죽을 수가 있다.』──이렇게 페트로니우스는 말했다. 그러나 그 사람들은 어떤가? 그 사람들은 다만 용서할 수가 있을 뿐 참된 사랑도 참된 미움도 모르는 것이다.

제 30 장

황제는 로마에 돌아오자 돌아온 그 자체에 기분이 상하여 며칠 후에는 다시 아카이아로 떠날 생각을 하고 있었다. 마침내 칙서까지 내어 자기의 부재가 오래 계속되지는 않는다는 것을 분명히 하고 이 여행으로 인해서 공식 업무에 조금도 지장을 초래하지는 않는다는 것을 알렸다.

그리고 비니키우스를 포함한 황제의 근신을 데리고 카피토리움에 참배하여 신들에게 여행의 안전을 기원하는 의미에서 제물을 바치기로 했다. 그런데 다음날 순번대로 베스타의 신전을 방문했을 때 뜻하지 않은 사건이 일어나서 계획을 전부 변경해야 했다. 네로는 신들을 믿고 있지는 않았으나 두려워하고는 있었다. 특히 신비로운 베스타는 대단한 공포를 주었기 때문에 신의 상(像)과 신성한 불을 보았을 때, 갑자기 소름이 끼쳐 머리털이 곤두서고 이(齒)를 악물었지만 전신이 떨려서 공교롭게도 그 바로 뒤에 있던 비니키우스의 팔 안에 쓰러졌다.

사람들은 곧 신전에서 파라티움으로 데리고 갔다. 곧 제정신이 돌아왔으나 하루 종일 침상에서 떠나지 않았다. 옆에 있던 사람들이 매우 이상하게 생각한 것은, 그가 신이 서둘러서는 안 된다고 은밀히 경고했으므로 여행 계획을 훗날로 연기한다고 명령한 것이다.

한 시간 후에는 이미 공공연히 로마 시내의 민중에게 포고하여 황제는 주민이 슬퍼하고 있는 얼굴을 보고 아버지가 아들에 대한 것처럼 연민을 느껴서 주민과 기쁨 및 슬픔을 함께하기 위해 같은 곳에 머물러 있기로 했다는 것이었다. 민중은 이 결단을 기뻐함과 동시에 흥행에도 곡물의 분배에도 빠지지 않아도 되게 되었다고 확신하여 떼를 지어 파라티움의 문전에 모여들어 신과 같은 황제의 명예를 위해 환성을 질렀으므로, 황제는 근신들과 즐기고 있던 주사위놀이를 그만두고 이렇게 말했다.

「그렇다. 연기하기를 잘했다. 이집트와 동방의 지배도 예언에 의하면 내 손에서 떠날 리는 없고, 따라서 아카이아도 나에게서 떠날 리가 없다. 코린토스의 지협(地峽)은 개착(開鑿)을 명해야지. 이집트에서는 큰 기념비를 몇 개나 세워 거기에 비하면 피라밋도 어린애 장난감으로밖에는 보이지 않도록 해야지. 멤피스 옆에서 사막을 지키는 스핑크스보다도 일곱 배나 큰 스핑크스를 건설하게 해야지. 그리고 거기에는 내 얼굴을 붙이게 하자. 앞으로의 시대는 이 기념비와 내 애기만을 하게 된다.」

「폐하께서는 이미 자신의 시로 케오푸스(B. C. 2800년경에 있었던 제4왕조 2대째의 이집트왕. 최대의 피라밋을 만들었다고 한다.)의 피라밋보다 일곱 배가 아니라 그 세 배나 큰 기념비를 세우셨습니다.」
하고 페트로니우스는 말했다.

「그럼 노래에서는?」 하고 네로는 물었다.

「정말 아쉽습니다. 하다못해 멤논의 입상처럼 해돋이를 맞이하여 폐하의 목소리를 들을 수 있게 하는 입상을 만들 수 있었으면 좋으련만. 그러면 이집트에 접하는 바다는 영원히 수많은 배로 채워지고, 그 배를 타고 세계의 세 부분에서 오는 사람들은 모두 폐하의 노래를 들을 수 있었을 텐데 말입니다.」

「정말 아쉽구나. 누가 그것을 할 수 있단 말이냐?」 하고 네로가 말했다.

「그러나 폐하 자신이 사두 마차를 몰고 계시는 상(像)을 바사르테스(에티오피아 산의 어두운 빛깔을 띤 딱딱한 대리석)로 조각하게 할 수는 있습니다.」

「그렇겠군. 당장 만들게 하자.」

「그렇게 하시면 인류에 대한 선물이 될 것입니다.」

「이집트에 가면 루나(달의 여신)는 과부이니까 그것과 결혼해서 정말로 신이 되어야지.」

「그리고 우리들에게 아내로서 별을 주신다면, 우리들은 새로운 성좌를 만들어 네로의 성좌라고 부르게 하겠습니다. 비테리우스에게는 그러나 나일 강을 아내로 맞이하게 하십시오. 하마(河馬)를 많이 낳을 테니까요. 티게리누스에게는 사막을 배정해 주십시오. 그렇게 하면 자칼의 왕이 되겠지요.」

「나에게는 무엇을 줄 셈인가?」 하고 바티니우스가 물었다.

「당신은 베네벤툼에서 우리에게 기막힌 구경거리를 보여 주었으니까 당신이 불행해지기를 바랄 수는 없지. 스핑크스에게 장화를 한 켤레 만들어 주는 거지. 아침 이슬이 내리는 시각에는 발이 시릴 테니까. 그리고 나중에 곳곳의 신전 입구에 정렬하고 있는 거인의 상에 신발을 만들어 주지. 그곳에 가면 각자에게 알맞는 일이 발견되거든. 가령 도미티우스 아페르는 청렴으로 알려져 있으니까 재정관이 되는 거야.

　폐하께서 이집트를 꿈꾸고 계시니까 기뻐하고 있었습니다마는 여행 계획을 연기하신 것은 슬픈 일입니다.」

　그러자 네로는 말했다.

　「너희들 죽어야 할 자들의 눈에는 아무것도 보이지 않았다. 신은 보이고 싶지 않은 자들의 눈에는 모습을 보이지 않으니까 말이야. 그러나 베스타의 신전에 있었을때, 베스타 자신이 내 옆에 서서 그 입으로 나에게 『여행을 연기하라.』고 말씀하셨어. 그것은 전혀 뜻하지 않은 일이었기 때문에 그렇게 분명한 신들의 나에 대한 비호에는 감사하지 않으면 안 되었을 텐데도 나는 몹시 두려웠다.」

　티게리누스가 말했다.

　「우리들도 모두 두려웠습니다. 베스타의 처녀 루브리아는 기절했습니다.」

　「루브리아가? 눈같이 목이 흰 여자가?」

　「그러나 폐하의 모습을 보자 얼굴을 붉혔습니다.」

　「그래, 나도 그것을 깨달았어. 이상한 일이야. 베스타의 처녀라고 하는데 말이야. 그곳 처녀에게는 각자 거룩한 데가 있지만 루브리아는 한층 더 아름다워.」

　여기에서 네로는 잠시 생각에 잠겼지만 이윽고 이렇게 물었다.

　「어째서 인간이 베스타를 다른 신들보다도 두려워하는가를 말해 주게. 어째서인가? 보다시피 나 자신도 공포에 사로잡혔어. 최고의 사제인 내가 말이야. 다만 기억하고 있는 것은 뒤로 쓰러져서 하마터면 땅바닥에 구를 뻔한 것을 누군가가 받쳐 주었다는 것뿐이다. 나를 받쳐 준 것이 누구지?」

　「접니다.」 하고 비니키우스가 대답했다.

　「아아, 자넨가. 『용감한 아레스』(군신 마르스의 그리스 이름), 어째서 베네벤툼에는 오지 않았지? 아프다는 말을 들은 것 같은데, 정말로 얼굴이 좋지 않군. 참, 들은 바에 의하면 크로톤이 자네를 죽이려고 했다던데, 참말인가?」

「그렇습니다. ——팔을 꺾였지만 막았습니다.」

「꺾인 팔로 말인가?」

「크로톤보다도 힘이 센 어떤 만족의 사나이가 도와 주었습니다.」

네로는 놀라서 비니키우스의 얼굴을 보았다.

「크로톤보다도 힘이 세다고? 설마 농담을 하고 있는 것은 아니겠지? 크로톤은 인간 중에서는 가장 힘이 세었어. 지금은 에티오피아 태생의 세파쿠스이지만 말이야.」

「이 눈으로 본 그대로를 말씀드리고 있는 것입니다.」

「그래, 그 진주(眞珠)는 어디에 있나? 설마 『숲의 왕』이 된 것은 아니겠지?」

「모르겠습니다. 놓치고 말았습니다.」

「어느 민족의 출신인지도 모른단 말인가?」

「팔이 부러져 있었으므로 그 사내에게 아무것도 물을 수가 없었습니다.」

「그 자를 꼭 찾아내게.」

거기에 대해 티게리누스는 말했다.

「제가 그것을 떠맡겠습니다.」

그러자 네로는 비니키우스에게 이야기를 계속했다.

「그때 떠받쳐 준 것을 고맙게 생각한다. 쓰러져서 머리를 깼을는지도 모르는 것을. 자네는 전에는 나하고 친구였으나 코르부로 밑에서 군무에 종사하게 되면서부터 어쩐지 서먹서먹해져서 좀처럼 만나지를 못하고 있어.」

그리고는 잠시 침묵한 후 이렇게 말했다.

「어떻게 됐지, 그 아가씨는—— ? 허리께가 너무 가는—— 그 왜, 자네가 반했다는, 그래서 내가 자네를 위해서 아우루스에게서 빼앗아 주었던 그 아가씨——.」

비니키우스는 당황했으나 마침 그때 페트로니우스가 도와 주었다.

「그 애의 일은 잊고 있다고 해도 좋을 정도입니다. 보시는 바와 같이 낭황하고 있지 않습니까? 그때 이후 몇 사람의 여자와 만났는가를 물어 보십시오. 아마 대답을 못할 것입니다. 비니키우스가(家)로부터는 뛰어난 군인이 많이 나왔지만, 그것보다도 더 뛰어난 수탉(여자를 좋아하는 남자)을 배출하고 있습니다. 암탉의 무리가 필요할 정도입니다. 그 벌로 티게리누스가 아그리파의 연못에서 황제를 위해 베풀겠다고 약속한 연회에는 비니키우스를 초청하지 마십시오.」

「아니, 그렇게는 하지 않겠다. 나는 티게리누스를 신뢰하고 있다. 그곳에서는 암탉의 부족함을 느끼지 않을 거다.」

「아모르(사랑의 신)가 가는 곳에 그라티아(비너스이 세 시녀)가 오지 않을 리가 있겠습니까?」하고 티게리누스는 대답했다.

그러나 네로는 말했다.

「아아, 울적하다. 여신의 뜻대로 로마에 머물렀지만 참을 수가 없다. 안티움으로 떠나자. 이곳의 좁은 거리, 무너져 가는 집 사이에서 지저분한 골목에 둘러싸여 있으면 숨이 막힌다. 그 좋지 못한 냄새가 이 궁전 안의 내 정원에까지 풍겨 들어온다. 그렇지, 이제 지진으로 로마가 멸망하고, 누군가 화가 난 신이 이 도시를 멸망시키면, 그때 나는 너희들에게 세계의 수도이며 내 도성이 될 새로운 도시를 어떻게 만드는지를 보여 줄 테다.」

티게리누스가 대답했다.

「폐하께서는 방금『누군가 화가 난 신이 이 도시를 멸망시킬 때』라고 말씀하셨지요?」

「그래, 그것이 어쨌단 말이냐?」

「그러면 폐하가 신은 아니라는 것이 되지 않습니까?」

네로는 귀찮다는 듯이 손을 흔들고 나서 말했다.

「네가 아그리파의 연못에서 어떤 잔치를 베푸는지를 보러 가겠다. 그리고 나서 나는 안티움으로 떠난다. 너희들은 모두 작아서 큰 것이 나에게 필요하다는 것을 모르는 거다.」

그러고 나서 눈을 감음으로써 쉬고 싶다는 신호를 보냈다. 신하들은 그 신호를 알아차리고 뿔뿔이 흩어지기 시작했다. 페트로니우스도 비니키우스와 함께 물러가면서 이렇게 말했다.

「그것 봐라, 너는 향연에 가담하도록 초대받았다. 붉은 수염은 여행을 단념했으나, 그 대신 어느 때보다도 광기가 심해져 그는 로마 시내에서 음탕한 짓을 할 것이다. 너도 열심히 그 난행 속에서 울분을 풀어 버리는 것이 좋을 게다. 될 대로 되라지. 어쨌든 우리는 세계를 정복한 것이다. 즐길 권리가 있는 것이다. 마르쿠스, 너는 매우 아름다운 젊은이다. 내가 너를 좋아하는 것도 바로 그 때문이다. 에페소스의 디아나에 걸고 맹세한다. 너에게 너의 그 한 줄로 그은 눈썹과 순수 로마 인의 오랜 혈통임을 알 수 있는 그 얼굴을 보여 주고 싶을 정도이다. 저런 무리들은 너에게 비하면 해방 노예처럼 보인다. 아암, 그렇구말구. 그 야만적인 종교가 없었다면, 리기아는 지금쯤 너의 집에 있을 것이다. 그 무리들이 인간의 적이 아니라고 나에게 다시 한 번 증명해 보라구. ——너에게 친절히 해주었으니까 너는 그 사람들을 고맙게 생각하고 있는지도 모르지만, 내가 너라면 그 종교를 증오하고 쾌락을 구할 수 있는 곳에서 쾌락을 구하겠다. 너는 아름다운 청년이라구. 그리고 로마에는 과부들이 수없이 많아.」

「이것만은 이상하군요, 그만큼 여러 가지를 해보고서도 숙부님이 아직 싫증을 안 내신다는 것은.」 하고 비니키우스는 대답했다.

「누가 너에게 그런 말을 했나? 나는 벌써 오래 전에 싫증이 났다. 그러나 너하고는 나이가 다르다. 게다가 나에게는 너에게 없는 특별한 취미가 있어. 나는 책을 좋아하지만 너는 좋아하지 않아. 나는 시를 좋아하지만 너는 좋아하지 않아. 연장이나 보석 같은 여러 가지 물건을 좋아하지만, 그것들을 너는 거들떠보지도 않아. 나는 등뼈가 아프지만 너는 아프지 않아. 게다가 나에게는 에우니케가 있지만 너에게는 그런 것이 없어. ——나는 걸작에 둘러싸여 집에 있으면 즐겁지만 너를 취미를 아는 멋쟁이로 만들 수는 도저히 없어. 나에게는 인생에서 내가 발견한 것 이상의 것을 이제부터는 더이상 발견할 수 없다는 것을 알고 있지만, 너에게는 이제부터가 한창이

364

라는 것을 너는 아직도 모르고 있어. 가령, 지금 너에게 죽음이 닥친다고 한다면 너의 용기나 슬픔을 다해도 이제는 이 세상을 떠나지 않으면 안 되는가 하고 놀라 죽겠지만, 나는 전세계에 내가 맛보지 않은 과실(果實)은 하나도 없다는 것을 확신하고 죽음을 필요로 해서 맞이할 것이다.

나는 서두르지 않는다. 그렇다고 해서 망설이지도 않는다. 다만 충분히 명랑해지도록 노력하는 것이다. 세상에는 명랑한 회의가 (懷疑家)가 있다. 스토아 파 사람은 내가 볼 때는 바보지만, 그래도 스토아 주의는 마음을 강하게 한다. 하지만 네 그리스도교 동료 들은 세상에 슬픔을 끌어들인다. 인생에 있어서의 슬픔은 자연에 있어서의 비 같은 것이다.

그건 그렇고—— 내가 들은 것을 가르쳐 줄까? ——그것은 티 게리누스가 베푸는 연회 대에 아그리파의 연못 기슭에는 루파날 (『암늑대의 소굴』이라는 뜻. 수상쩍은 여인숙.)이 몇 개인가 생겼어. 그곳에 로마의 일류 가정의 여자들이 다 모인다는군. 하다못해 한 사람쯤 너를 위로할 수 있을 만큼 아름다운 여자가 없으리라는 법도 없지. 처음으로 사람 앞에 나오는 아가씨도 있을 것이다. ——님프의 치장을 하고서 말이지. 그야말로 우리 로마 제국이다. ——벌써 따 뜻해졌다. 남쪽 바람이 물을 덥혀서 발가벗고 물 속에 들어가도 소름이 끼치지 않는다. 게다가 너는 나르키소스(자기의 모습에 반하여 水仙이 되었다고 하는 미소년)이니까 한 사람도 너를 거절하는 여자는 없다는 것을 알아야 한다. 한 사람도……, 설사 베스타의 처녀일지 라도.」

비니키우스는 언제까지나 같은 생각에 사로잡혀 있는 사람처럼 손바닥으로 머리를 쓰다듬기 시작했다.

「그러한 단 한 사람을 만난 것은 여간한 행복이 아닐 것입니다.」

「그러나 그러한 꼴을 당하게 한 것은 그리스도 교도가 아니고 누구냐 말이다. ——십자가 따위를 표적으로 삼고 있는 무리는 달리 방법이 없을 게다. 잘 듣거라. 그리스는 아름다워서 세계의 지혜를 창조했다. 우리들은 힘을 창조했다. 그러나 그 종교가 무엇을 창조할 수 있다고 너는 생각하느냐 ? 안다면 설명을 해다오. 나로서는 생각해 낼 수가 없다.」

비니키우스는 어깨를 으쓱했다.

「아무래도 숙부님은 내가 그리스도 교도가 되지 않을까 걱정하고 계신 것 같군요 ?」

「내가 걱정하고 있는 것은 네가 자기의 생활을 헛되게 하지는 않을까 하는 것이다. 네가 그리스가 될 수 없다면 로마가 되는 것이 좋다. 지배하고, 이용하라. 우리들의 광기는 그 속에 특히 이러한 사상이 포함되어 있기 때문에 어떤 의미를 가지는 것이다. 내가 붉은 수염을 경멸하고 있는 것은 그것이 그리스 인의 익살꾼이기 때문이다. 그가 스스로 로마 인인 체하고 있으면 미친 짓을 해도 옳다고 나는 인정할 것이다. 자아, 약속해다오, 지금 집에 돌아가서 누군가 그리스도 교도가 와있으면 그놈에게 혀를 내밀겠다고. 그 것이 만일 의사인 그라우쿠스라고 한다면, 혀를 내민다고 해도 조금도 놀라지는 않을 게다. 그럼, 나중에, 아그리파의 연못에서 만나도록 하자.」

제 31 장

근위군의 병사들이 아그리파의 연못 기슭에 우거진 숲을 에워싸고 너무 많은 구경꾼들이 황제나 그 손님들을 방해하지 않도록 지키고 있었다. 로마에서 부(富)와 지혜와 아름다움이 빼어난 사람들만이 지금까지 로마의 역사에서도 유례를 찾아볼 수 없는 이 연회에 참석한다고 널리 알려져 있었기 때문이다. 티게리누스는 연기된 아카이아 여행의 보상을 황제에게 해드림과 동시에 지금까지 네로를 대접한 모든 사람들을 능가하는, 누구도 이 정도로 네로를 즐겁게 해드릴 수는 없다는 것을 보여 주고 싶었다.

그러한 목적에서 네아폴리스와 거기에 이어지는 베네벤툼에서 황제 밑에 묵으면서 모든 준비를 서둘렀다. 세계의 구석구석에서 짐승이나 새, 진기한 물고기나 식물을 보내오게 하고, 연회를 호화롭게 하기 위한 연장이나 직물(織物)까지도 빈틈없이 갖추었다.

모든 주(州)의 수입은 이러한 광적인 생각을 충족시키기 위해 허비되었으나, 이 유력한 총신은 그것을 돌아볼 필요도 느끼지 못했다. 그 세력은 나날이 증대했다. 티게리누스는 아직 다른 사람들보다 네로의 마음에는 들지 않았을지도 몰랐으나 지금에는 가장 없어서는 안 될 사람으로 되어 있었다.

페트로니우스는 응대(應對)나 사상, 또는 기지(機智)라는 점에 있어서는 이 사람을 능가하고 회화에서도 훨씬 능숙하게 황제를 즐겁게 할 수 있는 방법을 알고 있었으나, 불행히도 이 점에서 그는 황제 이상으로 빼어났기 때문에 황제의 질투를 초래했다. 그리고 그렇게 언제나 편리한 도구가 될 수는 없어 취미 문제 같은 것이 화제가 되면 황제는 페트로니우스의 의견을 두려워하고 있었다. 그런데 티게리누스가 상대라면 한 번도 그런 답답한 생각을 하지 않아도 되었다.

페트로니우스에게 주어지고 있는 『취미의 심판자』라는 이름으로 하여 네로의 지배욕을 안타깝게 했다. 실제로 자기 이외의 누가 그 이름을 받기에 합당하다는 말인가. 그런데 티게리누스는 자기의 결점을 의식할 만한 이성은 갖추고 있어서 페트로니우스와도 루카누스와도 그밖의 태생이나 재능, 또는 학문에 빼어난 사람들과는 경쟁을 할 수가 없다는 것을 알고 있어서 융통성이 풍부한 자기의 봉사와, 특히 네로의 공상을 부추기기에 충분한 막대한 경비를 들여 그 사람들의 존재를 압도해 보리라고 결심했다.

그래서 금빛으로 칠한 목재로 만든 거대한 뗏목 위에서 연회를 베풀도록 명령했다. 뗏목의 언저리는 홍해나 인도양에서 채집한 진주빛이나 무지개빛으로 빛나는 훌륭한 조개껍질로 장식했다. 바깥쪽은 종려나무나 활짝 핀 로토스, 그리고 장미의 작은 숲으로 가리고, 그 안에는 향수를 뿜어내는 분수나 신들의 입상, 그리고 갖가지 빛깔의 새를 넣은 금은의 조롱을 배치했다. 한가운데에는 거대한 텐트가 쳐져 있었는데 텐트라기보다는 오히려 전망을 방해하지 않기 위해 텐트 지붕만을 시리아의 비단을 발라서 가느다란 은(銀) 기둥으로 받친 것이 솟아 있었고, 그 밑에는 손님을 위해 준비된 태양처럼 빛나는 숱한 탁자가 알렉산드리아의 유리 그릇과 이탈리아, 그리스, 소아시아에서 약탈해 온 값을 알 수 없는 그밖의 그릇들을 잔뜩 얹어 놓고 있었다.

떼목은 위에 실은 식물에 의해 섬이나 마당처럼 보였고, 그것과 금빛이나 분홍빛 노끈으로 이어진 보트는 물고기나 새, 갈매기나 홍학의 모습을 하고 있었는데, 그 안에는 아름답게 채색을 한 노 옆에 발가벗은 남녀 노예가 앉아 있었다. 그들은 동양식으로 곱슬거리거나 황금의 그물을 씌운 머리털을 가진 이상한 아름다움과 얼굴을 하고 있었다.

네로가 포파에아와 근신들을 거느리고 떼목에 올라와 분홍빛 텐트 밑에 앉자, 노예들이 일제히 노를 젓기 시작하여 그 보트는 움직이기 시작했고, 금빛 노끈은 팽팽해져서 떼목은 연회에 참석한 손님들을 태운 채 연못 위를 원을 그리며 돌기 시작했다. 그것을 에워싼 다른 보트나 작은 떼목에 가득 탄 크고 작은 거문고타기들의 장미빛 육체는 파란 하늘과 물을 배경으로 하여 금빛 악기의 반사를 받아 그 푸른 빛깔과 조화를 이루어 마치 꽃처럼 활짝 피어 있는 것 같았다.

기슭에 있는 숲에서도 또 수풀 속에 일부러 세워진, 또는 숨겨져 있는 이상한 건물에서도 역시 음악과 노랫소리가 흘러나왔다. 그 일대에 울려퍼지고, 숲에 울려퍼지고, 다시 메아리는 뿔피리와 나팔 소리를 싣고 왔다. 한 편에 포파에아를 앉히고, 다른 한 편에 피타고라스를 앉힌 황제 자신은 연신 감탄하고 있었다. 특히 보트 사이에서 젊은 노예 아가씨들이 비늘 모양으로 만든 녹색의 그물을 쓰고 세이렌(『오디세이』 제12권에 나오는 노래를 잘 하는 인어)으로 분장하고 나타났을 때는 티게리누스에게 찬사를 아끼지 않았다. 그는 『취미의 심판자』의 의견을 물으려는 듯이 언제나의 습관처럼 페트로니우스 쪽을 보았으나, 페트로니우스는 오랫동안 태연한 모습을 나타내다가 직접 질문을 받고서야 겨우 이렇게 말했다.

「제가 생각하는 것은 만 명의 발가벗은 처녀는 단 한 사람의 인상보다도 못하다는 것입니다.」

황제는 그러나 『물 위의 연회』를 새로운 것으로서 매우 기뻐했다. 그러는 가운데 예에 따라 요리가 나왔는데, 모두 고르고 또 고른 것이어서 그것을 보고는 아피키우스(티베리우스와 같은 무렵의 유명한 미식가)의 상상력도 빛을 잃을 정도였다. 포도주의 종류도 수를 더하여 80가지 술을 내고 있던 오토(네로가 죽은 뒤 A.D. 69년에 프라에토리아 군의 음모에 의해 잠깐 황제로 선언되었다가 라인 군단이 미는 비테리우스에게 패하여 자살했다.)조차도 이 호화로움을 볼 수 있었다면 부끄러운 나머지 물 속에 숨었으리라고 생각되었다.

식탁에는 여자들 외에 아우구스타니만이 앉을 수 있었으나 그 가운데에서 비니키우스는 아름다움으로써 모든 자들의 빛을 잃게 했다. 전에는 그 모습도 얼굴도 너무 직업 군인을 연상케 했으나, 지금은 그 동안 겪은 마음의 괴로움과 병이 얼굴 선을 바꾸어 버려, 거기에는 유명한 조각가의 섬세한 손이 가해진 것 같았다. 얼굴색은 옛날의 거무티티함을 잃었으나 누미디아의 대리석에서 볼 수 있는 황금빛 광택은 여전히 남아 있었다. 눈은 커지고 수심을 더했다. 허리만은 갑옷에 알맞는 힘찬 옛날의 모습을 간직하고 있었지만, 군단의 전사다운 그 허리 위에 보인 것은 그리스의 신이나 적어도 세련된 귀족의 얼굴로서 빈틈이 없음과 동시에 위엄이 있었다. 페트로니우스가 아우구스타나에는 한 사람도 그의 요청을 들어 주지 않을 사람은 없을 것이라고 말한 것에는 일리가 있었다. 지금 모든 사람들이 이 젊은이를 쳐다보고 있었다. 포파에아도, 베스타의 처녀 루브리아도 예외는 아니었다. 루브리아를 연회에 초청하도록 희망한 것은 황제였다.

산 속의 눈으로 냉각시킨 포도주는 이윽고 손님들의 가슴이나 머리를 훈훈하게 덥혀 주었다. 기슭의 숲에서 이번에는 메뚜기와 잠자리 모양을 한 새로운 배가 나타나기 시작했다. 연못의 파란 수면은 누가 꽃잎을 뿌렸든가 나비들이 훨훨 날아다니는 것 같았다. 보트 위에는 여기저기에 은빛과 하늘빛 실이나 노끈으로 엮은 비둘기와 인도 및 아프리카의 새들이 날아다녔다. 해는 이미 중천을 지났는데도 햇빛이 따뜻했고 오히려 덥다고까지 느껴졌다. 연못은 음악의 가락에 맞추고, 수초는 노의 움직임을 따라 흔들렸으나, 공기 속에는 미풍조차도 없어 숲도 움직이지 않고 물 위에서 벌어지고 있는 일에 귀를 기울이고 있는 것 같았다.

뗏목은 연못 위를 계속 왔다갔다 했고 손님들 사이에는 취해서 떠드는 자의 수가 점차 늘어 갔다. 연회는 아직 절반밖에 진행되지 않았는데도 사람들은 모두 처음에 식탁에 앉았을 때의 질서를 잊고 있었다. 네로부터가 그 본보기를 보이려는 듯이 먼저 자리에서 일어나, 베스타의 처녀 루브리아 옆에서 쉬고 있는 비니키우스를 밀어내고 그 자리를 차지하고 앉아 루브리아의 귀에 무엇인가를 속삭이기 시작했다. 비니키우스가 포파에아의 옆으로 가자 포파에아는 비니키우스에게 손을 내밀어 팔찌가 느슨해졌다면서 잘 좀 끼워 달라고 부탁했다. 조금 떨리는 손으로 시키는 대로 하자, 포파에아는 그 긴 속눈썹 밑에서 수줍은 듯한 눈길을 보내며 그 금발의 머리를 흔들어 무엇인가를 거부하는 듯한 몸짓을 취했다.

그러는 동안에 태양은 크고 빨개져서 천천히 숲의 나뭇가지 뒤로 떨어져 갔다. 손님은 대부분이 완전히 취해 있었다. 뗏목은 지금 기슭 가까이를 돌아갔으나 기슭에서는 나무나 꽃들 사이에서 파우누스나 사튜로스로 분장하여 저(橫笛)나 갈대 피리, 또는 북을 울리는 사나이의 무리가 보이는가 하면, 님프에(물의 妖精)나 도리아스(나무의 妖精) 또는 하마도리아스(떡갈나무의 妖精)로 분장한 소녀의 무리가 보였다. 마침내 어둠은 텐트 밑에서 들려 오는 달을 찬양하는 술취한 고함소리 속에 떨어졌다. 그러자 숲은 수백 개의 램프로 비춰졌다. 기슭에 서 있는 루파나리움에서는 빛이 흘러나왔다. 발코니 위에는 로마 일류 가정의 아내나 딸들로 구성된 새로운 발가벗은 무리가 나타난 것이다. 그녀들은 소리를 지르고 앳된 몸짓으로 손님을 끌기 시작했다.

뗏목은 마침내 기슭에 닿아 황제도 아우구스타니도 내려서 숲으로 들어가, 곳곳의 루파나리움이나 수풀 사이에 숨어 있는 텐트, 샘과 분수 사이에 머리를 짜내서 마련한 동굴로 흩어져 갔다. 광란이 모든 것을 사로잡았다. 황제가 어디에 갔는지, 누가 원로원 의원이고, 누가 귀족이고, 누가 무용수이고, 누가 악사인지 아무도 몰랐다. 사튜로스나 파우누스로 분장한 남자들은 고함을 질러 님프에로 분장한 여자들을 쫓아다니기 시작했다. 양치기의 지팡이로 램프의 불을 끄려고 후려치는 사람도 있었다. 숲의 군데군데는 어둠이 차지했다. 그러나 도처에서는 큰 고함소리나 웃음소리, 또는 속삭임 소리가 들렸다. 실상 로마는 그때까지 이와 비슷한 광경을 본 일이 없었다.

비니키우스는 리기아가 참석했던 궁정에서의 그 연회 때처럼 곤드레가 되지는 않았으나, 그래도 거기에서 벌어지고 있는 모든 것을 보았기 때문에 눈이 어지럽고 취기를 띠어 어쨌거나 쾌락의 열기에 사로잡혔다. 그래서 숲 속에 끼어들어가 다른 사람들과 함께 달리면서 도리아스로 분장한 여자 중에서 가장 아름다워 보이는 것은 누구일까 하고 찾기 시작했다. 끊임없이 자기의 주위에는 노래와 고함 소리를 따라 파우누스나 사튜로스, 원로원 의원, 또는 귀족에게 쫓기는 새로운 여자들의 무리가 날아가듯이 지나갔다. 마침내 디아나로 분장한 한 사람의 소녀가 인도하는 아가씨들의 무리를 발견하고 그 여신을 가까이에서 잘 보려고 그쪽으로 달려 갔으나, 그 순간 갑자기 그의 심장이 멎는 것 같았다. 머리에 달을 이은 여신이 리기아로 보였던 것이다.

아가씨들은 난무(亂舞)하면서 비니키우스를 에워쌌다가 이윽고 분명히 그 추적을 유인하려는 듯이 사슴의 무리처럼 달아나기 시작했다. 그러나 비니키우스는 숨을 헐떡이며 그 자리에 멈춰섰다. 가까이서 보니까 디아나가 리기아를 전혀 닮지 않은 데에 큰 충격을 받았기 때문이었다. 갑자기 그는 태어나서부터 한 번도 경험한 적이 없는 격렬한 그리움에 사로잡혔다. 리기아에 대한 사랑이 새로운 큰 물결이 되어 그의 가슴에 흘러들었다. 이 광란과 야만적인 쾌락의 숲속에서 느꼈을 때처럼 리기아가 소중하고 깨끗한, 사랑스러운 사람이라고 생각된 적은 없었다. 조금 전까지 이 환락의 술잔을 들고 육감과 무치(無恥)의 방종에 가담하려 했던 자신에게 반감과 구토가 엄습해 왔다. 가슴이 메슥거려 청신한 공기를 마시고 싶었다. 눈은 이 무서운 숲에 가려져 있는 별을 찾고 있는 것이라고 느껴 비니키우스는 그곳으로부터 도망칠 결심을 했다. 그러나 몇 발자국 걷기도 전에, 얼굴을 베일로 가린 사람이 비니키우스의 팔에 손바닥을 얹고 뜨거운 숨을 얼굴에 내뿜으면서 속삭이기 시작했다.

「당신을 사랑하고 있어요. 가요. 아무도 보고 있지 않아요. 자아, 어서요, 서두르세요.」

비니키우스는 꿈에서 깨어난 것 같았다.

「누구시죠?」

그러자 그 사람은 비니키우스의 팔에 몸을 기대면서 숨가쁘게 부탁하기 시작했다.

「서두르세요. 보세요, 여기는 아무도 없어요. 당신을 사랑하고 있어요. 자아, 빨리요!」

「누구세요, 대체?」

비니키우스는 되풀이했다.

「맞춰 보세요.」

그러면서 베일 너머로 비니키우스의 입술에 자기 입술을 갖다 대고 동시에 비니키우스의 머리를 자기 쪽으로 끌어당겼다. 그러다가 한참 후 숨이 답답해지자 비니키우스의 얼굴에서 겨우 떨어졌다.

「사랑의 밤이에요. ――미쳐 날뛰는 밤이에요!」

가쁜 숨결 밑에서 이렇게 말하고는 다시 「오늘밤은 무슨 짓을 해도 상관 없어요. ──저를 데려가 주세요.」

그 키스는 비니키우스를 불태웠지만 동시에 새로운 역겨움을 일으키게 했다. 영혼도 가슴도 다른 곳에 가 있었다. 비니키우스에게 있어서는 오로지 리기아밖에는 없었던 것이다.

그래서 비니키우스는 베일을 쓴 사람을 손으로 밀쳐 내고 말했다.

「어느 분인지는 모르지만, 나는 다른 사람을 사랑하고 있습니다. 상대해 드릴 수가 없습니다.」

그러나 상대방은 비니키우스의 가슴에 머리를 묻었다.

「베일을 벗겨 주세요──.」

그러나 그 순간 바로 옆에 있는 뮬토스의 잎이 바스락바스락 하는 소리를 냈다. 상대방 여자는 그 소리를 듣자 어디론지 그림자처럼 사라져 버렸다. 다만 멀리에서 무언가 이상한 여자의 웃음소리가 들려 왔을 뿐이었다.

페트로니우스가 비니키우스 앞에 서 있었다.

「모두 들었다. 그리고 이 눈으로 보기도 하고.」

페트로니우스가 말했다.

비니키우스는 되받았다.

「여기에서 나갑시다.」

두 사람은 걷기 시작했다. 환히 빛나는 몇 개인가의 루파나리움, 숲, 프라에토리아 기병의 대열을 지나 가마를 발견했다.

「너의 집으로 가자.」

페트로니우스는 말했다.

두 사람은 가마에 함께 탔다. 그러나 두 사람은 모두 말이 없었다. 비니키우스의 집 아토리움에 들어서자 곧 페트로니우스는 말했다.

「너는 그 사람이 누구였는지 아니?」

「루브리아입니까?」

그렇게 물은 비니키우스는 루브리아가 베스타의 처녀였다는 것을 생각만 해도 몸서리가 쳐졌다.

「아니.」

「그럼 누구입니까?」

페트로니우스는 목소리를 낮추었다.

「베스타의 불은 이제 더럽혀졌다. 루브리아는 황제와 함께 있었어. 너한테 말을 건 여자는…….」

여기에서 한층 더 낮은 목소리로 덧붙였다.

「디바 아우구스타(황후의 존칭)였어.」

한동안 침묵이 흘렀다. 페트로니우스는 이렇게 말했다.

「황제는 포파에아 앞에서도 루브리아에 대한 생각을 숨길 수가 없었어. 그래서 포파에아는 어쩌면 그 일에 대한 복수를 하고 싶었던 것인지도 몰라. 그러나 내가 방해를 한 것은, 만일 네가 아우구스타라는 것을 알고 거절을 했다면 너를 파멸에서 건질 길이 없어지기 때문이야. 너도, 리기아도, 그리고 또 어쩌면 나까지도 말이야.」

그러나 비니키우스는 갑자기 소리를 질렀다.

「이제는 지긋지긋합니다. 로마도, 황제도, 연회도, 아우구스타도, 티게리누스도, 당신들 모두가 말입니다. 아아, 숨이 막힐 것만 같습니다. 이런 생활은 이제 더 이상 할 수가 없습니다. 아시겠습니까?」

「뭔가 잘못됐구나, 머리도 판단도 분별도……. 비니키우스.」

「제가 사랑하고 있는 것은 세계에서 오직 한 사람뿐입니다.」

「그래서 어쩌겠다는 말이냐?」

「그러니까 다른 사랑은 싫습니다. 당신들의 생활, 연회, 부끄러움도 모르는 악행(惡行)은 이제 진절머리가 납니다.」

「어떻게 된 거냐, 너. 마치 그리스도 교도가 다 된 것 같구나.」

젊은이는 두 손으로 머리를 누르고 절망한 듯이 되풀이하기 시작했다.

「아니오, 아직입니다, 아직 못 되었습니다.」

제 32 장

　페트로니우스는 집에 돌아왔으나 어깨를 움츠리고 몹시 불만스런 얼굴을 하고 있었다. 지금에 와서 자기가 비니키우스와 서로 이해할 수 없게 되었다는 것, 두 사람의 마음이 전혀 다른 방향으로 가고 있다는 것을 깨달았기 때문이었다.

　전에는 페트로니우스는 이 젊은 군인에게 대단한 영향을 미치고 있었다. 모든 일에 있어서 모범이 되고 자기 쪽에서 두세 마디 우회적으로 말하기만 해도 비니키우스는 무슨 뜻인지 대번에 알아차리는 경우도 흔히 있었다.

　그러나 지금은 그러한 것이 하나도 없어지고 말았다. 그 결과 페트로니우스는 약삭빠른 말로 넌지시 비쳐 보아도 비니키우스의 마음에 사랑뿐만 아니라 영문을 알 수 없는 그리스도 교의 세계와 접촉하고 나서 생긴 새로운 상태에서는 아무런 효과가 없다는 것을 느껴 옛날대로의 방식을 시도하지 않게 되었을 정도이다.

　경험이 풍부한 이 회의가는 비니키우스의 마음에 대한 열쇠를 잃었다는 것을 알게 되었다. 또한 그 때문에 불만뿐 아니라 공포마저도 느끼게 되었고, 그날 밤의 사건은 그것을 한층 더 크게 만들었다.

　『그것이 만일 아우구스타 쪽에서는 일시적인 연정이 아니라 오래 계속되는 욕정이었다고 한다면 둘 가운데 하나이다.』하고 페트로니우스는 생각했다. 『즉 비니키우스가 아우구스타에게 반항하지 않고 앞으로 무슨 계기로 파멸하든가, 아니면——오히려 자기에게는 그렇게 생각되지만——아우구스타에게 반항한다고 한다면 그때 파멸은 확실하며 비니키우스와 함께 자기도, 비니키우스의 근친이라는 것과 또 아우구스타가 일가 전체를 미워하여 그 총애가 티게리누스 쪽에 기울고 있다는 것으로 해서도 같은 꼴을 당할 수밖에 없다.』——어느 쪽이나 좋은 일은 없다. 페트로니우스는 죽음을 두려워하지는 않지만, 죽음에서는 아무것도 기대하고 있지 않기 때문에 죽음을 자초할 기분은 되지 않았다.

오랫동안 생각한 끝에 가장 좋은 것은 비니키우스에게 로마를 떠나 여행을 하게 하는 것이라고 생각했다. 참, 리기아를 붙여서 보낸다면 그도 기꺼이 수락할 텐데. 그러나 이때까지만 해도 비니키우스를 설득하는 것이 그렇게 무턱대고 곤란하지만은 않으리라는 희망도 있었다.

우선 파라티움의 언덕 위에 비니키우스가 앓고 있다는 소문을 퍼뜨려 비니키우스로부터도 자기로부터도 위험을 제거해 놓는 일이다. 아우구스타도 결국 비니키우스에게 들통이 났는지 어떤지를 모르고 있다. 모르고 있다고 한다면, 그 자존심은 지금까지로서는 별로 상처받지 않았다고 말할 수 있다. 그러나 장래에는 변화가 생길는지도 모르니까 그렇게 되지 않도록 하지 않으면 안 된다.

페트로니우스가 우선 시간을 오래 끌리라고 생각한 것은, 그 동안에 황제가 아카이아로 떠나게 되면 예술에 대해서는 전혀 아는 것이 없는 티게리누스는 표면에서 움츠러들어 그 세력을 잃게 된다는 것을 알고 있기 때문이다. 그리스에만 가면 페트로니우스는 모든 경쟁자에 대해 승리할 자신이 있었다.

그래서 당분간 비니키우스를 감시하면서 여행을 떠나도록 권고하기로 마음먹었다. 십여 일이 지나는 동안에 황제에게 그리스도 교도를 로마에서 추방하라는 칙령을 내리게 하면 리기아는 다른 신자들과 함께 이곳을 떠날 것이고 그 가운데는 비니키우스도 있을 것이라는 생각까지 했다.

그렇게만 되면 아무것도 설득할 필요가 없어진다. 그것만 생각하면 이 일은 가능하다. 실제로 그렇게 옛날 얘기가 아니라 유태 교도가 그리스도 교도에 대한 증오에서 소동을 일으켰을 때 크라우디우스 황제는 쌍방을 구별할 수가 없었기 때문에 유태 교도를 추방했다. 따라서 네로가 그리스도 교도를 추방하지 못할 이유는 없다. 그렇게만 되면 로마가 넓어진다. 저『떠 있는 연회』이후, 페트로니우스는 파라티움에서도 다른 저택에서도 매일 네로와 만나고 있었다. 그러한 생각을 네로에게 주입하기는 쉬웠다. 네로는 누구에게나 파멸이나 손해를 미치는 계획에는 반대한 일이 없었기 때문이다.

곰곰이 생각한 후 페트로니우스는 치밀한 계획을 세웠다. 즉 자기의 집에서 연회를 개최하고 그 석상에서 황제에게 칙령의 발표를 촉구하는 것이다. 황제가 그 절차를 자기에게 맡긴다는 것을 기대하지 못할 이유도 없다고까지 생각했다. 그렇게만 되면 자기는 비니키우스의 연인에 걸맞는 배려를 다하여 리기아를, 가령 바이아에까지 내보낸다. 두 사람은 거기에서 서로 사랑하고 마음껏 그리스도 교에 심취해도 좋을 것이다.

페트로니우스가 비니키우스를 이따금 방문한 것은 조카에 대한 애착을 끊을 수가 없었기 때문이고, 둘째로는 여행을 떠나라고 권고할 작정이었기 때문이다. 비니키우스는 환자를 가장하여 파라티움에는 얼굴을 내밀지 않았으나, 그곳에서는 매일 여러 가지 계획이 세워지고 있었다. 어느 날 마침내 페트로니우스는 황제 자신의 입에서 이번에는 틀림없이 3일 후에 안티움으로 떠난다는 말을 들었기 때문에, 당장 다음날 그것을 알려 주기 위해 비니키우스에게로 갔다.

그러나 비니키우스 쪽에서 재빨리 황제의 해방 노예가 보내 준 안티움에 초청된 사람들의 명부를 보여 주며 이렇게 말하는 것이었다.

「여기에는 내 이름도 있고 숙부님의 이름도 있습니다. 돌아가시면 아마 댁에도 같은 것이 와 있을 것입니다.」

페트로니우스는 말했다.

「초청된 사람들 속에 내가 없다면 그것은 아마 내가 죽지 않으면 안 된다는 뜻이 되지. 그러나 아카이아 여행 때까지는 설마한들 그런 일은 일어나지 않을 것이다. 그곳에서는 내가 네로에게는 매우 필요한 존재가 될 것이니까.」

그리고는 명부를 대충 훑어보고는 이렇게 말했다.

「겨우 지금 막 로마로 돌아왔는데 또 집을 떠나 안티움에 가지 않으면 안 된다. 이것은 초대뿐이 아니라 명령도 겸하고 있기 때문이야.」

「그것을 받아들이지 않는 자가 있다면 어떻게 됩니까?」

「그렇게 되면 다른 종류의 소환을 당하게 되지. 즉 이것보다도 현저하게 긴, 그곳에서는 영영 돌아오지 못하게 되는 그러한 여행을 떠나게 되지. 네가 내 권고를 듣지 않고 한가할 때에 떠나지 않은 것은 그야말로 유감이야. 이렇게 되면 너도 안티움에 가지 않으면 안 돼.」

「이렇게 되면 안티움에 가지 않으면 안 된다구요? 보십시오, 얼마나 한심한 세상입니까? 우리들은 그야말로 불쌍한 노예가 아니고 무엇입니까?」

「너는 이제서야 겨우 그것을 알았단 말이냐?」

「아니요. 그러나 기억하고 계시지요? 숙부님은 나에게『그리스도교는 인생의 적이다. 인생에 속박을 강요하는 것이기 때문이다.』라고 말씀하셨습니다. 그러나 그것이 우리들이 받고 있는 속박보다도 과연 가혹하다고 말할 수 있습니까? 숙부님은 말씀하셨습니다,『그리스는 지혜와 미를 창조하고, 로마는 힘을 창조했다.』고. 그 힘은 과연 어디에 있습니까?」

「그런 얘기라면 키론을 불러라. 나는 오늘 철학 토론을 할 생각은 털끝만큼도 없으니까. 무슨 얘기를 하고 있는 거냐? 이러한 세상을 내가 만든 것도 아닌데. 나에게는 그런 책임은 없다. 안티움 얘기나 하자. 알겠니, 그곳에서는 커다란 위험이 너를 기다리고 있다는 것을. 너에게 있어서는 크로톤을 목졸라 죽인 우르수스와 싸우는 쪽이 그곳에 가는 것보다는 나을 정도이지. 하지만 그래도 가지 않을 수는 없을걸.」

비니키우스는 아무래도 좋다는 듯이 손을 흔들어 보이고는 말했다.

「위험하다고요? 우리들은 어차피 모두들 죽음의 어둠 속을 방황하고 있는 게 아닙니까? 그리고 끊임없이 누군가의 머리가 그 어둠 속으로 가라앉고 있는 거지요.」

「그러나 약간의 이성을 가지고 있는 덕분에 티베리우스나 카리구라나 크라우디우스 또는 네로의 시대에도 불구하고 팔, 구십까지 산 사람을 일일이 손꼽아 세어 볼까? 저 도미티우스 아페르가 좋은 예다. 평생 도둑놈과 다름없는 불한당이었는데도 태연히 나이를 먹었어.」

「아마 그가 악당이기 때문이겠지요. 그럴 것이 틀림없습니다.」 하고 비니키우스는 대답했다.

그러고는 명부를 잠시 들여다보고 나서 이렇게 말했다.

「티게리누스, 바티니우스, 섹스투스, 아프리카누스, 아퀴누스 레글스, 실리우스 넬리누스, 에프리우스 마르케우스 등등이라——. 정말 인간 쓰레기들은 다 모였군요. ——그것들이 세계를 지배하고 있다니. ——이 무리들은 이집트나 시리아의 신들을 산골 마을로 끌고 다니며 쩔렁쩔렁 울리면서 예언이나 춤으로 빵을 버는 쪽이 어울리지 않습니까?」

「아니면 학문이 있는 원숭이든가 산술을 할 수 있는 개나 피리를 부는 당나귀로 보이게 하든가——.」

그렇게 말하고 페트로니우스는 덧붙였다.

「그것은 모두 사실이야. 그러나 좀더 중요한 얘기를 하자. 잘 귀담아 들어. 나는 파라티움에서 네가 병으로 집을 떠날 수가 없다고 말해 놓았는데도 네 이름이 이 명부에 나와 있는 것을 보면, 누가 내 말을 믿지 않는 자가 있어서 일부러 이러한 조치를 취했다는 증거가 된다. 네로는 이러한 일에 신경을 쓰지 않는다. 네로가 볼 때 너는 군인이므로 기껏해야 원형 경기장의 경주 얘기를 하는 것이 고작일 거야. 시나 음악을 네가 이해하지 못한다고 생각하고 있으

니까 말이다. 그러고 보면 네 이름을 여기에 내자고 한 것은 포파에아
외에는 없다. 그리고 그것은 곧 너에 대한 그 사람의 생각은 일시적인
연정이 아니라 너를 실제로 손에 넣으려고 했다는 것을 의미하게
된다.」

「대단하군요, 아우구스타는.」

「대단하구말구. 구할 수 없을 만큼 너를 파멸시킬지도 모른다.
비너스가 일각이라도 빨리 다른 사랑을 그 사람한테 안겨 주었으면
다행인데. 그 사람이 너를 생각하고 있는 동안은 너도 될 수 있는
대로 조심하지 않으면 안 된다. 붉은 수염은 이제 포파에아에게 싫
증을 느껴가고 있다. 지금은 이미 루브리아나 피타고라스 쪽으로
마음이 기울어졌지만, 그래도 자존심 때문에 우리들에게 지독한
복수를 하게 되는지도 모르니까 말이야.」

「숲에서는 나에게 말을 건 것이 그 사람인 줄 몰랐습니다만, 만약
알았다고 하더라도 내 대답에는 변함이 없습니다. 숙부님도 들으
셨지요? 내가 『나는 다른 사람을 사랑하고 있습니다. 상대할 수가
없습니다.』라고 한 것을.」

「나는 모든 지하의 신들에게 걸고 너에게 부탁한다. 그리스도
교도가 그대로 남겨준 그 이성의 마지막 부분까지 버리지는 마라.
올지도 모르는 파멸과 확실한 파멸을 놓고 어느 한 쪽을 택하는
것이니까 망설일 것은 없잖아? 전에 내가 너에게 말했지? 아우
구스타의 자존심을 건드렸다가는 너는 살아날 길이 없다고. 어쩔
수가 없는 거다. 살기가 싫어졌다면 차라리 동맥을 끊어 버리든가
가슴을 칼로 찌르는 것이 낫다. 포파에아를 모욕했다가는 너도 그
렇게 쉽게 죽지는 못할 것이다. 옛날에는 나도 너하고 얘기하는 것을
즐거워했다. 너, 정말 왜 그러느냐? 무슨 일이라도 있느냐?
그렇게 한다고 해서 네가 리기아를 사랑하는 데 지장은 없지 않니?
그리고 기억하고 있겠지? 포파에아는 파라티움에서 리기아를 본
적이 있다는 것을. 따라서 누구 때문에 네가 그 과분한 은혜를
거절하는지를 그 사람은 어렵지 않게 짐작힐 것이다. 그렇게 되면

이 세상 끝까지 뒤져서라도 리기아를 찾아내고야 말 것이다. 그렇게 되면 너는 너 자신만이 아니라 리기아까지 망치게 되는 것이다. ——내 말 알아듣겠지?」

비니키우스는 다른 일을 생각하고 있는 모습으로 듣고 있다가 마침내 이렇게 말했다.

「아무래도 나는 그 사람을 만나지 않으면 안 되겠습니다.」

「누구를? 리기아 말인가?」

「그렇습니다. 리기아를 말입니다.」

「어디에 있는지 알고 있나?」

「모릅니다.」

「그럼 또 옛날 묘지나 강 건너를 수색하겠다는 말이냐?」

「어디에 있는지는 모릅니다만 아무튼 만나지 않으면 안 됩니다.」

「좋아. 그녀는 그리스도 교도이지만 아마 너보다는 판단력이 있을지도 모른다. 너의 파멸을 원하지 않는다면 확실히 그것이 분명해질 것이다.」

비니키우스는 어깨를 으쓱했다.

「나를 우르수스의 손에서 구출해 주었습니다.」

「그렇다면 서두르지 않으면 안 된다. 붉은 수염은 어떠한 일이 있어도 여행을 연기하지는 않을 테니까 말야. 사형 선고는 안티움에서도 내릴 수가 있으니까.」

그러나 비니키우스는 듣고 있지 않았다. 그의 마음을 차지하고 있는 것은 오직 한 가지 생각뿐이었다. 리기아와 말을 나눠 보는 것이었다. 그래서 여러 가지로 궁리를 하고 있었던 것이다.

그렇게 하고 있는 동안에 일어난 정세는 모든 곤란을 제거할 수 있을지도 모르는 것이었다. 다음날 뜻밖에도 키론이 비니키우스를 찾아왔다.

키론은 거지 같은 비참한 꼴을 하고 있었고, 얼굴에도 입고 있는 허름한 옷에도 잔뜩 궁기가 배어 있었다. 그러나 하인은 전부터 밤낮을 불문하고 어떤 시각이라도 좋으니까 들여보내라는 명령을 받고 있었기 때문에 감히 제지하지는 않았다. 그래서 키론은 별 어려움 없이 아토리움에 들어와서 비니키우스 앞에 설 수 있었다.

「신들이 나리에게 불사(不死)의 생명을 주시옵고 세계에 미치는 지배를 함께 나누시기를.」

비니키우스는 그를 문 밖으로 끄집어내라고 명령하고 싶었다. 그러나 이 그리스 인이 어쩌면 리기아의 일을 알고 있을지도 모른다는 생각이 불현듯 떠오르자 호기심 쪽이 언짢은 마음을 이겼다.

「뭐야, 자넨가?」하고는 물었다.「대체 어떻게 된 거냐?」

키론은 대답했다.

「말씀이 아닙니다. 진짜 덕성(德性)이라는 것은 오늘날 아무도 문제시하지 않는 물건이 되고 말았습니다. 참된 현인도 닷새에 한 번 푸줏간에서 양 대가리를 사가지고 와서, 그것을 눈물을 머금고 다락방에서 씹어 먹는 것을 행복으로 여기지 않으면 안 됩니다. 아아, 정말 한심한 일입니다. 나리가 저에게 주신 것은 모든 아트락투스의 가게에서 책을 사버리고 말았습니다만, 그것도 도둑을 맞고 말았습니다. 내 학설을 쓰기로 되어 있었던 여자 노예가 나리께서 선뜻 주신 물건의 나머지를 훔쳐 가지고 달아난 것입니다. 정말로 비참하게 되었습니다만, 곰곰이 생각해 보니까 이 댁 말고는 달리 갈 곳이 없었습니다. 나리는 내가 늘 존경하고 신에 맹세코 내 생명까지도 아낌없이 내던졌을 정도이니까요.」

「그래, 무엇 때문에 왔는가? 무엇을 가지고 왔는가?」

「도움을 받으려고 왔습니다. 가지고 온 것은 내 빈곤과 눈물과 사랑, 그리고 마지막으로 나리에 대한 사랑을 위해서 수집한 소식입니다. 기억하고 계십니까? 아직 이렇게 되지 않았던 시절에 말씀드린, 페트로니우스 님의 노예에게 파포스에 있는 비너스의 허리띠에서 뽑은 한 가닥 한 가닥의 실을 물려 준 이야기를 말입니다. 그것이 효과가 있었는지 없었는지는 누구나 잘 알고 있습니다. 나리도 그곳 저택에서 일어나고 있는 일은 잘 알고 계시니까 에우니케가 지금 어떻게 되었는지는 잘 알고 계실 것입니다. 나에게는 그러한 실이 한 개 더 있습니다. 그것은 나리를 위해 보관해 두었습니다.」

비니키우스의 미간에 모여 있는 노여움을 보자, 키론은 곧 말을 중단했다. 그리고 그 파열을 막으려는 듯이 서둘러 이렇게 말했다.

「리기아 아가씨의 거처를 알았습니다. 집도 골목도 가르쳐 드리겠습니다.」

비니키우스는 흥분을 억제하고 말했다.

「어디에 있느냐?」

「나이 많은 그리스도교의 사제 리누스의 집입니다. 거기에 우르수스와 함께 있는데, 그 사나이는 아직도 방앗간에 다니고 있습니다. 그 방앗간의 이름은 나리댁의 집사와 같은 이름으로서, 데마스…….그렇습니다, 데마스라고 합니다. ——우르수스는 밤에 일하고 있으므로 밤에 그 집을 포위해도 그 사나이는 없을 것입니다. 리누스는 늙고—— 그 집에는 그밖에 좀더 나이가 많은 여자가 두 사람 있을 뿐입니다.」

「어디에서 그런 일을 모두 알아냈느냐?」

「기억하고 계시겠지만, 그리스도 교도는 나를 붙잡았지만 나중에 나를 용서해 주었습니다. 그라우쿠스가 나를 불행의 원인이라고 생각하고 있는 것은 정말 착각이지만, 그 불쌍한 사람은 그렇게 믿고 있었고 지금도 그렇게 믿고 있습니다. 그럼에도 불구하고 모두들 나를 용서해 주었습니다. 그래서 감사하는 마음이 내 가슴에 가득 차 있었습니다. 나는 옛날의 좀더 좋은 시대의 인간입니다. 그래서 나는 이렇게 생각한 것입니다. 나도 내 친구나 은인을 저버려도 좋은 것인가, 그 사람들의 일을 묻지 않고 지금 어떻게 하고 있는지, 무사한지 어떤지, 어디에 살고 있는지조차 모르고 있다는 것은 너무 냉담하지 않은가 하고 말입니다. 페시투스(소아시아 중부지방 가라티아 서쪽 경계에 있는 마을)에 있는 큐베레(대지의 여신)에 걸고 맹세하지만, 나는 그런 일은 할 수가 없습니다. 그 사람들이 내 뜻을 나쁘게 받아들이지는 않을까 하는 걱정이 나를 괴롭혔습니다. 그러나 그 사람들에 대해 내가 갖고 있던 사랑이 그 걱정보다도 큰데다가, 특히 그 사람들은 모든 부정을 그야말로 쉽게 용서한다는 것이 나에게 용기를 주었습니다. 그러나 나는 무엇보다도 나리의 일을 생각하고 있었습니다. 우리들의 최후의 원정은 실패로 끝났지만 이토록 운수가 좋은 분에게 이대로 참을 수가 있겠습니까? 그래서 나는 나리를 위해서 승리할 준비를 했습니다. 그 집은 다른 집들과 떨어져 있습니다. 노예를 시켜 쥐새끼 한 마리 빠져 나올 수 없게 에워쌀 수가 있습니다. 그렇습니다, 나리가 한 말씀만 하시면 오늘밤에라도 그 기품 있는 왕녀님이 나리의 댁으로 오실 수가 있습니다. 그렇게 되면 거기에는 완전히 빈털터리가 되어 배를 곯고 있는 내가 도와서 그리 되었다는 것을 알아 주십시오.」

비니키우스의 머리에는 피가 끓어올랐다. 당장이라도 그녀를 습격하려는 유혹이 다시 한 번 그 전신을 뒤흔들었다. 그렇다, 이것은 하나의 방법이다. 더욱이 확실한 방법이다. 한 번 집에 데려오기만 하면, 누가 감히 자기에게서 그녀를 빼앗을 수가 있을 것인가? 한 번 리기아를 자기의 애인으로 삼으면, 언제까지나 애인으로 있을 수밖에 방법이 없을 것이다. 종교 따위는 모두 멸망해 버려라. 그렇게 되기만 하면 그리스도 교도는 그 연민이나 경기 없는 신앙을 포함하여 자기에게 무슨 의미가 있을 것인가. 자기도 다른 모든 사람과 마찬가지로 생활하기 시작할 때가 아닌가. 그런 다음 리기아가 그 신봉하는 종교와 자기의 운명을 어떻게 조화시켜 나가는가 하는 것은 역시 작은 문제이다. 그것들은 별로 의미가 없는 일이다. 우선 리기아는 오늘이라도 당장 내 것이 될 수 있다는 것이다. 문제는 리기아에게 있어서 새로운 세계에 대해 리기아가 빠질 수밖에 없는 쾌락과 황홀에 대해 그 종교가 버티는가 어떤가 하는 것이다. 어쨌든 그것은 오늘에라도 결정 날 수 있는 문제이다. 키론을 붙잡아 놓고 있다가 어두워지고 나서 명령을 내리기만 하면 된다. 아아, 한없이 기쁜 일이다. ——비니키우스는 이렇게 생각했다.

『지금까지의 내 생활은 무엇이었던가? 괴로움과 불안, 욕정과 해답이 나오지 않는 물음뿐이었지 뭐냐?』

이 방법으로 그것과는 깨끗이 인연이 끊어지고 마는 것이다. 물론 자기는 리기아에게 손을 대지 않겠다고 맹세한 것을 기억하고 있다. 그러나 무엇에 걸고 맹세했던가? 신들에게 걸고 맹세한 것이 아니다. 자기는 이미 신들을 믿고 있지 않았으므로.

그러나 그리스도에 걸고서도 아니다. 그리스도는 아직 믿고 있지 않았으므로. 어쨌든 리기아가 모욕을 당했다고 느낀다면 결혼을 해주면 될 것이 아닌가. 그 방법으로 리기아가 받은 부정을 보상하는 것이다. 그렇다, 게다가 자기는 그 사람 덕분에 살아난 것이니까 그러한 의무가 있는 것이라고 생각했다. 여기에서 비니키우스는 크로톤과 함께 리기아의 은신처에 숨어 들었던 날의 일을 생각해 내고, 자기가 얻어맞은 우르수스의 주먹이나 그 후에 일어난 모든 일을 생각해 냈다. 자기의 침상 위에 몸을 수그린, 노예의 옷을 입고 있으면서 자비를 베푸는 자로서 숭앙받는 신처럼 아름다운 그 모습을 다시 상상해 보았다. 비니키우스의 눈은 자기도 모르는 새에 벽에 걸려 있는, 리기아가 떠나갈 때 남기고 간 십자가 쪽으로 향했다. 그러한 모든 것에 대해 다시 새로운 폭행으로서 보답하려는 것인가? 노예로서 머리카락을 움켜쥐고 침대 위를 끌고 다니겠다는 것인가? 자기는 리기아를 원할 뿐만 아니라 사랑하고 있다. 더욱이 그처럼 순결하기 때문에 사랑하고 있다고 말하면서 어떻게 그러한 일을 할 수가 있단 말인가.

불현듯 비니키우스는 리기아를 자기 집에 데려다 놓는 것으로는 부족하다는 것을 깨달았다. 폭력으로 팔에 안는 것만으로는 부족하다는 것, 자기의 사랑은 이미 좀더 커다란 것, 즉 리기아의 동의, 리기아의 사랑, 리기아의 영혼을 원하고 있다는 것을 깨달았다.

리기아가 자진하여 기꺼이 그 밑으로 들어온다면, 그 지붕은 축복받고 그 순간은 축복받는다. 그 날은 축복받는다. 그 생활은 축복받는다. 그렇게 되면 두 사람의 행복은 끝이 없는 바다처럼, 태양처럼 환해진다. 그러나 리기아를 폭력으로 빼앗으면, 그것은 이러한 행복을 영원히 망가뜨리는 것이 되고, 동시에 인생에서 가장 귀중하고 유일하게 사랑하는 것을 더럽히고 지겨운 것으로 만드는 것이 된다.

그것을 생각만 해도 소름이 끼쳤다. 문득 키론을 보자 자기 쪽을 바라보며 누더기 속에 손을 집어넣어 몸을 긁고 있었다. 비니키우스는 말로 표현할 수 없는 혐오감을 느껴, 이 예전의 심부름꾼이었던 키론을 더러운 벌레나 독을 가진 뱀처럼 짓밟아 주고 싶었다. 잠시 후에 겨우 어떻게 하면 좋은지를 알았다. 그러나 전혀 절도(節度)를 유지하지 못하고 잔혹한 로마 인다운 충동에 내몰려 키론 쪽을 돌아보며 이렇게 말했다.

「너의 권고는 받아들이지 않겠다. 그러나 너의 수고에 대해서는 거기에 상당하는 보수를 주지 않을 수 없으니까 지하실에 가서 채찍을 삼백 대 안기도록 하지.」

키론은 파랗게 질렸다. 아름다운 비니키우스의 얼굴에는 차가운 냉혹함이 나타나 있어서 그 말이 잔혹한 농담으로만 끝날 것이라는 헛된 희망을 불식시켰다.

그래서 키론은 당장 비니키우스의 무릎을 끌어안고 몸을 숙였다. 그러고는 겁먹은 소리로 더듬더듬 말하기 시작했다.

「왜 그러십니까? 페르샤의 대왕님, 무엇 때문입니까? ——자비로운 피라밋, 동정심 많은 거인이시어, 무엇 때문입니까? ——저는 늙고 배고프고 가난한…… 그리고 나리를 위해 무척 애를 썼습니다. ——이것이 그 수고의 대가란 말입니까?」

「네가 그리스도 교도들에게 한 것처럼 말이다.」 하고 비니키우스는 대답했다.

그리고는 집사를 불렀다.

그러나 키론은 비니키우스의 발 밑에 엎드려 몸을 뒤틀면서 그 발을 안고 얼굴이 새파랗게 질려서 계속 부르짖었다.

「나리, ——저는 늙은이입니다. 삼백이 아니라 오십 대로 해

주십시오. —— 오십대로 족합니다. ——삼백이 아니라 백으로 해주
십시오. ——제발, 불쌍히 여기십시오, 불쌍히…….」

비니키우스는 발로 걷어차고 명령을 내렸다. 그러자 순식간에
집사의 뒤에서 힘센 콰디 족(남게르마니아의 민족)의 사나이가 두
사람 달려와서 키론의 몇 가닥 안 되는 머리카락을 움켜쥐고 머리를
그 남루한 옷으로 감싸고는 지하실로 끌고 내려갔다.

「그리스도의 이름에 걸고——.」 하고 그리스 인은 복도로 나가는
출구에서 소리질렀다.

비니키우스는 혼자 남게 되었다. 명령을 내리고 나서 오히려 그
것에 자극을 받아 생기가 되살아났다. 그래서 흐트러진 생각을 하
나로 정리하려고 애를 썼다. 매우 마음이 홀가분해졌음을 느끼고
자기 자신에 대해서 얻은 승리로 해서 기운이 뻗쳤다. 무언가 성큼
리기아 쪽으로 한 걸음 다가선 듯한, 따라서 무언가 그에 대한 포상이
있지 않으면 안 될 것 같은 느낌이 들었다. 처음에는 자기가 키론에
대해 너무 가혹한 처벌을 내렸다거나, 전에는 포상을 한 것과 마
찬가지의 행동에 대해 채찍을 때리라고 명령했다는 사실조차도
생각지 못하고 있었다.

아직도 그는 완전한 로마 인이었으므로 타인의 고통을 헤아리지
못했고, 따라서 단지 한 사람 그리스 인의 일에 정신을 빼앗기거나
하는 일은 없었다. 설사 그렇게 생각했다고 하더라도 불쌍한 사나
이를 벌하라고 명령한 일은 정당한 일이었다고 판단했을 것이다.

다만 리기아의 일을 생각하면서 이렇게 중얼댔다.

「나는 너의 선(善)에 대해서 악(惡)으로 갚지 않는다. 나를 설득
하여 너에게 손을 대게 하려고 한 사나이에게 어떤 태도를 취했는지
네가 들었다면, 너는 나에게 그것을 감사히 생각할 것이다.」

그러나 여기에서 다시 생각을 고쳐먹고 리기아는 자기의 키론에
대한 조치를 과연 칭찬할까 하고 생각했다. 어떻든 리기아가 믿는
종교는 사람을 용서하라고 명령하고 있다. 어떻든 그리스도 교도는
그 변변치 못한 자에게 충분히 복수할 만한 이유가 있으면서도

그것을 용서해 주었다.

　그렇게 생각했을 때 비니키우스의 마음 속에 저『그리스도의 이름에 걸고』라는 외침소리가 울려왔다. 그러한 외침소리로 키론이 저 리기 족의 사나이로부터 죄를 용서받은 것을 생각해내고 형벌이 아직 끝나지 않았다면 용서해 주리라고 마음먹었다.

　그래서 막 집사를 부르려는 참에 집사가 나타나서 이렇게 말하는 것이었다.

　「주인님, 그 늙은이가 기절했습니다. 어쩌면 죽을지도 모릅니다. 매질을 계속할까요 ?」

　「제정신으로 되돌려서 여기에 데리고 와 !」

　아토리움 담당은 커튼 뒤로 사라졌으나 제정신으로 되돌리기가 쉽지 않은 듯, 비니키우스는 꽤 오랫동안을 기다려야만 했다. 더 참을 수가 없어 비니키우스가 내려가 보려는 참에 가까스로 노예들이 키론을 끌고와서 비니키우스의 신호를 보더니 곧 물러갔다.

　키론은 새파랗게 질려 있었다. 그 두 발을 따라 피가 아토리움의 모자이크 위에 흘러내렸다. 그러나 정신은 되돌아와 있는 듯 비니키우스 앞에 무릎을 꿇고는 두 손을 뻗으며 이렇게 말하기 시작했다.

　「고맙습니다, 나리. 정말 자비로우시고 위대하신 분입니다.」

　「개 같은 놈. 알겠니 ? 내가 덕분에 목숨을 건진 그리스도를 위해서 용서해 주는 거다.」 하고 비니키우스는 말했다.

　「나리, 그리스도와 나리를 위해서 몸 바치겠습니다.」

　「잠자코 들어. 일어서라. 그리고 나와 함께 가서 리기아가 살고 있는 집을 가리켜 주는 거다.」

　키론은 일어났으나 겨우 몸을 지탱할 수가 있었다. 그는 한층 더 송장처럼 파랗게 질려가지고 숨넘어가는 소리로 말했다.

　「나리, 정말로 배가 고픕니다. ——물론 가겠습니다. 하지만 힘이 없습니다. ——댁의 개가 먹던 거라도 있으면 좀 주십시오. 그러면 곧 가겠습니다.」

　비니키우스는 키론에게 먹을 것과 금화 한 장과 옷을 내주게 했다.

그러나 매질과 공복 때문에 약해질 대로 약해진 키론은 비니키우스가 자기의 약해져 있는 모습을 반항이라고 보고 또다시 매질을 하지는 않을까 하는 두려움 때문에 머리털이 곤두서서 식사를 하고 나서도 잘 걸을 수가 없었다.

「포도주를 한 잔 마시면 몸이 녹을 테니까 마그나 그라에키아(시칠리아를 포함한 이탈리아 남부)까지라도 곧 갈 수 있을 것입니다.」

키론은 이를 덜덜 떨면서 말했다.

잠시 후 그의 말대로 조금 힘을 회복했으므로 두 사람은 곧 떠났다. 길은 멀었다. 리누스가 살고 있는 집은 대부분의 그리스도 교도와 마찬가지로 티베리스 강 건너 쪽에 있었고 미리암의 집에서 그리 멀지 않았다.

키론은 마침내 비니키우스에게 외따로 서 있는 조그마한 집을 가리켰다. 사방의 벽은 온통 담쟁이 덩굴로 덮여 있었다.

키론이 말했다.

「여깁니다.」

「좋아.」 하고 비니키우스는 말했다. 「그럼 가거라. 그러나 그 전에 내 말을 잘 들어라. 너는 나를 도와 주었다는 것을 잊어버리는 것이다. 미리암과 베드로, 그리고 그라우쿠스가 살고 있는 장소를 잊어버리는 것이다. 그리고 또한 이 집의 일도 모든 그리스도 교도의 일도 잊어버리는 것이다. 매달 우리집에 와라. 해방 노예인 데마스가 금화 두 장씩을 너에게 주기로 되어 있다. 그러나 앞으로도 계속 그리스도 교도를 염탐하면 죽도록 채찍으로 때리거나, 아니면 로마시의 총독에게 넘겨 줄 테니까 그리 알아라.」

키론은 머리를 숙이고 나서 말했다.

「네, 잊어버리겠습니다.」

그러나 비니키우스가 골목 모퉁이를 돌아 보이지 않게 되자, 키론은 그쪽으로 손을 뻗쳐 주먹으로 위협하면서 외쳤다.

「아테(불행이나 복수의 여신)와 프리아니(복수의 세 여신)에 걸고 맹세한다, 어떤 일이 있어도 잊어버리지 않을 테다!」

이렇게 말하고 그는 정신을 잃고 쓰러졌다.

제 33 장

　비니키우스는 곧바로 미리암이 살고 있는 집으로 갔다. 문 앞에서 나자리우스를 만났다. 소년은 비니키우스를 보고 망설였으나, 비니키우스는 상냥하게 인사를 하고 어머니한테로 안내해 달라고 말했다.

　집에는 미리암 외에 베드로와 그라우쿠스와 크리스푸스, 게다가 최근 프레겔라에(로마 동남동 90킬로에 있는 라티움의 도시)에서 갓 돌아온 타루소의 바울도 있었다. 젊은 호민관을 보자 놀라움이 모든 사람의 얼굴에 나타났으나 비니키우스는 침착하게 말했다.

　「당신들이 숭배하고 계시는 그리스도의 이름으로 인사를 올리겠습니다.」

　「그리스도의 이름이 세계에서 널리 칭송되기를.」

　「나는 당신들의 덕을 알고 호의를 직접 체험했으므로 오늘은 친구로서 찾아온 것입니다.」

　「우리들도 당신을 친구로서 맞이합니다.」 하고 베드로가 말했다. 「앉으십시오. 우리들의 손님으로서 우리들과 함께 식사를 하시지요.」

　「물론 앉기도 하고 함께 식사도 하겠지만, 다만 그 전에 베드로님도 타루소의 바울 님도 저의 진심을 아시기 위해 저의 이야기를 들어 주시기 바랍니다. 저는 리기아가 어디에 있는지 알고 있습니다. 저는 이 집 근처에 있는 리누스의 집 앞에서 돌아오는 길입니다. 리기아는 황제가 저에게 주신 것이고, 따라서 리기아에 대한 권리는 저에게 있습니다. 그리고 저는 이곳 로마의 집에 오백 명 가량의 노예를 갖고 있으므로 그 은신처를 에워싸고 붙잡을 수도 있었습니다만, 저는 그렇게 하지 않았고 앞으로도 그렇게는 하지 않을 것입니다.」

「그 일로 해서 주님의 축복이 당신에게 있고 당신의 마음은 깨끗해질 것입니다.」 하고 베드로는 말했다.

「고맙습니다. 그러나 조금만 더 들어 주십시오. 그렇게는 하지 않았습니다만, 저는 매일매일을 괴로움과 그리움 속에서 살고 있습니다. 당신들과 가까이하기 전 같으면 틀림없이 저는 리기아를 빼앗아 억지로 제 곁에 붙잡아 두었겠지요. 그러나 당신들의 덕과 당신들의 종교는, 아직도 저에게는 완전히 이해할 수는 없습니다만, 무언가 제 마음 속을 바꾸어 놓았기 때문에 이제 폭력에 호소할 생각은 없어졌습니다. 어째서 그리 되었는지는 저도 알 수 없습니다만 어쨌든 그렇게 되었습니다. 어째서 당신들을 찾아왔는가 하면, 그것은 당신들이 리기아에게는 아버지도 되고 어머니가 되기도 하기 때문입니다. 그래서 이렇게 말씀드리겠습니다.『리기아를 아무쪼록 제 아내로 주십시오. 당신들에게 맹세합니다. 리기아가 그리스도교를 믿는 것을 금지하지 않을 뿐만 아니라 저 자신도 그리스도의 가르침을 배우겠습니다.』라고.」

머리를 꼿꼿이 세우고 단호한 목소리로 이렇게 말했으나 흥분하고 있었기 때문에 허리띠로 쥔 외투 밑에서 발이 떨리고 있었다. 그러나 이야기를 끝내고 잠시 침묵이 계속되자 자기에게 불리한 대답을 사전에 봉쇄하려는 듯이 계속 이야기하기 시작했다.

「여러 가지로 지장이 있으리라는 것은 알고 있습니다. 그렇지만 저는 제 눈동자와 같이 리기아를 사랑하고 있고, 아직 그리스도교도가 되지는 않았지만 저는 당신들에게도 그리스도에게도 결코 적은 아닙니다. 저는 당신들에게 대해서 진실해지고 싶다고 생각하고 있습니다. 지금 저는 사느냐 죽느냐의 기로에 서 있습니다. 그래도 저는 당신들에게 사실을 말씀드리고 있습니다. 다른 사람 같으면 당신들에게 『세례를 베풀어 주십시오.』하고 말할 것입니다.
──저는 말씀드립니다. 『저로 하여금 깨닫게 해주십시오.』라고.
　저는 그리스도가 부활한 것을 믿습니다. 그리스도를 그 사후에
본 진리에 사는 사람들이 그렇게 이야기했기 때문입니다. 저는 믿
습니다. 당신들의 종교가 덕과 정의와 자비를 낳고, 사람들이 당신을
비난하고 있는 것과 같은 죄악을 저지르고 있지 않다는 것을. 그것은
제가 직접 체험했기 때문입니다. 그러나 지금까지는 조금밖에는
알고 있지 못합니다. 다만 당신들로부터, 당신들의 제자들로부터,
리기아로부터, 그리고 당신들과의 이야기를 통해 조금 알았을 뿐
입니다. 그러나 되풀이해서 말씀드리지만 제 마음 속에는 어딘가
벌써 그 종교의 힘으로 달라진 데가 있는 것입니다.
　전에는 노예들을 무쇠 같은 손으로 억압하고 있었지만, 지금은
그렇게 할 수가 없습니다. 전에는 자비라는 것을 모르고 있었지만,
지금은 알고 있습니다. 쾌락에 빠져 있었지만, 지금은 혐오감으로
가슴이 답답하기 때문에 아그리파의 연못에서 도망쳐 왔습니다.
전에는 폭력에 의존하고 있었지만, 지금은 그것을 단념하고 있습
니다. 보시다시피 제가 보기에도 예전의 나라고는 도저히 생각할
수가 없게 되었습니다. 연회가 싫어지고, 술이나 노래 또는 거문고나
화환이 싫어지고, 황제의 궁정도, 발가벗은 육체도……. 온갖 형태의
죄악이 싫어졌습니다.
　리기아가 산 위의 눈과 같다고 생각할 때, 그것 때문에 한층 더
리기아가 그리워집니다. 당신들이 믿는 종교의 감화로 그렇게 되
었다고 생각하면, 그 종교가 까닭없이 좋아지고 믿고 싶어지기도
합니다. 하지만 그 종교가 저로서는 이해할 수 없다는 것, 그 종교에
의해 제가 살아갈 수 있을지 어떨지, 또 제 본성이 그 종교를 감당할
수 있을지 어떨지 알 수가 없기 때문에 저는 불확실성과 괴로움
속에서, 즉 어둠 속에서 살아가고 있는 듯한 느낌이 드는 것입니다.」
　여기까지 말하고 그는 잠시 숨을 돌렸다. 그의 이마 위에는 괴로운
주름이 잡혔고, 볼은 붉게 물들었다. 이윽고 그는 한층 더 빨리,

그리고 더욱 흥분해서 이야기를 계속했다.

「보십시오. 저는 사랑에도 어둠에도 괴로워하고 있습니다. 사람들의 얘기로는 당신들의 종교에 의하면 생명도 인간의 기쁨도 행복도 법률도 질서도 관권도 로마의 지배도 문제가 안 된다는 것이었습니다. 정말로 그렇습니까? 당신들은 미친 사람이라고 사람들은 말했습니다. 말씀해 주십시오. 당신들은 무엇을 가져올 수 있습니까? 사랑하는 것이 죄입니까? 기쁨을 구하는 것이 죄입니까? 행복을 원하는 것이 죄입니까? 당신들은 인생의 적입니까? 그리스도 교도들은 가난하지 않으면 안 되는 것입니까? 저는 리기아를 단념하지 않으면 안 되는 것입니까? 당신들의 진리란 대체 어떤 것입니까? 당신들의 행동과 말은 투명한 물 같은 것입니까, 아니면 그 물의 밑바닥 같은 것입니까?

보십시오, 저는 솔직하게 말씀드리고 있습니다. 저에게서 어둠을 몰아내 주십시오. 저에게 심지어 이렇게 말한 사람도 있었습니다. 『그리스는 지혜와 미를 창조했다. 로마는 힘을 창조했다. 그런데 그 무리들은 무엇을 가져올 수 있느냐?』라고 말입니다. 그러니까 무엇을 가져올 수 있는지를 말씀해 주십시오. 당신들의 문 뒤에 밝은 빛이 있다면 활짝 열어서 보여 주십시오.」

「우리들은 사랑을 가져옵니다.」 하고 베드로는 말했다.

타루소의 바울이 덧붙여 말했다.

「내가 사람의 방언과 천사의 말을 할지라도, 사랑이 없으면 소리나는 구리와 울리는 꽹과리가 되고…….」(고린도전서 13 : 3)

그러나 늙은 사도는 조롱에 갇힌 새처럼 공기나 태양 쪽으로 날아오르려고 하는, 고뇌에 찬 영혼에 감동했으므로 비니키우스에게 손을 내밀며 말했다.

「문을 두드리라, 그러면 너희에게 열릴 것이니, 구하는 이마다 얻을 것이요, 찾는 이가 찾을 것이요, 두드리는 이에게 열릴 것이니라.(마태복음 7 : 8) 주님의 은총은 당신 위에 있으므로, 나는 당신과 당신의 영혼과 당신의 사랑을 구세주의 이름으로 축복합니다.」

얼마 전까지 열심히 이야기하고 있던 비니키우스는 그 축복을 듣자 베드로 쪽으로 달려갔다. 그때 이상한 일이 일어났다. 그것은 방금 전까지도 외국인을 인간으로 여기지도 않던 이 순수 로마 인의 자손이 이 갈릴리 노인의 손을 잡고 감사한 나머지 그 손에 자기의 입을 갖다 댄 것이다.

베드로는 기뻐했다. 또 새로운 씨앗이 다시 하나의 밭에 떨어지고 자기의 어망이 다시 하나의 영혼을 포착했음을 알았기 때문이다.

거기에 있던 사람들도 신의 사도에 대한 이 명백한 존경의 표현을 보고는 역시 기뻐하며 일제히 소리를 모아 외쳤다.

「하늘에 계신 주님에게 영광이 있기를.」

비니키우스는 밝게 빛나는 얼굴을 들고는 이렇게 말하기 시작했다.

「행복이 당신들 사이에 깃들어 있을지도 모른다는 것을 알았습니다. 저도 행복하다는 것을 느끼고, 당신들은 다른 일에 있어서도 마찬가지로 저에게 확신을 갖게 하리라고 믿습니다. 그러나 덧붙여서 말씀드립니다만, 그러한 일을 로마에서 할 수는 없습니다. 황제는 안티움으로 갑니다. 저도 명령을 받았으므로 함께 가지 않으면 안 됩니다. 아시다시피 복종하지 않으면 죽음이 기다릴 뿐입니다. 그러나 제가 당신들의 눈으로 볼 때 은총을 받은 것이라고 한다면, 아무쪼록 저와 함께 가셔서 저에게 그 진리를 가르쳐 주십시오.

거기에서는 당신들이 저보다도 안전합니다. 그리고 그 많은 사람들 속에서 당신들은 황제의 정신(廷臣)들에게까지 그 진리를 전파할 수가 있을 것입니다. 들리는 바에 의하면 아쿠테는 그리스도 교도라고 합니다. 근위병 사이에도 그리스도 교도가 있다는 것은 저 자신도 알고 있습니다. 노멘타나 문에서 여기에 계신 베드로 님에게 병사들이 무릎을 꿇고 있는 것을 보았으니까요.

안티움에는 제 별장이 있으니까 거기로 오시면 네로의 옆에 있으면서 당신들의 가르침을 들을 수 있습니다.

그라우쿠스가 저에게 얘기한 바로는 당신들은 단 하나의 영혼을 위해서도 세계의 끝까지라도 돌아다닐 참이라고 하니까, 당신들이 일부러 유태에서 여기까지 오신 분들을 위해 해주신 것을 저에게도 해주십시오. 아무쪼록 제 영혼을 방치하지 마시고 이끌어 주십시오.」

이 말을 듣고 사람들은 자기들 종교의 승리와 로마의 가장 오랜 가문의 자손인 아우구스타니 중 한 사람의 개종이 이교(異敎)의 세계에 대해 가지는 열의를 기쁘게 생각하면서 의논을 하기 시작했다.

모두들 오직 한 사람의 영혼을 위해 세계의 끝까지 돌아다닐 참으로 있었고 실제로 주님의 사후(死後)에는 그것 이외의 일은 하고 있지 않았으므로, 그것을 거절할 이유는 조금도 없었다. 그러나 베드로는 교단 전체의 목사를 맡고 있었으므로 떠날 수가 없었다. 그 대신 타루소의 바울은 최근 안티움과 프레겔라에를 떠나 다시 동방으로 긴 여행을 떠나 그곳 교회를 찾아 새로운 감격의 정신을 불어넣기로 되어 있었으므로 안티움까지 이 젊은 호민관과 동행할 것을 기꺼이 승락했다. 거기까지 가면 그리스 해의 여러 항구로 떠나는 배편을 알아보기가 쉬웠기 때문이다.

비니키우스는 자기가 그토록 신세를 진 베드로가 함께 가지 못하는 것을 슬퍼했다. 그러나 곧 깊은 감사의 뜻을 나타내며 이 늙은 사도에게 마지막 청을 했다.

「저는 리기아의 거처를 알고 있으므로 직접 그 사람에게 가서 제가 영혼으로부터 그리스도 교도가 된다면 저를 남편으로 섬길 마음이 있는지 없는지 물어 볼 수도 있습니다만, 그것보다도 사도님에게 먼저 부탁하려고 합니다. 아무쪼록 리기아를 만나 볼 수 있도록 허락해 주십시오. 아니면 저를 데려가 주십시오. 얼마나 안티움에 묵게 되는지 저도 모르고, 황제 밑에서는 누구도 다음날을 기약할 수 없습니다. 이미 페트로니우스도 그곳에서 제가 완전히 안전하다고는 말할 수 없다고 얘기하고 있습니다. 그 전에 리기아를 한 번 만나 보고 싶습니다. 그 사람을 이 눈으로 똑똑히 보고, 아직도

저를 원망하고 있는지, 행복을 저와 함께 나눌 마음이 있는지를
물어 보고 싶습니다.」

그러자 사도 베드로는 친절하게 웃으며 말했다.

「당신의 올바른 기쁨을 누가 막을 수 있겠습니까, 내 아들이여.」

비니키우스는 다시 그의 손에 매달렸다. 이제는 완전히 부풀어
오른 자기의 가슴을 억누를 수가 없었던 것이다. 그러자 사도는
비니키우스의 관자놀이를 껴안으며 말했다.

「황제를 두려워하지 말아요. 당신에게 말해 두겠어요. 머리카락
하나도 당신의 머리에서 떨어지지 않을 것이오.」

그러고서 베드로는 미리암에게 리기아를 마중하러 가게 했는데
아가씨의 기쁨을 한층 더 크게 하기 위해 그가 여러 사람들과 함께
있다는 것을 말하지 말라고 일렀다.

그곳은 멀지 않았으므로 얼마 지나지 않아 오두막에 모여 있던
사람들에게는 마당의 천인화 사이로 미리암이 리기아의 손을 잡고
오는 것이 보였다.

비니키우스는 달려나가 마중하지는 않았으나 그 그리운 모습을
보자 기뻐서 온몸에서 힘이 빠지고 가슴이 몹시 뛰었다. 가까스로
두 발로 몸을 지탱할 수가 있을 정도였고 난생 처음으로 전쟁터에
나가 자기의 머리 옆에서 울리는 파르티아 족의 화살소리를 들었을
때보다도 백 배나 더 흥분된 상태였다.

리기아는 아무런 생각없이 뛰어 들어왔으나 비니키우스를 보자
역시 놀라서 그 자리에 우뚝 멈춰섰다. 그 얼굴은 붉게 물들었는가
했더니 당장 파랗게 질려 놀람과 동시에 불안에 찬 눈으로 거기에
모여 있는 사람들을 둘러보기 시작했다.

그러나 모두들 명랑하고 호의에 찬 눈길을 하고 있어서 리기아는
조금 마음이 놓였다. 사도 베드로가 리가아에게 다가와서 이렇게
말했다.

「리기아, 당신은 지금도 이 사람을 사랑하고 있습니까 ? 」

잠시 침묵이 흘렀다. 리기아의 입술은 자기가 나쁜 일을 했다고

느끼고 그것을 고백하지 않으면 안 된다고 생각하고 있는 어린애처럼 떨리기 시작했다.

「자아, 대답을 해요.」하고 사도 베드로는 재촉했다.

그러자 리기아는 베드로의 무릎 앞에 엎드려 겸손과 불안을 목소리에 담고 나직하게 속삭였다.

「네, 그렇습니다.」

비니키우스도 리기아 옆에 무릎을 끓었다. 베드로는 두 사람의 머리에 손을 얹고 이렇게 말했다.

「주님 안에, 그리고 주님의 영광 위에서 서로 사랑하세요. 당신들의 사랑에는 죄가 없으니까.」

제 34 장

뜰을 거닐면서 비니키우스는 리기아에게 가슴 밑바닥에서 띄엄띄엄 나오는 짤막한 말로 조금 전에 사도에게 고백한 말, 즉 자기 영혼의 불안이나 마음 속에서 일어난 변화, 나아가서는 자기가 미리암의 집을 떠났을 때부터 자기의 생활을 흐리게 하고 있던 이루 말할 수 없는 그리움을 이야기했다.

리기아를 잊어버리려고 해도 잊어버릴 수가 없었다고 고백했다. 밤이나 낮이나 계속 리기아의 일만을 생각하고 있었다고 고백했다. 리기아가 놓아 두고 간 회양목의 잔가지로 엮은 그 십자가 이야기를 하고 그것을 라라리움에 모셔 놓고 자기도 모르는 새 무언가 신성한 것으로 섬긴다고 말했다.

지금에 와서 한층 더 강하게 그리워지는 것은 그 사랑의 힘이 자기보다도 강하기 때문이며, 이미 아우루스의 집에 있을 때 그것은 완전히 자기의 영혼을 차지하고 있었다. 다른 사람들은 생명의 실을 파르카에(운명의 여신들)가 엮어 내지만, 자기의 생명은 사랑과 그리움과 슬픔이 엮어 냈다. 자기의 행동은 좋지 않았지만 그것은 사랑에서 우러나온 것이다. 아우루스의 집에서도, 파라티움 언덕에서도, 오스토리아눔에서 리기아가 베드로의 말을 듣고 있는 것을 발견했을 때에도, 납치할 생각으로 크로톤과 함께 떠났을 때에도, 리기아가 자기의 침상 곁에서 간호해 주었을 때에도, 자기를 버리고 떠났을 때에도 리기아를 사랑하고 있었다. 거기에 키론이 찾아와서 리기아의 은신처를 가르쳐 주며 납치할 것을 권했으나, 자기는 오히려 그러한 키론을 벌하고 사도들한테로 와서 진리에 대해서와 리기아의 일을 묻기로 한 것이다.

——이러한 생각이 자기의 머리에 떠오른 순간이야말로 축복받아야 한다. 실제로 지금 이렇게 리기아 옆에 있는데도 리기아는 지난번 미리암의 집에서처럼 자기에게서 도망치려고 하지 않지 않는가.

「저는 당신에게서 도망친 것이 아닙니다.」 하고 리기아는 말했다.

「그럼 어째서 그러한 일을 했습니까?」

그러자 리기아는 비니키우스 쪽으로 무지개빛 눈을 돌리고 이윽고 수줍은 듯이 얼굴을 숙이고 이렇게 말했다.

「잘 아시면서…….」

비니키우스는 한없는 기쁨에 잠시 동안 말을 잊고 있었다. 그러나 이윽고 차츰 자기의 눈이 떠지기 시작했다는 것, 리기아는 로마의 여자들과는 완전히 다르고 다만 폼포니아와만 닮았다는 것 등을 이야기하기 시작했다. 그러나 마음 속에서 생각하고 있던 말들이 제대로 표현되지 않았다. 리기아를 보고 그때까지 세계에 없었던 것 같은, 입상(立像)뿐만이 아니라 영혼이 되어 있는 전혀 별개의 아름다움이 세상에 있다는 것을 깨달았다는 느낌을 자기로서는 똑똑히 설명할 수가 없었기 때문이다. 그 대신 리기아가 자기에게서 도망쳤기 때문에 오히려 더 사랑하게 되었고 자기에게 있어서 부뚜막(집에서 가장 신성한 곳)에 모셔진 신성한 것이 된다고 이야기한 것이 리기아를 기쁨으로 충만시켰다.

그는 리기아의 손을 잡았다. 더 이상 말을 할 수가 없고 다만 황홀하게 그 얼굴을 마치 되찾은 행복처럼 지켜보며, 리기아가 자기 곁에 있다는 것을 자기 자신이 확인하듯이 그 이름을 되풀이했다.

「오오, 리기아, 리기아…….」

마침내, 리기아의 마음 속은 어땠는지 물었다. 그러자 리기아는 아우루스의 집에서 벌써 비니키우스를 사랑하고 있었다는 것, 만약 비니키우스가 파라티움에서 아우루스의 집에까지 자기를 데려다 주었다면, 그때 자기의 사랑을 고백하고 아우루스 내외가 비니키우스에 대해 품고 있던 노여움을 열심히 달래 줄 참이었다는 것을 고백했다.

「맹세코 나는 당신을 아우루스 부부로부터 빼앗으려는 것은 생각조차 한 적이 없습니다.」 하고 비니키우스는 말했다. 「일간 페트로니우스가 당신에게 모든 걸 말해 줄 것입니다. 그때 내가 이미 당신을 사랑하고 있어서 당신과 결혼하고 싶어 했다는 것을. 나는 숙부님에게 말했지요. 『그 사람에게 집의 문에 늑대 기름을 바르게 하고 우리집 부뚜막에 앉히고 싶다.』라고요. 그러나 숙부님은 나를 비웃고 황제에게 당신을 인질로서 요구하고 나에게 인도한다는 생각을 불어넣었습니다. 나는 너무 슬퍼서 몇 번이나 숙부님을 저주했지만, 어쩌면 이것이 모두 일이 잘 되려고 그리 되었는지도 모릅니다. 그렇지 않았다면 나는 그리스도 교도와 알게 되지도 못했을 것이고, 따라서 당신을 이해하지도 못했을 것입니다.」

「틀림없어요, 마르쿠스, 제가 생각한 대로예요.」 하고 리기아는 대답했다. 「그리스도는 일부러 그렇게 해서 당신을 그리스도 안에 영접하신 것이에요.」

비니키우스는 약간 놀라서 얼굴을 들었다.

「옳은 말입니다.」 하고 그는 힘차게 말했다. 「모든 것이 이상한 인연으로 엮어져서 나는 당신을 찾고 있는 중에 그리스도 교도를 만난 것입니다. ——오스토리아눔에서는 사도님의 얘기를 듣고 놀랐습니다. 그런 얘기는 그때까지 단 한 번도 들어 본 적이 없었으니까요. 당신이 나를 위해서 기도해 주신 것이 틀림없습니다.」

「네, 그랬어요.」 하고 리기아는 대답했다.

그러고 있는 동안에 두 사람은 담쟁이 덩굴의 숲에 덮여 있는 정자 옆으로 나왔다. 우르수스가 크로톤을 목졸라 죽이고 나서 비니키우스에게 덤벼들었던 바로 그 장소였다.

「여깁니다.」 하고 젊은이는 말했다. 「당신이 없었다면 나는 아마 우르수스의 손에 죽었을 것입니다.」

「생각하지 마세요.」 하고 리기아는 되받았다. 「우르수스에게 그 일에 대해서 말하지 마세요.」

「그 사람이 당신을 지켜 주었다고 해서 내가 설마 그 사람에게 복수를 하리라고 생각하십니까? 그 사람이 노예였다고 하더라도 나는 아마 곧 자유를 주었을 것입니다.」

「만일 그가 노예였다면 아우루스 내외분이 벌써 해방했을 것입니다.」

「기억하고 있습니까?」 하고 비니키우스는 말했다. 「내가 당신을 아우루스 내외분에게 돌려보낼 셈이었다고 말한 것을. 그러나 당신은 황제가 그 말을 듣고 아우루스 내외분에게 복수를 할는지도 모른다고 나에게 말했습니다. 아시겠습니까? 그러나 이번에는 당신이 원하기만 하면 그분들과 얼마든지, 또 언제든지 만날 수가 있습니다.」

「어째서지요, 마르쿠스?」

「내가 『이번에는』이라고 한 것은 당신이 내 아내가 되면 안심하고 아우루스 내외분을 만날 수 있게 된다는 뜻입니다. 그렇구말구요. ──황제가 그 말을 듣고 나에게 『내가 맡긴 인질을 어떻게 했는가.』라고 묻는다면, 나는 『그 사람과 결혼을 했습니다. 지금 내 허가를 받고 아우루스 가(家)에 가 있습니다.』라고 말할 테니까요. 황제는 아카이아로 가고 싶어하므로 안티움에는 오래 묵지 않을 것이고, 묵는다고 해도 나는 매일 만나러 가지 않아도 됩니다. 타루소의 바울이 당신들의 진리를 나에게 가르쳐 주면 나는 곧 세례를 받겠습니다. 그리고 이곳에 돌아와서 머지잖아 로마에 돌아오는 아우루스 내외분과 화해를 하게 되면 아무런 지장도 없게 됩니다. 그때 나는 당신을 데려다가 우리집 부뚜막 옆에다 앉히는 것입니다. 오오, 카리시마 ! 카리시마 ! (가장 사랑하는 사람)」

그렇게 말하고는 손을 뻗쳐 하늘을 사랑의 증인으로 삼는 듯한 모습을 취했다. 리기아는 반짝이는 눈을 들어 비니키우스를 바라보며 이렇게 말했다.

「그때 저는 말하겠어요.『그대 가이우스가 있는 곳에 나 가이아도 있다.』라고」

「아니, 리기아.」 하고 비니키우스는 외쳤다.「당신에게 맹세하리다. 지금까지 어떤 여자도 우리 집에 있을 당신만큼 남편의 집에서 존경을 받는 사람은 없다는 것을.」

잠시 두 사람은 말없이 걷고 있었다. 행복이 가슴 속에 넘치고 서로 사랑하는 두 개의 신과도 같은 그 아름다움은 봄이 두 사람을 갖가지 꽃과 함께 세상에 선물한 것 같았다.

두 사람은 드디어 방의 입구 근처에 서 있는 사이프러스 아래로 와서 섰다. 리기아가 그 줄기에 기대어 서자 비니키우스는 떨리는 목소리로 부탁하기 시작했다.

「우르수스를 아우루스 가에 보내어 당신의 세간이나 어릴 적 완구를 정리해서 나의 집으로 보내도록 해요.」

그러자 리기아는 장미빛이나 새벽놀처럼 얼굴을 붉게 물들이며 대답했다.

「풍습이 다릅니다만——.」

「그것은 알고 있어요. 보통 프로누바(신부를 따라가서 아내로서의 의무를 가르치는 나이 많은 여자)가 신부한테로 가지고 가지요. 하지만 나를 위해서 그렇게 해주세요. 그 물건들은 안티움에 있는 내 별장으로 가지고 가서 당신이 생각날 때마다 그것들을 바라보겠소.」

비니키우스는 두 손을 모으고 어린애처럼 애원했다.

「폼포니아는 곧 돌아올 테니까 그렇게 해주세요, 디바.(거룩한 사람) 그렇게 해주세요, 카리시마.」

「폼포니아가 원하시는 대로 하겠습니다.」 하고 리기아는 대답하고 『프로누바』라는 말을 생각했을 때에 한층 더 볼을 붉혔다.

두 사람은 또 아무 말이 없었다. 사랑이 가슴 속에서 거세게 일렁이기 시작했던 것이다. 리기아는 어깨를 사이프러스에 기댔다. 얼굴은 꽃처럼 하얗고 눈을 크게 뜨고 가슴은 세차게 두근거리고 있었다. 비니키우스의 안색도 차츰 창백해졌다. 한낮의 고요 속에 두 사람은 자기들의 심장이 맥박치는 소리를 듣고 있었다. 황홀한 도취 속에서 사이프러스와 천인화 덤불과 정자의 담쟁이 덩굴이 두 사람에게는 흡사 사랑의 동산으로 변한 것 같았다.

그때 미리암이 나무 사이에서 나타나 두 사람에게 점심 식사가 준비됐음을 알렸다. 두 사람은 사도와 함께 자리에 앉았다. 두 사도는 대견스러운 듯이 두 사람을 보고 웃으며 자기들이 죽은 뒤 사방을 돌아다니며 새로운 종교의 씨앗을 널리 세상에 전파할 수 있는 젊은 세대라고 생각했다. 베드로는 빵을 쪼개어 두 사람을 축복했다. 모든 사람들의 얼굴에는 평화가 깃들어 있었다. 무언가 크나큰 행복이 그 방 전체를 충만시키고 있는 것 같았다.

「자아, 보십시오.」 하고 마지막으로 바울이 비니키우스 쪽을 돌아보며 말했다.

「우리가 생활과 기쁨의 적일까요?」

비니키우스는 대답했다.

「이젠 저도 진실을 알았습니다. 지금까지 당신들 사이에 있을 때처럼 행복했던 적은 없었습니다.」

① 여자의 일생	⑤ 싯다르타
② 데미안	② 이방인
③ 달과 6펜스	③④ 무기여 잘 있거라(ⅠⅡ)
④ 어린 왕자	⑤⑥ 지와 사랑(ⅠⅡ)
⑤ 로미오와 줄리엣	⑤⑧ 생활의 발견
⑥ 안네의 일기	⑤⑩ 생의 한가운데(ⅠⅡ)
⑦ 마지막 잎새	⑥⑫ 인간 조건(ⅠⅡ)
⑧ 젊은 베르테르의 슬픔	⑥ 이반 데니소비치의 하루
⑨⑩ 부활(ⅠⅡ)	⑥⑤ 25시(ⅠⅡ)
⑪⑫ 죄와 벌(ⅠⅡ)	⑥~⑥ 분노의 포도(ⅠⅡ)
⑬⑭ 테스(ⅠⅡ)	⑥ 나의 생활과 사색에서
⑮⑯ 적과 흑(ⅠⅡ)	⑦~⑦ 누구를 위하여 종은 울리나(ⅠⅡ)
⑰⑱ 체털리 부인의 사랑(ⅠⅡ)	⑦ 주홍글씨
⑲⑳ 파우스트(ⅠⅡ)	⑦ 슬픔이여 안녕
㉑㉒ 셜롬홈즈의 모험(ⅠⅡ)	⑦ 80일간의 세계일주
㉓ 이솝 우화	⑦ 물과 원시림 사이에서
㉔ 탈무드	⑦ 람바레네 통신
㉕㉖ 한국 민화(ⅠⅡ)	⑦~⑧ 인간의 굴레(Ⅰ~Ⅲ)
㉗ 철학이란 무엇인가	⑧ 독일인의 사랑
㉘ 역사란 무엇인가	⑧ 죽음에 이르는 병
㉙ 인생론	⑧ 목걸이
㉚㉛ 정신 분석 입문(ⅠⅡ)	⑧ 크리스마스 캐럴
㉜ 소크라테스의 변명	⑧ 노인과 바다
㉝ 금오신화·사씨남정기	⑧⑧ 허클베리 핀의 모험(ⅠⅡ)
㉞ 청춘·꿈	⑧ 인형의 집
㉟ 날개	⑧⑨ 그리스 로마 신화(ⅠⅡ)
㊱ 황토기	⑨ 인간론
㊲ 백범 일지	⑨ 대지
㊳ 삼대(上)	⑨⑨ 보봐리 부인(ⅠⅡ)
㊴ 삼대(下)	⑨ 가난한 사람들
㊵ 조선의 예술	⑨ 변신
㊶㊷ 조선 상고사(ⅠⅡ)	⑨ 킬리만자로의 눈
㊸ 백두산 근참기	⑨ 말테의 수기
㊹ 선과 인생	⑨ 마농 레스꼬
㊺㊻ 삼국유사(ⅠⅡ)	⑩ 젊은이여, 시를 이야기하자
㊼ 욕망이라는 이름의 전차	⑩ 피아노 명곡 해설
㊽ 리어왕·오셀로	⑩ 관현악·협주곡 해설
㊾ 도리안그레이의 초상	⑩ 교향곡 명곡 해설
㊿ 수레바퀴 밑에서	⑩ 바로크 명곡 해설

판형 / 4·6판 ✽면수 / 평균 256면

⑩⑤ 혈의 누	⑮⑩ 한중록
⑩⑥ 자유종 · 추월색	⑮① 구운몽
⑩⑦ 벙어리 삼룡이	⑮② 양치는 언덕
⑩⑧ 동백꽃	⑮③ 아들과 연인
⑩⑨ 메밀꽃 필 무렵	⑮④ ⑮⑤ 에밀 (Ⅰ Ⅱ)
⑩⑩ 상록수	⑮⑥ ⑮⑦ 광세 (Ⅰ Ⅱ)
⑪① ⑪② 아들들 (Ⅰ Ⅱ)	⑮⑧ ⑮⑨ 짜라투스트라는 이렇게 말했다 (Ⅰ Ⅱ)
⑪③ 감자 · 배따라기	⑯⑩ 광란자
⑪④ B사감과 러브레터	⑯① 행복한 죽음
⑪⑤ 레디 메이드 인생	⑯② 김소월 시선
⑪⑥ 좁은문	⑯③ 윤동주 시선
⑪⑦ 운현궁의 봄	⑯④ 한용운 시선
⑪⑧ 카르멘	⑯⑤ 英 · 美명 시선
⑪⑨ 군주론	⑯⑥ ⑯⑦ 쇼펜하워 인생론
⑫⑩ ⑫① 제인 에어 (Ⅰ Ⅱ)	⑯⑧ ⑯⑨ 수상록
⑫② 논어 이야기	⑰⑩ ⑰① 철학이야기
⑫③ ⑫④ 탁류 (Ⅰ Ⅱ)	⑰② ⑰③ 백경
⑫⑤ 에반제린 이녹 아든	⑰④ ⑰⑤ 개선문
⑫⑥ ⑫⑦ 폭풍의 언덕 (Ⅰ Ⅱ)	⑰⑥ 전원교향곡 · 배덕자
⑫⑧ 내훈	⑰⑦ 소나기(外)
⑫⑨ 명심보감과 동몽선습	⑰⑧ 무녀도(外)
⑬⑩ 난중일기	⑰⑨ 표본실의 청개구리(外)
⑬① 대위의 딸	⑱⑩ 사랑방 손님과 어머니(外)
⑬② 아버지와 아들	⑱① 순애보(上)
⑬③ 나의 라임오렌지나무	⑱② 순애보(下)
⑬④ 갈매기의 꿈	⑱③ 유리동물원(外)
⑬⑤ ⑬⑥ 젊은 그들 (Ⅰ Ⅱ)	⑱④ ⑱⑤ 무영탑
⑬⑦ 한국의 영혼	⑱⑥ ⑱⑦ 대도전
⑬⑧ 명상록	⑱⑧ 태평천하
⑬⑨ 마지막 수업	⑱⑨ ⑲⑩ 실락원 (Ⅰ Ⅱ)
⑭⑩ 잠 못 이루는 밤을 위하여	⑲① 베니스의 상인
⑭① 페스트	⑲② 사랑의 기술
⑭② 크눌프	⑳⑩ 무정
⑭③ ⑭④ 빙점 (Ⅰ Ⅱ)	⑳① ⑳② 흙
⑭⑤ 페이터의 산문	⑳③ 유정 · 꿈
⑭⑥ 적극적 사고방식	⑳④ ⑳⑤ 사랑
⑭⑦ 신념의 마력	⑳⑥ ⑳⑦ 단종애사
⑭⑧ 행복의 길	⑳⑧ 무명
⑭⑨ 카네기 처세술	⑳⑨ 이차돈의 사

셍키에비치
(Henryk Sienkiewicz, 1846~1916)

러시아령 포드리아 지방의 명문 자손으로서 바르샤바 대학 출신의 소설가이다.

21세 때 한 잡지에 극평을 발표하면서 문필 활동을 시작했다.

특파원으로서 친구와 함께 미국에 다녀온 후, 그 영향을 받은 《악사 양코》와 《등대지기》 등을 발표하여 명성을 얻었다.

후에 역사 소설로 전향하여 83년 이후에는 민족적, 종교적 성향을 띈 작품을 발표했다. 이 중 《불과 검(劍)을 가지고》는 폴란드 문학사상 유례없는 대 성공을 거두었다. 뒤이어 발표된 《대홍수》, 《판 볼로디요프스키》 등도 함께 역사 소설의 '3부작'으로서 일반 독자들의 압도적인 지지를 받았다.

3부작에 이어 세계적 역사 소설인 《쿠오 바디스》를 발표했고, 또한 위기에 처해 있는 폴란드의 세계를 생생히 재현한 《십자가의 기사들》을 세상에 내놓았으며, 몇년 후인 1905년에 《쿠오 바디스》로 노벨 문학상을 수상했다.

1차 세계 대전 중 폴란드 독립 운동과 적십자 구제 사업에 힘쓰다가 스위스에서 70세의 나이로 눈을 감았다.

발행　1998년 4월 20일　　❶ 값 12,000원

■ 저　자 / 셍 키 에 비 치
■ 역　자 / 심　　형　　민
■ 발행자 / 남　　　　용
■ 발행소 / 一信書籍出版社

주소 : 121-110 서울 마포구 신수동 177-3
등록 : 1969. 9. 12. NO. 10-70
전화 : 영업부 703-3001~6
　　　 FAX 703-3009
대체구좌 / 012245-31-2133577

ISBN 89-366-0329-9　　　 03840